C. M. SPOERRI
ALIA - 1

C. M. Spoerri

ALIA

Der magische Zirkel

Band 1

Roman

AAVAA
VERLAG

1. Auflage 2014

Umschlaggestaltung: AAVAA Verlag
Coverbild: © Tara / fantasiafrogdesigns.wordpress.com

Printed in Germany
AAVAA print+design

Taschenbuch:	ISBN 978-3-8459-1111-3
Großdruck:	ISBN 978-3-8459-1112-0
eBook epub:	ISBN 978-3-8459-1113-7
eBook PDF:	ISBN 978-3-8459-1114-4
Sonderdruck:	Mini-Buch ohne ISBN

AAVAA Verlag, Hohen Neuendorf, bei Berlin
www.aavaa-verlag.com

Für meine Familie

Karte von Altra

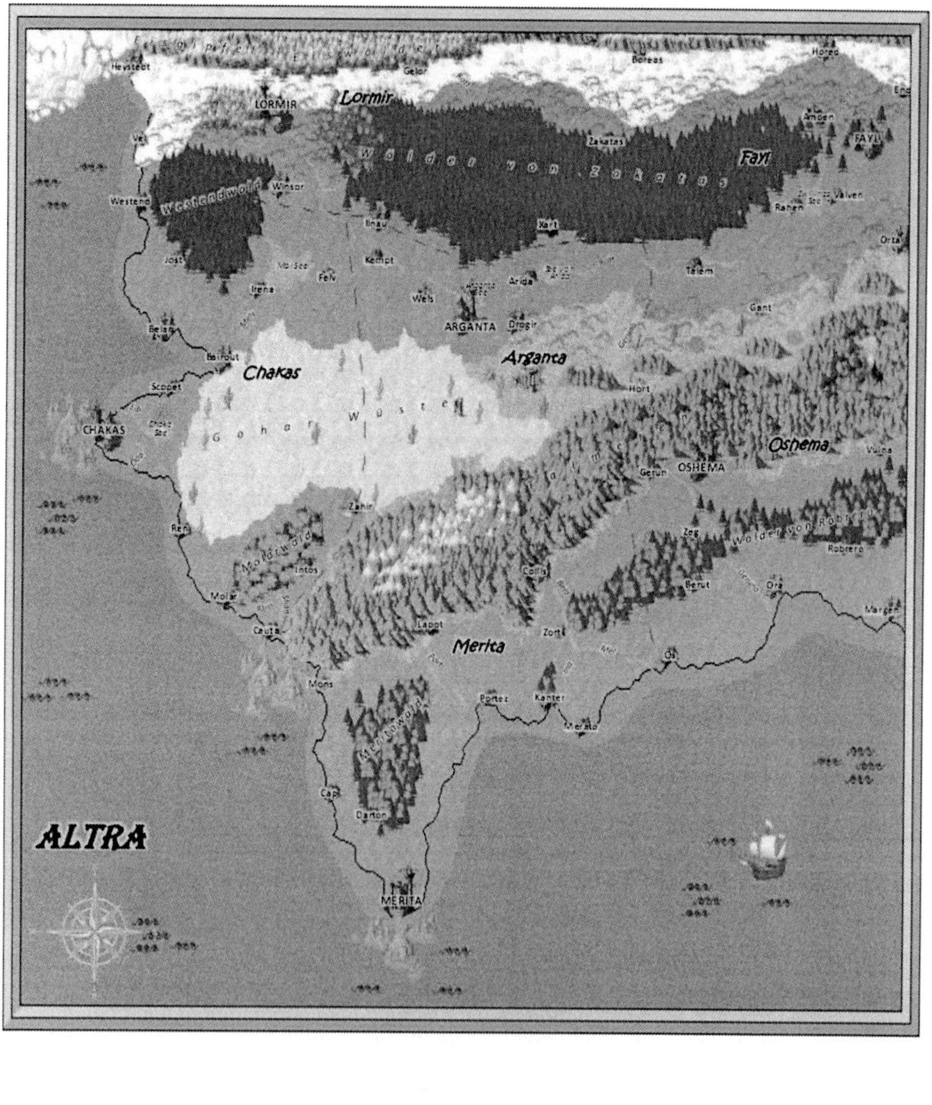

Region Lormir

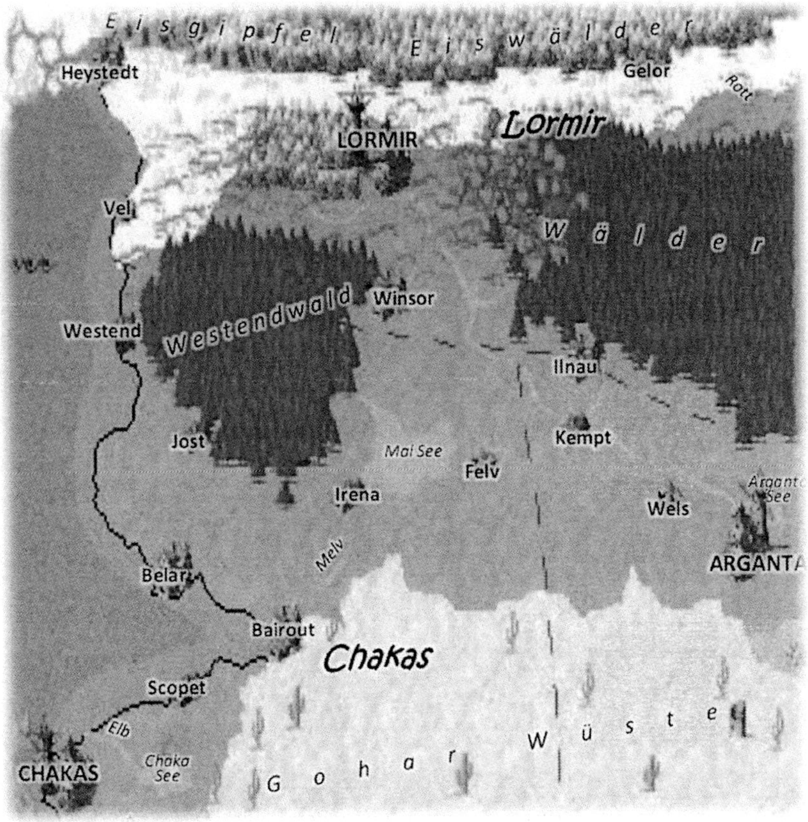

Vorwort

Wie, werdet Ihr Euch fragen, wie um alles in der Welt kommt man dazu, eine Fantasy-Geschichte zu erfinden?

Nun ... die Antwort lautet ganz einfach: Ich habe sie nicht erfunden. Das Land Altra gab es tatsächlich.

Wie ich Altra fand?

Beginnen wir von vorne: Es war ein verregneter Montagabend. Der Herbst hatte seit einigen Tagen mit bewundernswertem Ehrgeiz begonnen, die letzte Wärme des Sommers zu vertreiben und ich war dazu verdammt, in den Geschichtsarchiven der Universität Zürich zu wühlen. Wer noch nie in der Schweiz war oder die Universität nicht kennt: Sie ist riesig und ihre unterirdischen Tunnel gleichen einem wahren Netzwerk, in dem man sich leicht verirren kann.

In solch einem Raum in einem der Tunnel war ich also und suchte nach einem Buch. Es war mir von meinem Geschichtsprofessor empfohlen worden und es sollte sich hier irgendwo in diesem verstaubten Archiv befinden.

Dabei stieß ich auf etwas, das mein Leben veränderte: Eine gläserne Kiste, die sich ganz hinten im Raum zwischen zwei alten Regalen befand.

Die Kiste schien schon sehr lange dort zu stehen, der dicken Staubschicht nach zu schließen, die sich darauf gebildet hatte. Natürlich wollte ich wissen, was sich darin befand, da ich von außen nur vage Umrisse erkennen konnte. Als ich sie endlich geöffnet hatte und der Deckel aufsprang, stieg eigenartiger Rauch daraus hervor. Im Innern der Kiste lag ein Stapel halb verwitterter Schriftstücke in einer vergilbten Mappe.

Beim näheren Betrachten geriet ich ins Stutzen: Sie enthielten Karten und Notizen einer längst vergangenen Epoche. Von Fabelwesen war da die Rede, von Zwergen, Elfen, Trollen und Magiern. Und von einem Land namens Altra.

Als ich meinen Professor auf diese Schriftstücke ansprach, erzählte er mir eine unglaubliche Geschichte. Eine Geschichte, die ich Euch keinesfalls vorenthalten kann und will. Einige fehlende oder unlesbare Schriftstücke musste ich durch meine eigene Fantasie ersetzen, aber im Großen und Ganzen hat sich diese Geschichte so zugetragen.

Sie begann im Jahre 11'245 der ersten Epoche. Jener Epoche, die wir heute als eine Zeit vor dem Verschwinden jeglicher Fabelwesen kennen.

Aber lest selbst …

Prolog

Der eisige Wind pfiff ihnen um die Köpfe, sodass sie ihre mit Pelz gefütterten Kapuzenumhänge eng um ihre Leiber schlingen mussten. Der Pfad war bedeckt mit nassem Schnee, der das Vorankommen mit dem Wagen zusätzlich erschwerte.

Es war ein langer Weg in die Stadt Lormir, obwohl sie ihren Ochsen vorgespannt hatten, um schneller voranzukommen. Die Zeit drängte. Das Gildentreffen würde in wenigen Stunden beginnen und es dauerte noch eine Weile, bis sie die massiven Mauern der Hauptstadt erreichten.

Wieder hustete das kleine Mädchen, deren blonden Zöpfe unter der dicken Kapuze gerade noch zu erahnen waren. Ihr Gesicht war verdeckt von Pelz und Tüchern, die sie warm halten sollten.

Nicht zum ersten Mal, seit sie aufgebrochen waren, fragte sich Pitor, ob er und Irina richtig gehandelt hatten. Aber der immer schlimmer werdende Husten ihrer Tochter hatte ihnen keine andere Möglichkeit gelassen, als sie in die Stadt zu den Heilern zu bringen. Zumal er und seine Frau als Mitglieder der Erdgilde sowieso dorthin mussten. Die Räte der Gilde wollten wieder einmal über irgendeine Belanglosigkeit entscheiden. Dazu mussten wie immer alle Mitglieder anwesend sein – zumindest diejenigen, die im Umkreis einer Tagesreise von Lormir entfernt wohnten.

Pitor fluchte innerlich darüber, dass er damals mit Irina nicht weiter von der Stadt weg gezogen war. Aber er musste als ältester Sohn den Hof seiner Eltern weiterführen – da war ihm leider keine Wahl geblieben. Trotzdem … vielleicht hätte es eine Möglichkeit gegeben, nicht so nahe an der Stadt und der Gilde wohnen zu müssen.

Er fasste den Riemen, der dem Ochsen durch den Nasenring gezogen worden war, fester und zog seinen Schal bis über den Mund hoch. Seine Hände waren bereits klamm vor Kälte.

Fröstelnd drehte er sich zu seiner Frau um, die den Arm um ihre Tochter gelegt hatte. Sie schaute ihn aufmunternd an. Sie war immer so gütig und verständnisvoll – so einfühlsam. Das war einer der Gründe gewesen, warum er sich in sie verliebt hatte. Seine Freunde hatten nie verstanden, was er an ihr fand. Rein äußerlich war sie wahrhaft keine

Schönheit. Aber für ihn war sie alles, was er sich je von einer Frau gewünscht hatte.

Auch jetzt spürte er ein warmes Gefühl in der Brust, als er ihren Blick zärtlich erwiderte. Dann drehte er sich um und stapfte weiter durch den Schnee in Richtung Hauptstadt.

Nach einer Stunde kamen endlich die Mauern von Lormir in Sicht. Immer wieder war Pitor aufs Neue von der Größe der Stadt beeindruckt. Er kratzte sich an seinem schlecht rasierten Kinn und ging mit energischen Schritten auf die Stadtwachen zu, die vor dem Eingangstor der Mauer standen und ihnen entgegensahen.

»Wer seid Ihr und was wollt Ihr in Lormir?«, fragte einer der vier Wachen.

In seiner Stimme hörte Pitor, dass er eher aus Pflichtgefühl, als wegen echtem Interessen fragte.

»Wir sind Angehörige der Erdgilde und unterwegs zur Versammlung«, erwiderte er höflich und deutete auf den Karren, wo Irina und seine Tochter saßen. »Unsere Tochter hat einen schlimmen Husten. Wir werden sie zu den Heilern bringen.«

»Was auch immer ...«, antwortete der Wachmann gelangweilt und winkte sie durch.

»Vielen Dank!«, entgegnete Pitor freundlich und schüttelte innerlich den Kopf.

Die Wachen waren Angehörige der Feuergilde und gehörten als Soldaten, welche in der Stadt wohnen durften, zur privilegierteren Bevölkerung von Lormir. Trotzdem schienen sie – wie die meisten Menschen dieser Bevölkerungsschicht – eher unzufrieden und gelangweilt zu sein, als sich über die Tatsache zu freuen, dass es ihnen besser ging, als den meisten anderen Bewohner in Altra.

Stumm zog er seinen Ochsen hinter sich her, durch die verdreckten Gassen des äußeren Stadtkreises. Der Gestank der Stadt hüllte sie nach wenigen Schritten ein. Unterwegs passierten sie die beiden inneren Stadttore. Hier behelligten sie die Wachen nicht weiter – was sollte schon ein verdreckter Bauer mit seiner Frau und einer kranken Tochter für eine Gefahr für die Hauptstadt darstellen?

Erst im Kern der Stadt wurde der Weg besser und man merkte, dass hier die reicheren Leute wohnten. Die Häuser waren stabiler gebaut, keine Löcher im Mauerwerk zu erkennen und auch die Straßen waren gepflastert und gepflegt.

Endlich gelangten sie zum fünfeckigen Gildenplatz mit den gewaltigen Gildenhäusern und den Tempeln. Pitor atmete innerlich auf und ging zum Gebäude der Erdgilde und dem Hospital. Davor stand wieder eine Wache, die sie jedoch diesmal freundlicher begrüßte und nach ihren Namen fragte.

»Stellt Euren Karren dorthin«, der Soldat deutete auf einen Stall, der sich am Rande des verschneiten Platzes befand.

Pitor tat wie geheißen und half seiner Frau vom Ochsenwagen.

»Hoffentlich können ihr die Heiler helfen«, flüsterte Irina und schaute besorgt auf ihre kleine Tochter hinunter, die wieder von einem heftigen Hustenanfall geschüttelt wurde.

»Bestimmt«, entgegnete Pitor beruhigend. »Es ist doch nur ein Husten. Den können die Heiler ganz sicher behandeln.«

Irina nickte tapfer und nahm ihre Tochter bei der Hand, um sie ins Gildengebäude zu führen, wo sich der Heilertrackt befand. Als sie diesen betraten, spürte Pitor, wie ihn die Hoffnung verließ, jemals rechtzeitig zur Gildenversammlung zu kommen.

Das Hospital war überfüllt mit Patienten. Kein Wunder – der Winter war hart, selbst für lormische Verhältnisse, und Lungenentzündungen sowie Grippewellen griffen rasend schnell um sich.

Die Heiler eilten in ihren braunen Gewändern von einem Patienten zum Nächsten.

Eine Frau mit langem, blondem Zopf kam auf sie zu. »Pitor und Irina«, sie lächelte ihnen entgegen. »Ihr kommt zu einem erdenklich schlechten Zeitpunkt. Wir haben keine Kapazitäten mehr für weitere Patienten.«

Sie richtete ihren Blick auf das kleine Mädchen, das ihr Gesicht unter einem weiteren Hustenanfall im Umhang ihrer Mutter verbarg. Ihr kleiner Körper zitterte.

»Geht es ihr noch nicht besser?«, fragte die Heilerin besorgt.

»Nein«, antwortete Pitor. »Sie hat seit Tagen einen starken Husten, der immer schlimmer wird. Nichts hat geholfen, selbst die Tinkturen nicht, die wir beim letzten Mal erhalten haben. Wir hatten gehofft, dass du sie dir nochmals anschauen kannst.«

Die Heilerin hob entschuldigend die Hände. »Wenn ihr bis nach der Versammlung warten könnt, werde ich sehen, was ich tun kann. Aber nun muss ich mich beeilen, der Gildenrat wartet nicht gerne. Eure Tochter kann im Zimmer dort drüben warten, bis das Treffen vorüber ist. Ich nehme an, ihr werdet ebenfalls kommen?«

Pitor und Irina wechselten einen raschen Blick. Er musste sie nicht fragen, um zu sehen, dass es seiner Frau nicht recht wäre, die kleine, kranke Tochter hier allein unter fremden Menschen zu lassen.

»Danke, Miara«, sagte Pitor zur Heilerin. »Wir werden uns besprechen und kommen dann auch gleich zur Versammlung.«

Die Heilerin nickte, lächelte sie nochmals an und ging eilig davon.

»Was meinst du?«, fragte Irina, als sie weg war. »Sollen wir sie einfach mitnehmen?«

»Du weißt, dass es verboten ist, Nichtmitglieder der Gilde an Versammlungen mitzubringen«, entgegnete Pitor zögernd. »Und unsere Tochter gehört noch nicht zur Erdgilde …«

»Ja, aber sie wird es in drei Jahren. Wir haben ja schon bemerkt, dass sie eine Begabung für das Erdelement hat. Es ist also nur eine Frage der Zeit, bis sie Mitglied in der Gilde sein wird.«

Pitor musterte seine Tochter zweifelnd. Seine Frau hatte recht, das Mädchen zeigte bereits Anzeichen der Erdbegabung. Trotzdem … sie war noch kein vollwertiges Mitglied der Gilde. Doch sie alleine hier im Hospital warten zu lassen – das ging ihm ebenfalls gegen den Strich.

»Also gut«, nickte er schließlich. »Wir nehmen sie mit. Aber wir bleiben ganz hinten, damit uns niemand sieht.«

Irina atmete sichtlich auf und nahm ihre Tochter wieder bei der Hand.

»Komm«, flüsterte sie sanft. »Wir werden zurückkommen und dann hilft dir die nette Heilerin, ja?«

Das kleine Mädchen schaute ihre Mutter kläglich an und nickte. Den Schal hatte sie vor ihren Mund gepresst und unterdrückte einen weiteren Hustenanfall.

Pitor seufzte. Damals hätte er alles noch ändern können. Hätte verhindern können, dass sie jetzt, eine Woche später, hier im Gerichtssaal von Lormir sitzen mussten. Seine kleine Tochter vor ihnen auf einem Stuhl, mitten in dem großen, kalten Raum.

Aber wie er es auch drehte und wendete – er hätte sich jederzeit wieder so entschieden. Seine kranke Tochter alleine im Hospital zu lassen, während er selbst an der Gildenversammlung teilnehmen musste, das hätte er nicht verantworten können. Zumal seine Tochter nicht zu den Kindern gehörte, die stundenlang still in einer Ecke sitzen konnten. Sie hätte sich mit der Zeit bestimmt aufgemacht, um das Hospital zu erkunden. Und wer weiß, wie das geendet hätte.

Nun ja, wahrscheinlich nicht vor dem Gericht – dachte er ironisch und biss sich unwillkürlich auf die Lippen. Irina, die neben ihm saß, war kreideweiß im Gesicht. Als sie erfahren hatte, dass jemand aus der Erdgildenversammlung sie verpetzt hatte, war sie so wütend geworden, wie er sie noch nie erlebt hatte. Aber jetzt saß sie still und eingeschüchtert hinter ihrer Tochter, die von der harten Arbeit auf dem Hof gezeichneten Hände in ihrem Schoss gefaltet und wagte kaum zu atmen.

Er nahm ihre Hand. Sie war eiskalt.

»Es wird sich sicher eine Lösung finden«, murmelte er beruhigend.

Sie schaute ihn mit geweiteten Augen an. »Nein … hast du vergessen, wer die Verhandlung führt? Er wird niemals nachgeben, er ist bekannt für seine harten Urteile«, ihre Stimme brach.

In dem Moment betrat er den Saal. Xenos. Der Magier und Zirkelleiter von Lormir und Vollzieher des Gesetzes.

Sein schwarzer Umhang blähte sich hinter ihm auf und seine eisigen Augen schweiften ausdruckslos durch den Saal, schienen jeden Zuschauer einen Moment lang zu fixieren.

Gemäßigten Schrittes schritt er zu dem Stehpult, das sich direkt vor Irina, Pitor und deren Tochter befand. Er musterte die Drei prüfend.

Unwillkürlich überkam Pitor eine Gänsehaut, als Xenos zu sprechen begann. Seine Stimme klang eiskalt und in seiner Miene waren Arroganz und Abscheu zu lesen.

»Pitor und Irina von Lormir. Ihr wurdet angeklagt, weil Ihr Eure Tochter unerlaubt in eine Gildenversammlung mitgenommen habt, obwohl sie noch kein Mitglied der Erdgilde ist – ist das korrekt?«, fragte er in sachlichem Tonfall.

Irina starrte den Zirkelleiter wie ein Reh an, das schutzlos dem Bogen eines Jägers ausgeliefert war.

Pitor holte Luft und versuchte, seine Stimme sicherer klingen zu lassen, als er sich selbst fühlte. Er blickte Xenos fest in die kalten Augen.

»Ja, das stimmt. Aber …«

»Dann seid ihr für schuldig befunden«, unterbrach ihn Xenos donnernd. »Alle hier Anwesenden haben das Schuldeingeständnis gehört und bezeugt!«

Damit schweifte sein eisiger Blick abermals durch den Raum. Pitor vermeinte, dass sich die Zuschauer, die sich im Gerichtssaal eingefunden hatten, um an den wöchentlichen Rechtsprechungen teilzunehmen, unter dem Blick des Zirkelleiters kleiner wurden.

Ein grausames Lächeln umspielte jetzt den schmalen Mund von Xenos.

»Ihr werdet Euch bestimmt fragen, worin Eure Strafe besteht«, sprach er, an Pitor und Irina gewandt.

Irina zuckte unter seiner Musterung unwillkürlich zusammen. Pitor spürte, wie ihm die Galle hoch kam. Er verabscheute diesen Magier. Seine Tochter, die auf dem Stuhl vor ihm saß, begann leise zu weinen.

In dem Moment richtete sich der Blick von Xenos auf sie. »Damit keiner mehr unerlaubt Nichtmitglieder in geheime Gildenversammlungen mitnimmt, werde ich an Euch ein Exempel statuieren«, sagte er mit schneidender Stimme. »Und zwar wird Eure Tochter, wenn sie das dreizehnte Lebensjahr erreicht hat, nicht in die Erdgilde aufgenommen!«

Irina entfuhr ein Keuchen und Pitor blinzelte ungläubig. Aus dem Publikum waren überraschte Rufe zu hören. Um Pitor drehte sich alles. Hatte er gerade richtig gehört? Das konnte nicht sein Ernst sein! Noch nie wurde jemandem der Zutritt zu einer Gilde verweigert! Das kam einem Todesurteil gleich. Was sollte aus seiner Tochter werden? Sollte sie etwa auf der Straße betteln?!

Schon wollte Pitor aufspringen und widersprechen, aber Xenos fuhr in dem Moment fort: »Wir werden trotzdem eine gewisse Milde walten lassen«, bemerkte er mit falscher Güte. »Und zwar wird Eure Tochter stattdessen als Dienerin in den Zirkel geschickt!«

»Nein«, presste Pitor zwischen den Zähnen hervor. »Wir nehmen jedes Urteil an, aber nicht dieses. Wir schicken unsere Tochter nicht in den Zirkel!«

»Euch wird keine andere Wahl bleiben!«, donnerte Xenos mit eisiger Ruhe. »Seid froh, dass Ihr so glimpflich davongekommen seid! Damit ist die Verhandlung geschlossen!«

Er wandte sich ab und verließ den Raum, noch ehe Pitor seine Sprache wiedergefunden hatte.

Kapitel 1

»Mama, Mama! Es geht bald los! Es geht bald looos! Komm, Alia, wir müssen uns beeilen!«

Aufgeregt hüpft Sen in seinen neuen Hosen und dem roten Hemd zwischen Mutter und mir hin und her. Sein blonder Schopf ist wie immer ungekämmt und seine Wangen leuchten vor Aufregung. Oder vielleicht ist es auch die Anstrengung, so genau lässt sich das nicht mehr unterscheiden, da er und Lia seit einer halben Stunde um die Wette hüpfen. Die beiden freuen sich wirklich.

Ich lächle in mich hinein. Es ist ein großer Tag für meine Geschwister: der Eintritt in die Erwachsenenwelt. Sie sind beide dieses Jahr dreizehn geworden, haben aber schon seit drei Jahren ihre Elementbegabungen entdeckt. Und zwar fast gleichzeitig, wie das bei Zwillingen oft der Fall ist. Sowohl Sen als auch Lia scheinen eine Extraportion ihrer Talente auf den Weg mitbekommen zu haben.

Sen, mein jüngerer Bruder, hat eine natürliche Begabung, mit dem Element Feuer umzugehen. Wenn er mit dem Feuerstein hantiert, ist es, als würde der Feuergott Ignas höchstpersönlich vor einem stehen. Er bringt schnellere und länger brennende Feuer zustande, als jeder andere. Auch sein Geschick in der Schmiedekunst ist bewundernswert. Er durfte sogar schon einmal bei Kar, dem Goldschmied, ein paar Tage aushelfen und dieser war begeistert von ihm. Wenn Sen, wie alle anderen Kinder aus besseren Häusern in Altra, die Hochschule drei Jahre lang besucht hat, darf er bei ihm arbeiten. Das steht jetzt schon fest.

Meine Schwester Lia schlägt hingegen Mutter nach. Ihre Begabung für das Element Erde und damit unter anderem für die Heilkunst, wurde ihr buchstäblich in die Wiege gelegt. Sie kann mit Verbänden und Tinkturen so geschickt umgehen wie nur wenige in ihrem Alter. Und ihre liebevolle Art wird von den Patienten, die sie manchmal unter Aufsicht meiner Mutter behandeln darf, geschätzt. Aber auch sie wird zunächst in der Hochschule ihr Element noch besser beherrschen lernen und eine Ausbildung in der höheren Heilkunst machen, ehe sie Mutter im Hospital helfen darf.

Mutter – ich schaue ihr zu, wie sie Sen einfängt, um ihm einen ordentlichen Scheitel zu verpassen, dann Lia lachend umarmt und ihr das Schleifchen, das um die Taille ihres braunen Gildenkleides schlackert, festbindet. Ja, sie ist eine unglaubliche Frau. Mein Fels in der Brandung. Ihr blondes Haar ist immer zu einem langen Zopf geflochten, ihre dunklen Augen strahlen Güte und Wärme aus. Ihr Rücken ist von der harten Arbeit im Hospital gebeugt und seit zwei Jahren überrage ich sie nun um eine Handbreite. Wie die meisten Menschen im Norden von Altra trägt sie oft einen dicken Pelzmantel über ihrer Arbeitskleidung, der sie gegen die beißende Kälte schützt, die hier die meiste Zeit des Jahres herrscht.

Gäbe es Mutter nicht, ich wäre vor Verzweiflung wohl bereits zehnmal durchgedreht. Aber sie ist immer da, hat immer ein tröstendes Wort für mich parat. Trotzdem erwische ich sie ab und zu, wenn sie sich unbeobachtet fühlt, wie sie mich voller Mitgefühl und Traurigkeit ansieht. Sie weiß, dass ich nicht mehr viel Zeit habe, um meine Begabung zu finden. Ich bin bereits fünfzehn Jahre alt und werde in zwei Wochen sechzehn. Andere in meinem Alter gehen festen Berufen nach und heiraten, haben Kinder, während ich weder das eine noch das andere darf, da ich keiner Elementgilde angehöre.

Mit dreizehn Jahren wurden alle meine Freundinnen in eine der vier Gilden aufgenommen. Nur ich musste damals in den Zuschauerreihen stehen. Am liebsten wäre ich gar nicht hingegangen, aber meine Freunde traf ja keine Schuld daran, dass ich noch keine Begabung entwickelt hatte. Zudem ist es für alle Bürger von Lormir Pflicht, an den Aufnahmeritualen, die in ganz Altra zur Sommersonnenwende stattfinden, teilzunehmen.

Immer stärker wird meine Befürchtung, dass ich eine Nehil bin, also keine einzige Elementbegabung entwickeln werde. Seit über zwanzig Jahren gab es keinen Nehil mehr. Von dem letzten Jungen, der keine Begabung hatte, weiß man nur, dass er sich am Tage seines sechzehnten Geburtstages in der Scheune seines Bauernhofes erhängte. Dieses Schicksal möchte ich auf keinen Fall mit ihm teilen.

Letztes Jahr jedoch kandidierte ein vierzehnjähriger Junge bei den Aufnahmeritualen – eine Seltenheit. Man konnte seine Erleichterung, dass er doch noch eine Begabung entwickelt hatte, mit Händen greifen. Er machte mir Mut. Aber wenn ich bis zu meinem sechzehnten Geburtstag kein Element beherrsche, sind meine Eltern dazu verpflichtet, mich in den Magierzirkel von Lormir als Dienerin zu schicken – dies geschieht nun mal mit Nehilen, die ansonsten in der Gesellschaft gerade noch fürs Betteln taugen.

Als Diener im Zirkel ist es gar nicht so übel, man hört selten negative Berichte. Meist entscheiden sich Kinder aus ärmeren Familien, die sich die Hochschule nicht leisten können, sogar freiwillig nach der Gildenzeremonie, den Magiern zu dienen. Der Vorteil für sie ist, dass sie dort ihrer Begabung entsprechende Arbeit, gutes Essen, Kleidung und sogar eine kleine Ausbildung bekommen. Der Nachteil ist, dass sie nie wieder in die Welt außerhalb des Magierzirkels zurückkehren dürfen. Den Dienern ist es streng verboten, mit Nicht-Magiern zu kommunizieren, um die Geheimnisse des Zirkels zu bewahren.

»Kommst du, Mertin?«, ruft Mutter die Treppe hinauf. »Wir müssen wirklich los, Sen hat recht, sonst kommen wir womöglich zu spät!«

»Schon gut, ich komme ja, Miara.«

Mein Vater Mertin, kommt gemächlich die Treppe herunter. Er trägt seine grünen Jagdkleider, die seinen schlanken, muskulösen Körper wie eine zweite Haut umschmiegen. Sein Gang ist wie immer leicht federnd und lautlos, jahrelang auf der Jagd im Wald geschult. Sein nussbraunes Haar, das nun an den Schläfen bereits etwas grau wird, hat er unter dem Jägerhut versteckt, sein Gesicht mit den grünen Augen, in denen immer der Schalk sitzt, ist frisch rasiert.

Wie er möchte ich auch sein. So selbstbewusst und mit der Eleganz einer Raubkatze. Wie immer versetzt es mir einen Stich, als mir bewusst wird, dass ich vielleicht nie mit ihm auf die Jagd gehen kann. Wir lernen zwar in der Schule die Grundkenntnisse der Jagd – so versuchen die Lehrer, unsere Luftbegabungen zu entdecken – aber es ist streng verboten, vor Zutritt in die Luftgilde in den Wald jagen zu gehen. Das dürfen nur die echten Jäger, da es für alle anderen als zu gefährlich gilt. Im Wald lauern Bären, Echsen, Trolle, Gorkas oder noch schlimmer: Warfts. Da braucht es das ganze Geschick eines Jägers, um diesen Monstern die Stirn bieten und überleben zu können.

Das Schießen mit Pfeil und Bogen hat mir immer großen Spaß gemacht, jedoch entwickelte ich auch in diesem Element leider keine überragenden Fähigkeiten. Ganz im Gegensatz zu meiner Freundin Kala, die bei den Bogenschießübungen immer ins Schwarze traf und daher seit zwei Jahren einer erfolgreichen Jagdtruppe angehört.

Vater scheint meine Gedanken erraten zu haben, eine weitere Gabe, die den Mitgliedern der Luftgilde eigen ist. Er legt den Arm um meine Schultern und kneift mich in die Seite.

»Komm, Alia, lassen wir die Drei nicht warten. Es gilt schließlich, deine Geschwister vor Miaras Fürsorge zu erretten.«

Tatsächlich scheint sie es mit ihren Mutterpflichten schon wieder zu übertreiben. Lia sieht unglücklich zu, wie sie ihr eine Feder in das blonde Haar flicht.

Ich glätte mein weißes Festtagskleid, das ich als Nichtgildenmitglied tragen muss, mit den Händen und prüfe nochmals die kunstvolle Hochsteckfrisur, die Mutter aus meinem langen, dunkelbraunen Haar gezaubert hat, im Spiegel.

Ich finde mich nicht übermäßig schön und gebe auch normalerweise nicht viel auf mein Aussehen. Trotzdem bin ich stolz, wie das weiße Kleid heute meinem Hautton schmeichelt. Ich bin durchschnittlich groß und habe einen eher schlaksigen Körper, der jedoch seit einiger Zeit glücklicherweise immer weiblichere Formen bekommt.

Meine Mutter sagt immer, ich sähe hübsch aus, aber ich habe den Verdacht, dass Mütter in dieser Hinsicht eine verzerrte Wahrnehmung haben.

Schließlich sind wir alle Fünf bereit und begeben uns zum großen Gildenplatz, der zu dieser Jahreszeit ausnahmsweise schneefrei ist. Die vier Gildenhäuser mit ihren Tempeln für die vier Götter von Feuer, Wasser, Erde und Luft bilden die Begrenzung des Gildenplatzes, der in einem Fünfeck angelegt ist. Die fünfte Seite wird von dem Gildenhaus für Magie eingenommen.

Die Luft riecht nach Sommer. Trotzdem ist es kühl und ein scharfer Wind bläst um unsere Köpfe. Die wärmere Jahreszeit wird erst in etwa einem Monat Lormir erreichen und auch ganz rasch wieder vorbei sein.

Ich ziehe den weißen Umhang, den ich übergeworfen habe, etwas enger um meine Schultern.

Auf dem Platz selbst hat sich bereits eine Menschenmenge angesammelt. Ich staune jedes Mal, wie viele Bewohner die Region Lormir mit ihrer gleichnamigen Hauptstadt hat. Alle haben sich herausgeputzt und in der Farbe ihrer Gilden eingekleidet. Viele, vor allem die Fischer und Bauern, die zum ärmeren Teil der lormischen Bevölkerung zählen, sind von weither angereist. Sie wohnen in Dörfern, die sich meist mehrere Tagesmärsche von der Hauptstadt entfernt befinden.

Die Kinder, die kandidieren werden, stehen jeweils ganz vorne bei der Tribüne. Dorthin begeben sich nun auch Sen und Lia, während meine Eltern und ich unsere Plätze in den vorderen Reihen der Zuschauer einnehmen.

Vorne bei der Tribüne stehen die wohlhabenderen Familien, hinten die ärmeren und ganz hinten diejenigen, die sich kaum ein Dach über dem Kopf leisten können.

Da drüben steht die Hochseefischerfamilie in ihrer blauen Kleidung, die sie als Angehörige der Wassergilde kennzeichnet. Beide Eltern sind Hochseefischer. Arrangierte Ehen, um die wirtschaftlichen Erträge zu optimieren, sind unter den weniger bemittelten Einwohnern Altras keine Seltenheit.

Weiter vorne entdecke ich den Goldschmied Kar, der, wie mein Bruder Sen, rote Kleidung trägt. Die Farbe der Feuergilde. Seine ist jedoch als Zeichen seines höheren Standes mit Goldfäden durchwirkt. Den Waffenschmied Pete sehe ich weiter hinter ihm. Er legt wenig Wert auf seine Festtagskleidung, die vom Ruß der Schmiede verschmutzt ist. Ich schüttle innerlich meinen Kopf. Dieser Tag ist für seinen Sohn doch wichtig, da könnte er sich schon etwas mehr Mühe geben.

Die Bauern, die wie Lia und Mutter die braune Festkleidung der Erdgilde tragen, sind etwas weiter hinten auf dem Platz zu entdecken. Sie alle haben die Begabung, sich um das Wohl von Menschen und Tieren zu kümmern. Jedoch bekommen nur reichere Kinder in der Gildenhochschule die Möglichkeit, einträglichere Berufe wie Bäcker, Konditor oder Heiler im Hospital zu werden.

Ich beobachte die Krieger, die mit ihren Schwertern gegen die Schilde schlagen, den Platz hermetisch absperren und für Ordnung unter der bunten Gesellschaft sorgen. In ihren roten Festtagsuniformen, die sie als Mitglieder der Feuergilde tragen dürfen, sehen sie stattlich aus. Ihre alltäglichen Rüstungen, die aus gegerbtem Leder und grauen Eisenplatten bestehen, wirken dagegen eher glanzlos.

Meine Augen wandern zu meiner Freundin Kala, die im grünen Jägerkostüm der Luftgilde hinreißend aussieht. Sie zwinkert mir zu und winkt über den Platz. Ich winke lächelnd zurück. Sie weiß, dass ich dieses Jahr wieder nicht unter den Kandidaten mit dabei sein werde und wie verzweifelt ich bin, dass ich in zwei Wochen sechzehn werde. Mir rennt die Zeit davon. Sie erwidert mitleidig meinen Blick und legt ihren Zeigfinger unter ihr Kinn. Kopf hoch. Ich nicke tapfer und wende den Blick ab.

Dort, auf der rechten Seite des Platzes stehen diejenigen, die in die Magiergilde aufgenommen werden sollen in ihren schwarzen Umhängen. Sie sind die Glücklichen, die neben der Elementbegabung auch noch eine Magiebegabung entwickelt haben.

Die Energie für alle Zauber schöpfen die Magier aus der eigenen Körperwärme. Wie dies genau geschieht, ist eines der Geheimnisse des Magierzirkels. Es ist jedoch bekannt, dass der Magierkodex es allen Mitgliedern verbietet, sich der Wärme eines anderen Lebewesens zu bedienen – also sogenannte schwarze Magie zu wirken.

Dieses Jahr gibt es sogar über zwanzig magiebegabte Dreizehnjährige, die hochmütig zu uns rüber schauen. Ich schlucke meinen Neid herunter.

Wie gerne wäre ich an der Stelle dieser Kandidaten. Würde darauf warten, dass mein Name aufgerufen und meine Elementbegabung verkündet wird, um dann mit stolz geschwelter Brust zum Podium hochzugehen, wo einem der Gildenring verliehen wird. Der Ring, der auch an den Fingern meiner Eltern blitzt. Der einem sagt, dass man erwachsen ist und zu einer Gilde gehört. Und den man von da an nicht mehr ablegen kann, da sich die Rune darauf mit der Elementkraft in einem verbindet.

Ich betrachte meine Hände, die leicht zittern. Aber ich muss jetzt stark sein. Für meine Geschwister, die als kleine Nervenbündel vor uns stehen und immer wieder unsicher zu mir und meinen Eltern schauen. Ich lächle ihnen zu.

Es besteht eigentlich kein Grund zur Sorge. Schon lange ist es nicht mehr vorgekommen, dass ein Kandidat von einer Gilde abgewiesen wurde. Vor fünf Jahren einmal wurde einem Mädchen der Gildenzutritt verwehrt, weil ihre Eltern den Kodex verletzt hatten. Sie wurde als Dienerin in die Magiergilde geschickt und man hat nie mehr etwas von ihr gehört. Ich fand das damals ungerecht, da sie ja nichts für die Fehltritte ihrer Eltern konnte. Aber so wird das hier in Altra eben gehandhabt. Das nennen die Magier Gerechtigkeit.

Für Sen und Lia besteht jedoch keine Gefahr, dass sie nicht aufgenommen werden. Mutter ist eine der höchsten Heilerinnen im Hospital und Vater Anführer einer erfolgreichen Jagdtruppe. Die beiden besitzen in Lormir hohes Ansehen und daher wird keiner es wagen, ihre Kinder bloß zu stellen. Obwohl der Glanz von ihrem Hause in letzter Zeit kleine Risse bekommen hat. Immer häufiger tuscheln die Bewohner, dass ich die erste Nehil seit zwanzig Jahren sein werde.

Der Fanfarenstoß reißt mich aus meinen Gedanken. Ich recke den Hals, um besser sehen zu können. Die hohen Räte der vier Element- sowie der Magiergilde betreten jetzt unter tosendem Applaus die Tribüne.

Kapitel 2

Jedes Element wird durch ein Gildenmitglied vertreten. Alle sehen sie prachtvoll aus in ihren Ratsgewändern. Es erscheint mir auch dieses Jahr wie ein Wunder, wie der Umhang des Rates der Feuergilde zu brennen scheint, obwohl der Stoff heil bleibt. Wie ein Wasserfall umfließt hingegen der Umhang den Rat der Wassergilde und das Gewand der Abgeordneten der Erdgilde scheint von einem inneren Licht zu erstrahlen. Die Luftgildenrätin trägt grüne Kleidung mit einem Jägerumhang und wird von kleinen Vögeln umschwirrt. Kolibris, hat mein Vater mir mal erklärt. Es ist ein imposantes und wunderschönes Bild.

Die Räte der Magiergilde allerdings überbieten alles. Genau wie in den Elementgilden, ist der Rat der Magiergilde ebenfalls aus vier Ratsmitgliedern zusammengestellt. Für jedes Element wurde ein Magier abgeordnet. Sie alle sind in schwarze Umhänge gehüllt, die mich an einen Nachthimmel mit tausend Sternen erinnern. Ihre jeweiligen Elemente tragen sie in Form eines Stabes bei sich. Die Spitze jedes Stabes bildet eine Lichtkugel, die entweder in rot, blau, braun oder grün erstrahlt. Ihr oberster Vertreter und Leiter des Magierzirkels ist Xenos, der gleichzeitig das Element Feuer repräsentiert.

Xenos sieht aus wie knapp dreißig, ist hochgewachsen und breitschultrig. Jeder weiß jedoch, dass er in Wirklichkeit bereits mehrere hundert Jahre alt sein muss. Sein Gesicht sieht zwar jugendlich aus, doch seine intelligenten, eisblauen Augen sind uralt. Sie bilden einen auffallenden Kontrast zu seinem dunkelbraunen, schulterlangen Haar, das im Nacken mit einem Lederband straff zusammengehalten wird.

Nur die mächtigsten Magier sind in der Lage, ihre Jugend zu erneuern und damit den Lasten des Alters zu trotzen. Weniger mächtige Magier sterben oft an Altersschwäche oder eines natürlichen Todes – zum Beispiel, wenn wieder ein Experiment schief gegangen ist.

Ich schaue zu, wie Xenos mit den anderen Magierräten seinen Platz rechts auf der Tribüne einnimmt. In seinen Zügen liegt Kälte, gepaart mit Arroganz, die mich jedes Mal, wenn ich ihn sehe – was glücklicherweise nur einmal im Jahr bei der Aufnahmezeremonie geschieht – frösteln lässt. Dieser Mann geht über Leichen. Zum Zeichen seines Ranges als Leiter des lormischen Zirkels trägt er immer ein auffälliges, schwarzes Amulett um den Hals.

Die Leiter der fünf Magierzirkel in Altra nehmen eine spezielle Stellung ein. Sie sind die rechte Hand vom tyrannischen Herrscher Lesath, der irgendwo im Süden in Merita regiert, führen dessen Gesetze mit akribischer Genauigkeit aus und halten Gericht. Sie können sehr grausam sein, wenn jemand die Vorschriften missachtet.

Zudem überwachen die Zirkelleiter die Elementgilden und haben auch sonst überall ihre Finger im Spiel. Immer wieder hört man Geschichten darüber, wie auf Befehl von Xenos ein aufständisches Dorf in der Region von Lormir dem Erdboden gleichgemacht wurde. Auch bei den anderen Zirkeln in Altra wird mit ähnlicher Härte durchgegriffen. Wenn ein Zirkelleiter in einem Dorf oder einer Stadt gesehen wird, bedeutet dies meist Unheil für dessen Bewohner.

Heute jedoch sind die Magier glücklicherweise in friedlicher Absicht hier.

Nach ein paar Minuten legt sich der Applaus und die Aufnahmezeremonie beginnt.

Zuerst sind die Elementgilden an der Reihe.

Für die Feuergilde sind zwei Dutzend Kandidaten nominiert, darunter auch Sen. Alle werden gebeten, nach vorne zu treten, dann werden goldene Ringe, die mit rot glühenden Feuerrunen verziert sind, auf kleinen Kissen gebracht. Woher diese Ringe genau stammen, ist eines der Geheimnisse der Gilden.

Die Nervosität der Kinder ist nun greifbar.

Heros, das oberste Ratsmitglied der Feuergilde, sagt den Eid der Feuergilde vor. Er ist ein untersetzter Mann Anfang vierzig, dessen Überheblichkeit sein Gesicht zu einer Fratze verzerrt.

»Ich gelobe hiermit feierlich, bis ans Ende meiner Tage die Geheimnisse der Feuergilde zu bewahren und den Kodex von Ignas, dem Feuergott, nach meinem besten Wissen und Gewissen zu befolgen. Das Feuer ist rot, im Herzen brenne ich.«

Die Kinder sprechen den Eid mit zitternden, leisen Stimmen nach.

Ich merke, wie Tränen in meine Augen treten, als ich Sen dabei beobachte, wie er den Gildenring an seinen rechten Ringfinger steckt und kurz zusammen zuckt, als die Macht des Feuers sich mit seinem Innersten vereint. Es sind Tränen des Stolzes, aber auch ein bisschen des Selbstmitleids.

Wir hatten uns schon ausgemalt, dass wir dieses Jahr vielleicht sogar gemeinsam das Aufnahmeritual bestehen. Tja, daraus ist nun leider nichts geworden, da ich mich mehr und mehr zur Nehil zu entwickeln scheine.

Sen strahlt mit den anderen neuen Gildenmitgliedern um die Wette und geht stolz zu seinem Platz neben dem Ratsmitglied der Feuergilde. Er gehört nun offiziell dem Feuergott und ist ein Erwachsener.

Als Nächstes tritt Bermes, oberstes Mitglied der Wassergilde vor. Die Mitglieder der Wassergilde waren immer schon diejenigen, die mir am sympathischsten waren, da sie am meisten auf dem Boden geblieben sind.

Dies verkörpert auch Bermes. Er ist knapp über vierzig Jahre alt, hochgewachsen und schlank. Manche würden ihn vielleicht sogar knochig nennen. Seine Haut ist vom Leben auf der See gegerbt, seine Hände sind rau und mit Schwielen bedeckt. Auch er hat eine mehrwöchige Reise hinter sich, da er normalerweise nicht im Gildenhaus hier in Lormir lebt, sondern am Meer, in Heystedt, wo er eine Werft betreibt.

Zu seinen Kandidaten zählen knapp zwanzig Kinder, unter anderem auch Cana, die Tochter des Goldschmieds. Sie ist die Einzige, die dieses Jahr mit zwei Begabungen antritt und sich für eine der beiden entscheiden muss. Während dem Aufnahmeritual wird die zweite Begabung automatisch ausgelöscht. Sie spricht tapfer mit den anderen Kindern die Gildenworte nach.

»Ich gelobe hiermit feierlich, bis ans Ende meiner Tage die Geheimnisse der Wassergilde zu bewahren und den Kodex von Aquor, dem Wassergott, nach meinem besten Wissen und Gewissen zu befolgen. Das Wasser ist tief, tief wie meine Seele.«

Jetzt kommt der Moment, wo alle Bewohner Lormirs den Atem anhalten. Canas Begabung für das Element Luft wird nun mit dem Zutritt in die Wassergilde zerstört werden.

Sie tritt mit einem kaum merklichen Zögern vor und steckt sich den goldenen Ring mit der blau leuchtenden Wasserrune an den Finger.

Kaum berührt er ihre Haut, zuckt sie mit schmerzhaft verzerrtem Gesicht zusammen und stürzt wimmernd zu Boden.

Ihr schmaler Körper wird von Krämpfen gepeinigt, um ihren Mund sammelt sich Schaum. Aber es eilt ihr niemand zur Hilfe. Jeder weiß, dass sie diese schwierige Prüfung selbst bestehen muss, um als vollwertiges Mitglied der Wassergilde gelten zu können.

Ich beiße auf die Lippen, kann den Blick aber nicht abwenden. Nach drei endlosen Minuten hören die Zuckungen auf, Canas Blick wird wieder klarer und sie versucht, ihre verkrampften Beine zu bewegen.

Bermes stützt sie und hilft ihr, aufzustehen. Er umarmt sie feierlich und führt sie, unter dem Applaus der Zuschauer, zu den anderen neuen Mitgliedern seiner Gilde.

Canas Gang ist immer noch zittrig, aber ich erhasche einen kurzen Blick auf ihr stolzes Lächeln, ehe sie von den Mitgliedern der Wassergilde zum Beitritt beglückwünscht wird.

Nun ist Lia an der Reihe. Sie und ein Dutzend weitere Kandidaten treten vor, während Ranzad, die oberste Heilerin, eine grauhaarige Frau mit rundem Gesicht, den Eid vorsagt.

»Ich gelobe hiermit feierlich, bis ans Ende meiner Tage die Geheimnisse der Erdgilde zu bewahren und den Kodex von Tellos, dem Erdgott, nach meinem besten Wissen und Gewissen zu befolgen. Ich bin die Mutter, die Erde und das Leben.«

Nach Canas Zusammenbruch, greifen die Kandidaten nur zögerlich zu den Ringen mit den braunen Runen. Als aber nichts passiert, außer dem kurzen Schmerz, als die Kraft der Erde in die jungen Körper dringt, zeigt sich Erleichterung auf ihren Gesichtern, die bald dem Stolz, nun endlich Mitglied in der Erdgilde zu sein, weicht.

Lia winkt kurz in unsere Richtung, ehe sie sich mit einem breiten Lächeln zu den anderen Ratsmitgliedern begibt. Mutter strahlt über das ganze Gesicht und ich sehe den Stolz in ihren Augen. Wie gerne würde ich sie auch so stolz machen. Vater lächelt mir aufmunternd zu, er hat schon wieder meine Gedanken erraten. Ich lächle gequält zurück und wende meine Aufmerksamkeit wieder der Zeremonie zu.

Als Letztes treten die sieben Kandidaten des Luft-Elements auf die Tribüne. Ihr Eid wird ihnen von Fuarta, einer bereits sechzigjährigen Frau, deren Blick jedoch vom hohen Alter unberührt, klar und durchdringend ist, vorgetragen.

»Ich gelobe hiermit feierlich, bis ans Ende meiner Tage die Geheimnisse der Luftgilde zu bewahren und den Kodex von Aurel, dem Luftgott, nach meinem besten Wissen und Gewissen zu befolgen. Die Luft ist klar, der Pfeil schnell, das Leben kurz.«

Nachdem alle sieben neuen Mitglieder ihre goldenen Ringe mit der Luftrune an den Fingern haben, treten die Abgeordneten der Elementgilden in den Hintergrund, um den Magiern Platz zu machen.

Als Xenos nach vorne tritt, wird es im Publikum still. Es ist eine Ehre, in die Magiergilde aufgenommen zu werden, aber selbst wenn man Ansätze von Magiebegabung zeigt, ist dies kein Garant für die Aufnahme. Die Größe der Begabung wird erst von Xenos geprüft.

Die Kandidaten wirken nun nicht mehr so überheblich und selbstgefällig wie zuvor, sondern gleichen eher einer kleinen Schafherde, die sich einem zähnefletschenden Wolf gegenüber sieht.

Aber es nützt nichts. Falls sie Xenos' Prüfung standhalten, dürfen die Kinder dem Magierzirkel beitreten und erhalten je nach ihrer Elementbegabung die schwarzen Magierringe mit den zugehörigen Elementrunen, die sie einem der vier Magierzirkel zuordnen. Falls sie die Prüfung jedoch nicht bestehen, wird ihre Magiebegabung von Xenos vernichtet, was anscheinend ähnlich schmerzhaft ist, wie wenn ein Element gelöscht wird. Zurück bleiben nur noch die Begabung in einem der vier Elemente und die Demütigung, doch nur einer der Elementgilden beitreten zu können.

Xenos schreitet die Reihe der Kandidaten langsam ab. Seine hohe Gestalt überragt sie alle und lässt sie klein und verletzlich wirken. Er legt jedem kurz die Hand auf den Kopf und murmelt einige Worte. In der Menge könnte man nun eine Fliege husten hören, so still ist es geworden. Ich wage kaum zu atmen und verfolge gebannt jede von Xenos' Bewegungen. Als er beim letzten Kandidaten angekommen ist, ertönt ein animalischer Schrei.

Ich zucke unwillkürlich zusammen. Alle recken ihre Köpfe um zu sehen, was passiert ist. Auch ich stelle mich auf die Zehenspitzen, um etwas sehen zu können.

Der Junge, bei dem Xenos als Letztes war, ist zusammengebrochen. Er hat seine magische Prüfung nicht bestanden und liegt nun wimmernd und sich windend am Boden.

Xenos wendet sich mit ausdrucksloser Miene dem Publikum zu. Ich sehe, dass sein Amulett, das er um den Hals trägt, nun dunkel leuchtet. Seine sonore Stimme reicht mühelos bis in den hintersten Winkel des Platzes. »Diesem Jungen wird der Zutritt in die Magiergilde verwehrt. Er soll sich für die Aufnahme in die Feuergilde, dessen Element ihm innewohnt, bewerben.«

Das war's. So rasch kann der Traum von einer Zukunft im Magierzirkel platzen.

Ich empfinde nun doch Mitleid mit diesem Jungen, den ich vor wenigen Minuten noch beneidet hatte. Mit gerunzelter Stirn beobachte ich, wie er sich mit hängenden Schultern zu Heros begibt, um dort seinen Feuerring entgegen zu nehmen. Immerhin scheint die Aufnahme in die Feuergilde auf Anhieb zu klappen und er wird zu den anderen Ratsmitgliedern geführt.

Die neuen Mitglieder des Magierzirkels hingegen legen den Eid ab, ehe sie die schwarzen Ringe des Zirkels mit den Runen ihres jeweiligen Elementes tragen dürfen.

»Ich gelobe hiermit feierlich, bis ans Ende meiner Tage die Geheimnisse der Magiergilde zu bewahren und den Kodex des Zirkels zu befolgen. Wärme und Magie, sie sind eins in mir.«

Damit ist die Aufnahmezeremonie vorbei. Die neuen Mitglieder werden nun in die Gildenhäuser geführt, wo ihnen zu Ehren den ganzen Abend ein Fest stattfinden wird. Dort werden sie in die Geheimnisse der einzelnen Gilden eingeweiht und dürfen ihre neuen Götter feiern. Die Magier brechen jedoch sofort zum Zirkel auf, der außerhalb der Stadt Lormir liegt. Für die nächsten drei Jahre werden nun die frischen Magierlehrlinge ihre Eltern nicht wiedersehen.

Mutter und Vater werden in ihre jeweiligen Gilden gehen und die neuen Mitglieder feiern. Da ich keinem Element angehöre, darf ich wie immer nicht dabei sein. Mit einem leisen Seufzer und Gedanken des Selbstmitleides, mache ich mich auf den Heimweg.

Kapitel 3

Ich wache schweißgebadet auf. Mein Bettzeug ist nass und zerwühlt und mir ist leicht schwindlig. Es ist soweit. Ab heute bin ich sechzehn Jahre alt.

Die letzten zwei Wochen war ich jeden Tag in den vier Tempeln und habe die Götter angefleht, sie mögen mir ihre Gabe schenken. Außerdem habe ich wie eine Verrückte auf dem Praxisgelände der Schule geübt, obwohl ich über drei Jahre älter bin als alle anderen Schüler. Ich habe Fischerruten gebastelt, Pflanzen gedüngt, die Tiere der Schule gefüttert, Feuersteine gegeneinander geschlagen, Bogenschießen und Messerwerfen geübt, versucht, die Gedanken meiner Freundin Kala zu erraten. Aber nichts, rein gar nichts ist mir leicht gefallen.

Im Gegenteil. Vom vielen Üben mit allen möglichen Waffen habe ich Blasen an den Händen, meine Muskeln schmerzen ununterbrochen, meine Fingernägel sind längst alle abgebrochen vom Wühlen in der Erde und ich habe von all den Gedankenübungen hämmernde Kopfschmerzen.

Wenn ich irgendeine Elementbegabung oder gar Magie in mir hätte, würde mir das alles nicht so schwer fallen. Dann wäre es der reinste Spaziergang auf dem Hindernisparcours der Jäger. Oder ich würde nicht ständig vom Pferd getreten und von den Hunden angebellt werden, sondern könnte mit derselben Selbstverständlichkeit wie Mutter und Lia mit den Tieren umgehen.

Traurig wandert mein Blick durch mein Zimmer. Dies war also die zweitletzte Nacht in meinem Zuhause. Ich bin ab heute offiziell eine Nehil.

Morgen früh werde ich den Dienst im Magierzirkel antreten müssen, wo ich für den Rest meines Lebens bleiben werde. Mir bleibt keine andere Wahl, sonst würde meine Familie von den Magiern hart gestraft werden. Jeder weiß, dass sie eine Tochter haben, die keine Begabung hat. An Flucht ist also nicht zu denken.

Bei dem Gedanken daran, weder meine Familie noch meine Freunde jemals wieder sehen zu dürfen, schnürt sich mir der Hals zu und ich unterdrücke einen weiteren Heulkrampf.

Nein, ich werde versuchen, meinen letzten Tag mit meiner Familie bestmöglich auszukosten und ihre Liebe wie ein Schwamm in mich aufsaugen.

Nachdem ich meinen geschundenen, verschwitzten Körper rasch mit Wasser gewaschen habe, ziehe ich meine schwarzen Hosen und das hellbraune Hemd an. Eine Kleidung, die sich meiner Mutter zufolge zwar für eine Dame aus den oberen Kreisen nicht ziemt, aber das ist mir heute egal. Ab morgen bekomme ich sowieso meine Dienstkleider vom Zirkel gestellt, da kann ich heute zum letzten Mal einen Tag lang in bequemer Kleidung verbringen.

Als ich das Esszimmer betrete, steht ein reichhaltiges Frühstück auf dem Tisch. Da sind meine Lieblingsbrötchen, Butter und diverse Konfitüren, kleine Kuchen, ein großer Früchteteller, Spiegeleier, Rühreier, Pfannkuchen, Lachshäppchen sowie Fleisch in allen Varianten, von Speck über Wurst bis hin zum teuren und seltenen Rinderfilet. Randa, unsere Haushälterin, muss die halbe Nacht auf gewesen sein, um dies alles vorzubereiten.

Sie steht am Herd in der Küche und gibt dem Apfelmus den letzten Schliff. Als sie mich sieht, lässt sie den Kochlöffel fallen und eilt mit ausgebreiteten Armen auf mich zu.

»Hach, Alia«, schluchzt sie. »Es tut mir ja so leid für Euch. Ihr habt das nicht verdient, wirklich nicht. Ich werde Euch so sehr vermissen …«

Sie wischt sich eine Träne von der Wange und drückt mich so fest an sich, als wolle sie meinen Körper als Abdruck auf ihrer Schürze verewigen. Sie riecht nach Zimt und Äpfeln.

Ich spüre wieder einen Kloss im Hals. Jetzt nicht weinen …

Rasch winde ich mich aus ihrer Umarmung.

»Ich danke dir für alles, Randa«, mehr bringe ich nicht heraus.

Sie nickt, schluchzt herzzerreißend und wendet sich eilig ab, um ihre Tränen zu verbergen. Sie ist wirklich eine gute Seele. Ich werde sie ebenfalls unendlich vermissen.

Beim Essen bekomme ich kaum einen Bissen herunter. Nach dem Geburtstagsständchen, das meine Familie für mich vorträgt, sind Mutter und Vater bemüht, gute Laune zu verbreiten. Aber so recht will es ihnen nicht gelingen.

Sen und Lia haben heute von der Schule frei bekommen, um sich in Ruhe von mir zu verabschieden. Seit meine Geschwister auf der Hochschule der Gilden sind, bekomme ich sie nur noch selten zu Gesicht. Besser so, so fällt mir der Abschied ein bisschen leichter.

Trotzdem muss ich immer wieder gegen meine Tränen ankämpfen. Ich habe meine Familie so lieb und kann mir beim besten Willen nicht vorstellen, sie ab morgen nie mehr zu sehen.

Nach dem Essen schenkt Lia mir zum Geburtstag ein braunes Lederarmband, das sie extra für mich angefertigt hat. Es ist gleichzeitig ihr Abschiedsgeschenk. Sie hat es in stundenlanger Arbeit kunstvoll geknüpft. Es ist wunderschön und ich umarme sie zum Dank fest.

Sen hat in seinem Unterricht für mich einen feinen Ring aus Gold gefertigt.

»Da du ja nun keinen bekommen hast …«, flüstert er voller Mitgefühl.

Ich schlucke den Kloß in meinem Hals herunter.

Mit so einem wertvollen Geschenk habe ich nicht gerechnet, mir fehlen die Worte, als ich den Ring bewundernd zwischen den Fingern drehe. Die filigranen Verzierungen zeugen von Sens Geschicklichkeit beim Schmieden. Dabei ist er doch erst am Anfang seiner Ausbildung.

»Zieh ihn an«, drängt mich Sen.

Er passt wie angegossen.

Ich umarme die beiden abermals und weiß, dass sie mir jetzt schon fehlen. Was wird wohl aus ihnen werden? So gerne wäre ich dabei, wenn sie ihre Begabungen weiter ausbauen und sähe zu, wie sie größer werden. Aber diese Geschenke, das Armband und der Ring, werden alles sein, was mir von Sen und Lia bleibt.

Es tut mir in der Seele weh, dass ich sie morgen verlassen muss. So vieles gäbe es noch zu sagen, so vieles zu tun und zu erleben.

Danach nimmt mich meine Mutter beiseite. Sie tut geheimnisvoll und ich folge ihr gespannt die Treppe hinauf ins Elternschlafzimmer. Dort schließt sie die Tür ab und bedeutet mir, mich auf das Bett zu setzen. Ich beobachte, wie sie zu einer kleinen Kommode in der Zimmerecke geht, die sie mit einem Schlüssel, den sie um den Hals trägt, öffnet.

Ich recke neugierig den Kopf, um besser sehen zu können, was sie daraus hervorholt.

Sorgfältig wickelt Mutter etwas Rechteckiges aus einem weißen Seidenstoff. Es ist ein kleines, silbernes Kästchen, etwa eine Hand breit und mit einem Blumenmuster verziert.

Sie hält es wie ein kostbares Kleinod mit beiden Händen, als sie es zu mir bringt und sich neben mich auf die Bettkante setzt. Es scheint ihr schwer zu fallen, die richtigen Worte zu finden. Aber schließlich beginnt sie zögerlich. »Alia, es gibt etwas, das Mertin und ich dir immer schon sagen wollten, aber einfach nicht den richtigen Zeitpunkt dafür fanden.«

Oje, was kommt jetzt? Eine Beichte? Sind die beiden etwa gar nicht verheiratet? Ist Alia nicht mein richtiger Name?

Ich wappne mich innerlich, bin aber keineswegs auf das vorbereitet, was jetzt kommt.

»Alia, mein Schatz. Mertin und ich, wir sind nicht deine leiblichen Eltern.«

Das trifft mich wie ein Schlag ins Gesicht – mir bleibt die Luft weg. Ich versuche, den Inhalt der Worte, die sie gerade gesagt hat, zu begreifen, meine Gefühle zu ordnen. Um mich dreht sich alles. Was soll das heißen? Dass meine leiblichen Eltern irgendwo in Altra leben und mich nicht wollten? Oder sind sie tot? Bin ich eine Ausgestoßene? Sen und Lia – nicht meine richtigen Geschwister?

In meinem Kopf jagt ein Gedanke den Nächsten. Mein Hals fühlt sich an, als winde sich eine unsichtbare Schlinge darum und ziehe sich langsam zu. Ich bekomme kaum Luft.

In meine Verzweiflung mischt sich auf einmal eine Wut, die sich in meinem Bauch brodelnd einen Weg nach oben kämpft und in meiner Brust zu explodieren droht. Warum gerade heute? Hätte sie das nicht für sich behalten, mit ins Grab nehmen können? Und mich im Glauben lassen, dass ich in meiner eigenen Familie aufgewachsen bin?

Mutter scheint zu merken, dass ich vollkommen aus der Bahn geworfen worden bin von ihrer Offenbarung. Sie legt entschuldigend ihre Hand auf mein Knie und ich lasse es zu. Ich bin zu sehr damit beschäftigt, meine Fassung wieder zu erlangen.

Nach einiger Zeit, die mir wie eine Unendlichkeit vorkommt, weichen die wirbelnden Gedanken einer schwarzen, inneren Leere und Taubheit.

Es ist jetzt sowieso alles egal. Ich bin morgen weg. Weg von dem, was ich Familie nannte. Weg von den Lügen.

Als Mutter merkt, dass ich mich wieder etwas gefangen habe, spricht sie weiter.

»Das ändert nichts daran, was wir für dich fühlen. Wir lieben dich wie unsere leibliche Tochter. Du bist Teil unserer Familie und wirst immer zu uns gehören.«

Leere Worte. Wie soll ich zu ihrer Familie gehören? Vielleicht erklärt das ja, warum ich eine Nehil bin. Wahrscheinlich haben meine leiblichen Eltern das bereits bei meiner Geburt gemerkt und mich deshalb ausgesetzt. Mein Magen rebelliert, mir wird schlecht.

»Wann?«, presse ich mühsam hervor.

Mutter versteht. »Als du kaum älter als ein paar Monate warst.«

Sie legt den Arm um mich, zieht mich zu sich und ich wehre mich nicht dagegen. Sie wiegt mich wie ein Kleinkind.

»Weißt du«, fährt sie fort, »ich konnte damals keine Kinder bekommen. Mertin und ich hatten unsere Hoffnung auf eigene Kinder bereits aufgegeben, als das Schicksal dich vor sechzehn Jahren zu uns brachte.«

Als ich keine Fragen stelle – wozu auch? – erzählt sie weiter.

»Damals wurde ein Schwarzmagier hier in Lormir gefasst und ihm wurde der Prozess gemacht. Üblicherweise werden Magier, die den Kodex des Zirkels brechen, wie du ja weißt, zum Tode verurteilt. Aus mir unnachvollziehbaren Gründen wurde jedoch in seinem Falle Milde gewaltet. Er wurde auf Lebzeiten ins Exil verbannt.«

Ich verstehe nicht, wieso das alles für mich von Belang sein sollte. Wieso erzählt sie mir das?

Mutter sieht meine Skepsis und fährt eilig fort. »Dieser Magier hatte dich, Alia, bei sich, als er gefasst wurde.«

Noch ein Schlag, direkt in mein Herz. Ich schnappe nach Luft, da mein Hals sich schon wieder zuschnürt.

»Was?«, krächze ich ungläubig. »Was soll ich mit einem Schwarzmagier zu tun gehabt haben? Ist er etwa mein Vater?«

»Nein, nein«, wiegelt Mutter ab. »Er ist keinesfalls dein leiblicher Vater, das hat er auch heftig bestritten und dies wurde vom Magierzirkel beglaubigt. Die genauen Umstände, wie du in seine Obhut kamst, sind unklar, er hielt sich sehr bedeckt. Xenos war auffallend milde zu ihm. Aber natürlich konnte dich der Schwarzmagier nicht behalten, da du viel zu klein und ganz offensichtlich nicht von seinem Blut stammtest. Mertin und ich haben uns sofort bereit erklärt, dich an Kindes statt anzunehmen.« Sie deutet auf das Kästchen, das sie immer noch in den Händen hält. »Bevor er in die Wildnis verbannt wurde, gab er mir jedoch dieses Kästchen für dich. Ich sollte es wie mein Augapfel hüten und dir an deinem achtzehnten Geburtstag geben.«

Sie sucht meinen Blick und schaut mich traurig an. Ihre Augen spiegeln all die schmerzhaften Gefühle wieder, die ich selbst zu unterdrücken versuche. »Den achtzehnten Geburtstag werden wir ja leider nicht mehr zusammen feiern können, da du dann im Zirkel dienen wirst. Daher übergebe ich dir das Kästchen jetzt.«

Damit legt sie es behutsam in meinen Schoss und ich umschließe es mit meinen Händen.

»Bitte versprich mir, dass du es erst an deinem achtzehnten Geburtstag öffnest, wie der Magier es wollte.«

Ich nicke kurz, ehe ich aufstehe und das Zimmer wortlos verlasse.

Ich muss jetzt allein sein.

Das war wirklich zu viel für mich, zu viel Informationen auf einmal, die es zu verdauen gilt.

Ziellos wandere ich in Lormir umher, am Gildenplatz und den Tavernen vorbei, immer weiter. Ich achte nicht darauf, wohin ich gehe. Hauptsache weg von hier. Weit weg, um meine verwirrenden Empfindungen ordnen zu können.

Ich muss lange so gelaufen sein. Plötzlich finde ich mich auf einer Kuhweide, eine gute Wegstunde südlich der Stadt wieder. Zu dieser Jahreszeit wachsen hier ein paar struppige aber nahrhafte Grasbüschel, die von den Kühen gierig verschlungen werden.

Meine Wut über die Lügen meiner Eltern weicht einer immer grösser werdenden Verwirrung.

Ich schaue den Tieren eine Weile zu und spiele gedankenverloren mit dem silbernen Kästchen. Beim Versuch, es zu öffnen, scheitere ich kläglich. Womöglich ist es mit irgendeinem Zauber belegt, der es mir erst mit achtzehn Jahren ermöglicht, es zu öffnen. Das wäre einem Schwarzmagier zuzutrauen.

Aber will ich das Geschenk eines so abscheulichen Menschen … Monsters, überhaupt behalten? Es könnte ja sonst was darin sein. Wer weiß das bei Schwarzmagiern denn schon? Sie brauchen schließlich die Wärme anderer Menschen für ihre Zauber.

Naja, immerhin hat es meine Mutter fünfzehn Jahre lang aufbewahrt. Das hätte sie bestimmt nicht gemacht, wenn sie es für gefährlich gehalten hätte – oder?

Halt, wieso nenn ich sie überhaupt noch meine Mutter? Das ist sie ja gar nicht. Sie ist einfach irgendeine Frau, die mich aus Mitleid, wegen ihrer Kinderlosigkeit oder warum auch immer bei sich aufgenommen hat. Wie es scheint war sie dann doch im Stande, Kinder zu bekommen. Ich kann mich sogar noch vage daran erinnern, wie sie mit Sen und Lia schwanger war. Damals war ich fast drei Jahre alt.

Aber es fällt mir trotzdem schwer, so herzlos über meine Eltern – nun ja, das sind sie ja nun mal – zu denken. Sie haben sich immer bemüht, mir eine schöne Kindheit zu bescheren, waren immer auf meiner Seite. Und sie hatten mir nie das Gefühl gegeben, dass ich nicht ihre leibliche Tochter sei – so viel muss ich ihnen zugestehen.

Es ist alles so verwirrend. Morgen werde ich meine Familie – ja, ich beschließe, sie vorläufig weiterhin als meine Familie zu bezeichnen – verlassen und nie mehr zu ihnen zurückkehren. Und bin mit meinen Gedanken, wer meine leiblichen Eltern wohl waren oder sind, allein gelassen.

Was hat es mit diesem Schwarzmagier auf sich? Warum war ich bei ihm? Hat er mich geraubt? Meine Eltern getötet? Wollte er auch mich töten, mir die Wärme entziehen? Oder war er mein Beschützer? Warum hat er sich die Mühe gemacht, Mutter das Kästchen zu übergeben? Ist das irgendein gemeiner Plan eines durchtriebenen Schwarzmagiers?

Ich kenne bisher nur die Magier des Zirkels von Lormir und auch dort gibt es, wie man hört, genügend böse Intrigen und Ränkeschmiede. Ich muss nur an Xenos denken und wie rücksichtslos er die Bewohner von Lormir wegen kleinen Vergehen bestraft. Wie muss erst ein schwarzer Magier gestrickt sein, der nicht davor zurück schreckt, andere Lebewesen zu töten, um seine eigene Magie zu nähren?

Mich schaudert bei dem Gedanken, dass ich ihm schutzlos ausgeliefert war. Und plötzlich bin ich unendlich dankbar, dass Miara und Mertin mich aufgenommen, mich vor seinen schwarzen Kräften gerettet haben.

Vielleicht habe ich sie doch etwas zu vorschnell verurteilt. Zumindest bringt es nun keinem etwas, wenn ich sie am letzten Abend, den ich mit ihnen verbringen kann, ignoriere und wie ein Schulkind davonlaufe.

Ich beschließe, zurück zu gehen und das Kästchen zu behalten. Zu groß ist meine Neugierde, was es damit auf sich hat.

Zum Abendessen bin ich wieder in meinem zu Hause, bei meiner Familie, wenn wir auch nicht vom gleichen Blut sind. Das spielt nun wirklich keine Rolle mehr, wo ich morgen ja sowieso für immer in den Zirkel muss.

Zum letzten Mal helfe ich Randa beim Decken des Tisches und ausnahmsweise lässt sie meine Hilfe kommentarlos geschehen.

Meine Eltern werfen mir immer wieder prüfende Blicke über den Tisch zu, während wir essen. Aber ich tu so, als sei alles wie immer. Ich möchte sie nicht mit einer unbedachten Gefühlsregung noch mehr verletzen. Mein wortloser Abgang nach Mutters Beichte hat sie wohl schon genug getroffen, auch wenn ich mich bei ihr dafür entschuldigt habe.

Nach dem Essen winkt mein Vater mich zu sich in sein Arbeitszimmer. Er schaut mich lange an, die Hände auf meinen Schultern. Dann nimmt er mich wortlos in seine starken Arme und ich vermeine, ein leises Schluchzen tief in seiner Brust zu fühlen. Ich nehme den Geruch seiner Lederkleidung wahr, der mir so vertraut ist.

Als er sich von mir löst, sehen seine Gesichtszüge aber aus wie immer und mir wird warm ums Herz. Nein, er würde niemals eine Schwäche vor mir zugeben, wäre sie auch noch so nachvollziehbar. Das ist mein Vater, Mertin, der starke, stolze Jäger.

Mit Tränen in den Augen wende ich mich ab und gehe in mein Zimmer, um meine letzte Nacht in Freiheit zu verbringen.

Ich mache jedoch kein Auge zu.

Kapitel 4

Noch vor Sonnenaufgang bin ich wach und rolle meine Sachen in ein Tuch, das ich zu einem Bündel zusammenknote. Viel ist es nicht, das ich mitnehmen kann. Neben den kostbaren Geschenken von Sen und Lia, verstaue ich das geheimnisvolle Kästchen, ein paar Kleider, die ich sowieso nie tragen werde, sowie meinen Stoffbären, eine Erinnerung an meine sorglose Kindheit.

Als ich die Treppe hinunter gehe, ist Vater bereits reisefertig. Er wird mich bis zur Magiergilde begleiten, da er danach mit seiner Jagdtuppe in den Wald weiterzieht. Bis zum Zirkel ist es ein guter Tagesmarsch, zu Pferd ist die Strecke jedoch in einem halben Tag zu schaffen. Am Mittag werden wir dort sein.

Vater hat für mich ausnahmsweise eines seiner Jagdpferde gesattelt. Flecki heißt es und war schon immer mein Lieblingspferd, mit seinen roten und braunen Punkten.

Ich befestige mein Bündel am Sattel. Nochmals umarme ich zum Abschied meine Mutter, die ihre Tränen nun nicht mehr zurückhalten kann. Ich atme ihren Duft nach Veilchen und Rosmarin ein.

»Pass auf Dich auf, mein Kind«, flüstert sie in mein Ohr, ehe sie sich von mir löst.

Sen und Lia schlafen noch, es würde mir das Herz brechen, sie auch noch weinen zu sehen. Von meiner Freundin Kala habe ich mich bereits gestern verabschiedet, als sie vor dem Abendessen kurz bei uns vorbeischaute. Sie hatte mich auf ihre aufmunternde Art angelächelt und fest gedrückt.

»Ich bin mir sicher, dass wir uns wiedersehen werden!«, hatte sie zum Abschied gesagt.

Ich hatte nur genickt und eine sarkastische Bemerkung unterdrückt – natürlich werden wir uns nie wiedersehen. Wie auch, wenn ich den Rest meines Lebens im Zirkel verbringen muss?

Mein Blick schweift ein letztes Mal über unser Stadthaus, in dem ich aufgewachsen bin. Ich werde nie mehr hierher zurückkommen. Bei dem Gedanken schnürt ein unsichtbares Seil meinen Brustkorb zusammen.

Rasch wende ich mich ab und schwinge mich auf Fleckis Rücken. Der erste Abstand, den ich zwischen mich und meine Vergangenheit bringe.

Ab jetzt führt mich jeder Schritt einer ungewissen Zukunft im Zirkel entgegen.

Vater und ich reiten schweigend nebeneinander durch den inneren Stadtkreis, in dem um diese Uhrzeit noch kein Betrieb herrscht. In den äußeren beiden Kreisen jedoch sind schon ein paar geschäftige Leute unterwegs, um ihren alltäglichen Arbeiten nachzukommen.

Vaters Jagdtruppe, die sich aus fünf erfahrenen Männern zusammensetzt, wartet am Haupttor. Sie begrüßen mich mit einem abschätzigen Blick, den sie jedoch gleich wieder verbergen, als mein Vater sie grimmig anschaut. Sie haben zwar Respekt vor ihm, ihrem Anführer, nicht jedoch vor seiner Nehiltochter.

Wir wenden uns nach Westen und reiten in die karge Steppe hinaus, die zu dieser Jahreszeit immerhin ein wenig grüne Farbe bekommen hat.

Der Ritt zur Gilde erscheint mir endlos. Im Gegensatz zu den Jägern bin ich es nicht gewohnt, längere Strecken zu reiten. Obwohl unser Tempo gemächlich ist, habe ich bereits nach einer Stunde Schmerzen an meinem Hinterteil und weiß nicht mehr, wie ich auf Flecki sitzen soll.

Meine Unruhe überträgt sich auf das Pferd, immer häufiger schnaubt er und wirft den Kopf nach hinten, als wolle er sagen, ich soll endlich still halten. Das ist jedoch besser gesagt als getan.

Ich bin froh, als wir nach einer weiteren Stunde endlich eine Rast machen und ein paar Äpfel und die selbstgemachten Brote von Mutter vertilgen. Sie schmecken köstlich.

Immerhin haben wir Glück mit dem Wetter. Die Sonne scheint auf uns herunter und nur spärliche Wolken zeigen sich am Himmel.

Die Gesellschaft ist jedoch äußerst schweigsam. Vater und mir ist ohnehin nicht nach Reden zumute und die Jäger sind von Natur aus nicht die Gesprächigsten, da jeder Laut nur das Wild verjagen würde.

Nach einer weiteren Stunde sehen wir von Weitem die fünf Türme des Magierzirkels in den Himmel ragen. Ihre Spitzen glänzen in der Mittagssonne. Ich habe einmal gehört, dass sie aus purem Gold gegossen wurden.

Der Zirkel liegt am Rande einer Felsklippe, die zum Wald hin abfällt. Das Ziel meines Vaters und seiner Jagdtruppe. Die Gilde ist von einer dicken Mauer, die bestimmt über hundert Schritt hoch ist, umgeben. Ein breiter Weg führt direkt darauf zu, rechts und links davon breitet sich die Steppe aus.

Ich war noch nie hier. Die meisten Menschen machen einen großen Bogen um dieses Gebiet. Man könnte zu schnell mit einem Spion verwechselt werden und in einer Feuerfontäne enden. Den Magiern sind ihre Geheimnisse heilig – da kennen sie keine Gnade.

Auch jetzt wird jeder Schritt von uns von den Wachen auf den Wehrgängen der Mauern verfolgt. Sie haben uns bestimmt schon lange kommen sehen.

Ein mulmiges Gefühl breitet sich in meinem Bauch aus und wächst mit jedem Schritt, den wir dem Zirkel näher kommen.

Dieses Bauwerk, das schon durch seine schiere Größe imposant erscheint, kann nicht von Menschenhand gefertigt worden sein. Das Eingangstor ist kunstvoll mit Mosaiken bestückt. Die Mauern, die den Zirkel in Form eines Fünfecks umgeben, scheinen bis in den Himmel zu reichen, sind blendend weiß und bestimmt mit irgendwelchen fiesen Zaubern bestückt, die einen unbefugten Eindringling zweimal überlegen lassen, ob er sie tatsächlich erklimmen will, oder nicht lieber seine Beine in die Hand nimmt und das Weite sucht.

Wir betreten den Zirkel über einen langen, gepflasterten Weg. Auf dem Boden des Innenhofs ist ein Mosaik verlegt, das einen prachtvollen fünfeckigen Stern darstellt.

Jetzt kann ich erkennen, dass es sich bei den Türmen um die Spitzen von fünf Gebäuden handelt, die in einem regelmäßigen Fünfeck ausgerichtet sind. Jede Ecke des Mosaiksterns zeigt auf den Eingang in der Mitte eines der Gebäude. Diese sind aus weißem Marmor gebaut und mit goldenen Wandmalereien verziert.

Vier der Gebäude sind je einem der Elemente gewidmet, welches in einer prächtigen Freske über dem Eingang dargestellt ist. Das Fünfte, das dem Eingangstor des Magierzirkels direkt gegenüber liegt, hat jedoch keine solche Verzierung. Links davon erkenne ich das Symbol für Luft, daneben, direkt zu unserer Linken, ist Erde. Rechts von uns sehe ich das Symbol für Feuer und das Symbol für Wasser. Alle Gebäude sind so eng aneinander gebaut, dass sie den Platz vollständig umfassen und nur einen ganz schmalen Gang zwischen sich aussparen.

Mitten auf dem Innenhof, der noch grösser als unser Gildenplatz ist, sehen wir uns einem kleinen Empfangskomitee gegenüber. Vor uns stehen drei Leute, die mich und meine Begleitung interessiert mustern. Ansonsten ist keine Menschenseele zu sehen.

Der fette Mann in der Mitte der kleinen Gruppe sticht mir sofort ins Auge. Seine Wulstfinger hat er auf seinem wabbeligen Bauch verschränkt, den er unter einer goldenen, kostbar verzierten Tunika verbirgt. Sein kahles Haupt ist mit einem überdimensional großen Hut bestückt, der wohl die spärlichen Sonnenstrahlen abhalten soll. Auf seinen weiblichen Zügen liegt ein höhnisches Lächeln, das ohne Frage mir gilt.

Er ist mir auf den ersten Blick unsympathisch. Leider befürchte ich, dass dies wohl mein neuer Vorgesetzter sein wird. Denn seine beiden Begleiter, ein Mädchen und ein Junge, tragen eindeutig die Kleidung von Dienern.

Das Mädchen ist etwas älter als ich, hat einen langen blonden Zopf, ein sanftes Gesicht und kommt mir irgendwie bekannt vor. Aber ich kann sie nicht zuordnen. Der Junge mit dem braunen Haar, der ganz rechts steht, ist im Alter von Sen und Lia. Ich erinnere mich, ihn bei der Aufnahmezeremonie beim Beitritt in die Feuergilde gesehen zu haben. Er stammt wohl aus der ärmeren Bevölkerungsschicht und hat sich freiwillig als Diener im Magierzirkel gemeldet. Die zwei Wochen mit genügend Essen und die frischen Kleider lassen ihn gesünder wirken, als ich ihn in Erinnerung hatte. Trotzdem ist er immer noch dünn und seine braunen Augen liegen in tiefen Höhlen.

Mein Vater steigt vom Pferd und bedeutet mir und seinem Trupp, es ihm gleich zu tun. Es ist eine Wohltat, endlich Fleckis Rücken Lebewohl zu sagen. Auch das Pferd scheint nicht traurig darüber zu sein, dass es seine unruhige Reiterin los ist.

Steifbeinig, mit dem Bündel in der Hand, folge ich Vater, der zu dem fetten Mann geht und ihn begrüßt. Vater ist kurz angebunden und distanziert – ein Zeichen, dass in seinem Inneren gerade ein Sturm von Gefühlen herrscht.

Ich schlucke meine Nervosität herunter und trete meinem neuen Vorgesetzten gegenüber. Er mustert mich mit hellblauen Augen, die mich an ein neugeborenes Schweinchen erinnern. Passenderweise gibt er gerade in dieser Sekunde einen quietschenden Laut von sich, der etwas zwischen Belustigung und Ekel sein könnte. Jedenfalls nichts zu meinen Gunsten.

Als er seine wulstigen Lippen öffnet, dringt seine hohe, schrille Stimme an mein Ohr. Ich halte überrascht inne. Ein Eunuch. Ich hatte von solchen Wesen gehört, aber noch nie leibhaftig einen gesehen.

»Es freut mich, dass du den Weg zu uns gefunden hast, Nehil!«

Nehil … ja genau, das bin ich. Ich schaue ihn trotzig an. »Ich bedanke mich, als Dienerin in die Gilde aufgenommen zu werden.« Die Worte kommen mir nur mühsam über die Lippen. Mutter hat sie mir vor meinem Aufbruch eingetrichtert.

Sie scheinen ihn zumindest zufriedenzustellen, denn er gibt nochmals diesen Quieklaut von sich, ehe er mit seiner Patschhand das Mädchen anstupst. »Bring sie in die Quartiere der Diener, Rana. Sie soll sich umziehen und sich dann unverzüglich in mein Arbeitszimmer begeben.«

Das Mädchen nickt und will meinen Arm ergreifen.

Ich drehe mich hastig zu meinem Vater um. Was ich sehe, lässt mein Herz vor Kummer fast zerspringen. Alle Traurigkeit dieser Welt liegt in seinem Blick. Seine grünen Augen, die normalerweise so spitzbübisch blitzen, sind vor Schmerz dunkel und Tränen schimmern in seinen Augenwinkeln.

Das ist zu viel. Ich kann Vater nicht weinen sehen … schluchzend werfe ich mich in seine Arme. Ich will ihn nicht verlassen. Will nicht weg von ihm.

Er tätschelt unbeholfen meinen Rücken. Ein letztes Mal fühle ich seine starken Arme um meinen Körper, atme den Geruch nach Leder und Wald ein. Für einen kurzen Augenblick fühle ich mich noch einmal sicher und geborgen. Dann gibt er mich frei – viel zu schnell – und ich lasse mich, taub vor Schmerz, von Rana wegführen.

Jetzt bin ich wirklich allein.

Widerstandslos folge ich der Dienerin in das mittlere Gebäude, zu den Quartieren der Bediensteten.

Als ich meine Umgebung wieder wahrnehme, sitze ich auf einem Bett und sehe Rana, die vor mir steht und ihre Lippen bewegt.

Halt, sie sagt etwas.

Ich versuche, mich aus meiner Taubheit zu befreien, meine Gefühle zu ordnen und ihr zuzuhören. Ihre Stimme klingt wie aus weiter Ferne. Es dauert eine Weile und Rana sieht ungeduldig aus, als ich den Sinn ihrer Worte entschlüsseln kann.

»Alia, du musst dich beeilen. Moero hat es gar nicht gern, wenn er warten muss.«

Ach ja, stimmt. Ich soll mich ja umziehen.

Rana hat mich in ein kleines Zimmer gebracht, das gerade mal Platz für ein Bett und einen Nachttopf bietet. Immerhin gibt es hoch oben an der Wand ein Fenster, das jedoch so winzig ist, dass kaum meine Hand hindurch passt. Überflüssigerweise ist es noch mit einer Eisenstange gesichert und erinnert mich stark an ein Gefängnisfenster.

Mein Bündel entdecke ich neben mir. Auf dem Bett liegt, ordentlich gefaltet, meine neue Kleidung: Ein hellgraues Kleid, das bis knapp zum Knie reicht, eine weiße Schürze, sowie eine weiße Haube und schwarze Schuhe.

Rana hat nun ihre Geduld vollends verloren und hält mir das Kleid mit einer ungestümen Bewegung hin. »Los, zieh dich endlich um. Sonst peitscht Moero uns beide aus!«

Auspeitschen? Rana scheint es ernst zu meinen, ihrem erregten Blick nach zu urteilen.

Ich beschließe, es lieber nicht darauf ankommen zu lassen und ziehe hastig meine Reitkleider aus und das graue Kleid an. Um die Taille sitzt es zwar etwas lose, aber als ich das Band der weißen Schürze straffziehe, geht es. Mit der Haube muss mir Rana allerdings behilflich sein. Ich habe noch nie so etwas getragen und stelle mich ungeschickt an, als ich versuche, die Bänder der Kopfbedeckung im Nacken festzubinden und gleichzeitig meine langen Haare darunter zu verstauen.

Schließlich bin ich jedoch korrekt angezogen. Mir bleibt keine Zeit, meine alten Sachen vom Boden aufzuheben, denn schon zieht Rana mich in den Gang und eine Treppe hinunter.

Wir bewegen uns in einer Art unterirdischem Labyrinth. Bald schon habe ich jegliche Orientierung verloren. Rana jedoch geht zielstrebig voraus. Die dunklen Gänge sind schwach durch den Schein von Fackeln beleuchtet und mehrere Türen sind in die Wände eingelassen. Es riecht modrig und feucht.

Wir gehen eine lange Wendeltreppe hoch, durch weitere, diesmal aber hell erleuchtete Gänge voller Fenster und bleiben vor einer kunstvoll verzierten Holztür stehen. Rana klopft dreimal dagegen.

Die mir nun schon bekannte hohe Stimme von Moero antwortet uns barsch, wir sollen eintreten. Rana schiebt mich durch die Tür.

Im Innern erwartet mich ein Prunk, wie ich ihn noch nie gesehen habe. Die Wände sind mit Goldmosaiken verziert und der Boden mit wertvollen Teppichen belegt, auf denen man wie auf Wolken geht. Auf mehreren Kommoden stehen goldene Statuen. Es riecht so stark nach Moeros Duftwasser, dass es mir fast schlecht wird. Dabei hätte er ohne Probleme frische Luft hereinlassen können, ich sehe ein langes Fenster, das zu einem kleinen Balkon hinaus führt. In der Mitte des Raumes thront ein massiver, aus Marmor gefertigter Schreibtisch.

Dahinter sitzt Moero mit selbstgefälligem Grinsen und streichelt eine weiße, langhaarige Katze, die es sich auf seinem fetten Bauch bequem gemacht hat.

»Hast du also doch noch zu mir gefunden, Nehil«, stellt er mit seiner Fistelstimme fest. »Du wirst schon noch lernen, dass man mich nicht warten lässt. Als Strafe wirst du heute Abend sämtliches Geschirr alleine abwaschen.«

Wie um seine Worte zu untermauern, faucht die weiße Katze mich an.

Rana schnappt hinter mir nach Luft. Scheinbar ist das wirklich eine Strafe … ich nicke nur. Es würde ja sowieso nichts ändern, wenn ich ihm jetzt wiederspräche.

»Zudem erhältst du hier eine Liste deiner Aufgaben, die du ab sofort erledigen wirst.« Er wedelt mit einem Blatt Papier, das ich wortlos entgegennehme. »Ich hoffe, du kannst lesen?«, er verzieht seine wulstigen Lippen zu einem spöttischen Lächeln, das mir einen Schauer über den Rücken jagt.

»Ja, das kann ich«, gebe ich bockig zurück.

»Nicht in diesem Ton, Nehil! Du wirst mich ab sofort mit ›mein Herr‹ ansprechen, hast du verstanden?«

»Ja … mein Herr«, ich senke den Blick, damit er die Wut in meinen Augen nicht sieht.

Was soll das? Ich bin zwar eine Dienerin, aber doch keine Sklavin! Aber das behalte ich für mich, ich will nicht gleich am ersten Tag seinen Zorn auf mich richten.

Moero fährt fort. »Falls du auf irgendeine Weise negativ auffallen solltest, wirst du bestraft. Das Mädchen hier«, er zeigt auf Rana, »wird dich in deine Aufgaben einführen. Ich will nichts von dir sehen oder hören, solange du hier im Dienst bist – das heißt, für den Rest deines Lebens.« Er grinst höhnisch und entblößt dabei seine gelben Zähne.

Ich muss mich zusammenreißen, um ihm nicht in sein wabbeliges Gesicht zu springen und die Augen auszukratzen. Irgendwie bringe ich die notwendige Selbstbeherrschung auf und lächle freundlich zurück. Dann drehe ich mich auf dem Absatz um und verlasse gemäßigten Schrittes das Zimmer.

Als ich an der Tür angekommen bin, ruft er mir hinterher. »Hast du nicht etwas vergessen, Nehil?«

Ich wende mich ihm zu, mache einen Knicks und schlage gespielt demütig die Augen nieder. »Ich danke Euch, als Dienerin in die Gilde aufgenommen zu werden … mein Herr.« Dabei steigt mir die Galle hoch und ich balle die Fäuste.

Sein gurgelndes Lachen verfolgt mich noch, als wir den Gang zurückgehen.

Kapitel 5

»Oje, da hast du dir aber nicht gerade einen Freund gemacht«, murmelt Rana, als wir zu den Quartieren zurückgehen.

Ich schweige trotzig. Ich hasse diesen Eunuchen schon jetzt. Aber es hilft ja alles nichts, ich werde ihm auf Gedeih und Verderb ausgeliefert sein. Zum Glück hat es wie ein Versprechen geklungen, dass ich ihn nicht allzu oft sehen werde.

Als wir zurück in meinem neuen Zimmer sind, setze ich mich seufzend auf das Bett, nachdem ich mein Bündel darunter verstaut habe. Sen und Lias Geschenke sind dort gut aufbewahrt und das silberne Kästchen natürlich auch. Den Stoffbären habe ich neben das Kissen gesetzt.

Ich überfliege die Liste, die mir Moero gegeben hat. Von all den Punkten, die darauf stehen, wird mir schwindlig. Wie soll ich das alles schaffen?

Mein Dienst dauert insgesamt immer sechs Tage, danach habe ich einen Tag frei. Immerhin scheinen die Magier so freundlich zu sein, ihre Diener nicht zur vollständigen Erschöpfung zu quälen. Der Rest des Dienstplans ist jedoch weniger ermutigend.

Ich soll morgens um halb sechs beginnen und die Tische im Speisesaal decken. Dann die Speisen servieren, abräumen, den Abwasch erledigen. Schließlich den Speisesaal putzen und danach die Betten der Schlafräume der Magierlehrlinge machen und die Zimmer aufräumen. Nachher in der Wäscherei die Schmutzwäsche waschen, danach die Mittagstische decken, servieren, abräumen, abwaschen, putzen.

Am Nachmittag muss ich als Hilfskraft in den verschiedenen praktischen Kursen der vier Elementzirkel aushelfen. Ich hoffe nur, dass sie da keine Experimente mit mir machen. Hierzu werde ich alle sieben Tage einen neuen Arbeitsplan erhalten. Fürs Erste bin ich für sechs Tage dem Luftzirkel zugeteilt worden.

Nach der Assistenz in den praktischen Kursen werde ich die Bibliothek aufräumen und die Bücher abstauben müssen. Dann wird bereits Abend sein und ich muss wieder den Speisesaal vorbereiten, servieren und abräumen sowie beim Abwasch helfen. Um Mitternacht ist mein Dienst beendet.

Ich starre sprachlos auf die lange Liste. Rana setzt sich neben mich aufs Bett und betrachtet sie ebenfalls.

»Hm, das sind alles Arbeiten, die ohne Elementbegabung gemacht werden können. Leider sind es auch die anstrengendsten Arbeiten ...«, ihre hellbraunen Augen schauen mich mitfühlend an. »Aber den Speisesaaldienst habe ich auch«, meint sie aufmunternd.

»Wieso? Bist du auch eine Nehil?«, frage ich verblüfft.

»Nein, keine Nehil. Aber ich wurde damals nicht in die Erdgilde aufgenommen«, sie zeigt mir ihre ringlose Hand.

Jetzt weiß ich, woher ich sie kenne. Sie ist das Mädchen, das vor fünf Jahren als Bestrafung für das Vergehen ihrer Eltern in die Magierdienste geschickt wurde. Sie muss inzwischen achtzehn Jahre alt sein.

Sie lächelt mich schief an. »Auch das Aufräumen der Magierzimmer können wir zusammen machen. Hierzu gibt es einen separaten Arbeitsplan. Wir sind mit dir zusammen sechs Diener, die dazu abgeordnet wurden. Weitere Sechs sind für die Räume der Jungmagier eingeteilt. Keine Angst, so schlimm ist das nicht. Es darf einfach nichts verloren gehen, sonst werden wir bestraft.«

»Das ist ja wirklich nicht so schlimm«, bemerke ich zynisch. »Und warum müssen wir überhaupt in den praktischen Kursen beim Unterricht assistieren? Können die Magier die Zauber nicht selbst aneinander ausprobieren?«

Ranas Lächeln wird breiter. »Leider nicht. Das wäre zwar wirklich eine witzige Vorstellung. Aber es ist den Magiern verboten, Zauber gegeneinander einzusetzen oder gar gegeneinander zu kämpfen. Magie darf nur gegen Feinde eingesetzt werden – oder um anderen zu helfen. Daher brauchen sie uns Diener, um die Wirkung ihrer Zauber zu testen. Du wirst dich schon damit arrangieren, so schlimm sind die praktischen Kurse nicht, keine Angst. Bis jetzt ist noch nie etwas Ernsthaftes passiert, oder zumindest nichts, das die Heiler nicht wieder hätten hinbiegen können. Ich habe heute Nachmittag frei bekommen, um dir alles zu zeigen. Unser erster Dienst ist beim Abendessen. Komm«, sie zieht mich vom Bett hoch, »wir beginnen im Speisesaal«.

Der Speisesaal liegt im Erdgeschoss des Gebäudes, das durch keine Element-Freske gekennzeichnet ist. Darüber, erklärt mir Rana, befindet sich die Bibliothek und ganz oben im Gebäude die Gemächer von Xenos, dem Zirkelleiter. Unter dem Speisesaal sind unsere Zimmer. Zumindest ist der Weg dorthin also nicht allzu lang.

Im Erdgeschoss befindet sich zudem die Küche und in einem angrenzenden Gebäude, das weiter weg vom Innenhof liegt, sind der Gemüsegarten sowie eine kleine Obstplantage untergebracht. Dass die Früchte und Gemüse nicht unter freiem Himmel angepflanzt werden, verwirrt mich. Rana sagt, das habe etwas mit der Magie zu tun, die hier gewirkt wird.

Als wir den Speisesaal betreten, bin ich von seinen Ausmaßen beeindruckt. Mehrere Tische mit massiven Holzplatten sind nebeneinander aufgestellt. Die Stühle davor wurden aus dunklem, kunstvoll geschnitztem Holz gefertigt und sehen ziemlich gemütlich aus mit ihren roten Samtkissen. Zu unserer linken Seite gibt es eine Fensterfront, durch die der Saal in weiches Licht getaucht wird. Trotzdem erkenne ich an der Decke Kerzenleuchter, die den Saal zusätzlich erhellen können. An der rechten Wand sind mehrere Türen. Wahrscheinlich führen sie in die Küche. Ganz hinten entdecke ich eine lange Tafel. Dort wird das Frühstück serviert, erklärt Rana.

Die Wände sind mit Ölgemälden behangen, die die Zirkelräte darstellen. Ich staune ob der Menge an Bildern. Offenbar sind die anderen Magier, die als Zirkelrat gewählt werden, nicht in der Lage, ihre Jugend zu erneuern. Ich erkenne die amtierenden Zirkelräte sowie Xenos, dessen Eisaugen selbst auf dem Gemälde kalt und berechnend scheinen.

Rasch wende ich meinen Blick ab und lasse ihn nochmals durch den Speisesaal schweifen. Es muss laut sein, wenn alle Magier sich zum Essen versammeln. Ich kann mir vorstellen, dass es anstrengend wird, sie zu bedienen, selbst wenn uns Tische zugeteilt werden, wie Rana mir gerade erklärt.

»Insgesamt gibt es im Zirkel von Lormir knapp sechzig Magierlehrlinge, sowie etwa vierzig Jungmagier«, erklärt Rana. »Die Lehrlinge sitzen dort drüben an den Tischen, die Jungmagier etwas weiter hinten. Und dort sitzen die Lehrer.«

»Wieso gibt es weniger Jungmagier als Lehrlinge?«, frage ich neugierig.

»Das liegt daran, dass nicht alle Lehrlinge den Übertritt zum Jungmagier überleben«, antwortet Rana nüchtern.

Ich runzle die Stirn. Ich hatte immer gedacht, dass die Lehrlinge nach den drei Ausbildungsjahren ohne Weiteres als Jungmagier im Zirkel aufgenommen werden.

Rana führt mich weiter zur Bibliothek im ersten Stock. Mehrere Reihen von hölzernen Bücherregalen, die bis an die hohe Decke reichen, erstrecken sich vor uns. Ich kann nur erahnen, wo sie in den Tiefen des Raumes aufhören.

Auf kleinen Arbeitstischen, die überall herum stehen, liegen zahlreiche Bücher durcheinander. Es ist düster hier drin und riecht muffig. Nur ein paar Lichtkugeln, die schwach weit oben an der Decke schimmern, geben etwas Licht ab. Ich schaue die Kugeln näher an und erkenne, dass sie schweben, was sie anscheinend der Magie verdanken.

Am Eingang sitzt eine ältere, spindeldürre Frau hinter einem Schreibtisch, die uns prüfend ansieht. »Habt ihr hier etwas zu erledigen?«, ihre Stimme klingt so staubig wie die Bücher hier drin. »Falls nicht, solltet ihr schleunigst wieder gehen. Es ist nur den Magiern erlaubt, sich tagsüber Bücher auszuleihen.«

Rana und ich verabschieden uns rasch und gehen die breite Treppe in die Eingangshalle wieder hinunter.

»Lass uns noch kurz in die Wäscherei gehen, dort musst du ja auch arbeiten«, schlägt Rana vor.

Die Wäscherei befindet sich im ersten Untergeschoss, wo auch mein Schlafzimmer ist. Dort verrichten einige Frauen emsig ihre Arbeit. Im Gegensatz zur trockenen Luft in der Bibliothek, ist es hier richtig heiß und feucht und als wir aus dem Nebel, der von den Wascheimern stammt, wieder raus sind, glitzern kleine Wasserperlen in unserem Haar. Oje, hier muss ich auch einige Stunden am Tag verbringen … das wird bestimmt unangenehm.

»Die Schlafräume der Magierlehrlinge zeige ich dir morgen, wenn wir sie aufräumen. Sie befinden sich in allen vier Elementzirkel-Gebäuden im ersten Stock. Die Lehrlinge und Jungmagier schlafen jeweils in dem Gebäude, dessen Element sie angehören«, klärt mich Rana auf. »Aber wir können kurz in die vier Gebäude gehen, damit du sie schon mal gesehen hast, wenn du möchtest. Wir haben noch eine Stunde Zeit, ehe wir das Abendessen servieren müssen.«

Da sage ich natürlich nicht nein. Ich bin gespannt, wie die Magier wohnen. Als wir das Gebäude verlassen, wenden wir uns zuerst nach rechts, wo direkt angrenzend der Zirkel der Luftmagier ist. Danach besuchen wir den Erdzirkel, der zwischen dem Luftzirkel und dem Eingang zur Magiergilde liegt. Um den Letzteren machen wir natürlich einen großen Bogen, als wir zum Wasserzirkel gehen, da wir die Gilde ja keinesfalls verlassen dürfen. Schlussendlich kommen wir beim Feuerzirkel an, der rechts vom Gebäude mit dem Speisesaal liegt.

Nach dem Rundgang in den Elementzirkeln bin ich höchst beeindruckt. Jedes Gebäude ist innen dem Element nachempfunden, das gelehrt wird. Im Feuerzirkel beispielsweise scheinen alle Wände zu glühen, während an den Wänden des Wasserzirkels kleine Rinnsale herunter laufen. Natürlich sei das eine Illusion, eine Spezialität der Luftmagier, hat mir Rana erklärt.

Trotzdem bin ich beeindruckt davon und kann von den Blitzen und Wolken, die sich abwechselnd auf den Gemäuern des Luftzirkels zeigen, kaum losreißen. Auch die Vögel und Kleintiere, die auf den Wänden des Erdzirkels zu leben scheinen und doch nicht real sind, gefallen mir ungemein.

Viel zu schnell wird es Zeit, sich wieder ins mittlere Gebäude und in den Speisesaal zu begeben, um die Tische für das Abendessen vorzubereiten.

Rana stellt mich zwei anderen Dienern vor, die mit uns für das Eindecken der Tische eingeteilt wurden. Beide stammen aus armen Familien und haben nur eine Mindestbegabung in ihrem jeweiligen Element.

Ich begrüße die beiden freundlich. Der eine ist der kleine Junge, den ich bereits bei meiner Ankunft gesehen habe. Goe heißt er, trägt einen Gildenring des Feuers und wirkt schüchtern. Trotzdem schaut er mich neugierig mit seinen braunen Augen an, schließlich bin ich die erste Nehil, der er begegnet.

Tascha, die andere Dienerin ist etwa in meinem Alter und trägt einen Ring des Wasserelements am Finger. Sie ist ein freundliches Mädchen, mit rundem Gesicht, blonden Locken und roten Wangen. Ich mag sie auf Anhieb. Im Gegensatz zu Rana ist sie redselig und plappert die ganze Zeit, während wir die Tische decken.

Ich erfahre, dass die Diener immer kurz vor den Magiern etwas zu essen bekommen. Man muss sich seinen Teller jedoch selbst in der Küche abholen und darf die Mahlzeit nur im eigenen Zimmer essen. Dafür hat man genau eine Viertelstunde Zeit. Dann muss man wieder an die Arbeit.

Als wir fertig sind mit dem Eindecken, gehen wir zusammen mit den anderen Bediensteten, die inzwischen aufgetaucht sind, in die Küche. Alle erhalten eine Portion Getreidemus und Fleisch. Allein die Tatsache, dass wir Diener Fleisch bekommen, macht mir etwas Mut. Vielleicht werden wir doch nicht so schlimm behandelt, wie es auf den ersten Blick den Eindruck hatte.

Wir balancieren unser Essen im Gänsemarsch hinunter in unsere Quartiere, wo sich jeder in sein Zimmer begibt.

Insgesamt sind wir ungefähr hundert Bedienstete und jeder hat sein eigenes Schlafzimmer. Ich staune anfangs über diese Großzügigkeit. Schnell wird mir jedoch klar, dass dies einen Grund hat. So verschwenden wir nicht unnötig Zeit mit Gesprächen zwischen unseren Arbeiten. Zudem sind die Zimmer so klein, dass es ungemütlich ist, wenn mehr als zwei Personen sich darin aufhalten. Damit wollen die Magier größere Ansammlungen unter den Dienern wohl vermeiden.

Jetzt merke ich, wie hungrig ich bin. Seit den belegten Broten während des Rittes hierher habe ich nichts mehr gegessen. Die Mahlzeit ist wirklich köstlich, da muss ich Tascha recht geben, die das Essen zuvor in den höchsten Tönen gelobt hat. Aus Angst, zu spät zur Arbeit zu kommen, esse ich jedoch viel zu rasch und bekomme Magenschmerzen.

Ich treffe Rana wieder oben im Speisesaal an. Sie bedeutet mir, mich an die Wand zu stellen, wie es fünfzehn weitere Diener, die inzwischen dazu gestoßen sind, ebenfalls machen.

Bald darauf kommen die Magier herein. Die Lehrlinge erkenne ich an ihrem Alter, sie sind alle jünger als ich. Zudem tragen sie graue Umhänge, darunter dunkelgraue Kleidung. Im Gegensatz dazu zeichnen sich die Jungmagier durch schwarze Umhänge aus, welche am Rande eine goldene Stickerei haben. Sie scheinen darunter ebenfalls schwarz gekleidet zu sein. Ich sehe außerdem mehrere ältere Magier, das müssen wohl die Lehrer sein.

Mir fällt auf, dass Xenos und die anderen drei Zirkelräte nicht darunter sind. Als ich Rana leise danach frage, flüstert sie mir zu, dass diese obersten Zirkelmitglieder nicht hier im Speisesaal, sondern in ihren eigenen Gemächern essen. Dort werden sie von ihren persönlichen Dienern bewirtet.

Alle nehmen ihre Plätze an den Tischen ein. Ich stelle fest, dass einige unverhohlen die Köpfe zusammenstecken und auf mich zeigen. Meine Ankunft scheint sich herum gesprochen zu haben. Ich ernte viele neugierige und größtenteils spöttische Blicke. Vor allem von den Tischen der Jungmagier. Als ich ihnen einen trotzigen Blick zurückschicken will, halte ich urplötzlich inne.

Dort, mitten unter ihnen, sitzt ein Elf. Ich habe zwar noch nie einen gesehen, aber den Erzählungen nach kann es sich nur um einen handeln. Seine Schönheit übertrifft alles, was ich mir unter dem legendären Aussehen der Elfen je vorgestellt hatte. Auch die Tätowierung, die sich in Form eines Blitzes von der Schläfe über seine rechte Wange zieht, tut dem keinen Abbruch. Der einzige Schmuck, den er trägt, ist eine kurze, schwarze Kette aus Leder, an der eine silberne Münze baumelt.

Sein Oberkörper unter dem schwarzen Umhang lässt darauf schließen, dass er gut gebaut ist. Er scheint rein äußerlich ein bisschen älter als ich zu sein, obwohl das bei Elfen ja nicht viel zu sagen hat, da sie langsamer altern als wir Menschen und Tausende von Jahren alt werden können.

Er hat schulterlanges, blondes Haar, das im rötlichen Kerzenschein wie Gold glänzt, und leicht zugespitzte Ohren. Zwei geflochtene Zöpfe, die von seinen Schläfen aus am Hinterkopf zusammengebunden sind, sorgen dafür, dass ihm das restliche Haar, das er offen trägt, nicht ins Gesicht fällt. Trotzdem sind einige Strähnen lose und fallen ihm spielerisch über die Augen. Diese Augen … solch eine Farbe habe ich noch nie gesehen – sie erinnert mich gleichzeitig an die Tiefen eines Sees und an den sich verdunkelnden Himmel, bevor ein Sturm aufzieht.

Als ob er bemerkt hätte, dass ich ihn beobachte, hebt er den Blick und schaut mir direkt in mein Herz. Rasch schlage ich die Augen nieder und kann gerade noch den Anflug eines Lächelns erkennen, das sich auf seinem sinnlichen Mund ausbreitet.

»Das ist Reyvan Caltayó«, flüstert Tascha, die meinem Blick gefolgt ist. »Er ist als Pfand der Elfen hier. Siehst du den Blitz auf seiner Wange?

Das ist das Zeichen, dass er für den Frieden zwischen dem Magierzirkel von Lormir und den Elfen steht. Sieht er nicht wahnsinnig gut aus? Die Mädchen stehen Schlange bei ihm. Er hat ständig eine andere Freundin, allerdings immer nur Jungmagierinnen«, sie lächelt mir verschwörerisch zu. »Im Moment, glaube ich, macht er grade eine kreative Pause, was das angeht. Hach, ich wünschte, er würde sich etwas aus mir machen. Glücklicherweise ist er für hundert Jahre verpflichtet, hier zu sein, vielleicht wird ja doch noch etwas aus uns …«, seufzt sie mit verschleiertem Blick.

Naja, ich muss ihr recht geben, Reyvan sieht wirklich gut aus. Er hat den Blick wieder von uns abgewandt und ist in ein Gespräch mit ein paar anderen Jungmagiern vertieft.

»Tascha, Alia, los, kommt, wir müssen das Essen servieren!« Rana holt uns zurück auf den Boden der Tatsachen.

Rasch folgen wir ihr in die Küche. Dort erhält jeder einen Tisch zugeteilt. Ich soll zusammen mit Rana den Tisch mit dem Elf bedienen, was mich freut. Dann kann ich ihn mal aus der Nähe betrachten. Ich ergreife ein Tablett, auf das ich fünf Teller staple und mache mich zusammen mit Rana auf den Weg.

Als wir am Tisch ankommen, verstummen die Gespräche.

»Sieh an, das ist also die Nehil!«

Der Junge, der gesprochen hat, ist mindestens zwei Jahre älter als ich, hat dunkle Locken, schwarze Augen, die höhnisch funkeln und ist wohl der Anführer der zehnköpfigen Gruppe, die an dem Tisch sitzt. Seine Freunde rechts und links von ihm sind etwa in meinem Alter und lachen unsicher.

»So endet man also, wenn man null Begabung hat«, der Junge verzieht sein nicht mal so unansehnliches Gesicht zu einer höhnischen Grimmasse.

Als ich den forschenden Blick von Reyvan auf mir spüre, der gegenüber dem Sprecher sitzt, werde ich purpurrot. Rasch beginne ich, das Essen zu verteilen. Immer von rechts, hat mir Rana beigebracht. Sie ist dabei, das Kopfende des Tisches zu bedienen. Als ich zu dem Jungen komme, der die Bemerkung über mich gemacht hat, stellt dieser mir ein Bein und ich stolpere. Er lacht schallend, als ich auf allen Vieren lande und alle Köpfe wenden sich mir zu. Mir sind die restlichen beiden Teller zu Boden gefallen und ich sitze inmitten von Scherben und Essensresten.

»Anscheinend ist die einzige Begabung einer Nehil Ungeschicktheit«, spottet der Junge und erntet die Lacher seiner Kollegen.

Meine Wangen glühen und ich senke rasch den Blick. Schnell versuche ich, so gut es geht, die Scherben mit den Händen aufzuwischen und schneide mich an einer, was weitere Lacher nach sich zieht.

»Was ist hier los, Taros?«, die Stimme gehört einem älteren Magier, der mit langen Schritten auf uns zukommt.

»Unsere neue Nehil-Dienerin scheint ziemlich unfähig zu sein«, grölt der Junge, der sich immer noch köstlich amüsiert und offenbar auf den Namen Taros hört.

Der Magier winkt eine weitere Dienerin herbei. »Los, Sera, hilf ihr, das aufzuräumen. Und dann soll sie sich im Heilertrackt melden, um die Hand behandeln zu lassen.«

Erst jetzt merke ich, dass der Schnitt viel tiefer ist, als er auf den ersten Blick aussah. Die Wunde blutet stark. Rasch wickle ich eine Serviette um meine Hand, um die Blutung einzudämmen und räume mit Hilfe von Sera und Rana die Reste auf.

Sera übernimmt bis auf Weiteres den Tisch, während ich eilig und mit hoch rotem Gesicht davon stürme. Ich wage es nicht, mich nochmals nach Reyvan umzusehen.

Kapitel 6

»Da hast du dir ja eine tiefe Verletzung eingehandelt, Liebes«, die Heilerin ist eine ältere Magierin mit warmen Augen. Sie erinnert mich an Mutter.

Ich sitze auf einer bequemen Liege, in einem gepflegten, weißen Raum, im Trakt der Heiler. Außer mehreren Liegen befinden sich hier noch einige Behandlungstische. Anscheinend können mehrere Patienten gleichzeitig behandelt werden. Die Heilerin scheint aber alleine zu sein, wahrscheinlich kommen abends nicht allzu viele ungeschickte Diener zu ihr.

Sie säubert meine Wunde sorgfältig. Trotzdem muss ich die Zähne zusammen beißen, da der Schnitt stark schmerzt unter ihrer Berührung.

Dann nimmt sie meine Hand in die ihre und schließt die Augen. Ich spüre, wie Wärme meine Muskeln durchströmt und keuche vor Überraschung. So etwas habe ich noch nie erlebt. Die Wärme steigt an, bis es kaum mehr auszuhalten ist. Nach ein paar Sekunden ist jedoch alles vorbei.

Die Frau lässt meine Hand los und lächelt mich aufmunternd an. »So, das sollte reichen«, sie beginnt, ihr Werkzeug zusammen zu räumen.

Ich starre erstaunt meine Hand an. Außer einer feinen, blass rot schimmernden Narbe, ist von dem Schnitt nichts mehr zu sehen.

Ich begegne dem Blick der Frau und sie nickt mir zu.

»Das nennt man Magie, Liebes«, erklärt sie freundlich, ehe sie sich in einen anderen Raum begibt, um ihr Arbeitsgerät zu verstauen.

Als ich zurück im Speisesaal bin, sind die meisten mit dem Essen fertig. Nur noch ein paar der Lehrer sitzen auf den Bänken und sprechen über die neusten Ereignisse im Zirkel. Wetten, dass auch ich Gesprächsthema bin? Aber ich will es lieber gar nicht wissen.

Möglichst unauffällig linse ich zum Tisch des Elfen rüber. Doch er und seine Freunde sind bereits fort. Besser so, so kann ich mich nun in aller Ruhe um meine Arbeit kümmern.

Ich räume die restlichen Tische ab und gehe in die Küche. Was mich dort erwartet, lässt alle Hoffnung platzen, heute einigermaßen früh ins Bett zu kommen.

Das schmutzige Geschirr türmt sich bis fast an die Decke. Ich bin die Einzige, die sich hier noch aufhält. Es scheint sich unter dem Küchenpersonal herumgesprochen zu haben, dass heute für alle, außer für mich, früher Feierabend ist. Und das wurde dankbar angenommen. Auch Rana ist bereits gegangen. Wahrscheinlich will sie nicht den Zorn von Moero auf sich ziehen. Matt und müde beginne ich mit dem Abwasch.

Als ich das letzte Glas poliere, ist es bereits lange nach Mitternacht. Diese Nacht wird wohl kurz werden – morgen, nein, heute muss ich ja um halb sechs bereits wieder hier sein.

Restlos erschöpft von meinem ersten Tag als Dienerin in der Gilde schleppe ich mich ins Bett und schlafe, ohne meine Kleider abzulegen, direkt ein.

Es kommt mir vor, als ob ich bloß kurz eingenickt wäre, als es an meiner Tür klopft. Verschlafen öffne ich sie und sehe mich Rana gegenüber, die erstaunlich frisch wirkt.

»Komm, Alia, hast du die Morgenglocke nicht gehört? Wir müssen zum Dienst«, drängt sie.

Ich habe keine Zeit, mich zu waschen und kämme mir nur rasch das Haar, ehe sie mich in den Speisesaal zieht. Dort beginnt meine Arbeit, die ich von nun an täglich zu erledigen habe. Ich säubere die Tische und beginne mit dem Eindecken. Das Ganze mache ich immer noch im Halbschlaf. Danach müssen wir die lange Tafel für das Frühstück decken, von dem sich die Magier ihr Lieblingsessen holen können.

Es gibt alle möglichen erlesenen Speisen und mir läuft das Wasser im Mund zusammen. Das hier übertrifft sogar die Kochkünste von Randa, unserer Haushälterin. Wir bekommen jedoch nur zwei Scheiben Brot und etwas Käse, die wir eilig in unserem Zimmer verschlingen. Dann ist es auch schon sieben Uhr und die ersten Magier kommen.

Als Reyvan mit seinen Freunden den Speisesaal betritt, versuche ich, mich so unauffällig wie möglich zu verhalten. Trotzdem treffen sich unsere Blicke und ich erröte beschämt. Er sieht wieder verdammt gut aus und trägt dieselbe Frisur wie am Vortag, die seine anmutigen Züge noch betont. Ich hingegen muss schrecklich aussehen. Rasch verziehe ich mich in die Küche, um dort neue Speisen zu holen. Zum Glück ist es in einer halben Stunde acht Uhr und die Magier müssen zum Unterricht.

Trotzdem muss ich noch eine Viertelstunde an der Wand stehen, ständig darauf bedacht, den Magiern die Wünsche von den Augen abzulesen. Da fehlt Milch, dort eine Gabel, da drüben gibt es kein Brot mehr.

Schließlich winkt mich Reyvan zu sich an den Tisch. Meine Hoffnung, dass Rana oder jemand anders hin geht, verflüchtigt sich, als er direkt meinen Blickt sucht.

Ich gehe zu ihm und achte unterwegs sorgsam auf irgendwelche Füße, die sich mir in den Weg stellen könnten. Als ich bemerke, dass Taros nicht an seinem Tisch sitzt, atme ich ein wenig auf.

»Kannst du mir bitte Butter bringen?«, fragt mich Reyvan mit einem freundlichen Lächeln.

Seine Stimme ist samtweich. Ich merke, dass mein Herz schneller schlägt. Was soll das? Seit wann springe ich so auf die Reize eines Mannes an? Doch ich kann mich Reyvans Charme nicht entziehen.

»Selbstverständlich«, stammle ich und eile zur Tafel, auf der sich die Speisen stapeln.

Dort gibt es eine Menge Butter – salzig, süß, cremig … Mist, ich hatte vergessen zu fragen, welche Art Butter er will. Wieso kann er sie sich eigentlich nicht selbst holen? So anstrengend ist das nun auch wieder nicht, aufzustehen und hier rüber zu gehen. Oder will er vielleicht einfach seine Überlegenheit demonstrieren, indem er mich rumscheucht? Ist das wieder irgendein fieser Trick? Will er wie Taros meine Unfähigkeit verspotten?

Zerstreut gebe ich von allen verschiedenen Butterarten etwas auf einen Teller und gehe mit klopfendem Herzen zurück.

Meine Hand zittert leicht, als ich den Teller vor Reyvan abstelle. Er lächelt mich zum Dank an und kleine Grübchen erscheinen um seinen Mund. Mir scheint, als sei die Temperatur im Raum gestiegen. Gleichzeitig ärgere ich mich maßlos – er weiß ganz genau, wie er auf Frauen wirkt und nutzt es ungeniert aus.

Als ich mich abwenden will, packt er unvermittelt und mit erstaunlicher Schnelligkeit meinen Arm und hält mich fest. Ich zucke unwillkürlich zusammen und versuche, mich aus seinem Griff zu winden. Sein Lächeln wird noch breiter, aber er hält mein Handgelenk wie ein Schraubstock fest.

»Du bist also Alia«, stellt er mit der verführerischsten Stimme fest, die ich je gehört habe.

Nicht Nehil? Er kennt also meinen Namen … woher? Mein Puls pocht in meinen Ohren und ich kann keinen klaren Gedanken fassen.

»Ja«, mehr fällt mir nicht ein.

»Es tut mir leid, wie Taros sich gestern aufgeführt hat«, fährt er fort. »Man verhält sich einer hübschen Dame gegenüber nicht so.« Seine dunkelblauen Augen schauen direkt in meine.

Diese Augen … ich senke den Blick.

»Tut es noch weh?« Er dreht meine Hand herum, sodass die Innenfläche nach oben zeigt. Seine feingliedrigen Finger fahren federleicht über die blasse Narbe, die ich mir gestern zugezogen habe.

Obwohl die Berührung sanft ist, zucke ich zusammen, als hätte er mich verbrannt.

»Äh … nein, es geht«, stottere ich und fühle mich gleichzeitig wie der größte Trottel. Alia, reiß dich zusammen!

»Da bin ich froh. Du hast eine zarte Haut, weißt du das? Es muss sich wundervoll anfühlen, diese Haut zu küssen …«, seine perlweißen Zähne blitzen und unwillkürlich fährt ein Schauer durch meine Hand. Mein Brustkorb muss von innen bereits mit blauen Flecken übersät sein, so stark wie mein Herz dagegen pocht.

Reyvan sieht mich mit einem amüsierten Blick an und verengt seine Augen, als dächte er über etwas nach.

Nach einer gefühlten Ewigkeit, lässt er mich endlich los. Ich reibe mir das Handgelenk, als hätte er mich verwundet.

»Alia«, er lässt meinen Namen wie eine köstliche Speise auf seiner Zunge zergehen. »Ich freue mich, dich kennenzulernen. Wir sehen uns bestimmt noch einige Male – da bin ich mir ganz sicher.«

Er wirft mir einen letzten, anzüglichen Blick zu, der mich erröten lässt und wendet sich wieder seinem Brot und der Butter zu.

Rasch und vollkommen durcheinander begebe ich mich zurück zu meinem Platz an der Wand.

Was war das denn?

»Was wollte er von dir?«, fragt mich Rana neugierig.

»Butter«, antworte ich, immer noch verwirrt.

Nachdem wir den Speisesaal aufgeräumt haben, begeben Rana und ich uns zu den Magierquartieren. Wir arbeiten gut zwei Stunden daran, die sechzig Zimmer in Ordnung zu bringen. Zum Glück sind Rana und die anderen vier Diener schneller als ich, so werden wir rechtzeitig fertig. Schon ist es Zeit, in die Waschküche zu gehen.

Nachdem eine mollige Frau mich eingewiesen hat, muss ich rund zwei Stunden lang die schmutzige Wäsche schrubben. Die Arbeit ist anstrengend und bald schon schmerzen mir die Arme und ich habe Blasen an den Händen. Der Dampf, der hier in der Luft hängt, macht es auch nicht besser. Ich schwitze, bekomme kaum Luft und fühle mich wie gerädert. Dass ich kaum geschlafen habe, rächt sich nun umso mehr.

Ich bin froh, als es schlussendlich kurz vor Zwölf ist und ich in den Speisesaal zurückgehen muss. Gegen ein Uhr essen die Magier. Rasch schlinge ich mein Mittagessen herunter und decke den Tisch. Beim Gedanken, Reyvan wieder zu sehen, schlägt mein Herz schneller.

Als er jedoch endlich den Saal betritt, tut er, als hätte es unsere kleine Unterhaltung am Morgen nie gegeben. Er lacht und scherzt mit Taros und den anderen und schaut mich nicht ein einziges Mal an.

Zum Glück bin ich heute nicht für seinen Tisch zuständig. Ich ärgere mich über sein Verhalten und hätte nicht dafür garantieren können, dass ich nicht aus Versehen Soße über seinen schwarzen Umhang geschüttet hätte – egal, ob ich damit Taros weiteren Stoff geliefert hätte, sich über meine Ungeschicklichkeit auszulassen.

Am Nachmittag soll ich in den Luftzirkel, um beim Unterricht zu assistieren. Zum Glück kenne ich das Gebäude nun bereits einigermaßen.

Trotzdem verirre ich mich und erscheine zwei Minuten zu spät zum Unterricht. Die Schüler sind bereits alle dort.

Der Unterrichtsraum ist hell und geräumig, mit schmalen Fenstern, die auf den Innenhof zeigen. Die Magier sitzen in gemütlichen, roten Sesseln, die nach hinten aufsteigend angeordnet sind, um von allen Plätzen eine gute Sicht auf das Geschehen zu haben.

Vorne steht der Lehrer vor einer magischen Schreibtafel, die alles automatisch erfasst, was er sagt. Neben ihm befindet sich eine kleine Bühne, wo offenbar die Experimente stattfinden. Dies alles erfasse ich mit einem gehetzten, raschen Blick.

Den Lehrer, Opherto heißt er, kenne ich bereits von gestern Abend. Er war derjenige, der mich zur Heilerin geschickt hatte. Er mag etwa fünfundfünfzig Jahre alt sein, hat kurzes, graues Haar und ebenso graue Augen. Seine Haut weist trotz seines Alters nur wenige Falten auf, sein Rücken ist gerade. Nun schaut er mich mit einer hochgezogenen Augenbraue an, um seinen Unmut über meine Verspätung zum Ausdruck zu bringen.

»Ah, die Assistentin ist auch schon da. Bitte begib dich zu dem Stuhl neben dem Podium«, weist er mich an.

Ich schlage beschämt die Augen nieder und murmle eine Entschuldigung. Dann gehe ich zu dem Stuhl und setze mich hin. Als mein Blick zu den Jungmagiern schweift, rutscht mir das Herz in den Magen. Dort sitzen Reyvan, Taros und seine Freunde vom Speisesaal. Natürlich gehört Reyvan dem Luftzirkel an, dass ich da nicht selbst drauf gekommen bin.

Trotz der Tatsache, dass Elfen über eine andersartige Magie als Menschen gebieten, entsprechen ihre Fähigkeiten größtenteils denjenigen der Luftmagier. Sie sind die besten Jäger in Altra, haben ein feines Gehör und ihre Augen sehen sogar in der größten Dunkelheit noch fast so gut wie bei Tag. Das ist zumindest das, was ich über Elfen weiß. Demnach zu urteilen war es klar, dass Reyvan hier anzutreffen wäre.

Ich schlucke. Oje, die nächsten zwei Stunden werde ich in demselben Raum sein müssen wie er. Vor allem sitze ich hier vorne, ausgestellt und für jeden sichtbar und kann nicht weg. Ich versuche, nicht in seine Richtung zu schauen, spüre aber trotzdem seinen amüsierten Blick auf mir ruhen.

»Wie bereits angekündigt, werden wir für die nächsten sechs Tage die Geheimnisse der perfekten Illusion angehen«, fährt Opherto an die Schüler gerichtet fort. »Ihr alle habt bereits ein Grundwissen in dieser Fähigkeit erlangt. Was ich euch jetzt beibringen möchte, übersteigt dieses Wissen jedoch um einiges. Um eine Illusion zu perfektionieren, muss man sich auf die Gefühle des Gegenübers, das man täuschen will, einlassen. Reyvan, komm bitte nach vorne, ich möchte, dass du diese Übung als Erster machst.«

Reyvan erhebt sich mit einer anmutigen Bewegung und kommt zu uns herunter. Sein schwarzer Umhang gibt den Blick auf seinen makellosen Körper preis, der in ebenso schwarzen Kleidern steckt. Oh nein, ich hoffe, dass ich nicht Teil dieser Übung sein muss. Doch meine Stoßgebete werden von den Göttern nicht erhört.

»Wir haben heute das Glück, eine Normalsterbliche ohne jegliche Begabungen hier zu haben«, erklärt Opherto weiter.

Ich erröte vor Beschämung über seine nüchterne Beschreibung der Tatsache, dass ich eine Nehil bin. Es fühlt sich an, als bohre er ein glühendes Messer in mein Herz und drehe es dann noch etwas hin und her.

»Das gibt uns die Möglichkeit, sie als ein Wesen in die Übung mit einzubeziehen, das sich nicht gegen die Luftmagie wehren kann. Wie es beispielsweise bei einem Tier der Fall wäre.«

Na toll, er hat mich gerade mit einem Tier verglichen! Im Publikum höre ich ein hämisches Kichern, das eindeutig Taros zuzuschreiben ist.

»Bitte, Reyvan, ruf dir diese Tatsache in den Hinterkopf, während du die Übung ausführst. Es ist wichtig, dass du es langsam angehst, sonst verliert sie den Verstand.«

Wie bitte? Ich schaue Opherto schockiert an.

Er übergeht meinen stillen Protest und weist Reyvan und mich an, auf das Podium zu gehen und uns einander gegenüber zu stellen. Mir fällt auf, dass ich zum ersten Mal direkt vor Reyvan stehe und nicht von oben auf ihn herunter schaue, wie es bisher im Speisesaal der Fall gewesen war. Er ist etwa einen halben Kopf grösser als ich, und ich muss mein Kinn leicht anheben, um ihm in die Augen zu schauen. Ich bin mir seines Körpers, der nur einen Schritt von meinem entfernt steht, mehr als bewusst.

Er schaut mich jedoch nüchtern, ja sogar fast sachlich an, wie ein Magier sein Versuchstier mustert. Nichts erinnert an die Wärme in seinem Blick, als er heute Morgen mit mir gesprochen hat. Ich versuche, meine Nervosität in den Griff zu bekommen und atme tief durch.

»Wie ihr ja wisst, muss man zum Gedankenlesen die Hand auf einen Teil des Kopfes legen«, sagt Opherto nun. »Reyvan, suche nun in ihrem Geist nach dem, was sie am meisten fürchtet.«

Was? Was ich am meisten fürchte? Mir hat keiner gesagt, dass ich mich hier meinen Ängsten stellen soll.

Aber jede Widerrede kommt zu spät, schon spüre ich Reyvans Hand warm und leicht auf meinem Haar. Mein Herz macht einen Satz bei dieser Berührung. Er schaut mir tief in die Augen und ich bin wie gebannt von seinem Blick. Wie eine Motte das zerstörerische Licht einer Kerze sucht, kann ich mich nicht dagegen wehren, ihn anzuschauen. Ich ertrinke in diesem Blau, das tiefer ist als jeder See. Seine Pupillen weiten sich kaum merklich und mir ist, als falle ich in einen tiefen, schwarzen Abgrund. Nur seine Berührung hält mich in der Wirklichkeit.

Kapitel 7

Ich spüre, wie etwas Warmes sanft, fast schon zögerlich in mein Unterbewusstsein dringt. Ich versuche, mich dagegen zu wehren, bin aber machtlos.

Ich hatte nicht gewusst, dass Elfen zu so etwas fähig sind. Reyvan verstärkt seinen Druck und der letzte Rest meines Widerstandes treibt davon wie Herbstblätter im Wind.

Er ist in meinem Geist, erkundet meine Gedanken. Ich versuche, so gut es geht nicht an ihn und meine verwirrenden Gefühle ihm gegenüber zu denken, scheitere aber kläglich. Als er dies bemerkt, huscht ein belustigtes Lächeln über seine Züge, bevor er sich wieder konzentriert.

Seine Anwesenheit in meinen Gedanken wird nun fordernder und drängt mich in eine Richtung, die mir zusehends gegen den Strich geht. Ich wehre mich, stemme mich mit aller Macht dagegen, ihn weiter vor zu lassen. Aber er ist zu stark. Plötzlich finde ich mich in einer anderen Realität wieder.

Ich sehe mein Zuhause, meine Eltern, meine Geschwister … Vater, Mutter, Sen und Lia. Es ist ein wunderschöner Sommertag, ich spüre, wie die Sonne auf meine Haut scheint, atme die klare, frische Luft ein, die selbst im Sommer in Lormir kühl ist. Ich bin wieder daheim. Ich breite meine Arme aus und meine Familie rennt lachend auf mich zu. Ich bin überglücklich, sie alle wiederzusehen, laufe ihnen entgegen. Auf einmal erscheint aus dem Nichts ein riesiger Feuerball. Ich versuche zu schreien, sie zu warnen. Aber sie hören mich nicht. Verstehen nicht, sehen die Gefahr nicht auf sie zufliegen. Hilflos muss ich zusehen, wie das Feuer mitten unter ihnen explodiert, sie in Stücke reißt. Ich rieche verbranntes Menschenfleisch und würge.

Reyvan lässt mich abrupt los, unterbricht unsere Verbindung, als hätte er sich selbst verbrannt. In seinen Augen liegt für einen kurzen Moment ein rätselhafter Ausdruck, als versuche er, etwas zu begreifen.

Dann fängt er sich rasch wieder und setzt eine kühle, distanzierte Miene auf. Er wendet sich Opherto und den anderen Schülern zu. »Ich hab es!«, grinst er triumphierend. »Sie fürchtet sich am meisten vor Spinnen.«

Ich bin verdutzt und erleichtert zugleich. Meine Beine fühlen sich schwach an, ich zittere und versuche mit aller Macht, stehen zu bleiben. Zu schlimm waren die Bilder, die ich eben noch gesehen habe. Ich versuche, mir in Erinnerung zu rufen, dass das alles nur in meinen Gedanken stattgefunden hat, nicht echt war. Und dass es zum Glück keiner, außer dem Elf, gesehen hat.

Ich bin froh, dass er meine tiefsten Ängste, meiner Familie könne etwas zustoßen, nicht verraten hat. Ich hätte es um nichts in der Welt durchgestanden, wenn er diese schrecklichen Bilder Wirklichkeit hätte werden lassen – selbst wenn es bloß eine Illusion gewesen wäre.

Dankbar schaue ich Reyvan an, der dies mit einem kaum merklichen Nicken beantwortet.

Opherto scheint diese kleine Geste zu entgehen. »Sehr gut«, lobt er den Elf. »Probieren wir es mit einer Spinne. Aber nur einer kleinen, wir wollen ja nicht, dass sie schreiend davonrennt.«

Ein bösartiges Lachen dringt aus Taros' Richtung an mein Ohr. Er scheint sich diabolisch auf das zu erwartende Schauspiel zu freuen.

In Wirklichkeit habe ich Spinnen immer schon gemocht, konnte ihnen stundenlang zusehen, wie sie ihre Netze bauten. Ich finde sie faszinierende Geschöpfe. Aber nun tu ich lieber so, als seien sie mein größter Albtraum, um mich meinen wahren Ängsten nicht stellen zu müssen.

Reyvan nickt, geht ein paar Schritte zurück und schließt konzentriert die Augen. Zwischen uns beginnt die Luft zu flimmern. Ich habe mich wieder etwas gefangen und schaue fasziniert zu, wie langsam eine faustgroße Kugel entsteht, der acht Beine wachsen. Der Elf beherrscht dieses Kunststück sehr gut. Der Körper der Spinne nimmt immer mehr Formen an, wird haarig. Langsam werden Einzelheiten erkennbar. Ihr wachsen riesige Kieferklauen, die gefährlich auf und zuklappen. Die Augen der Spinne sind blutrot und schauen mich böse an.

Sie geht ein paar zuckende Schritte auf mich zu. Ich muss zugeben, dass diese Bestie tatsächlich furchterregend ist. Trotzdem übertreibe ich meine Angst, indem ich nach Luft schnappe und einen kurzen, spitzen Schrei ausstoße.

Reyvan grinst und lässt die Spinne zerplatzen. Das Publikum – allen voran Taros – johlt.

»Sehr gut, Reyvan«, meint Opherto. »Nun die anderen. Achtet darauf, dass ihr nicht zu viel eurer Wärme in diese Illusionen steckt. Wie ihr ja wisst, hat Reyvan als Elf mehr Körperwärme als ihr. Daher sollt ihr eure Kräfte einteilen, ich will keinen von euch als Eisblock in den Heilertrackt schleppen müssen.«

Die Jungmagier grinsen, obwohl ich bei einigen eine kurze Unsicherheit aufblitzen sehe. Anscheinend haben ein paar von ihnen schon die Bekanntschaft mit einer Unterkühlung gemacht, als sie zu viel ihrer Körperwärme in ihre Zauber hineingegeben hatten.

Den Rest des Unterrichts werde ich mit allen möglichen Illusionen konfrontiert. Zum Glück muss keiner mehr meine Gedanken lesen. Reyvan hat eine ganze Palette von möglichen Dingen parat, vor denen ich angeblich Angst habe. Seine Fantasie scheint grenzenlos zu sein.

So versuche ich, einem klapprigen Skelett zu entkommen, das Taros auf mich hetzt, weiche vor einem zähnefletschenden Hund zurück und gebe vor, die dreiköpfige Schlange entsetzlich gruselig zu finden.

Endlich sind die zwei Stunden vorbei, die Luftmagier sind erschöpft vom Illusionen wirken und ich vom Schauspielern. Obwohl ich zugeben muss, dass einige der Illusionen mich tatsächlich erschreckt haben.

Nach dem Unterricht helfe ich Opherto noch kurz, die Bücher aufzuräumen.

»Ich hoffe, sie haben dich nicht zu sehr gefordert?«, fragt er.

Seine Besorgnis kommt für meinen Geschmack reichlich spät.

»Nein, es ging«, antworte ich. »Sie haben ja zum Glück nicht übertrieben mit ihren Illusionen.«

»Da bin ich froh, du hast deine Sache gut gemacht. Wir sehen uns morgen um dieselbe Zeit. Und sei diesmal pünktlich!«

Mit diesen Worten verlässt er den Raum.

Ich verstaue die Bücher in einem Regal und folge ihm ein paar Minuten später. Als ich die Tür hinter mir schließe, packen mich unvermittelt zwei Hände von hinten und ich fahre herum.

Reyvan steht vor mir.

Er versperrt mir den Weg und schaut mich mit einem leichten Lächeln an. Mit erstaunlicher Kraft drückt er mich gegen die Wand. Seine rechte Hand stützt er direkt neben meinem Kopf ab, mit der anderen hält er mich an der Schulter fest, sodass ich zwischen seinen Armen gefangen bin. Ich spüre seinen warmen Atem an meinem Hals, als er sich zu mir vorbeugt, und halte unwillkürlich die Luft an.

»Du schuldest mir etwas, meine Liebe«, flüstert er leise in mein Ohr.

»Ich weiß«, entgegne ich und wage kaum, ihm in die Augen zu sehen. »Ich danke Euch.«

Schmunzelnd weicht er etwas zurück. »Dafür, dass du jetzt in meiner Schuld stehst?«

Ich schaue verlegen zu Boden. »Nein, dafür, dass Ihr mich nicht bloß gestellt habt«, erwidere ich.

Er legt seinen Zeigfinger unter mein Kinn und zwingt mich, ihn anzusehen. »Sag bitte ›du‹ zu mir Alia«, seine Stimme ist samtweich. Er zieht seine dunklen Augenbrauen zusammen und runzelt die Stirn. »Du faszinierst mich. Ich habe schon bei vielen Personen Gedanken gelesen. Es waren einige interessante Menschen darunter, aber keiner war so selbstlos wie du.«

Ich versuche, seinem durchdringenden Blick standzuhalten und merke, wie meine Knie weich werden.

»Ich …«, stammle ich. »Das hat nichts mit Selbstlosigkeit zu tun. Ich liebe ganz einfach meine Familie und kann den Gedanken nicht ertragen, dass ihnen etwas zustößt.«

Das ist nicht ganz die Wahrheit. Ich habe nicht das Gefühl, dass ich selbstlos bin, sondern eher egoistisch, weil ich meine Familie nicht verlieren will. Aber das behalte ich für mich.

»Nein, Alia, du bist nicht egoistisch«, stimmt … das Gedankenlesen – er hält immer noch einen Teil meines Kopfes, in meinem Fall mein Kinn fest. Ach, diese Luftmagier …

Er verzieht seinen Mund zu einem wissenden Lächeln. Natürlich hat er auch diese Gedanken lesen können.

Ich beiße mir auf die Lippen, was seinen Blick dorthin lenkt. Plötzlich werden seine Pupillen weiter und lassen seine Augen fast schwarz erscheinen. Er schaut meinen Mund wie gebannt an. Seine langen, dunklen Wimpern, für die viele Frauen einen Mord begehen würden, verbergen fast zur Gänze seine Augen.

Er lässt mein Kinn los und hält stattdessen wieder meine Schulter fest. Ich versuche, mich aus seinem Griff zu lösen, aber er drückt mich nur umso stärker gegen die Wand. Langsam neigt er seinen Kopf wieder zu mir, zwei blonden Strähnen, die ihm in die Stirn fallen, streifen dabei über mein Gesicht. Ich halte den Atem an. Wenn er mich jetzt küsst, werde ich ihm nicht wiederstehen können. Noch nie war ein einem Mann so nahe. In der Stadt haben mich in den letzten Jahren alle gemieden, wer wollte schon mit einer Gildenlosen, einer Nehil, gesehen werden?

»Alia«, seine Stimme klingt rau. »Ich weiß, was dir über mich erzählt wurde. Das meiste stimmt sogar. Aber ich möchte trotzdem, dass du weißt, dass mich noch nie eine Frau vom ersten Augenblick an so fasziniert hat wie du.«

»Sagt Ihr das allen Mädchen, die Ihr verführen möchtet?« ich bin erstaunt, dass meine Stimme fest und selbstsicher klingt, da ich mich ganz und gar nicht so fühle.

Er streicht mit einem Finger meine Wange und ein leises Lachen dringt aus seiner Kehle. »Nein, auch wenn du mir das jetzt nicht glauben wirst. Und sag bitte *du*«, sein Finger bleibt neben meinem Mund verharren. »Ich weiß nicht, was du mit mir anstellst. Aber vom ersten Moment an, als ich dich gestern im Speisesaal gesehen habe, wusste ich, dass du etwas ganz Besonderes bist. Das liegt nicht nur an dem knappen Röckchen, das du trägst und das einen Mann wie mich in den Wahnsinn treiben kann. Du kannst meine Gedanken nicht lesen, daher musst du mir einfach vertrauen.«

Stimmt, er hat in meinen Gedanken ja gesehen, dass ich mich zu ihm hin gezogen fühle – oder zumindest, dass ich ihn ziemlich verwirrend finde. Ich erinnere mich daran, dass Tascha gesagt hat, er habe ständig eine andere Freundin.

Er ist der geborene Verführer und nutzt nun schamlos aus, was er in meinen Gedanken über meine Gefühle gelesen hat.

Ich spüre Wut in mir aufbrodeln. »Bitte, lasst mich los. Ihr tut mir weh!«

Überrascht über die Härte in meiner Stimme lockert er seinen Griff um meine Schulter, lässt mich jedoch nicht sofort gehen.

»Alia«, seine Stimme ist nun eindringlich und seine Augen funkeln. »Bitte, überleg es dir. Du kannst hier einen Freund gebrauchen, glaub mir.«

Ich weiche seinem Blick aus und schweige hartnäckig.

Seine Hand streicht wie zufällig meinen Arm entlang, als er sich von mir löst.

Dann dreht er sich um und geht davon. Sein Gang ist geschmeidig, raubkatzenhaft und erinnert mich an den meines Vaters. Er ist ein Jäger. Bei der Zweideutigkeit meiner Gedanken, nämlich dass ein Frauenheld im gewissen Masse ebenfalls ein Jäger ist, muss ich trotz meines Ärgers über ihn lächeln und kann nicht umhin, ihm bewundernd nachzuschauen.

Vollkommen durcheinander gehe ich zum nächsten Punkt auf meiner Arbeitsliste – der muffigen Bibliothek. Ich bin froh, dass ich jetzt so etwas Anspruchsloses machen kann, wie Bücher abzustauben und zu verstauen.

Ich versuche, meine Gefühle und Gedanken zu ordnen.

Will Reyvan wirklich nur Freundschaft von mir? Oder doch mehr? Warum sonst umgarnt er mich mit seinem Charme? Oder ist das alles ein abgekartetes, gemeines Spiel, das er mit mir treibt, bei dem er mich erst verwirren, für sich einnehmen und sich dann mit Taros und den anderen über meine treudoofe Gutgläubigkeit amüsieren will? Hm nein, so schätze ich ihn nicht ein.

Für einen kurzen Moment, als er das Gedankenlesen so abrupt abgebrochen hat, habe ich etwas in seinem Blick gesehen. Etwas, das tief aus seinem Inneren kam, das nicht gespielt war. Aber was es war, kann ich nicht genau sagen. Anerkennung? Überraschung? Verwirrung? Faszination?

Ich beschließe, dieses Problem namens Reyvan vorerst aus meinen Gedanken zu verdrängen. Ich bin gerade mal ein wenig mehr als vierundzwanzig Stunden im Zirkel, musste mich von meinem früheren Leben und meiner Familie für immer verabschieden und bin einfach nicht bereit dazu, mich mit weiteren Sorgen zu beschäftigen. Zu sehr schmerzt noch der Abschied und ich habe auf einmal starkes Heimweh.

Vater wüsste bestimmt einen Rat, wie ich mich verhalten soll. Er kennt die Elfen, war auf einem seiner Streifzüge im Wald sogar schon mehrere Tage lang bei ihnen zu Gast – übrigens eine Seltenheit. Die Elfen leben zurückgezogen im Wald in ihren Städten und suchen nur alle paar Jahre die Gesellschaft von Menschen, um sich mit ihnen über Neuigkeiten außerhalb ihrer Wälder auszutauschen.

In den meisten Fällen, wenn ein Mensch in den Genuss ihrer Gastfreundschaft kommt, trifft es Jäger oder Bauern, die zu weit vom Weg abgekommen sind.

Vater hat uns damals nicht viel von den Elfen erzählen dürfen. Er hat ihnen versprochen, ihre Geheimnisse zu wahren. Aber einmal, als er und ich zusammen auf einem Spaziergang, weit außerhalb von Lormir und ungestört waren, hat er mir von den Wundern, die er dort gesehen hat, erzählt. Von Elfenmagie, phantastischen Bauten und Wesen von betörender Schönheit. Dingen, die nur wenige Sterbliche je zu Gesicht bekommen. Ich war damals noch sehr klein und kann mich nicht mehr an alles erinnern. Aber eine kleine Ahnung habe ich nun davon, was er gemeint hat – jetzt, da ich Reyvan kennengelernt habe …

Rasch ist es Abend und ich trete wieder meinen Dienst im Speisesaal an. Wie erwartet ignoriert mich Reyvan abermals und lässt mich mit meinen verworrenen Gefühlen allein, was mir jedoch diesmal mehr als recht ist. Ich will nicht noch mehr Stoff für verwirrende und überflüssige Gedanken über verführerische Elfen erhalten.

Kurz vor Mitternacht ist alles aufgeräumt, diesmal musste ich glücklicherweise den Abwasch nicht alleine machen. Ich bin todmüde von dem ereignisreichen Tag, falle entkräftet ins Bett und nehme meinen Stoffbären in den Arm. Das Letzte, woran ich denke, sind Reyvans dunkelblaue Augen. Dann schlafe ich ein.

Kapitel 8

Während der nächsten Tage verfalle ich in eine Art Alltagstrott. Auch an das frühe Aufstehen und die kurzen Nächte gewöhne ich mich langsam.

Rana und ich verstehen uns immer besser. Sich mit ihr zu unterhalten, ist angenehm. Sie hat eine ruhige und nüchterne Art, die Dinge anzuschauen. Fast wie Kala, meine Freundin, die ich in Lormir zurücklassen musste. Wir unterhalten uns oft über unsere Familien.

Trotz der Tatsache, dass sie aufgrund des Vergehens ihrer Eltern als Dienerin hierher geschickt wurde, hegt sie keinen Groll gegen sie.

Sie erzählt mir, dass ihre Eltern, die beide Bauern und damit Mitglieder der Erdgilde von Lormir sind, damals gegen den Gildenkodex verstoßen hatten, weil sie sie zu einer Versammlung mitnahmen, obwohl sie noch nicht in die Gilde aufgenommen worden war. Zur Strafe wurde von Xenos entschieden, dass Rana in keine Gilde aufgenommen werde, wenn sie dreizehn Jahre alt sei, sondern direkt als Dienerin in den Zirkel gehen müsse.

Ich bin bestürzt, als ich ihre Geschichte höre. Ich hatte angenommen, dass Rana aufgrund eines unverzeihlichen Vergehens ihrer Eltern hier sei. Nicht wegen etwas, das wohl jede andere Mutter und jeder andere Vater ähnlich gehandhabt hätten.

Rana jedoch zuckt nur mit den Schultern. »Weißt du«, meint sie, »ich hätte mich wahrscheinlich sowieso freiwillig bei der Gilde als Dienerin gemeldet. Meine Eltern sind arm und eine Zukunft auf ihrem Bauernhof wäre nicht möglich gewesen. Ich habe fünf Geschwister und die beiden älteren werden den Hof nach ihrem Tod weiterführen. Hier geht es mir weit besser, ich habe genug zu Essen und sogar ein eigenes Zimmer.«

Damit ist das Gespräch für sie beendet. Trotzdem denke ich noch lange daran, wie ungerecht manche Dinge hier in Altra sind.

Reyvan sehe ich regelmäßig beim Essen und im Unterricht. Er verhält sich, als hätte es unser Gespräch nie gegeben. Aber ich bin froh über seine Zurückhaltung. Das hilft mir, meine verwirrenden Gefühle ihm gegenüber einigermaßen im Griff zu behalten.

Immer, wenn ich seinen Tisch bedienen soll, sorge ich dafür, dass ich mit Tascha, der Dienerin mit den großen, blauen Kulleraugen und dem runden Gesicht, tauschen kann. Sie hat mich dafür zu ihrer neuen besten Freundin auserkoren und strahlt immer über das ganze Gesicht, wenn sie den Elf bedienen darf. Leider scheint Reyvan sich nicht für sie zu interessieren.

Trotzdem schwärmt Tascha in den höchsten Tönen, wenn er sie kurz angeschaut oder sie gar um etwas gebeten hat. Ich finde ihre Schwärmereien zwar albern, aber lasse sie ihr. Wir Diener haben nicht viel, das uns erfreuen könnte …

Langsam begreife ich auch, wie der Unterricht der Magier aufgebaut ist. Während die Magierlehrlinge immer sechs Tage nacheinander morgens fünf Stunden Theorie- und nachmittags fünf Stunden Praxisunterricht haben, scheint das Leben der Jungmagier mehr Freizeit mit sich zu bringen. Sie haben zwar auch an sechs aufeinander folgenden Tagen Theoriestunden am Morgen, jedoch dürfen sie oft auch selbständig Bücher in der Bibliothek studieren. Am Nachmittag brauchen sie zudem nur für zwei Stunden den Praxisunterricht zu besuchen. Für die restliche Zeit des Nachmittags müssen sie selbst in kleinen Gruppen Übungen machen, die sie als Hausaufgaben erhalten.

Im Unterricht des Luftzirkels werde ich glücklicherweise für den Rest meines Dienstes geschont, da die Illusionen, die die Luftmagier nun lernen, herausfordernder und vor allem gefährlicher werden. Meine Assistenz beinhaltet daher hauptsächlich, die richtigen Bücher zu bringen, die alten Unterlagen zu verstauen und irgendwelche Artefakte hinzuhalten, mit denen die Magier experimentieren müssen.

Ich lerne, wie die Kunst der Illusion angewandt wird – natürlich nur rein theoretisch, da ich das nie werde ausprobieren können. Eine Illusion hält immer nur so lange an, wie der Magier Energie in sie investiert. Er kann sie vollkommen kontrollieren und lenken, aber sobald er aufhört Magie zu wirken, löst sie sich auf.

Damit unterscheiden sich Illusionen beträchtlich von Beschwörungen. Letztere sind aus Fleisch und Blut, oder woraus die beschworenen Wesen auch immer bestehen. Die Magie, die dazu nötig ist, muss allerdings meist von mehreren Zauberern gleichzeitig gewirkt werden, da Beschwörungen viel Energie benötigen. Dafür verbrauchen die Wesen, wenn sie einmal beschworen sind, keine weitere Energie des Zaubernden – es sei denn, um sie zu lenken, im Zaun zu halten, oder wieder verschwinden zu lassen.

Zudem bringe ich in Erfahrung, dass erst mit Aufnahme in den Zirkel, die mit sechzehn Jahren stattfindet, die gesamte Magie, die einem Jungmagier innewohnt, freigesetzt wird. Die Magierlehrlinge verfügen zwar schon vorher über die Fähigkeit, mit Hilfe ihrer Körperwärme Magie zu wirken. Jedoch sind sie nur zu kleineren Zaubern fähig. Erst durch das Aufnahmeritual mit sechzehn Jahren, wird das volle Potential eines Magiers deutlich.

Den Jungmagiern – nicht jedoch den Lehrlingen – ist es außerdem gestattet, mit den Menschen außerhalb des Zirkels zu kommunizieren. Der Grund dafür scheint darin zu liegen, dass die Jungmagier irgendwie an den Zirkel gebunden sind. Rana hat mir erklärt, dass es mit den Magierringen und der Aufnahme in den Zirkel zu tun hat. Dadurch hat jeder Zirkelleiter seine Magier im Auge und spürt, ob er Geheimnisse verrät, den Kodex bricht oder welche Art von Magie außerhalb des Zirkels ausgeübt wird.

Ich stelle mir das anstrengend vor, ständig irgendwelche Informationen von anderen Personen zu erhalten. Aber das gehört vermutlich zum Amt eines Zirkelleiters mit dazu. Ich bin jedenfalls zum ersten Mal froh, dass ich keinen Magierring besitze und somit der Überwachung von Xenos entgehe.

Dasselbe scheint für Reyvan zu gelten. Auch an seiner Hand sehe ich keinen Ring, obwohl er dem Luftzirkel zugeordnet wurde. Als ich Rana danach frage, sagt sie, dass Elfen nicht eine Elementbegabung in dem Sinn haben wie die Menschen, sondern eigene Magie in sich tragen, die sie ähnlich nutzen können, wie die menschlichen Magier. Reyvan darf zwar am Unterricht des Luftzirkels teilnehmen, aber er wird nie ganz dazu gehören, da er die Aufnahmezeremonie in den Magierzirkel aufgrund seiner Herkunft nicht machen durfte.

Da er zudem sowieso verpflichtet ist, für hundert Jahre im Zirkel zu bleiben, hält es Xenos nicht für nötig, ihn zu überwachen. Trotzdem darf er sich als einziger Jungmagier nicht außerhalb des Zirkels bewegen. Als ich das erfahre, bekomme ich fast etwas Mitleid mit ihm, das ich aber rasch wieder unterdrücke – wie auch alle anderen Gefühle dem Elf gegenüber.

Nachdem ich sechs Tage lang gearbeitet habe, bekomme ich endlich meinen freien Tag. Ohne den wäre es mir wahrscheinlich auch nicht möglich, den anstrengenden Dienst durchzuhalten. Ich schlafe zum ersten Mal, seit ich hier bin, so richtig aus, ignoriere die Glocke, die kurz vor halb sechs Uhr läutet und stehe erst um zehn Uhr auf. Rana hat leider nicht frei bekommen, da sie ja extra für meine Einführung von ihren Aufgaben befreit worden war. Sie muss diesen Tag nun nachholen.

Ich fühle mich ein bisschen schuldig, bringe aber nicht den Mut auf, zu Moero zu gehen, um ihn zu bitten, einige von Ranas Aufgaben übernehmen zu dürfen. Er würde es mir wahrscheinlich sowieso nicht erlauben, schon aus lauter Gemeinheit nicht. Je weniger ich mit ihm zu tun haben muss, desto besser.

Also beschließe ich, den Magierzirkel auf eigene Faust zu erkunden. Schließlich werde ich hier den Rest meines Lebens verbringen müssen, da möchte ich schon genauer wissen, was es alles zu sehen gibt.

Ich wage es nicht, meine eigenen Kleider zu tragen, da ich nicht weiß, ob das überhaupt gestattet ist, und lege daher einen einfachen Umhang über meine Dienerkleidung an. Draußen ist es zwar schön, aber trotz der Sonnenstrahlen nicht warm genug.

Die Haube lasse ich weg. Zudem stecke ich mir den Ring, den ich von meinem Bruder Sen erhalten habe, an den Finger. Bisher hatte ich mich nicht getraut, ihn zu tragen, aus Angst davor, ihn bei meinen Arbeiten zu verlieren. Heute jedoch muss ich weder Wäsche schrubben noch Betten machen. Auch Lias Armband schlinge ich um mein Handgelenk. Die beiden Sachen geben mir etwas Trost und das Gefühl, doch noch ein Stück von meiner Familie bei mir zu haben.

Als ich mein Bündel wieder unter dem Bett verstauen will, fällt mein Blick auf das silberne Kästchen, das darin aufblitzt. Ich nehme es in meine Hände und drehe es hin und her. Als es sich abermals nicht öffnen lässt, lege ich es wieder ins Bündel zurück und lasse das geheimnisvolle Kästchen vorerst geheimnisvolles Kästchen sein. Es bringt nichts, über irgendwelche Geheimnisse zu grübeln, die sich in naher Zukunft sowieso nicht entschlüsseln lassen. Es wird mir wohl nichts anderes übrig bleiben, als bis zu meinem achtzehnten Geburtstag zu warten.

Die Sommersonne scheint und die Luft riecht warm und satt. Als Erstes möchte ich zum Wasserzirkel. Ich wende mich also nach links und gehe den schmalen Durchgang zwischen dem Speisesaalgebäude und dem Wasserzirkel entlang. Hier können höchstens zwei Personen, die auch noch sehr schlank sind, nebeneinander gehen. Zum Glück ist der Gang nur etwa sechs Schritt lang.

Auf der anderen Seite sehe ich die hohe Mauer. Ein See erstreckt sich hinter dem Gebäude. Ich gehe ans Ufer und sehe, dass sich kleine Fische darin befinden, die fröhlich hin und her schwimmen. Etwas weiter vom Ufer entfernt tummeln sich stromlinienförmige Fische von betörender Schönheit, die in allen Farben schimmern und immer wieder aus dem Wasser hoch springen, um halsbrecherische Kunststücke zu vollführen.

Außer mir befinden sich nur eine Handvoll Menschen hier – die meisten sind um diese Zeit beim Mittagessen im Speisesaal. Zudem sind viele der Jungmagier an ihrem freien Tag ihre Familien besuchen gegangen, werden nicht vor dem Abendessen zurück sein und die Lehrlinge lernen in der Bibliothek für anstehende Prüfungen, wie mir Tascha erzählt hat. Ich setze mich an das Ufer und schaue eine Weile den bunten Fischen zu.

Ich überlege, wofür dieser See gut sein könnte und komme zum Schluss, dass die Wassermagier damit wahrscheinlich Stürme beschwören oder Schiffe beschleunigen können. Ich freue mich jetzt schon auf den praktischen Unterricht, für den ich bestimmt auch irgendwann als Assistentin eingeteilt werde.

Nach einiger Zeit werde ich dem Zusehen der Fische überdrüssig und bin gespannt auf den Feuersee, welchen mir Tascha beschrieben hat und der hinter dem Gebäude des Feuerzirkels liegt.

Ich gehe also nach rechts um den Feuerzirkel herum und stehe direkt einem brodelnden Lavasee gegenüber. Die Hitze, die von ihm ausgeht, lässt mich nach Luft schnappen und sofort bilden sich Schweißperlen auf meiner Stirn. Der See ist von schwarzen Steinen umgeben, die Rauchwölkchen aufsteigen lassen, wenn das flüssige Feuer daran leckt.

Ich schaue fasziniert zu, wie sich auf der Oberfläche Blasen bilden, die mit einem zischenden Geräusch platzen. Was der Zweck dieses Sees ist, bleibt mir schleierhaft. Vielleicht üben die Feuermagier damit irgendwelche Zauber. Oder sie benutzen seine Wärme – halt nein, das ist ja nicht erlaubt, da es sich um schwarze Magie handelt, sobald man als Magier eine Wärmequelle außerhalb seines Körpers anzapft.

Da ich die Hitze nicht lange aushalte, beschließe ich, meinen Weg fortzusetzen und zum Erdzirkel zu gehen, um zu sehen, welche Wunder hinter diesem Gebäude verborgen sind.

Die Gärten des Erdzirkels befinden sich ebenfalls direkt hinter dem zugehörigen Gebäude. Es ist schon später Nachmittag, als ich dort ankomme. Die Gärten sind auf fünf Terrassen angelegt, die sich auf einer Art Treppe befinden, welche fast die gesamte Länge des Erdzirkels einnimmt und knapp hundert Schritt hoch ist. Die Pfeiler der Terrassen sind aus Gold und weißem Marmor gefertigt und unter den einzelnen Stufenabsätzen befinden sich lichtdurchflutete Gänge, die zum Flanieren einladen.

Die Terrassen erreicht man über eine breite Marmortreppe, die mitten durch sie hindurch bis ganz nach oben führt. Ich staune über dieses architektonische Wunder und gehe langsam die Stufen nach oben. Außer mir gibt es hier ebenfalls nur wenige Menschen. Auf jeder Terrasse finden sich andere, fremdartig aussehende Blumen, Sträucher und Bäume, aller Arten, Größen und Formen die sorgsam gepflegt sind. So etwas Schönes habe ich noch nie gesehen.

In Lormir wachsen normalerweise nur Steppengräser und kleine Büsche, wenn nicht gerade alles von einer Schneeschicht bedeckt ist. Ich gehe staunend weiter. Dort sehe ich violette Blüten an mächtigen, hellgrünen Bäumen, die wie Perlen an deren Ästen wachsen. Da drüben gibt es eine weite Wiese mit saftigem Gras und Tausenden von weißen Blumen, die einen trichterförmigen Kopf haben, welchen sie der Sonne entgegenstrecken.

Auf einer anderen Terrasse wachsen Hunderte von Rosen in allen verschiedenen Farben. Sie duften betörend. Viele dieser Pflanzen werden wohl über Heil- oder andere magische Kräfte verfügen, die mir nicht bekannt sind. Kleine Vögel schwirren zwischen Bäumen mit dicken Stämmen herum, die aussehen, als stünden sie schon Jahrhunderte hier. Die Luft ist erfüllt vom Surren der Insekten und den unterschiedlichen Gerüchen der Pflanzen.

Fasziniert schaue ich Bienen zu, die den Nektar von rotweißen, sternenförmigen Blüten sorgsam aufsaugen und wegfliegen, um sie in ihr Versteck zu bringen. Dazwischen erkenne ich Spinnen und Käfer, die emsig ihren Aufgaben nachgehen.

Es ist wunderschön hier, so friedlich, als ob man sich in einer anderen Welt befände. Für einen Moment vergesse ich, dass ich hier als Dienerin bin.

Ich schlendere auf der obersten Terrasse entlang, die von überhängenden Bäumen und Lianen eingenommen wird und wo sich außer mir keine Menschenseele aufhält. Die Luft hier ist feucht und mild. Ich habe in der Schule gelernt, dass es weit im Süden dicht bewachsene Wälder gibt, die Dschungel genannt werden. Genau wie dieser kleine Wald hier hab ich mir diesen Dschungel immer vorgestellt.

Von hier oben kann man über die hohe Mauer, die den Magierzirkel umgibt, sehen. Der Ausblick ist atemberaubend. Der Himmel ist strahlend blau und wolkenlos. Weit erstrecken sich die Steppen, die vor dem Zirkel liegen. Ich erkenne den Weg, auf dem wir her geritten sind. Weit hinten am Horizont glaube ich, die Dächer und Mauern der Stadt Lormir zu sehen.

Rechts von mir sehe ich die Ausläufer des dichten Waldes, der das Ziel meines Vaters und seiner Jagdtruppe war. Bestimmt ist er längst zurück in der Stadt. Trotzdem gibt es mir ein bisschen Trost, dass er ab und zu in diesem Wald dort sein wird.

Ich bin derart in Gedanken versunken, dass ich nicht merke, wie sich jemand hinter mir anschleicht.

»Es ist schön hier, nicht?«

Die Stimme kenne ich nur zu gut. Mir gleitet unvermittelt ein Schauer über den Rücken und ich drehe mich um.

Kapitel 9

Er trägt heute keinen schwarzen Umhang, sondern eine leichte, schwarze Hose sowie ein dunkelblaues Hemd, das die Farbe seiner Augen unterstreicht. Sein blondes Haar glänzt im Sonnenlicht. Einmal mehr bin ich von seiner Erscheinung beeindruckt.

Lässig setzt er sich ins hohe Gras, nimmt einen langen Halm und kaut genüsslich darauf herum. Da ich nicht weiß, was ich sonst tun soll, lasse ich mich, so elegant wie es mir in meiner Dienerkleidung eben möglich ist, neben ihm nieder.

»Ich bin gerne hier. Es erinnert mich an zu Hause«, Reyvan wirft den Halm, auf dem er gerade noch gekaut hat, mit einer anmutigen Bewegung einige Fuß weit fort.

Es ist das erste Mal, dass ich ihn jemandem gegenüber von seiner Herkunft sprechen höre. Ich wende mich ihm zu, weiß aber nicht, was ich darauf antworten soll, obwohl ich gerne mehr von ihm erfahren würde.

Er lächelt mich an. »Du bist nicht gerade gesprächig, was?«, seine Augen blitzen.

Ich senke den Blick. »Nun ja, ich hab nicht so viel Erfahrung darin, mit einem Elf zu sprechen«, gebe ich zu.

Reyvan legt den Kopf in den Nacken und lacht leise. Ich habe einen atemberaubenden Ausblick auf sein makelloses Profil. »So siehst du mich also? Als Elf und nicht als normalen Gesprächspartner? Du bist vielleicht doch oberflächlicher, als ich gedacht habe«, er klingt zwar belustigt, aber die Worte treffen mich trotzdem und mein Herz zieht sich zusammen.

Wieso bin ich in seiner Gegenwart nur so befangen? Ich ärgere mich über mich selbst.

»Vielleicht solltet Ihr meine Gedanken lesen, dann seht Ihr, wie ich das gemeint habe«, gebe ich eine Spur zu scharf zurück.

Das scheint ihn jedoch nicht zu beeindrucken.

»Mmm, eine verführerische Vorstellung, ich wäre gerne nochmals in deinem Körper«, er hebt seine Hand, lässt sie jedoch ein paar Fingerbreit vor meinem Kopf in der Luft schweben. »Aber nein, das wäre zu einfach.

Ich möchte es lieber von dir selbst erfahren. Und ich hatte dir schon gesagt, sprich mich nicht mit dieser Förmlichkeit an.«

Er streicht stattdessen eine Haarsträhne, die sich einen Weg zu meiner Wange erkämpft hat, hinter mein Ohr zurück. Bei seiner sanften Berührung spüre ich ein Kribbeln im Bauch, habe mich aber rasch wieder unter Kontrolle.

»Warum seid … bist du so? Warum sprichst du mit mir und im nächsten Moment lässt du mich links liegen?«, die Worte sprudeln aus mir heraus, ehe ich darüber nachgedenken konnte.

Reyvan mustert mich stirnrunzelnd, ehe er antwortet. »Ich spiele nicht mit dir, falls du das meinen solltest«, seine Stimme klingt nun sanft wie das Plätschern eines Wasserfalls, »Ich habe dir gesagt, dass ich dich faszinierend finde und das stimmt auch. Trotzdem muss ich darauf achten, mit wem ich mich in der Öffentlichkeit unterhalte.«

Er schaut mich an, um die Wirkung seiner Worte zu prüfen und fährt fort: »Ich werde beobachtet und jeder meiner Schritte wird überwacht – nun ja … fast jeder«, ein schelmisches Funkeln spielt in seinen Augen. »Auch wenn ich keinen Ring am Finger trage wie die anderen – genau wie du – so werde ich doch beobachtet …«, er hält inne und sein Blick bleibt an meiner Hand hängen. »Dieser Ring, den du heute trägst, ist allerdings sehr schön, auch wenn er keine Runen hat.«

Er nimmt meine Hand in seine und ich entziehe sie ihm nicht. Gedankenverloren spielt er eine Weile mit Sens Ring und betrachtet ihn bewundernd.

Dann spricht er weiter: »Diese verdammten Magier liegen wie Jäger auf der Lauer, die darauf warten, dass ich einen Fehler mache. Ein falscher Schritt, eine verdächtige Geste, und es ist aus mit dem Frieden zwischen meinem Volk und den Magiern. Und meine Zeit, die ich hier verbracht habe, wäre sinnlos verschwendet.«

Dass er so freimütig mit mir spricht, überrascht mich. Ich wusste nicht, dass er solch eine Bürde trägt. Ich hatte gedacht, dass er einfach hier im Zirkel seine hundert Jahre absitzen muss und dann wieder frei ist.

»Wäre es ein Verbrechen, in der Öffentlichkeit mit einer Dienerin zu sprechen?«, frage ich, durch seine Offenheit ermutigt.

»Hm, nicht gerade ein Verbrechen«, meint er und widmet sein Spiel nun Lias Armband, das er um mein Handgelenk hin und her dreht.

»Aber es wäre verdächtig«, er schaut mich entschuldigend an, als er merkt, dass mich seine Worte treffen. »Ich meine, ihr Diener habt in jeden Raum des Zirkels Zugang – mit Ausnahme von Xenos' Gemächern vielleicht. Ich könnte von Euch Informationen bekommen, die dem Zirkel schaden und gleichzeitig meinem Volk nützen könnten.«

So hatte ich das noch nie gesehen. Wir Diener als Spione? Welch absurde Vorstellung.

»Ich glaube nicht«, entgegne ich, »dass wir euch nützliche Informationen liefern könnten. Wir haben ja kaum Zeit, unsere eigenen Aufgaben zu erledigen. Wie sollen wir da noch irgendwelche Schubladen oder Schränke durchwühlen? Zudem kennst du Moero nicht, er lässt jeden Diener auspeitschen, der unter Verdacht steht, dass er etwas geklaut haben könnte. Das würde keiner von uns freiwillig auf sich nehmen.«

Reyvan bedenkt mich mit einem langen, undurchsichtigen Blick und seine Finger halten inne.

»Doch, ich kenne Moero«, erwidert er schließlich. »Sehr gut sogar.«

Seine Hände halten meine nun so fest, dass es beinahe weh tut. Sein Gesicht spiegelt widersprüchliche Gefühle und ich sehe, dass er mit sich ringt.

Schließlich, als hätte er sich für etwas entschieden, drückt er seinen Rücken durch und schaut mich direkt an. »Als ich hier angekommen bin, war ich ebenfalls ein Diener, so wie du, Alia.«

Diese Neuigkeit macht mich sprachlos.

Reyvan, ein Diener? Wie kann das zusammen passen? Er ist viel zu selbstsicher, um ein Diener zu sein.

Mein Gesicht muss ein offenes Buch für ihn sein, denn er fährt weiter: »Ja, Alia, auch ich war ein Diener. Und das war keine schöne Zeit, das kannst du mir glauben. Ich wurde von Moero nicht gerade mit Samthandschuhen angefasst.« Bei der Erinnerung daran spuckt er aus. »Da ich stark bin und mein Körper weniger Schlaf braucht als der von Menschen, habe ich fast Tag und Nacht arbeiten müssen. Aber auch Elfen sind irgendwann erschöpft. Ich habe Moero gehasst und verflucht und mir gewünscht, die hundert Jahre wären möglichst bald vorbei. Hundert Jahre sind zwar für einen Elf nicht lange, trotzdem – mir kamen die ersten Jahrzehnte vor wie eine Ewigkeit. Ein Elf als Diener … das lässt in der Tat viel Raum für Verdächtigungen und Anklagen.«

Er hält inne und ich sehe zum ersten Mal, dass ein alter Schmerz in seinen Augen liegt. Meine Brust fühlt sich plötzlich eng an, als mir ein schrecklicher Verdacht kommt.

»Was hat er dir angetan, Reyvan?«, meine Worte sind mehr ein Hauch, als ein Flüstern.

Trotzdem versteht er sie und schaut mich mit einem Blick an, in dem sowohl Schmerz als auch unfassbare Wut liegen. Dann lässt er meine Hand los, hebt wortlos sein Hemd an und dreht mir seinen muskulösen Rücken zu. Was ich dort sehe, schnürt mir die Luft ab und etwas Eiskaltes legt sich wie eine Schlinge um mein Herz.

Sein Rücken ist übersät mit unzähligen Striemen, die sich rötlich von der gebräunten Haut abheben.

Ich hebe meine Hand und streiche vorsichtig über die wulstigen Narben. Wie kann man jemandem so etwas Grausames antun? Bei meiner Berührung zuckt er zusammen, als hätte ich ihn geschlagen und zieht das Hemd rasch wieder herunter.

»Das tut mir so leid«, ist alles, was ich raus bringe.

Ich bin vollkommen überfordert mit dieser Situation. Wie kann Moero nur so entsetzlich böse sein? Seinen Narben nach zu urteilen, muss Reyvan unzählige Male wegen irgendwelchen Vergehen bestraft worden sein. Und er wurde bestimmt jedes einzelne Mal unschuldig angeklagt. Ich kann mir weder vorstellen, dass er etwas geklaut noch sich mit zwielichtigen Handlungen verdächtig gemacht haben könnte.

Er wendet sich mir wieder zu. Seine Miene ist versteinert, aber in seinen Augen glüht ein alter Hass. »Jetzt weißt du es. Ich verstehe euch Diener wohl besser als jeder andere hier.«

Damit hat er bestimmt mehr als recht. Ich bin beschämt, dass ich bisher so eine geringe Meinung von ihm hatte. Hätte ich gewusst, was er durchmachen musste, hätte ich ihn bestimmt von Anfang an mit ganz anderen Augen betrachtet.

»Wie …«, beginne ich. Ich weiß nicht, wie ich meine Frage formulieren soll.

»… ich Moero schlussendlich entkommen bin?«, beendet Reyvan meinen Satz.

Ich nicke.

»Tja, Alia, was macht jemand wie ich, um seine Haut im wahrsten Sinn des Wortes zu retten?«, ein bitterer Zug spielt um seine Mundwinkel.

Ich kann mir beim besten Willen nicht vorstellen, wie er das geschafft haben soll. Diener zu sein ist eine Lebensaufgabe. Da gibt es kein Entrinnen. Wie konnte er zum Jungmagier aufsteigen?

Reyvan erlöst mich von meinen Grübeleien. »Ich habe ganz einfach gezaubert.«

Als ich ihn verwirrt anschaue, lächelt er leicht und spielt mit ein paar Grashalmen vor sich. Offenbar hat er die schmerzhaften Gedanken an die bestialische Behandlung durch Moero wieder in den hintersten Winkel seines Bewusstseins verdrängt.

»Damit begonnen habe ich bei meiner Assistenz im Luftzirkel, die du ja auch schon machen durftest«, bei diesen Worten wirft er mir einen vielsagenden Blick zu, der mich leicht erröten lässt. »Dort habe ich heimlich Illusionen erschaffen, die den Unterricht etwas … nun sagen wir mal … spannender gestaltet haben. Es ging nicht lange, da haben die Lehrer gemerkt, dass selbst sie noch von mir lernen können.«

Bei der Erinnerung daran funkeln seine Augen spitzbübisch. Ich kann mir vorstellen, dass er mit Freuden den Lehrern einen Streich um den anderen gespielt hat, bis sie ihm auf die Schliche gekommen sind. Bei dem Gedanken muss ich ebenfalls lächeln.

»Natürlich wollten sie wissen, wie ich sie reingelegt habe, nur habe ich es ihnen nicht verraten. Es ist ihnen verboten, meine Gedanken zu lesen – das wurde von den Elfen so gefordert, ehe sie mich hierher geschickt haben. Damit sollen die Geheimnisse meines Volkes bewahrt werden.«

Er macht eine theatralische Geste die mich erahnen lässt, dass er das Ganze für übertrieben hält.

»Also haben die Lehrer Xenos gebeten, mich stattdessen als Jungmagier im Unterricht haben zu dürfen. Da Xenos stets auf seinen eigenen Vorteil bedacht ist und sich natürlich über die Nachricht, auf diese Weise einige der Wunder der Elfen kennen zu lernen, freute, hat er dem Antrag zugestimmt. Und so wurde ich in die Gemächer der Jungmagier verlegt. Tja, und damit endet die Geschichte. Ich bin jetzt einer von ihnen, auch wenn ich in Wirklichkeit nie dazugehören werde.«

So ähnlich hatte es auch Rana formuliert. Mir war aber damals die tiefere Bedeutung ihrer Worte nicht klar gewesen.

Ich muss ein ziemlich komisches Gesicht machen, denn er lacht jetzt herzhaft und ist wieder der gutaussehende, charmante Elf mit dem leicht überheblichen Ausdruck in seinen Augen und dem gewinnenden Grinsen.

»Ach, Alia, wenn du mich mit deinen Rehaugen weiter so ansiehst, vergesse ich mich noch.«

Erfolglos versuche ich, meine Gesichtszüge wieder unter Kontrolle zu bringen.

»Ich …«, stammle ich.

Aber Reyvan steht nun mit einer flüssigen Bewegung auf und nimmt meine Hand, an der er mich hoch zieht. »So, genug von den alten Geschichten. Der Tag ist zu schön für derart ernste Gespräche. Die Sonne geht bald unter. Komm, ich zeige dir die Wunder des Luftzirkels – und nein, ich meine nicht die Wunder, die du in meinem Bett erleben würdest.«

Nun entgleiten mir die Gesichtszüge vollends, was ihn köstlich zu amüsieren scheint.

Grinsend führt er mich die Marmortreppe herunter. Ich stolpere hinterher.

Immer darauf bedacht, Beobachtern auszuweichen, geht Reyvan zu dem Anbau des Luftzirkels. Wir begegnen jedoch keiner Menschenseele. Anscheinend wird dieser Bereich des Magierzirkels nicht so oft aufgesucht, wie die Gärten oder der See.

Als wir den Anbau betreten, verstehe ich nicht, warum sich hier niemand aufhält.

Der Raum ist riesengroß und fast noch beeindruckender als die Gärten. Anstelle eines normalen Bodens, finde ich mich auf weichen, luftigen Wolken wieder, die den gesamten Raum einnehmen. Die Wolken leuchten in Weiß und Hellblau und befinden sich unter, neben und über uns, rund um uns herum.

Als ich durch eine Wolke hindurch gehe, bleiben feine Wasserperlen auf meinen Kleidern, Haut und Haaren zurück.

Es ist wunderschön hier.

Ohne darüber nachzudenken, drehe ich mich mit ausgebreiteten Armen im Kreis und wirble dabei mehrere kleine Wolken um mich auf.

Reyvan beobachtet mich lächelnd mit vor der Brust verschränkten Armen.

»Das gefällt dir, oder?«, meint er überflüssigerweise.

»Es ist im wahrsten Sinn des Wortes himmlisch«, ich drehe lachend eine weitere Pirouette.

»Wie ist das möglich, dass die Wolken hier drin bleiben?«, will ich wissen.

»Das ist Magie«, erwidert Reyvan geheimnisvoll. »Komm, ich zeig dir etwas.«

Er nimmt meine Hand und führt mich um einige größere Wolken herum. Zielstrebig geht er zu einer kleinen Bank, die sich am Rande des Raumes befindet. Er setzt sich hin und zieht mich neben sich.

Hier fühlt man sich, als säße man mitten im Himmel. Ich bin wie verzaubert.

»Das ist mein zweiter Lieblingsort«, erklärt Reyvan leise.

Ich muss ihm zustimmen, dieser Ort ist fast genauso schön wie die Gärten. Ich beobachte einige Wolken, die vor uns langsam von links nach rechts schweben und sich einer anderen Gruppe anschließen, mit ihnen verschmelzen und eine größere Wolke bilden.

Reyvan rückt näher zu mir und legt einen Arm um meine Schultern. Von dieser plötzlichen Berührung werde ich aus meiner Bezauberung gerissen.

Ich rutsche etwas von ihm weg. »Hier warst du wohl schon öfters mit einem Mädchen, oder?«, ich werfe ihm einen schrägen Blick zu.

»Auch wenn du mir wahrscheinlich nicht glauben wirst, aber nein«, er klingt sogar fast etwas beleidigt. »Die meisten Magierinnen machen sich nichts aus diesen Wundern. Sie sehen sie nicht mit denselben Augen an wie wir – wie du und ich. Für sie gehört es einfach zum magischen Zirkel und ist selbstverständlich«, er zögert einen Augenblick. »Und … mit einer Dienerin war ich noch nie zusammen«, gesteht er, ohne mich anzusehen.

»Du hast recht«, nicke ich. »Ich glaube dir wirklich nicht.«

Damit stehe ich auf und lasse den verdatterten Elf mitten zwischen den Wolken sitzen.

Ha, jetzt bin ich es einmal, die *ihn* verwirrt.

So rasch wie möglich verlasse ich den Raum. Zum Glück verirre ich mich nicht zwischen den Wolken und finde schnell den Ausgang.

Kapitel 10

Am Morgen bin ich wieder für den Dienst im Speisesaal eingeteilt. Nachdem ich gestern Reyvan einfach sitzen gelassen habe, habe ich ein mulmiges Gefühl, als ich die Tische decke und das Essen vorbereiten helfe. Als die ersten Magier in den Speisesaal kommen, versuche ich, so gut es geht unauffällig im Hintergrund zu bleiben.

Es dauert nicht lange, da betreten Reyvan und seine Freunde den Saal. Ich würde am liebsten im Erdboden versinken und weiß nicht, wie ich mich ihm gegenüber verhalten soll. Zu allem Überfluss habe ich auch noch am Tisch neben ihm Dienst und werde nahe an ihm vorbeigehen müssen.

Mit klopfendem Herzen serviere ich die Teller und versuche, möglichst nicht zu ihm rüber zu sehen. Was mir natürlich kläglich misslingt. Er schaut mich so eindringlich an, dass ich seine Blicke an meinem ganzen Körper spüre.

Als ich einen Seitenblick zu ihm wage, grinst er über das ganze Gesicht und hebt amüsiert die Augenbrauen. Glücklicherweise sagt er aber nichts, sondern wendet sich seinem Essen zu, das ihm gerade von Tascha serviert wird. Sie strahlt ihn an und wird rot, als er sich bei ihr bedankt.

Ich bin froh über die Ablenkung und gehe rasch zu meinem Platz an der Wand zurück, wo ich warte, bis die Magier mit dem Essen fertig sind. Immer wieder bemerke ich, wie Reyvan den Kopf zu mir dreht und mich mit seinen Augen fixiert.

Aber ich widerstehe dem Drang, unter einem Vorwand zu ihm zu gehen und mich zu entschuldigen. Außerdem sitzt Taros ihm gegenüber und ich verspüre keinerlei Bedürfnis, mich weiterer Verspottung auszusetzen.

Als ich endlich abräumen kann, bin ich erleichtert zu sehen, dass Reyvan früher aufbricht als seine Kameraden. Ich erledige rasch den Abwasch zusammen mit den anderen Dienern und gehe dann mit Rana zusammen zu den Quartieren der Lehrlinge, um diese aufzuräumen.

Am Mittag erhasche ich nur flüchtig einen Blick auf den Elf, da ich an einem Tisch weiter entfernt von ihm servieren muss. Das ist mir mehr als recht.

Als ich am Abend erschöpft den Speisesaal verlasse, ist es bereits Mitternacht. Morgen wird wieder ein anstrengender Tag. Trotz der Tatsache, dass ich gestern frei hatte, fühle ich mich schon wieder energielos. Müde gehe ich zu den Treppen, die zu den Dienerquartieren hinunterführen. Rana und Tascha sind bereits früher gegangen, da sie nicht zum Abwasch eingeteilt waren.

Als ich die erste Stufe erreiche, vermeine ich, im Dunkeln eine Bewegung zu sehen. Ich halte inne und kneife die Augen zusammen, um besser sehen zu können. Nein, da ist nichts, ich muss mich getäuscht haben. Oder doch? Aber es ist nichts mehr zu sehen.

Es könnte sich auch um eine Ratte gehandelt haben – Rana hat mir erzählt, dass es hier im Zirkel einige davon gibt. Also wende ich mich ab und gehe die erste Treppe hinunter. Eine Weitere führt zu einem langen Gang, wo sich unsere Quartiere befinden. Die Stufen sind nur schwach von Fackellicht beleuchtet und ich muss mich konzentrieren, um nicht zu stolpern.

Da legt sich auf einmal eine Hand auf meine Schulter und ich fahre zusammen. Ich muss mich beherrschen, nicht zu schreien, als ich mich hastig umdrehe, um im nächsten Augenblick zu spüren, wie mein Herz einen Schlag aussetzt.

Vor mir, in der Dunkelheit, erkenne ich die Umrisse von Reyvan. Er steht eine Stufe über mir, hält immer noch meine Schulter fest und neigt nun den Kopf etwas zu mir herunter. Das Gesicht des Elfen wird vom Fackellicht erhellt. Seine Augen scheinen zu glühen und ein anzügliches Lächeln spielt um seinen Mund.

»So schreckhaft, meine Kleine?«

Er überwindet anmutig die Distanz zwischen uns.

Ich weiß nicht, was ich tun oder sagen soll. Mit aller Macht kommt das schlechte Gewissen über mich, das mich daran erinnert, ihn einfach in diesem Wolkenraum sitzen gelassen zu haben. Ich kann nur hoffen, dass er mir das nicht übel nimmt. Es ist Magiern ja nicht verboten, ihre Zauber gegen die Dienerschaft zu richten …

»Und schon wieder verstummt, wie schade.«

Er kommt noch näher zu mir und ich spüre seinen warmen Atem über mein Gesicht streichen. Bevor ich reagieren kann, gibt er mir einen sanften Kuss auf die Wange.

»Hmm, wie ich vermutet hatte, ein wundervolles Gefühl, deine Haut zu küssen«, murmelt er und ich spüre ein Ziehen in meinem Magen.

Meine Wange brennt, dort wo seine Lippen mich berührt haben. Ich wage jedoch nicht, sie mit den Fingern nach Verletzungen abzutasten. Beim Versuch, mich aus seinem Griff zu befreien, scheitere ich kläglich – er ist viel zu stark. Reyvan sieht mir nun direkt in die Augen und ich kann meinen Blick nicht von ihm abwenden.

»Warum bist du gestern ohne ein Abschiedswort gegangen?«, er schaut mich forschend an. »Das hat mich enttäuscht, muss ich zugeben. Noch nie hat mich ein Mädchen einfach sitzen lassen. Was dich umso interessanter für mich macht.« Er verlagert sein Gewicht und legt eine Hand auf meine Taille.

»Ich …«, ich senke den Blick und suche nach Worten.

»Ja, du …«, er streicht über meine Hüfte und verunmöglicht mir damit jegliches Fassen eines klaren Gedankens.

»Bitte, hör auf damit«, sage ich und muss kläglich dabei klingen.

»Womit denn? Ich berühre dich gerne – und ich sehe, dass es dir gefällt«, sein Lächeln wird noch anzüglicher. »Alia, warum sträubst du dich dagegen?«

Er neigt seinen Kopf abermals zu mir und ich versuche, einem weiteren Kuss auszuweichen. Als wäre es ein Versehen, streifen seine Lippen diesmal meinen Mundwinkel und ich erschaudere.

»Siehst du?«, eine Spur von Triumph schwingt in seiner Stimme mit. »Dein Körper mag es auch.«

»Bitte … hör auf, mit mir zu spielen«, flüstere ich.

»Aber das tu ich doch gar nicht. Du hörst mir einfach nicht richtig zu. Ich spiele nicht mit dir. Ich meine das todernst.«

»Dann lass mich jetzt bitte gehen. Und halte dich in Zukunft fern von mir – bitte …«, ich entwinde mich endlich seinem Griff und fliehe buchstäblich die Treppe hinunter in das Labyrinth der Dienerquartiere.

Hinter mir höre ich Reyvan leise lachen – und hasse meinen Körper dafür, dass er am liebsten zu ihm zurückkehren und nochmals seine Umarmung spüren möchte.

Am nächsten Morgen muss ich wieder früh aufstehen. Als ich jedoch in den Speisesaal komme, merke ich, dass etwas anders ist als sonst.

Statt der üblichen vier Diener, die zum Eindecken eingeteilt sind, ist nur Rana hier. Sie wartet ungeduldig auf mich.

»Hast du es schon gehört?«, fragt sie mich aufgeregt.

Ich weiß nicht, wovon sie spricht. »Was denn?«

»Alle Diener sollen in den großen Saal im dritten Stock gehen«, erklärt sie nervös. »Was das wohl zu bedeuten hat?«

Mir ist schleierhaft, weshalb wir so früh am Morgen dorthin gehen müssen. Aber wenn Rana es sagt, dann wird es so sein. Also machen wir uns auf, in den dritten Stock. Unterwegs begegnen wir weiteren verwirrten Dienern, die sich uns anschließen.

Keiner hat eine Ahnung, warum wir in den großen Saal gehen müssen, statt uns wie üblich um unsere Aufgaben zu kümmern. Zudem haben wir alle noch kein Frühstück gegessen – mir knurrt der Magen.

Als wir oben ankommen, sind schon viele der hundert Bediensteten hier. Wir betreten den riesigen Raum, der für alle Mitglieder der Magiergilde Platz bietet. Nun ist er jedoch nur knapp zur Hälfte gefüllt.

Ich war noch nie hier. Der Saal hat mehrere Dutzend Bankreihen, die aufsteigend angeordnet sind. Unten befinden sich ein Schreibtisch und dahinter eine magische Schreibtafel, wie ich sie bereits aus dem Unterricht kenne. Die Bänke sind jedoch, im Gegensatz zu den bequemen Sesseln im Unterricht der Jungmagier, aus einfachem Holz geschnitzt.

Rana und ich setzen uns an den Rand einer Reihe im vorderen Teil des Saals.

Schnell machen Gerüchte die Runde, dass wir in Schwierigkeiten stecken. Jemand von uns ein Spion sei. Ich gebe jedoch nichts darauf. Wenn sie einen Spion entlarven wollten, dann hätten sie es längst getan und ihn heimlich beseitigt, um keinen Aufstand herauf zu beschwören.

Wenig später betritt Moero den Saal. Inzwischen haben sich alle Diener eingefunden und einen Platz eingenommen.

Moero schreitet den Gang zwischen den Bankreihen nach unten zum Schreibpult. Sein Fettwanst wabbelt bei jedem seiner Schritte. Auf seinem Arm trägt er die weiße Katze, die böse nach rechts und links schaut. Hinter ihm bringen seine beiden persönlichen Diener einen verhüllten Gegenstand in den Saal.

Ich habe diese beiden Diener noch nie zuvor gesehen. Sie haben wie Moero kahle Häupter und im Gegensatz zu allen anderen Bediensteten tragen sie kein Hemd. Ihre nackten, muskulösen Oberkörper glänzen, als seien sie mit Öl eingerieben worden. Bestimmt eine Anweisung von Moero, der sich daran ergötzt. Mir wird schlecht bei dem Gedanken, wie Moero mit einem Lächeln auf seinen wulstigen Lippen seine Diener hin und her kommandiert.

Alle verfolgen gebannt, wie sich die kleine Prozession vorne einrichtet. Der Gegenstand wird auf den Schreibtisch gestellt, dann gibt Moero, der etwas außer Atem ist, mit einer knappen Bewegung seinen Dienern zu verstehen, sich zu setzen.

»Schön, dass ihr alle hierher gefunden habt«, sagt er mit seiner Fistelstimme und blickt selbstgefällig in die Runde.

»Ihr fragt euch bestimmt, warum ihr hier seid«, er macht eine künstliche Pause und befriedigt sich für einen Moment an unseren verwirrten Mienen. »Nun, das hat einen speziellen Grund«, fährt er gewichtig fort. »Und zwar findet zur Wintersonnenwende, die in fünf Monaten ist, das magische Turnier statt.«

Wie bitte? Was soll stattfinden? Und warum müssen wir hier sein? Ich verstehe nichts. So wie mir scheint es einigen zu gehen. Ein fragendes Gemurmel wird laut.

Moero wedelt mit seiner fetten Hand und Ruhe kehrt wieder ein.

Er genießt es, uns auf die Folter zu spannen und wartet einige Augenblicke, bevor er weiter spricht. »Das magische Turnier findet alle zwanzig Jahre statt.«

Aha … wir schweigen abwartend. Er ist wirklich nicht der beste Redner.

»Dabei treffen sich die Zirkelräte aus allen fünf Zirkeln in einer der fünf Gilden, um sich gegenseitig ihren Respekt zu erweisen.«

Mhm … und was hat das bitteschön mit uns zu tun? Ich werde langsam ungeduldig. Den anderen geht es nicht besser.

»Tja, wie die Älteren unter euch wissen, findet das Treffen dieses Jahr bei uns, hier in Lormir statt.«

Er schaut freudig erregt in die Runde, erntet aber nicht den erwarteten Jubel. Die Älteren wissen wohl, was nun kommt, die Jüngeren haben keinen blassen Schimmer.

Moero verdreht genervt seine Schweineaugen. »Da dieser Anlass solch eine große Freude für uns alle ist, werden wir natürlich nicht auf das Turnier verzichten.«

Ach so. Alle Zirkelräte von Altra kommen hierher und wir veranstalten ein Turnier ihnen zu Ehren. Das wäre wirklich auch kürzer und weniger theatralisch gegangen – allerdings wird dieses Ereignis für uns Diener wohl eine Menge Arbeit mit sich bringen…

Aber Moero ist noch nicht am Ende, wie er unmissverständlich klar macht. Er watschelt zum Schreibtisch und macht eine weitere, gekünstelte Geste mit dem Arm.

»Ihr fragt euch bestimmt, was hier drunter verborgen ist«, meint er, aber wir reagieren wieder nicht wie erhofft.

Etwas gereizt fährt er fort: »Nun, wie die Älteren von euch ja bestimmt noch wissen, werden die Turniere nicht nur von den Jungmagiern gestaltet.«

Nicht? Von wem dann noch? Er wird doch nicht … mir kommt ein entsetzlicher Verdacht. Rana hatte mir ja erzählt, dass es den Magiern verboten ist, gegeneinander Zauber zu wirken. Dafür brauchen sie uns Diener im Unterricht – und vielleicht auch am Turnier?

Meine Befürchtung scheint sich zu bewahrheiten, als Moero selbstgefällig fortfährt: »Ihr, meine lieben Diener, werdet eine tragende Rolle dabei spielen«, ein höhnisches Lächeln breitet sich auf seinen Zügen aus. »Das heißt, trauriger Weise nur fünf von euch. Aber immerhin«, er tut so, als ob es ihm leid täte.

Im Publikum kommt weiteres Gemurmel auf, das er sichtlich genießt, ehe er fortfährt: »Hier, in diesem Behälter«, er nimmt das Tuch von dem Objekt weg und enthüllt eine Glaskugel, in der unzählige kleine Lichtbällchen schweben. »Hier drin befinden sich die Namen von allen von euch. Ich werde nun fünf davon ziehen. Diese fünf werden auserkoren für die Assistenzen im Turnier.«

Das ist aber jetzt das erste Mal, dass ich das Wort ›Assistenz‹ höre! Was sind das für Assistenzen? Aus dem Publikum werden fragende Stimmen laut. Doch Moero ignoriert sie überheblich.

Er platziert seine massige Gestalt hinter der Kugel und streicht so liebevoll darüber, dass seine Katze vor Eifersucht faucht. Dann macht er eine weitere seiner theatralischen Gesten und steckt seine fette Hand durch das Loch, das sich oben an der Glaskugel befindet. Bei dieser Bewegung wirbeln die Lämpchen durcheinander. Schließlich nimmt er eines davon und holt es raus.

Er lässt es in seinen wulstigen Händen hin und her rollen, bevor er ein paar Worte murmelt. Das Lämpchen beginnt nun immer heller zu leuchten. Als es blendend hell ist, hören wir die Stimme von Moero ums Vielfache erhöht und verstärkt. Sie sagt nur einen Namen: »Tascha«, dann erlischt das Licht.

Rasch wende ich mich zu Tascha, der rundgesichtigen Dienerin, die eine Reihe hinter mir sitzt, um. Ihre großen, blauen Augen sind weit aufgerissen vor Schreck und ihre Hände, die sie in den Schoss gelegt hat, zittern so stark, dass ihre ganze Schürze bebt.

»Tascha, komm nach vorne«, befiehlt Moero mit einem boshaften Lächeln, das einen Gorka das Fürchten lehren würde.

Tascha erhebt sich, immer noch zitternd und schiebt sich durch die Reihe ihrer Bank. Ihre blonden Löckchen wippen dabei fröhlich. Langsam, wie in Trance, geht sie neben den Schreibtisch und bleibt dort reglos stehen.

Moero würdigt sie keines weiteren Blickes, sondern steckt erneut seine dicken Finger in die Kugel.

Nun bin ich auch angespannt.

Als Moero die nächste Kugel in der Hand hält, halten alle unwillkürlich die Luft an. Die Kugel beginnt zu glühen und der nächste Namen wird verlesen: »Nehil.«

Puh, das war nicht mein Name. Ich heiße Alia. Doch als sich alle Augen auf mich richten, begreife ich. Moero hat noch nie meinen Namen ausgesprochen und wird es wohl auch nie tun. Daher hat auch die Kugel mich ›Nehil‹ genannt. Als mir das klar wird, rinnt eine Gänsehaut meinen Rücken hinunter. Was passiert nun?

Ich stehe tapfer auf und begebe mich nach vorne, wo ich mich neben Tascha stelle. Sie wirkt immer noch wie eine Salzsäule und bringt es nicht einmal fertig, mein aufmunterndes Lächeln zu erwidern.

Mir entgeht nicht, dass Moero über beide fetten Backen strahlt, als hätte er die Formel für ewige Jugend und Schönheit entdeckt. Er freut sich aus tiefstem Herzen, dass es mich getroffen hat, was mich befürchten lässt, dass nichts Gutes auf mich zukommen wird.

Die nächsten Namen werden verlesen. Außer Tascha und mich trifft es noch Goe, den dünnen Jungen, der mich am ersten Tag auf dem Innenhof mit Rana und Moero zusammen begrüßt hatte, Jita, eine ältere Dienerin mit grauem Haar, die ihrem Ring nach zu urteilen das Element Luft beherrscht und immer merkwürdige Dinge vor sich hin murmelt, und Kalus, einen etwa dreißigjährigen, hochgewachsenen Diener mit kurzem, rotem Haar, der einen Ring der Erdgilde an der Hand trägt.

Wir alle stehen nun in einer Reihe neben dem Schreibtisch und wissen nicht, was wir davon halten sollen, ›auserwählt‹ zu sein.

Aber Moero, fürsorglich wie er ist, hilft uns auf die Sprünge. »So, meine fünf teuren Untertanten«, beginnt er gekünstelt. »Ihr werdet bestimmt ein tolles Schauspiel abgeben. Ihr habt nämlich das Privileg, nicht nur Zuschauer, sondern Akteure im Turnier sein zu dürfen«, er wartet darauf, dass wir losjubeln, was wir natürlich sein lassen.

Also fährt er genervter fort: »Ihr werdet das Turnier durchlaufen, während die besten unserer Jungmagier versuchen werden, euch das Leben so schwer wie möglich zu machen und dabei ihr Können demonstrieren«, er schaut uns erwartungsvoll an.

Aber nein, immer noch nicht die gewünschte Reaktion. Wir sind alle viel zu perplex und überrumpelt, um uns über irgendetwas zu ärgern oder gar zu freuen.

»Das ganz Tolle dabei ist«, fährt Moero weiter, in der Hoffnung, dass diese ganz tolle Nachricht uns nun umhauen wird, »falls ihr alle Turniere überlebt, könnt ihr dabei etwas gewinnen.«

Statt der spätestens jetzt erwarteten Jubelschreie, taxieren wir ihn nur mit schockierten und fragenden Blicken. Was heißt hier, *falls* wir überleben? Eine ungute Vorahnung macht sich in mir breit und ich spüre unwillkürlich einen Kloß in meinem Hals, der mein Atmen erschwert.

Moero scheint eine andere Reaktion erwartet zu haben. Also macht er einen letzten verzweifelten Versuch, um uns irgendeine freudige Regung zu entlocken. »Und zwar nicht nur irgendetwas. Sondern euch wird euer Herzenswunsch erfüllt werden – sofern dies in unserer Macht steht, versteht sich!«

Na, das ist ja mal etwas. Mein Herzenswunsch? Hier raus zu kommen, weit weg von ihm. Aber steht das wirklich in seiner Macht? Ich bezweifle es stark. Er will mich, die erste Nehil, die er seit Jahrzehnten piesacken kann, ja wohl nicht gleich wieder vor die Tür stellen.

»Und ihr anderen«, wendet er sich zu den übrigen Dienern. »Ihr werdet wie alle anderen Zuschauer darauf wetten dürfen, wer als Sieger aus dem Turnier hervorgeht. Ich bin sicher, ihr habt jetzt schon einen Favoriten«, er lächelt selbstgefällig in unsere Richtung.

»Natürlich werdet ihr nicht einfach so ins Turnier geschickt«, setzt er nun seine Ansprache an uns Fünf gewandt fort. »Was wären wir auch für Menschen, wenn wir das täten. Ihr bekommt in den nächsten fünf Monaten, die bis zu der Wintersonnenwende verbleiben, Zeit, um euch vorzubereiten und zudem ein anständiges Training, damit ihr auch wirklich eine Chance habt zu überleben.«

Er bedenkt uns mit einem Blick, in dem wohl Güte liegen sollte, aber da er solch ein Gefühl nicht kennt, sieht es nur aus, als ob ein Esel vor Schreck Gold geschissen hätte.

Moero fährt sein Schauspiel fort und geht zum Schreibtisch, auf dem fünf Zettel liegen, die mir vorhin noch gar nicht aufgefallen sind.

»Hier liegen eure neuen Arbeitspläne. Ab sofort habt ihr am Morgen frei um zu trainieren. Am Nachmittag werdet ihr in den verschiedenen Elementzirkeln assistieren, damit ihr die Magie zumindest theoretisch kennenlernt – auch wenn ihr dies selbstverständlich nie zur Gänze verstehen könnt.«

Diesen letzten Satz spricht er, als äße er eine vor Fett triefende Schweinekeule.

Dann dreht er sich mit einem triumphierenden Lächeln seinem Publikum zu. »So, meine Lieben, das war's. Das wird bestimmt ganz aufregend werden. Geht nun alle wieder an eure Arbeit, hopp, hopp«, dabei klatscht er mit seinen fettigen Händen gegeneinander, was ein gruseliges, schmatzendes Geräusch erzeugt.

»Wir haben schon genug Zeit verplempert.«

Wir? Wer hat denn die ganze Zeit geredet und kein Ende finden wollen? Aber das behalte ich lieber für mich.

Mit einem letzten, höhnischen Blick auf mich dreht sich Moero von uns weg und schlurft mit seinen dicken Beinen den Gang wieder hoch. Für den Rückweg braucht er deutlich länger, da es nun leicht hinauf geht.

Wir Fünf bleiben bestürzt stehen und starren ihm hinterher.

Kapitel 11

»Ach, Alia, das ist entsetzlich«, Rana lässt sich auf dem Bett nieder und drückt meine Hand.

Seit zwei Stunden sitze ich nun schon hier und habe immer noch nicht ganz begriffen, was gerade passiert ist. Mein Hunger ist verflogen, zum Glück war ich vom Morgendienst im Speisesaal befreit und durfte direkt nach der Verkündung in mein Zimmer gehen.

Ich bin immer noch wie betäubt. Hab ich das vielleicht alles nur geträumt? Muss ich tatsächlich in fünf Monaten irgendwelche Zauber in einem magischen Turnier über mich ergehen lassen, die mich töten könnten? Mein Leben ist wieder einmal aus der Bahn geworfen worden – was in letzter Zeit zu einer unangenehmen Gewohnheit wird.

»Du schaffst das, ganz bestimmt«, murmelt sie aufmunternd.

Aber ihre Worte prallen an mir ab.

Als sie merkt, dass ich ihr in den nächsten zehn Minuten nicht antworten werde, steht sie auf. »Alia, ich muss leider los, mein Dienst in den Zimmern der Lehrlinge beginnt«, meint sie entschuldigend. »Aber ich komme vor dem Mittagessen wieder zu dir. Kopf hoch, du wirst das schon schaffen!«

Wie gerne würde ich ihr glauben. Ich schaue ihr nach, wie sie die Tür hinter sich schließt und bin wieder alleine.

Ich betrachte zum zehnten Mal die neue Arbeitsliste, die ich von Moero erhalten habe. Ab sofort werde ich am Nachmittag in einem siebentägigen Rhythmus als Assistentin in allen vier Zirkeln bei den Lehrlingen eingesetzt werden, ohne Ausnahme. Das bedeutet, fünf Stunden täglich am Unterricht teilnehmen – nicht nur zwei, wie bei den Jungmagiern.

Hinzu kommt, dass ich somit keinerlei Ahnung haben werde, welche Zauber die Jungmagier für das Turnier lernen und ich werde nur die Grundkenntnisse der Magie erfahren. Ob mir das hilft, bezweifle ich stark.

Für die Speisesaaldienste bin ich jedoch trotzdem noch eingeteilt. Den restlichen Morgen habe ich allerdings zur freien Verfügung, außer wenn ich das Training absolvieren muss, welches vier Monate vor dem Turnier beginnt und das meiner Vorbereitung dienen soll. Immerhin ein kleiner, wenn auch schwacher Trost. Ich hätte nicht gedacht, dass ich irgendwann mein wöchentliches Programm, das ich noch bis vorgestern hatte, zurück wünschen würde.

Wie bei allen Göttern soll ich dieses magische Turnier überleben? Ich habe keine einzige Elementbegabung. Die anderen Diener haben immerhin eine und können sie allenfalls trainieren. Tascha beherrscht Wasser, Goe Feuer, Kalus das Element Erde und Jita die Luft. Zudem sind drei von ihnen schon länger im Zirkel und konnten sich mit Magie vertrauter machen, wissen also zumindest besser, was auf sie zukommen wird.

Mir bleiben nur fünf Monate, um alles Nötige anzueignen. Ansonsten werde ich wehrlos da stehen – und ziemlich sicher in fünf Monaten tot sein. Entmutigt vergrabe ich den Kopf in meinen Händen und kann die Tränen nicht zurück halten, die sich in meinen Augen sammeln. Ein leises Schluchzen entfährt meiner Kehle und ich gebe mich meiner Verzweiflung hin.

Da klopft es an der Tür. Als ich nicht antworte – es wird bestimmt Rana sein, die noch etwas vergessen hat zu sagen – öffnet sie sich zaghaft. Ich hebe den Kopf nicht, sondern warte, dass sie beginnt, zu sprechen und irgendwelche Floskeln zu sagen, die mich ohnehin nicht erreichen werden.

Stattdessen spüre ich eine Hand sanft auf meinem Rücken und das Gewicht eines Körpers, der sich neben mich auf das Bett setzt und der eindeutig schwerer ist, als der von Rana, die soeben noch hier saß.

Ich hebe meinen Kopf und schaue direkt in dunkelblaue Augen, die mir inzwischen schon vertraut sind.

»Reyvan«, stammle ich überrascht.

Natürlich, er kennt die Dienerquartiere wie kein anderer und hat mich daher gefunden.

»Als ich heute Morgen beim Frühstück gehört habe, dass du für das Turnier ausgewählt wurdest, wollte ich so schnell wie möglich zu dir kommen. Deine Freundin hat mir gerade gesagt, wo du bist«, er wischt mit dem Daumen eine Träne weg, die sich auf meiner Wange einen Weg nach unten gesucht hat.

Ich lehne meinen Kopf an seiner Hand an. Es tut unendlich gut, dass er hier ist.

Er nimmt mich in den Arm und ich lasse mich widerstandslos an seine warme Brust ziehen. Seine Hand tätschelt unbeholfen meinen Rücken und erinnert mich dabei unvermittelt an meinen Vater, als dieser mich auf dem Innenhof der Magiergilde verabschiedet hat.

Das ist zu viel.

Etwas bricht in mir und ich heule unkontrolliert los.

Reyvan hält mich fest und lässt mich weinen. Ich fühle mich, als könnte ich nie wieder aufhören damit. Es ist alles so aussichtslos. Warum musste es gerade mich, die Nehil treffen? In meine Verzweiflung mischt sich Trauer und Wut. Ich werde meine Familie nie wieder sehen. Ich werde bei diesem Turnier sterben und das alles nur, um irgendwelche Magier aus anderen Zirkeln zu unterhalten. Es ist alles so ungerecht!

Nach einer gefühlten Ewigkeit erlange ich zumindest ein bisschen Kontrolle über meine Tränen und kann nach einer Weile sogar mein Schluchzen einstellen.

Ich löse mich aus der Umarmung von Reyvan und sehe, dass dort, wo ich meinen Kopf an seiner Schulter hatte, sein Umhang triefend nass ist von meinen Tränen. Zittrig fahre ich darüber.

»Es tut mir leid, dass ich deinen Umhang ruiniert habe«, krächze ich.

»Ach das, nicht der Rede wert«, er streicht mit seiner Hand einmal darüber.

Wo er den Umhang berührt, ist dieser wieder so trocken wie zuvor.

Ich staune. »Wie hast du das gemacht?«, frage ich mit tränenerstickter Stimme.

»Magie«, antwortet er mit einem geheimnisvollen Lächeln. »Wir Elfen können einiges, was ihr Menschen uns nicht zutraut. Und in mir steckt viel, was du noch entdecken kannst. Ich stehe dir gerne zur Verfügung, wenn du beispielsweise Lektionen darüber haben möchtest, wie Elfen den körperlichen Vergnügungen nachgehen.«

Er wirft mir ein sündiges Grinsen zu. Ich schaue ihn an, und mir wird auf einmal warm ums Herz. Er ist genau das, was ich jetzt brauche. Ein weiterer Mensch, der mich mitleidig anschaut und sagt, wie leid ihm alles tut, würde mir nur vor Augen führen, wie ausweglos meine Situation gerade ist und damit alles nur noch schlimmer machen.

»Warum bist du hier?« Meine Stimme ist immer noch brüchig.

»Warum wohl?«, sagt er lässig. »Schließlich brauchst du nun jemanden, der auf dich aufpasst. Und wer wäre da besser geeignet, als ein gutaussehender Elf, der alles für einen Kuss von dir tun würde?«

Er wirkt ziemlich zufrieden mit sich selbst, was mich schon wieder wütend macht.

»Ich brauche niemanden, der auf mich aufpasst. Und ich werde dich ganz sicher nicht küssen!«, entgegne ich kurz angebunden und weiche seiner Hand aus, die nach meiner Schulter greift.

Er lächelt mich vielsagend an, entgegnet aber nichts.

Dann schaut er mich mit einem gekünstelten Augenaufschlag an, der fast sein Ziel erreicht und mich zum Lachen bringt, und sagt in gespielt traurigem Ton und schmollenden Lippen: »Du würdest aber doch nicht zulassen, dass ich armer Elf das, was mir in den letzten Tagen lieb und teuer geworden ist, so rasch wieder verliere?«

Er ist wirklich ein miserabler Schauspieler. Ich kann trotz allem ein Schmunzeln nicht unterdrücken.

Auf seinem Gesicht erscheint ein triumphierendes Grinsen. »Siehst du! Deswegen, lass mich dir helfen und deinen hübschen Hintern retten. Das Training, das sie dir geben werden, ist bestimmt für nichts und wieder nichts. Es dient wahrscheinlich nur dazu, dass sie hinterher sagen können, sie hätten zumindest versucht, euch zu retten. Ich aber weiß, was unsere Jungmagier können, kann dir verraten, welche Zauber sie gegen dich anwenden werden und dir helfen, sie zu überleben.«

»Aber … musst du als einer der besten Jungmagier des Luftzirkels nicht auch am Turnier teilnehmen?«

»Ich denke, du kennst die Antwort«, meint er, nun etwas ernster.

Natürlich. Ich hatte vergessen, dass er ja nicht wirklich zum Luftzirkel gehört. Beschämt senke ich den Blick. »Entschuldige«, murmle ich verlegen.

»Schon gut, dir sei noch einmal verziehen«, entgegnet Reyvan großmütig.

Er schneidet dabei eine übertriebene Grimmasse, die mich so stark an Moero erinnert, dass ich nun wirklich lachen muss.

»Also gut, ich nehme das als Zustimmung, dass ich dir helfen darf«, schmunzelt er. »Als Erstes müssen wir schauen, welche verborgenen Talente du hast – mal abgesehen davon, liebreizend auszusehen.«

»Ach, mit dieser Lektion werden wir uns nicht lange aufhalten brauchen. Ich kann nämlich rein gar nichts«, erwidere ich frei heraus.

Reyvan mustert mich tadelnd. »Das ist die falsche Einstellung, Alia. Wenn du wirklich bei diesem Turnier überleben willst, musst du an dich glauben und du musst alle Fähigkeiten ausgraben, die du hast. Ansonsten werde ich tatsächlich meine Lieblingsdienerin verlieren. Und das wollen wir ja beide nicht, oder?«

Er schaut mich mit solch einem umwerfenden Blick an, dass mir ganz anders wird.

»Gut«, entgegne ich einlenkend. »Aber eine Regel müssen wir noch aufstellen. Und zwar musst du mit diesen anzüglichen Blicken und Sprüchen aufhören, sonst werde ich mich nicht konzentrieren können.«

»Welche anzüglichen Blicke?«, er wirft mir nochmals einen besonders Fiesen davon zu. »Alia, ich bin einfach von Natur aus so gutaussehend und anziehend, da kann ich wirklich nichts dafür«, sein Blick könnte jetzt Eisberge zum Schmelzen bringen.

Ich knurre warnend.

»Also gut, also gut. Weil du es bist, werde ich mich zusammenreißen«, meint er schließlich einlenkend. »Aber wenn du dich in deinem knappen Dienerröckchen bückst und mir die Kinnlade runter fällt, bist du selbst schuld, dann will ich nichts hören, verstanden?«, seine Augen blitzen vergnügt und ich spüre ein warmes Gefühl in der Bauchgegend.

»Gut, einverstanden. Ich werde dich nicht mit meinen weiblichen Reizen provozieren und du mich nicht mit deinem elfischen Charme umgarnen.«

»Abgemacht«, er klingt jedoch nicht so überzeugend, wie er es gerne hätte.

Ich lächle. Zum ersten Mal an diesem Morgen bin ich etwas zuversichtlicher. Mit seiner Hilfe könnte es mir tatsächlich gelingen, lebend aus diesem Turnier heraus zu kommen.

Die nächste Stunde verbringen wir damit, dass Reyvan mich mit Fragen löchert. Er will alles von mir wissen, um einschätzen zu können, was mir am Turnier helfen kann.

Als er erfährt, dass mein Vater ein Jäger ist, blitzt in seinen Augen Freude auf. »Das ist ja interessant«, ruft er aus. »Und das erzählst du mir erst jetzt? Dann haben wir ja etwas gemeinsam. Mein Vater ist nämlich auch Jäger. Nun ja, er ist nicht ein Jäger in dem Sinne, wie ihr Menschen den Begriff verwendet. Er jagt nämlich Gorkas. Diese fiesen Ungetüme besitzen tatsächlich die Frechheit, immer weiter in unsere Reviere einzudringen.«

Er wirkt wirklich verärgert über die Gorkas. Ich weiß allerdings zu wenig von dieser Rasse, um mir eine Meinung bilden zu können. Ich habe noch nie einen gesehen und weiß nur, dass ihre alltägliche Arbeit vor allem darin besteht, alles kurz und klein zu schlagen, was ihnen in die Quere kommt.

»Bist du schon einmal einem Gorka begegnet?«, will ich wissen.

»Ja, schon einige Male. Sie brüsten sich ja damit, dass wir Elfen und sie von denselben Vorfahren abstammen. Nur haben sie irgendwann ihre Kultur zum Mond geschickt oder im Dickicht des Waldes verloren. Jedenfalls sind sie ungehobelt und unanständig.«

Dass Reyvan jemand anderen als unanständig bezeichnet, bringt mich zum Lachen.

»Was denn? Hab ich etwas Falsches gesagt?«, fragt er verständnislos.

Bei seiner unschuldigen Miene muss ich noch mehr lachen. Es dauert etwa eine Minute, bis ich mich wieder etwas im Griff habe. Meine Augen tränen und Reyvan schaut mich beleidigt an.

»Also, ich weiß zwar nicht, womit ich dich so amüsiert habe, aber es freut mich, dass ich zu deiner Belustigung beitragen konnte«, murmelt er eingeschnappt.

Ich lege ihm eine Hand beschwichtigend auf den Arm. »Tut mir leid, es war nur grad so lustig, wie du Gorkas als unanständig bezeichnet hast, wo du doch selbst immer die anzüglichsten Sprüche von dir gibst.«

Reyvans Miene hellt sich auf. »Das ist etwas vollkommen anderes. Ich mache Komplimente. Gorkas aber sind einfach nur rüpelhaft«, erklärt er.

»Nun ja, dann bin ich ja froh, dass ich dich hier im Zimmer habe und nicht einen Gorka«, sage ich mit einem belustigten Lächeln.

»Ich bin auch froh, dass ich hier bei dir sein darf«, er schaut mir mit einem Reyvanblick in die Augen.

Mir ist mit einem Mal bewusst, wie eng mein kleines Zimmer ist und dass wir uns auf meinem Bett befinden. Plötzlich ist mir nicht mehr nach

Lachen zumute und ich bin eher peinlich berührt. Als er merkt, dass ich mich nicht wohl fühle, rückt er etwas von mir ab.

»Tut mir leid«, meint er. »Das wollte ich ja eigentlich nicht mehr bei dir machen. Aber ich finde dich nun einmal hinreißend. Da kann ich wirklich nichts dagegen tun«, er schlägt die Augen nieder, als ob es ihm leid täte.

Fast bin ich versucht, es ihm sogar abzunehmen.

»Ich werde versuchen, mich in Zukunft mehr zusammen zu reißen«, verspricht er und tätschelt mein Bein.

»Es ist nur … ich bin es nicht gewohnt, dass sich jemand für mich interessiert«, murmle ich beschämt.

»Warum? Hattest du in deiner Stadt keine Verehrer?«, Reyvan scheint ehrlich entsetzt zu sein. »Einem Mädchen wie dir müssen sie doch reihenweise nachgerannt sein.«

Ich schaue ihn an und versuche zu ergründen, ob er sich gerade lustig über mich macht. Aber seine Miene bleibt todernst.

Betreten senke ich den Blick.

»Nein, ich hatte keine Verehrer«, sage ich leise.

Wer hätte auch schon eine angehende Nehil zur Freundin haben wollen? Selbst meine Freunde konnte ich an einer Hand abzählen. Nur Kala war bedingungslos da für mich.

»Oh …«, zum ersten Mal erlebe ich Reyvan sprachlos.

Er rückt wieder, trotz seines Versprechens, mir nicht mehr allzu nahe zu kommen, etwas näher zu mir heran.

»Alia, das wusste ich wirklich nicht. Ich hatte angenommen, du hättest eine Menge gebrochener Männerherzen zu Hause gelassen. Du bist nämlich eine wunderschöne Frau, weißt du das?«, er streicht sachte über mein Haar.

»Ich…«, ich habe keine Ahnung, was ich darauf erwidern soll.

»Nein, keine Widerrede. Es ist so. Was meinst du, warum Moero dich so hasst? Du hast zwar keine Elementbegabung, gut, aber es ist nicht das, was ihn gegen dich einnimmt. Es ist vielmehr die Tatsache, dass du jung und schön bist. Etwas, das er nie war und auch nie sein wird.«

Ich schaue ihn verwirrt an. Kann das sein? Hasst mich Moero tatsächlich deswegen. War das etwa auch der wahre Grund, warum er Reyvan ständig unter fadenscheinigen Vorwänden auspeitschen ließ, als dieser noch ein Diener war? Wegen seiner Schönheit?

Da er seine Hand immer noch auf meinem Haar hat, weiß er, was ich gerade gedacht habe und ein trauriger Ausdruck gleitet über sein Gesicht.

»Genug …«, er nimmt rasch seine Hand von meinem Kopf weg. »Ich werde deine Gedanken nicht mehr lesen, versprochen. Es sei denn, es geschieht mit deiner Zustimmung. Es ist nur so … ich war es jahrelang gewohnt, die Gedanken anderer zu lesen, als diese meine Fähigkeit noch nicht entdeckt hatten. Es ist schwierig, alte Gewohnheiten einzustellen«, er hebt entschuldigend die Schultern.

»Schon gut«, erwidere ich zu meiner eigenen Überraschung. »Ich habe nichts zu verbergen.«

»Ich weiß«, lächelt er. »Aber nun wieder zu dir und deiner Herkunft. Du hast gestern einen Ring und ein Armband getragen. Wenn es sich dabei nicht um die Geschenke von einem Verehrer handelt, von wem stammen sie dann?«

Hm, das wird jetzt schwierig. Ich weiß nicht, ob ich ihm von meiner Familie erzählen will. Ich kenne ihn ja kaum. Und er kennt mich ebenso wenig … und trotzdem will er mir helfen.

Gut, ich beschließe, ihm von meinen liebsten Menschen zu erzählen. Gesehen hat er sie ja ohnehin schon in meinen Gedanken.

»Also, das ist so«, beginne ich.

Kapitel 12

Ich erzähle ihm ausführlich von Sen und Lia. Schließlich überwinde ich mich sogar, zu offenbaren, dass sie nicht meine leiblichen Geschwister sind und beschreibe den letzten Nachmittag zu Hause, als Mutter mir dieses Geheimnis verraten hat.

Bei dieser Neuigkeit scheint Reyvan sehr aufmerksam zu werden. Er hört interessiert zu und unterbricht mich nicht ein einziges Mal. Auch nicht, als ich auf das silberne Kästchen und den Schwarzmagier zu sprechen komme. Als er mich bittet, das Kästchen sehen zu dürfen, hole ich es bereitwillig aus dem Bündel unter meinem Bett hervor. Er schaut es lange an, versucht jedoch nicht, es zu öffnen.

»Hm, das ist ja sehr interessant«, meint er schließlich. »Ich weiß, dass vor etwa fünfzehn Jahren ein Schwarzmagier hier in Lormir gefasst wurde. An seinen Namen kann ich mich nicht mehr genau erinnern. Jedenfalls war das damals Thema Nummer eins in der Magiergilde. Hier fand ja seine Verurteilung statt.«

Ich horche auf. »Du hast ihn gesehen?«, frage ich aufgeregt.

Das könnte die erste heiße Spur sein, um etwas über meine leiblichen Eltern herauszufinden.

»Nun ja, nur von Weitem, bei der letzten Verhandlung, bevor er ins Exil geschickt wurde. Er war flankiert von Wachen. Ein ziemlich finsterer Kerl«, Reyvan schließt die Augen und versucht, sich zu erinnern. »Er trug verdreckte Reitkleider und hatte schwarze, verfilzte Haare. Wenn er nur halb so stark gerochen hat wie er aussah, kann man von Glück sagen, dass die Wächter nicht gleich in Ohnmacht gefallen sind.« Er sieht mir in die Augen. »Alia«, sagt er ernst und legt eine Hand auf die meine, »wenn du tatsächlich mit diesem Biest unterwegs warst, kannst du von Glück sagen, dass du noch lebst.«

»Ich weiß«, entgegne ich leise. »Der Gedanke ist mir auch schon gekommen. Was weißt du sonst noch über ihn?«

Reyvan verzieht angewidert sein Gesicht. »Nichts Wichtiges«, meint er ausweichend. »Wieso willst du das so genau wissen? Ich glaube nicht, dass es dir auf irgendeine Weise nützlich sein könnte, deine leiblichen Eltern zu finden.«

»Das lass bitte mich entscheiden«, erwidere ich scharf.

Dass mir Reyvan nicht alles über den Schwarzmagier erzählen will, macht mich wütend. Ich hatte gedacht, dass er mir helfen will. Er ist nicht in der Position, mir wichtige Informationen vorzuenthalten.

Reyvan versucht, mich zu beschwichtigen. »Alia, ich weiß, dass du möglichst sofort alles über deine leiblichen Eltern wissen willst. Aber im Moment ist es erst einmal wichtig, dass du dieses Turnier überstehst und dich ganz darauf konzentrierst. Danach können wir zusammen Informationen über deine Eltern suchen«, er streichelt meine Hand.

Er hat ja recht. Trotzdem … irgendetwas sagt mir, dass es wichtig ist, alles Mögliche über diesen Schwarzmagier heraus zu finden. Er könnte der Schlüssel zu meiner Vergangenheit sein.

Seufzend nehme ich das silberne Kästchen aus Reyvans Händen. »Weißt du, ich dachte immer, ich wüsste, wer meine Familie ist. Aber nun … ich wüsste einfach gern, wer sie sind oder waren. Und warum ich bei diesem Schwarzmagier war und nicht bei ihnen.«

»Ich weiß, Alia.« Reyvan nimmt das Kästchen und legt es wieder zurück ins Bündel. Dann hebt er meine Hand an seine Lippen und drückt einen sanften Kuss darauf. Ich schaue ihn überrascht an, entziehe ihm die Hand aber nicht. »Lass uns ein Bündnis schließen: Ich verspreche dir, dass ich dir helfen werde, deine Eltern zu finden, wenn du mir versprichst, für mich das Turnier zu überleben.«

Er meint es wirklich ernst …

»Ich bedeute dir wirklich etwas, oder?«, ich halte seinem Blick stand.

»Mehr, als du je ahnen wirst. Auch wenn du es mir nicht glaubst, ich hatte noch nie das Bedürfnis, einem Menschen zu helfen …«

Dann beugt er sich zu mir. Seine Augen sind dunkel und er legt eine Hand an meine Wange.

»Alia«, seine Stimme klingt heiser. »Was machst du nur mit mir?«

Er streicht mit dem Daumen über meine Unterlippe. In mir tobt ein Sturm von Gefühlen. Trotzdem halte ich still und schaue wie gebannt in seine dunklen Augen. Er beugt sich noch weiter vor, sodass ich seinen warmen Atem in meinem Gesicht spüren kann. Sanft legt er seine Lippen auf die meinen.

Ich schließe die Augen, gebe mich meinen Gefühlen hin und vergehe in der Zärtlichkeit seines weichen Mundes. Sein Kuss entführt mich in ungeahnte Gefilde. Er riecht nach Wald und Sommer, nach Wind und Regen und ich verliere mich im Taumel dieser Empfindungen.

Nach einer Ewigkeit, die doch viel zu rasch vorbei geht, löst er sich von mir. Meine Wangen sind heiß und ich fühle mich, als würde ich schweben. Ihm scheint es ähnlich zu gehen. Sein Blick ist verschleiert, was seinem attraktiven Gesicht einen geheimnisvollen Zug gibt.

Er lächelt mich an. »Entschuldige bitte, Alia. Ich hatte dir ja eigentlich versprochen, mich von dir fern zu halten. Aber ich hatte dir auch gesagt, dass ich nichts dafür kann, wenn du mich mit deinem Liebreiz umhaust.«

Er streicht eine Haarsträhne hinter mein Ohr. Eine Geste, die ihm offenbar bereits zur Gewohnheit geworden ist.

In seinem Blick liegt einer solchen Wärme, wie ich sie noch nie bei jemandem gesehen habe.

Meine Stimme will mir nicht gehorchen, daher versuche ich gar nicht erst, etwas zu erwidern, sondern lege meinen Kopf an seine Schulter. Er legt die Arme um mich.

»Ich verspreche dir, ich bringe dich durch dieses Turnier«, fährt er nun entschlossen fort. »Und wenn es das Letzte ist, was ich tue.«

Ich lächle. »Danke«, sage ich mit belegter Stimme und genieße das Kribbeln, das seine Hand auslöst, als sie mein Rückgrat entlang fährt.

Das Klopfen an der Tür lässt mich wie von einer Biene gestochen vom Bett aufspringen. Reyvan bleibt jedoch gelassen sitzen.

Bevor ich antworten kann, öffnet sich die Tür einen Spalt breit und Rana steckt den Kopf herein. Als sie sieht, dass ich Besuch von dem Elf habe, macht sie große Augen.

»Ich … äh … ich hoffe, ich störe euch nicht. Tut mir leid … ich dachte … ich dachte, du wärst alleine, Alia«, stottert sie. Sie schaut dabei jedoch unentwegt Reyvan an.

»Schon gut, komm rein«, sage ich, nun wieder Herrin meiner Stimme.

Sorgfältig schließt Rana die Tür hinter sich und bleibt nahe beim Eingang stehen, da sie ansonsten sowieso nirgendwo hin könnte. Sie knetet verlegen die Hände und senkt den Blick. Sie hat keine Ahnung, wie sie sich verhalten soll und tut mir schon fast leid.

Reyvan erlöst sie von ihrem Unbehagen. »Setz dich doch aufs Bett«, schlägt er lächelnd vor.

Ihm scheint es nicht im Geringsten etwas auszumachen, mit zwei Dienerinnen in diesem kleinen Raum zu sein. Ganz im Gegensatz zum weiblichen Anteil im Zimmer. Auch ich weiß nicht, was ich sagen oder tun soll. Also setze ich mich wieder rechts von ihm hin, während Rana auf seiner linken Seite Platz nimmt. Das Bett knarrt verdächtig. Das Gewicht einer vierten Person würde es definitiv nicht überleben.

»Ich werde Alia helfen, das Turnier zu bestreiten«, erklärt Reyvan nun sachlich.

Rana nickt, als sei das das Selbstverständliche auf der Welt, obwohl mir ihr erstaunter Blick nicht entgeht.

»Es ist wichtig, dass du keiner Menschenseele etwas verrätst, Rana«, fährt er eindringlich fort.

Ich bin erstaunt, dass er auch ihren Namen kennt. Offenbar steckt in diesem Elf noch einiges mehr, als ich dachte.

Rana nickt wieder, diesmal heftiger. »Natürlich, ich werde keinem etwas sagen. Mir liegt auch daran, dass Alia lebend aus dem Turnier kommt«, sie wirft einen Seitenblick zu mir.

»Gut, dann sind wir uns ja einig«, meint Reyvan zufrieden.

Rana nimmt diese Bemerkung als willkommene Geste, entlassen zu sein, steht erleichtert auf und verlässt das Zimmer eine Spur zu fluchtartig.

Ich bin erstaunt, dass Reyvan ihr bedingungslos zu vertrauen scheint, bis ich mir überlege, dass er wahrscheinlich, wie mein Vater, Gedanken erahnen kann, ohne dass er seine Hand auf einen Kopf legen muss.

Bei dieser Idee wird mir mulmig. Das heißt, er hat immer gewusst, was ich denke? Nun ja, immerhin hat er mir versprochen, meine Gedanken nicht mehr ohne meine Einwilligung zu lesen. Trotzdem … mir kommt glühend heiß die Erinnerung, wie ich ihn fast mit den Augen ausgezogen habe, als ich ihn das erste Mal im Speisesaal erblickte.

Bis nach dem Mittag verbringen Reyvan und ich damit, einen Plan für mein ganz persönliches Training zu entwerfen. Dem Elf ist es wichtig, dass ich alle Elemente gleich gut kennenlerne. Vieles werde ich in den kommenden Monaten im Unterricht der Magierlehrlinge erfahren. Jedoch gibt es einiges, das die Jungmagier beherrschen, was uns Auserwählten vorenthalten sein wird.

Sorgsam schreibt Reyvan alle möglichen Kampfzauber auf die Rückseite meines neuen Arbeitsplans. Jeder Zirkel hat eine eigene Kampfmagie. Feuerpfeile, Feuerbälle und Feuerwellen sind zum Beispiel die Spezialität des Feuerzirkels, während der Wasserzirkel unter anderem mit Eisregen, Schneestürmen und Wasserdämonen auftrumpfen kann. Vor Erdbeben, Giftwolken oder gar Giftpfeilen muss man sich dagegen bei den Magiern des Erdzirkels in Acht nehmen, während einem vom Luftzirkel Stürme und fiese Illusionen drohen. Dies ist allerdings nur ein Bruchteil aller möglichen Gefahren, die mich im Turnier erwarten werden. Wie ich mich ihnen genau entgegenstellen kann, ist für mich immer noch ein Rätsel.

Wir diskutieren, welche Zauber wir in den nächsten Tagen angehen wollen. Trotz der Tatsache, dass Reyvan über mehr Körperwärme als ein Mensch verfügt, muss er sich seine Kräfte einteilen und wir müssen genau planen, wie viele Zauber er wirken kann.

Ich wundere mich, dass er es sich zutraut, die Zauber aller vier Elemente als Illusionen zu erschaffen. Aber ich hatte ja schon im Unterricht gesehen, dass er ein Meister im Illusionenwirken ist. Trotzdem beschleicht mich eine gewisse Sorge, dass er sich dabei vielleicht übernehmen könnte. Aber er verwirft meine Bedenken mit einer Handbewegung.

Schlussendlich haben wir einen intensiven Übungsplan erstellt, der auch mein körperliches Training mit einbezieht. Reyvan scheint nicht nur über den Unterricht des Luftzirkels Bescheid zu wissen, sondern ist genau im Bilde, was in allen vier Zirkeln passiert und welche Zauber die Jungmagier lernen.

Als ich ihn darauf anspreche, errötet er leicht, was mich mehr als verblüfft. Bisher war er immer selbstsicher.

»Weißt du, Alia«, er kann mir dabei nicht in die Augen sehen. »Ich hatte ja eine Vergangenheit vor dir. Und da … nun ja … ich habe versucht, möglichst viel über den Magierzirkel herauszufinden, um es später, nach Ablauf meiner Zeit hier, meinem Volk erzählen zu können. Und … hm …«, er macht eine verlegene Pause. »Ich war, wie du ja weißt, mit vielen Magierinnen zusammen. Nun ja … das war einer der Gründe dafür«, der Arme ist wirklich am Ende.

Ich lächle über seine Befangenheit. Das ist ja eine ganz neue Seite, die ich von ihm kennenlerne – ein verlegener Reyvan.

»Reyvan«, ich zeichne mit dem Finger die Tätowierung auf seiner rechten Wange nach. »Solange du nichts mit einer Magierin anfängst, während du mit mir zusammen bist, ist es mir vollkommen gleichgültig, ob und mit wem du vor mir eine Affäre hattest.«

Bei diesen Worten schaut er mich schockiert an. »Alia, wie kannst du glauben, dass ich mit einer anderen Frau zusammen sein will, wenn ich dich haben kann?«, erwidert er entsetzt.

Aber ich nehme es ihm trotzdem nicht so richtig ab. Wie kann es sein, dass dieser attraktive Elf sich etwas aus mir, der Nehil, macht? Trotzdem beschließe ich in diesem Moment, die Zeit, die mir mit ihm bleibt, in vollen Zügen zu genießen.

Als Reyvan zum Mittagessen aufbricht, bringt mir Rana meine Essensportion ins Zimmer. Ohne darauf zu achten, was es ist, stopfe ich mein Essen in mich hinein. Zu sehr sitzen mir noch die Ereignisse dieses Morgens in den Knochen. Zuerst die Nachricht, dass ich mein Leben für das magische Turnier in fünf Monaten riskieren soll und dann die unerwartete Hilfe von Reyvan – der mich zu allem Überfluss auch noch leidenschaftlich geküsst hat.

Was mich jedoch fast am meisten beschäftig, ist, dass es mir so gut gefallen hat. Ich spüre immer noch seine sanften Lippen auf meinen, den Geschmack seiner Zunge … Schluss damit Alia! Ich muss mich auf das Wesentliche konzentrieren – und das ist, dieses Turnier irgendwie zu überleben.

Am Nachmittag gehe ich zum Unterricht des Feuerzirkels, für den ich für die nächsten sieben Tage als Assistentin eingeteilt bin. Dort werde ich mit neugierigen Blicken in Empfang genommen. Es hat sich bereits im ganzen Zirkel herum gesprochen, wer die auserwählten Diener für das Turnier sein werden und natürlich wird jeder unserer Schritte ab sofort mit Interesse verfolgt.

Insgesamt gibt es achtzehn Magierlehrlinge im Feuerzirkel, deren Alter zwischen dreizehn und fünfzehn Jahren ist. Janos, der Lehrer, der sie heute unterrichtet, bittet mich wie Opherto, neben dem Podest Platz zu nehmen. Er hat feuerrotes, langes Haar, das er zu einem Zopf nach hinten gebunden hat. In seinem Gesicht blitzen dunkle Augen und ein rotes Bärtchen umrahmt seine Oberlippe sowie sein Kinn. Er sieht gut aus, könnte es jedoch nicht mit der Schönheit von Reyvan aufnehmen. Bei dem Gedanken schelte ich mich. Ich muss jetzt aufpassen und darf nicht die ganze Zeit von dem Elf träumen.

»In den nächsten sechs Tagen werdet ihr lernen, wie ihr eine kleine Feuerkugel formt«, beginnt Janos. »Danach werde ich euch zeigen, wie ihr diese Kugel von einer Stelle zur anderen bewegt, bis ihr dann am Ende dieses Monates lernt, wie ihr sie durch einen gesamten Raum schickt, um diesen zu erhellen.«

Das kann ja heiter werden. Ich hoffe, ich werde nicht als Zielscheibe missbraucht …

Aber heute liegt meine Aufgabe nur darin, den Lehrlingen kleine Glasgefäße auszuteilen, in denen sie die Kugel bilden sollen. Die Gefäße sind dazu da, dass sich das Feuer nicht unkontrolliert ausbreitet.

Ich merke, dass dies hier eine ganz andere Stufe ist, als die der Jungmagier, wo solche Grundkenntnisse einfach vorausgesetzt wurden. Interessiert beobachte ich die Schüler, die sich ans Werk machen. Janos geht herum und schreitet da und dort korrigierend ein.

Ein Schüler, der mir von Anfang an durch seine schlanke Gestalt aufgefallen ist, scheint es besonders gut machen zu wollen. Leider überschätzt er seine Kräfte jedoch gewaltig und beginnt unvermittelt zu zittern. Seine Lippen laufen blau an und die Flamme, die er eben noch vor sich in der Kugel hatte, erlischt schlagartig.

Ich renne zu ihm, als er langsam zur Seite wegkippt und komme gerade rechtzeitig, um zu verhindern, dass sein Kopf auf den Boden aufschlägt.

Janos ist einen Wimpernschlag später neben mir und beugt sich über den Jungen. »Er wird schon wieder«, meint er nach einer kurzen Untersuchung zuversichtlich und legt ihn mit meiner Hilfe auf eine Pritsche, die an der hinteren Wand steht.

Daneben ist ein kleiner Kamin, den Janos nun anheizt und der sofort eine wohlige Wärme verbreitet. Erst jetzt fällt mir auf, dass es hier, im Gegensatz zum Unterricht der Jungmagier, diverse Liegemöglichkeiten und Wärmequellen gibt.

Der Junge wird in eine dicke Wolldecke gewickelt. Nach ein paar Minuten kann er zumindest wieder die Augen öffnen und Janos kehrt zurück zum Unterricht.

Der Rest des Unterrichts vergeht zum Glück ohne weitere Vorfälle.

Beim Abendessen soll ich den Tisch der Jungmagier des Luftzirkels – den Tisch von Reyvan bedienen. Seit dem Vorfall am ersten Tag habe ich mich immer um diesen Dienst gedrückt. Als Tascha bereits losgehen will, um für mich einzuspringen, halte ich sie jedoch am Arm zurück.

»Nein, Tascha«, sage ich ruhig. »Ich werde heute diesen Dienst selbst übernehmen. Irgendwann muss ich mich Taros ja stellen.«

Tascha nickt, leicht enttäuscht über meinen plötzlichen Sinneswandel.

Ich staple fünf Teller auf mein Tablett und begebe mich mit Goe, der ebenfalls für diesen Tisch eingeteilt ist, zu den zehn Luftmagiern.

Es entgeht mir nicht, dass Reyvan mir lächelnd entgegenschaut, als er merkt, dass ich seinen Teller servieren werde. Taros scheint fast genauso erfreut wie Reyvan zu sein, mich hier zu sehen, obwohl ich weiß, dass der Grund für sein erwartungsvolles Grinsen anderer Natur ist.

Ich versuche, eine so neutrale Miene wie möglich aufzusetzen, achte aber sorgsam darauf, dass sich mir keine Füße in den Weg stellen.

»Sieh an, die Nehil«, beginnt Taros mit höhnischer Stimme. »Und, freust du dich schon auf das Turnier?«

Ich ignoriere ihn und beginne, die Teller zu verteilen. Dabei fange ich einen Blick von Reyvan auf, der mich aufmerksam mustert, ansonsten aber schweigt.

»Hat es dir die Sprache verschlagen?«, fährt Taros gehässiger fort. »Du solltest besser nett zu mir sein, sonst werde ich dich im Turnier mit Zaubern bombardieren, bis dir das Hören und Sehen vergeht.« Er fletscht die Zähne wie ein gieriger Wolf, was seinem Aussehen einen grausamen Zug verleiht.

»Lass sie, Taros.« Die Stimme des Elfen ist ruhig. Sein Gesicht sieht jedoch aus, als wäre er kurz davor, einen tödlichen Blitz auf Taros zu schleudern.

Dieser hält sogar vor Überraschung inne, als er seinen Kopf zu Reyvan dreht, fängt sich jedoch sofort wieder. »Ach«, entgegnet er anzüglich.

»Kümmern wir uns plötzlich darum, was mit der Nehil passiert?« seine Stimme trieft vor Hohn.

Reyvan hat sich ebenfalls wieder gefangen und atmet tief durch. »Wenn du ihr verrätst, welche Zauber du im Sinne hast, im Turnier zu verwenden, wird sie nur umso besser vorbereitet sein«, erwidert er schulterzuckend und widmet sich seinem Essen.

Wenn ich nicht wüsste, dass er dies macht, um Taros von mir fern zu halten, wäre ich wirklich sauer auf ihn. So aber versuche ich, meinen Zorn herunterzuschlucken und stelle rasch den letzten Teller auf den Tisch. Dann drehe ich mich um und fliehe in die Küche, wo ich warte, bis sie mit dem Essen fertig sind.

Kapitel 13

Als es Zeit wird, die Teller abzuräumen, sind Taros und seine Freunde bereits weg. Reyvan sitzt jedoch noch am Tisch und wartet – auf mich.

Zögernd gehe ich zu ihm hin.

»Tut mir leid, wie er mit dir gesprochen hat«, flüstert er, als ich seinen Teller nehme.

»Mir tut viel mehr leid, was du darauf geantwortet hast«, zische ich ihm zu.

Reyvan wirkt verwundert und hält meine Hand fest, ehe ich sie zurückziehen kann. »Alia, ich hatte gedacht, ich hätte mich deutlich genug ausgedrückt«, meint er in ernstem Ton. »Ich kann weder vor Taros noch vor anderen Magiern zeigen, was ich für dich empfinde«, er lockert seinen Griff etwas. »Sowohl du, als auch ich würden darunter leiden müssen. Und ich denke, wir haben beide schon genug gelitten, oder?«, jetzt schaut er mich eindringlich an, aber seine Hand fährt sanft über die meine.

»Das stimmt«, murmle ich. »Trotzdem hättest du ihn nicht daran hindern sollen zu verraten, was er beim Turnier vor hat.« Meine Stimme klingt eine Spur trotziger als beabsichtigt.

»Keine Bange, Kleine. Ich weiß genau, was Taros' Spezialitäten sind. Schließlich bin ich seit zwei Jahren mit ihm im Unterricht«, er lächelt. »Und ich werde nie zulassen, dass er dir weh tut, das weißt du.« Seine Stimme ist nun wieder warm und sanft.

»Gut, ich versuche, das nächste Mal daran zu denken«, entgegne ich und wende mich von ihm ab.

»Alia«, flüstert Reyvan leise. Ich drehe mich nochmals zu ihm um. »Wenn du fertig mit dem Dienst bist, werde ich in deinem Zimmer auf dich warten.«

Rasch wende ich mich zum Gehen, ehe er meine errötenden Wangen sieht.

Als ich eine Stunde später erschlagen in mein Zimmer gehe, liegt er tatsächlich auf meinem Bett. Er hat eine Kerze angezündet, die neben dem Bett am Boden steht. Nun setzt er sich leicht auf und lächelt mich an.

Er hat seinen Umhang abgelegt, das schwarze Hemd ist am Halsansatz leicht geöffnet und gibt den Blick auf seine Halskette mit dem silbernen Talisman frei.

Ich schließe die Tür hinter mir und weiß nicht, wohin ich gehen soll, da er das ganze Bett in Anspruch genommen hat. Anscheinend ist meine Befangenheit unübersehbar.

»Komm, Cíara, leg dich neben mich«, er lächelt und streckt die Hand nach mir aus.

Zögernd gehe ich zu ihm hin und lasse mich auf das Bett ziehen.

Er legt einen Arm um mich und streichelt mit der freien Hand meine Wange.

Seine Nähe und sein Geruch wirken wie eine Droge auf mich. Zum ersten Mal fühle ich so etwas wie Geborgenheit hier im Zirkel.

»Was bedeutet dieses Wort?«, frage ich ihn.

»Cíara?«

»Ja, genau, das.«

»Das bedeutet ›meine Geliebte‹. Es ist ein altelfischer Ausdruck.«

»Kann ich dich auch so nennen?«

Er lächelt und schüttelt den Kopf. »Nein, so werden bei uns nur die Frauen genannt. Männer haben keine solchen Kosenamen.«

Sanft küsst er meinen Scheitel und legt einen Finger unter mein Kinn, sodass ich ihm in die Augen sehen muss, die im flackernden, warmen Kerzenlicht dunkel blitzen.

»Reyvan«, murmle ich. »Tascha sagte mir, du heißt Reyvan Caltayó. Warum hast du zwei Namen?«

»Das eine ist mein Vorname, das andere der Familienname. Der Elfenstamm meines Vaters heißt Caltayó.«

»Ach so? Ich wusste gar nicht, dass ihr Elfen zwei Namen habt.«

»Es gibt noch so vieles, das du nicht weißt und ich dir beibringen kann, Cíara«, Reyvans Stimme ist leise und seine Augen glühen. »Du bedeutest mir sehr viel.«

Seine weichen Lippen streichen über meine Stirn, meine Nase und verschmelzen schließlich mit meinen zu einem langen, zärtlichen Kuss.

»Bitte bleib bei mir«, flüstere ich, als ich wieder zu Atem komme.

»Wie du wünschst«, lächelt Reyvan.

Da ich geschafft bin vom heutigen Tag döse ich rasch ein. Das Letzte, was ich wahrnehme, ist seine Hand, die sanft mein Gesicht streichelt.

Als ich am nächsten Morgen aufwache, liegt Reyvan immer noch neben mir.

»Guten Morgen, Cíara«, begrüßt er mich.

»Guten Morgen«, murmle ich verschlafen. »Wie spät ist es?«

»Die Glocke hat noch nicht geläutet, aber du musst bald los zu deinem Dienst«, er zeichnet mit einem Finger die Konturen meines Gesichts nach.

Seine Hände beginnen sachte, meinen Körper zu erkunden und ich räkle mich wohlig unter seinen Streicheleinheiten. Als er jedoch den Bereich zwischen meinen Schenkeln erreicht, halte ich seine Hand fest.

»Bitte«, flüstere ich. »Dafür bin ich noch nicht bereit. Du bist der erste Mann, der mich geküsst hat und ich möchte nicht alles überstürzen.«

»Das verstehe ich, auch wenn ich es bedaure – du weißt nicht, was dir entgeht«, seine Augen werden etwas dunkler. »Irgendwann zeige ich dir, was es bedeutet, mit einem Elf zusammen zu sein«, verspricht er und mich durchfährt ein angenehmer Schauer.

»Irgendwann, ja«, seufze ich und küsse ihn, ehe ich aufstehe, um mich für die Arbeit bereit zu machen.

Reyvan und ich haben verabredet, uns um neun Uhr, wenn ich mit dem Abwasch fertig bin, in den Gärten des Erdzirkels, auf der obersten Terrasse zu treffen.

Als ich dort ankomme, wartet er bereits auf mich. Er nimmt mich in seine Arme und küsst mich. Dann schaut er mich erwartungsvoll an. »Wollen wir?«

Ich nicke beklommen. Zwar haben wir besprochen, welche Zauber wir heute durchgehen wollen, aber ich bin mir nicht sicher, was ich genau tun soll, um ihnen zu entgehen.

Reyvan spürt wie immer meine Bedenken, ehe ich sie ausgesprochen habe.

»Du brauchst dich nicht zu fürchten, Cíara. Da ich solche Kampfmagie nicht alleine wirken kann – dazu habe selbst ich zu wenig Wärme, trotz deiner Gegenwart«, er funkelt mich an, »werde ich einfache Illusionszauber machen. Diese sind den Zaubern der Kampfmagie zwar täuschend ähnlich, im Gegenteil zu diesen kann ich sie aber jederzeit unterbrechen und sie können dich nicht verletzen. Was allerdings dann im Turnier anders sein wird.«

»Na, da bin ich ja beruhigt – ich werde also erst im Turnier wirklich von einer Giftwolke erwürgt«, meine ich zynisch.

»Genau«, lacht Reyvan. »Das ist die richtige Einstellung, immer optimistisch bleiben!«

Dann beginnt er mit der Illusion eines Eisdämons.

Als er damit fertig ist, weiche ich keuchend vor dem knapp drei Schritt hohen Monster, das aussieht, als sei ein Brocken Eis lebendig geworden, zurück. Zum Glück hat Reyvan diese langen spitzen Eiszähne und die furchterregenden Klauen, die einen Menschen in zwei Stücke reißen können, im Griff. Hätte ich solch einem Dämon in der Realität und ohne Vorwarnung gegenüber gestanden, hätte ich mir vor Angst wahrscheinlich in die Hosen gemacht.

Reyvan erklärt mir, was die Schwachstellen dieses Dämons sind. Dabei lässt er den Dämon sich drehen, die Arme heben und in die Knie gehen, damit ich mir die Augen anschauen kann, die mich mit eisigem Blick mustern.

Ich bin wie gebannt von dieser Erscheinung. Nur am Rande bekomme ich mit, dass es wichtig ist, einen Eisdämon dazu zu bringen, dass er über seine dicken Klumpen von Eisfüssen strauchelt. Sobald er einmal auf dem Boden aufschlägt, wird er in tausend Stücke zerschellen.

Als Reyvan mit seinen Ausführungen fertig ist, lässt er den Dämon mit einem breiten Grinsen von der Terrasse springen. Bevor dieser jedoch unten ankommt, hat er sich in Luft aufgelöst.

Ich wende mich dem Elf zu und sehe, dass es ihn trotz seiner entspannt wirkenden Miene viel Wärme gekostet hat, diese Illusion zu schaffen.

»Lass uns eine Pause machen«, sage ich.

»Hm, ein vernünftiger Vorschlag«, er schlingt seine Arme um meine Taille. »Ich habe dich sowieso schon viel zu lange nicht mehr geküsst.«

Ehe ich die Augen verdrehen kann, bedeckt er meinen Mund mit seinem.

»Das ist wirklich eine tolle Möglichkeit, um wieder zu etwas Wärme zu kommen«, meint er lächelnd.

Nun verdrehe ich tatsächlich die Augen ...

Bereits am zweiten Tag beginnen die Wetten darüber, wer von uns Dienern als Sieger aus dem Turnier hervorgehen wird. Die Magier haben ein Holzbrett mit unseren Namen darauf vor dem Speisesaal aufgestellt. Dort kann jeder seine Stimme abgeben.

Die Einsätze für Kalus und Tascha schnellen in die Höhe. Am wenigsten Stimmen bekommen Jita und ich. Jita ist alt und ich eben eine Nehil. Es verwundert mich nicht, als Jita mich schließlich sogar überholt und nah hinter Goe steht.

Offenbar gefällt es Dienern und Magiern gleichermaßen, einmal an etwas anderes, als die Dienste, beziehungsweise Unterrichtsstunden zu denken. Mich widert das hingegen nur an. Schließlich müssen wir unser Leben im Turnier aufs Spiel setzen und das alles nur, damit die Jungmagier zeigen können, wie gefährlich ihre Kampfzauber sind. Aber das scheint denjenigen, die nur als Zuschauer am Turnier teilnehmen, nicht klar zu sein.

Für den Rest der Zeit, die mir noch bis zur Wintersonnenwende bleibt, versuche ich, möglichst viel während meiner Assistenzen in den Zirkeln aufzuschnappen und schreibe alles sorgfältig auf, was mir wichtig erscheint. So lerne ich beispielsweise, dass es mehr Energie benötigt, Feuer entstehen zu lassen als Wasser, und dass das Gift, das in den tödlichen Gaswolken ist, zuerst sorgsam gemischt werden muss, damit es die gewünschte Wirkung erzielt.

Einmal alle sieben Tage gehe ich zudem mit den anderen auserwählten Dienern zum Training, das uns von der Gilde zur Verfügung gestellt wird.

Alvaras, ein etwa dreißigjährigen Magier mit kurzen, schwarzen Locken, erklärt uns das Wichtigste, was wir für das Turnier wissen müssen. Seine weißen Zähne stehen im auffallenden Kontrast zu seiner fast schwarzen Haut. Er ist verständnisvoll und geduldig und ich mag ihn vom ersten Augenblick an.

Goe und Tascha sprechen nicht viel während des Unterrichts. Man sieht ihnen an, dass sie Angst vor dem Turnier haben. Kalus, der rothaarige Diener, löchert Alvaras jedoch mit Tausenden von Fragen. Jita, die komische ältere Frau wirkt meist abwesend und bringt ständig irgendwelche Kommentare, aus denen keiner von uns schlau wird.

Wie Reyvan bereits geahnt hat, handelt es sich bei dem Training eher um gut gemeinte Ratschläge, als um eine tatsächliche Hilfe. Wir erfahren aber immerhin, wie das Turnier aufgebaut sein wird. Es findet während insgesamt fünf Tagen in einer Arena außerhalb des Zirkels statt. Jeden Tag werden wir mit einem anderen Element konfrontiert werden – zuerst mit Feuer, danach mit Luft, mit Erde und schließlich mit Wasser.

Die Jungmagier, die die Zauber wirken dürfen, werden kurz vor dem Turnier ausgewählt. Am fünften Tag werden diejenigen von uns, die bis dahin noch leben – das macht wieder einmal Hoffnung – es mit allen vier Elementen gleichzeitig zu tun bekommen.

Wir werden zudem alle Fünf immer zur selben Zeit ins Turnier geschickt. Es ist uns zwar gestattet, uns gegenseitig zu helfen, aber es wird uns zugleich von Alvaras auch nahegelegt, dass wir das Turnier so rasch wie möglich hinter uns bringen sollen – zu unserem eigenen Besten. Je länger wir in der Arena sind, umso geringer ist unsere Chance, lebend wieder raus zu kommen und umso geringer werden die Punkte sein, die wir pro Turnier erhalten. Derjenige mit der höchsten Punktzahl wird zum Schluss als Sieger des Turniers gefeiert und bekommt seinen Herzenswunsch erfüllt.

Um unsere Chancen zu erhöhen, werden wir pro Turniertag Hilfe vom Magierzirkel erhalten. Wie diese Hilfe jedoch genau aussehen wird, ist streng geheim und wird erst beim Turnier selbst preisgegeben.

Stundenlang bin ich in der Bibliothek und wälze Bücher über Elementmagie, die ich doch nicht wirklich verstehe. Die anderen auserwählten Diener sind meist auch hier oben anzutreffen. Wir sprechen aber selten miteinander, da alle viel zu beschäftigt sind, möglichst viel über Magie zu lesen und zu viel Angst davor haben anzusprechen, was alles passieren könnte.

Ich bin mir mit jedem Tag, mit dem das Turnier näher rückt, weniger sicher, dass ich tatsächlich mein Leben werde retten können. Reyvan macht mir jedoch immer wieder Mut.

Wir üben fast jeden Morgen heimlich in den Erdzirkelgärten, das heißt, wenn Reyvan keinen theoretischen Unterricht hat.

Der Elf ist ein strenger Lehrer und erstaunt mich immer wieder mit seinen Fähigkeiten. Elfenmagie scheint sich tatsächlich von derjenigen der Menschen zu unterscheiden. So beherrscht er nicht nur Gedankenlesen und Illusionen fast bis zur Perfektion, sondern er kann auch bis zu einem gewissen Grad die Elemente beeinflussen, wie beispielsweise Wasser aus der Erde holen oder ein Feuer nähren. Das sei bei allen Elfen so, da sie mit der Natur und deren Wundern verbunden seien, erklärt er mir.

Reyvan trainiert mich durch perfekte Illusionen, die erahnen lassen, dass das Turnier kein Spaziergang wird. So lässt er kleine, rote Feuerkugeln auf mich zuschießen, unter denen ich wegrollen muss, lässt grausige Dämonen entstehen, die es zu überlisten gilt und zeigt mir, wie ich lange genug den Atem anhalten kann, um einem tödlich giftigen Nebel zu entrinnen.

Im Turnier werden jedoch Wesen, wie Eisdämonen oder Feuerwände beschworen und nicht durch eine Illusion hergestellt. Das bedeutet, dass die Wesen, die auf mich zu rennen werden, mehr als real sind und nur die Umgebung eine Illusion sein wird. Die Magier werden ihre Zauber dafür verwenden, diese Wesen zu kontrollieren und vor allem im Griff zu behalten. Dies würde jedoch die Kräfte des Elfen bei Weitem übersteigen.

Zu der Ausbildung, die Reyvan mir angedeihen lässt, gehört außerdem, dass ich meinen Körper trainiere. So muss ich jeden zweiten Morgen in aller Frühe, wenn die meisten Magier noch schlafen, fünf Runden um den großen Innenhof des Magierzirkels laufen. Zudem lässt mich Reyvan so viele Liegestützen und Rumpfbeugen machen, dass mir alle Muskeln schmerzen. Aber ich bin ihm dankbar. Dankbar, dass er mir helfen will, das alles durchzustehen.

Dank dem täglichen Training verändert sich mein Körper. Anstelle meiner schlaksigen Gliedmaße bekomme ich nun Muskeln, mein Gang ist geschmeidiger und ich bin wendiger geworden. Trotzdem fühle ich mich überhaupt nicht bereit, mich dem Turnier zu stellen.

Ein Monat vor der Wintersonnenwende wird bekannt gegeben, welche Jungmagier im Turnier antreten und uns auserwählten Dienern das Leben schwer machen dürfen. Pro Elementzirkel werden es jeweils vier Magier sowie zwei Lehrer sein.

Die Auswahl wird während des Mittagessens von Xenos höchstpersönlich verkündet. Er stolziert, flankiert von seinen beiden Dienern und charismatisch wie eh und je, in den Speisesaal. Sein dunkelbraunes Haar ist fein säuberlich im Nacken zusammengebunden und reflektiert das Licht, das durch die Fenster fällt.

Alle halten inne und schauen ihn erwartungsvoll an. Seine Diener, die im Gegensatz zu uns anderen Bediensteten weiß gekleidet sind, tragen vier verschlossene Umschläge bei sich.

Ich stehe mit Tascha und Goe an der Wand. Jita und Kalus sind nicht hier, da sie nicht für den Speisesaaldienst eingeteilt sind. Sie werden sich in der Gärtnerei, beziehungsweise der Wäscherei aufhalten. Tascha nimmt meine Hand in ihre und drückt sie fest. Sie ist nervös, während ich die Ruhe selbst bin. Schließlich ist es mir herzlich egal, wer von den Jungmagiern mir das Leben streitig machen wird – schlimm wird das Turnier so oder so werden.

Xenos stellt sich in der Mitte des Saals hin und taxiert die Schüler und Lehrer. »Wir haben uns entschieden, welche der Jungmagier am magischen Turnier ihr Können zeigen dürfen«, seine Stimme übertönt alle Geräusche im Raum. »Nur den Besten ist es erlaubt, teilzunehmen. Die anderen werden sich damit begnügen müssen, im Publikum zu sitzen und darauf zu wetten, welcher der fünf Diener gewinnen wird.«

Dabei wirft er einen scharfen Blick in unsere Richtung. Dann nimmt er den ersten Umschlag entgegen und öffnet ihn. Im Saal ist es still geworden.

»Die ersten vier Jungmagier, die im Turnier antreten werden, stammen vom Feuerzirkel«, fährt Xenos nun fort. »Es handelt sich um Aron, Rojn, Lira und Waria.«

Die vier, die genannt wurden, stehen freudig erregt auf und klopfen sich gegenseitig auf die Schultern. Was sie sagen, geht im allgemeinen Applaus unter.

Als wieder Ruhe eingekehrt ist, fährt Xenos mit den nächsten Umschlägen fort. Für den Luftzirkel sind, wie ich bereits befürchtet hatte, Taros und drei seiner engsten Freunde auserwählt. Er wirft einen höhnischen Blick in meine Richtung und legt die Handkante an seine Kehle, als wolle er diese damit durchschneiden. Was diese Geste zu bedeuten hat, ist mir nur allzu klar: Du bist Gorkafutter, Nehil. Rasch wende ich den Blick ab und erkenne gerade noch, wie Reyvan sich mit aller Mühe beherrschen muss, um ihm nicht an die Gurgel zu springen.

Danach werden die anderen Jungmagier für den Erd- und den Wasserzirkel verlesen. Sie kenne ich nur vom Sehen. Besser so, dann werde ich nicht durch persönliche Gefühle abgelenkt, wenn ich versuche, meinen Hals zu retten.

Nach der Verkündung werden die Lehrer den Turniertagen zugeteilt. Ich freue mich etwas, als ich höre, dass unter anderem Janos, der Lehrer des Feuerzirkels, sowie Opherto, der Lehrer des Luftzirkels, dabei sind. Sie werden mir zumindest nicht direkt ein Loch in den Bauch schießen.

Als die Bekanntgabe vorüber ist, verlässt Xenos den Speisesaal. Die Gespräche kehren zurück und drehen sich natürlich nun nur noch um das magische Turnier und welche Zauber wohl ausgewählt werden.

Nach meinem Dienst im Speisesaal will ich mich zum Unterricht der Lehrlinge im Luftmagierzirkel begeben, für den ich eingeteilt bin. Als ich dort jedoch ankomme, versperren mir Taros und seine drei Freunde, die für das Turnier ausgewählt wurden, den Weg zum Schulzimmer. Ich versuche, an ihnen vorbeizugehen, aber da tritt Taros vor und packt mich grob an der Schulter.

»Nicht so schnell, Nehil, wo willst du denn hin?«, fragt er verächtlich. »Wir müssen uns doch nun besser kennenlernen, jetzt wo wir das Vergnügen haben werden, dich umzubringen.« Er lacht grausam und seine Freunde fallen mit ein.

Ich funkle ihn böse an und balle meine Fäuste. »Ich wüsste nicht, warum dies von Belang ist«, gebe ich zurück.

»Ha, frech bist du auch noch, was?«, seine Miene ist nun finsterer als die dunkelste Nacht und seine Augen glitzern gefährlich.

Ich weiche unvermittelt etwas zurück und versuche, mich aus seinem Griff zu winden. Aber er ist nicht nur grösser als ich, sondern auch viel stärker und ich habe keine Möglichkeit, ihm zu entkommen.

»Du wirst für deine Frechheit büßen, glaub mir«, er spricht gefährlich leise und ein grausames Lächeln macht sich auf seinem Gesicht breit.

Mir läuft es eiskalt über den Rücken.

»Lass mich los, ich muss zur Arbeit«, sage ich erstaunlich ruhig.

»Ach, sie muss zur Arbeit, habt ihr das gehört?«, Taros lacht böse und drängt mich gegen die Wand. »Dann wollen wir dich doch nicht aufhalten, wie?«, fährt er in einem gemeinen Ton weiter.

Ich versuche erfolglos, mich zu befreien, sein Griff wird nur noch stärker.

»Wirst du nun heulen? Oder gar um Gnade winseln? Du Nehil!«, er spuckt das Wort aus, als wäre es eine verdorbene Speise.

Ich schaue ihn mit möglichst ruhigem Gesicht an, was mich alle Überwindung kostet. »Nie im Leben«, antworte ich und bin selbst erstaunt, wie sicher meine Stimme klingt.

Offenbar hat seine Einschüchterung nicht die gewünschte Wirkung, denn er stößt mich grob von sich weg. Ich falle zu Boden und schürfe die Knie auf.

»Du wirst schon noch lernen, um dein Leben zu betteln, Nehil. Dafür werde ich sorgen – falls du die Zauber des Feuerzirkels überhaupt überlebst. Wahrscheinlich gehst du vorher in Flammen auf«, sein überhebliches Lachen dringt an mein Ohr und ich richte mich auf.

»Ich werde überleben, keine Bange«, ich klopfe den Staub von meinen Kleidern. »Nur schon, um dir zu zeigen, wie lächerlich deine Zauber sind.«

Bevor er mich nochmals packen kann, renne ich flink zur Tür zum Unterricht und schlüpfe hinein. Von draußen höre ich eine Arie von Flüchen, die sogar Moero erröten lassen würden.

Puh, da bin ich nochmals unbeschadet davon gekommen. Ich werde am Turniertag des Luftzirkels jedoch mit dem Schlimmsten rechnen müssen.

Trotzdem nehme ich mir vor, Reyvan nichts von der Begegnung zu erzählen, damit er sich nicht unnötig Sorgen macht oder sich gar an Taros rächt.

Kapitel 14

Zwei Wochen vor der Wintersonnenwende treffen die Zirkelleiter der anderen vier Magierzirkel ein. Sie erhalten einen großen Empfang und alle, auch die Diener, müssen sich hierfür im Innenhof der Magiergilde versammeln.

Der Einmarsch der Zirkelleiter ist prunkvoll. Sie kommen gemeinsam, obwohl einige von ihnen von weit her anreisen. Rana erklärt mir, dass sie sich in Winson, einer Stadt südlich von Lormir, versammelt haben und dann gemeinsam hierhergekommen sind. Viele von ihnen haben wahrscheinlich eine Reise von mehreren Monaten hinter sich.

Alle tragen ihre besten Umhänge und ihre Diener sind ebenfalls heraus geputzt. Der Zirkelleiter von Oshema bringt wundersame Tiere mit langen, schmalen Nasen mit sich. Sie sind grau, mindestens drei Schritt hoch und vier Hörner wachsen ihnen aus dem Mund. Ihre Beine sind dick und behaart, ihre Rücken mit Platten besetzt und das Ende ihres langen Schwanzes sieht aus wie eine knöcherne Keule.

»Das sind Ilfaren«, raunt Rana andächtig und starrt mit offenem Mund auf die Tiere. »Ich habe noch nie welche gesehen, nur von ihnen gehört. Sie sind stark, können ihre Nase gebrauchen, als sei es eine Hand und sogar einen Baum damit ausreißen. Sie werden auch oft in Schlachten eingesetzt.«

Als Nächstes erscheint der Zirkelleiter des Magierzirkels von Fayl, der kleine Affen in einem Käfig mit sich führt. Sie greifen verspielt durch die goldenen Gitter und fassen alles an, was ihnen zwischen die flinken Finger kommt.

Der dritte Zirkelleiter in der Prozession stammt aus Arganta. Er hat einen kunstvollen Turban auf seinem Haupt und führt vierhöckerige, weiße Pferde mit sich, die nicht wirklich wie Pferde aussehen und sich auch nicht so benehmen. Pferde würden nämlich niemals spucken. Zudem haben diese hier anstelle von Hufen gefährlich aussehende Klauen. Das seien Kelmen, erklärt mir Rana leise. Sie können tagelang ohne Wasser auskommen, was in der Wüste, die den größten Teil von Arganta einnimmt, auch vorteilhaft ist.

Ehe ich mich über die kuriosen Tiere wundern kann, kommt der letzte Zirkelleiter, derjenige aus Chakas, in den Innenhof. Er führt ein Wesen an einer langen Leine, das mich nach Luft schnappen lässt. Dieses Wesen kenne ich. Aus Geschichten, die mir Mutter immer vorgelesen hat und die ich liebte. Es hat den Körper eines riesigen Löwen, während der Kopf und die mächtigen Schwingen denen eines Adlers ähneln – ein Greif.

Es handelt sich um ein junges Exemplar, denn er schnappt mit seinem scharfen Schnabel spielerisch nach den Magiern, die in seiner Nähe stehen und peitscht aufgeregt mit seinem kraftvollen Löwenschwanz hin und her. Der Zirkelleiter hat alle Hände voll zu tun, den Greif an der Leine zu behalten und seine Diener geben sich Mühe, das übermütige Tier zu bändigen.

Die Zirkelleiter stellen sich in einer Reihe inmitten des Innenhofs auf und Xenos schreitet auf sie zu.

»Willkommen im Zirkel von Lormir, meine Freunde«, spricht er feierlich.

Mir fällt auf, dass alle fünf Zirkelleiter eines gemeinsam haben: allesamt sind sie junge, charismatische Männer und tragen das große schwarze Amulett, das ihren Rang auszeichnet, um den Hals.

»Willkommen, Waros, aus Oshema«, begrüßt Xenos den ersten von ihnen.

Ein Mann mit aschblondem Haar und einem spitzen Bart verneigt sich knapp.

»Auch Ihr seid willkommen, Venero aus Fayl«, begrüßt Xenos nun einen großen Mann mit bleicher Haut und rötlichbraunem Haar, dessen dunklen Augen ihn aufmerksam mustern, ehe er sich vor ihm verneigt.

»Und ich freue mich, auch Euch, Rangan aus Arganta in Lormir willkommen zu heißen«, fährt Xenos fort.

Der Zirkelleiter aus Arganta hat dunkle Haut und einen schwarzen Bart. Seine hellen Augen scheinen Xenos zu durchdringen und er verneigt sich nicht vor ihm. Xenos tut, als habe er diese Provokation nicht bemerkt und schreitet zum letzten Zirkelleiter.

»Roís aus Chakas, wir haben uns schon eine Ewigkeit nicht mehr gesehen. Ich freue mich, dass Ihr hier seid!«,

Xenos umarmt den Mann mit dem Greifen. Dieser erwidert die Geste. Seine blauen Augen sind freundlich und seine wirren, braunen Locken fallen ihm in die Stirn. Wenn er kein Zirkelleiter wäre, könnte ich ihn tatsächlich attraktiv finden.

Als die Begrüßung vorbei ist, werden die Zirkelleiter in ihre Zimmer geleitet und wir dürfen uns wieder um unsere Arbeit kümmern.

Beim Abendessen werden wir fünf auserwählten Diener den Gästen vorgestellt. Das Essen für die Zirkelleiter findet in Xenos Gemächern statt.

Ich wusste gar nicht, dass er einen eigenen kleinen Speisesaal dort oben hat. Dort sind, als wir eintreten, die erlesensten Speisen serviert. Gefüllter Hummer, Wildschweinpastete mit Äpfeln, geräucherter Lachs, köstlich duftender Schweinebraten. Mir läuft das Wasser im Mund zusammen, obwohl ich meine – im Vergleich zu dieser – karge Mahlzeit bereits gegessen habe. Leider scheint das Essen nur für die Gäste bestimmt zu sein. Wir werden angewiesen, uns an den Kopf des Tisches zu stellen.

Die Zirkelleiter scheinen sich wirklich für uns zu interessieren und erkundigen sich, während sie die Speisen essen, wie wir uns auf das Turnier vorbereiten.

Ich erzähle natürlich nichts vom Training mit Reyvan, sondern sage nur, dass ich mich körperlich auf Vordermann bringe und regelmäßig in der Bibliothek Bücher über die Elementmagie lese. Damit geben sie sich zufrieden.

Als wir Xenos' Gemächer verlassen dürfen, zischt mir Tascha zu: »Ich bin sicher, dass sie sich nun über unsere Überlebenschancen unterhalten.«

Bei der Vorstellung, dass die Magier um unser Leben wetten wie bei einem Hahnenkampf, wird mir übel und ich verziehe mich rasch in mein Zimmer.

Zwei Tage vor dem Turnier werden wir auserwählten Diener abermals in die Gemächer von Xenos gerufen. Wir sind nervös und wissen nicht, was uns dort erwartet. Sein persönlicher Diener weist uns an, in einem Vorraum zu warten.

Nach einer Weile wird eine Flügeltür geöffnet und wir dürfen eintreten. An drei Tischen, die in einer U-Form angeordnet sind, sitzen die fünf Zirkelleiter. Sie schauen uns erwartungsvoll an und wir wissen nicht recht, was von uns jetzt erwartet wird. Wollen sie uns nochmals anschauen, um ihre Wetten abzusprechen?

Da beginnt Xenos zu reden: »Ihr werdet euch in zwei Tagen dem Turnier stellen. Wie bereits angekündigt, wird derjenige von euch, der gewinnt, das heißt, die höchste Punktzahl erzielt, einen Wunsch erfüllt bekommen. Damit wir wissen, was ihr euch am sehnlichsten wünscht, werden wir heute eure Gedanken lesen.«

Oje, nicht schon wieder. In meinem Magen bildet sich ein Kloss, der meinen Bauch zu zersprengen droht. Ich spüre, wie ich feuchte Hände bekomme.

Aber Xenos spricht unbeirrt weiter. »Falls euer Wunsch von uns erfüllt werden kann, werden wir dies gerne für euch machen – natürlich nur, wenn ihr gewinnt«, fügt er mit einem Lächeln hinzu, das seine kalten Augen nicht erreicht.

Dann wird Goe aufgefordert, vorzutreten. Ein Zirkelleiter auf der rechten Seite von Xenos erhebt sich und geht auf ihn zu. Es ist Roís, der offenbar die Luftmagie beherrscht und daher Gedanken lesen kann. Seine braunen Locken umspielen sein attraktives Gesicht und er legt eine Hand auf den Kopf des kleinen Goe, der nun am ganzen Leib zitternd vor ihm steht. Nach ein paar Sekunden nickt er und bedeutet dem nächsten, sich hin zu stellen. Die Wünsche, die er von uns erfährt, spricht er nicht laut aus.

Zum Schluss bin ich an der Reihe. Ich trete ängstlich vor ihn hin und schaue in seine azurblauen Augen. Seine Miene bleibt unverändert, jedoch vermeine ich ein kurzes Aufflackern in ihnen zu erkennen. Ist es, weil ich eine Nehil bin? Aber das ist wahrscheinlich Einbildung. Schon legt er mir die Hand auf den Kopf und beginnt, in meine Gedanken einzudringen.

Im Gegensatz zu Reyvan macht er es jedoch sehr rasch und ich zucke vor Überraschung zusammen. Ich hatte erwartet, dieselbe sanfte Wärme, die vorsichtig an meine Gedanken stößt zu spüren, wie ich sie damals im Unterricht des Luftzirkels von Reyvan kennengelernt hatte. Stattdessen scheint er in meinem Kopf direkt auf etwas zuzusteuern. In derselben Geschwindigkeit, in der er in meine Gedanken eingedrungen ist, zieht er sich wieder daraus zurück.

Ich vermeine, so etwas wie Erstaunen in seinem Blick zu lesen, das jedoch sofort wieder erlischt. Dann geht er zurück zu Xenos.

»Gut, das war's«, beschließt dieser. »Ihr dürft nun gehen, während wir über eure Wünsche beraten. Wir werden euch zu Beginn des ersten Turniertages verkünden, was Ihr gewinnen könnt.«

Damit sind wir aus seinen Gemächern entlassen. Ich bin gespannt, ob mein Wunsch, meine Familie zu sehen, von Xenos und den anderen genehmigt wird.

Am nächsten Tag, als Reyvan und ich in den Gärten gerade üben, wie ich einem riesigen Wolf entrinnen kann, setzt der Elf sich erschöpft in den Schnee. Ich halte immer noch ängstlich nach der zähnefletschenden Bestie Ausschau, die eben noch hinter mir her war, aber sie ist wie vom Erdboden verschluckt, da Reyvan die Illusion beendet hat.

Ebenso außer Atem wie er lasse ich mich auf dem schneebedeckten Boden nieder und nehme seine Hand, die eiskalt ist, in meine.

Er wendet mir den Kopf zu, seine Lippen sind ein wenig blau. »Wie geht's dir?«, fragt er und ich lächle über seine Fürsorge.

»Die Frage sollte eher lauten, wie es *dir* geht«, erwidere ich. »Du bist eiskalt. Lass mich dich etwas wärmen.«

Ich reibe seine Hände in meinen und küsse sie zärtlich. Mir ist ganz und gar nicht kalt, da ich erst gerade noch durch den Schnee gestolpert bin, um dem Gebiss des Wolfes zu entkommen.

»Danke«, meint er. »Aber lass uns lieber nach drinnen gehen.«

»Warte«, ich nestle an meiner Schürze. Dann hole ich den Ring von Sen, das Armband von Lia und das silberne Kästchen hervor, das mir meine Mutter gegeben hat. »Ich möchte, dass du dies für mich aufbewahrst, während ich im Turnier bin. Und falls ich nicht zurückkomme«, ich stocke kurz, »dann versuche, das Kästchen zu zerstören.«

Ich habe diesen Schritt lange und gründlich überlegt. Aber Reyvan ist der Einzige, dem ich im magischen Zirkel einigermaßen vertraue und ich will nicht, dass das Kästchen in die falschen Hände gerät, falls ich das Turnier nicht überleben sollte. Wer weiß, welches Geheimnis es enthält.

Er nickt nur und nimmt meine wenigen Schätze an sich. Dann richtet er sich zitternd auf und ich stütze ihn, als wir die Stufen der Marmortreppe zwischen den Gärten hinunter gehen. Da diese mit Eis bedeckt ist, gestaltet sich der Abstieg schwierig. Wir müssen aufpassen, dass wir nicht ausrutschen.

Unten angekommen, wendet sich Reyvan zum Luftzirkel. Ich folge ihm. Erst als wir das Gebäude betreten, werde ich stutzig.

»Wohin willst du denn?«, frage ich ihn.

Ich hatte erwartet, dass wir in mein Zimmer zurückkehren, um meine Fortschritte und den morgigen Turniertag zu besprechen.

»Komm einfach mit, ja?« Er zieht mich, nun schon etwas weniger stark zitternd, die Treppe hoch.

Ich folge ihm, obwohl mir tausend Fragen auf den Lippen liegen. Er führt mich weiter, einen langen Gang entlang und öffnet schließlich eine Tür, die an dessen Ende liegt.

»Hierher habe ich noch nie jemanden mitgenommen«, er schiebt mich in den Raum dahinter.

Ich sehe ein Himmelbett, das mit schwarzer Bettwäsche ausgestattet ist. Mir gegenüber befindet sich ein hohes Fenster, von wo aus man den Anbau des Luftzirkels mit den magischen Wolken sehen kann. Davor steht eine kunstvoll verzierte Kommode mit einigen praktischen Gegenständen wie Spiegel und Waschbecken. Rechts davon befindet sich ein Schrank und daneben an der Wand hängt ein Wandteppich, der mich in seinen Bann zieht.

Ich gehe darauf zu und fahre mit den Fingern darüber. Auf dem Stoff ist eine Szene aus einer anderen Welt – der Welt der Elfen dargestellt. Sie zeigt zwei wunderschöne Gestalten mit spitzen Ohren, die auf einer kleinen Anhöhe stehen. Am Horizont geht die Sonne hinter schneebedeckten Bergen unter. Davor liegt ein dichter, sattgrüner Wald. Das Bild strahlt solch einen Frieden aus, dass ich nicht anders kann, als mich wohl zu fühlen.

Ich drehe mich voller Staunen zu Reyvan um. »Das ist dein Zimmer, oder?«, bemerke ich ihn leise.

»Ja, das ist es«, er setzt sich lächelnd auf das breite Bett und schaut mir zu, wie ich das Wandgemälde betrachte.

»Komm zu mir, Cíara und wärme mich«, er klopft neben sich auf die Decken und ich setze mich.

»Alia«, Reyvan legt seinen Arm um mich. »Ich habe dir nun alles beigebracht, was ich weiß. Ich denke, du bist bereit für das Turnier. Oder zumindest bestmöglich vorbereitet, um zu überleben.«

Ich schaue ihn misstrauisch an. Aber in seinen Augen liegt eine Zuversicht, die mich beinahe selbst überzeugt.

»Komm, lass uns unter die Decke kriechen, mir ist kalt«, schlägt er vor, immer noch zitternd.

Das muss er nicht zweimal sagen. Das Bett sieht gemütlich aus und auch ich fröstle, nachdem sich mein Körper von der Anstrengung des letzten Trainings erholt hat. Rasch entledigen wir uns unserer Schuhe und Pelzmäntel und flüchten unter die dicke Daunendecke.

Reyvan zieht mich eng an sich und streicht mir das Haar aus der Stirn. Ich umschlinge seinen Oberkörper und genieße es zu spüren, dass er sich langsam wieder aufwärmt.

»Alia«, raunt Reyvan und streichelt mir sanft über den Rücken, während sein anderer Arm mich fest hält.

»Hm«, murmle ich.

»Versprich mir, dass du wieder zu mir zurückkommst. Ohne dich könnte ich nicht weiter hier leben.«

Ich hebe den Kopf und schaue ihn an. »Ich werde mein Bestes geben«, verspreche ich.

Zur Antwort gibt er mir einen Kuss. Dann wirft er mich mit überraschender Kraft auf den Rücken und stemmt seine Arme rechts und links von meinem Kopf ab.

»Cíara«, seine Stimme ist nunmehr ein Flüstern und seine Augen glühen vor Leidenschaft. »Ich hatte versprochen, dir irgendwann zu zeigen, was es bedeutet mit einem Elf zusammen zu sein. Heute ist der Tag gekommen.«

Er beginnt, mein graues Dienerkleid aufzuknöpfen und küsst jeden Zoll meiner Haut, die darunter zum Vorschein kommt. Selbst wenn ich wollte – ich kann mich meiner Gefühle nicht erwehren und lasse mich in den Strudel, den seine Zärtlichkeit auslöst, hinabziehen.

Noch nie hat mich ein Mann so berührt, meine intimsten Stellen geküsst und liebkost.

Er schiebt das Kleid über meine Hüften, sodass ich nackt vor ihm liege. Mit blitzenden Augen betrachtet er mich und fährt mit seinen Küssen fort. Seine Zunge kitzelt mich, seine Haare streichen sanft wie eine Feder über meine Haut.

Und dann erfahre ich, was er vorhin gemeint hat.

Kapitel 15

Als der Morgen dämmert, stehe ich auf, gebe Reyvan mit Tränen in den Augen einen Abschiedskuss und begebe mich auf den Innenhof, wo Tascha, Goe, Jita und Kalus bereits warten. Wir werden in eine Kutsche verfrachtet, die von zwei Feuermagiern bewacht wird, damit wir nicht im letzten Augenblick doch noch fliehen können. Die Fahrt zur Arena dauert eine Viertelstunde.

Als wir ankommen, stockt mir der Atem. Ich hatte mir versucht vorzustellen, wie groß die Arena ist, jedoch niemals mit diesen Ausmaßen gerechnet. Eine hohe, graue Steinmauer umgibt den Innenbereich. Sie ist quadratisch und nimmt mindestens fünfundzwanzig Hektar ein, ist also rund fünfhundert Schritt lang und fünfhundert Schritt breit.

Direkt neben der Arenamauer kann ich ein graues, ebenerdiges Steingebäude mit kleinen Fenstern erkennen. Dort werden wir Diener wahrscheinlich untergebracht – sofern wir den ersten Turniertag überleben. Es wirkt auf mich abweisend und kalt und eher wie ein Gefängnis als wie eine Unterkunft. Anscheinend ist es nicht für einen längeren Aufenthalt gebaut worden.

Auf der Seite, auf der wir jetzt stehen, ist ein eisernes Tor in die Mauer der Arena eingelassen, zu dem wir nun geführt werden. Einer der Feuermagier klopft dreimal daran und es öffnet sich wie von Geisterhand. Als wir in den Innenbereich gelangen, kann ich die wahren Ausmaße der Arena erst wirklich erkennen.

Der Boden ist aus Erde gestampft und schneefrei, obwohl rund um die Arena der Schnee kniehoch liegt. Hier muss wohl derselbe Zauber gewirkt worden sein, wie im Innenhof des Magierzirkels, auf dem nie Schnee ansetzt. Rund um den inneren Bereich ist eine Mauer errichtet worden. Auf einer Seite entdecke ich eine Tribüne. Dort werden sie alle sitzen und darauf warten, dass wir sterben.

An der Innenseite der restlichen Mauer sind schmale Wehrgänge mit einzelnen Vorsprüngen. Diese sind wohl für die Jungmagier gedacht sowie die Lehrer, die das Turnier überwachen.

Bei unserem Vorbereitungstraining hat uns Alvaras erklärt, dass die Magier und Diener auf der Tribüne anhand eines Zaubers, der über der

Arena gewirkt wird, auf einem Bild sehen können, was wir unten treiben.

Alvaras erwartet uns nun inmitten der Arena. Ich gehe wie in Trance zu ihm hin und stelle mich mit den anderen vier Dienern auf. Wir sind alle äußerst angespannt und schweigsam.

»Willkommen in der Arena!«, begrüßt uns der Magier. »Ihr werdet jetzt Zeit haben, Euch auf das Turnier vorzubereiten. Wie ihr ja wisst, werden heute die Jungmagier des Feuerzirkels ihre Kräfte demonstrieren. Hierbei wirst du, Goe, einen Vorteil haben, da du ja aus der Feuergilde stammst.«

Goe schlägt bescheiden die Augen nieder und starrt auf seinen Ring, der das Zeichen des Feuerelements trägt.

»Ihr werdet nun alle zum Startbereich, rechts von der Tribüne, gehen«, erklärt Alvaras weiter. »Dort liegt Kleidung und Essen für euch bereit. Ihr könnt eure Muskeln aufwärmen und euch für eure Assistenz im Turnier rüsten. Ihr dürft keine Waffen mitnehmen außer einem Messer, das ihr bei euren Kleidern findet. Kurz vor Beginn des Turniers, das heißt, in etwa drei Stunden, werdet ihr von Xenos zudem etwas erhalten, das euch helfen kann, durch das Feuerturnier zu kommen. Außerdem wird er euch verkünden, was ihr, solltet ihr als Sieger aus dem Turnier hervor gehen, gewinnen könnt. Wichtig ist, dass ihr möglichst rasch und heil da drüben«, er zeigt auf einen eingezäunten Bereich, »ankommt. Wie ihr das macht, ist euch selbst überlassen.«

Tascha beginnt zu weinen und ich lege ihr tröstend den Arm um die Schultern, als wir nebeneinander auf den Startbereich zugehen. Er ist mit einer hohen, hölzernen Palisade umzäunt, die uns keinen Blick auf die Arena mehr gewährt, sobald wir dahinter verschwunden sind. Mitten im Zaun ist ein vergoldetes Tor eingefügt, das Richtung Zielbereich zeigt. Auch beim Ziel, das ebenfalls durch einen Zaun eingefasst ist, ist ein goldenes Tor, das sich öffnen wird, sobald wir dort ankommen. Erst dann werden wir in Sicherheit sein – und nicht mehr sehen können, was mit den anderen, die es nicht geschafft haben, passiert. Ich schaudere bei dem Gedanken.

Beim Startbereich liegt für uns eine einheitliche Kleidung bereit, die wir statt unserer grauen Dienstkleider tragen sollen. Alle werden schwarze Hosen und ein rotes Hemd, beziehungsweise Bluse tragen – die Farbe des Feuerzirkels. Das kleine Messer, das wir erhalten, ist zwar scharf, aber eben auch klein. Ich bezweifle, dass es uns gegen irgendwelche feindlich gesinnten Monster helfen wird, stecke es aber trotzdem in meinen Hosenbund.

Während den nächsten Stunden rufe ich mir nochmals alles in Erinnerung, was ich über das Element Feuer und die Kampfmagie, die damit verbunden ist, gelernt habe. Trotzdem fühle ich mich nicht gewappnet für das Turnier und beginne unvermittelt zu zittern.

Was, wenn ich nicht überlebe? Und was, falls ich es doch tue? Dann stünden mir vier weitere schreckliche Tage bevor. Jeder Tag ein Albtraum, jeden Morgen die Ungewissheit, ob ich am Abend noch leben werde.

Mein Magen zieht sich zusammen und ich spüre Angst in mir aufkeimen, die mit jeder Minute grösser wird, bis ich fast panisch nach Luft schnappe. Das Essen, das für uns bereit steht, rühre ich kaum an.

Die Zeit bis zum Beginn des Turniers zieht sich zäh dahin. Wir sind im Startbereich eingepfercht wie Vieh, das zum Schlachter geführt werden soll. Wir sprechen nicht miteinander. Was gäbe es auch zu sagen?

Als ich es vor Nervosität kaum noch aushalte, ertönt eine Glocke und Gemurmel wird laut. Anscheinend haben die Magier und einige Diener, die für heute frei bekommen haben, inzwischen ihre Plätze auf der Tribüne eingenommen. Ich kann jedoch nichts erkennen, da uns der Zaun die Sicht versperrt und das goldene Tor noch geschlossen ist.

Goe, Tascha, Kalus und Jita ist die Angst ins Gesicht geschrieben. Auch mir geht es nicht besser. Wir alle haben kein Ahnung, was auf uns in den nächsten paar Minuten zukommen wird.

»Willkommen, meine Gäste, Magier und Schüler, zum Turnier der Wintersonnenwende!« dröhnt Xenos' Baritonstimme nun an unser Ohr.

Ich spüre, wie sich mein Hals verengt und ich kaum noch Luft bekomme. Gleich ist es soweit.

»Ich weiß, dass viele von euch Wetten abgeschlossen haben, welcher der tapferen Diener, die den Jungmagiern im magischen Turnier assistieren werden, gewinnen wird und ihr könnt es kaum erwarten, dass das Turnier beginnt. Aber vorher werde ich noch ein paar Regeln verlesen«, er räuspert sich. »Das Turnier beginnt, sobald sich das goldene Tor, das ihr links im Startbereich sehen könnt, öffnet. Danach müssen die Diener sich einen Weg zum Zielbereich, der sich rechts von euch befindet, schaffen. Zwischen Start und Ziel dürfen nur die vier auserwählten Jungmagier sowie die beiden auserwählten Lehrer des Feuerzirkels ihre Fähigkeiten präsentieren. Sie werden dabei von weiteren Lehrern unterstützt, die dafür sorgen, dass die Illusion in der Arena aufrechterhalten bleibt. Es ist keinem anderen gestattet, Magie zu wirken oder gar helfend einzugreifen. Ein derartiger Akt wird mit dem sofortigen Tode bestraft.«

Meine letzte Hoffnung, dass Reyvan mir vielleicht doch irgendwie helfen könnte, zerplatzt damit in tausend Stücke. Ich werde also vollkommen auf mich alleine gestellt sein.

»Und nun, möge das Turnier des Feuerzirkels beginnen! Das Feuer ist rot, im Herzen brenne ich!«, schließt er feierlich.

Darauf folgt kurze Stille und dann tosender Applaus.

Ich spüre, wie Übelkeit in mir hochsteigt. Wie können die dort oben auf der Tribüne nur applaudieren? Es geht schließlich um unser Überleben.

Ehe ich mich weiter ärgern kann, ertönen plötzliche Ah- und Oh-Laute. Die Magier haben mit ihren Zaubern begonnen und bauen für uns das Feuerturnier auf. Dies wird einige Zeit in Anspruch nehmen.

Wir versuchen, uns vorzustellen, was hinter dem goldenen Tor vor sich geht. Hören können wir nichts, da hier im Startbereich nur die Laute des Publikums an unsere Ohren dringen.

Da öffnet sich das Tor plötzlich einen Spalt breit und Xenos schreitet herein. Er mustert uns Diener abschätzend und wir versuchen, einen möglichst gefassten Eindruck zu machen, was den meisten jedoch kläglich misslingt.

»Ich hoffe, ihr seid bereit, euch dem ersten Turnier zu stellen«, sagt er mit seiner voluminösen Stimme.

Wir bringen keine Antwort heraus und nicken nur beklommen.

»Wie ihr bereits erfahren habt, werde ich euch für alle Turniere jeweils etwas mitgeben, das euch helfen kann, eure Assistenz zu meistern«, fährt er fort, ohne unsere Niedergeschlagenheit zu beachten. »Heute ist es ein Amulett, das euch für knapp zehn Sekunden lang immun gegen das Feuer machen wird.«

Na, immerhin.

Er zieht fünf rote Amulette hervor, die an einer goldenen Kette befestigt sind. Jedem von uns reicht er eines davon und bedeutet uns, es um den Hals zu legen.

»Ich nehme an, ihr habt noch nie ein Amulett benutzt?«, er mustert uns mit seinen eisblauen Augen. Ein abschätziger Zug spielt um seinen Mund.

Wir schütteln alle den Kopf. Natürlich hat keiner von uns einen blassen Schimmer, wie die Kraft eines Amulettes freigesetzt werden kann.

»Wenn ihr seine Macht verwenden wollt, müsst ihr das Amulett drei Sekunden lang in eure Hand nehmen, bis es warm wird. Dann wird die Kraft freigesetzt. Aber überlegt euch gut, wann ihr es benutzt – der Moment kann entscheiden, ob ihr euer Leben aufs Spiel setzt, oder ob ihr es retten könnt.«

Das macht ja Hoffnung …

Ich schaue das Amulett, das um meinen Hals baumelt befangen an. Es hat einen goldenen, reich verzierten Rand und in der Mitte glüht ein roter Stein wie Feuer.

»Zudem werde ich euch nun sagen, was ihr gewinnen könnt, falls ihr die höchste Punktzahl im Turnier erzielt«, fährt Xenos fort. »Du, Goe, wirst einen Sack voll Gold für deine Familie erhalten. Du, Jita, wirst deine Tochter besuchen dürfen. Kalus, wir werden dir eine Ausbildung zum Heiler gewähren. Bei dir, Tascha, war es etwas komplizierter. Wir haben uns entschlossen, dass wir deinen ersten Wunsch nicht erfüllen können.«

Tascha wird feuerrot. Ich habe das dumpfe Gefühl, dass ihr Wunsch etwas mit einem gewissen Elf zu tun hatte.

»Aber du wirst für den Zimmerdienst bei den Jungmagiern eingeteilt werden, statt in der Schneiderei. Wir denken, das ist in deinem Sinne?«

Sein Lächeln erreicht seine Augen nicht. Es ist ihm herzlich egal, wo sie arbeitet, Hauptsache die Arbeit ist erledigt. Tascha jedoch sieht aus, als würde sie vor Freude einen Luftsprung machen wollen. Sie wird sich bestimmt bereits ausmalen, wie sie Reyvans Bett neu bezieht und seine Kleider aufräumt.

»Nun noch zu dir, Alia«, damit richten sich seine stechenden Augen auf mich. »Wir haben uns entschlossen, dass dein Wunsch, deine Familie zu sehen, zu große Gefahren für die Geheimnisse des Magierzirkels mit sich bringt. Stattdessen darfst du, solltest du gewinnen, meine persönliche Dienerin werden. Und ich werde dir einen Blick auf deine Familie gewähren.«

Ich bin sprachlos. Es gilt als hohe Ehre, persönliche Dienerin des Zirkelleiters zu sein. Wie habe ich das verdient? Gleichzeitig bin ich enttäuscht, dass mein Wunsch nicht erfüllt werden wird. Aber immerhin werde ich sehen können, ob es meiner Familie gut geht. Ein kleiner Trost – und ein Ansporn, um dieses Turnier zu gewinnen.

»So, und nun begebe ich mich auf meinen Platz«, erklärt Xenos.

Stimmt, er als Feuermagier wird zusammen mit Janos, dem Lehrer des Feuerzirkels, seine vier Schüler beaufsichtigen und die Zauber, die sie wirken, unterstützen.

»Ich wünsche euch viel Glück!« Damit verschwindet er wieder durch das goldene Tor, das sich hinter ihm schließt.

»Meinst du, das kann uns tatsächlich helfen?«, fragt mich Tascha, die das Amulett sorgsam in den Händen hält und ehrfürchtig betrachtet.

»Keine Ahnung«, antworte ich. »Vielleicht schon. Aber womöglich ist es auch nur eine List und es hat gar keine Kräfte.«

Zuzumuten wäre es den Magiern.

»Nein, es wird uns bestimmt helfen!«, mischt sich Kalus ein.

Er überragt mich um einen Kopf und sein rotes Haar hängt ihm wirr in die Stirn. Ich bin immer noch erstaunt, dass er sich gewünscht hat, eine Ausbildung zum Heiler machen zu dürfen.

»Goe, kannst du uns noch irgendetwas dazu sagen?«, wendet er sich nun an den schmächtigen Jungen. »Schließlich beherrscht du das Element Feuer – wenn auch nicht mit Magie.«

Goe schaut uns schüchtern an und schüttelt den Kopf. Mit hängenden Schultern steht er vor uns und zittert so stark, dass das Amulett um seinen Hals hin und her schwingt.

»Wir werden alle sterben«, Jita macht eine dramatische Geste.

»Nein, werden wir nicht!«, sage ich mit einer Bestimmtheit, die mich selbst überrascht. »Ich für meinen Teil werde alles daran setzen, dass wir dies hier überleben. Was immer auf uns zukommen mag.«

Tascha schaut mich hoffnungsvoll an. »Ja, lasst uns dies zusammen durchstehen«, sie lächelt unsicher in die Runde. »Vielleicht schaffen wir es gemeinsam.«

»Wir werden sehen«, meint Kalus ausweichend.

Für mehr bleibt uns keine Zeit. Das goldene Tor öffnet sich – das Turnier hat begonnen.

Vorsichtig treten wir durch die Öffnung und bleiben wie angewurzelt stehen. Die Arena, die wir noch vor ein paar Stunden gesehen haben, ist weg. Stattdessen breitet sich vor uns ein Raum aus, der maximal zehn auf zwanzig Schritt lang ist. Es ist warm und stickig und auf meiner Stirn bilden sich sofort Schweißperlen.

Die Wände sind aus normalem Stein gebaut, der Boden ist mit steinernen Platten belegt. Als ich mit der Hand die Wände entlang fahre, sind diese erstaunlicherweise kühl und fest.

Wir durchqueren den Raum, ohne dass etwas passiert und gehen zu einer gegenüberliegenden Tür. Kalus öffnet sie behutsam. Wir schauen auf einen Gang, der sich nach rechts und links ausdehnt. Weitere Türen sind zu beiden Seiten des Ganges sichtbar. Die Richtung zum Zielbereich, der geradeaus liegen muss, wird uns von einer massiven Wand versperrt. Wir müssen uns notgedrungen nach rechts oder nach links wenden.

»Was wollen wir tun?«, wende ich mich an die anderen. »Stehen unsere Chancen besser, wenn wir uns trennen, oder zusammen bleiben?«

Goe, Tascha und Jita zucken mit den Schultern.

»Ich denke, es ist besser, wenn wir uns trennen«, meint Kalus nach kurzem Überlegen. »Dann müssen sie ihre Magie auf mehrere Ziele verteilen und nicht nur auf eines.«

Das ist einleuchtend. Also beschließen wir, dass Tascha, Goe und ich nach rechts gehen, während Kalus und Jita sich nach links wenden. Wir wünschen uns zum Abschied viel Glück.

Der Gang, den wir drei gewählt haben, ist finster. Ich frage mich, wie die Zuschauer überhaupt etwas sehen können, erinnere mich dann aber wieder, dass ja alles auf dieses Bild, das über der Arena gezeigt wird, übertragen werden soll. Bei dem Gedanken, dass Reyvan mich gerade in dem Augenblick mit seinen dunkelblauen Augen anschaut und mir die Daumen drückt, wird mir wärmer ums Herz. Fast vermeine ich, ihn zu hören, wie er mich anspornt, weiter zu gehen.

Ich gehe unserer kleinen Gruppe voran. Bei der nächsten Abzweigung wende ich mich nach links. Schließlich müssen wir irgendwie zum Zielbereich kommen. Bei einer weiteren Kreuzung stocke ich. Was jetzt? Rechts oder links? Tascha und Goe sind ebenfalls unschlüssig. Da hören wir von irgendwo links hinter mehreren Wänden eine Explosion, auf die eine Erschütterung folgt.

Wir erstarren und halten die Luft an. Das waren bestimmt Kalus und Jita, die in eine Falle getappt sind. Hoffentlich ist ihnen nichts geschehen. Wie das Publikum reagiert, hören wir nicht, da kein einziger Laut von außen nach hier drinnen dringt. Damit soll wahrscheinlich verhindert werden, dass sie uns vorzeitig vor Gefahren warnen können.

Ich trete in den düsteren Gang und will mich nach links wenden. Gerade in dem Augenblick, als mein Fuß den Boden berührt, geht der rechte Gang in Flammen auf und unsere Umgebung wird auf einmal hell erleuchtet. Ich springe sofort zurück in den Gang, aus dem wir gekommen sind, während mein Herz rast. Wäre ich nach rechts gegangen und jemand anderer nach links, wäre ich nun tot.

Als sich mein Puls wieder etwas beruhigt hat, beschließen wir, dass wir alle drei in dieselbe Richtung gehen werden, um weiteren fiesen Fallen möglichst zu entgehen. Wir wenden uns also nach links und stehen nach ein paar Minuten vor einer verschlossenen Tür. Tascha streckt die Hand nach dem Türknauf aus.

Kaum hat sie ihn berührt, verzieht sie vor Schmerzen ihr Gesicht. Ich sehe mit Entsetzen, dass ihre Hand qualmt und der Gestank von verbranntem Fleisch dringt in unsere Nasen. Sie schreit laut auf und taumelt zurück. Verbrannte Hautfetzen bleiben auf dem Knauf zurück, der nun vor Hitze glüht.

Tascha schießen vor Schmerz die Tränen in die Augen und sie umklammert das Handgelenk krampfhaft. Dort, wo die Haut abgerissen wurde, klafft eine hässlich blutende Wunde.

Ohne zu überlegen, reiße ich einen Streifen Stoff aus dem Saum meiner Bluse und wickle ihn so gut es geht um ihre Verbrennungen. Tascha wimmert und schreit, als sich der Stoff auf die Wunden legt. Wenn wir nur etwas zum Kühlen hätten. Aber natürlich ist weit und breit kein Wasser zu sehen.

Ich hebe den Blick und sehe, dass Goe, der die ganze Zeit stumm hinter uns gestanden hat, auf die Tür zugeht.

»Nein, Goe nicht! Du wirst dich auch verbrennen!« rufe ich ihm hinterher.

Aber schon hat er die Hand ausgestreckt und die Tür geöffnet. Natürlich – das Feuer kann ihm nichts anhaben. Oder zumindest nicht so viel wie bei Tascha, die das Element Wasser, nicht aber Feuer beherrscht.

Als er seine Hand zurückzieht, ist sie nur leicht gerötet, wie nach einem Sonnenbrand. Kurz gleitet ein triumphierendes Lächeln über sein Gesicht, das sogleich wieder erlischt.

»Tascha, wir müssen weiter«, ich stütze die Dienerin, die immer noch wimmernd ihre Hand hält. »Meinst du, es geht?«

Statt einer Antwort kommt nur ein Schluchzen zurück. Aber nach einer Weile nickt sie und ich helfe ihr, in den Raum hinter der Tür zu kommen. Rasch versuche ich, mir ein Bild davon zu machen, was uns darin erwartet. In der Mitte steht ein Ei, das etwa zwei Schritt Durchmesser hat. Ansonsten ist der Raum kahl und von grauem Stein umgeben, wie der Rest der Arena. Lediglich zwei Fackeln tauchen unsere Umgebung in schummriges Licht und lassen unsere Schatten wie Gespenster an den Wänden tanzen.

Vorsichtig nähern wir uns dem Ei, an dem wir vorbei müssen, wenn wir zur Tür auf der anderen Seite gelangen wollen. Ich lasse es nicht aus den Augen und ahne, dass uns noch eine unangenehme Überraschung droht.

Als wir es gerade umrundet haben, beginnt sich die Schale in Feuer aufzulösen und bröckelt als Asche auf den Boden. Für einen Moment sind wir von der plötzlichen Helligkeit der züngelnden Flammen geblendet. Dann spüre ich, dass sich etwas verändert hat. Aber durch den dichten Rauch, der von der Asche aufsteigt, kann ich nichts erkennen.

Auf einmal ertönt ein schriller Schrei.

Bevor wir reagieren können, taucht der riesige Kopf eines Vogels mit rotem Gefieder, an dem kleine Flammen züngeln, zwischen den Rauchwolken auf. Dahinter bahnt sich sein Körper einen Weg durch den dichten Qualm.

Ich stoße einen Laut des Entsetzens aus. Der gesamte Körper des Vogels scheint aus Feuer zu bestehen – seine Federn stehen in Flammen, die ihn jedoch nicht zu verbrennen scheinen. Im Gegenteil – seine riesigen Schwingen breiten sich aus und versprühen einen Funkenregen.

Ich ducke mich unwillkürlich. Seine Augen lodern fast weiß und sein Schweif zieht eine Feuerfontäne nach sich. Mit einem scharfen Schnabel, der an einen Adler erinnert, pickt er voller Wut nach uns. Kleine Rauchwolken steigen aus seiner Kehle auf.

Im Raum ist es nun so heiß, dass mir der Schweiß den Rücken herunter rinnt und meine Lungen zu brennen beginnen. Nein, dieses Monster ist keine Illusion, wie bei meinen Übungen mit Reyvan, sondern ganz und gar real – eine Beschwörung.

»Ein Ardras«, keucht Goe und versucht, davonzurennen.

Dem wütenden Schrei des Ardras nach zu urteilen, gefällt es ihm ganz und gar nicht, dass seine Beute sich davonmachen will und er nimmt die Verfolgung auf.

»Goe, pass auf!«, rufe ich ihm überflüssigerweise hinterher.

Aber der kleine Diener reagiert nicht auf mich, sondern versucht verzweifelt, zur Tür zu gelangen, um schnellstmöglich aus dem Raum zu fliehen. Der Ardras, der nun bereits gefährlich nahe bei ihm ist, hackt mit Schnabel und spitzen Krallen nach dem Jungen, dessen Haar sofort Feuer fängt, noch ehe er die rettende Türe erreicht hat.

Ich bin wie gelähmt vor Schreck, unfähig etwas zu tun – und zucke zusammen, als Tascha an mir vorbei auf den Vogel zu rennt. Sie hat ihre unversehrte linke Hand um das Amulett gekrallt und ihr Körper beginnt, in Feuer aufzugehen, welches sie jedoch nicht zu verbrennen scheint.

»He, du hässliches Ding!«, schreit sie der Bestie zu. »Gehst wohl gerne auf kleine Menschen los, wie? Versuch es doch mal mit mir!«

Der Ardras stutzt – offenbar hat ihn noch nie jemand hässlich genannt – und wendet verärgert seinen Kopf der Dienerin zu. Seine Augen schauen wie zwei glühende Kohlen auf Tascha herunter, deren Körper nun vollständig in züngelnden Flammen steht. Sie lässt das Amulett los und reißt stattdessen das kleine Messer, das uns die Magier gegeben haben, aus ihrem Hosenbund hervor. Bevor der Vogel sich schützen kann, sticht sie auf ihn ein und trifft ihn in die Flanke. Der Ardras kreischt vor Überraschung und Schmerz laut auf und wirft seinen Körper zornig herum.

Dann beginnt er wutentbrannt, auf seine Gegnerin einzuhacken und mit seinen Klauen nach ihr zu schlagen. Tascha weicht den messerscharfen Krallen und dem Schnabel geschickt aus und duckt sich unter seinem Hals hindurch. Goe nutzt die Gelegenheit, reißt die Tür auf und rennt in den Gang dahinter. Ich sehe, wie er gleichzeitig sein Haar zu löschen versucht.

Ich stehe immer noch wie angewurzelt da und weiß nicht, ob ich kämpfen oder fliehen soll. Mein Puls rast und mir ist halb schwindelig von der Hitze, die der brennende Körper des Vogels versprüht.

Gerade als ich aus meiner Taubheit erwache und beschließe, Tascha zu Hilfe zu eilen, rennt diese um den Vogel herum, sodass er ihr mit seinem Kopf folgen muss. Dabei senkt er ihn so weit herunter, dass er in Reichweite der Dienerin kommt. Diese ergreift ihre Chance und sticht ihm das Messer in das rechte Auge. Keine Sekunde zu früh, der Feuerzauber, den Tascha durch das Amulett aktiviert hat, beginnt bereits zu erlöschen.

Ein markerschütternder Schrei erklingt, der den gesamten Raum erbeben lässt. Dann geht der Vogel in hohen Flammen auf, die ihn verschlingen. Binnen eines Augenblicks ist nur noch ein kleiner Aschehaufen von dem riesigen Tier übrig.

»Schnell, bevor er wieder zum Leben erweckt wird!«, ruft Tascha mir zu und rennt durch die Tür, Goe hinterher.

Ich werfe einen Blick auf den Haufen Asche, der sich bereits wieder zu einem Ei formt, das erstaunlich rasch wächst. Ohne die Wiedergeburt des Ardras abzuwarten – solch einem Monster möchte ich lieber nicht zweimal begegnen – renne ich Tascha nach und werfe die Tür hinter mir ins Schloss.

Kapitel 16

Vor mir an der Wand lehnen Goe und Tascha keuchend und mit Ruß beschmiert.

»Danke!«, keucht Goe atemlos und meint damit Tascha, nicht mich, die ich feige daneben gestanden habe, während sie ihr Leben für ihn aufs Spiel setzte.

»Gern geschehen«, sie streicht ihm über das braune Haar, das stellenweise bis auf die Kopfhaut verbrannt wurde und immer noch leicht qualmt.

Ich werfe einen Blick nach rechts und links und erkenne mit Erleichterung, dass weit hinten, am Ende des Ganges zu unserer Linken der Zielbereich – das goldene Tor – liegt. Es ist hell erleuchtet und ich gehe einige Schritte darauf zu.

In dem Moment ertönt zu unserer Rechten ein ohrenbetäubender Lärm. Wir drehen uns panisch um und sehen zu unserem Entsetzen eine Feuerwalze, die den gesamten Gang ausfüllt und unaufhaltsam auf uns zurollt. Sie treibt eine sengende Hitze vor sich her, die uns binnen Sekunden einhüllt.

Oje, was denken sich diese Feuermagier denn noch alles aus? Ohne zu überlegen, rennen wir los. Etwa zweihundert Schritt vor uns ist das Ziel, das goldene Tor. Nur ein paar Sekunden noch, dann sind wir dort und haben den ersten Turniertag überlebt. Die Feuerwalze rückt jedoch gefährlich schnell näher.

Das körperliche Training mit Reyvan macht sich jetzt bezahlt, ich kann rasch eine beträchtliche Distanz zwischen mich und die Walze bringen. Goe und Tascha jedoch scheinen weniger gut trainiert zu sein. Vor allem Goe fällt immer weiter zurück. Schließlich stolpert er über seine Füße und fällt hin, als wir noch nicht einmal die Hälfte der Distanz hinter uns gebracht haben.

Hin und her gerissen zwischen dem Wunsch, dieses furchtbare Turnier hinter mich zu bringen und dem schlechten Gewissen, Goe schon wieder im Stich zu lassen, halte ich schließlich an und renne zurück.

Tascha läuft weiter auf das Ziel zu. Die Kraft ihres Amuletts ist verbraucht, es baumelt trüb um ihren Hals, und sie wäre daher schutzlos dem verzehrenden Feuer ausgeliefert.

Als ich bei Goe ankomme, ist die Feuerwalze gerade noch drei Schritt entfernt. Ich fasse mein Amulett an und spüre, wie sich mit ungeheurer Geschwindigkeit Hitze in mir ausbreitet. Meine Haut beginnt buchstäblich zu brennen und kleine Funken tanzen darüber, aber ich verbrenne nicht. Goe hat es mir gleich getan und steht nun ebenfalls in Flammen.

Ich helfe ihm auf die Beine, aber sein Knöchel scheint verstaucht zu sein. Er kann nur humpeln. Die Feuerwalze verschlingt uns wie ein hungriges Tier. Ein betäubender Lärm umgibt uns.

Nur ein paar Sekunden, dann hält der Schutz unserer Amulette nicht mehr an und wir werden beide verbrennen. Wir müssen schneller sein als diese Walze.

In einem Anflug von Panik werfe ich mir Goe über die Schulter und renne los. Irgendwo vor uns, hinter der Flammenwand, ist das Tor, wo wir in Sicherheit sind. Ich muss es nur bis dorthin schaffen.

Goe ist zwar klein und dünn, aber sein Körper hat trotzdem ein überraschendes Gewicht. Meine Arme beginnen zu zittern. Hinzu kommt, dass ich in der Feuerwalze nicht richtig atmen kann, meine Lungen brennen im wahrsten Sinn des Wortes und die tosenden, kreischenden Flammen drohen mir den Verstand zu rauben.

Ich muss aus diesem Feuer raus. In Sicherheit.

Es kommt mir vor, als würde ich schon stundenlang in dem Feuer rennen, obwohl es in Wirklichkeit nur ein paar Sekunden sein können, da der Schutz des Amuletts erstaunlicherweise immer noch anhält.

Da endlich, ich springe aus den Flammen heraus, lasse die Walze hinter mir. Wie gierige Hände schnappen die Feuerzungen nach meinen Beinen und Haaren. Ich lege nochmals meine letzte Energie in meine Anstrengung. Meine Muskeln brennen, mein Atem geht nur noch stoßweise.

Da sehe ich durch den Rauch und die Hitze des Feuers das goldene Tor direkt vor mir flimmern. Ich halte darauf zu, bin mir gleichzeitig jedoch schmerzhaft der Feuerwalze, die mit ungebremster Geschwindigkeit hinter mir her rollt, bewusst. Der Schutz des Amuletts ist verpufft und meine Haut beginnt, schmerzhafte Blasen zu werfen von der glühenden Hitze, die nun im Gang herrscht.

Noch ein paar Schritte, dann sind wir in Sicherheit. Ich renne um mein Leben – und pralle mit voller Wucht gegen das Tor, das unter diesem plötzlichen Stoß aufspringt.

Ich stolpere in den Raum, Goe immer noch über meiner Schulter. Kraftlos sinke ich auf die Knie und nehme am Rande meines Bewusstseins gerade noch wahr, wie Goe auf den Boden gleitet. Stimmengewirr ist um mich herum zu hören. Applaus ertönt von irgendwo her und Hände strecken sich helfend nach mir aus. Dann verschlingt mich eine tröstende Dunkelheit.

Ich muss lange Zeit bewusstlos gewesen sein. Als ich wieder zu mir komme, scheint die Abendsonne durch ein winziges Fenster. Ich blinzle. Mir ist gar nicht aufgefallen, dass heute ein sonniger Tag war – schießt es mir unsinnigerweise durch den Kopf.

Ich stöhne. Mein Körper schmerzt und ich spüre jeden Muskel, als sei er tausendfach zerrissen. Langsam versuche ich, meine Arme und Beine zu bewegen und bin erstaunt, dass es mir gelingt.

Wo bin ich? Das Turnier kommt mir wieder in den Sinn; Bilder von Flammen, Gerüche von versengtem Haar, verbrannter Haut – meiner Haut. Tascha, Goe, Kalus und Jita … leben sie noch?

Ich versuche mich aufzurichten, um mich umzuschauen. Da legt sich eine Hand mit sanftem, aber bestimmtem Druck auf meine Brust und zwingt meinen Körper, sich wieder hin zu legen. Ich gebe dem Druck nach und seufze. Ich will doch nur aufstehen und wissen, wo ich bin. Wo die anderen sind.

»Schhhh«, flüstert eine Stimme nahe an meinem Ohr und ein Finger streicht sanft über meine Wange.

Ich öffne meine Augen. Ein vertrautes Gesicht erscheint lächelnd über mir. Die Abendsonne lässt sein Haar wie flüssiges Gold erscheinen.

»Reyvan«, krächze ich.

Meine Stimme hört sich an wie Schmirgelpapier und ich huste.

»Ja, ich bin's meine Kleine.«

Er gibt mir einen leichten Kuss auf die Stirn und hält einen Becher mit köstlichem Wasser an meinen Mund, das meinen Hustenreiz lindert.

»Du solltest liegen bleiben. Nach allem, was du heute durchgemacht hast, ist dein Körper zerschunden – auch wenn die Heiler ihn wieder einigermaßen hingekriegt haben.«

Ich kann nicht glauben, dass er hier ist. Dass er zu mir gekommen ist – zumal es doch streng verboten ist, mit uns auserwählten Dienern zu sprechen …

»Wie bist du …?«, beginne ich.

Er legt einen Finger auf meinen Mund. »Hier hinein gekommen?«, vollendet er meinen Satz.

Ich nicke leicht. Mein Kopf schmerzt.

»Nun ja, mein Onkel, der lange als Spion gearbeitet hat, hat mir so ein paar Tricks beigebracht«, sagt er mit schiefem Lächeln.

In diesem Elf steckt wirklich mehr, denke ich nicht zum ersten Mal.

»Aber du darfst gar nicht hier sein, Reyvan!«, protestiere ich leise, als er seinen Finger von meinem Mund über mein Kinn wandern lässt.

»Ich musste doch schauen, ob es dir gut geht, oder?«, sein Lächeln wird breiter. »Du hast es denen ganz schön gezeigt, Cíara.« Seine Stimme klingt anerkennend.

»Was ist mit den anderen? Leben sie?« Ich muss es wissen.

Reyvan kann mir nicht in die Augen schauen – ein schlechtes Zeichen. »Tja …«, er nestelt an meiner Bettdecke herum. »Leider hatte Kalus nicht so viel Glück wie du.«

»Was?«, ich bin fassungslos und greife nach seiner Hand, trotz dem Protest meines Körpers. »Was ist mit ihm passiert?«

»Nun…«, er seufzt, was mich das Schlimmste erahnen lässt. »Ihn hat ein Feuerball schwer erwischt. Die Hälfte seines Körpers war verbrannt und schwarz. Die Heiler konnten ihn nicht mehr retten.«

Er schweigt und streichelt meine Hand, die anstelle der hässlichen Brandblasen nur noch rote Male aufweist und empfindlich ist.

Kalus tot. Das kann nicht sein.

Ich starre taub an die Decke über mir und kann einen Moment lang keinen klaren Gedanken fassen. Ein ganz kleiner Teil von mir hatte bis eben gehofft, dass die Magier es nicht so weit kommen lassen, dass jemand von uns tatsächlich stirbt. Aber dass es bereits am ersten Tag passiert, und Kalus auf solch grausame Weise umkommt, ist umso schockierender.

Auch wenn ich ihn kaum kannte, dieses Schicksal hat er nicht verdient. Bei dem Gedanken, dass ebenso gut ich an seiner Stelle hätte sein können, wird mir schlecht. Reyvan wischt eine Träne, die mir über die Wange rinnt, mit dem Daumen weg.

»Kleine, ich bin so froh, dass du lebst«, flüstert er.

Ich starre weiterhin an die Decke. Der Schock, dass tatsächlich jemand gestorben ist, sitzt tief.

»Was ist mit den anderen? Jita, Tascha und Goe?«, frage ich nach einer Weile, als ich mich wieder einigermaßen gefangen habe.

»Denen geht es den Umständen entsprechend so gut wie dir«, antwortet er.

Immerhin. Dann hat sich meine hirnverbrannte Aktion, Goe zu retten, doch gelohnt.

Ich schließe die Augen und bin auf einmal müde.

»Ich lasse dich nun schlafen, Cíara. Ich liebe dich«, flüstert Reyvan in mein Ohr.

Ehe ich ihm antworten kann, bin ich eingeschlafen.

Am nächsten Morgen werde ich früh von einer Dienerin geweckt. Reyvan ist irgendwann in der Nacht wieder gegangen, ohne dass ich es bemerkt habe. Ich hätte wohl kaum mit ihm fliehen können, Alvaras hat uns eingeschärft, dass unsere Quartiere scharf bewacht werden. Ich habe keine Ahnung, wie der Elf an diesen Wachen vorbeigekommen ist.

Mein Körper schmerzt von den Strapazen vom gestrigen Tag und ist übersät mit roten Flecken, die von den Brandblasen stammen. Die Haut an diesen Stellen zieht zwar leicht, schmerzt aber glücklicherweise nicht mehr.

Heute steht das Turnier des Luftzirkels an. Die Kleider – schwarze Hosen und eine grüne Bluse – liegen neben meinem Bett. Ich ziehe mich an und mache mich auf die Suche nach dem Frühstücksraum, der sich in demselben Gebäude wie unsere Quartiere befindet. Vor meiner Tür steht ein Kampfmagier, Alvaras hat uns also nicht belogen, wir werden bewacht.

Ich bin die Erste, die den Frühstücksraum betritt. Auf dem Tisch stehen Brot, Rührei, Speck, Butter, Konfitüre und einige Früchte. Ein erstaunlich gutes und großzügiges Frühstück. Aber ich habe gar keinen Hunger.

Dennoch zwinge ich mich dazu, von allem etwas auf einen Teller zu geben und beginne zu essen.

Einige Minuten später erscheint Tascha. Sie sieht müde und mitgenommen aus. Ihre Hand ist immer noch verbunden und sie lächelt mich flüchtig an, bevor sie sich mir gegenüber an den Tisch setzt und lustlos ein Brötchen isst. Keine von uns spricht über den gestrigen Tag.

Auch als Goe und Jita herein kommen, entwickelt sich kein Gespräch. Was gäbe es auch zu sagen? Wir alle wissen, dass wir heute das Schicksal von Kalus teilen könnten. Dass wir gestern einfach unglaubliches Glück gehabt haben, worauf wir heute nicht zwingend hoffen dürfen.

Bei dem Gedanken, dass Taros und seine Freunde mich heute mit irgendwelchen Zaubern reinlegen, vergeht mir der Appetit. Ich lege das Brot, das ich soeben mit Butter und Konfitüre bestrichen habe, weg.

Nach einer Stunde werden wir von Alvaras abgeholt. Wir folgen ihm schweigsam in die Arena. Wie gestern haben wir nun im Startbereich Zeit, um uns auf das Turnier vorzubereiten. Wir fühlen uns aber alle viel zu energielos und setzen uns nach einer Weile einfach auf den Boden.

Wieder liegen kleine Messer für uns bereit. Gestern wurden sie uns nach dem Feuerturnier abgenommen, damit wir niemanden verletzen oder uns gar den Weg in die Freiheit erkämpfen können.

Keiner sagt ein Wort und wir warten, bis die Zeit gekommen ist und wir die Stimme des Zirkelleiters hören, die den Start des Turniers verkündet. Die Zeit zieht sich jedoch nur schleppend dahin und ich werde immer nervöser.

Endlich ertönt Xenos' Stimme. Wir fahren unwillkürlich zusammen und heben den Kopf. Über uns ist jedoch nur der graue Winterhimmel zu sehen.

»Liebe Zuschauer, gestern haben uns die Jungmagier ihr Können gezeigt und wir durften einen einzigartigen Auftakt des magischen Turniers erleben!«

Ich schnaube über sein Eigenlob – er hat ja selbst die Zauber mitgewirkt – und werde wütend. Kein Wort über Kalus' Tod! Sie behandeln uns wie Vieh, das vorgeführt wird und dessen Leben weniger Wert als das einer Maus ist.

Aber Xenos fährt fort: »Natürlich seid ihr alle gespannt, wie die Bewertungen für die Diener, die im gestrigen Turnier assistiert haben, ausgefallen sind. Auf dem ersten Platz ist momentan Tascha. Sie hat fünf Punkte erhalten. Den zweiten Platz belegt Alia mit vier Punkten, danach folgen Goe mit drei und Jita mit zwei Punkten.«

Neben dem darauffolgenden Applaus sind auch herzhafte Flüche zu hören. Anscheinend haben einige der Zuschauer ihre ersten Wetten verloren. Ich knurre ärgerlich.

»Heute werden die Jungmagier des Luftziegels zeigen, was sie hier im Magierzirkel von Lormir gelernt haben. Ich kann euch versprechen, dass es auch heute nicht langweilig wird!« Xenos' Stimme hört sich selbstgefällig an, was meinen Zorn noch schürt.

Will ich diesem aufgeblasenen Magier überhaupt als persönliche Dienerin hinterherrennen? Für einen Moment bin ich versucht, alles hinzuschmeißen und mich heute töten zu lassen. Aber dann fällt mir wieder ein, dass er versprochen hat, mir meine Familie zu zeigen. Dafür lohnt es sich allemal, hier zu überleben. Dafür ... und für Reyvan.

»Und nun, möge das Turnier des Luftzirkels beginnen! Die Luft ist klar, der Pfeil schnell, das Leben kurz!«

Wie recht er mit dem letzten Satz hat ... ich muss an Kalus denken, der so jung und sinnlos gestorben ist. Unvermittelt läuft mir ein Schauer über den Rücken.

Wir warten, bis sich das goldene Tor öffnet und Xenos hindurch kommt. Er schreitet gewohnt feierlich auf uns zu. Wahrscheinlich wird auch dies auf das Bild oben übertragen, denn er lächelt uns an, obwohl er keinen Grund dazu hat.

»Auch heute habe ich etwas für euch, das euer Überleben sichern kann.«

Er zieht vier kleine Ampullen mit einer durchsichtigen Flüssigkeit darin aus seiner Tasche und reicht jedem von uns eine davon. Sie sind an einer Schnur befestigt, die wir um den Hals legen können.

»Dies ist eine magische Flüssigkeit, die euer Gewicht vervielfacht, damit ihr am Boden haften bleibt – allerdings nur für zehn Sekunden.«

Super. Und wie genau soll uns das helfen, wenn wir von Pfeilen attackiert werden?

Ich schaue die Ampulle in meiner Hand verständnislos an. Aber es bleibt keine Zeit für Fragen. Mit einem »viel Glück!« hat sich Xenos schon wieder von uns abgewandt und ist durch die Tür verschwunden.

Wir schauen uns an. Keiner weiß so recht, was das zu bedeuten hat. Ich hatte angenommen, wir würden wie Wild von Pfeilen durch irgendeinen Wald gejagt und von fiesen Illusionen attackiert – das ist ja die Spezialität des Luftelements. Aber offenbar wird uns etwas anderes erwarten.

Draußen sind wieder begeisterte Rufe zu hören, als die Magier mit ihren Zaubern beginnen und das Turnier vorbereiten. Es ist kaum auszuhalten, hier einfach nur rum zu stehen und zu warten.

Jita, die ja das Element Luft beherrscht, scheint heute weniger neben sich zu stehen als sonst. Sie wirkt geradezu konzentriert und betrachtet die Ampulle in ihren Händen sorgfältig. Ich habe es längst aufgegeben, mit ihr ein normales Gespräch führen zu wollen.

Ihr graues, wirres Haar hängt ihr in fettigen Strähnen über die Schultern und ihre ebenso grauen Augen schauen die meiste Zeit durch einen hindurch. Dass sie eine Tochter hat, die sie zu sehen wünscht, habe ich erst gestern von Xenos erfahren. Das hat mich verwundert. Ich hatte gedacht, dass sie eine alte Jungfer sei, die durch irgendeinen Schicksalsschlag den Verstand verloren hat. Wo ist diese Tochter, wenn nicht im Zirkel? Und warum lebt sie von ihr getrennt?

Ich werde von Taschas Aufschrei aus meinen Gedanken gerissen, als sich das goldene Tor öffnet.

Keiner von uns will als Erster hindurch, trotzdem nähern wir uns vorsichtig der Öffnung.

Ich bin die Erste, die schließlich die Arena betritt. Eigentlich hatte ich erwartet, wie gestern in einen Raum zu gelangen. Stattdessen finde ich mich in einem Wolkenhimmel wieder. Unvermittelt muss ich an meinen Besuch im Anbau des Luftzirkels mit Reyvan denken. Überall sehe ich nebelartige Gebilde, in allen Formen und Größen. Meine Füße stehen auf einer weichen Wolkendecke und meine Haare kräuseln sich leicht an den Schläfen, als mich eine Wolke streift. Meine Sicht wird durch diesen dichten Nebel rund um mich herum behindert und ich kann nur ein paar Fuß weit sehen. Es ist so still und schön hier … aber das täuscht bestimmt.

Vorsichtig gehe ich weiter. Tascha ist direkt hinter mir, dann kommen Goe und Jita. Irgendwo vor uns muss der Zielbereich sein. Es ist jedoch schwierig, zwischen all diesen Wolken, die uns nun vollständig umgeben, die Orientierung zu behalten. Ich gehe ein paar Schritte weiter und versuche, genau auf das Ziel zuzuhalten.

Wir müssen ungefähr fünfhundert Schritt in diese Richtung gehen, dann ist es geschafft. Aber wer weiß, was sich in den Wolken noch alles für Gefahren verbergen. Gerade als ich diesen Gedanken aussprechen will, passiert es. Vor uns teilt sich eine Wolke, durch die ich eben hindurchgehen wollte, und gibt den Blick auf eine größere, wolkenlose Fläche frei.

Jede Faser meines Körpers warnt mich davor, weiterzugehen. Aber es nützt ja nichts, wir müssen über diese Fläche oder zumindest an deren Rand entlang, um auf die andere Seite zu gelangen. Tascha hinter mir zieht hörbar die Luft ein. Auch ihr scheint das Ganze nicht geheuer zu sein.

Langsam tasten wir uns den Rand der Fläche entlang. Nichts auf der Welt hätte mich dazu gebracht, sie direkt zu überqueren. Ich habe gestern gelernt, äußerst vorsichtig zu sein mit harmlos aussehenden Böden.

Gerade als wir bis zur Hälfte an der Fläche vorbei sind, ertönt ein wütendes Brüllen über uns. Wir heben die Köpfe und erstarren vor Schreck. Tascha schreit laut auf und Goe beginnt zu rennen, während Jita gleich gelähmt ist wie ich.

Über uns baut sich ein leibhaftiger Drache zu seiner vollen Größe auf.

Sein Körper scheint aus Nebel zu bestehen, trotzdem ist er nicht durchsichtig. Seine gewaltigen Flügel haben mindestens eine Spannweite von zwanzig Schritt und sehen aus, als ob ein Sturm darauf wütet. Aus seinem Maul speit er Blitze, die gefährlich nahe neben uns einschlagen.

Ein Luftdrache.

Ich hatte davon gehört, dass es in Altra Drachen gibt, allerdings noch nie selbst einen gesehen. Sie leben zurückgezogen in den Gebirgen. Dieser hier scheint jedoch höchst angriffslustig und keineswegs Menschenscheu zu sein. Ich bezweifle stark, dass er sich von meinem kleinen Messer beeindrucken lassen wird.

Er schlägt zornig mit seinen Flügeln und ich falle, von einer Druckwelle getroffen, zu Boden. Gleich darauf werde ich in die Höhe gehoben, als eine Wolke unter mir aufwirbelt. Ich kann gerade noch denken, dass ich wohl als Nächstes irgendwie auf dem Wolkenboden aufschlagen werde, als dies auch schon geschieht.

Mein Körper wird erbarmungslos hin und her geschleudert im Strudel, den die Flügel des Drachen verursachen. Auch dass die Wolken an sich weicher als ein Steinboden sind, hilft nicht allzu viel. Die Wucht, die auf meinen Körper einwirkt, ist so gewaltig, dass jeder Schlag schmerzt.

Wolken wirbeln um mich herum, durchzuckt von Blitzen. Wenn mich einer davon trifft, werde ich tot sein.

Ich erhasche einen Blick auf die anderen, die ebenfalls hin und her geworfen werden und erfolglos versuchen, auf dem Boden zu bleiben. Ich komme mir vor wie in einem Luftstrudel, hilflos den Kräften des Himmels ausgeliefert.

Mit einem weiteren Luftstoß werde ich über den Kopf des Drachen geschleudert. Das Monstrum schnappt nach meinem Arm, der seinem Maul gefährlich nah kommt. Ich kann mich in letzter Sekunde noch von seiner schuppigen Nase abstoßen und werde wie ein Ball davongeschleudert. Gellende Blitze folgen meiner Flugbahn, verfehlen mich aber um Haaresbreite.

Da kommt mir die Ampulle in den Sinn, die immer noch um meinen Hals baumelt und mir schmerzhaft gegen die Brust schlägt. Ich versuche, sie zu öffnen, werde aber gleich darauf so hart zu Boden geschleudert, dass mir die Luft wegbleibt.

Mit zitternden Fingern nestle ich am Verschluss herum, als eine nächste Windböe mich droht, wieder in die Luft zu heben. Im letzten Augenblick kann ich die Ampulle öffnen und nehme einen großen Schluck der klaren Flüssigkeit. Sie schmeckt eigenartigerweise nach gar nichts, aber die Wirkung setzt direkt ein.

Mit einem Mal kann mir der Sturm, der vom Drachen ausgelöst wurde, nichts mehr anhaben. Ich bleibe mit beiden Beinen fest auf dem Wolkenboden stehen.

Kapitel 17

Ohne lange zu überlegen, beginne ich zu rennen. In welche Richtung weiß ich nicht, einfach weg von diesem Drachen. Die drei anderen Diener kann ich im Sturm nicht erkennen, höre aber ihre Schreie. Hoffentlich kommen sie auch auf die Idee, die Ampulle zu trinken.

Erst als ich in sicherer Entfernung von der Bestie bin, bleibe ich stehen und versuche, mich irgendwie zu orientieren. Wohin muss ich nur? Alles um mich herum ist grau und neblig. Hinter mir höre ich immer noch die Blitze einschlagen. Das heißt, ich muss in die entgegengesetzte Richtung – wahrscheinlich. Jedenfalls wird dieses Wolkenfeld bestimmt irgendwann ein Ende haben. Dann muss ich mich einfach an der Wand der Arena entlang tasten, bis ich zum Ausgang komme.

Mein linker Arm schmerzt auf einmal entsetzlich und als ich hin sehe, wird mir fast schlecht. Ein Knochen steht mitten aus dem Unterarm heraus. Als ich jetzt an mir herunter schaue, sehe ich, dass überall Blut an meinen Kleidern ist – mein Blut. Welches weiterhin ungehindert aus der tiefen Wunde tritt.

Ich versuche, die Blutung zu stoppen, indem ich den Oberarm mit einem Fetzen Stoff meiner Bluse abbinde. Dann lege ich einen weiteren Verband um den offenen Bruch. Die Schmerzen, rauben mir fast das Bewusstsein, als ich den Knochen berühre.

Aber es bringt nichts, ich muss weiter. Muss das Turnier hinter mich bringen. Ich versuche, die pochenden Schmerzen in meinem Arm irgendwie zu ignorieren. Trotzdem wird mir nach ein paar Schritten schlecht und ich muss mich übergeben. Mir wird schwarz vor Augen, aber ich taumle weiter.

Als ich wieder einigermaßen klar sehen kann, habe ich keine Ahnung mehr, wo ich bin. Der Lärm, den der Drache verursacht hat, ist leiser geworden und kaum mehr einer Richtung zuzuordnen.

Ich beschließe, weiter in die Richtung, die ich eingeschlagen habe, zu gehen. Im schlimmsten Fall gelange ich zurück zum Zielbereich. Aber dann weiß ich wenigstens, wo der Drache lauert.

Es kommt mir vor, als sei ich bereits eine Viertelstunde unterwegs. Eigentlich müsste ich längst am Ziel angekommen sein. Trotzdem erstreckt sich vor mir weiterhin eine endlose Wolkendecke. Immer, wenn ich durch eine Wolke hindurch gegangen bin, erscheint eine Neue. Rechts und links ebenso, es ist zum Verzweifeln. Vielleicht gehe ich sogar im Kreis? Ich bleibe stehen und versuche, mich nochmals zu orientieren. Ich habe mich wirklich hoffnungslos verirrt.

Plötzlich wird die Wolkendecke vor mir durchbrochen. Im ersten Moment begreife ich nicht, was ich da vor mir habe. Es bewegt sich in rasender Geschwindigkeit auf mich zu.

Solch ein Wesen habe ich noch nie gesehen. Es ist durchsichtig und trotzdem kann ich Konturen erkennen. Seine Gestalt gleicht der eines Menschen, aber seine Augen sind weiß. Es scheint zu schweben und doch zu gehen. Das Haar ist lang und ebenso durchsichtig wie der Rest des Körpers, der aus hellen Luftstrudeln besteht. Ich weiche ängstlich zurück.

Was ist das für ein Wesen? Ein Luftelementar? Ich hatte mit allem gerechnet, aber nicht mit dem. Reyvan hatte mir erklärt, dass Elementare schwer einzufangen und noch schwerer zu beschwören sind. Diese Kreaturen gelten als die Diener der Götter. Es muss die Magier viel Kraft gekostet haben, den Drachen *und* dieses Elementar zu beschwören und im Griff zu behalten. Geschweige denn, sie zurück zu schicken, sobald sie nicht mehr benötigt werden.

Das Wesen schaut mich mit seinen weißen Augen an und mir gefriert das Blut in den Adern, als es seine scharfen Zähne entblößt. Ich kann nicht zuordnen, ob es mir böse oder gut gesinnt ist.

Es bleibt vor mir schweben und umrundet mich langsam. Ich beschließe, dass es gesünder für mich ist, wenn ich einfach stehen bleibe und ihm gewähre, mich von allen Seiten zu mustern, um seine Neugier zu stillen. Die Schmerzen in meinem Arm sind entsetzlich und kaum noch zu ertragen. Trotzdem bleibe ich möglichst ruhig.

Meinen Trank habe ich bereits verbraucht, der würde mir aber in dieser Situation auch nicht viel nützen, ebenso wenig wie das Messer, das wahrscheinlich direkt durch das Elementar hindurch dringen würde.

Langsam beginne ich, mich auf eine nahe schwebende Wolke zuzubewegen, um darin verschwinden zu können. Das Elementar scheint zu merken, was ich vorhabe. Es stößt einen Zischlaut aus und ich bleibe abrupt stehen, was es zu schätzen scheint. Zumindest stellt es sein Zischen sofort ein.

Wie komme ich nur aus dieser Situation heraus? Ich brauche unbedingt einen Heiler für meinen Arm, dessen Schmerzen mir fast die Sinne rauben. Mir fällt schlussendlich nichts Besseres ein, als mit dem Wesen zu sprechen.

»Hallo, mein Name ist Alia, wer bist du?«

Fast vermeine ich zu spüren, wie das Publikum draußen grölt, auch wenn ich es hier in der Arena natürlich nicht hören kann. Aber das ist mir jetzt egal. Ich muss weg, raus aus dem Turnier, sonst stöbert mich der Drache noch auf. Zu meiner Überraschung antwortet mir das Wesen mit einem Rauschen, das irgendwo aus seinem durchsichtigen Körper herzukommen scheint.

Ich kann es leider nicht verstehen und hebe hilflos die Schultern.

Es streckt die weiße Hand aus und greift nach meiner Ampulle, die nutzlos an der Schnur um meinen Hals hängt.

Ich verstehe. Es möchte sie haben – oder fragt sich zumindest, was es ist.

Also streife ich die Schnur über meinen Kopf und lege das Gefäß sorgfältig in die durchsichtige Hand des Wesens. Im ersten Moment erwarte ich, dass es durch sie hindurch zu Boden fällt, aber es hält sie fest, schließt seine langen Finger darum und führt sie zu seinen Augen. Lange betrachtet es das Ding, wendet es in seinen Händen hin und her. Dann scheint es entschieden zu haben, dass es das unfreiwillige Geschenk behalten will. Es wendet sich ab und verschwindet in der nächsten Wolke.

Ich bleibe verwirrt zurück. Bin ich gerade noch mal dem Tod entronnen?

Ich beschließe, besser meinen Weg fortzusetzen, als mir weitere Gedanken darüber zu machen.

Vorsichtig taste ich mich weiter durch die Wolkenwand. Jedoch begegnen mir weder ein Drache noch weitere Elementare.

Von Weitem höre ich einen spitzen Schrei. Wer es war, kann ich nicht zuordnen. Trotzdem beschleunige ich meine Schritte, in eine andere Richtung als die, aus der der Schrei kam.

Ich bin bestimmt schon eine halbe Stunde unterwegs. Mein Arm schmerzt furchtbar und mehrmals drohe ich das Bewusstsein zu verlieren.

Als ich schon gar nicht mehr daran glaube, durchbreche ich eine Wolkenwand und stehe vor einem goldenen Tor. Ich bete zu allen vier Göttern, dass es sich um den Zielbereich handeln möge, und stoße es auf.

Ohne Widerstand gibt es nach und ich trete hindurch. Vor mir sehe ich mehrere Menschen und einige Heiler, die auf mich zukommen. Eine Bahre liegt bereit und ich werde darauf gebettet. Ein Heiler sieht sich meine Armverletzung an und gibt mir einen Trank, der mich in vollkommene Finsternis verbannt, ehe ich richtig begriffen habe, dass das Turnier der Luftmagier für mich vorbei ist.

Ich liege wieder in meinem Zimmer und starre an die Decke. Mein Arm ist eingebunden, er wurde von den Heilern gerichtet und das Fleisch wieder zusammengefügt. Trotzdem spüre ich ein leichtes Pochen, als ich ihn anhebe.

Wird das nun jedes Mal so sein? Dass ich nach jedem Turniertag bewusstlos zusammengeflickt werde und hier im Zimmer aufwache?

Reyvan ist zu meiner Enttäuschung weit und breit nicht zu sehen. Zu gerne würde ich mit ihm sprechen, erfahren, was mit den anderen Dienern passiert ist.

Nach einer Weile beginne ich, mir Sorgen zu machen. Ich weiß, dass er sich von nichts auf der Welt aufhalten lassen würde, mich zu besuchen. Von fast nichts. Ich muss an Xenos denken. Hoffentlich weiß er nicht, in was für einer Beziehung ich zu dem Elf stehe.

Aber auch Stunden später taucht Reyvan nicht auf. Als ich versuche, mein Zimmer zu verlassen, ist es verschlossen und das Fenster ist viel zu klein, als dass ich hindurchpassen würde. Ich bin eine Gefangene.

Ich lege mich wieder auf das Bett und dämmere vor mich hin. Neben mir stehen ein köstlich riechendes Brot und ein saftiges Stück Schweinebraten. Aber ich habe keinen Hunger. Ich trinke nur etwas von dem Wasser, das in einem Krug neben meinem Bett steht, dann schlafe ich ein.

Es ist spät in der Nacht, als ich aus einem Albtraum erwache, an den ich mich jedoch nur schemenhaft erinnern kann. Ich weiß nur noch, dass Drachen und Feuer darin vorkamen.

Ich zittere und schwitze gleichzeitig, stoße die heiße Decke von mir und reiße die Verbände von meinem Arm, der nun wieder heil zu sein scheint. Schwer atmend liege ich auf dem Bett und versuche, meine Gedanken zu ordnen.

Zwei Turniere habe ich hinter mir, aber drei stehen mir noch bevor und ich habe jetzt schon das Gefühl, dass ich bereits eine Ewigkeit hier bin.

Ich denke an den kommenden Tag. Als Nächstes ist das Turnier des Erdzirkels dran. Bei dem Gedanken graut mir. Von allen Zirkeln haben die Erdmagier die meiste Vielfalt an Zaubern auf Lager. Sie können direkten, physischen Schaden zufügen, indem sie Gifte oder Erdbeben verwenden, aber auch Elementare und andere Kampfzauber beschwören, die unser Leben aussaugen.

Ich kann nicht wieder einschlafen und warte daher, bis das erste Tageslicht durch das Fenster dringt.

Endlich kommt eine Dienerin zu mir. Sie will nicht erzählen, was gestern passiert ist, antwortet nicht auf meine Fragen. Sie bringt mir nur die Kleider für den nächsten Turniertag. Ich bin nicht wirklich überrascht, als ich schwarze Hosen und eine braune Bluse in dem Bündel vorfinde – die Farbe des Erdelements.

Rasch ziehe ich beides über und gehe in den Frühstücksraum. Wieder bin ich die Erste.

Ich kann nichts essen, solange ich nicht weiß, wer von den andern Dreien noch lebt.

Als Nächstes kommt Tascha rein. Sie umarmt mich, als sie mich sieht und eine Träne rinnt ihr über die Wange. »Du lebst noch«, haucht sie. »Ich habe nicht mitbekommen, dass du das Turnier verlassen hast. Ich dachte, du seist tot.«

»Wie geht es den anderen?«

»Goe lebt, ich habe ihn gesehen. Aber was mit Jita ist, weiß ich nicht.«

Immerhin lebt der kleine, dünne Junge. Er ist mir bereits ans Herz gewachsen – wie auch Tascha.

Wir kauen auf ein paar Brocken Brot herum und warten auf die anderen. Goe erscheint etwa eine halbe Stunde nach Tascha. Es scheint ihm gut zu gehen, aber auch er weiß nicht, ob Jita überlebt hat. Ich wünsche es ihr so sehr. Schließlich wollte sie ihre Tochter wiedersehen.

Aber auch nach einer Stunde ist sie noch nicht da, als Alvaras kommt, um uns abzuholen. Er sieht in unsere fragenden Gesichter und seufzt. »Jita hat es gestern nicht geschafft. Sie meinte, sie könne die Luft ebenso beherrschen wie die Magier. Leider hat sie sich da vollkommen überschätzt. Sie wurde von dem Drachen zerschmettert.«

Ich bin wie gelähmt vor Grauen. Das Turnier dauert erst zwei Tage und zwei von uns sind bereits tot. Obwohl ich weder zu Jita noch zu Kalus ein enges Verhältnis hatte, schockiert mich diese Nachricht zutiefst. Ich hätte ebenso an ihrer Stelle sein können.

Schweigend und in trübe Gedanken versunken folgen wir Drei Alvaras zur Arena. Wie bereits die vorherigen Male dürfen wir uns vorbereiten, doch keinem von uns steht der Sinn danach. Was zählt, ist, den heutigen Turniertag zu überstehen, damit der Albtraum möglichst bald ein Ende hat.

Als Xenos seine Ansprache hält, bekomme ich nur mit, dass gestern maximal vier Punkte erzielt werden konnten. Ich habe dieses Mal die volle Punktzahl erhalten. Zusammen mit den vier Punkten von vorgestern, ergeben dies acht Punkte. Auch Tascha hat acht Punkte insgesamt, fünf vom Turnier der Feuermagier und drei von gestern. Goe hat drei Punkte von vorgestern und zwei von gestern und ist somit auf dem zweiten Platz. Heute gibt es maximal drei Punkte zu gewinnen, da wir nur noch drei Diener sind.

Mir ist es inzwischen egal, ob ich gewinne oder nicht. Ich will nur mein Leben nicht verlieren.

Heute hat keiner von uns einen Vorteil, da Tascha der Wassergilde angehört und Goe der Feuergilde. Und ich – naja, das weiß man ja. Vielleicht wird mir wenigstens das Messer helfen, das wir wieder erhalten.

Als Xenos durch das goldene Tor kommt, erwartet ihn ein niedergeschlagener Haufen Diener. Er schaut uns erstaunt an. »Was ist denn mit euch los? Freut ihr euch nicht, dass ihr es bis hierher geschafft habt?«, fragt er mit hochgezogener Augenbraue.

Wir zucken nur mit den Schultern. Sollen wir ihm an den Kopf werfen, dass er uns nur zur Unterhaltung der Gäste missbraucht? Wenn wir das tun, wäre das Turnier wahrscheinlich schneller zu Ende, als uns lieb ist – er würde uns augenblicklich töten. Also halten wir besser den Mund und warten, was es dieses Mal als Hilfe gibt, damit wir vielleicht überleben können.

Er reicht uns eine kleine Tasche, die an einer Kordel befestigt ist. Als wir sie öffnen, ist eine unscheinbare, braune Beere darin. Xenos erklärt, dass wir uns mit Hilfe dieser Beere die Kräfte des Erdelements für eine Minute lang verinnerlichen könnten. Die Erläuterung, wie genau das gemeint ist, bleibt er uns jedoch schuldig und lächelt nur geheimnisvoll. Dann wünscht er uns wie üblich viel Glück und rauscht davon.

Ich habe keine Ahnung, in welcher Situation mir diese Beere nützlich sein sollte, aber bisher waren die Geschenke von Xenos alle zumindest irgendwie brauchbar.

Abermals müssen wir warten, bis die Jungmagier des Erdzirkels ihr Turnier für uns vorbereitet haben. Erstaunte Rufe werden wieder aus dem Publikum laut.

Endlich hat das Warten ein Ende und wir dürfen in die Arena eintreten.

Vor uns erstreckt sich diesmal eine weite Ebene voller kleiner Sträucher, Kakteen und anderen Gewächsen, die ich nicht kenne. Der größte Teil des Bodens besteht aus trockener Erde, die nur spärlich mit Gras bewachsen ist und erinnert mich an die Steppe, die die Stadt Lormir umgibt. Über uns brennt heiß die Sonne, obwohl es mitten im Winter ist und diese Wärme also nicht echt sein kann.

Als ich meinen Kopf nach rechts wende, wo die Tribüne sein sollte, sehe ich nichts, außer einer endlos scheinenden Steppe. Offenbar wurden die Zuschauer absichtlich vor unseren Augen verborgen, um uns nicht abzulenken. Zu gerne hätte ich gewusst, ob Reyvan dort in der Zuschauermenge sitzt. Auch die Erdmagier kann ich nirgendwo sehen. Die Mauer, die die Arena umgibt, ist ebenso in die Illusion mit eingehüllt, wie die Zuschauertribüne und es sieht aus, als könnten wir nach rechts und links endlos weit gehen.

Das Einzige, was von der Arena geblieben ist, ist der Zielbereich, der mit dem hohen Zaun und dem goldenen Tor eingegrenzt ist. Er liegt klar und deutlich vor uns, weniger als fünfhundert Schritt entfernt. Das Ganze scheint mir mehr als verdächtig.

Weit und breit ist weder ein Drache noch ein anderes Monster zu sehen. Das macht uns zumindest etwas Mut. Tascha und ich gehen voraus, während Goe hinter uns her trottet.

»Was meinst du, was uns erwartet?«, wendet sich Tascha an mich, als wir einige dutzend Schritte über den Erdboden gegangen sind.

Ich zucke mit den Schultern. »Keine Ahnung, aber solange es sich so ruhig verhält, sollten wir so rasch wie möglich zum Ziel kommen.«

Kaum habe ich dies ausgesprochen, beginnt die Erde unter uns zu beben.

Mist, manchmal sollte ich einfach meinen Mund halten …

Wir versuchen, auf den Beinen zu bleiben, was gar nicht so einfach ist. Das Erdbeben gewinnt zusehends an Stärke, bis wir uns auf die Erde kauern müssen. In dem trockenen Boden tun sich tiefe Risse auf und wir müssen aufpassen, um nicht in eine der Spalten zu fallen.

Nach ein paar Minuten beruhigt sich die Erde wieder. Rasch schaue ich mich um. Den anderen beiden geht es gut, von den zitternden Beinen mal abgesehen.

Wir richten uns auf und wollen schon vorsichtig weiter gehen, als sich aus einer breiten Spalte vor uns eine riesige Hand den Weg ins Freie bahnt.

Sie ist braun und Wurzeln schlingen sich um das Handgelenk. Anstelle von Fleisch und Haut besteht der Arm des Wesens aus Stein und weiteren Wurzeln, die sich nun mit lautem Knirschen bewegen. Ein Kopf taucht auf, der nicht minder furchterregend aussieht. Die Augen sind kleine, schwarze Schlitze, ein Mund ist nicht zu erkennen. Das ganze Gesicht, das aus Stein besteht, ist überwuchert mit Wurzeln und Gras.

Das Wesen zwingt seinen gewaltigen Oberkörper durch die Spalte und beginnt, sich zu seiner vollen Größe aufzurichten. Es ist mindestens vier Schritt hoch, wenn nicht mehr und verdeckt fast die Sonne.

Tascha, Goe und ich sind starr vor Schreck und trauen uns nicht zu bewegen. Wir alle wissen, was sich da so eilig aus der Erde gepult hat, um unsere Bekanntschaft zu machen: Es ist ein Golem. Eines der schrecklichsten und stärksten Geschöpfe, die das Element Erde zu bieten hat. Ich bilde mir keinen Moment lang mehr ein, dass ich gegen dieses Wesen mit dem kleinen Messer antreten kann.

Reyvan hatte mir zwar eine Illusion eines Golems gezeigt, aber dieser hier stellt alles in den Schatten. Jetzt mustert die Kreatur uns mit seinen schmalen Augen und stößt einen Schrei aus – es hat also doch einen Mund – der an das Grollen eines gewaltigen Erdsturzes erinnert. Wir zucken unwillkürlich zusammen und ich habe nur noch den Wunsch, von diesem Wesen weg zu kommen. Aber in dem Moment erklingt hinter uns ein Fauchen und wir drehen uns erschrocken um.

Mir kommt zu spät in den Sinn, dass ein Golem meist in Begleitung seines treuen Schoßhündchens, des sogenannten Charks ist. Eine Tradition, mit der auch dieses Exemplar hier vor uns nicht zu brechen scheint. Von hinten kommt ein hässliches Monster auf uns zu, das sich unbemerkt aus einer anderen Spalte gezwängt hat und noch erschreckender aussieht als der Golem selbst.

Es geht auf vier krummen Beinen, damit hört aber jegliche Ähnlichkeit mit einem Hund auch schon auf. Es hat am ganzen Körper graue, mit Dornen besetzte Knochenplatten, die ihm als Panzer dienen. Sein Kopf überragt uns um mindestens eine Elle und hat eine besonders breite Platte auf der Stirn. Darunter vermute ich irgendwelche bösen Augen, die ich jedoch nicht erkennen kann.

Das Maul ist jedoch umso besser sichtbar. Es besteht aus einem dunklen Loch, dessen Rand mit scharfen, langen Zähnen bestückt ist. Aber die Schnauze ist gar nicht dazu gedacht, sich zu schließen, denn es ist mir ein Rätsel, wie es dies ohne Lippen schaffen sollte. Da bemerke ich, dass es die Platte über seiner Stirn nach vorne bewegen kann, sodass sein ganzes Gesicht damit bedeckt ist.

Es schiebt sie aber sogleich wieder nach hinten und faucht uns an. Aus seinem Maul trieft Speichel und drei rote Zungen schnellen hervor, die wie lange, dünne Schlangen aussehen. Anstelle von Pfoten hat es jeweils zwei gekrümmte Klauen, auf denen es sich abstützt. Die Hinterläufe sind besonders lang, es scheint eine enorme Sprungkraft zu besitzen.

Ich starre das Ungetüm entsetzt an, unfähig, mich zu bewegen.

Kapitel 18

Tascha beginnt zu kreischen, während Goe bereits losrennt. Der Golem holt mit einer seiner Pranken aus und schlägt nach dem kleinen Diener. Direkt vor Goe, dort wo die Pranke des Golems den Boden trifft, tut sich ein riesiges Loch auf, in das er hinein fällt.

Der Chark, der Goes Flucht zunächst neugierig mitverfolgt hat, wendet sein grässliches Gesicht nun Tascha und mir zu. Davonzurennen scheint keine gute Idee zu sein, er wird uns binnen einer Sekunde einholen und verschlingen.

Da kommt mir mit einem Mal die Beere in den Sinn. Dies ist der bestmögliche Zeitpunkt, sie auszuprobieren. Tascha sieht, wie ich an dem Beutel nestle und tut es mir rasch gleich. Fast gleichzeitig stecken wir uns die Beere in den Mund – und sind plötzlich in einer anderen Welt.

Nein, es ist nicht eine andere Welt, wir sind bloß unglaublich klein geworden. Ich schaue an mir herunter und quieke vor Schreck – mein ganzer Körper ist mit braunem Fell bedeckt und ich habe einen langen, unbehaarten Schwanz. Wir sind Ratten!

Ich drehe den Kopf und sehe, dass auch Tascha sich in ein kleines, flauschiges Fellknäuel verwandelt hat.

Ohne weiter über meinen neuen Körper nachzudenken, renne ich auf allen Vieren los, direkt auf den Golem zu. Dieser ist vollkommen verdattert ob unserer Verwandlung. Er versucht, nach uns zu schlagen, aber wir sind nun klein und flink und weichen mühelos seinen Pranken aus.

Der Chark nimmt die Verfolgung auf.

Ich renne um mein Leben. Meine kleinen Pfoten wirbeln Staub auf und ich halte immer noch auf den Golem zu. Eine Minute hält dieser Zauber. Das muss reichen, um zwischen seinen Beinen hindurch zu schlüpfen und eine möglichst große Distanz zwischen uns zu schaffen.

Schon habe ich die Beine erreicht, Tascha ist dicht hinter mir.

Der Chark, der vor Blutdurst kopflos hinter uns herrennt, kann nicht mehr bremsen und prallt mit voller Wucht in sein Herrchen. Dieser schwankt unter der Macht des Aufpralls und droht, umzukippen.

Ich beschleunige nochmals mein Tempo. Jetzt bloß nicht von dem fallenden Riesen zermalmt werden.

Ganz langsam kippt das hünenhafte Wesen um.

Tascha und ich schaffen es gerade noch, seinem gewaltigen Kopf zu entrinnen, ehe dieser hinter uns auf den Boden schlägt. Wir drehen uns nicht um, sondern rennen weiter, immer weiter, dem Ziel entgegen.

Es sind nur ein paar Sekunden verstrichen und als Ratten kommen wir langsamer vorwärts als in unserer menschlichen Gestalt. Trotzdem rückt das goldene Tor immer näher.

Als wir etwa einen Drittel der Strecke hinter uns gebracht haben, beginnen wir, uns zurück zu verwandeln und müssen stehen bleiben, um nicht zu stolpern.

Ich schaue mich nach Tascha um, die nun auch wieder sie selbst ist.

Etwa hundertfünfzig Schritt hinter uns rappelt sich der Golem auf und schnauzt seinen Chark an, der winselnd den plattenbedeckten Schwanz einzieht. Ich will lieber nicht mitbekommen, wie er sich wieder zu seiner vollen Größe aufrichtet und renne weiter, Tascha dicht auf den Fersen.

Kurz vor dem Ziel wird die Luft vor uns plötzlich grün.

Oh nein, ein Giftnebel.

Meine Seite sticht inzwischen schmerzhaft und ich atme stoßweise. Ich weiß nicht, ob ich rennen und gleichzeitig die Luft anhalten kann. Aber hinter uns erklingt in dem Moment das Fauchen des Charks, der erneut die Verfolgung aufgenommen hat.

Es gibt kein Zurück. Ich atme tief ein und renne in den Nebel hinein.

Normalerweise schaffe ich es, in elf Sekunden hundert Schritt zu rennen. Jetzt jedoch bin ich erschöpft und muss zudem noch die Luft anhalten. Meine Lunge brennt und bettelt nach Luft.

Hinter mir nehme ich war, wie Tascha ebenso am Kämpfen ist. Es macht es nicht besser, dass wir das laute Stampfen des Golems und das Scharren der Klauen des Charks hören.

Noch zwanzig Schritt, noch zehn.

Ich lege all meine Energie in die letzten paar Schritte und öffne die goldene Tür. Tascha und ich stolpern atemlos hindurch und fallen keuchend und nach Luft ringend zu Boden.

Klare Luft erfüllt meine Lungen und ich atme sie gierig ein. Neben mir bekommt Tascha einen Hustenanfall. Sie hat wohl etwas von dem Gift eingeatmet.

Einige Heiler eilen zu uns und versorgen uns mit dem Nötigsten. Diesmal bin ich nicht bewusstlos und bekomme mit, wie das Publikum auf der Tribüne applaudiert, auch wenn ich sie von hier aus nicht sehen kann.

Mir wird etwas zu Trinken angeboten.

Aber ich kann nur an Goe denken. Die Bilder, wie er in dem Erdloch verschwunden ist, drängen sich in meine Gedanken. Ob er noch lebt? Er könnte jeden Augenblick durch das goldene Tor gerannt kommen.

Ich fixiere es so stark, dass mir die Augen tränen. Jede Zelle meines Körpers ist angespannt.

Bitte, Goe, du musst es schaffen.

Am Rande bekomme ich mit, wie Tascha auf einer Bahre weggetragen wird. Aber ich will hier sitzen bleiben, bis ich Gewissheit habe, was mit Goe geschehen ist.

Nach einigen endlos dauernden Minuten stürzt der kleine Diener endlich durch das Tor. Sein rechter Arm ist abgetrennt und er blutet stark aus dieser grässlichen Wunde. Im Zielbereich fällt er zu Boden und bewegt sich nicht mehr. Heiler stürzen sich auf ihn und leisten erste Hilfe und das Publikum besitzt so viel Anstand, nicht zu applaudieren. Goe wird rasch weggetragen.

Als seine Bahre an mir vorbeikommt, sehe ich, dass seine Augenlider flattern. Er lebt.

Eine große Erleichterung macht sich in mir breit. Ich bin auf einmal todmüde und will nur noch schlafen. Gestützt von zwei Dienern werde ich in mein Zimmer begleitet, wo ich auf mein Bett sinke.

Es ist fast Mittag und auf einem kleinen Tisch, der sich beim Fenster befindet, steht ein köstlich duftender Teller mit Fleisch und Kohl sowie ein paar Brötchen. Ich wasche den Staub von meinem Körper und ruhe mich ein paar Minuten aus.

Endlich kann ich mich aufraffen, hinüber zu gehen und das Essen herunter zu schlingen. Dann lege ich mich wieder auf das Bett und starre an die Decke. Ich meine, immer noch das Brüllen des Golems in der Ferne wahrzunehmen.

Am nächsten Morgen bekomme ich wieder neue Kleidung. Wer hätte gedacht, dass es schwarze Hosen und eine blaue Bluse für den Turniertag des Wasserzirkels sein würden? Heute werde ich bestimmt nass werden, schießt es mir durch den Kopf und ich wundere mich über diesen unsinnigen Gedanken. Es kann mir egal sein, ob ich nass werde oder nicht, solange ich nur überlebe.

Beim Frühstück treffen Tascha und ich auf Goe. Sein rechter Arm ist bandagiert – halt, der war doch gestern noch abgetrennt? Offenbar haben die magischen Heiler ein Wunder vollbracht.

Goe kann den Arm allerdings noch nicht vollständig bewegen, was ihn heute behindern könnte, falls wir schwimmen müssen. Tascha verspricht ihm aber, dass sie auf ihn aufpasst. Heute ist ihr Element an der Reihe und sie sieht sogar etwas zuversichtlicher aus als sonst.

Wir werden wieder von Alvaras abgeholt, der ehrlich erfreut scheint, dass wir alle Drei noch leben. Er klopft uns auf den Rücken und führt uns in die Arena. Inzwischen gehen wir schon wie selbstverständlich in den Startbereich hinter dem hohen Zaun und lassen das goldene Tor hinter uns ins Schloss fallen.

Nun sind wir wieder allein und wissen nicht, ob wir überhaupt etwas vorbereiten können. Bisher hatten wir nie mit dem, was uns im Turnier erwartet hat, gerechnet. Daher könnte auch heute alles Mögliche passieren.

Eine Frage brennt jedoch auf meinen Lippen. »Goe«, wende ich mich an den kleinen Jungen. »Wie hast du es gestern geschafft, dem Golem und dem Chark zu entkommen?«

Goe wendet sich mir zu und schaut mich mit seinen braunen Augen an. »Ich bin in diesen Krater gefallen und konnte nicht herausklettern. Dann habe ich gehört, wie der Golem umgefallen ist und habe die Beere geschluckt. Plötzlich war ich eine Ratte und konnte problemlos die steilen Wände erklimmen. Oben habe ich dann gesehen, wie der Chark die Verfolgung von dir und Tascha aufnahm«, bei der Erinnerung daran schaudert er. »Ich bin also hinter dem Chark hergerannt. Der Golem hat vor Wut geschrien, war aber zu langsam, um mich einzuholen. Gerade als ich den giftigen Nebel fast erreicht habe, wart ihr durch das Tor hindurch. Der Chark hat fauchend vor dem Nebel angehalten und sich umgedreht. Ich stand ihm direkt gegenüber, nun wieder in meiner wahren Gestalt. Da hat er sich auf mich gestürzt und mir in den Arm gebissen«, er schaut seinen bandagierten Arm an. »Ich wurde fast ohnmächtig, als er daran zerrte. Irgendwie konnte ich mich aber befreien und bin in den Nebel gerannt. Ich weiß noch, wie ich das Tor erreichte, dann wurde alles schwarz um mich«, er senkt den Blick. »Ich habe nicht einmal gemerkt, dass mein Arm weg war. Das wurde mir erst von den magischen Heilern gesagt.« Er bewegt die Hand. »Ist es nicht unglaublich, was sie alles wiederherstellen können?«

Da muss ich ihm recht geben. Unvermittelt nehme ich den verdutzten Goe in die Arme und drücke ihn an mich. »Ich bin so froh, dass du überlebt hast«, flüstere ich.

Jetzt erst merke ich, wie groß meine Schuldgefühle waren, dass ich ihn in dem Erdloch zurückgelassen habe.

Da ertönt die Stimme von Xenos und wir lösen uns aus unserer Umarmung. »Mein verehrtes Publikum«, dröhnt er. »Drei spannende Tage liegen hinter uns. Die Jungmagier haben ihr Bestes gegeben und uns mit ihrem Können unterhalten und beeindruckt. Natürlich werde ich heute verkünden, welcher der Assistenten im magischen Turnier im Moment vorne liegt. Gestern haben es Tascha und Alia gleichzeitig ins Ziel geschafft. Daher bekommen sie beide drei Punkte. Goe ist ein paar Minuten danach ins Ziel gekommen und erhält somit zwei Punkte. Momentan liegen also Tascha und Alia mit jeweils elf Punkten vorne, während Goe sieben Punkte hat. Zwei Turniere liegen noch vor uns. Es ist also alles noch offen. Möge das Turnier des Wasserzirkels beginnen! Das Wasser ist tief, tief wie meine Seele!«

Wohl eher schwarz ... aber den Gedanken behalte ich besser für mich.

Ein paar Sekunden darauf kommt Xenos zu uns in den Startbereich. Er reicht uns eine kleine Maske aus papierähnlichem Material, die wir über Mund und Nase legen können, nun aber an unserem Hosenbund befestigen sollen. Xenos erklärt uns, dass wir damit für eine Minute lang Luft atmen können, selbst wenn wir unter Wasser sind.

Ich wusste doch, dass ich heute nass werde.

Als er wieder gegangen ist, warten wir ungeduldig, bis das Turnier endlich beginnt, um es möglichst rasch hinter uns zu bringen.

Etwas schneller, als die vorigen Male, öffnet sich das Tor.

Vor uns erstreckt sich ein wunderschöner Sandstrand mit Muscheln. Die Wellen knabbern liebevoll daran und es scheint wieder die künstliche Sonne, die uns binnen Sekunden erwärmt. Wie zu erwarten sind auch heute weder die Tribüne noch die Wehrgänge der Mauer, auf denen sich die Magier aufhalten, zu sehen.

Vor uns, mitten im Wasser befindet sich eine kleine Insel, auf der der Zielbereich mit dem goldenen Tor steht.

Wir müssen also wirklich schwimmen. Goe sieht uns entmutigt an.

»Komm schon, wir werden dir helfen«, sage ich in möglichst aufmunterndem Tonfall.

»Aber Alia, ich kann doch gar nicht schwimmen«, entgegnet Goe ängstlich.

Ich versuche, mir mein Entsetzen nicht anmerken zu lassen. Das heißt, entweder müssen Tascha oder ich ihn zur Insel ziehen.

»Gut, ich werde dir helfen«, Tascha wirft mir einen Blick zu. »Du musst dich einfach flach auf den Rücken legen und dich so wenig wie möglich bewegen. Dann ziehe ich dich rüber. Keine Angst.«

Das ist leichter gesagt als getan. Als wir zum Wasser gehen, zittert Goe am ganzen Körper.

»Ich kann nicht«, wimmert er. »Geht ihr, ich werde hier bleiben.«

»Nein, Goe, das geht nicht!«, entgegne ich bestimmt. »Wer weiß, was sie hier am Strand für Monster auf dich hetzen. Du musst zum Zielbereich, erst dort bist du sicher!«

Meine Worte zeigen Wirkung. Goe hört auf zu widersprechen und lässt sich von Tascha ins Wasser führen. Sie erklärt ihm, wie er sich auf den Rücken legen und auf dem Wasser treiben lassen kann. Nach ein paar Versuchen gelingt es ihm, den Mund über Wasser zu halten.

Tascha sieht mich an. »Wollen wir?«, fragt sie.

Ich nicke zur Antwort. Ich will mir gar nicht vorstellen, welche Ungeheuer in den Tiefen dieses Wasser lauern. Es besteht nur eine geringe Chance, dass wir alle drei heil bei der Insel ankommen.

Ich beginne vorsichtig, ins Wasser zu waten. Bald schon reicht es mir bis zur Brust und ich mache ein paar Schwimmzüge. Jetzt bin ich froh, dass Vater mir das Schwimmen beibrachte. Ohne ihn wäre ich jetzt gleich hilflos wie Goe.

Tascha bewegt sich wie ein Fisch in ihrem Element. Mit kräftigen Zügen schwimmt sie auf dem Rücken vorwärts. Sie hat einen Arm um die Brust von Goe geschlungen, mit dem sie ihn an der Oberfläche behält. Er versucht, sich möglichst still zu verhalten. Trotzdem schwappen kleine Wellen über seinen Kopf und er hustet immer wieder, wenn er Wasser schluckt.

Wir sind schon eine gute Strecke vorwärts gekommen, da beginnt sich das Wasser vor uns plötzlich zu kräuseln. Ich halte inne und versuche, um den Strudel, der sich vor mir entwickelt, herum zu schwimmen.

In dem Moment schießt eine Gestalt aus dem Wasser hervor, um im nächsten Augenblick wieder unterzutauchen. Es geht zu schnell, als dass ich erkennen kann, um was es sich handelt. Ich spüre, wie sich etwas um meine Beine schlingt und kämpfe dagegen an. Jedoch ohne Erfolg. Das Etwas beginnt, mich unter Wasser zu ziehen. Krampfhaft versuche ich, an der Oberfläche zu bleiben, aber das Wesen zieht nur umso stärker.

Neben mir höre ich, dass es Tascha und Goe ähnlich ergehen muss. Auch sie schnappen nach Luft und schlagen wild um sich.

Da taucht direkt vor meinem Gesicht eine Fratze auf. Ein Schrei des Entsetzens entfährt mir. Ein Meeresmensch. Am ehesten ist sein Aussehen mit dem eines Frosches zu vergleichen, obwohl seine Schnauze eher an einen Wolf erinnert. Das Wesen ist vollständig von blaugrünen Schuppen bedeckt und sein Haar, das ihm wirr ins Gesicht hängt, sieht nicht nur aus wie Algen, sondern riecht auch so.

Bevor ich mich von meinem Schock erholen kann, schlägt es mit seiner Klaue, deren lange Krallen mit Schwimmhäuten verbunden sind, nach mir und kratzt mir schmerzhaft über die Schulter, dass mir die Tränen in die Augen schießen.

Mein Arm brennt und ich getraue mich nicht, hin zu schauen. Seinem bösen Grinsen nach zu schließen, hat es mir die Haut bis auf die Knochen aufgerissen. Mein Blut färbt das Wasser um uns herum rot.

Dann fasst es meinen Kopf mit beiden Klauen und drückt ihn unter Wasser, während ein weiteres Wesen mich an den Beinen nach unten zieht. Ich kann gerade noch nach Luft schnappen, als diese auch schon dem kühlen Nass weicht.

Ich öffne die Augen unter Wasser. Jetzt erkenne ich, dass ich es mit mindestens drei Gegnern zu tun habe. Zwei von ihnen halten meine Beine gefangen und ziehen mich durch die Wellen, während der Dritte immer noch meinen Kopf hält.

Am Rande nehme ich wahr, dass ihr Körper dem eines Fisches gleicht und sie anstelle von Beinen einen langen, dünnen Schwanz haben, der in einer mächtigen Flosse endet. Keinesfalls gleichen diese Wesen den sagenumwobenen Meerjungfrauen, von denen sich die Fischer und Seeleute erzählen. Sie sind einfach nur hässlich.

Ich versuche verzweifelt, mich zu befreien, aber der Griff ihrer Klauen wird nur noch stärker. Meine Lunge schreit nach Luft und ich drohe, das Bewusstsein zu verlieren, was mein sicheres Ende bedeuten würde. Ich taste mit den Händen meinen Gürtel ab, an dem ich die Maske befestigt habe und bekomme sie zu fassen.

Rasch zerreiße ich die Schnur und drücke mir die Maske auf das Gesicht. Sofort verbindet sie sich mit meiner Kopfhaut. Ich wage einen Atemzug. Erstaunlicherweise gelingt dieser und ich schicke gleich einen Zweiten hinterher.

Jetzt, da ich mich nicht mehr um die Luft zu sorgen brauche – zumindest für die nächste Minute – wende ich mich mit neuer Kraft den Gegnern zu. Derjenige, der meinen Kopf hält, scheint überrascht zu sein, dass ich meine anfängliche Gegenwehr wieder aufnehme und lässt los.

Ich taste nach meinem Messer, das wir auch heute wieder für das Turnier erhalten haben, und welches in meinem Hosenbund steckt und beginne, auf meine zwei Gegner einzustechen, die meine Beine immer noch umklammern. Diese sind sichtlich beeindruckt von meinem neuen Gegenstand, lassen unvermittelt los und weichen zurück. Das genügt, damit ich so rasch wie möglich davonschwimmen kann.

Mir ist klar, dass sie mich schneller einholen können als mir lieb ist, aber trotzdem schwimme ich um mein Leben. Da ich immer noch atmen kann, bleibe ich unter Wasser, um die Meeresmenschen im Blick zu behalten, sollten sie sich nochmals an meinen Beinen zu schaffen machen.

Allerdings scheinen sie gewaltigen Respekt vor meiner kleinen Waffe zu haben. Sie bleiben in sicherer Entfernung. Aber ich bin mir sicher: sobald ich die Waffe fallen lasse, ist es aus mit ihrem friedfertigen Abstand.

Meine Schulter pocht und ich sehe, dass ich eine Blutspur hinter mir zurücklasse. Wo Goe und Tascha sind, kann ich nicht erkennen, das Wasser ist zu trüb. Ich kann nur hoffen, dass sie es auch geschafft haben, sich aus den Klauen zu befreien.

Die Wirkung der Maske lässt nach und ich muss auftauchen. Ich reiße sie mir vom Gesicht und schaue mich suchend um. Nur noch etwa hundert Schritt von mir entfernt befindet sich die Insel, mein Ziel. Ich halte darauf zu, schwimme wie wild und umklammere dabei das Messer, um die Meeresmenschen abzuschrecken.

Gerade als ich das Ufer der Insel fast erreicht habe, taucht neben mir ein gigantischer Fangarm mit Saugnäpfen auf. Ich weiche aus und bleibe vor Schreck wassertretend an einer Stelle. Was ist das denn nun wieder?

Ich halte meinen Kopf kurz unter Wasser, öffne die Augen und erstarre. Das, was ich als Insel wähnte, ist in Wirklichkeit ein dunkelgrüner Krake. Seine Arme sind etwa fünfzig Schritt lang, sehen beängstigend kräftig aus und sein Kopf hat mindestens einen Durchmesser von zwanzig Schritt. Dieser scheint jedoch irgendwie an der Wasseroberfläche gefangen zu sein, denn er lässt sich nicht bewegen. Das scheint den Kraken zu frustrieren. Er schlägt wütend mit seinen Fangarmen um sich und versucht, sich zu befreien. Was es mir natürlich unmöglich macht, in seine Nähe zu kommen.

Während ich noch überlege, wie ich an seinen wild schlagenden Fangarmen vorbeikommen kann, ertönt neben mir eine liebliche Melodie. Ich wende mich um und sehe Tascha, die auf mich zu schwimmt und singt.

Ich schüttle verdattert den Kopf – wie kann sie jetzt ans Singen denken? Dann schaue ich zur Insel, äh, dem Kraken und begreife auf einmal. Er hat aufgehört, sich zu bewegen und scheint vom Gesang von Tascha regelrecht eingelullt zu werden.

Da sie ohne Unterbruch singt, kann ich sie nicht fragen, wo Goe geblieben ist. Aber ihren traurigen Augen sehe ich an, dass er verloren ist. Mein Herz ist auf einmal so schwer wie Blei und ich unterdrücke ein Schluchzen. Nicht auch noch Goe, der kleine Diener, den ich so mochte … Tränen rinnen über Taschas Wangen, als sie bei mir angelangt, immer noch singend. Sie schwimmt an mir vorbei, auf den Kraken zu, auf dessen Rücken wir ironischerweise in Sicherheit sein werden. Ich folge ihr niedergeschlagen.

Wir klettern ungeschickt auf den glitschigen Kopf, der immer noch handzahm stillhält. Als wir das goldene Tor erreichen, beginnt Tascha zu schluchzen und kann nicht mehr weitersingen.

Rasch öffne ich das Tor – ich möchte lieber nicht bezeugen, wie der Krake aus seiner Verzauberung aufwacht – und schiebe Tascha hindurch. Hinter mir lasse ich es ins Schloss fallen und lehne mich schwer atmend dagegen.

Ich fühle mich taub und höre den Applaus wie aus weiter Ferne.

Goe hat es also nicht durch das Turnier geschafft. Bei dem Gedanken, dass der Junge, der vor ein paar Minuten noch neben mir am Strand stand, jetzt tot irgendwo auf einem magischen Meeresgrund liegt, wird mir schlecht.

Ich sinke auf die Knie und lasse meinen Tränen freien Lauf, was in einem hysterischen Schluchzen endet. Irgendwann flößt mir jemand eine Flüssigkeit ein, die mich auf der Stelle in einen tiefen Schlaf sinken lässt.

Kapitel 19

Es ist bereits spät am Abend. Ich kann nicht glauben, dass ich vier von fünf Turniertagen mehr oder weniger heil überstanden habe, während Kalus, Jita und Goe tot sind. Ich denke an den kleinen Goe, der heute gestorben ist. Er hat mich an meinen Bruder erinnert.

Eine Träne rinnt über meine Wange und tropft neben mir auf das Kissen. Er hat diesen Tod nicht verdient, genauso wenig wie Kalus oder Jita. Wut kocht in mir hoch. Wut auf die Magier, auf Xenos und den ganzen Zirkel. Warum tun sie uns das an? Warum müssen unschuldige Diener ihr Leben lassen, nur damit sie unterhalten werden?

Zornige Verzweiflung packt mich und ich lasse meinen Tränen abermals freien Lauf.

Nur mit Mühe gelingt es mir, mich nach einer Weile wieder zu beruhigen.

Ich taste nach meiner Schulter, die wie erwartet, dick verbunden ist. Bis morgen wird sie jedoch wieder vollständig geheilt sein, da bin ich mir sicher. Morgen werden Tascha und ich mit allen vier Elementen zu kämpfen haben.

Ich starre verzweifelt an die Decke über mir. Wenn ich doch nur weg könnte, raus und nach Hause. Ich vermisse meine Familie mehr denn je. Allein der Gedanke, dass ich sie vielleicht morgen noch einmal sehen kann, lässt mich hier noch durchhalten. Wie einfach wäre es gewesen, sich von dem Ardras verbrennen, vom Drachen oder dem Golem zerschmettern oder von den Wasserwesen ertränken zu lassen. Aber dann hätte ich meine Familie nicht mehr gesehen. Ich will unbedingt noch einmal bei ihnen sein, ehe ich sterbe. Und dieses Turnier zu gewinnen, ist die einzige Möglichkeit.

Ich raffe mich auf und esse von dem Eintopf, der auf meinem Tisch steht, obwohl ich mich mit aller Macht dazu zwingen muss. Aber ich muss etwas essen, wenn ich morgen bei Kräften sein will.

Auf einmal höre ich, wie sich jemand an meinem Fenster zu schaffen macht. Ich springe auf und gehe hin.

Mein Herz klopft plötzlich wie wild. Ist es Reyvan?

Vorsichtig öffne ich das Fenster und erkenne eine dunkle Gestalt davor. Als der Kerzenschein des Zimmers auf ihr Gesicht fällt, stoße ich einen überraschten Laut aus.

»Rana?«, flüstere ich.

Meine Freundin lächelt mich an, streckt einen Arm durch die kleine Öffnung und fährt mir über die Wange.

Ich starre sie an. »Wie bist du hierhergekommen? Wie konntest du den Zirkel verlassen?«

»Ich habe gesagt, ich wäre für den Dienst hier bei euch eingeteilt«, lächelt sie. »Keine Bange, bevor sie merken, dass eine Dienerin zu viel hier ist, bin ich bereits wieder zurück im Zirkel.« Sie betrachtet mich mitleidig. »Alia«, flüstert sie. »Ich war jeden Tag auf der Tribüne. Ich wusste, dass du überleben würdest. Reyvan hat mir von eurem Training erzählt und wie geschickt du dich dabei angestellt hast. Er ist stolz auf dich, weißt du?«, sie streicht über mein offenes Haar.

Bei dieser sanften Berührung wird mir schwer ums Herz. »Was ist mit ihm? Warum kommt er mich nicht selbst besuchen?«, frage ich angespannt.

Ihre warmen Augen sehen mich traurig an. »Weißt du, Alia, er wollte dich bereits am zweiten Tag wieder besuchen. Leider wurde er von Alvaras erwischt, der ihn direkt an Xenos ausgeliefert hat.«

Ich halte die Luft an und befürchte das Schlimmste. Es ist streng verboten, uns auserwählte Diener zu besuchen, den Zirkel zu verlassen sowieso und Xenos ist nicht gerade für seine Milde bekannt.

»Rana, du musst es mir sagen! Was hat er ihm angetan? Lebt er?« Eine dunkle Vorahnung macht sich in mir breit.

Rana druckst herum. Dann seufzt sie, schaut mir direkt in die Augen und nimmt meine Hand. »Alia, es ist nicht so schlimm, wie du vielleicht denkst. Reyvan lebt noch.«

Mir fällt ein Stein vom Herzen. »Aber …?«

»Aber er wurde ausgepeitscht und in den Kerker gesperrt.«

Mir gefriert das Blut in den Adern. Ich habe sofort wieder die Bilder von seinem geschundenen Rücken vor mir.

»Nein …«, hauche ich.

»Doch, leider,« sie streicht mir unbeholfen über die Hand. »Eigentlich hätte die Todesstrafe auf sein Vergehen gestanden. Aber Xenos braucht ihn, er ist schließlich das Pfand der Elfen. Und er darf ihn daher nicht umbringen. Also hat er ihn so schwer wie möglich bestraft, ohne dass es gleich einen Krieg zwischen den Magiern und Elfen auslöst.« Sie schlägt die Augen nieder und ich atme zittrig durch. »Ich habe mich zu ihm geschlichen, als er bereits einen Tag lang im Gefängnis war und ihm erzählt, dass du noch lebst«, fährt Rana fort. »Er ist sehr schwach. Xenos hat ihn fast zu Tode gefoltert. Aber Reyvan hat nur an dich gedacht. Er hat mich gebeten, dir das hier zu geben«, sie greift in ihren Umhang und holt das Armband von Lia und den Ring von Sen hervor, die Abschiedsgeschenke meiner beiden Geschwister.

Ich hatte ihn ja gebeten, sie für mich aufzubewahren. Offenbar hatte er sie sogar getragen, sonst hätte er sie wohl nicht im Gefängnis dabei gehabt. Ich bin gerührt von seiner Geste und ein Kloss bildet sich in meiner Kehle.

»Danke«, ich umschließe die Kostbarkeiten mit beiden Händen, als ob ich dadurch einen Teil von Reyvan halte.

»Er hat gesagt, dass du für das letzte Turnier alle Kraft brauchst, die du hast. Und er hat gemeint, dass dies hier«, sie deutet auf die Geschenke, »dir davon am meisten geben wird.«

Wie gut er mich kennt. Und selbst jetzt, wo er eingesperrt wurde, denkt er nur an mich. Mir rinnt vor Rührung eine Träne über die Wange, die Rana sanft wegwischt.

»Alia, er liebt dich wirklich«, flüstert sie leise.

»Ich weiß«, sage ich traurig und lege den Ring und das Armband sorgfältig an.

Ich kann die Bilder nicht loswerden, wie er nun mit offenen Wunden in irgendeinem Kerker tief unter dem Zirkel auf einem feuchten, kalten Steinboden liegt. Wie konnte es nur soweit kommen, dass er so heftig bestraft wurde? Ich fühle mich schuldig.

Und jetzt ist Rana hier. Ihr könnte dasselbe Schicksal drohen, wenn nicht gar Schlimmeres. Xenos hat nichts zu verlieren, wenn er sie tötet.

»Rana, wenn sie dich hier erwischen, werden sie nicht zögern und dich töten. Du musst gehen!«

Sie lächelt mich an. »Ja, ich werde gleich aufbrechen.«

Ich kann sie durch das kleine Fenster nicht umarmen, daher streiche ich ihr über den Arm und küsse ihre Hand. »Falls du Reyvan siehst«, flüstere ich, »sag ihm bitte, ich hätte mein Versprechen, zu ihm zurückzukehren, nicht vergessen.«

»Mach ich«, murmelt sie. »Viel Glück für morgen!« Dann verschwindet sie wieder in der dunklen Nacht.

Ich hoffe inständig, sie kommt unbemerkt zum Zirkel zurück.

Mein Herz schwillt über vor Liebe und Anerkennung für meine Freundin. Sie hat den ganzen Weg hierher zurückgelegt, nur um mir Reyvans Nachricht zu überbringen. Ich stehe wirklich tief in ihrer Schuld.

Der nächste Morgen beginnt wie diejenigen zuvor. Mit der Ausnahme, dass Tascha und ich heute eine weiße Bluse zu den schwarzen Hosen tragen. Nach einem schweigsamen Frühstück führt uns Alvaras in die Arena.

Wir haben beide keine Ahnung, womit wir heute rechnen müssen. Werden sich die vier Zirkel zusammentun und gemeinsame Zauber wirken? Oder im Gegenteil, sich einen Wettstreit liefern, welches Element die eindrucksvollste Magie zu bieten hat? So oder so, wir – Tascha und ich – werden es ausbaden müssen und dem Publikum beweisen, dass die Zauber tatsächlich so tödlich sind, wie sie aussehen.

Mir ist längst klar, dass es den Magiern gleichgültig ist, ob wir überleben, solange sie ein Spektakel geboten bekommen. Und ich habe den leisen Verdacht, dass es Xenos ebenfalls recht wäre, wenn ich heute sterbe, so müsste er sich nicht mit einer neuen persönlichen Dienerin herumschlagen.

Wir warten nervös im Startbereich, der uns viel zu weitläufig erscheint. Wir sind ja nur noch zu zweit hier. Rasch verdränge ich die aufkeimende Trauer um Goe.

Endlich hören wir Xenos' sonore Stimme über uns erschallen. »Meine lieben Zuschauer«, beginnt er. »Ich hoffe, Ihr wurdet beim gestrigen Turniertag gut unterhalten! Tascha und Alia werden heute zum letzten Mal assistieren. Momentan haben beide Dienerinnen vierzehn Punkte und das Turnier zur Wintersonnenwende neigt sich leider dem Ende zu.«

Aus dem Publikum sind bedauernde Laute zu hören. Wie können die nur? Ist ihnen nicht klar, dass wir hier unser Leben aufs Spiel setzen müssen?

»Aber zum Abschluss«, fährt Xenos nach einer kunstvollen Pause fort, »werden wir ein äußerst spannendes Turnier und Darbietungen von allen vier Elementzirkeln von Lormir sehen dürfen. Die Magier haben bereits ihre Plätze auf den Wehrgängen eingenommen. Sobald ich das Startsignal gebe, werden sie mit der Vorbereitung der Arena beginnen. Natürlich werde ich sie heute wieder unterstützen, aber zuerst gehe ich zu unseren beiden tapferen Dienerinnen, um ihnen zum letzten Mal ein Geschenk des Zirkels zu überreichen. Ihr, liebes Publikum, durftet gestern nach dem Turnier ja darüber abstimmen, was es werden wird.«

Wie bitte? Das ist mir aber neu ... Alvaras hatte nichts dergleichen gesagt. Auch Tascha macht ein verdutztes Gesicht. Wir sind gestern beide von einem Getränk bewusstlos gemacht worden. Jetzt wird mir klar, warum.

Die Tatsache, dass wir nichts außerhalb des Turniers mitbekommen, finde ich schon unerträglich, aber dass das Publikum indirekt über unsere Überlebenschancen abstimmen darf, finde ich ungeheuerlich!

»Eine kleine Änderung gibt es zudem noch«, ertönt da wieder die Stimme von Xenos. »Da Taros, der Magier des Luftzirkels am zweiten Turniertag seine Kräfte überschätzt hat, wird an seiner Stelle der Jungmagier Renko heute einspringen.«

Noch eine Neuigkeit, die mich sprachlos macht. Taros hat sich übernommen? Warum? Wollte er mich etwa töten und hat einen zu starken Zauber gewirkt? Und ist er selbst tot? Oder lebt er noch? Die Ungewissheit, was in Wirklichkeit alles passiert ist in den vier Tagen, die wir nun hier abgeschottet vom Zirkelleben verbringen mussten, nagt an meinen Nerven. Reyvan ausgepeitscht im Kerker, Taros vielleicht tot, das Publikum bestimmt über unser Leben ... was kommt als Nächstes?

Als hätte ich mit meinen Gedanken das Schicksal herausgefordert, öffnet sich nun das goldene Tor und Xenos tritt zu uns herein. Er schreitet feierlich auf uns zu, in den Händen hält er zwei verhüllte Gegenstände. Einen davon gibt er nun Tascha, den anderen mir. Meiner ist um einiges kleiner als der von Tascha.

Als ich ihn auswickle, stockt mir der Atem. Soll das ein Scherz sein? In meiner Hand halte ich einen hölzernen Kochlöffel. Ich höre das Publikum johlen und auch Xenos scheint amüsiert zu sein und wirft mir einen vielsagenden Blick zu.

Fassungslos wende ich mich zu Tascha, die soeben ihren Gegenstand auspackt. Sie hat vom Publikum einen etwa armlangen Dreizack, ein Symbol für Wasser, erhalten, den sie nun in den Händen wiegt. Bei dem Anblick fröstle ich und begreife plötzlich den grausame Scherz: Eine Gabel für die Dienerin, die der Wassergilde angehört, ein nutzloser Löffel für die Nehil.

Ich könnte vor Ärger und Verzweiflung schreien. Damit hat das Publikum entschieden, wer von uns beiden überleben soll – ich bin es mit Sicherheit nicht. Ich merke, wie mir Tränen der Wut in die Augen steigen, die ich jedoch zu unterdrücken versuche und widerstehe dem Drang, den Löffel an den arroganten Kopf von Xenos zu schmeißen.

Ich muss jetzt positiv denken. Ich habe immer noch das kleine Messer, das wir auch heute erhalten haben … vielleicht hilft mir das zumindest im Turnier.

Tascha blickt verlegen zu Boden. Auch ihr ist es nicht recht, dass ich keine Hilfe vom Zirkel erhalten habe. Ehe wir Xenos jedoch fragen können, was es mit den Gegenständen auf sich hat, ist dieser schon wieder weg und das goldene Tor verschlossen.

Ich schweige trotzig und halte den Löffel mit meinen Händen umklammert, als sei er ein Schwert. Ich muss lächerlich aussehen, aber das ist mir in diesem Moment vollkommen gleichgültig.

Tascha wagt nicht, mich anzusprechen. Ihr ist ihr Unbehagen über diese Ungerechtigkeit ins Gesicht geschrieben, aber weder sie noch ich werden etwas daran ändern können.

Das Publikum beruhigt sich nur langsam von seiner Belustigung.

Heute dauert es länger, bis das goldene Tor sich öffnet. Als wir hindurchtreten, sind wir wieder einmal verblüfft, was die Magier aus der Arena gezaubert haben. Vor uns liegt ein Labyrinth aus etwa fünf Schritt hohen, goldenen Mauern, das nach oben hin offen ist und die gesamte Arenafläche einnimmt. Die Sonne scheint darauf, obwohl vorhin noch grauer Himmel herrschte, als wir in die Arena geführt wurden, und die Reflektion des Goldes blendet uns.

Der Zielbereich ist nicht zu sehen und auch die Magier auf den Wehrgängen können wir nicht erkennen. Die Mauer, die die Arena umschließt, ist ebenfalls in Gold gehüllt. Zum ersten Mal sehen wir jedoch zu unserer Rechten die Tribüne, auf der die Zuschauer Platz genommen haben. Ich vermeine, eine Hand winken zu sehen, bin mir aber nicht sicher, ob es sich tatsächlich um Rana handelt. Ich hoffe, sie ist gestern Abend heil nach Hause gekommen.

Wie immer hören wir keinen Laut aus der Richtung des Publikums. Uns scheint wieder eine schalldichte Hülle zu umgeben.

Ich wende mich dem Labyrinth zu.

»Was meinst du«, fragt mich Tascha. »Wollen wir zusammen hinein gehen? Ich fürchte mich davor, alleine da rein zu müssen.«

Ich bin ganz ihrer Meinung. Auch wenn mir Kalus' Argument einfällt, dass die Magier so ihre Zauber auf ein Ziel konzentrieren können. Aber das hat ihm ja leider auch nicht das Leben gerettet.

»Gut, lass uns zusammen hinein gehen«, sage ich entschlossen und gehe auf die Öffnung des Labyrinths zu, die direkt vor uns liegt.

Je schneller wir dieses Labyrinth hinter uns haben, desto schneller ist das Turnier zu Ende. Mir ist es inzwischen sogar egal, dass ich heute sterben werde. Ich will nur, dass es möglichst rasch vorbei ist. Tascha folgt mir etwas zögerlich.

Als wir das Labyrinth betreten, erstreckt sich als Erstes ein etwa zehn schritt langer Gang, der sich vorne nach rechts und links verzweigt. Aus der Erfahrung vom Feuerturnier weise ich Tascha an, im Gang stehen zu bleiben und wende mich nach links. Als nichts passiert, bedeute ich ihr, mir zu folgen.

Vor uns windet sich der Gang um eine Ecke. Vorsichtig gehe ich darauf zu, jederzeit bereit, mein Messer zu ziehen. Den Löffel habe ich in meinen Hosenbund gesteckt, ich habe entschieden ihn vorerst zu behalten.

Wir biegen nach rechts um die Ecke. Der Gang vor uns sieht unschuldig und leer aus und macht eine weitere Abzweigung, diesmal nach links.

Meine Nerven sind aufs Äußerste angespannt. Ich bin jederzeit darauf gefasst, dass etwas passiert. Aber auch nach der nächsten Abzweigung ist nichts geschehen. Ich stutze. Was soll das? Wie lange wollen uns die Magier noch hinhalten? Ich folge dem nächsten Gang, der eine scharfe Kurve nach rechts beschreibt.

Plötzlich beginnt die Luft vor mir zu flimmern. Ich bleibe abrupt stehen. Tascha stößt mit einem überraschten Schrei mit mir zusammen.

Etwa zwanzig Schritt vor uns beginnt sich etwas zu manifestieren – die Magier wirken eine Beschwörung – oder Illusion. Das könnte beides sein, so genau kenne ich den Unterschied nicht. Aber ich bezweifle eher, dass es sich um eine ungefährliche Illusion handelt. Die würde uns ja nichts anhaben können.

Ich halte die Luft an. Es ist unmöglich, an dem flimmernden Ding vor uns, das immer konkretere Formen annimmt, vorbeizugehen. Es nimmt die gesamte Breite des Gangs ein, die etwa zwei Schritt beträgt.

Jetzt hält das Flimmern inne. Ein behaartes Gesicht mit Fangzähnen und spitzen Ohren kommt zum Vorschein, darunter bildet sich ein Körper, der mit dichtem Fell bedeckt ist. Die Schultern der Kreatur berühren fast beide Seiten des Ganges, ihre Hände haben grauenhafte Krallen und die Füße sehen aus wie übergroße Pfoten.

Ich kann mich vor Angst nicht rühren. Was wir da vor uns haben, ist ein Warft. Es ist ein Monster, das normalerweise nur nachts aktiv ist und dann gerne die Schafe oder Kühe der Bauern reißt. Seine gelben Augen sehen auch in der tiefsten Dunkelheit noch so gut, als sei es heller Tag und es ist einer der Schrecken der Jäger.

Vater hat mir einmal erzählt, dass ein Warft ihn und seine Männer in der Nacht überfallen hatte, als sie im Wald lagerten. Nur mit äußerster Mühe konnte er ihn töten. Fast alle von seiner Jagdtruppe fielen dem Monster jedoch zum Opfer.

Und nun steht solch ein Biest direkt vor uns und fletscht seine langen, spitzen Zähne. Der Speichel rinnt ihm aus dem Maul, da es sich wohl bereits genüsslich vorstellt, wie unsere jungen Körper schmecken.

Tascha zückt den Dreizack mit einer Hand und das Messer mit der anderen. Da mir nur das Messer bleibt, halte ich dieses jetzt rasch ebenfalls vor mich und drohe dem Warft damit. Falls er zu fröhlicher Mimik überhaupt fähig ist, meine ich, Belustigung in seinen gelb glühenden Augen zu erkennen. Er scheint vollkommen unbeeindruckt von unseren kleinen Waffen.

Ich weiche langsam zurück. Da wir an dem Warft nicht vorbeikommen, müssen wir zurück in den vorherigen Gang und uns schnellstmöglich einen anderen Weg suchen.

Der Kreatur scheint dieses Rückzugskommando ganz und gar nicht zu passen. Sie knurrt bedrohlich und bewegt sich geschmeidig und leider viel zu schnell auf uns zu.

Tascha stößt einen spitzen Schrei aus und beginnt, zu rennen. Ein Fehler, denn nun ist der Jagdtrieb des Monstrums geweckt. Mir bleibt nichts anderes übrig, als ihr hinterher zu hetzen, während der Warft uns demonstriert, wie schnell er auf seinen beiden schlanken, dicht behaarten Beinen laufen kann. Seine Krallen sind gierig nach uns ausgestreckt.

Ich renne um mein Leben. So rasch wollte ich dieses auch wieder nicht beendet sehen.

Wir laufen in den Gang zurück und biegen bei der nächsten Gelegenheit nach links ab, verfolgt vom Knurren des Warfst. Die goldenen Wände spiegeln seine Fratze wieder und sein Brüllen hallt ums Vielfache verstärkt hinter uns her.

Dann nach rechts und wir haben uns sogleich hoffnungslos verirrt. Aber uns bleibt keine Zeit, uns zu orientieren. Wir rennen weiter, wählen den linken Weg bei der nächsten Abzweigung und folgen einem hundert Schritt langen, geraden Gang.

Kapitel 20

Ich keuche und meine Seite beginnt zu stechen. Hinter mir höre ich das Monster immer näher kommen. Bald wird es uns erreicht haben.

Während wir rennen, trete ich mit einem Mal auf eine Bodenplatte, die ich nicht gesehen hatte, und sofort beginnen die Wände rechts und links von uns zu brennen. Zum Glück ist der Gang breit genug, sodass uns die Flammen nichts anhaben können. Tascha strauchelt, als sie das Feuer sieht und ich renne sie fast um. Hinter mir hat das Knurren aufgehört und ist einem Winseln gewichen.

Ich wage es, in einem Anflug von selbstmörderischem Mut, mich umzudrehen und sehe den Warft in die entgegengesetzte Richtung davonrennen. Er scheint panische Angst vor dem Feuer zu haben, das jetzt beide Seiten des Ganges vollständig in Brand gesetzt hat.

Wir bleiben nach Luft ringend stehen und stützen uns auf die Knie ab. Es ist zwar heiß zwischen den Feuerwänden, aber immerhin scheinen wir vorerst in Sicherheit zu sein. Wir sind dem Warft entkommen.

Gerade als wir wieder zu Atem gekommen sind, beginnen sich die Wände des Ganges von selbst zu löschen. Das Feuer weicht an einen einzelnen Punkt hinter uns zurück und verbindet sich in der Mitte des Ganges zu einer Säule. Oh nein, nicht schon wieder eine Feuerwelle.

Aber anscheinend haben die Magier etwas anderes im Sinn. Sie formen aus dem Feuer eine Gestalt, die etwa zwei Schritt hoch ist, eine schlanke Taille und weibliche Rundungen besitzt. Alles an ihr steht in Flammen. Jetzt erkenne ich den Kopf, die glühende Augen und die züngelnden Flammen, die anstelle von Haaren um ihr Gesicht tänzeln.

Ein Feuerelementar.

Ihre Schönheit ist überirdisch, wenn auch ihr Gesichtsausdruck uns alles andere als freundlich gesinnt ist. Sie zieht ihre dunkelroten Augenbrauen zusammen, was ihrem Aussehen einen wilden, zornigen Ausdruck verleiht und schwebt auf uns zu. Ihre Flammenbeine berühren den Boden nicht.

Als sie die Hände hebt, erwache ich aus meinem bewundernden Staunen. Dieses Elementar hat offenbar vor, uns mit Feuerbällen zu attackieren. Schon bildet sich der erste Ball über ihrer Handfläche und sie holt aus, um ihn nach uns zuzuschleudern.

Ich lasse mich von ihrer Treffsicherheit lieber nicht überzeugen und renne den Rest des Ganges hinunter. Tascha ist mir bereits zwanzig Schritt voraus und biegt nach rechts um die Ecke.

Ich folge ihr so rasch ich kann. Hinter mir schlagen Feuerbälle ein und zischen über meinen Kopf hinweg, um an der goldenen Mauer vor mir qualmende Löcher zu hinterlassen. Als ich um die Ecke renne, ist vor mir weit und breit keine Tascha mehr zu sehen. Dafür höre ich hinter mir umso deutlicher das Feuerelementar näher rücken.

Mir bleibt keine Zeit, nach meiner Freundin Ausschau zu halten. Ich renne den kurzen Gang weiter, der sich vor mir abermals verzweigt. Rasch wende ich mich nach links und bete zu den Göttern, dass das Elementar nicht gesehen hat, wohin ich gerannt bin.

Inzwischen habe ich keine Ahnung mehr, wo sich der Ausgang befindet. Geschweige denn, wo Tascha ist.

Ich folge dem Gang, der etwa zwanzig Schritt lang ist und biege nochmals nach links ab, in der Hoffnung, das Feuerelementar damit vollends abzuhängen. Dann erstarre ich inmitten meiner Bewegungen.

Vor mir gibt der Gang, in dem ich mich befinde, den Blick auf einen idyllischen Teich inmitten einer Waldlichtung frei. Ich hatte angenommen, dass das ganze Labyrinth aus goldenen Wänden besteht, aber offenbar hatte ich mich getäuscht. Der Teich ist mindestens so groß wie der Speisesaal im Zirkel und an seinem Ufer wachsen verschiedene Sträucher und Bäume. Ich erkenne sogar etwas weiter entfernt ein Schilfdickicht.

Da ich von den vorherigen Turnieren weiß, dass solch einer friedlich anmutenden Szene nicht im Mindesten zu trauen ist, betrete ich unter höchster Vorsicht die Lichtung.

Es kommt mir vor, als befinde ich mich in einer fremden Welt, so friedlich und schön ist es hier. Das tödliche Turnier, bei dem ich auf solch grausame Art assistieren muss, rückt in weite Ferne.

Kleine Vögel fliegen von Ast zu Ast und zwitschern wunderbare Lieder. Libellen summen um die Wette und Frösche quaken fröhlich am Ufer.

Trotzdem kann ich diesem Frieden nicht trauen. Irgendwo lauert bestimmt ein Golem oder Chark, um mich im nächsten Augenblick zu töten. Als ginge ich auf rohen Eiern, setze ich einen Fuß vor den anderen, jederzeit bereit, das Weite zu suchen.

Aber es passiert nichts, selbst als ich das Ufer fast erreicht habe. Ich umrunde den Teich, jetzt immer langsamer werdend. Spätestens jetzt erwarte ich, dass ein tollwütiger Warft aus dem Dickicht prescht und mich zu Boden wirft. Jede Faser meines Körpers ist angespannt und bereit, die Flucht zu ergreifen.

Weit und breit ist kein Monster zu sehen, die Vögel sind friedlich am Zwitschern und ein kleiner Hase hoppelt von links nach rechts über die Lichtung. Die Luft duftet nach Tausenden von Blumen.

Nach ein paar weiteren Schritten habe ich die Lichtung überquert und den Teich hinter mir gelassen. Immer noch sehe ich keine Spur eines übernatürlichen Wesens. Vielleicht haben die Magier keine Kräfte mehr? Oder sie sind es selbst leid, mich ständig rennen zu sehen?

Jedenfalls bin ich ihnen mehr als dankbar über diese Verschnaufpause. Bevor ich weitergehen und die Lichtung verlassen muss, setze ich mich kurz an den Rand des Teiches und erlaube mir, für ein paar Minuten die Ruhe zu genießen. Ich schließe die Augen und lausche den Waldgeräuschen. Dies könnte vielleicht das letzte Mal sein, dass ich so etwas wie Frieden empfinde.

Die Absurdität dieses Gedankens lässt mich plötzlich erschaudern. Ich befinde mich mitten im Turnier und Tascha läuft vielleicht irgendwo, ein paar Schritte entfernt von mir, um ihr Leben. Ich schüttle den Kopf, versuche mich aufzurichten. Aber meine Glieder wollen mir nicht gehorchen. Mein Körper will hier bleiben, wo ich den Fröschen und Vögeln zuhören kann. Hier, wo mir nichts geschehen wird.

Dann kommt mir plötzlich in den Sinn, was Alvaras in einem unserer Trainings gesagt hat: Wir sollten möglichst rasch durch die Turniere gehen. Je länger wir drin bleiben, umso grösser ist die Gefahr, dass wir sterben. Ist dies vielleicht genau das, worauf die Magier warten? Mich möglichst lange hier behalten, damit ich danach umso schneller sterbe? Sich umso mehr Monster auf mich stürzen können?

Ich reiße die Augen auf. Auf einmal scheint sich die Umgebung zu verwandeln. Die Vögel bekommen schwarzes Gefieder, ihre Stimmen klingen eher nach rostigen Türklinken, als einem lieblichen Gesang, die Frösche haben plötzlich spitze Zähne, die vor Gift triefen und die Libellen versuchen, mit spitzen Stacheln auf mich einzustechen.

Ich springe auf und laufe los. Fast hätte mich dieser Frieden so stark eingelullt, dass ich das Wesentliche vergessen hätte: Das Turnier hinter mich zu bringen und in den Zielbereich zu kommen.

Hinter mir höre ich es Summen, Quieken und Quaken, aber ich drehe mich nicht mehr um, sondern renne in den Gang, der sich auf der gegenüberliegenden Seite befindet, von der ich gekommen bin.

Als ich ihn erreiche, hört die Geräuschkulisse schlagartig auf und ich wende mich kurz um. Hinter mir sehe ich nichts als einen dunklen Gang. Keine Spur mehr von der friedlichen Waldlichtung und dem Teich.

Ich atme tief durch. Noch einmal bin ich den Magiern entkommen. Aber in Zukunft werde ich umso mehr auf der Hut sein, damit mich solch ein Zauber nicht mehr reinlegen kann.

Der Gang verläuft ein paar Schritt weiter geradeaus und verzweigt sich abermals. Ich wende mich nach rechts und sehe auf einmal vor mir den Zielbereich, der sich weniger als hundert Schritt entfernt befindet.

Kann es das schon gewesen sein? Oder ist dies wieder nur eine gemeine Illusion? Vorsichtig nähere ich mich dem goldenen Tor. Vielleicht handelt es sich auch um den Startbereich, ich habe wirklich keine Ahnung mehr, wo ich bin und könnte ebenso gut im Kreis gelaufen sein.

Der Gang kommt mir unendlich lang vor und ich beschleunige meine Schritte. Trotzdem scheint der Zielbereich nicht näher zu rücken. Ich beginne zu rennen und fühle mich, als würde ich mich auf ein und derselben Stelle bewegen. Der Zielbereich bleibt jedoch weiterhin unerreichbar. Nicht schon wieder eine Illusion … ich renne noch schneller, aber es hilft nichts, im Gegenteil. Das goldene Tor scheint sich eher von mir wegzubewegen, als zu mir hin.

Also halte ich an und überlege. Xenos hat mir einen Löffel gegeben. Falls dieser nutzlos wäre, hätte er ihn mir nicht ausgehändigt. Was also kann dieser Löffel, was ich übersehen habe? Ich hole ihn aus meinem Hosenbund hervor und wende ihn in meinen Händen. Der Griff des Löffels ist breit und hölzern. Die Löffelschale ist etwa handtellergroß und hat eine Vertiefung in der Mitte.

Ich schaue mich genauer im Gang um und entdecke zu meiner Rechten eine Art Kurbelvorrichtung. Ein kleines Wellrad ist in die goldene Mauer eingelassen. Allerdings fehlt der Griff, um dieses zu drehen. Ich mustere die Vorrichtung sorgfältig. Warum ist mir diese nicht schon früher aufgefallen? Ich schaue mir meinen Löffel nochmals an und stutze. Es sieht so aus, als passe sein Ende genau in die Öffnung des Wellrades.

Vorsichtig stecke ich den Stiel hinein und tatsächlich, er rastet ein und lässt sich nun nicht mehr heraus ziehen.

Ich beginne, den Löffel zu drehen. Ein Quietschen ertönt, als sich das Rad in Bewegung setzt. Plötzlich scheint es mir, als rücke das Tor näher. Also drehe ich weiter, als wollte ich ein Loch in die goldene Wand bohren. Langsam nähert sich das goldene Tor. Ich beschleunige meine Bewegungen. Kann es sein, dass dieser Löffel tatsächlich viel mehr wert ist, als ich im ersten Augenblick gedacht habe?

Wieder fällt mir der vielsagende Blick von Xenos ein, ehe er sich von uns abgewandt hatte. Hat der den Löffel mit irgendeinem Zauber belegt? Will er vielleicht sogar, dass ich gewinne und seine Dienerin werde? Bei dem Gedanken höre ich mit meinen Drehungen auf und das Tor beginnt augenblicklich, sich wieder von mir zu entfernen.

Halt! Ich will raus aus diesem Labyrinth und wenn der Preis dafür ist, dass ich Xenos dienen soll, dann soll es eben so sein. Ich nehme die Löffeldrehungen wieder auf, diesmal noch rascher.

Das Tor kommt immer näher. Als es noch einen Schritt entfernt ist, greife ich nach der Tür und stoße sie auf. Sie gibt anstandslos nach und ich hechte hindurch.

Schmerzvoll schlage ich mit der Schulter auf dem Boden auf und bin einen Moment benommen. Um mich brandet Applaus auf, aber ich bin viel zu durcheinander, um zu begreifen, dass ich tatsächlich den letzten Turniertag hinter mich gebracht habe. Das magische Turnier wirklich für mich vorbei ist. Wie im Traum stehe ich auf und wische den Staub von meinen schwarzen Hosen und der weißen Bluse.

Schon spüre ich eine Hand, die mir anerkennend auf die Schulter klopft. Ich hebe den Blick und sehe direkt in Xenos' eisblauen Augen. Ein amüsiertes Lächeln umspielt seinen Mund und er verkündet mit lauter Stimme: »Mein verehrtes Publikum, die Siegerin des Turniers der Wintersonnenwende ist Alia.«

Ich starre ihn entgeistert an. Was soll das heißen? Ich bin die Siegerin? Das kann nicht sein? Wo ist Tascha? Ist das Turnier tatsächlich vorbei? Oder ist das wieder eine dieser fiesen Illusionen?

Mir wird schwindelig, ich schwanke und Xenos stützt mich, was ich noch komischer finde. Er, der Zirkelleiter stützt eine Nehil und bewahrt sie davor, umzufallen, nachdem er fünf Tage lang versucht hat, mich zu töten. Das ist wirklich zu viel. Unvermittelt entweicht meiner Kehle ein hysterisches Gelächter und ich kann mich gar nicht mehr beruhigen. All die Anspannung der letzten Tage fällt von mir ab. All das Leid, das ich durch den Tod von Kalus, Jita und Goe ebenso, wie durch die Nachricht von Reyvans Bestrafung erfahren habe und die Ungewissheit, was mit Tascha passiert ist, ob sie ebenfalls tot ist.

Meine Nerven versagen. Ich beginne, hilflos zu schluchzen und sinke in die Knie, ehe Xenos es verhindern kann.

Rasch wendet sich ein Heiler mir zu und gibt mir eine braune Flüssigkeit zu trinken. Schlagartig wird es dunkel um mich. Das Letzte, an das ich denken kann, ist Tascha.

Ich hatte erwartet, in der Unterkunft der Arena aufzuwachen. Stattdessen befinde ich mich in einem weißen Himmelbett. Die Sonne scheint durch das Fenster und kitzelt meine Nase. Ich wende den Kopf und sehe, dass ich mich in einem hellen, geräumigen Zimmer mit zwei Fenstern befinde. Auf der gegenüberliegenden Seite steht das Bett, in dem ich liege, daneben eine kleine Kommode, ein einfacher Tisch mit einem Stuhl und rechts davon ein schmaler Schrank. Auf meiner linken Seite befindet sich eine hölzerne Tür, die wunderschöne Schnitzereien aufweist und – ich traue meinen Augen kaum – sogar ein kleiner Kamin, in dem ein warmes Feuer brennt.

Ich habe keine Ahnung, wo ich bin. Mein Körper schmerzt, als sei ich einen Tag lang gerannt und als ich meinen Kopf anhebe, wird dies von einem schmerzhaften Pochen in meinen Schläfen bestraft. Nur langsam komme ich zu mir und begreife, was passiert ist.

Ich lebe tatsächlich noch, habe die fünf Turniertage hinter mich gebracht.

Jemand hat mich gewaschen. Meine Hände sind sauber, meine Nägel gepflegt. Ich kneife mich in den Arm, um sicher zu sein, dass ich nicht träume. Der rote Fleck, der sich langsam auf meinem Unterarm bildet, überzeugt mich vom Gegenteil.

Aber wo um alles in der Welt bin ich? Als ich versuche, mich aufzurichten, dröhnt mein Schädel so stark, dass ich mich unvermittelt wieder hinlegen muss. Mein ganzer Körper fühlt sich bleiern an.

So liege ich eine Weile da und starre an die Decke meines Bettes, die von weißem Stoff überzogen ist, der sanft in drei Vorhängen hinunter gleitet. Ich fühle mich unendlich müde und döse bald darauf wieder ein.

Als ich das nächste Mal erwache, ist es Abend – oder zumindest ist es dunkel im Zimmer. Das Feuer im Kamin ist kleiner geworden. Jemand war hier und hat eine Kerze auf der Kommode neben mir angezündet und etwas zu Essen gebracht, das nun unter einer Metallhaube auf dem Tisch steht. Die Kerzenflamme wirft gespenstische Schatten an die Wand, Decke und den Boden.

Ich schließe die Augen und seufze. Wo bin ich? Und warum liege ich nicht in meinem Bett bei der Arena oder zumindest in meinem Zimmer im Quartier der Diener?

»Geht es dir wieder besser?«, ich fahre bei den Worten zusammen, was meine Muskeln mit einem gequälten Aufschrei quittieren.

Wer hat gesprochen? Diese tiefe Stimme kenne ich doch. Ich sehe, wie sich jemand aus dem Schatten beim Fenster löst und auf mich zukommt.

Ich kneife die Augen zusammen, um besser sehen zu können. Erkenne ihn aber erst, als er direkt neben mir am Bett steht. Xenos.

Bei dieser Erkenntnis bleibt mein Herz stehen und ich schnappe nach Luft. Was will der Zirkelleiter hier?

Er trägt ein schwarzes, mit Goldfäden durchwirktes Gewand, das seiner hohen Gestalt und seinen breiten Schultern schmeichelt. Sein kantiges Gesicht mit den arroganten Zügen wird vom Kerzenlicht erleuchtet. Fast könnte man ihn als schön bezeichnen, wären da nicht seine eiskalten Augen und seine schwarze Seele, die ich abgrundtief verabscheue.

Ich versuche zu antworten, aber kein Ton will aus meiner Kehle dringen. Ich räuspere mich und bringe ein Krächzen heraus.

»Das werte ich mal als ›ja‹«, fährt Xenos fort, ohne sich darum zu kümmern, dass ich kaum sprechen kann. »Respekt, ich hätte nicht gedacht, dass du so weit kommst. An dir ist tatsächlich mehr dran, als man im ersten Augenblick vermuten würde«, er hebt eine Augenbraue und ein eisiges Lächeln, das mich schaudern lässt, gleitet über sein kühles Gesicht. »Wie dem auch sei. Du hast fünf anstrengende Tage hinter dir – auch wenn du den sechsten davon verschlafen hast«, sein Blick schweift missbilligend über das Bett.

Ich ziehe die Decke bis ans Kinn hoch und bin mir auf einmal meiner Nacktheit unter den Laken mehr als bewusst.

»Du hast noch zwei Tage Zeit, um dich zu erholen. Danach wirst du in meinen Dienst treten«, bemerkt er mit einer Stimme, die es gewohnt ist, Befehle zu erteilen und keinen Widerspruch duldet.

Dann wendet er sich von mir ab und geht zur Tür. Ehe er sie erreicht, bringe ich all meine Kraft und meinen Mut auf und setze mich im Bett hin.

»Was ist mit Tascha?«, krächze ich.

Er wendet sich langsam zu mir um. Auf seinem Gesicht zeigt sich etwas, das Belustigung, Ärger und Grausamkeit gleichzeitig sein könnte.

»Sie wird weiterhin dem Zirkel dienen«, er schließt die Tür hinter sich und lässt mich allein.

Ich sinke in die Kissen zurück. Was heißt das denn nun wieder? Zumindest scheint sie zu leben. Hoffentlich geht es ihr gut. Ich beschließe, dass ich sie, sobald es mir wieder besser geht, suchen werde. Wenn sie weiterhin als Dienerin hier beschäftigt ist, wird sie immer noch ein Zimmer bei den Dienerquartieren haben und das heißt, dass ich sie finden kann.

Eine plötzliche Erleichterung ergreift von meinem Körper Besitz. Mir war gar nicht bewusst, wie ich mich um sie gesorgt habe. Die Nachricht, dass sie lebt, ist Balsam für meine Seele.

Ich merke, dass mein Magen knurrt. Seit einer Ewigkeit habe ich nichts mehr gegessen. Also stehe ich auf und schaue unter der Metallhaube nach, was es da Feines gibt. Die Mahlzeit besteht aus Brot und kaltem Fleisch. Ich schlinge alles mit Appetit herunter.

Danach gehe ich wieder ins Bett und kuschle mich in die weichen Decken. Morgen werde ich bestimmt wieder einigermaßen bei Kräften sein und das Zimmer verlassen können.

Als Erstes werde ich zu den Dienerquartieren gehen und mich davon überzeugen, dass es Tascha wirklich gut geht. Dann werde ich Rana suchen und mit ihrer Hilfe zu Reyvan in den Kerker schleichen. Ich muss mein Versprechen einlösen und ich will zu ihm, seine starken Arme um mich spüren, mich in seinen Küssen verlieren.

Außerdem werde ich Xenos bitten, ihn frei zu lassen. Schließlich hat er nichts Schlimmes getan, er hat nur unerlaubt den Zirkel verlassen, wollte jedoch keinen Augenblick lang fliehen. Wenn er das gewollt hätte, hätte er es längst getan. Er scheint seine Verpflichtung gegenüber seinem Volk ernst zu nehmen und jetzt, als Xenos' Dienerin werde ich vielleicht etwas Einfluss darauf haben, wie lange seine Bestrafung dauern muss.

Das hoffe ich zumindest, auch wenn ich es am Rande meines Bewusstseins besser weiß. Aber mit diesem Gedanken geht es mir schon viel besser und ich übergebe mich langsam dem Land der Träume.

Kapitel 21

Erstaunlicherweise träume ich weder von Tascha, Reyvan noch vom Turnier. Ich befinde mich zu Hause, bei Mutter und Vater, höre Sen und Lia draußen spielen und bin überglücklich, alle wiederzusehen. Viel zu rasch ist die Nacht vorbei und ich wache auf, mein Herz schwer wie ein Eisenblock.

Ich winde mich aus meinen warmen Decken und stehe auf. Mein Körper schmerzt immer noch, aber zumindest kann ich mich bewegen.

Als ich zum Fenster gehe und rausschaue, erkenne ich, dass ich mich in einem der oberen Stockwerke des mittleren Gebäudes des Zirkels befinde. Unter mir erkenne ich einige Balkone, direkt mir gegenüber liegt das Tor zum Innenhof. Ich kann knapp über die hohe Mauer, die sich darum erstreckt, sehen. Dahinter breitet sich eine schneeweiße Fläche aus, die sich in den grauen Wolkenfeldern verliert.

Ich fröstle und schaue mich nach Kleidern um. Auf einem Stuhl neben dem Fenster liegen fein säuberlich eine weiße Schürze, sowie ein weißes Dienerkleid und weiße Schuhe bereit. Die Diener der Zirkelräte heben sich unter anderem in ihrer Kleidung von den anderen Dienern ab und ich gehöre ab sofort zu ihnen.

Ich ziehe die neue Dienstkleidung an und gehe zur Zimmertür. Xenos hat mir gesagt, dass ich noch zwei Tage frei hätte, also werde ich mich etwas in meiner neuen Umgebung umsehen, bevor ich meinen Dienst antrete. Zudem muss ich mein Bündel aus meinem alten Zimmer holen, da ich es hier nirgendwo finden kann. Darin befinden sich ein paar meiner alten Kleider von zu Hause sowie mein Stoffbär. Den Ring und das Armband meiner Geschwister trage ich immer noch und das silberne Kästchen habe ich Reyvan zur Aufbewahrung gegeben. Ich hege keinen Zweifel daran, dass er es gut versteckt hat und es mir wiedergeben wird, sobald er den Kerker verlassen kann.

Zuerst werde ich Tascha suchen. Ich drücke die Türklinke meines neuen Zimmers herunter, aber nichts passiert. Nochmals drücke ich und ziehe diesmal, doch die Tür gibt nicht nach.

Das kann nicht sein. Bin ich etwa eingesperrt?

Ich rüttle an der Tür, die jedoch störrisch verschlossen bleibt.

Mutlos sinke ich davor zu Boden. Warum lässt mich Xenos einsperren? Ich will doch nur schauen, ob es meinen Freunden gut geht. Aber mir wird sogar das verboten. Ich merke, wie sich Tränen in meinen Augen sammeln. Gerade noch habe ich gedacht, dass alles besser wird, doch nun scheint es noch viel schlimmer geworden zu sein. Xenos hat mich in meinen neuen Gemächern eingesperrt und verbietet mir, mich frei im Zirkel zu bewegen.

Ich kann meine Tränen nicht weiter zurück halten und beginne zu weinen, ob vor Trauer, Zorn, Selbstmitleid – ich weiß es nicht.

Mir ist kalt und ich zittere. Als ich meinen tränenverschleierten Blick hebe sehe ich, dass es draußen stärker zu schneiden begonnen hat. Kleine Eiskristalle sammeln sich am Fenster und es ist eisig kalt im Zimmer.

Ich rapple mich auf und schlüpfe wieder unter die dicken Decken. Dass ich immer noch meine Dienstkleider trage, schert mich nicht. Soll sich Xenos doch ob meiner verknitterten Kleidung ärgern.

So einsam wie jetzt habe ich mich nur einmal in meinem bisherigen Leben gefühlt, als ich mich von Vater verabschiedet habe. Aber selbst damals war zumindest Rana da gewesen und hat mich in mein Zimmer in den Dienerquartieren geführt.

Jetzt bin ich vollkommen allein.

Allein in einem kalten, fremden Zimmer, abgeschnitten von meinen Freunden, obwohl sie sich wahrscheinlich im Umkreis von zweihundert Schritt befinden. Nur ein paar Stockwerke unter mir sind die Quartiere der Diener, dort sind sicher Tascha und Rana. Wo die Kerker sind, weiß ich nicht, aber bestimmt auch nicht weit weg.

Mutlos schluchze ich in mein Kissen.

Es ist zum Verzweifeln. Sobald ich meine, dass eine Hürde geschafft ist, stapeln sich neue Probleme vor mir auf. Mein Heimweh ist nun so stark, dass mir das Herz in der Brust regelrecht schmerzt. Dass ich nicht aufhören kann zu weinen, und meine Kehle vom Schluchzen wund wird, macht es auch nicht besser.

Eine Weile liege ich so da, in meinem Elend gefangen und gebe mich meinen Tränen hin, bis ich keine mehr habe.

Dann komme ich langsam wieder zur Besinnung.

Nein. Ich kann jetzt nicht aufgeben. Nicht jetzt, nachdem ich das Turnier überlebt habe und vielleicht meine Familie wiedersehen kann.

Nein, selten war ein Moment so schlecht geeignet, um aufzugeben.

Unter Aufbringung meines gesamten Willens raffe ich mich auf, ordne mein Haar und setze mich auf das Bett. Mir ist immer noch kalt, obwohl das Fenster geschlossen und der Kamin an ist.

Ich wickle zusätzlich eine Wolldecke um meine Schultern und versuche, meine Gedanken zu ordnen.

Hinaus darf ich nicht, daher bleibt mir nichts anderes übrig, als zu warten, bis jemand mit dem Frühstück kommt und dann kann ich diejenige Person nach den Gründen fragen, warum ich hier gefangen gehalten werde. Vielleicht auch danach, wie es meinen Freunden geht.

Und tatsächlich, es dauert nicht lange, da wird ein Schlüssel im Schloss gedreht und die Türe geht auf. Eine Dienerin, die ich nur vom Sehen her kenne, kommt mit einem Teller mit köstlich riechendem Essen herein. Sie trägt graue Kleidung, ist also keine persönliche Dienerin von Xenos.

Ich springe auf und gehe zu ihr hin. Sie schließt hastig die Tür hinter sich ab und versteckt den Schlüssel in ihrer Schürze.

»Wie heißt du?«, frage ich sie. »Und warum darf ich hier nicht weg?«

Die Dienerin sieht mich hilflos an und schüttelt den Kopf. Sie darf nicht sprechen.

Enttäuscht und wütend balle ich die Fäuste. Was soll diese Geheimniskrämerei? Ich will raus hier! »Gib mir bitte den Schlüssel, ich will nur kurz raus, frische Luft schnappen«, bettle ich.

Aber sie schüttelt stur den Kopf, geht an mir vorbei und stellt den Teller mit Nachdruck auf den Tisch. Das Gedeck von gestern räumt sie weg und wendet sich zum Gehen.

Ich stelle mich ihr in den Weg. »Bitte, sag mir, warum ich hier gefangen gehalten werde!«, ich schaue sie eindringlich an.

Sie schüttelt wieder den Kopf und drängt sich an mir vorbei.

Ich bin verzweifelt.

Es wäre ein Leichtes, sie zu überwältigen und an ihr vorbei durch die Tür zu stürmen. Aber was dann? Wohin sollte ich gehen? Den Zirkel verlassen kann ich auf keinen Fall, sie würden mich jagen und töten, zudem widerstrebt es mir zutiefst, meine Freunde hier im Stich zu lassen. Ich wage mir gar nicht vorzustellen, wie die Bestrafung von Xenos aussieht, wenn sie mich gefangen nehmen würden.

Also halte ich mich zurück und lasse die Dienerin gehen. Der Appetit ist mir jedoch vergangen.

Den Nachmittag verbringe ich auf meinem neuen Bett und starre trübsinnig vor mich hin. Immerhin scheint die Ruhe meinem geschundenen Körper gut zu tun.

Als der Abend anbricht, warte ich wieder auf die Dienerin. Sie kommt, als es draußen schon dunkel ist und bringt mir mein Abendessen. Dann leert sie meinen Nachttopf, was mir überhaupt nicht recht ist und geht wieder, ohne ein Wort mit mir zu wechseln.

Ich setze mich an den Tisch, jetzt habe ich doch Hunger und das Essen riecht so gut.

Gerade als ich meinen Teller leergegessen habe, öffnet sich die Tür ein zweites Mal. Ich nehme an, dass es nochmals die Dienerin ist, die das Essen abräumen will und bin umso erstaunter, als ich Xenos in mein Zimmer treten sehe.

Er schaut sich kurz um und bleibt dann mitten im Raum stehen.

Ich erhebe mich hastig. Es gehört sich nicht, in Gegenwart des Zirkelleiters zu sitzen, auch wenn ich ihn noch so wenig ausstehen kann.

Er quittiert diese Geste mit einem wohlwollenden Nicken. »Wie ich sehe, hast du dich erholt«, er mustert mich von oben bis unten, dass mir eine Gänsehaut über den Körper läuft.

Ich unterdrücke ein Schaudern und versuche den Drang zu unterdrücken, meine Arme um mich zu schlingen. »Ja, es geht mir wieder besser«, erwidere ich knapp.

»Quolia hat mir gesagt, dass du dich über deine Situation beklagt hättest?«, fährt er fort, ohne auf meine Antwort einzugehen.

Ich trete unbehaglich von einem Fuß auf den anderen. Es ist eine Sache, sich hinter Xenos' Rücken über etwas zu beschweren, eine ganz andere jedoch, es ihm direkt ins Gesicht zu sagen.

Schließlich nehme ich all meinen Mut zusammen und schaue ihm direkt in die kalten Augen. »Ich verstehe nicht, warum ich nicht mein Zimmer verlassen darf.« In meiner Stimme schwingt unbeabsichtigt Trotz und Ärger mit. Aber falls er dies bemerkt hat, lässt es ihn kalt.

»Du bist nun meine persönliche Dienerin«, antwortet er in einem Ton, als wolle er mir beibringen, dass eins und eins zwei gibt. »Daher darfst du dich nicht mehr frei im Zirkel bewegen. Du wirst einige Dinge sehen und hören, die du niemandem erzählen darfst. Dafür hast du andere Privilegien, wie beispielsweise dieses Zimmer«, er macht eine umfassende Bewegung mit dem Arm.

Alle Zimmer dieser Welt können mir gestohlen bleiben, wenn ich mich dafür nicht frei bewegen darf, denke ich, beiße mir aber auf die Zunge, um dies nicht laut auszusprechen. Stattdessen senke ich den Blick und starre auf meine Füße.

»Du solltest dankbar sein«, fährt Xenos zu allem Überfluss fort. »Viele würden sich wünschen, an deiner Stelle zu stehen.«

Mir liegt eine freche Bemerkung auf den Lippen, die ich nur mit Müh und Not unterdrücke. Keinesfalls will ich ihn zum Feind haben, das würde eine harte Zukunft im Zirkel, wenn nicht gar meinen Tod bedeuten. Daher schlucke ich meinen Trotz herunter.

»Ich danke Euch, dass ich Eure Dienerin sein darf, mein Herr«, murmle ich unter Aufbringung all meiner Selbstbeherrschung.

Da lacht Xenos plötzlich so laut, dass ich zusammen zucke und erstaunt meinen Blick hebe. Er sieht auf einmal viel jünger aus und zum ersten Mal auch wirklich attraktiv – selbst wenn er mich gerade auslacht.

Ich merke, wie mein Gesicht zu glühen beginnt. Was habe ich jetzt schon wieder falsch gemacht?

»Du bist erfrischend!«, meint er amüsiert. »Aber nenn mich nie wieder ›Herr‹! Das sind Anmaßungen, die ich nicht nötig habe.«

Wo er recht hat … ich schlage beschämt die Augen nieder und möchte am liebsten im Erdboden versinken. Trotzdem muss ich ihm eine Frage noch stellen, ehe ich vollends den Mut verliere. »Ich … ich sorge mich um meine Freunde, und würde gerne wissen, wie es ihnen geht.« So, jetzt ist es raus.

Schlagartig wird Xenos wieder ernst und seine Maske der Unnahbarkeit und Arroganz nimmt von seinem Gesicht Besitz. »Den persönlichen Dienern des Zirkelleiters ist es verboten, Freundschaften zu pflegen!«, entgegnet er energisch.

»Warum?«, erwidere ich verzweifelt. »Ich verrate ihnen bestimmt keine Geheimnisse.«

Er schaut mich lange und durchdringend an, dann wird sein eisiger Blick etwas weicher. »Gut, vielleicht gestatte ich dir, dich von ihnen zu verabschieden. Wer ist es?«

Jetzt wird es schwierig. Ich kann nicht sagen, dass ich mit Reyvan befreundet bin, das würde ihn sofort misstrauisch machen und Reyvan wird womöglich noch härter bestraft werden. Aber Tascha und Rana, das wird bestimmt kein Problem sein, oder? Ein Versuch ist es allemal wert.

»Tascha und Rana«, antworte ich zögernd.

Sein Blick bohrt sich in meine Augen, als wolle er direkt in meine Seele schauen. »Da ist noch jemand anders, oder?«, fragt er in gefährlich leisem Ton.

Ich druckse herum. Nein, ich darf es ihm nicht sagen. Reyvan würde darunter zu leiden haben. Er könnte schließlich Informationen von mir erhalten haben, die seinem Volk nützen und den Magiern schaden.

Xenos' Blick wird hart. »Du willst es mir nicht aus freien Stücken verraten, wie?«, er speit mir diese Worte entgegen.

Ich zucke bei der frostigen Härte seiner Stimme, die eben noch herzhaft gelacht hat, zusammen.

»Aber ich weiß, wer es ist«, fährt er fort.

Ich fühle mich, als falle ich in ein tiefes Loch und merke, wie mir ein Schweißtropfen den Rücken hinunter rinnt, obwohl es im Zimmer kühl ist.

»Oder soll ich besser sagen wer *er* ist?« Sein Blick könnte jetzt Wälder in Eisflammen aufgehen lassen und ein grausames Lächeln spielt um seinen Mund.

Ich kann ihn nicht länger anschauen und senke den Blick abermals.

»Ich weiß es bereits seit Roís deine Gedanken gelesen hat«, fährt er fort. »Und es passt mir ganz und gar nicht, dass der Elf sich eingemischt hat! Was meinst du, weswegen er nun im Gefängnis sitzt? Er ist eindeutig zu weit gegangen, hat meine Autorität untergraben und nun wird er dafür bestraft!«

Mir fällt es wie Schuppen von den Augen. Indem ich das Turnier gewonnen habe und Xenos' Dienerin geworden bin, hat er zwei Fliegen mit einer Klappe geschlagen. Reyvan hat keinen Kontakt mehr mit mir, da es mir verboten ist, mit ihm zu sprechen, er kann also keine weiteren Informationen von mir erhalten, die seinem Volk in einem Kampf gegen die Magier nützen. Und er wird doppelt bestraft, da wir uns nahe standen. Jetzt wird er mich nie mehr wiedersehen.

Bei dieser Erkenntnis wird mir plötzlich ganz anders und in mir brodelt Hass auf. Das Feuer im Kamin flammt einen Moment lang heller auf, ich beachte es jedoch nicht. Zu groß ist meine Wut auf Xenos. Er hat das alles so geplant und ist auch noch stolz auf seinen klugen Schachzug. Wie um meine Vermutung zu untermauern, grinst er selbstgefällig, was seinem Gesicht das Aussehen eines zähnefletschenden Wolfes gibt.

»Ja, Alia, du hast richtig geraten. Das alles geschieht wegen seinem Fehltritt«, er nähert sich, bis uns nur noch ein paar Handbreit trennen. Er ist fast eineinhalb Köpfe grösser als ich. Langsam hebt er seine Hand und legt einen Finger unter mein Kinn. Er zwingt mich, in seine kalten Augen zu sehen. »Aber du, meine Liebe, wirst rasch darüber hinweg kommen«, spricht er mit einer Arroganz und Selbstgefälligkeit, dass mir übel wird.

Ich schaue ihn voller Wut und Ekel an. Aber er scheint sich eher darüber mehr zu amüsieren, als zu ärgern.

Mit dem Daumen streicht er über mein Kinn und berührt meine Lippen. »Ich mag Frauen, die etwas Feuer haben und du bist erstaunlich hübsch für eine Nehil«, fährt er fort. »Kein Wunder, dass dieser triebgesteuerte Elf dir nachgestellt hat. Vielleicht, eines Tages, werde ich dir die Gunst meines Bettes gewähren.«

Jetzt droht mir tatsächlich das Abendessen wieder hochzukommen. Mühsam versuche ich, ruhig zu bleiben und ihm nicht in sein ekelhaft überhebliches Gesicht zu kotzen. Was mir erstaunlicherweise gelingt.

»Aber bis dahin wirst du mir treu ergeben dienen. Du wirst lernen, mein Vertrauen zu gewinnen und falls nicht, wirst du eben sterben«, er sagt es, als erzählte er mir, dass ich heute früher schlafen gehen soll. Doch in seinen Augen liegt eine tödliche Warnung, die mir das Blut in den Adern gefrieren lässt. Dieser Mann geht tatsächlich über Leichen.

Bevor ich mich wehren kann, senkt er seinen Kopf zu mir herunter und drückt einen groben Kuss auf meinen Mund, dann wendet er sich ab und rauscht aus dem Zimmer.

Ich bleibe voller Wut, Ekel und Verwirrung zurück. Jetzt muss ich mich tatsächlich übergeben. Ich schaffe es gerade noch zu meinem Nachttopf.

In dieser Nacht schlafe ich unruhig und werde immer wieder von Albträumen geplagt. Ich sehe Xenos, der mich mit seinem schleimigen Lächeln in sein Bett holt, Reyvan, der gefesselt und hilflos dabei zusehen muss, während ihm Blut über den Körper rinnt. Tascha, und Rana, die ausgepeitscht werden und schließlich meine Familie, die vor einem Warft flieht.

Als es Morgen ist, fühle ich mich gerädert und mein Bettzeug ist verschwitzt.

Mühsam schäle ich mich aus meinen feuchten Decken und wasche meinen zitternden Körper mit kaltem Wasser. Danach ziehe ich meine Kleider an.

Heute werde ich noch einmal einen freien Tag haben. Aber ab morgen muss ich Xenos' Dienerin sein.

Wenn es nur einen Weg gäbe, wie ich von hier weg komme. Ich kann mir nicht vorstellen, bis ans Ende meines Lebens für Xenos zu arbeiten, abgeschnitten vom Rest der Welt.

Als ich hierherkam, dachte ich, viel schlimmer könne es gar nicht werden. Dann lernte ich Rana, Reyvan und Tascha kennen und ein kleiner Funken Hoffnung flackerte auf. Dieser wurde jedoch von Xenos mit einem Schlag ausgelöscht.

Ich werde hier bei ihm bleiben müssen, dazu verdammt, bis an mein Lebensende seine Dienerin zu sein.

Warum hat mich Xenos gestern geküsst? Und warum diese Bemerkung, dass er mich in sein Bett holen will? Bei diesem Gedanken wird mir schwindelig und ich kann nicht mehr klar sehen.

Ich stütze mich am Bett ab. Als ich ein paar Mal blinzle, weicht der graue Schleier. Ich muss dringend etwas trinken. Suchend sehe ich mich in meinem Zimmer um und entdecke einen Metallkrug und einen Becher auf dem Tisch vor dem Fenster.

Während ich einen Schluck Wasser trinke, schaue ich hinaus. Draußen schneit es ununterbrochen und die weiße Decke überzieht das ganze Land – bis auf den Innenhof. Dieser sieht aus, als wäre es Hochsommer. Keine einzige Schneeflocke gelangt bis dorthin.

Mir kommt ein Gedanke. Vielleicht kann ich doch von hier fliehen – irgendwie. Ich muss nur aus dem Fenster klettern, die Fassade hinunter gelangen und es irgendwie aus dem Tor des Zirkels schaffen.

Wie, ist mir schleierhaft. Das Tor wird Tag und Nacht bewacht und ist normalerweise fest verschlossen. Außerdem … bis dorthin muss ich über den ganzen Innenhof rennen. Spätestens dann bin ich für jeden sichtbar. Die Magier, die das Tor bewachen, würden mich sofort sehen und gefangen nehmen.

Noch während ich meine Gedanken schweifen lasse, klopft es kurz an die Tür und ich höre, wie der Schüssel umgedreht wird.

Bestimmt mein Frühstück. Mein Magen knurrt wie auf Kommando. Das Abendessen gestern konnte ich ja nicht bei mir behalten.

Ich stelle den Becher hin, drehe mich um und erstarre mitten in der Bewegung, als ich Xenos erblicke, der mein Zimmer betritt.

Kapitel 22

Wie oft will er mich denn noch besuchen kommen? Ich stehe schließlich erst ab morgen in seinem Dienst. Mühsam unterdrücke ich meine aufsteigende Übelkeit und stelle mich möglichst gerade und selbstbewusst hin. Er soll nicht merken, wie sehr er mich einschüchtert.

Xenos sieht mich mit einem unergründlichen Blick an und bedeutet mir dann mit einer knappen Geste, zu ihm zu kommen. Zögernd setze ich mich in Bewegung. Was will er?

Als ich vor ihm stehe, neigt er den Kopf zu mir herunter und schaut mich mit seinen eisigen Augen an. »Guten Morgen, Alia«, begrüßt er mich.

Sein Atem riecht frisch und ein bisschen nach Pfefferminze. Trotzdem spüre ich, dass mir die Galle hoch kommt.

»Guten Morgen«, erwidere ich, mühsam beherrscht, ruhig zu klingen.

»Der Grund für meinen Besuch ist, dass ich mein Versprechen einlösen werde.«

Oje, will er mich etwa tatsächlich in sein Bett holen? Ich weiche zurück und schaue ihn nun doch angsterfüllt an. Grauen erfasst von mir Besitz, als ich an meinen Albtraum denken muss.

Er lächelt jedoch fast schon mitleidig und schüttelt amüsiert den Kopf. »Nicht dieses Versprechen, Alia. Das hat noch Zeit und du bist schließlich noch sehr jung.« Ich atme langsam aus und merke, dass ich die Luft angehalten habe. »Ich meine das Versprechen, das ich dir am ersten Turniertag gegeben habe. Du darfst heute einen Blick auf deine Familie werfen.«

Ich starre ihn fassungslos an. Nie im Leben hätte ich damit gerechnet, dass er dies tatsächlich einlöst. Ich hatte es zwar gehofft, und dieser Gedanke hatte mich auch das Turnier durchstehen lassen, aber seit ich hier wie eine Gefangene gehalten werde, ist dieser winzige Funken Hoffnung, meine Familie noch einmal zu sehen, verflogen.

Und nun will er ihn mir tatsächlich zurückgeben? Meine Ungläubigkeit scheint ihn zu verärgern.

»Alia, du kennst mich wirklich nicht«, sagt er in strengem Ton. »Ich halte immer meine Versprechen und so auch dieses. Also folge mir jetzt, wenn du deine Familie sehen willst!«

Das lasse ich mir nicht zweimal sagen. Ich laufe eilig hinter ihm her, als er mit großen Schritten auf den Gang schreitet und sich nach links wendet. In diesem Bereich des Zirkels war ich noch nie. Wir befinden uns deutlich weiter oben als der Speisesaal, die Bibliothek oder gar der Raum liegt, in dem ich für das Turnier auserwählt wurde.

Ein Blick über das Treppengeländer gewährt mir die Aussicht auf mehrere Marmortreppen, die sich unter uns erstrecken. Irgendwo dort unten sind meine Freunde. Ich unterdrücke den Drang, die Treppen hinunterzuspringen und folge Xenos, der nun einen Stock höher steigt. Sein schwarzer Mantel umspielt seine Gestalt und seine breiten Schultern erscheinen noch eine Spur breiter. Er sieht wirklich beeindruckend aus – und auch beängstigend.

Wir folgen einem weiteren Gang, der sich oben am Treppenabsatz erstreckt und gelangen an dessen Ende zu einer goldenen Tür. Er holt einen ebenso goldenen Schlüssel hervor, den er unter seiner Kleidung an einer Kette trägt, öffnet sie und lässt mich eintreten.

Ich bleibe im Eingang stehen und blinzle ungläubig.

Vor mir liegt ein weiter Raum. Auf der linken Seite sehe ich eine breite Fensterfront, während die rechte Seite mit Regalen überfüllt ist. In der Mitte des Raumes befindet sich ein Labortisch mit allerlei Trichtern, Gläsern in allen Formen und Größen, Schalen, Schläuchen und diversen Ampullen mit verschiedenfarbigen Tinkturen.

Mein Blick wird jedoch von einem Gerät gefesselt, das sich im hinteren Bereich des Zimmers befindet.

Es ist ein runder Tisch mit etwa zweieinhalb Schritt Durchmesser. Anstelle der Tischplatte ist eine hellblau schimmernde Kuppel darauf befestigt, die aussieht, als sei sie aus Glas. Verschwommene Muster, die von kleinen Wolken gebildet werden, zeigen sich auf ihrer Oberfläche und geben der Kuppel das Aussehen, als bewege sie sich ständig.

Xenos führt mich zu dem Instrument und legt eine Hand darauf. Sofort sammeln sich die Wolken bei seiner Handfläche, oder versuchen zumindest, so nahe wie möglich zu ihr zu gelangen.

Er sieht mich mit einem Lächeln an, das an einen kleinen Jungen erinnert, der sein neues Spielzeug in den Händen hält.

»Das, Alia«, Stolz schwingt in seiner Stimme mit, »ist ein Visor.« Ich trete näher und beobachte, wie sich die Wolken unter seiner Hand bewegen. »Er dient dazu, einen für kurze Zeit alles sehen zu lassen, was man will. Allerdings braucht er viel Magie dafür, daher muss man sorgsam im Umgang mit ihm sein. Gib mir deine Hand.«

Etwas zögerlich komme ich seinem Befehl nach und Xenos nimmt meine rechte Hand, während seine andere auf dem Visor verweilt. Dann schließt er die Augen und konzentriert sich.

Es scheint, als dringe aus seiner rechten Hand ein weißer Strahl in die Kugel, die die Wolken dazu zwingt, die Form anzunehmen, die er will. Er fährt über die riesige Oberfläche und die Wolken beginnen sich noch stärker zu verbinden, bilden Formen, die sich langsam in Menschen verwandeln.

Nach ein paar Sekunden sehe ich eine richtige Szene vor mir. Ich erkenne die Umgebung sofort, es ist das Stadthaus meiner Eltern. Davor sehe ich Vater, der in einen dicken Pelz gehüllt ist und gerade meine Mutter liebevoll umarmt. Dann wendet er sich von ihr ab, um die Sattelgurte seines schwarzen Pferdes zu überprüfen. Rechts und links von Mutter sehe ich Sen und Lia, die ihm zum Abschied zuwinken. Offenbar bricht Vater gerade zu einer längeren Jagd auf. Vielleicht kommt er sogar hierher, in den Wald neben dem Zirkel. Bei dem Gedanken beschleunigt sich mein Herzschlag.

Ich beobachte, wie Vater sich auf den Rücken seines Pferdes schwingt und sich im Sattel nochmals zu Mutter und meinen Geschwistern umdreht. Ein Lächeln liegt auf seinen Zügen. Aber er scheint um Jahre gealtert zu sein. Seine Augen liegen tief in den Höhlen und Falten, die ich vorhin an ihm nicht kannte, umrahmen seinen Mund und geben seinen Gesichtszügen eine Traurigkeit, die mein Herz zusammenziehen lässt.

Auch Mutter sieht beim näheren Hinsehen älter aus. Graue Strähnen haben sich unter ihr weizenblondes Haar geschlichen, sie wirkt müde und erschöpft. Sen und Lia sind dafür gewachsen. Sen hat breite Schultern bekommen, das liegt bestimmt daran, dass er seit über einem halben Jahr die Ausbildung zum Goldschmied macht. Lia sieht ebenfalls erwachsener aus, ihr braunes Haar ist etwas kürzer, als ich es in Erinnerung hatte und der Ausdruck ihrer Augen hat sich ebenfalls verändert. Sie wirkt nun weiser und bedachter, als damals bei der Aufnahmezeremonie.

Mein Herz schmerzt zwar, aber es tut gut zu wissen, dass es ihnen gut geht, dass ihr Leben auch ohne mich weiter geht. Eine große Last fällt von mir.

»Ich danke Euch«, hauche ich unvermittelt.

Xenos lässt meine Hand los und unterbricht damit das Bild. Vor mir tanzen nun wieder die weißen Wolken. Trotzdem starre ich auf die Stelle, wo Vater gerade davongeritten ist.

»Wenn ich zufrieden mit deiner Arbeit bin, werde ich dir zur Belohnung nochmals gewähren, deine Familie zu sehen«, sagt er mit erstaunlich sanfter Stimme.

Ich schaue ihn an. Das war mehr, als ich zu hoffen gewagt hatte. Ich spüre, wie meine schlechte Meinung von ihm kleine Risse bekommt. Vielleicht hat er doch irgendwo tief in seiner breiten Brust ein Herz. Wenn auch ein sehr, sehr schwarzes.

Er wendet sich von mir ab und geht zu seinem Labortisch. Dort stützt er sich leicht mit beiden Händen ab und schaut zu mir zurück. »Ein Teil deiner Aufgabe wird daraus bestehen, mein Laboratorium in Ordnung zu halten. Ich bin oft hier und will es sauber haben. Du musst die Bücher wegräumen, alles abstauben und durchlüften. Aber du darfst dich weder am Visor zu schaffen machen noch an meinen Experimenten. Das wäre tödlich, nicht nur für dich. Du könntest leicht die ganze Gilde in die Luft sprengen.«

Sein Blick ist auf mich fixiert und ich nicke stumm. Ich werde mich hüten, etwas zu berühren, was ich nicht darf. Zumal ich ihm glaube, dass mich der Visor augenblicklich tötet, da ich ja weder über Magie noch über sonst irgendwelche Begabungen verfüge und somit ein leichtes Opfer wäre.

»Alia«, fährt er nun mit weicherer Stimme fort. »Das ist eine wirkliche Ehre und ein Test, ob du meines Vertrauens auch würdig bist. Du wirst die Einzige sein, die außer mir diesen Raum betreten darf. Natürlich musst du hierfür immer den Schlüssel abholen kommen. Es gibt nur diesen Einen«, er zieht ihn unter seinem Gewand hervor und lässt ihn an der Kette leicht hin und her baumeln.

»Das werde ich, ich danke Euch«, antworte ich gehorsam. »Was gehört sonst noch zu meinen Aufgaben?«

Er richtet sich auf und schlendert auf mich zu.

Oh nein, dieser Blick, den hatte er auch gestern Abend schon, ehe er mich geküsst hat. Er erinnert mich an einen Wolf, der sich seiner Beute sicher ist. Nahe vor mir bleibt er stehen.

»Du wirst alles für mich machen, was ich von dir verlange«, seine Stimme klingt noch tiefer als sonst. Seine Augen scheinen mein Innerstes zu verbrennen.

Ich kann den Blick nicht von ihm abwenden und starre ihn an wie ein erschreckter Hase der weiß, dass er nicht mehr lange zu leben hat.

»Morgens um sieben Uhr wirst du mir das Frühstück bringen«, fährt er fort, hebt die Hand und spielt mit einer meiner Haarsträhnen, die sich unter meiner weißen Haube gelöst hat. Ich werde nie lernen, wie man diese Hauben richtig befestigt. »Danach werde ich dir sagen, was ich an diesem Tag geplant habe und du wirst bis nach dem Abendessen auf meine Befehle hören. Falls ich keine Verwendung für dich habe, wirst du in deinem Zimmer auf weitere Aufgaben warten. Ich werde dich mit einer Klingel, die über der Tür angebracht ist, rufen«, er verzieht den Mund zu einem Grinsen – wahrscheinlich stellt er sich gerade vor, wie ich für ihn hin und her rennen muss – und lässt eine weitere Haarsträhne durch seine Finger gleiten. »Falls du dich jemals ohne ausdrücklichen Befehl außerhalb deines Zimmers aufhalten solltest, werde ich dich bestrafen. Und glaub mir, das würdest du bereuen«, seine Stimme klingt drohend und er zieht an meinem Haar, dass meine Kopfhaut prickelt.

Ich fröstle unvermittelt bei der Vorstellung, dass er eine ganze Palette von fiesen Bestrafungen auf Lager hat und sich auch keinen Augenblick davor scheuen wird, sie an mir auszutesten. Also nicke ich.

»Gut, ich sehe, du verstehst mich nun schon besser«, ein grausames Lächeln spielt um seinen Mund und er lässt die Haarsträhne los. »Ich habe mein Versprechen eingelöst und schulde dir somit nichts mehr. Ab morgen wirst du in meinen Dienst treten. Bis dahin bleibst du in deinem Zimmer. Quolia wird dir dein Frühstück bringen.«

Ehe er sich zum Gehen wendet, nehme ich meinen Mut zusammen und halte ich ihn am Arm fest. Verdutzt dreht er sich zu mir um und ich ziehe rasch meine Hand zurück. Ein ärgerlicher Ausdruck liegt in seinen

Eisaugen. Es war eine unbedachte Geste, vielleicht wird er mich sogar dafür schlagen. Aber ich muss ihn einfach fragen.

»Xenos«, beginne ich zögerlich und er hebt eine Augenbraue. »Habt Ihr es Euch schon überlegt wegen … wegen Tascha und Rana? Darf ich sie noch einmal sehen?«, meine Stimme ist zu einem Flüstern geworden.

Ich schaue ihn unsicher an, gefasst auf einen Wut- oder auf einen Lachanfall.

Stattdessen studiert er mein Gesicht stirnrunzelnd. »Ja, ich habe es mir überlegt«, antwortet er langsam. »Ich weiß noch nicht, ob ich dir vertrauen kann. Wenn du dich als würdig erweist, werde ich dir gewähren, eine von Beiden zu treffen. Aber bis dahin wirst du dich beweisen müssen!«

Damit wendet er sich von mir ab und geht zur Tür. Ich folge ihm rasch, ehe er denken kann, dass ich irgendetwas von seinen Dingen berühre oder gar entwende.

Das war wieder mehr, als ich erwartet hatte. Eigentlich hätte ich damit gerechnet, dass er mich auslacht oder wütend meinen Wunsch abschlägt. Ein kleiner Funken Hoffnung keimt in mir auf.

Den Rest des Tages verbringe ich sinnlos auf meinem Bett liegend. Ich hatte Xenos vergessen zu fragen, wo meine persönlichen Kleider und mein Stoffbär sind. Wahrscheinlich sind sie für immer verloren. Aber noch habe ich zwei meiner wichtigsten Schätze.

Sorgsam lege ich den Ring und das Armband in die Kommode. Ansonsten sind dort nur frische Dienstkleider drin. Anscheinend habe ich ab sofort meine eigenen Diener, die sich darum kümmern, meine Kleidung in Ordnung zu halten. Ein weiteres Privileg der persönlichen Diener der Zirkelräte.

Kapitel 23

Am Morgen meines ersten Dienstes bin ich pünktlich in Xenos' Gemächern. Ich habe keine Ahnung, was ich genau machen soll und gehe mit gemischten Gefühlen in sein Arbeitszimmer.

Der Zirkelleiter sitzt bereits an seinem Schreibtisch und ist in irgendwelche Dokumente vertieft. Ich bleibe unschlüssig an der Tür stehen und räuspere mich leise.

Er hebt den Kopf. »Komm her, hier habe ich eine Liste mit deinen Aufgaben für heute. Als Erstes wirst du mir Frühstück machen. Ich hoffe, du kannst kochen, trotz der Tatsache, dass du eine Nehil bist.«

Die letzten Worte spricht er ohne jede Spur von Spott. Trotzdem laufe ich rot an und nehme rasch die Liste entgegen. Ich schaue mich suchend um.

»Du suchst die Küche?«, er erhebt sich. Ich nicke und komme mir ziemlich dumm vor. »Die befindet sich den Gang runter, zweite Tür rechts. Du solltest dort alles finden. Ich mag übrigens am liebsten Rühreier und Speck«, damit setzt er sich wieder an den Schreibtisch.

Ich verschwinde rasch aus dem Arbeitszimmer und mache mich auf die Suche nach der Küche. Bei meinen Eltern zu Hause durfte ich ein paar Mal Randa, unserer Haushälterin, beim Zubereiten von Speisen helfen. Ich hoffe, dass sich diese Erfahrung jetzt auszahlt. Natürlich werde ich nicht gleich gut wie jemand aus dem Erdzirkel kochen, aber Rühreier und Speck werden meine Fähigkeiten hoffentlich nicht übersteigen.

In der Küche angekommen, bin ich von deren Größe überrascht. Ich komme mir schon fast etwas verloren vor, so ganz alleine hier drin. Die Eier und den Speck finde ich in einer kleinen Vorratskammer. Zudem liegt ein frisches Brot auf der Anrichte. Wahrscheinlich hat es eine andere Dienerin hierhin gelegt.

Rasch mache ich mich daran, das Frühstück für Xenos zuzubereiten. Als ich fertig bin, läuft mir das Wasser im Mund zusammen. Ich hüte mich jedoch davor, selbst ein paar Bissen zu essen. Das würde mir Xenos bestimmt übel nehmen. Daher lade ich alles fein säuberlich auf einen Teller und balanciere diesen, zusammen mit einem Becher Milch zurück zum Arbeitszimmer. Xenos sitzt immer noch an seinem Schreibtisch und bedeutet mir ohne den Blick zu heben mit einem Wink, alles hin zu stellen.

Rasch verlasse ich das Zimmer wieder und betrachte die Liste, die er mir gegeben hat. Da steht einiges drauf und ich bin nicht sicher, ob ich das alles auch schaffe. Zuerst werde ich sein Schlafzimmer aufräumen müssen. Nach ein paar fehlgeschlagenen Versuchen, finde ich es hinter einer Tür, die sich dem Arbeitszimmer gegenüber befindet. Zum Glück habe ich bereits aus meinem Dienst in den Zimmern der Lehrlinge gelernt, wie man ein Bett macht.

Rasch schüttle ich die Decken auf und verstaue alles fein säuberlich an seinen Platz. Dann muss ich die schmutzige Wäsche waschen. Den Waschraum finde ich ohne Probleme und mache mich an die Arbeit. Während die Wäsche einweicht, räume ich das Tablett aus seinem Arbeitszimmer ab. Xenos ist inzwischen irgendwo im Zirkel unterwegs.

Als ich endlich mit allem fertig bin, ist es bereits Mittag und ich muss mich um das Mittagessen kümmern. Heute stehen zum Glück kaltes Fleisch und Beilagen auf dem Plan. Das kann ich gerade noch anrichten. Aber ich hab jetzt schon Angst davor, wenn ich aufwendigere Gerichte kochen muss, denn da habe ich leider keine Erfahrung und werde viel Übung brauchen, um das Essen auch nur halb so gut hin zu bekommen wie Randa, die wie eine Göttin gekocht hat.

Am Nachmittag muss ich Xenos' Arbeitszimmer aufräumen, was mehrere Stunden beansprucht. Dann die gewaschene Wäsche aufhängen und trocknen lassen. Zudem muss ich die Fenster putzen, eine Arbeit, die mich auch in den nächsten Tagen noch begleiten wird. Die Fenster sind so schmutzig, dass ich mir nicht vorstellen kann, dass sie schon jemals von einem Putzlappen berührt worden sind.

So vergehen auch die nächsten Tage. So langsam gewöhne ich mich an den neuen Ablauf. Meine Arbeit ist zwar einsam, aber zumindest bekomme ich etwas mehr Schlaf als vorher.

Zwei Wochen nach dem Turnier reisen die anderen Zirkelleiter von Altra ab. Glücklicherweise muss ich nicht selbst das Festmahl, das ihnen zu Ehren in den Gemächern von Xenos aufgetischt wird, kochen. Damit wäre ich tatsächlich überfordert gewesen. Aber Xenos will für seine Gäste nur die besten Speisen servieren, und er hat wohl selbst gemerkt, dass meine Kochkünste ein wenig zu wünschen übrig lassen.

So muss ich die Speisen, die in der Küche von zwei Dienern hergestellt werden, nur servieren. Die Zirkelleiter achten kaum auf mich. Nur Roís, der Zirkelleiter von Chakas, wirft mir ab und zu einen nachdenklichen Blick zu, aber auch er spricht mich nicht an. Spät am Abend ist das Gelage beendet und ich bin todmüde. Dann endlich gehen sie.

Im Zirkel kehrt wieder der Alltag ein.

Das Einzige, was mich in den nächsten Monaten jeden Morgen aufstehen lässt, ist die Angst vor Xenos' Bestrafung und die winzige Hoffnung, dass er mir bald genug vertraut, damit ich zumindest mit Rana oder Tascha sprechen kann.

Ich erfahre weder, ob Tascha noch lebt noch ob Xenos Reyvan endlich frei gelassen hat. Zudem nagt an mir die Ungewissheit, wo das silberne Kästchen ist, das mir Mutter gegeben hat. Ich hoffe, Reyvan hat es sicher aufbewahrt. Irgendetwas sagt mir, dass ich es keinesfalls vor Xenos erwähnen sollte.

Wenn ich nicht gerade vom Zirkelleiter Aufgaben erhalte, bin ich in mein Zimmer verbannt. Jeglicher Kontakt zu anderen Menschen bleibt mir verwehrt. Nicht einmal die Diener, die sich um mein Essen und mein Zimmer kümmern, bekomme ich zu Gesicht. Mein Bett wird neu bezogen, meine Kleider gewaschen und wieder in die Kommode gelegt, das Frühstück weggeräumt, aber nie sehe ich jemanden in meinem Zimmer. Die Aufgaben sind immer erledigt, bevor ich zurückkehre.

Eines Tages ruft mich Xenos zu sich in sein Arbeitszimmer. Ich erwarte, dass er mir neue Aufgaben gibt und mache mich sofort auf den Weg. Als ich ankomme, liegt jedoch keine neue Liste auf seinem Pult.

»Ich werde morgen für zwei Tage in die umliegenden Dörfer aufbrechen, um dort für Ordnung zu sorgen«, beginnt er. »Der Winter ist hart und es gibt einige Aufstände. Du wirst in der Zwischenzeit das Laboratorium aufräumen.«

Er streift das goldene Band, an dem der Schlüssel befestigt ist, über seinen Kopf und hält ihn mir hin. Der Schlüssel ist noch warm von seinem Körper, als ich ihn in die Hand nehme.

»Betrachte es als eine Art Test, ob ich dir vertrauen kann«, fährt er fort. »Falls du auch nur einen Schritt außerhalb meiner Quartiere setzt, wirst du sofort in den Kerker gesperrt und bei meiner Rückkehr bestraft.«

Ich nicke, zum Zeichen, dass ich verstanden habe. Auch wenn die Verlockung, Rana, Tascha, oder gar Reyvan zu suchen, groß ist, ich werde mich hüten, den Zirkelleiter zu verärgern.

»Du wirst genügend damit beschäftigt sein, mein Laboratorium aufzuräumen. Und achte darauf, weder den Visor noch meine Experimente anzufassen. Du sollst nur die Bücher abstauben, einordnen, den Boden aufnehmen und alles aufräumen und putzen.«

Wieder nicke ich. Das werde ich hinbekommen, während er in den Dörfern Recht spricht – oder zumindest für das sorgt, was er für Gerechtigkeit hält. Zudem bin ich mir sicher, dass er mich überwachen lässt, damit ich mit niemandem spreche, wenn er nicht da ist.

Als er abgereist ist, begebe ich mich in das Laboratorium. Es ist wirklich chaotisch hier drin und ich beginne damit, die Bücher in die Regale zurück zu räumen. Alphabetisch, wie Xenos angewiesen hat. Ich achte darauf, nichts zu verschieben oder zu berühren, was ich nicht darf.

Seine kostbarsten Bücher und persönlichen Notizen bewahrt Xenos in einer verschlossenen Glasschatulle auf. Dafür hat er einen weiteren Schlüssel, den ich jedoch nicht erhalten habe.

Ich bin tatsächlich die vollen zwei Tage mit dem Aufräumen beschäftigt und komme noch nicht einmal dazu, abzustauben oder gar den Boden aufzunehmen. Als Xenos zurückkommt, berichte ich ihm, dass ich noch länger brauchen werde, um alles wie gewünscht zu putzen. Er nickt nur.

Als ich endlich fertig bin mit dem Laboratorium, glänzt es wie neu und ich bin ziemlich stolz auf meine Arbeit. Von Xenos erhalte ich jedoch nicht das kleinste Lob. Er weist mich nur an, wieder meine alltäglichen Arbeiten aufzunehmen.

Jeder Tag beginnt wie der vorherige. Ich habe keine freien Tage mehr, sondern arbeite die ganze Woche ohne Unterbruch. Die Freizeit, die mir zwischen den Aufgaben bleibt, verbringe ich auf meinem Bett liegend und die Decke anstarrend.

Der Frühling vergeht, es wird langsam Sommer. Zur Sommersonnenwende findet das Aufnahmeritual statt. Ich darf natürlich nicht hin gehen.

Aber als die neuen Magierlehrlinge in den Zirkel kommen, erhasche ich einen Blick aus meinem Fenster auf sie. Sie wirken so jung.

Ich muss daran denken, wie Sen und Lia wohl nun aussehen. Sie sind jetzt bereits vierzehn Jahre alt. Ihren Geburtstag habe ich in aller Stille für mich in meinem Zimmer gefeiert und eine Kerze für sie angezündet. Vielleicht merken sie, dass ich an sie denke.

Eine Woche nach dem Eintreffen der Lehrlinge ruft mich Xenos abends zu sich. Ich erwarte, dass ich wieder irgendeine Aufgabe von ihm erhalte und beeile mich, in seine Gemächer zu kommen. Der Weg dorthin ist mir nun so vertraut, dass ich ihn im Schlaf fände. Die Treppen hoch, nach links und ans Ende des Ganges, wo sein Laboratorium liegt. Dann rechts die zweite Tür.

Als ich in sein Besprechungszimmer trete, steht Xenos mit dem Rücken zu mir am Fenster und schaut in die Abenddämmerung hinaus. Er dreht sich nicht um, als ich rein komme und ich bleibe unschlüssig in der Tür stehen.

»Kommt her, Alia«, befiehlt er, immer noch aus dem Fenster starrend.

Ich gehe vorsichtig zu ihm hin. Was will er von mir?

Da ich nicht weiß, was ich sonst tun soll, stelle ich mich neben ihn und schaue ebenfalls aus dem Fenster. Da gibt es aber nichts zu sehen, außer dem Innenhof, der Mauer und der Steppe sowie ein paar Bäumen, die hier im Norden selbst im Sommer kein sattes Grün annehmen wollen.

Ohne sich mir zuzuwenden spricht Xenos weiter.

»Du bist nun schon über ein halbes Jahr in meinem Dienst. Ich bin zufrieden mit dir, du machst deine Arbeit gut«, lobt er mich.

Ich sehe ihn erstaunt an. Das ist das erste Mal, dass er etwas Positives über mich sagt. Also werde ich ihn natürlich nicht unterbrechen.

»Morgen werden die neuen Jungmagier in den Zirkel aufgenommen«, fährt er fort. »Ich will, dass du mir dabei assistierst.«

Jetzt schnappe ich nach Luft. Natürlich hatte ich letztes Jahr dieses Ritual nicht miterlebt, da ich erst eine Woche später hierhergekommen bin. Dass ich nun dabei sein darf, ist eine wirkliche Auszeichnung. Es ist eines der am besten gehüteten Geheimnisse des Zirkels, wie die Aufnahme der Lehrlinge nach ihrer dreijährigen Ausbildung vonstattengeht.

Danach sind sie Jungmagier und werden drei weitere Jahre im Zirkel unterrichtet. Es ist nur den Zirkelräten sowie den ausgewählten Lehrlingen gestattet, dem Ritual beizuwohnen.

Ich muss wieder an die Worte von Rana denken, die mir erzählte, dass etwa ein Drittel der Jungmagier bei der Aufnahme stirbt. Ich fröstle bei dem Gedanken, dass ich dies nun persönlich miterleben soll. Trotzdem ist meine Neugier grösser als meine Angst.

Aber wie soll ich ihm überhaupt von Nutzen sein? Ich habe ja selbst keine Begabung und ich kann mir vorstellen, dass eine Menge Magie nötig ist, um die Lehrlinge zu Jungmagiern zu erheben.

»Danke«, erwidere ich daher nur. »Was muss ich dabei machen?«

Jetzt wendet Xenos mir sein Gesicht zu und sieht mich direkt an. »Das werde ich dir dann zeigen«, entgegnet er geheimnisvoll. »Komm morgen um acht Uhr nach dem Frühstück zu mir, dann erkläre ich dir alles Weitere.«

Dann wendet er sich wieder zum Fenster und gibt mir damit zu verstehen, dass die Unterhaltung für ihn beendet ist.

Verwirrt gehe ich zurück in mein Zimmer. Einerseits freue ich mich sehr darauf, bei der Zeremonie dabei sein zu dürfen, andererseits habe ich auch Respekt davor. Werden wirklich einige Lehrlinge dabei sterben? Falls ja, weiß ich nicht, wie ich damit umgehen soll. Vielleicht kann ich ihnen ja helfen? Aber ich verwerfe den Gedanken sofort wieder. Wie soll ich als Nehil, etwas ausrichten können, wenn die Lehrlinge, die über Elementmagie verfügen, selbst machtlos sind?

In dieser Nacht schlafe ich nicht viel. Ich träume von der Aufnahmezeremonie, und dass ich höchste Qualen leide, während alle um mich herum lachen und ›Nehil‹ rufen.

Kapitel 24

Pünktlich um acht Uhr am nächsten Morgen stehe ich wieder in den Gemächern von Xenos. Er trägt heute sein festliches Gewand, das ich von der Aufnahmezeremonie in Lormir kenne. Aus der Nähe ist es noch viel spektakulärer, es kommt mir vor, als schaute ich direkt in einen Nachthimmel. Seinen Stab mit der roten Kugel, die ihn als Leiter des Feuerzirkels auszeichnet, hat er ebenfalls dabei.

»Alia, du wirst heute Dinge sehen, die nur die wenigsten Nichtmagier je gesehen haben«, beginnt er mit Nachdruck. »Daher muss ich sicher sein, dass ich dir vertrauen kann, und dass du nie jemandem hiervon berichten wirst.«

Ich nicke beklommen und ein flaues Gefühl macht sich in meinem Magen breit. Ich kenne ihn inzwischen so gut, dass ich weiß, dass er seine Worte mit Taten unterstreichen wird.

Als ob er meine Gedanken erraten hätte, hebt er seine Hand und legt sie mir auf den Kopf. »Da ich nicht über die Macht verfüge, deine Gedanken zu lesen, werde ich deine Treue anderweitig prüfen«, erklärt er. »Ich werde dich mit einem Wahrheitszauber belegen, der es dir unmöglich machen wird, mich anzulügen. Wenn du meine Fragen zu meiner Zufriedenheit beantwortest, kannst du heute mit mir mitkommen, ansonsten werde ich dich töten müssen.«

Ich starre ihn schockiert an. Wie bitte? Das scheint mir nicht wirklich eine Alternative zu sein. Bevor ich ihm jedoch widersprechen kann, murmelt er ein paar Worte und ich spüre, wie mein Geist eingeengt wird.

»Alia, wirst du die Geheimnisse des Zirkels hüten?«

So sehr ich auch versuche, etwas anderes zu denken, ich muss immer an den bestraften Reyvan, Taschas ungewisses Schicksal und meine Familie denken. Ihnen zuliebe würde ich alles in meiner Macht stehende tun, um sie vor weiteren Schmerzen zu bewahren.

»Ja«, hauche ich, ohne mir des Gedankens bewusst zu sein.

Er nickt zufrieden. »Und wirst du mir treu dienen, meine Befehle ohne Widerrede befolgen?«

Ich denke wieder an meine Freunde und sage unvermittelt nochmals »Ja«.

Wieder nickt er. »Wirst du versuchen, zu fliehen?«

Diese Frage trifft mich mitten ins Herz. Natürlich will ich weg von hier, in mein altes Leben zurück und ich würde eine günstige Gelegenheit nutzen, um zu fliehen. Aber etwas hält mich trotzdem davon ab. Ich weiß nicht, ob es die Angst vor einer möglichen Bestrafung ist, falls man mich fasst, oder eher die Ungewissheit, was mit meinen Freunden passieren wird. Wird Xenos sie meinetwegen auspeitschen lassen? Was passiert mit meiner Familie, die er mühelos ausfindig machen könnte? Würde er auch sie foltern oder gar töten?

Nein, das Risiko kann ich nicht eingehen. Lieber bleibe ich hier für den Rest meines Lebens, als sie in Gefahr zu bringen. Zudem wüsste ich nicht, wie ich eine Flucht anstellen sollte, ohne jegliche Hilfe.

Mein Mund öffnet sich und mit der größten Anstrengung bringe ich ein »Nein« heraus.

Auf Xenos Miene zeigt sich mit einem Mal Erleichterung. Ich habe den Test bestanden und werde heute nicht getötet. Und offenbar ist er froh darüber, dies nicht tun zu müssen.

Er nimmt die Hand von meinem Kopf und ich kann auf einmal wieder klar denken. »Gut«, meint er, seine Miene ist wieder ernst und unnahbar. »Du scheinst meines Vertrauens würdig zu sein. Trotzdem wirst du verstehen, dass ich einige Vorkehrungen treffen muss – der Vorsicht halber. Zumal du als meine persönliche Dienerin dich nicht mit den Lehrlingen unterhalten darfst. Ich werde dir für die Dauer der Aufnahmezeremonie deine Stimme nehmen.«

Ich bin entsetzt und dies spiegelt sich auch anscheinend auf meinem Gesicht wieder, denn Xenos hebt beschwichtigend seine Hände. »Du bekommst sie nachher wieder, keine Angst. Ich will nur nicht, dass du die Zeremonie in Gefahr bringst, solltest du unvermittelt schreien oder die Lehrlinge warnen wollen. Ich weiß, dass du in dieser Hinsicht sehr … selbstlos sein kannst …«, er bedenkt mich mit einem rätselhaften Blick.

Dann hebt er einen Finger und legt ihn mir auf den Mund. Ehe ich es mich versehe, murmelt er wieder ein paar Worte und meine Zunge fühlt sich auf einmal schwer an. Meine Kehle wird eng und schnürt sich zu, trotzdem kann ich aber noch atmen.

Als er seine Hand wegnimmt, versuche ich, ihn etwas zu fragen. Aber aus meinem geöffneten Mund dringt kein Ton. Ich bin stumm.

Vor Entsetzen weiten sich meine Augen.

Ihn scheint meine Reaktion jedoch kalt zu lassen, er schreitet an mir vorbei und bedeutet mir, ihm zu folgen. Verwirrt und immer noch von meiner Stummheit entsetzt, gehe ich ihm hinterher.

Der Saal, in den mich Xenos führt, liegt unterhalb der Feuergilde. Warum genau dort, weiß ich nicht. Ich hatte gehofft, auf dem Weg dorthin vielleicht Rana oder Tascha zu sehen, aber wir begegnen niemandem.

Der Raum ist fensterlos und wird nur von ein paar Fackeln erleuchtet. Er ist rund und hat etwa einen Durchmesser von vierzig Schritt. In der Mitte steht ein kleines Podest, das ungefähr zehn Schritt breit ist und um das herum vier Säulen angeordnet sind, an denen weitere Fackeln brennen. Dorthin begibt sich nun Xenos.

Er bedeutet mir, mich an einer der Säulen aufzustellen. Ich bemerke, dass die anderen drei Zirkelräte bereits da sind. Sie bilden einen Kreis um das Podest.

Es ist das erste Mal, dass ich sie aus der Nähe sehe. Bisher kannte ich sie nur von der Aufnahmezeremonie in Lormir und auch dort standen sie eher im Hintergrund, während Xenos in seiner Funktion als Zirkelleiter die Kandidaten auf ihre Magie prüfte.

Links von uns steht Rakor, der Rat des Wasserzirkels. Er ist bereits sehr alt, bestimmt über siebzig Jahre, was hier in Altra ein stolzes Alter ist. Normalerweise sterben die Menschen viel früher. Sein Gesicht ist zerfurcht und sein Haar genauso weiß wie sein langer Bart, den er zu einem Zopf geflochten trägt.

Daneben erkenne ich Telon, den Rat des Erdzirkels. Auch er ist bestimmt schon über fünfzig. Sein einst braunes Haar ist von vielen grauen Strähnen durchzogen und sein Gesicht glatt rasiert. Seine dunklen Augen schauen jedoch trotz seines Alters lebendig und er strahlt eine natürliche Autorität und Intelligenz aus.

Links von ihm sehe ich Artira, die Rätin des Luftzirkels. Ihr Haar ist ebenfalls fast weiß, aber ihr Gesicht sieht jugendlich aus. Trotzdem zeigen sich auf ihren Zügen Müdigkeit und Erschöpfung, die ihr Alter verraten.

Xenos stellt sich etwa zwei Schritt vor mich hin, sodass er knapp am Rande des Podests steht. Hinter den Räten erkenne ich an den Säulen ihre persönlichen Diener, die wie ich weiße Kleidung tragen. Ich kenne niemanden davon. Kein Wunder, ihnen ist der Kontakt zu anderen Personen wohl ebenfalls verwehrt. Ob sie wohl schon einmal bei dem Aufnahmeritual dabei waren? Neugierig mustern wir uns, werden jedoch sogleich abgelenkt, als sich die Tür hinter uns öffnet.

Herein tritt ein sechzehnjähriges Mädchen, das sichtlich verloren beim Eingang stehen bleibt. Ich kenne sie aus dem Unterricht der Lehrlinge des Wasserzirkels. Sie hat schwarze Locken und ihr Gesicht ist von kleinen Narben überzogen.

»Komm her«, durchbricht Xenos die Stille.

Vorsichtig kommt sie auf das Podest zu.

»Stell dich in die Mitte des Kreises«, weist Xenos sie nun an und sie tut, wie befohlen.

»Du wirst nun die Möglichkeit haben, in den Magierzirkel aufgenommen zu werden«, fährt er fort.

Das Mädchen wirkt nervös. Sie weiß ebenso wenig wie ich, was auf sie zukommen wird.

»Hierfür wirst du nun einen Eisregen beschwören«, befiehlt Xenos weiter.

Die Magierin und ich schnappen gleichzeitig nach Luft. Das kann nicht sein Ernst sein, ein solcher Zauber kostet sehr viel Energie. Er übersteigt bei Weitem die Kräfte eines Magierlehrlings und wird sie töten.

Aber die Mienen der Zirkelräte bleiben hart. Es scheint ihr voller Ernst zu sein.

Also schließt das Mädchen ihre Augen und konzentriert sich. Zaghaft beginnt sie mit dem Zauber. Schon nach drei Sekunden zittert sie am ganzen Leib. Xenos, Rakor, Telon und Artira schauen ihr ohne jegliche Gefühlsregung zu und ignorieren ihren flehenden Blick. Sie ist gezwungen, weiter zu machen. Am liebsten würde ich ihr zu Hilfe eilen, weiß aber nicht wie.

So bleibe ich tatenlos stehen und schaue ihr mit vor Schrecken geweiteten Augen zu. Über ihr beginnt sich eine kleine Gewitterwolke zu bilden und auf ihrer Haut zeigen sich erste Eiskristalle. Sie zittert nun so heftig, dass sie sich kaum mehr auf den Beinen halten kann. Ihre Lippen sind blau. Schließlich fällt sie zu Boden und bleibt dort reglos liegen. Ihr Körper ist von einer Eisschicht bedeckt.

Da beginnen die Zirkelräte einen tiefen Singsang, der mich schaudern lässt. Sie verbinden ihre Energie miteinander. Um den Körper des leblosen Mädchens bildet sich ein heller Schein, der sich rasch ausbreitet und sie schließlich vollkommen umfasst.

Ich muss meinen Blick abwenden, als ihr ganzer Körper von grellem Licht umgeben ist.

Plötzlich wird es wieder dunkel und ich wage, zum Mädchen hin zu sehen. Es liegt immer noch auf dem Boden und das Licht hat sich vollkommen in ihren Ring konzentriert, der hell leuchtet. Ihr Körper ist vom Eis befreit, ihre Wangen rosa. Sie schlägt die Augen auf und schaut sich erstaunt um.

Rakor lächelt ihr aufmuntern zu. »Willkommen im Wasserzirkel, Lora«, sagt er mit seiner Greisenstimme. »Du bist nun Jungmagierin.«

Bei diesen Worten gleitet ein stolzes Lächeln über das Gesicht des Mädchens und sie richtet sich auf.

»Lora«, ertönt Xenos' Stimme und sie dreht sich sofort zu ihm um. »Du wirst keinem hiervon jemals erzählen! Falls doch, werde ich es über den Ring an deinem Finger erfahren«, er deutet auf den Ring mit der Wasserrune, der nun nicht mehr leuchtet, »und dann wirst du härter bestraft, als du es dir in deinen schlimmsten Albträumen vorstellen könntest.«

Seine Stimme ist ruhig, aber in ihr schwingt etwas mit, das selbst mich frösteln lässt, obwohl die Worte nicht an mich gerichtet sind.

Das Mädchen nickt ängstlich. Mit einer Handbewegung entlässt Xenos sie und Lora geht vielleicht etwas zu eilig zur Tür. Ich kann ihr nachfühlen, dass sie diesen Raum schnellstmöglich verlassen will.

Nach ihr kommt ein sechzehnjähriger Junge herein. Auch ihm steht die Unsicherheit ins Gesicht geschrieben, als er sich auf das Podest begibt. Er trägt einen Ring des Feuerzirkels, also weist Xenos ihn an, einen mächtigen Feuerzauber zu wirken. Binnen vier Sekunden liegt er leblos auf dem Boden, sein Gesicht ist blau angelaufen und auf seinen Händen bilden sich Eiskristalle. Der Zauber hat all seine Körperwärme gefordert.

Wieder vereinen die Zirkelräte ihre Magie, um ihn zum Leben zu erwecken und ihn somit als Jungmagier aufzunehmen. Aber dieses Mal bleibt ihr Versuch ohne Erfolg. Der Junge bleibt reglos auf dem Boden liegen.

Schließlich geben die Räte uns Dienern einen Wink und wir müssen seinen leblosen Körper in einen Raum nebenan tragen, wo er aufgebahrt wird. Während ich an Xenos vorbeigehe, sehe ich aus dem Augenwinkel, dass sein schwarzes Amulett dunkel leuchtet.

Diese traurige Aufgabe müssen wir an diesem Tag noch sechsmal erfüllen. Von den dreiunddreißig Anwärtern auf den Magierzirkel bestehen nur sechsundzwanzig die Aufnahmezeremonie. Sieben Lehrlinge lassen dabei ihr Leben.

Gegen Ende des Rituals bin ich erschöpft und ausgelaugt. Ich würde den Lehrlingen gerne helfen, sie davor warnen, was auf sie zukommt, doch ich kann keinen Ton sagen und dies ist für mich schlimmer als jede Folter. Ich beginne, Xenos zu verfluchen, dass er mich hierher mitgenommen hat.

Als wir endlich zurück in die Gemächer des Zirkelleiters gehen, fühlt sich meine Seele leer an. Mein Rücken und meine Füße schmerzen vom Stehen und ich will mich nur noch hinlegen.

Xenos führt mich in sein Arbeitszimmer. Er legt seinen Umhang ab und wendet sich mir wieder zu. Er trägt nun nur noch ein schwarzes Hemd und eine schwarze Hose.

»Komm zu mir, Alia.« Ich gehe ohne jeden Widerspruch zu ihm. »Ich werde dir nun deine Stimme wieder geben.«

Mit diesen Worten legt er mir einen Finger auf den Mund und auf einmal löst sich die Enge in meinem Hals. Ich kann meine Zunge wieder bewegen. Versuchsweise räuspere ich mich. Immerhin kommen wieder Laute aus meiner Kehle.

»Warum …«, beginne ich und räuspere mich ein zweites Mal. »Warum habt Ihr mich heute dorthin mitgenommen?«

Xenos hebt eine Augenbraue und lächelt schief. »Ganz einfach aus dem Grund, weil du meine einzige persönliche Dienerin bist zurzeit«, erwidert er.

Ich schaue ihn verdutzt an. Das hatte ich nicht gewusst. Ich hatte gedacht, dass er mindestens noch zwei andere Diener hat. Damals, als er im Speisesaal verkündet hatte, welche der Jungmagier für das Turnier auserwählt waren, hatten ihn seine zwei Diener ja begleitet. Kein Wunder, dass ich schuften muss wie ein Hund, wenn die ganze Arbeit an mir alleine hängen bleibt.

»Was ist mit den anderen beiden passiert?«, frage ich fassungslos.

»Nun, einer davon musste ja deinen Platz in den Dienerquartieren übernehmen«, er lächelt kalt über meinen erstaunten Gesichtsausdruck. »Und der andere … nun ja … sagen wir, es hat sich heraus gestellt, dass ich ihm nicht vertrauen konnte.«

Was das bedeutet, kann ich mir vorstellen, schließlich hätte er mich auch ohne Zögern getötet, hätte ich seinen Test am Morgen nicht bestanden. Ein kalter Schauer geht durch meinen Körper und ich senke den Blick.

Er hebt mein Kinn mit seinem Finger an. »Alia«, seine Stimme klingt wärmer. »Du verstehst doch, dass ich als Zirkelleiter darauf angewiesen bin, meinen Dienern vertrauen zu können. Wenn das nicht der Fall ist, muss ich mich eben von ihnen trennen. Der Diener, der deinen Dienst übernommen hat, wird nie wieder etwas sagen können, dafür habe ich gesorgt. Und es ist verboten, seine Gedanken zu lesen. Somit sind meine Geheimnisse bei ihm sicher. Auch du wirst, solltest du jemals aus meinem Dienst treten, dasselbe Schicksal teilen. Das ist nun mal der Preis dafür, meine persönliche Dienerin zu sein.«

Er sagt es, als sei es das Selbstverständlichste auf der Welt, aber ich kann trotzdem nicht begreifen, wie er so grausam sein kann. Wie kann er jemandem einfach die Stimme wegnehmen, nur weil er etwas wissen könnte, das er nicht weitersagen darf? Und wieso kann er jemanden nur deswegen töten, weil er ihm nicht vertraut?

Ich bin wieder einmal entsetzt über seine kalte Grausamkeit. Aber ihm bedeutet ein Menschenleben nicht mehr als anderen ein Pelz im Sommer.

Ich muss weg hier, raus aus dem Zimmer.

Doch er hält immer noch mein Kinn fest, sieht mich forschend an. »Sag mir, was du denkst«, befiehlt er leise.

Ich erwidere seinen Blick unter Aufbringung meiner gesamten Willenskraft. Dann hole ich tief Luft und verenge meine Augen zu Schlitzen. »Ich denke, dass Ihr grausam seid und kein Herz habt«, entfährt es mir, ehe ich darüber nachdenken konnte.

Zu spät merke ich, was ich ihm da eben an den Kopf geschleudert habe. Das wird mich mein Leben kosten. Man sagt dem Zirkelleiter von Lormir solch eine Frechheit nicht, ohne dafür zu büßen.

Er zuckt mit dem Kopf zurück als hätte ich ihm eine Ohrfeige gegeben. Eine Traurigkeit nimmt von seinem Blick Besitz, auf die ich nicht vorbereitet war. Er wendet seine Augen von mir ab und lässt mein Kinn los. »Kehr in dein Zimmer zurück. Ich rufe dich, sobald ich deine Dienste wieder benötige.«

Ich flüchte aus dem Raum, froh darüber, meine Leichtsinnigkeit nicht mit meinem Leben bezahlt zu haben.

Zurück in meinem Zimmer setzte ich mich fröstelnd auf mein Bett.

Dieser Tag war in jeder Hinsicht mehr als ereignisreich. Die Aufnahmezeremonie, die verrenkten, toten Körper, Xenos' Reaktion auf meinen Vorwurf … ich versuche, alles irgendwie in meinem Kopf zu ordnen. Irgendetwas sagt mir, dass es da einen Zusammenhang gibt. Aber es will mir nicht gelingen, ihn zu finden.

Also lege ich mich hin und starre zur Himmelbettdecke. Ich bin vollkommen erschöpft und schlafe, ohne dass ich es will, ein.

Die nächsten Tage sehe ich Xenos höchst selten und wenn, immer nur für eine kurze Zeit, wenn er mir weitere Aufgaben gibt, die ich zu erledigen habe. Ich hüte mich, ihn von mir aus anzusprechen und sage nur das Nötigste. Es erscheint mir immer noch wie ein Wunder, dass er mich nach der Zeremonie nicht gleich getötet hat, als ich ihm diese Beleidigung an den Kopf geworfen habe.

Schließlich werde ich siebzehn Jahre alt. Morgen vor einem Jahr bin ich hierhergekommen. Allerdings interessiert es keinen – vor allem nicht Xenos. Es ist ein Tag wie jeder andere und ich werde mit Arbeiten überhäuft.

Am Abend falle ich todmüde in mein Bett und habe nicht einmal Hunger, als es an der Tür klopft, das Zeichen, dass mein Abendessen von einer Dienerin gebracht wird.

Ich habe mich längst daran gewöhnt, dass ich die Dienerinnen, die mein Zimmer in Ordnung halten, nicht sehe. Nur selten bin ich abends im Zimmer, wenn mein Essen gebracht wird, meist muss ich den Abwasch von Xenos' Abendessen machen. Und selbst dann sprechen die Dienerinnen kein Wort mit mir, sondern stellen nur hastig das Tablett auf den Tisch und verschwinden wieder.

Ich habe es aufgegeben, mit ihnen sprechen zu wollen. Wahrscheinlich ist es ihnen unter Androhung ihres Todes verboten, oder ihnen wurde die Stimme genommen, genau wie mir bei der Aufnahmezeremonie der Jungmagier.

Umso erstaunter bin ich, als sich die Dienerin heute nun mit den Worten »Hier bringe ich dir dein Essen«, an mich wendet.

Und meine Kinnlade fällt vollends herunter, als ich sehe, *wer* mir heute Abend das Essen bringt.

Es ist Rana.

Kapitel 25

Mit einem Jubelschrei springe ich vom Bett hoch und renne ihr in die Arme, sodass sie das silberne Tablett fast fallen lässt. Nur mit Mühe kann sie es gerade noch auf den Tisch abstellen, bevor sie meine Umarmung ebenso stürmisch erwidert.

»Rana!«, rufe ich, als ich mich aus ihren Armen löse. »Was machst du denn hier? Weiß Xenos, dass du hier bist?«

»Alia«, sie streicht über mein Haar und gibt mir einen Kuss auf die Wange. »Alles Gute zum Geburtstag! Du siehst gut aus. Und ja, Xenos hat sogar höchst persönlich angeordnet, dass ich dir dein Essen bringen soll. Es ist sein Geburtstagsgeschenk an dich«, sie lächelt mich an. »Offenbar mag er dich – aber das verwundert mich nicht, man *muss* dich einfach mögen.« Ihr Lächeln wird breiter.

Ich habe tausend Fragen und weiß nicht, wo ich beginnen soll. Wir haben uns seit über einem halben Jahr nicht mehr gesehen und es ist so viel passiert seither.

Rana deutet hinter mich. »Komm, lass uns auf dein Bett setzen. Es ist mir erlaubt, zehn Minuten bei dir zu sein und ich darf sogar ein paar deiner Fragen beantworten. Allerdings werden wir überwacht – frag mich nicht wie, aber Xenos hat so etwas angedeutet.«

Ich nicke. Das sieht ihm ähnlich. Er ist wirklich ein Kontrollfanatiker und liebt es, einem mit den schlimmsten Bestrafungen zu drohen – die er nur allzu gerne auch umsetzt. Aber ich bin ihm trotzdem unendlich dankbar dafür, dass er mir Rana geschickt hat.

Woher Xenos weiß, dass ich Geburtstag habe, liegt auf der Hand. Vor fast einem Jahr bin ich hierhergekommen, einen Tag nach meinem sechzehnten Geburtstag, wie es sich für eine Nehil gehört. Aber nie hätte ich erwartet, dass er sich daran erinnert – und mir sogar etwas schenkt … vor allem nicht, nachdem ich ihm an den Kopf geworfen habe, er habe kein Herz.

Wir setzen uns nebeneinander hin und ich nehme Ranas Hände in meine. Sie schaut mich voller Freude an. In ihren hellbraunen Augen lese ich nichts als Wärme und Zuneigung. Ich habe sie so sehr vermisst.

»Rana, ich habe so viele Fragen an dich, ich weiß gar nicht, wo ich anfangen soll. Vor allem möchte ich wissen, was nach dem Turnier passiert ist und wie es Reyvan und Tascha geht. Was ist im Zirkel alles passiert? Und was war mit Taros los beim Turnier?«

Lachend unterbricht mich Rana. »Halt, nicht alles auf einmal! Gut, ich werde dir alle deine Fragen beantworten – zumindest, das, was ich sagen darf«, sie wirft einen raschen Blick zur Tür, die halb offen steht. »Tascha hat das Turnier ebenfalls überlebt, allerdings hat sie dabei ein Bein verloren. Es wurde ihr bei einer Explosion weggerissen und da sie nicht gewonnen hat, wurde es von den Heilern auch nicht wieder hergestellt«, sie seufzt und ich hole tief Luft.

Das ist wieder einmal typisch für die Magier. Wenn man nicht mehr gebraucht wird, muss man sich auch nicht mehr um einen kümmern.

»Wie geht es ihr?«, frage ich voller Sorge.

»Gut, soweit. Natürlich kann sie nun nicht mehr ihren Dienst im Speisesaal machen, also wurde sie in die Wäscherei geschickt, wo sie nun den ganzen Tag arbeiten muss«, ich bin erleichtert, wenn ich auch nicht finde, dass sie solch ein Schicksal verdient hat.

Es wäre für die Heiler doch möglich gewesen, ihr Bein wieder herzustellen, sodass sie weiterhin ihren geliebten Speisesaaldienst hätte machen können. Obwohl der Elf, den sie so verehrt hat, ja nun nicht mehr dort ist.

»Was ist mit Reyvan?«, frage ich unvermittelt. »Ist er immer noch im Kerker?«

»Nein«, entgegnet Rana und ich atme auf. Ein Stein fällt mir vom Herzen. Zumindest muss er nicht mehr im kalten Verlies darben. »Xenos hat ihn erstaunlicherweise direkt nach dem Turnier frei gelassen. Offenbar hatte er seine Strafe abgesessen.«

Oder aber Xenos hat eine viel perfidere Möglichkeit gefunden, ihn zu bestrafen, denke ich für mich. Es muss für Reyvan viel schlimmer sein, frei im Zirkel herumlaufen zu dürfen, in dem Wissen, dass ich mich nur ein paar hundert Schritt von ihm entfernt befinde und er trotzdem nicht zu mir kann.

»Geht es ihm gut?«

»Naja, den Umständen entsprechend«, antwortet Rana. »Natürlich fehlst du ihm. Er hat einmal mit mir gesprochen und gefragt, ob ich etwas von dir gehört hätte. Leider konnte ich ihm nichts berichten, da ich auch nur wusste, dass du nun persönliche Dienerin von Xenos bist. Auch von meinem Besuch heute darf ich ihm nichts erzählen. Aber immerhin hat Xenos mir erlaubt, dir zu sagen, dass es dem Elf gut gehe«, sie schaut mir forschend in die Augen. »Anscheinend liegt Xenos am Herzen, dass du dir nicht ständig den Kopf über deine Freunde zerbrichst. Alia, hat er dir etwas angetan?«, fragt sie übergangslos.

Ich weiß, was sie meint. Aber er hat mich nur dieses eine Mal an meinem zweiten Abend hier im Zimmer geküsst, ansonsten ist er mir zum Glück fern geblieben und hat seine Drohung, mich in sein Bett zu nehmen oder zu bestrafen, bisher nicht in die Wirklichkeit umgesetzt.

Ich schüttle den Kopf. »Erzähl mir noch etwas vom Turnier«, bitte ich sie stattdessen. »Was ist mit Taros passiert? Warum konnte er beim letzten Turniertag nicht mehr dabei sein?«, diese Frage habe ich mir schon ein paarmal gestellt.

»Nun«, beginnt Rana und holt tief Luft. »Taros hat beim Luftturnier alles daran gesetzt, dich zu töten. Dabei war es ihm egal, ob der Zauber seine Kräfte überstieg oder nicht – er muss dich tatsächlich gehasst haben«, sie schaut mich wieder ernst an.

»Warum sprichst du in der Vergangenheit von ihm? Was ist mit ihm passiert?«, frage ich, ohne auf ihre Feststellung einzugehen.

»Es war nicht beabsichtigt, ein Luftelementar zu beschwören. Die Magier hatten genug damit zu tun, den beschworenen Luftdrachen im Zaun und die Illusion des Raumes aufrecht zu halten«, erklärt Rana. »Also hat Taros auf eigene Faust dieses Elementar beschworen und auch sofort die Kontrolle darüber verloren, da er keine Kräfte mehr hatte. Er fiel gleich nach der Beschwörung leblos zu Boden. Das Elementar war also auf sich allein gestellt. Es ist ein Wunder, dass es dich nicht getötet hat. Normalerweise sind Luftelementare höchst angriffslustig. Glücklicherweise scheinen sie auch gierig zu sein. Dein Schachzug mit der Ampulle war klug, ohne dieses Geschenk wärst du das Elementar nicht so rasch losgeworden«, sie wirft mir einen anerkennenden Blick zu.

Ich schaue auf meine Hände, die immer noch die ihren halten. Hat mich Taros wirklich so sehr gehasst, dass er – ungeachtet, ob er dabei selbst stirbt – mir den Tod wünschte? Womöglich war es so.

»Ist er tot?« Ich muss es wissen.

Rana schlägt die Augen nieder. »Ja, er war auf der Stelle tot«, bestätigt sie meinen Verdacht.

Plötzliche Stille erfüllt den Raum. Ich habe Taros zwar nie gemocht, aber den Tod wünschte ich ihm nun auch wieder nicht. Selbst wenn er es aus Zorn auf mich gemacht hat, finde ich, dass er dies nicht verdient hat. Genauso wenig, wie Tascha nun in der Wäscherei arbeiten muss und ihr Bein beim magischen Turnier verloren hat, oder Reyvan ausgepeitscht wurde, nur weil er mich besucht hat.

Die Welt – nein, die Magier, sind einfach ungerecht.

»Es tut gut, dass du da bist, Rana«, flüstere ich.

Sie streicht mir mitfühlend über das Gesicht und erhebt sich, um zu gehen. »Alia, ich bin so froh, dass ich dich sehen durfte, und dass ich jetzt weiß, dass es dir gut geht. Auch wenn ich Reyvan nichts davon sagen darf.«

Da kommt mir eine plötzliche Idee. »Warte«, ich gehe rasch zur Kommode hinüber, öffne die oberste Schublade und hole unter meiner sauberen Wäsche das Armband von Lia hervor, das ich ihr unauffällig zustecke.

Rana sieht mich unsicher an. Sie versteht, für wen es gedacht ist.

Ich nicke mit Nachdruck und umarme sie nochmals fest. »Rana, ich werde dich so vermissen«, flüstere ich in ihren blonden Zopf.

»Ich dich auch, Alia«, erwidert sie leise.

Dann lösen wir uns voneinander und sie verlässt rasch mein Zimmer.

Ich hoffe, dass das Armband zu seinem Ziel findet und Xenos nichts davon mitbekommen hat. Ansonsten werde ich diese Geste ziemlich bald bereuen.

Aber auch das ist mir inzwischen gleichgültig. Soll Xenos mich doch bestrafen, ein Versuch ist es allemal wert. Er hat ihr nur verboten, Reyvan etwas über mich zu erzählen – nicht, ihm etwas von mir zu geben und ich bin mir sicher, dass der Elf die Botschaft dahinter verstehen wird.

Erleichtert mache ich mich über das Abendessen her. Die Gewissheit, dass Tascha lebt, Reyvan nicht mehr im Kerker ist und es auch Rana gut geht, hat mir neue Energie gegeben. Das war wirklich das schönste Geburtstagsgeschenk, das mir je jemand gemacht hat – und es kam ausgerechnet von Xenos …

Am nächsten Morgen bringe ich Xenos wie üblich sein Frühstück. Unterwegs überlege ich mir, wie ich ihm für sein Geschenk danken kann, aber als ich bei seinen Gemächern ankomme, ist mir immer noch keine gute Formulierung eingefallen. Ich werde improvisieren müssen.

Ich öffne die Tür und balanciere das Tablett mit den frisch gebackenen Brötchen und dem Rührei auf einer Hand.

Ein lautes Klirren von Glas ertönt und ich fahre zusammen. Gerade rechtzeitig nehme ich meine zweite Hand zur Hilfe, um das Essen nicht fallen zu lassen. Dafür fällt die Tür hinter mir krachend ins Schloss.

Rasch eile ich durch den kurzen Gang in Xenos' Arbeitszimmer, wo er normalerweise das Frühstück isst. Als ich dort ankomme, lasse ich das Tablett vor Schrecken abermals fast zu Boden fallen.

Vor mir zeigt sich eine Szene der Verwüstung. Überall fliegen verkohlte Federn herum, Papiere sind durcheinandergewirbelt und der Boden ist übersät mit Glasscherben. Xenos steht inmitten des Chaos, seine Hände hat er auf seinem Schreibtisch abgestützt, sein dunkelbraunes, langes Haar ist offen und gibt ihm ein wildes Aussehen, seine Miene ist vor Zorn verzerrt.

Ich ahne das Schlimmste. Er muss erfahren haben, dass ich Reyvan das Armband zugesteckt habe. Xenos schnaubt regelrecht, als er mich sieht. Ich weiche unvermittelt zurück und stelle das Tablett auf die nächstbeste Ablage, um rasch fliehen zu können.

»Es … es tut mir leid«, stammle ich und weiche noch mehr zur rettenden Tür zurück.

Er sieht mich mit einem wilden Blick an, der eher einem wütenden Tier gleicht, als einem Menschen und ich merke, wie meine Knie weich werden.

So wütend habe ich ihn noch nie gesehen.

Jedoch nimmt sein Blick einen etwas milderen Ausdruck an, als er sich nun langsam aufrichtet und mich mustert. »Was tut dir leid?«, fragt er mit gefährlich ruhiger Stimme.

»Ich … ich …«, beginne ich, unterbreche mich aber, da ich in dem Moment die Überreste einer weißen Taube auf dem kostbaren Teppich entdecke.

Was hat diese Taube mit dem Armband zu tun?

Ein kleiner Funken Hoffnung keimt in mir auf, als ich abermals einen Blick auf die Zerstörung werfe. Vielleicht ist er ja gar nicht auf mich oder Reyvan wütend, sondern aus einem anderen Grund. Zumindest hat er mich noch nicht in einer Feuersäule verbrennen lassen. Also halte ich besser meinen Mund und warte ab.

Ich senke den Blick.

»*Was* tut dir leid?«, wiederholt er, diesmal ungeduldiger.

»Dass ich Euch vor einigen Tagen an den Kopf geworfen habe, Ihr hättet kein Herz«, antworte ich. Das stimmt immerhin, denn das tut mir wirklich leid. »Ich möchte mich bei Euch für das Geschenk – den Besuch von Rana gestern, bedanken«, fahre ich rasch fort, ehe er mich unterbrechen kann.

Ich wage nicht, ihm in die Augen zu sehen.

Falls er weiß, dass ich nicht das gemeint habe, lässt er es zumindest unkommentiert. Er nickt nur beiläufig und beginnt, seine Papiere, die auf dem Boden verstreut sind, zu ordnen.

Rasch eile ich ihm zu Hilfe. Dabei fällt mein Blick auf einen Brief, der halb verdeckt auf seinem Schreibtisch liegt und auf dem die meisten Taubenfedern kleben.

Ich säubere ihn. Ehe ich jedoch einen Blick auf den Text werfen kann, steht Xenos neben mir und packt meine Hand. Sein Griff ist hart und ich zucke vor Schmerz zusammen. Ängstlich sehe ich ihn an. Was habe ich jetzt schon wieder falsch gemacht?

»Lass das!«, fährt er mich an und stößt mich vom Schreibtisch weg.

Ich versuche, mein Gleichgewicht zu halten, scheitere jedoch und stolpere über irgendetwas am Boden. Es gelingt mir nicht mehr, mich an der Kante des Schreibtischs festzuhalten. Mein Kopf schlägt hart auf eine Kommode hinter mir, als ich falle.

Für ein paar Sekunden ist alles schwarz. Als ich wieder einigermaßen klar sehen kann, blicke ich direkt in die Augen von Xenos, der sich über mich gebeugt hat.

»Tut mir leid«, er fährt über mein Haar. »Hast du dir wehgetan?«

Ich versuche, den Kopf zu bewegen, was ein schmerzhaftes Ziehen auf meiner Kopfhaut zur Folge hat. Als ich in mein Haar greife und meine Hand anschaue, klebt Blut daran.

Ich versuche, mich aufzurichten und Xenos stützt mich.

»Geht schon wieder«, murmle ich.

Jedoch nicht allzu überzeugend, denn Xenos schüttelt den Kopf, legt einen Arm in meine Kniebeuge und bevor ich's mich versehe, trägt er mich zum Sofa, das in seinem Arbeitszimmer steht.

Ich bin zu schwach, um mich dagegen zu wehren. Er legt mich hin und setzt sich. Man könnte fast schon so etwas wie Sorge in seinem Blick lesen, wäre dieser nicht so kalt.

»Seid Ihr meinetwegen so wütend?« Ich muss wissen, ob er vom Armband erfahren hat.

»Was? Nein«, antwortet er und streicht geistesabwesend eine Haarsträhne aus meinem Gesicht. »Das hat nichts mit dir zu tun. Sondern mit diesen verdammten Elfenbastarden!«

Ich zucke bei diesem Ausdruck zusammen. Noch nie habe ich jemanden so über das stolze Volk der Elfen sprechen hören. Zum Glück ist Reyvan nicht hier, er würde dem Zirkelleiter für diese Beleidigungen wohl an die Gurgel springen.

»Warum? Was haben sie denn getan?« Im selben Moment beiße ich mir auf die Zunge. Das geht mich wirklich nichts an. Meine Neugier wird mich irgendwann ins Grab bringen.

Xenos ist jedoch viel zu erregt, um sich über meine unangepasste Frage zu ärgern. Er schnaubt wieder und verzieht seinen Mund, als wolle er ausspucken. Im letzten Moment besinnt er sich anders und faucht stattdessen, dass ich erschrocken zusammenzucke.

»Sie wollen ein neues Pfand!«, knurrt er und steht auf.

Er beginnt, im Zimmer auf und ab zu gehen, während sich sein Umhang hinter ihm aufbläht, was seinem Aussehen einen noch wütenderen Ausdruck verleiht. Ich versuche, so klein und unauffällig wie möglich auf dem Sofa zu wirken, um seinen Zorn nicht auf mich zu lenken.

»Eben kam diese verfluchte Taube mit der Botschaft an!«, fährt er nun wütend fort und deutet auf die Reste des Tieres.

Es war einfach zur falschen Zeit am falschen Ort und ist seinem Ärger somit zum Opfer gefallen. Ich wage mir nicht vorzustellen, was er damit angestellt hat – irgendetwas mit Feuer, denn der kleine Körper qualmt immer noch.

Ich unterdrücke meinen Ekel.

»Dieses Elfenpack hat nicht einmal den Anstand, einen Botschafter zu schicken!«, tobt Xenos weiter. »Nein, sie schicken irgend so ein verlaustes Tier! Ich kann nichts dafür, dass sie nicht besser auf ihr Pfand geachtet haben! Sie hätte noch mindestens zwanzig Jahre leben sollen! Erst dann hätten wir jemand Neuen schicken müssen!«

Er hält in seinem Gang inne und befördert eine besonders große Glasscherbe, die wie die Taube das Pech hat, ihm gerade im Weg zu sein, mit einem kleinen Feuerball drei Schritt durch den Raum. Sie zerschellt an der gegenüberliegenden Wand.

Ich wage kaum zu Atmen. Wenn er so wütend ist, ist ihm alles zuzutrauen.

Ich hatte bisher gar nicht darüber nachgedacht, dass die Magier den Elfen ebenfalls ein Pfand geben mussten, so wie diese im Gegenzug Reyvan in den Zirkel schicken mussten. Da Reyvan Tausende von Jahren alt werden kann – zumindest solange er nicht von Xenos getötet wird – sind die hundert Jahre, die er hier bleiben muss, nur ein Bruchteil seiner Lebenszeit. Für uns entsprechen hundert Jahre jedoch zwei Menschenleben.

Ich weiß zwar nicht, wie lange Reyvan bereits hier ist, aber einige Jahrzehnte werden es bestimmt sein. Das hieße, dass das Pfand der Magier bereits das Zweite ist, das Xenos geschickt hat. Und nun muss er ein Drittes schicken. Natürlich macht ihn das wütend, er gibt den Elfen drei Menschen, während diese im Gegenzug nur einen Elf stellen.

Ich würde ja gerne wissen, wer dieses Pfand war, das zu früh bei den Elfen gestorben ist. Eine Weile schaue ich Xenos zu, der immer noch wütend auf und ab geht.

Als ich den Eindruck habe, dass sich sein Zorn ein wenig gelegt hat, wage ich zu fragen. »Wer war denn das andere Pfand?«

Xenos dreht sich auf dem Absatz um und setzt seinen Streifzug durch das Zimmer fort. Gerade als ich denke, dass er mir nicht antworten wird, spricht er: »Sie war die Tochter der Dienerin, die beim magischen Turnier gestorben ist. Wie hieß sie noch gleich?«

»Jita …«, flüstere ich.

Das war also der Grund, warum die alte Dienerin so komisch war. Der Verlust ihrer Tochter muss ihr den Verstand geraubt haben. Kein Wunder, hatte sie sich gewünscht, sie noch einmal zu sehen. Aber das hieße, dass Jita das nächste Pfand sein sollte … ich schaue Xenos schockiert an.

Er erwidert meinen Blick und seine Augen sind noch kälter als sonst. »Ja, genau die! Es war geplant, dass ich sie zu den Elfen bringe, sobald ihre Tochter dem Tode nahe ist. Diese hatte irgendeine Krankheit, die sie schneller altern ließ.«

Ich schaudere. Natürlich werden nur die nutzlosesten Menschen als Pfand zu den Elfen geschickt. Jene, die in der Gesellschaft sowieso keine Zukunft haben, nur eine Last für alle bedeuten. Genauso wie … mein Herz macht einen Satz … wie ich, die Nehil.

Bin ich das nächste Pfand, das dorthin soll? Xenos muss meine Gedanken erraten haben, denn er hält abermals inne und kommt zu mir. Direkt neben dem Sofa bleibt er stehen und schaut auf mich herunter. »Ja, der Gedanke, dich zu schicken, ist mir auch schon gekommen. Allerdings werde ich mich wohl für jemand anderen entscheiden. Jemanden, der jung und kräftig ist, dessen Fehlen hier im Zirkel jedoch nicht ins Gewicht fällt.«

»Nein …«, keuche ich unvermittelt, als ich seinen Plan durchschaue.

»Doch, Alia. Ich werde die Dienerin, die beim Turnier ihr Bein verloren hat, schicken«, bestätigt Xenos meinen entsetzlichen Verdacht.

Kapitel 26

Mir gefriert das Blut in den Adern und ich versuche, mich aufzurichten, was jedoch einen Schwindelanfall zur Folge hat. Entkräftet sinke ich auf das Sofa zurück.

Tascha hat dieses Schicksal nicht verdient. Hier ist ihr zu Hause! Ihr gefällt es sogar hier, wenn ich auch bezweifle, dass ihr der neue Dienst in der Waschküche zusagt. Aber trotzdem – wenn ich mir vorstelle, dass sie ganz alleine so weit weg von zu Hause sein muss, wird mir schwer ums Herz.

Ich kenne Xenos jedoch inzwischen so gut, dass ich seine Entscheidung nicht laut in Frage stellen werde – das würde er mit einer harten Bestrafung quittieren. Also reiße ich mich zusammen und schweige, aber in mir kocht es. Wie kann der Zirkelleiter so herzlos sein und über Taschas Leben entscheiden, als sei sie eine Tauschware?

Er bestraft meinen stillen Protest mit einem bösen Blick, geht aber nicht weiter darauf ein. Stattdessen schreitet er zurück zum Schreibtisch und ordnet weiter seine Papiere, die er in seiner Wut weggefegt hat.

Selbst wenn ich wollte, ich kann mich beim besten Willen nicht aufrichten und helfen, also bleibe ich liegen.

Ihn scheint es nicht weiter zu stören, dass ich hier bin. Im Gegenteil, er spricht weiter: »Ich werde das neue Pfand persönlich dorthin bringen. Das bedeutet eine lange Reise von mindestens zwei Monaten Hin- und zwei Monaten Rückreise. Ich muss einiges zuerst vorbereiten, damit alles für diese lange Abwesenheit geregelt ist. Das heißt, wir können frühestens in einem Monat aufbrechen.«

Ich glaube, mich verhört zu haben – *wir*? Heißt das, ich muss ihn begleiten?

Er wirft einen kurzen Blick zu mir. »Ja, Alia, du wirst mitkommen. Wenn ein neues Pfand gebracht wird, muss zum Beweis, dass der Vertrag immer noch gültig ist, das eigene Pfand mitgebracht werden. Das heißt, Reyvan muss mich begleiten. Damit er sich benimmt, sich nicht über seine Zeit hier beschwert und damit gar einen Krieg herauf beschwört, werde ich dich mitnehmen. Er wird es nicht wagen, durch eine unangebrachte Bemerkung dein Leben zu gefährden, selbst wenn ihm sein eigenes Leben nichts wert wäre. Du bist momentan mein bestes Druckmittel gegen ihn«, seine Augen blitzen über diesen ausgeklügelten Plan.

Mir hingegen wird übel bei dem Gedanken. Wie kann jemand so berechnend sein und mit dem Leben der Menschen um ihn herum spielen, als seien wir Schachfiguren? Trotzdem wage ich nicht, ihm nochmals meine Meinung ins Gesicht zu sagen. Ich hatte unendliches Glück, dass er mich bei meiner letzten unbedachten Beleidigung am Leben ließ.

Also nicke ich jetzt nur und versuche abermals, mich aufzusetzen. Es gelingt mir, für ein paar Sekunden sitzen zu bleiben, bevor mir wieder schwarz vor den Augen wird.

Xenos geht um den Schreibtisch herum und kommt auf mich zu. »Alia, ich werde nach einem Heiler rufen«, beschließt er mit sanfterer Stimme. »Du bist bleich und ich glaube, du hast dir eine Gehirnerschütterung zugezogen. Bleib hier liegen, bis der Heiler da ist.«

Mit diesen Worten lässt er mich im Zimmer allein. Falls er irgendwelche Bedenken hätte, dass ich seine persönlichen Sachen durchwühlen könnte während seiner Abwesenheit, werden diese durch die Tatsache entkräftet, dass ich mich kaum auf dem Sofa halten kann. Langsam lege ich mich wieder hin und versuche, einen klaren Gedanken zu fassen.

Tascha soll als Pfand zu den Elfen. Hoffentlich nimmt sie diese Nachricht gut auf. Zudem will Xenos Reyvans Schweigen mit meinem Leben erkaufen. Wie der Elf darauf reagieren wird, kann ich mir gut vorstellen. Er wird Xenos verwünschen und in Gedanken die schlimmsten Arten, ihn zu töten, durchgehen. Aber schlussendlich bleibt auch ihm nichts anderes übrig, als mitzuspielen, sonst würde Xenos keine Sekunde zögern und mich töten. Der einzige Trost ist, dass ich vier Monate lang mit Reyvan zusammen unterwegs sein werde – ihn wiedersehe.

Der Heiler kommt nach wenigen Minuten. Er untersucht die Platzwunde an meinem Hinterkopf und legt seine Hand darauf. Ich spüre die wärmende Energie, die meine Haut wieder zusammenfügt und meine Kopfschmerzen nimmt.

Erstaunlich rasch bin ich auf den Beinen und bekomme von Xenos direkt die Aufgabe, seine Verwüstung aufzuräumen.

Seufzend mache ich mich an die Arbeit, während er im Nebenzimmer sein Frühstück, das inzwischen kalt geworden ist, mit einem Feuerzauber aufwärmt und verspeist.

Bis zum nächsten Vollmond bekomme ich Xenos kaum zu Gesicht. Er überhäuft mich mit noch mehr Arbeit als bisher, sodass ich kaum eine freie Minute habe. Er selbst ist viel unterwegs, um Dinge zu organisieren, ehe wir aufbrechen. Wenn ein Zirkelleiter mehr als vier Monate lang nicht vor Ort ist, muss einiges abgeklärt und Aufgaben vergeben werden – scheint mir zumindest.

Schließlich, als fast alles vorbereitet ist, ruft Xenos mich nach dem Abendessen in sein Arbeitszimmer. Er sieht mich lange an und erhebt sich von seinem Schreibtisch. Mit gemächlichen Schritten schlendert er auf mich zu und bleibt dicht vor mir stehen. Seine Augen ruhen eine Weile auf meinem Gesicht, seine schwarze Aura scheint mich einzuhüllen.

Ich versuche, seinem Blick standzuhalten, fühle mich jedoch zusehends unwohl in meiner Haut. Was will er? Soll ich etwas sagen? Nein, besser ist, ich überlasse es *ihm*, das Gespräch zu beginnen.

Ein kurzes Flackern erscheint in seinen Augen, ehe er in den Umhang greift und ein Kästchen hervorholt. Im ersten Augenblick meine ich, dass es sich um das silberne Kästchen handelt, das Mutter mir gegeben hat, und mein Herz setzt einen Schlag aus.

Dann merke ich jedoch, dass es viel kleiner und kostbarer ist. Er öffnet es und holt einen silbernen Ring hervor, der schwarze Runen trägt. Solch einen Ring habe ich noch nie gesehen. Ich schaue ihn voller Bewunderung an. Xenos bedeutet mir, ihm eine Hand zu geben und streift ihn über meinen rechten Ringfinger.

»Mit diesem Ring kann ich ab sofort jeden deiner Schritte verfolgen«, erklärt er. »Und ich weiß, wenn du mich hintergehst. Es ist wichtig, dass ich dir auf dieser Reise, zu der wir aufbrechen, bedingungslos vertrauen kann. Falls dem nicht so ist, werde ich nicht zögern, dich zu töten«, er sieht mich kalt an. »Ich hoffe, das ist dir klar.«

Ich schlucke und nicke gleichzeitig. Ich muss an den Diener denken, den er getötet hat, nur weil er sich nicht mehr sicher war, ob er ihm vertrauen konnte.

Er lässt meine Hand los und geht zurück zum Schreibtisch. Mit hinter dem Rücken verschränkten Armen sieht er zum Fenster hinaus. Als er weiterspricht, dreht er sich nicht nach mir um. »Ich will, dass du zu dem Elf gehst und ihm sagst, dass wir in zwei Tagen aufbrechen. Er soll alles Nötige vorbereiten. Falls du ihm etwas erzählst, das mir oder dem Zirkel schadet, werde ich es sofort wissen. Daher rate ich dir, deinen Aufenthalt in seinem Zimmer möglichst kurz zu halten.«

Ich nicke abermals und versuche meine Freude, Reyvan besuchen zu dürfen, zu unterdrücken.

Tausend Gedanken schießen mir durch den Kopf, was ich Reyvan alles mitteilen möchte. Aber ich weiß auch, dass Xenos indirekt bei diesem Besuch dabei sein wird und falls ich mir ein Wort zu viel oder einen anderen Fehltritt leiste, ist nicht nur mein Leben, sondern auch das von Reyvan in Gefahr.

»Komm danach sofort wieder hierher«, befiehlt Xenos, ehe er mich mit einem Wink seiner Hand entlässt.

Ich eile aus seinen Gemächern und renne die Treppen des Gebäudes herunter.

Ich werde Reyvan wiedersehen! Dieser Gedanke verleiht meinen Füssen Flügel. Trotzdem kommt mir der Weg über den Innenhof zum Luftzirkel viel zu lang vor. Es ist das erste Mal seit mehreren Monaten, dass ich das Stockwerk von Xenos' Gemächern verlassen darf.

Rasch erklimme ich die Stufen, um in den Stock zu gelangen, in dem Reyvans Zimmer liegt. Das Abendessen im Speisesaal ist bereits seit einer Stunde vorbei. Das heißt, dass Reyvan ziemlich sicher in sein Zimmer zurückgekehrt ist.

Vor seiner Tür halte ich an und zögere. Plötzliche Zweifel nagen an mir. Was, wenn Reyvan sich nicht freut, mich zu sehen? Vielleicht habe ich ihm doch nicht so viel bedeutet, wie ich dachte und er hat schon längst eine andere Freundin. Ich erinnere mich mit einem Kloss im Hals daran, was Tascha damals an meinem ersten Arbeitstag gesagt hat. Er wechselt seine Freundinnen ständig. Was, wenn er mich aufgegeben hat?

Aber ich muss ihm zumindest die Nachricht von Xenos ausrichten. Also hole ich tief Luft und klopfe zögerlich an die Tür. Als keine Antwort ertönt, klopfe ich nochmals. Vielleicht ist er doch noch im Speisesaal. Aber Xenos hätte mich nicht zu seinem Zimmer geschickt, wenn er nicht dort wäre. Ich drücke vorsichtig die Türklinke herunter und öffne die Tür einen Spalt breit. Von drinnen kommt prompt eine Reaktion.

»Was?«, das ist seine Stimme, er klingt allerdings verärgert.

Langsam öffne ich die Tür vollständig und trete ein.

Sein Zimmer ist unverändert, so wie ich es in Erinnerung hatte.

Reyvan liegt auf dem Bett, die Hände hinter dem Kopf verschränkt. Mit seinen schwarzen Kleidern verschwindet er fast gänzlich in der schwarzen Bettwäsche. Nur sein goldenes Haar und seine helle Haut verraten ihn. Den Umhang hat er achtlos zu Boden geworfen.

Ich gehe ein paar Schritte in den Raum hinein. So lange hatte ich mich nach diesem Augenblick gesehnt. Ihn wiederzusehen, in seiner Nähe sein zu können. Und jetzt liegt er dort, nur ein paar Schritte von mir entfernt.

Mit einem Mal bin ich wie erstarrt vor Angst, wie er reagieren wird und möchte am liebsten aus dem Zimmer fliehen. Aber meine Beine wollen mir nicht gehorchen, sondern bleiben auf der Stelle stehen.

Als keine Antwort auf seine barsche Frage kommt, hebt er den Kopf und verharrt mitten in der Bewegung, als sein Blick auf meinen trifft. Seine Augen weiten sich und plötzlich kommt Leben in seinen Körper.

Mit einer Bewegung, die einer Raubkatze schmeicheln würde, schwingt er sich vom Bett und kommt langsam, als könne er seinen Sinnen nicht trauen, auf mich zu. Kurz vor mir bleibt er stehen und starrt mich fassungslos an.

»Alia?«, seine Stimme ist so sanft und warm, wie ich sie in Erinnerung hatte.

Ohne nachzudenken, falle ich ihm in die Arme und werfe ihn damit fast zu Boden. Er fängt sich gerade noch und erwidert meine Umarmung. Ich atme seinen Duft nach Wald und Regen ein und versinke für einen Moment in den schönen Erinnerungen, die ich damit verbinde.

Ich spüre sein Herz ruhig und fest in seiner Brust schlagen, seinen Atem, der meine Wange streift. Wie habe ich mich danach gesehnt, ihn wiederzusehen.

Nach einer halben Ewigkeit löst er sich von mir, um mich genauer zu betrachten. Sein Blick streift über mein Gesicht, mein Haar, meinen Hals und meinen Körper. In seinen dunkelblauen Augen lese ich warme Zuneigung und ich blinzle ein paar Tränen weg.

»Reyvan … ich«, aber ehe ich weitersprechen kann, erstickt er meine Stimme mit einem leidenschaftlichen Kuss.

All meine Zweifel, dass er mich vergessen haben könnte, sind damit weggewischt. Er streicht mir mit den Händen über meinen Rücken, meine Hüften und ich genieße seine Zärtlichkeit. Für einen Moment vergesse ich, warum ich überhaupt hier bin.

Dann wird mir schlagartig wieder bewusst, dass ich nicht zu lange bleiben darf und ich stoße ihn sanft von mir weg. Er schaut mich fragend an.

»Reyvan, ich kann nicht lange bleiben. Xenos hat mir diesen Ring hier gegeben, mit dem er mich überwacht und ich soll direkt nach meinem Besuch wieder zu ihm zurückkehren«, erkläre ich ihm.

Er begutachtet den Ring an meinem Finger und eine Falte zeigt sich zwischen seinen dunklen Augenbrauen. »Er überwacht dich?!«, seine Stimme klingt ärgerlich und ungläubig zugleich. »Warum? Vertraut er dir nicht?«

»Doch, schon. Aber es ist wahrscheinlich so eine Art Test von ihm«, erwidere ich mit einem schiefen Lächeln und streiche ihm über seine Wange mit der Tätowierung. »Ich soll dir ausrichten, dass wir in zwei Tagen zu deinem Volk aufbrechen, um ein neues Pfand zu bringen.«

Jetzt weicht er zurück und seine Augen blitzen. »Ach ja? Warum denn das? Wir haben doch erst vor zwanzig Jahren jemanden dorthin gebracht.«

»Ja, leider ist sie gestorben und darum muss nun Tascha an ihrer Stelle dorthin. Ich soll euch begleiten, damit du dich nicht über den Zirkel oder deinen Aufenthalt hier beschweren kannst, hat Xenos gesagt. Falls doch, wird er mich töten.«

Wie erwartet breitet sich Zorn auf seinen ebenmäßigen Gesichtszügen aus und er spuckt auf den Boden. »Wie bitte? Er will mich erpressen?! Und falls ich etwas über seine Gastfreundschaft – die übrigens alles andere als freundlich ist – verrate, dich töten?«, er schäumt jetzt förmlich vor Wut. »Dieses gemeine, hinterhältige Monster! Ich werde ihn eigenhändig erwürgen!«

Er macht tatsächlich Anstalten, aus dem Zimmer zu stürmen und ich kann ihn gerade noch an seinem schwarzen Hemd packen und zurückhalten.

»Reyvan, bitte«, sage ich, bemüht, ihn zu beruhigen. »Du kannst nichts gegen ihn ausrichten, er würde dich töten ohne mit der Wimper zu zucken! Dann müssten die Elfen ein weiteres Pfand schicken und alles wäre nur noch schlimmer. Bitte, ich finde es auch nicht richtig, aber du musst dich beruhigen!«

Meine Stimme klingt nun fast flehentlich und seine Gesichtszüge werden ein wenig weicher.

»Alia, du bist manchmal einfach zu gut für diese Welt«, schnaubt er, und nimmt mich in die Arme. »Es wäre mir vollkommen egal, wenn er mich tötet, aber ich werde nicht riskieren, dass er dir etwas antut. Auch wenn ich ihm die grausamsten Tode dieser Welt wünsche! Ich kann einfach nicht glauben, dass er mich mit dir erpresst!« Er streicht mir liebevoll über das Gesicht und küsst mich noch einmal. »Aber gut, wir werden zusammen dorthin gehen. Immerhin werde ich dich eine Zeit lang wieder sehen dürfen, das ist mehr, als ich mir erhofft hatte. Ich hatte befürchtet, dass ich dich nie wieder in die Arme nehmen kann«, er nimmt meine Hand in die seine. »Und jetzt bist du hier … bei mir. Meine Geliebte … Cíara …«

Seine Küsse werden fordernder, aber ich entwinde mich aus seiner Umarmung.

»Reyvan, ich habe Xenos versprochen, dass ich so rasch wie möglich zu ihm zurückkehren werde, nachdem ich dir die Botschaft überbracht habe. Wir werden uns in zwei Tagen wiedersehen und wer weiß, vielleicht gelingt es uns sogar, etwas Zeit ohne ihn zu verbringen.« Ich lächle ihn an und wende mich zur Tür.

»Alia«, er hält meine Hand fest und zieht mich nochmals an sich. »Du hast dein Versprechen eingelöst. Entschuldige bitte, dass ich daran gezweifelt habe.«

Mir wird warm ums Herz und ich löse mich rasch von ihm, um zu Xenos zurückzugehen.

»Gut gemacht«, begrüßt mich Xenos, als ich in sein Zimmer trete. »Allerdings werde ich etwas gegen diese Küsserei unternehmen müssen. Du bist nun mein Eigentum und dieser verfluchte Elf soll das schnellstmöglich begreifen«, seine Augen funkeln böse.

In mir kocht Wut hoch. Was soll das heißen, dass ich sein Eigentum bin? Ich bin niemandes Eigentum! Woher weiß er überhaupt, dass Reyvan und ich uns geküsst haben? Was fällt ihm ein, mich derart zu überwachen?

Aber ich versuche, meinen Zorn im Zaun zu halten. Es bringt nichts, seinen Ärger noch anzustacheln. Ich werfe einen möglichst unauffälligen Blick auf den Ring. Vielleicht kann ich ihn irgendwie unbemerkt ablegen unterwegs, damit er nicht mitbekommt, wenn ich in Reyvans Nähe bin. Leider scheint er meine Gedanken erraten zu haben.

»Denk nicht mal dran, Alia!«, er kommt mit großen Schritten auf mich zu. »Du wirst dich auf der Reise von ihm fernhalten! Und wehe, ich erwische dich in seiner Nähe! Dann werde ich ihm für jeden Fehltritt einen Finger abschneiden und es als Unfall aussehen lassen«, sein Blick ist nun härter als Stahl.

Er zieht mich an sich, ehe ich mich dagegen wehren kann und hält mein Kinn schmerzhaft fest. Ich kann meinen Kopf weder nach links noch rechts drehen. Mir bleibt nichts anderes übrig, als ihn anzusehen.

Dann küsst er mich. Nicht sanft wie Reyvan, sondern grob und rücksichtslos. In seinen Augen flammt eine Leidenschaft, die mir Angst macht.

Ich versuche, mich aus seinem Griff zu winden, aber er hält mich nur umso fester und legt seine Arme um mich wie ein Schraubstock.

»Du gehörst mir, ist das klar?«, zischt er in mein Ohr.

Ich nicke, viel zu verstört um etwas sagen zu können.

»Gut!«, damit lässt er mich endlich los.

Ich taumle und fliehe aus dem Zimmer.

Zurück auf meinem Bett atme ich zitternd ein und versuche, mein pochendes Herz zu beruhigen. Die nächsten Monate werden die Hölle werden. Ich kann zwar Reyvan sehen, werde aber ständig von Xenos überwacht und darf mich dem Elf nicht nähern.

Das wird schlimmer, als wenn ich ihn gar nicht sehen kann. Und auch für Reyvan wird es schmerzhaft werden.

Kapitel 27

Zwei Tage später brechen wir in aller Frühe auf. Zum Abschied hat sich fast der gesamte Zirkel auf dem Innenhof versammelt. Tascha, Reyvan und ich bekommen eigene Pferde. Tascha muss auf dem Sattel festgeschnallt werden, da sie mit nur einem Bein nicht das Gleichgewicht halten könnte. Xenos reitet auf einem schwarzen Hengst, der wertvoll aussieht. Für die Reise tragen wir andere Kleidung, da unsere Zirkelkleider – vor allem die Dienstkleidung von Tascha und mir – für eine solche Reise höchst ungeeignet wäre.

Xenos ist wie immer in Schwarz gekleidet. Er trägt eine leichte, aus Leder gearbeitete Weste und schwarze Lederstiefel, die ihm bis zu den Waden reichen. Seine schwarzen Hosen sind aus rauem Stoff gefertigt, der zwischen den Beinen zusätzlich mit Leder verstärkt ist. Reyvan und ich sind ähnlich eingekleidet, der Elf trägt zudem einen Arm- und Brustschutz aus gehärtetem Leder.

Die Tage werden bereits wieder etwas kühler, daher schützt uns ein Umhang zusätzlich vor Kälte. Die warme Sommerzeit ist hier im Norden schon fast vorüber und unser Weg wird uns in den Wald von Zakatas führen. Da diese Gegend nicht dicht besiedelt ist und wir deswegen oft draußen werden übernachten müssen, haben wir alle außerdem dicke Decken dabei sowie einen schwarzen Umhang aus Öltuch, um Regenwasser abzuweisen. Wenn wir zurückkehren, wird der erste Schnee bereits liegen und wir werden um jede Decke froh sein.

Waffen dürfen Tascha, Reyvan und ich natürlich keine tragen. Sollte es zu einem Kampf kommen, sind wir auf die zwanzigköpfige Eskorte von ausgebildeten Kampfmagiern angewiesen, die uns begleiten. Sie tragen kleine, leichte Metallplatten auf ihren Lederwesten, die sie vor möglichen Geschossen schützen sollen. Ansonsten unterscheidet sich ihre Kleidung nur durch ihre dunkelgrüne Farbe von unserer. Einige von ihnen haben Schwerter, Bögen oder Lanzen dabei, der größte Teil reist jedoch ohne Waffen, da sie als Kampfmagier genügend raffinierte Zauber kennen, mit denen sie ihre Feinde töten können.

Sie wurden von Xenos angeheuert und werden uns sowohl bewachen als auch beschützen. Was genau davon Xenos wichtiger ist, ist mir gleichgültig. Ich habe seit dem Abend, nachdem ich Reyvan besucht hatte, kein Wort mehr mit ihm gewechselt.

Wie auch? Gestern Morgen hat er mich nochmals in sein Zimmer gerufen. Ehe ich jedoch irgendetwas sagen konnte, hat er mir seine Hand auf den Mund gelegt und meine Stimme genommen, genauso wie bei Tascha. Wir werden den Elfen bestimmt keine Geheimnisse verraten können. Zudem scheint meine Freundin in einer Art Betäubung festzustecken. Ich kann mir denken, dass das verhindern soll, dass die Elfen ihre Gedanken lesen können.

Sie tut mir leid. Ich hatte keine Gelegenheit mehr, mit ihr zu sprechen. Sie jetzt so zu sehen, tut mir im Innersten meiner Seele weh. Ich bin wieder einmal entsetzt von Xenos' Grausamkeit, kann jedoch nichts dagegen unternehmen.

Reyvan sieht ebenfalls nicht erfreut über diese Maßnahmen aus, aber selbst wenn er sich am liebsten auf Xenos stürzen würde, lässt er sich glücklicherweise nichts anmerken. Er sitzt ruhig auf seinem weißen Pferd und lässt mich nicht aus den Augen. Es tut gut, ihn in meiner Nähe zu wissen.

Xenos wendet sich an die versammelte Menge. »Wie ihr bereits erfahren habt, werde ich nun zum Volk der Elfen aufbrechen, um ihnen ein weiteres Pfand zu bringen. In meiner Abwesenheit übergebe ich Telon, dem Rat des Erdzirkels, die Leitung. Wendet euch ab sofort mit allen Belangen an ihn!«

Sein Pferd tänzelt ungeduldig und schlägt mit dem Schweif. Es weiß, dass es auf eine Reise gehen darf und kann es kaum erwarten, in die Freiheit hinaus zu reiten.

Xenos wendet sein Pferd und schaut noch einmal über die Schulter zurück, ehe er ihm die Sporen gibt und durch das Tor des Zirkels galoppiert. Wie aufs Stichwort bilden die Kampfmagier einen Kreis um Tascha, Reyvan und mich und drängen uns somit, Xenos zu folgen.

Reyvan reitet vor mir, hinter mir höre ich das Pferd von Tascha, das nun ebenfalls in einen leichten Galopp verfällt. Wir preschen durch das Tor auf die Steppe zu, die vor dem Zirkel liegt.

Mein Herz macht einen Luftsprung, als ich die hohen, weißen Mauern hinter mir lassen kann. Auch wenn ich weiß, dass ich in vier Monaten wieder hier sein werde, ich werde die Zeit außerhalb des Zirkels in vollen Zügen auskosten. Wenn ich daran denke, dass ich nach meiner Rückkehr wieder in mein Zimmer verbannt bin, überkommt mich das Grauen.

Als hätte er meine Gedanken gehört, dreht sich Reyvan vor mir auf seinem Pferd um und runzelt die Stirn. Ich schaue ihn fragend an. Er erwidert meinen Blick, dreht sich aber rasch wieder um, ehe einer der Kampfmagier, die uns rechts und links flankieren, auf unseren Blickkontakt aufmerksam wird.

Xenos hat eine Gruppe von vier Magiern als Kundschafter voraus geschickt und reitet selbst an der Spitze unserer Truppe. Er legt ein ordentliches Tempo vor, wir fliegen fast über die Steppe.

Unser Weg führt uns in einem Halbkreis südlich um die Stadt Lormir herum. Xenos hat offenbar nicht vor, sich dort unnötig lange aufzuhalten. Immerhin habe ich während unseres Rittes einen Ausblick auf Reyvans attraktiven Körper vor mir. Wieder einmal bewundere ich seine geschmeidigen Bewegungen und bin fast neidisch, da er auf seinem Pferd reitet, als sei er darauf geboren worden.

Leider scheint Xenos in Kürze keine Pause eingeplant zu haben. Dem Sonnenstand nach müssen wir mindestens schon zwei Stunden unterwegs sein. Die Pferde schäumen und wir verfallen in ein Schritttempo, um sie zu schonen. Die zehn Ersatzpferde, die zwei Magier hinter uns herführen, werden ansonsten rascher zum Einsatz kommen, als ihnen lieb ist.

Um die Mittagszeit hebt Xenos endlich seine Hand zum Zeichen, dass wir nun kurz rasten werden. Ich seufze erleichtert auf – endlich werde ich meinen schmerzenden Hintern etwas Ruhe gönnen können.

Mit einer grazilen Bewegung steigt Reyvan von seinem Schimmel. Als er mir jedoch aus dem Sattel helfen will, versperrt ihm ein Kampfmagier den Weg und führt ihn weg. Sie wurden offenbar angewiesen, uns nicht in die Nähe des anderen zu lassen.

Wir werden an getrennte Plätze, die etwa fünfzehn Schritt auseinander liegen, geführt. Während Reyvan von einer Gruppe aus zehn Magiern bewacht wird, die sich neben einem Felsen ein Feuer angezündet haben, bekommen Tascha und ich nur zwei Magierinnen als Wache zugeteilt.

Anscheinend sieht Xenos keine Gefahr in uns. Kein Wunder – keine von uns kann über Magie gebieten und durch ihre Betäubung ist Tascha gerade mal dazu fähig, angeschnallt aufrecht im Sattel sitzen zu bleiben. Ansonsten muss sie getragen oder mit zwei Krücken geführt werden, wenn sie sich irgendwohin bewegen soll. Ich wurde zugeteilt, mich um ihre menschlichen Bedürfnisse zu kümmern. Somit ziehe ich sie nun ebenfalls hinter den Busch und helfe ihr, sich zu erleichtern. Wieder schüttle ich den Kopf über Xenos' grausamen Betäubungszauber.

Danach setze ich mich ins Gras vor dem Busch und strecke die Beine aus. Mein Hintern und meine Innenschenkel pochen schmerzhaft und meine Muskeln brennen. Als ich meine Hände anschaue, weiten sich meine Augen vor Entsetzen.

Dort, wo ich die Zügel gehalten habe, entdecke ich pralle Blasen. Bisher haben sie nicht geschmerzt, da meine Oberschenkel und mein Hintern mich davon abgelenkt haben, aber nun tun sie umso mehr weh.

Ich beiße sie vorsichtig mit den Zähnen auf und tupfe sie mit einem Tuch, das ich gegen den Wind trage, trocken. Dann zerreiße ich das Tuch in zwei Teile und wickle es um meine Hände in der Hoffnung, dass sie vor weiteren Blasen verschont werden.

Jetzt schaue ich mir die beiden Magierinnen, die uns bewachen, etwas genauer an. Beide haben eine zierliche Statur, trotzdem wage ich es nicht, sie zu unterschätzen. Sie wissen wahrscheinlich ziemlich gut, wie sie mit ihrer Magie umgehen müssen und sind außerdem mit scharfen Messern bewaffnet.

Die Eine von ihnen hat kurzes, rötliches Haar und viele Sommersprossen im Gesicht. Sie sieht ein wenig älter aus als die andere, die knapp zwanzig Jahre alt zu sein scheint, also wahrscheinlich gerade mit ihrer Ausbildung als Magierin fertig geworden ist. Sie hat rotblondes Haar, die ihr in kleinen Locken ins Gesicht fallen. Sie sieht lieblich aus, hat eine kleine Stupsnase und große, braune Augen. Sie lächelt mich unsicher an, wendet sich aber rasch wieder ihrer Tätigkeit zu, dem Teekochen.

In der anderen Gruppe, die Reyvan bewacht, wird gerade Fleisch von zwei Steppenantilopen gebraten, die die Magier erlegt haben. Ihr Fell, das ihnen abgezogen wurde, sieht verkohlt aus, sie scheinen Opfer eines Feuerballs geworden zu sein.

Xenos entdecke ich etwas abseits, im Gespräch mit dem Anführer der Kampfmagier. Sie scheinen irgendetwas bezüglich der Reise zu besprechen. Der Anführer zeigt immer wieder in eine Richtung und erklärt Xenos gestikulierend etwas. Dieser hat eine Hand an sein Kinn gelegt und hört interessiert zu. Mir ist es gleichgültig, wie wir zu den Elfen gelangen, solange ich Reyvan in meiner Nähe weiß.

Ich erhasche zwischen den zehn Wachen, die nahe um ihn herum stehen, einen Blick auf ihn. Er schaut ebenfalls in meine Richtung und lächelt mich aufmunternd an. Ich seufze. Am liebsten ginge ich zu ihm rüber und mich von ihm in die Arme nehmen lassen, aber ich weiß, dass Xenos uns dafür hart bestrafen würde. Daher unterdrücke ich meine Sehnsucht und versuche, mich abzulenken.

Gerade als ich beschließe, ein bisschen zu schlafen, bringt mir die blonde Kampfmagierin einen Blechbecher mit heißem Tee. Ich lächle sie dankbar an und sie nickt freundlich. Dann setzt sie sich neben Tascha, und flößt ihr ebenfalls etwas Tee ein.

Ich nippe vorsichtig an dem heißen Getränk. Es schmeckt köstlich. Nun meldet sich auch mein Magen, der vor Hunger fast umkommt. Voller Ungeduld warte ich, bis das Antilopenfleisch gar ist.

Es schmeckt gut, obwohl es sparsam gewürzt wurde. Dazu gibt es für jeden eine Scheibe Brot. Als Nachspeise bringt mir die blonde Kampfmagierin sogar eine Handvoll getrockneter Beeren und Nüsse. Wenn das so weiter geht, werden wir zumindest nicht verhungern.

Gestärkt brechen wir auf und reiten weiter. Meine Beine brennen bei jedem Schritt meines Pferdes und mein Rücken beginnt nun ebenfalls zu schmerzen. Zum Glück scheint der Stoff an meinen Händen mich vor weiteren Blasen zu schützen.

Die Steppe mit ihren groben Gräsern erstreckt sich bis zum Horizont. Gelegentlich passieren wir kleine Sträuchergruppen sowie Felsbrocken, die wie einsame Wächter in der kargen Landschaft stehen. Hier leben normalerweise nur vereinzelte Schafhirte, die keine Häuser bauen, sondern mit ihren Schafherden durch die Steppe ziehen, daher treffen wir unterwegs keine Menschenseele an.

Ich weiß jedoch, dass wir in knapp einer Woche auf die Ausläufer des Waldes von Zakatas stoßen werden, der sogenannten Waldsteppe, die vor allem aus Laubbaumgruppen besteht, welche um kleinere Gewässer herum wachsen. Dorthin hat mich Vater einmal mitgenommen, als er mir Lormir zeigte und dort gibt es auch wieder Behausungen. Einige Tagesritte davon entfernt beginnt der Wald von Zakatas.

Als die Dämmerung herein bricht, schlagen wir unser Nachtlager auf. Xenos hat hierfür eine Gruppe von Felsen ausgewählt, die uns Schutz gegen den hartnäckigen Wind bietet, der hier Tag und Nacht weht.

Ich bin froh, endlich absteigen zu dürfen. Mein Hintern und meine Beine pochen nun ohne Unterbruch und auch meine Hände schmerzen wieder.

Als ich vom Pferd steige, geben meine Beine ohne Vorwarnung nach und ich falle der Länge nach hin. Reyvan, der bereits abgestiegen ist, will zu mir eilen, wird jedoch von einer Wache abgehalten.

Mühsam versuche ich, aufzustehen und ein scharfer Schmerz durchfährt meine Oberschenkel. Ich schaffe es, mich zumindest aufzusetzen, als ich jedoch die Knie anziehen will, keuche ich.

Ich schaue an meiner Hose hinunter und erkenne, dass sie mit Blut durchtränkt ist. Ich habe doch nicht meine Monatsblutung? Die dürfte erst in zwanzig Tagen kommen.

Da es mir peinlich ist, meine Beinkleidung vor den Augen aller abzulegen, um nachzuschauen, taste ich die Innenseiten meiner Oberschenkel sorgfältig über dem Stoff und dem Leder ab – und zucke vor Schmerzen zusammen. Offenbar habe ich mir beim Reiten die empfindliche Haut aufgeschürft – oder zumindest weitere Blasen zugezogen.

Reyvan muss mit aller Macht zurückgehalten werden, damit er nicht zu mir kommen kann. Er wehrt sich und beschimpft die Magier, die ihm den Weg versperren. »Verfluchte Hunde! Seht ihr denn nicht, dass sie nicht von alleine aufstehen kann?!« schreit er sie an und versucht, sich an den Magiern vorbei zu drängen. »Helft ihr gefälligst! Sie kann ja nicht die ganze Nacht dort sitzen!«

»Was ist hier los?!«, diese sonore Stimme würde ich unter Tausenden erkennen: Xenos.

Er schreitet auf mich zu und schaut stirnrunzelnd auf mich herunter. Ich versuche, mein Gesicht nicht vor Schmerzen zu verzerren, was mir jedoch nicht gelingt, zu sehr pochen meine Schenkel.

Ohne zu zögern, bückt sich der Zirkelleiter und hebt mich kurzerhand hoch. Ich vermeine, aus Reyvans Richtung ein wütendes Knurren zu hören, das Xenos aber nicht weiter zu interessieren scheint. Er trägt mich zu einem der Felsen, der etwa vier Schritt von den anderen entfernt ist und setzt mich auf den Boden.

Barsch ruft er einen der Kampfmagier zu sich. Dieser scheint ungefähr dreißig zu sein und hat intelligente, grüne Augen, ein ernstes Gesicht und braunes Haar, das ihm in kurzen Strähnen in die Stirn fällt. Er ist etwa einen halben Kopf kleiner als Xenos, aber überragt mich damit immer noch. Mit Staunen sehe ich, dass auf seiner Schulter eine schwarz-weiße Ratte sitzt, die mich neugierig zu mustern scheint.

»Sie hat sich die Innenschenkel aufgeschürft. Heil sie«, ordnet Xenos in gewohntem Befehlston an.

Der Kampmagier, der dem Erdzirkel angehört, nickt und macht sich daran, meine Hosen aufzuknöpfen. Seine Ratte bleibt dabei seelenruhig auf seiner Schulter sitzen. Ich bin erleichtert, dass sich die anderen Mitglieder unseres Trupps etwas weiter abseits darum bemühen, das Lager aufzuschlagen. Reyvan kann ich nicht entdecken. Er wurde wahrscheinlich weg geführt, damit der Magier bei seiner Arbeit nicht gestört wird.

Xenos bleibt neben mir stehen und schaut ohne mit der Wimper zu zucken zu, wie der Magier mir die Hosen auszieht. Ich beiße mir vor Schmerz und Scham auf die Lippen, als dieser nun vorsichtig meine wunde Haut untersucht. Ich wage gar nicht, hin zu sehen. Dem Blut nach zu urteilen, muss es schlimm um meine Haut stehen.

Zum Glück spüre ich bald eine heilende Wärme an meinen Innenschenkeln, die sich rasch ausbreitet. Als der Heiler fertig ist, wäscht er das Blut von meinen Beinen und macht sich daran, einen Stapel Holz aufzuschichten. Dann nimmt er einen Kessel mit Wasser und legt meine Hose hinein, ehe er ihn über das Feuer stellt.

»Danke, Duhr«, sagt Xenos knapp und entzündet mit einer Handbewegung das Feuer.

Ich schaue ihn irritiert an. Seit wann kennt dieser arrogante Kerl Dankbarkeit? Aber der Zirkelleiter hat sich schon wieder von dem Heiler und mir abgewandt und schreitet zu einer kleinen Gruppe, die gerade dabei ist, ein Feuer zu entzünden, über dem die Reste der zweiten Antilope gebraten werden.

Ich sinke an den Felsen zurück und lächle Duhr dankbar an, als dieser mir eine Decke reicht, mit der ich meine Blöße verhüllen kann. Dabei streifen seine Hände die meinen und er schaut erstaunt auf meine notdürftigen Handschuhe herunter.

»Hast du Blasen an den Händen?«, fragt er leise.

Ich nicke, da ich ihm ja keine Antwort geben kann.

Er nimmt meine Hände und wickelt sie vorsichtig aus dem Stoff. Als er meine offenen Wunden sieht, pfeift er leise durch die Zähne und begutachtet sie. Er schließt die Augen und hält meine Hände zwischen seinen fest. Nach ein paar Sekunden ist die aufgeplatzte Haut wieder heil.

Er kramt in seiner Manteltasche und holt ein paar Handschuhe hervor, die mir schon auf den ersten Blick viel zu groß sind. »Hier, trag die, die werden verhindern, dass das nochmals passiert«, meint er.

Ich bin verblüfft, dass dieser fremde Mensch mir hilft und kann ihm nicht einmal dafür danken. Stattdessen lächle ich ihn an und nehme die Handschuhe entgegen. Er nickt nur und bedeutet mir, mich nun selbst um meine Hosen zu kümmern, die in dem Wasserkessel ausgekocht werden. Dann geht er ebenfalls zu der anderen Gruppe und lässt mich alleine. Ich bin im Moment ja sowieso nicht in der Lage, ohne Hosen zu fliehen.

Ich schlinge mir die Decke um die Hüften und rühre mit einem Ast in dem Kessel, bis das Blut ausgewaschen ist. Dann hänge ich sie zum Trocknen über den Felsen hinter mir.

Inzwischen ist Tascha bei mir angekommen, begleitet von den beiden Kampfmagierinnen, die uns schon am Mittag bewacht haben.

Sie nehmen den Kessel vom Feuer und setzen frisches Wasser auf, um Tee zu kochen.

Als meine Hosen einigermaßen trocken sind, ziehe ich sie wieder an. Dabei fällt mir auf, dass die Haut an meinen Innenschenkeln erstaunlich fest ist. Womöglich hat Duhr einen Zauber gewirkt, der verhindern soll, dass ich mir nochmals die Haut beim Reiten aufschürfe. Ich schaue suchend zu der anderen Gruppe, kann ihn aber nicht erkennen, da es inzwischen dunkel geworden ist.

Bald gibt es Abendessen und ich schlinge meinen Anteil an Fleisch und Brot herunter. So gut es geht kuschle ich mich in meine Decke, die ich am Sattel meines Pferdes befestigt hatte und versuche zu schlafen. Tascha liegt direkt neben mir, aber selbst wenn ich mit ihr sprechen könnte, sie ist immer noch in ihrer Betäubung gefangen.

Am Lagerfeuer nebenan reden und lachen die Kampfmagier und erzählen sich derbe Witze. Die beiden Magierinnen, die Tascha und mich bewachen, sitzen jedoch ruhig am Feuer und schauen in die Flammen. Ich habe inzwischen herausgefunden, dass die Blonde Milena heißt und die Rothaarige Kalindra. Sie scheinen beide noch unerfahren zu sein, da sie jung sind und die Ausbildung erst ein paar Jahre hinter ihnen liegt. Daher werden sie nur für die leichtesten Aufgaben eingesetzt.

Ich höre auf die Geräusche der Natur um mich herum, das Rascheln von Tieren, die nun in die Nacht hinausgehen um zu jagen, das Zirpen von Grillen, das entfernte Heulen eines Wolfes. Der Boden ist hart und unbequem und ich wälze mich hin und her, um eine annehmbare Stellung zum Schlafen zu finden.

Der Schlaf will sich trotzdem nicht einstellen. Schließlich gebe ich auf und starre in den Himmel über mir. Es ist eine sternenklare Sommernacht und der Anblick des Nachthimmels ist atemberaubend. Fast überkommt mich so etwas wie innerer Frieden. Ich bin satt, meine Wunden geheilt, liege in der Nähe des Mannes, der mir so viel bedeutet und werde auch die nächsten Monate neben ihm verbringen.

Noch lange liege ich so da, bis ich endlich eingeschlafen bin.

Kapitel 28

Am nächsten Morgen beginnt es zu regnen. Obwohl es noch Sommer ist, ist es kalt und grau und wir packen eiligst unsere Ölumhänge aus, in die wir uns dick einpacken. Somit werden wir zumindest nicht bis auf die Haut nass. Sie helfen außerdem gegen die Kälte, die sich während des ganzen Tages langsam in unsere Knochen schleicht.

Der stete Regen nagt an unseren Nerven, bald schon sind alle schlecht gelaunt und frieren. Wenn uns jetzt jemand angreifen würde, wären die Kräfte der Kampfmagier stark reduziert, da sie in diesem Wetter nicht viel Wärme für ihre Zauber abgeben können, ohne zu erfrieren. Allerdings denke ich nicht, dass ein Monster freiwillig in dieses Unwetter hinausginge, nur um uns zu ärgern.

Unser Tempo wird wieder etwas schneller, Xenos will offenbar so rasch wie möglich die Wälder erreichen, in deren Schutz wir weniger der Witterung ausgesetzt sind, als hier auf der offenen Steppe. Wir reiten den ganzen Tag durch und machen nur zweimal kurz Halt, um etwas zu essen und die Pferde zu versorgen. Meine Beine haben sich erstaunlich gut erholt und nur die Muskeln schmerzen. Mit Duhrs Handschuhen geht es zudem viel besser, die Zügel zu halten und mein Pferd zu lenken. Obwohl es nicht allzu viel Befehlen meinerseits bedarf, da es einfach hinter Reyvans Pferd herläuft.

Ich habe keine einzige Gelegenheit, mich dem Elf zu nähern, wir werden auf Schritt und Tritt bewacht. Mich quält die Frage, wo das silberne Kästchen ist. Ich hatte ihn vergessen zu fragen, als ich die Gelegenheit dazu hatte und nun nagt an mir die Ungewissheit. Hat er es dabei? Oder irgendwo im Zirkel aufbewahrt? Es ist die einzige Möglichkeit, mehr über meine Vergangenheit zu erfahren, eine andere gibt es nicht. In weniger als elf Monaten werde ich achtzehn Jahre alt und kann sein Geheimnis lüften. Besser wäre, wenn ich bis dahin wieder mit dem Kästchen vereint bin. Vielleicht gibt es irgendwann eine Gelegenheit dazu, Reyvan danach zu fragen.

Als wir unser Nachtlager aufschlagen, hat sich der Regen immer noch nicht gelegt. Die Kampfmagier errichten provisorische Dächer aus Ästen und Planen, die das Wasser abhalten, trotzdem ist der Boden nass und unsere Decken sind rasch durchweicht und kalt.

Ich mache in dieser Nacht kaum ein Auge zu und fühle mich am Morgen, als wir weiterreiten, übernächtigt und unterkühlt.

Auch die nächsten Tage bringen keine Wetterbesserung und Duhr, sowie drei weitere Kampfmagier, die in der Heilkunst bewandert sind, haben alle Hände damit zu tun, die aufkeimenden Erkältungen einzudämmen. Erstaunlicherweise sind Xenos und Reyvan die Einzigen, denen die Kälte nichts auszumacht. Sie reiten durch den Regen, als sei es eine angenehme Erfrischung und ich sehe keinen von beiden auch nur ein einziges Mal zittern.

Xenos scheint die Betäubung von Tascha etwas aufgehoben zu haben, sie kann jetzt selbständig laufen, essen und ihren menschlichen Bedürfnissen nachgehen. Trotzdem weilt sie im Geiste auf einer anderen Ebene und reagiert weder auf meine Blicke noch darauf, wenn ich versuche, mich mit Hilfe von Handzeichen mit ihr zu unterhalten. Ihre Augen blicken durch mich hindurch und ihre ehemals roten Wangen sind blass.

Da auch unsere Wächterinnen nur das Nötigste zu mir sagen, fühle ich mich bald einsam und ausgeschlossen. Die gedrückte Stimmung, die auf das schlechte Wetter zurückzuführen ist, geht auch an mir nicht spurlos vorbei. Langsam versinke ich in Selbstmitleid. Warum bin ich überhaupt dabei, wenn sich sowieso keiner was aus mir macht? Nur wegen einem bösartigen Plan von Xenos, damit Reyvan den Mund hält? Ein paarmal bemerke ich, wie Reyvan mich nachdenklich anschaut, aber auch er kann mir nicht helfen.

Durch das schlechte Wetter sind wir gezwungen, unser Tempo zu drosseln und erreichen erst eine Woche nach unserem Aufbruch die Waldsteppe. Ich bin froh, als wir endlich die ersten Baumgruppen sehen, die uns etwas Schutz vor dem anhaltenden Regen bieten.

Wir finden einen kleinen Hain, der um einen Teich wächst und sogar eine Höhle. Sie wird zwar von einem Höhlenbären bewohnt, der sich ganz und gar nicht als gastfreundlich erweist, aber nach ein paar gezielten Feuerbällen von Xenos wird er zu unserem Abendessen.

Die Knochen und anderen Überreste, die in der Höhle herum liegen und davon zeugen, dass der Bär eindeutig ein Fleischfresser war, werden von den Luftmagiern mit einem Zauberspruch aus der Höhle befördert. Somit ist der Boden einigermaßen sauber, wenn auch etwas sandig.

Glücklicherweise ist die Höhle so groß, dass wir alle darin Platz finden und zum ersten Mal seit Tagen trocken werden können. Unsere Kleidung ist klamm, aber die drei Feuer, die die Magier entzünden, wärmen uns endlich wieder auf.

Langsam hebt sich die Stimmung unserer Reisegruppe. Der Bärenbraten tut sein Übriges, und bald lachen und schwatzen alle durcheinander. Ein Magier nimmt ein Fass Wein hervor und schenkt allen großzügig ein. Sogar uns Gefangenen wird ein Becher angeboten, aber bei Tascha würde es ihren Zustand nur verschlimmern, Reyvan trinkt keinen Alkohol und auch ich konnte mich bisher nie wirklich an das bittere Getränk gewöhnen.

So verbringen die zwanzig Magier und Xenos einen feuchtfröhlichen Abend, während Tascha, Reyvan und ich von Kalindra und Milena in den hinteren Teil der Höhle begleitet werden, damit wir nicht fliehen können.

Da die Höhle zwar groß ist, aber nicht so groß, dass Reyvan und ich wie üblich durch mindestens zwanzig Schritt getrennt werden können, sitzen wir zum ersten Mal etwas näher beieinander. Trotzdem wird Reyvan in die eine Ecke des hinteren Teils gesetzt und Tascha und ich in die andere. Das Feuer wirft gespenstische Schatten an die Höhlenwand, aber sein Licht reicht nicht bis ganz nach hinten.

Bald schon sind die Magierinnen es leid, bei uns zu sitzen und gesellen sich zu den anderen. Wir können ohnehin die Höhle nicht verlassen, ohne an ihnen vorbeizugehen und dann würden wir wohl kaum mehr als drei Schritt weit kommen.

Also sitzen wir in unseren Ecken und nippen an unserem Tee. Ich lege mich bald schlafen, da ich von dem zermürbenden Wetter und der Reise hundemüde bin und es kaum erwarten kann, endlich eine Nacht ohne Regen zu verbringen. Glücklicherweise liegt Tascha an der Höhlenwand, sodass ich ein Stück näher bei Reyvan sein kann. Uns trennen knapp fünfzehn Schritt.

Ich kann seine Silhouette in der Dunkelheit erahnen, er scheint in meine Richtung zu sehen. Trotzdem wage ich nicht, mich ihm zu nähern, aus Angst, dass Xenos es sehen könnte. Zudem kann ich ja sowieso nicht mit dem Elf sprechen. Also begnüge ich mich damit, mein Gesicht ihm zuzuwenden und bald schon fallen mir die Augen zu.

Eine Hand auf meinem Mund lässt mich plötzlich aus meinem Dämmerschlaf aufschrecken.

»Schhh«, es ist Reyvans Stimme.

Er muss in der Dunkelheit, außerhalb des Lichtkegels, den die Feuer bilden, zu mir gerobbt sein. Er liegt auf dem Bauch und ich kann sein Gesicht im Dunkeln erahnen.

Ängstlich schaue ich zu den Feuerstellen hinüber, wo die Magier und Xenos immer noch dem Wein zusprechen. Sie scheinen nichts bemerkt zu haben. Ich entspanne mich und schaue wieder in Reyvans Richtung, der seine Hand von meinem Mund genommen hat.

»Cíara«, flüstert er so leise, dass ich ihn kaum verstehen kann. »Ich weiß, du kannst nicht sprechen, aber ich habe mir etwas überlegt.« Er scheint auf eine Antwort von mir zu warten, also nicke ich und er fährt fort: »Gib mir eines von deinen Haaren.«

Ich schaue ihn verdutzt an. Warum um alles in der Welt will er ein Haar von mir?

»Vertrau mir einfach, ja?«, murmelt er etwas ungeduldiger.

Also reiße ich unwillig eines aus und gebe es ihm.

Er nimmt seinen linken Armschutz ab und ich meine, darunter im Halbdunkeln das Armband von Lia zu erkennen. Tatsächlich, als er seine Hand etwas anhebt und der Lichtschein des Feuers kurz sein Handgelenk streift, bestätigt sich meine Vermutung. Rana hat es ihm also geben können und er hat es die ganze Zeit getragen.

Er lächelt mich verschmitzt an, nimmt das Armband ab und wickelt die Haarsträhne darum. Dann legt er es sich wieder um das Handgelenk und schiebt den Armschutz darüber, sodass es nicht mehr sichtbar ist.

»Es ist nur eine Vermutung, ich habe das selbst noch nie ausprobiert, aber es sollte gehen«, murmelt er.

Was denn, bitteschön? Er grinst über meine Ungeduld und schaut mir mit höchster Konzentration in die Augen.

›*Kannst du mich hören?*‹, will er wissen.

Was für eine dämliche Frage, natürlich kann ich ihn hören. Aber da merke ich, dass er seinen Mund nicht bewegt hat. Verblüfft schaue ich ihn an und versuche zu begreifen. Hat er tatsächlich über seine Gedanken zu mir gesprochen? Wie ist das möglich? Ein triumphierendes Grinsen breitet sich auf Reyvans Gesicht aus, dann drückt er mir einen raschen Kuss auf die Wange und robbt so leise wie eine Schlange wieder zurück zu seinem Schlafplatz. Obwohl er nur ein paar Schritt entfernt liegt, vermisse ich bereits seinen Körper neben meinem.

Er wendet mir den Kopf zu. ›*Und jetzt?*‹, fragt er in meinen Gedanken.

Ich nicke zur Antwort. Er kann im Dunkeln ja viel besser sehen als wir Menschen, daher nehme ich an, dass er mein Nicken erkannt hat.

Das ist einfach genial! Er hat einen Weg gefunden, mit mir zu kommunizieren, auch wenn er weiter von mir entfernt ist. Offenbar muss er mir aber dabei in die Augen schauen, das macht es natürlich etwas schwieriger.

›*Versuch mir zu antworten.*‹

Ich habe keine Ahnung, wie ich das anstellen soll und zucke hilflos mit den Schultern.

›*Schau in meine Augen und versuch, mir etwas zu sagen, aber nur in deinen Gedanken. Du musst dich stark konzentrieren, aber mit der Zeit wird es einfacher.*‹

Gut, ich nehme all meine Energie zusammen – eigentlich wollte ich ja schlafen – und versuche, mich zu konzentrieren. Aber was soll ich ihm sagen? Tausend Gedanken schießen mir gleichzeitig durch den Kopf, und keiner will bei mir bleiben.

Ich konzentriere mich stärker. Als ich ihn ansehe, merke ich auf einmal, wie seine Augen, die ich vorhin nicht erkennen konnte, im Dunkeln zu leuchten scheinen. Ich blinzle überrascht und die Sinnestäuschung ist wieder weg.

Ich schaue prüfend über meine Schulter, ob die Magier etwas gemerkt haben, aber sie trinken immer noch Wein und erzählen sich Geschichten. Also konzentriere ich mich abermals auf Reyvan und dorthin, wo ich seine Augen vermute. Wieder scheinen sie in der Dunkelheit zu leuchten, als ich länger hin schaue.

Und dann formuliere ich in Gedanken meinen Satz: ›*Ich vermisse dich.*‹

Es sind drei einfache Worte, aber seine Augen strahlen jetzt, als hätte ich ihm eine Liebeserklärung gemacht.

›*Ich vermisse dich auch, Ciara*‹, kommt sofort seine Antwort.

Ich bin immer noch verblüfft, dass wir auf einmal miteinander sprechen können und ein Hochgefühl steigt in mir auf. Ich bin nicht mehr abgeschnitten von der Außenwelt, sondern kann mich mitteilen! Da kommt mir in den Sinn, dass Xenos mir sagte, er würde alles mitbekommen, was ich mache und kalte Angst packt mich.

Wieder schaue ich zu dem Zirkelleiter rüber, aber er nimmt gerade den nächsten Schluck Wein aus seinem Becher und ist in ein Gespräch mit Arian, dem Anführer der Kampfmagier vertieft. Von unserer Unterhaltung scheint er nichts bemerkt zu haben.

›*Keine Angst, er kann dich nicht hören oder spüren*‹, sagt Reyvan in meinen Gedanken. ›*Er kennt diese Art von Magie nicht und außerdem weiß er nur, was dein Körper tut, nicht aber, was du denkst. Er hat ja nicht mal gemerkt, dass ich dir einen Kuss gab.*‹

Er klingt sehr überzeugend, trotzdem habe ich meine Zweifel.

›*Wie kannst du dir so sicher sein?*‹, frage ich.

Dafür brauche ich zwei Anläufe, aber ich hab ja auch noch keinerlei Übung im Gedankenreden …

›*Das ist Elfenmagie. Sie kann allein von Elfen gewirkt und erkannt werden. Oder eben von denjenigen, mit denen wir sprechen möchten.*‹

›*Aha*‹, hoppla, das habe ich jetzt gerade sozusagen laut gedacht.

Ich muss aufpassen, welche Gedanken ich mit ihm teilen will, und welche nicht.

›*Ja, Kleine, ich kann jetzt fast alles hören, was in deinem hübschen Köpfchen vor sich geht*‹, ich vermeine, sogar sein Schmunzeln zu spüren, obwohl ich sein Gesicht im Dunkeln kaum erkennen kann.

›*Reyvan, wie ist das möglich?*‹

›*Der Gedanke kam mir schon vor längerer Zeit. Eigentlich zum ersten Mal, als du hinter mir geritten bist und ich gespürt habe, dass es dir nicht gut zu gehen scheint. Da wollte ich mit dir sprechen, konnte aber nicht und dann habe ich mich an das hier erinnert.*‹

Ich entsinne mich. Das war, als ich mit Grauen daran dachte, dass ich in vier Monaten wieder im Zirkel sein werde. Damals hatte sich Reyvan mit einem Stirnrunzeln zu mir umgedreht. Er hatte also gespürt, was in mir vorging?

›*Mein Onkel hat mir diese uralte Magie gezeigt, die nicht einmal allen Elfen bekannt ist. Sie heißt Zauber des Fühlens. Dafür braucht man etwas, das dem anderen viel bedeutet. Da du deine Familie so liebst, bestand von dem Moment eine Verbindung zwischen uns, als du mir das Armband gegeben hast und ich den Zauber freisetzen konnte. Ich konnte fühlen, was du fühlst. Es hat mich viel Überwindung gekostet, dir das Armband für den letzten Turniertag zurückzugeben. Allein dadurch wusste ich, ob du noch lebst oder nicht, als ich in diesem verdammten Verlies saß*‹, ich höre selbst in meinen Gedanken einen Hauch von Wut, Traurigkeit und Verzweiflung in seinen Worten. ›*Umso erfreuter war ich, als Rana mir das Armband vor einem Monat zurückbrachte. Von da an spürte ich deine Stimmungen wieder und wusste zumindest, dass du lebst und es dir einigermaßen gut ging. Und dann kam mir die Idee, dass ich so mit dir kommunizieren könnte. Allerdings brauchte ich noch ein Haar von dir. Ohne die Berührung des Kopfes oder eben eines Haares, funktioniert der Zauber des Gedankensprechens nicht.*‹

›*Das … das ist fantastisch. Danke, Reyvan*‹, ich versuche, all meine Gefühle für ihn in diese Worte zu legen.

Dann kommt mir in den Sinn, dass ich ihn schon lange etwas fragen wollte.

›*Reyvan, hast du mein Kästchen noch?*‹, ich bin auf einmal unruhig. Was, wenn er es nicht mehr hat?

›*Natürlich, Cíara. Ich habe es für die Zeit unserer Abwesenheit Rana zur Aufbewahrung gegeben. Sie hat mir versprochen, dass sie es mit ihrem Leben beschützt und das will ich ihr auch raten*‹, ich vermeine, ein Blitzen in seinen Augen zu sehen.

Ich atme erleichtert aus. Das Kästchen ist in Sicherheit. Ich zweifle keinen Moment daran, dass Rana ihr Versprechen einhalten würde. Sie hat bereits so viel für mich gewagt, ich vertraue ihr wie kaum einer anderen Person.

›*Danke*‹, sage ich abermals. ›*Du bist wirklich ein unglaublicher Freund.*‹

›*Ich hoffe, ich bin etwas mehr für dich, als das*‹, seine Antwort kling anzüglich und als ich an den letzten Tag vor dem Turnier denke, werde ich rot.

Natürlich ist er viel mehr als nur ein Freund. Aber ich kann meine Gefühle für ihn nicht in Worte fassen. Es ist immer noch zu neu und verwirrend, dass mich ein Mann so bedingungslos zu lieben scheint und ich bin trotz allem vorsichtig. Er könnte es sich jederzeit anders überlegen und plötzlich weg sein. Schließlich ist er attraktiv und die Mädchen stehen bei ihm Schlange. Abermals muss ich an Taschas Worte denken. Er müsste nur mit dem Finger schnippen, um eine andere zu haben. Und mal ehrlich, wer kann schon eine Nehil lieben?

›*Alia, hör bitte auf mit diesen Zweifeln*‹, unterbricht er meine Gedanken unwirsch.

Ich muss mich erst noch daran gewöhnen, dass er fast alles, was ich denke oder fühle, mitbekommt und senke den Blick. Damit unterbreche ich zumindest unsere Gedankenverbindung. Aber natürlich weiß er immer noch, wie es mir geht, solange er das Armband trägt.

Ich rolle mich auf den Rücken und starre an die Höhlendecke.

Lange liege ich so da, gefangen in meinen Selbstzweifeln. Warum tut er das alles für mich? Ich verstehe es nicht und es fällt mir schwer, es anzunehmen.

Die Magier sind immer noch am Trinken und essen die letzten Reste des Höhlenbären. Sie werden so rasch nicht schlafen gehen. Wahrscheinlich werden wir morgen auch nicht allzu früh aufbrechen.

Als ich mich wieder Reyvan zuwende, liegt er immer noch gleich da wie zuvor. Ich konzentriere mich und seine Augen leuchten wieder heller. Er schläft nicht, sondern schaut in meine Richtung.

›*Cíara*‹, seine Stimme ist selbst in meinen Gedanken sanft und warm wie ein Sommerregen. ›*Hör auf, dich dagegen zu wehren und lass es einfach zu.*‹

Das ist leichter gesagt als getan. Ich habe Angst. Angst verletzt zu werden, wenn ich mich ihm vollends öffne. Aber das kann ich ihm nicht sagen.

›*Ich werde Zeit brauchen*‹, sage ich stattdessen. ›*Und wir haben keine Zeit. In ein paar Monaten sind wir wieder zurück im Zirkel und dann können wir uns nicht mehr sehen. Es hat alles keinen Sinn.*‹

›*Dann lass uns fliehen.*‹

Der Gedanke ist mir ja auch schon gekommen. Trotzdem – es ist zu riskant. ›*Nein, das können wir nicht. Wir würden keine zehn Schritt weit kommen, mit den Kampfmagiern im Nacken und falls doch, würde Xenos uns bis ans Ende der Welt verfolgen und töten. Zudem hast du eine Verpflichtung im Zirkel: Der Frieden deines Volkes.*‹

Ich vermeine zu sehen, wie er die Augen verdreht.

›*Alia, so hübsch du auch bist, manchmal bist du einfach zu engstirnig. Die Elfen würden ein anderes Pfand schicken und glaub mir, wir können Xenos überlisten.*‹

Vielleicht hat er ja recht. Ein kleiner Funken Hoffnung flackert in mir auf, den ich aber sofort wieder ersticke.

›*Es ist zu riskant, Reyvan. Ich will nicht, dass dir etwas passiert. Und was wäre mit Rana? Wir können sie nicht im Zirkel lassen. Xenos würde sich grausam an ihr rächen.*‹

›*Gut, dann verschieben wir unsere Fluchtpläne, bis wir wieder im Zirkel sind. Aber eines verspreche ich dir: Ich werde bestimmt nicht zusehen, wie du bis zum Lebensende für Xenos schuftest. Es gefällt mir nicht, wie er dich ansieht und wenn er dich berührt, würde ich ihn am liebsten erwürgen.*‹

›*Bist du etwa eifersüchtig?*‹, frage ich erstaunt.

›*Ja, das bin ich*‹, erwidert er. ›*Du gehört zu mir, nicht zu diesem arroganten Monster!*‹, er redet sich jetzt ziemlich in Rage und seine Augen glühen förmlich in der Dunkelheit. ›*Daher werde ich nicht zulassen, dass du länger als nötig für ihn arbeiten musst! Wenn wir zurück im Zirkel sind, wirst du alles daran setzen, seine Schwächen heraus zu finden, damit wir einen Plan für unsere Flucht machen können.*‹

Ich merke, wie der Hoffnungsfunken trotz meiner Gegenwehr wieder in mir aufsteigt. Mit Reyvans Hilfe könnte ich es tatsächlich schaffen, aus dem Zirkel zu fliehen – er hat mir ja auch schon dabei geholfen, das magische Turnier zu überstehen. Allerdings werden wir dies genau planen müssen und es bedingt, dass Xenos mir vollends vertraut und sich in Sicherheit wiegt.

›*Schlaf jetzt, wir haben noch fast vier Monate, um uns darüber zu unterhalten*‹, sagt Reyvan sanft.

Ich schließe gehorsam die Augen und falle bald in einen tiefen Schlaf. Zum ersten Mal seit Langem habe ich in dieser Nacht keine Albträume.

Kapitel 29

Der Regen hört langsam auf, trotzdem ordnet Xenos an, dass wir einen weiteren Tag in der Höhle bleiben, um unsere Vorräte aufzufrischen und unser Gepäck vollständig trocknen zu lassen. Mir ist es recht, denn ich darf einfach im hinteren Teil der Höhle sitzen bleiben und mich von der letzten Woche erholen.

Kalindra, die rothaarige Kampfmagierin bewacht Tascha und mich, während Reyvan von vier anderen Magiern umgeben ist, die bei ihm ihr Lager aufgeschlagen haben. Xenos bespricht mit Arian den weiteren Weg und kümmert sich herzlich wenig um uns. Trotzdem wage ich nicht, mich mit Reyvan zu unterhalten. Die fünf Magier lassen uns kaum aus den Augen und würden sofort Verdacht schöpfen, wenn wir uns länger als nötig anschauen. Reyvan lächelt ein paarmal aufmunternd zu mir herüber und selbst das wird nach kurzer Zeit von den Kampfmagiern unterbunden.

Also begnüge ich mich damit, den Magiern bei ihren Vorbereitungen zuzusehen. Sie legen alles Gepäck in der Höhle aus, damit es richtig trocknen kann. Nach ein paar Stunden kehren die Kampfmagier, die Xenos zur Jagd ausgeschickt hat, mit ihrer Beute zurück. Sie haben vier Hirsche und fünf Kaninchen erlegt, die sie bereits ausgenommen haben. Sie legen sie auf den Höhlenboden und ziehen ihnen das Fell ab, das sie auf hölzerne Rahmen spannen. Ein paar Feuermagier kümmern sich darum, die Felle zu trocknen und mit Rauch zu gerben. Damit der beißende Gestank nicht die ganze Höhle verpestet, verlagern sie die Fellgestelle nach draußen.

Andere Magier zerlegen das Fleisch der Tiere in Stücke, sodass schlussendlich nur noch das Rückgrat und der Kopf übrig bleiben. Das Ganze ist eine blutige Angelegenheit und obwohl ich es bei meinem Vater schon ein paar Mal gesehen habe, wende ich meinen Blick ab. Der Anteil, den wir heute nicht essen, wird geräuchert oder getrocknet, damit wir ihn mitnehmen können.

Bald ist es Abend und ein weiteres Festmahl erwartet uns. Einige Magier haben sogar frische Beeren gesammelt, die unser Essen ergänzen. Auch wir Gefangenen erhalten eine großzügige Portion. Offenbar wollen die Magier, dass wir bei Kräften sind für die weitere Reise. Mit vollem Bauch lege ich mich schlafen. Morgen werden wir wieder aufbrechen und in einigen Tagen den Wald von Zakatas erreicht haben.

Das Wetter ist uns glücklicherweise weiterhin freundlich gesinnt. Wir reiten so lange, wie wir es den Pferden zumuten können und errichten unsere Lager in Höhlen oder anderen Unterschlüpfen.

Nach mehreren Tagen passieren wir vereinzelte Häuser, die darauf hindeuten, dass wir uns wieder der Zivilisation nähern. Ab und zu stehen Bauern oder Schafhirten am Straßenrand und schauen uns staunend nach. Schließlich reitet nicht jeden Tag ein Trupp von Kampfmagiern durch die Gegend.

Wir halten in der ersten größeren Siedlung an, um unsere Vorräte aufzufrischen. Das Dorf ist natürlich nicht mit Lormir zu vergleichen, aber es ist immerhin von einem Palisadenzaun umgeben und ich erkenne mindestens dreißig Häuser, die an verwinkelten Straßen aneinandergereiht sind. Über dem Dorf hängt eine Rauchwolke, die von den Kaminen und den Schmieden stammt.

Die Häuser haben strohbedeckte Dächer und die Wände sind aus solidem Stein gebaut. Mir dringen die typischen Dorfgerüche in die Nase. Der Müll und die Ausscheidungen der Dorfbewohner, der ekelhafte Uringestank der Gerberei sowie der beißende Rauch der Schmieden. Darunter mischen sich angenehmere Düfte, die eindeutig vom Dorfplatz her kommen, wo ein Markt stattfindet.

Der Boden ist bedeckt mit Reisigbündeln, da überall der Dreck von Menschen und Tieren liegt und man ansonsten darin versinken würde. Ich kenne dies bereits aus anderen Dörfern, deren Wege nicht täglich mit Wasser gereinigt werden, wie die gepflasterten Straßen von Lormir. In meiner Heimatstadt wird allerdings auch nur der innere Stadtkern, wo die reichen Leute leben, sauber gehalten. Die äußeren Bereiche sind ebenfalls verdreckt und überall riecht es nach Exkrementen, Abfall und Verwesung – genau wie hier.

Wir steuern auf die Herberge nahe beim Dorfplatz zu, der etwa einen Durchmesser von fünfzig Schritt hat. Dort wird frisches Brot verkauft, ein Stand wirbt mit Früchten und Gemüsen, ein anderer verkauft Gewürze, die einen intensiven Duft verbreiten. Mindestens hundert Leute tummeln sich auf dem Platz, der unter der Menge fast zu bersten droht.

Wir bahnen uns einen Weg zur Herberge und die Leute gehen eilig beiseite, um von unseren Pferden nicht niedergetrampelt zu werden.

Xenos betritt den Schankraum und verhandelt mit dem Wirt, der hinter dem Tresen hervorkommt, über den Preis für eine Übernachtung. Für ihn als Zirkelleiter wird der Aufenthalt natürlich kostenlos sein. Auch wir anderen scheinen einen saftigen Rabatt zu erhalten. Es geschieht nicht oft, dass so hoher Besuch hier nächtigt. Wahrscheinlich erhofft sich der Wirt dafür ein großzügiges Trinkgeld, oder er hat einfach Angst vor den Magiern.

Als Xenos und der Wirt sich geeinigt haben, bedeutet er uns, dass wir uns an die Tische setzen können. Im Schankraum riecht es nach abgestandenem Bier, Rauch, Bratfett und Urin, aber trotzdem verspüre ich Hunger.

Wir bekommen ein deftiges Abendessen aus Kalbseintopf, in dem dicke Fleischstücke, Kohl sowie jede Menge Fettaugen schwimmen, dazu selbstgemachtes, dunkles Brot. Wieder wird viel Wein getrunken, der vom Wirt großzügig nachgeschenkt wird.

Die Schalen, die er uns hinstellt, und in die wir den Eintopf schöpfen, sind ranzig und Überreste eines vorherigen Gerichtes kleben am Rand. Aber selbst das ist mir im Moment gleichgültig. Ich schlinge den Eintopf mit Appetit herunter.

Tascha und ich sitzen zusammen mit Kalindra und Milena an einem separaten Tisch, weiter hinten im Schankraum. Natürlich wird in unserer Runde weit weniger gesprochen als am Tisch der anderen Magier, da zwei von uns ja stumm sind. Aber das macht mir inzwischen nicht mehr viel aus. Ich weiß, dass ich mich zumindest mit Reyvan unterhalten kann.

Dieser sitzt inmitten der Kampfmagier und starrt in seinen Becher, in dem kein Wein drin ist, sondern abgestandener Tee. Ab und zu hebt er den Blick und schaut zu uns herüber. Er scheint sich ganz und gar nicht wohl zu fühlen inmitten dieser Menschen, die sich grölend Witze erzählen. Ich kann es ihm nachfühlen. Auch ich fühle mich unwohl und würde am liebsten nach oben in den Schlafbereich gehen. Aber wir müssen so lange hier sitzen, bis Kalindra und Milena schlafen gehen.

Ich freue mich schon darauf, endlich wieder in einem richtigen Bett zu schlafen. Wir sind nun bereits über einen halben Monat unterwegs und ich vermisse sehnlichst die Bequemlichkeiten, die ich bisher zu Hause und im Zirkel hatte. Nachdem alle endlich mit dem Gelage fertig sind, werden Tascha und ich in eine Art Massenlager geführt, wo auch die anderen weiblichen Kampfmagierinnen schlafen.

Die Matratze füllt den ganzen Raum aus und besteht aus Stroh, über das ein großes Tuch gelegt wurde. Immerhin besser, als auf dem Boden zu übernachten. Ich kuschle mich neben Tascha unter meine Reisedecke und genieße die Wärme, die vom Stroh aufsteigt. So könnte es von mir aus jede Nacht sein. Leider werden wir nur einen Tag hier in diesem Dorf, dessen Name mir unbekannt ist, verbringen, ehe wir wieder aufbrechen.

Am nächsten Tag schickt Xenos ein paar Magier los, um beim Pferdehändler neue Reittiere zu kaufen. Einige unserer Pferde sind schon mitgenommen und wir haben noch nicht einmal einen Drittel der Hinreise hinter uns.

Ich nutze den freien Tag, um mich zu erholen, liege auf dem Strohbett und überlege mir insgeheim Pläne, wie ich Xenos entwischen kann. Leider fehlt mir der Einfallsreichtum von Reyvan. In meinen Überlegungen lande ich immer wieder dabei, wie ich von Xenos verfolgt durch das Tor der Magiergilde renne.

Natürlich werde ich keinen Schritt vor die Mauern setzen können, wenn der Zirkelleiter hinter mir her ist. Ein Feuerball genügt und ich bin tot. Aber ich vertraue inzwischen darauf, dass ich, wenn wir zurück im Zirkel sind, etwas über ihn herausfinden kann, das uns helfen wird, zu entkommen.

Allerdings müssen wir jetzt erst mal diese Reise hinter uns bringen und ich werde mich von Tascha verabschieden müssen, sobald wir bei den Elfen sind. Ihre fröhliche Art fehlt mir und ich versuche mehr als einmal, durch die Betäubung zu ihr durchzudringen. Leider erfolglos. Sie ist zu sehr in ihrem Geist gefangen, auch wenn sie sich nun selbständiger bewegen kann. So begnüge ich mich damit, sie in den Armen zu halten und ihr über die blonden Locken zu streichen, in der Hoffnung, dass sie etwas davon mitbekommt.

Als wir einen Tag später aufbrechen, fühle ich mich zum ersten Mal seit Langem wieder erholt. Ich habe mich in den zwei Wochen, die wir unterwegs sind, sogar an das Reiten gewöhnt und mein Hintern schmerzt zumindest nicht mehr so wie am Anfang. Dank Duhr habe ich mir zudem weder die Hände noch die Innenschenkel weiter verletzt und auch mit meinem Pferd verstehe ich mich langsam, selbst wenn ich immer noch stark daran zweifle, dass ich es im Griff hätte, würde es sich plötzlich selbständig machen und nicht wie jetzt, einfach brav den anderen Pferden hinterher trotten.

Wir reiten weiter durch die Steppe, die nun mit vielen Bäumen und Sträuchern durchsetzt ist. Ab und zu verlassen wir den Weg, um eine Abkürzung zu nehmen. Dann sind die Magier jeweils besonders aufmerksam, denn auch hier in der Steppe wohnen gefährliche Wesen wie Steppenechsen, Trolle, Warfts oder riesige Wolfsrudel, die uns jederzeit überfallen könnten. Jedoch scheinen die meisten von ihnen Respekt vor einer zwanzig Mann starken Kampfmagiergruppe zu haben. Somit hören wir nur nachts das sehnsüchtige Heulen von Wölfen und Schreie, die ich nicht zuordnen kann und die mir eine Gänsehaut über den Rücken jagen. Ich bin froh, dass wir in einer großen Gruppe reisen und somit nicht das bevorzugte Ziel dieser Wesen der Nacht sind.

Nach über einer Woche, die glücklicherweise ohne Zwischenfall verläuft, erreichen wir den Wald von Zakatas – oder wir reiten eher übergangslos hinein, da der Steppenwald plötzlich dichter wird und Nadelbäume die Laubbäume langsam verdrängen.

Ich schaue mich mit großen Augen um. Je weiter wir in den Wald eindringen, desto beeindruckter bin ich. Noch nie habe ich so etwas gesehen, nicht einmal der Wald in der Nähe des Zirkels von Lormir kann diesem hier das Wasser reichen.

Seine Bäume scheinen uralt zu sein und zwischen ihren Stämmen sehe ich helle Lichtungen. Es riecht nach Erde und Moos und um uns zwitschern unzählige Vögel. Der Boden ist, soweit das Auge reicht, mit Farn bedeckt, das zwischendurch von kleinen Sträuchern unterbrochen wird. Ich kann mir nicht vorstellen, dass in diesem Wald etwas Böses lebt. Trotzdem bleiben die Kampfmagier nun dicht beisammen und schauen aufmerksam nach allen Seiten.

Auch Reyvan ist wie ausgewechselt, seit wir den Wald erreicht haben. In seinen Augen liegt ein Glanz, den ich bisher noch nie gesehen habe. Er sitzt kerzengerade auf seinem Pferd und schaut seine Umgebung an, als suche er nach etwas.

Allerdings dauert es noch knapp einen Monat, bis wir zu seinem Volk kommen. Ich kann mir nicht vorstellen, dass wir bereits jetzt von Elfen beobachtet werden. Aber wer weiß, schließlich gehört ihnen dieser Wald. Also schaue ich ebenfalls aufmerksam um mich, entdecke aber nichts, außer ein paar scheuen Rehen, die vor uns fliehen.

Reyvan und ich haben uns seit der geheimen Unterhaltung in der Höhle nicht mehr austauschen können. Zu streng wurden wir bewacht, aber es gibt mir Trost zu wissen, dass wir eine Verbindung zueinander haben und er auf mich aufpasst.

Je tiefer wir in den Wald vordringen, desto mehr steigt die Anspannung unter den Kampfmagiern, bis sie fast mit Händen greifbar wird. Ich weiß, dass in den Tiefen dieser Wälder Monster lauern, vor denen selbst die Elfen sich fürchten. Mein Vater hat mir manchmal – natürlich nur heimlich, wenn Mutter es nicht mitbekommen hat – grausige Geschichten von Waldmonstern erzählt, denen ich damals mit kindlicher Ehrfurcht und sehnsuchtsvoller Neugier gelauscht habe. Seinen Erzählungen nach müsste hinter jedem Baum ein solches Wesen lauern und uns nach dem Leben trachten, trotzdem reiten wir viele Tage durch den Wald, ohne dass etwas Nennenswertes passiert.

Die Bäume stehen immer dichter beisammen und das Unterholz wird mit jedem Tag schwieriger passierbar. Wir schlagen unser Nachtlager nach Möglichkeit im Schutz von Baumwurzeln, Gestrüpp oder gar Baumhöhlen auf. Immerhin kann uns die Witterung nicht mehr allzu viel anhaben, da uns die dichten Baumkronen vor jeglichem Unwetter schützen.

Auch an Essen mangelt es uns nicht. Die Magier gehen regelmäßig auf die Jagd und kommen jeden Tag mit reichlich Beute zurück. Zudem gibt es überall kleine Flüsse, wo wir unsere Wasserschläuche füllen können. Kein Wunder, haben sich die Elfen hier nieder gelassen. Die Gegend ist wunderschön und ich bin wie verzaubert davon.

Jedoch entgeht auch mir nicht, dass die Sicherheitsmaßnahmen von Xenos langsam verschärft werden. Die Magier, die auf die Jagd gehen, kehren immer schneller zurück, da sie sich nicht mehr so weit entfernen und unsere Gruppe bleibt immer dichter beisammen.

Dass diese Vorsicht nicht umsonst ist, zeigt sich schneller, als mir lieb ist. Gerade als wir eines Abends unser Lager aufgeschlagen haben und die Magier sich daran machen, das Abendessen zuzubereiten, ertönt auf einmal ein Laut, wie ich ihn noch nie gehört habe. Es ist eine Mischung aus Fauchen, Zischen und Heulen und kommt direkt aus einem dichten Gebüsch, vor dem wir unser Lager aufgeschlagen haben.

Sofort sind alle Magier kampfbereit. Auch Reyvan, der etwa fünfzehn Schritt links von mir saß, ist aufgesprungen und starrt in die Richtung, aus der der Schrei kam. Ich sehe, dass sein ganzer Körper einer gespannten Bogensehne gleicht, bereit, sich jederzeit auf den Feind zu stürzen. Ich weiß nicht, womit wir es zu tun haben, aber so wie alle reagieren, muss es etwas Gewaltiges sein. Rasch schaue ich mich nach Tascha um, die neben mir sitzt und von all dem nichts mitbekommt.

Ein zweiter Schrei ertönt, diesmal näher. Xenos brüllt Befehle und die Hälfte der Magier schwärmt aus, um was auch immer sich uns da nähert, von hinten zu überraschen.

Noch während ich mich frage, welcher Bedrohung wir gegenüberstehen, bricht ein riesiger, mit smaragdgrünen Schuppen besetzter Echsenkopf und zwei böse funkelnden Augen zwischen den Büschen hervor. Auf den ersten Blick bin ich viel zu schockiert, um genau sehen zu können, was sich da mitten im Lager vor uns aufbaut, aber dann erkenne ich, dass es sich um eine etwa zehn Schritt lange und sechs Fuß hohe Echse handelt.

Ihre vier Beine mit den scharfen Klauen sind so dick wie kleine Baumstämme und ihre gespaltene Zunge zischt aus dem riesigen Maul, aus welchem gelber Speichel tropft. Ihr ganzer Körper ist mit den grünen Schuppen bedeckt und sie bewegt sich auf allen Vieren flink wie eine Eidechse fort, obwohl sie sich von dieser in ihrer Größe etwa so stark unterscheidet wie ein Ochse von einem Käfer.

Sie brüllt abermals und diesmal ist das Geräusch so laut, dass ich unwillkürlich meine Hände hebe, um die Ohren zuzuhalten. Ihr antworten zwei weitere Echsen, die nun durch das Dickicht brechen und ins Lager stürmen.

Die Magier schleudern ihnen ihre Kampfzauber entgegen. Die Echsen scheinen jedoch eine zu dicke Haut zu haben – oder gar gegen Magie resistent zu sein. Der Eisregen und die Feuerpfeile prallen an ihren gepanzerten Körper ab, als seien es kleine Blätter, die vom Himmel fallen.

Mit Entsetzen sehe ich, dass noch zwei weitere Echsen den Weg zu uns gefunden haben, sie werden jedoch von einer Welle von Zaubern am Rand des Lagers aufgehalten.

Ich erwache aus meiner anfänglichen Erstarrung. In der Hoffnung, aus dem Blickfeld der Riesenechsen zu gelangen, und sie vor allem von Tascha abzulenken, die immer noch entspannt auf ihrer Decke sitzt, gehe ich ein paar Schritte zur Seite.

Eine der drei Echsen, die ins Lager gedrungen sind, scheint die Bewegung aus in ihrem Augenwinkel bemerkt zu haben. Sie dreht ihren Kopf zu mir und stürmt direkt auf mich zu. Ich weiche zurück, bis ein Baum hinter mir den Fluchtweg versperrt.

Verzweiflung und Panik schnüren mir die Brust zu und ich schnappe unwillkürlich nach Luft. Ich habe keine Ahnung, wie ich mich gegen diese Bestie wehren soll.

Die Echse ist binnen eines Augenblicks bei mir. Sie baut sich vor mir auf und starrt mich mit ihren gelben Augen mordlüstern an. Wahrscheinlich stellt sie sich gerade vor, wie ich wohl schmecken mag. Schon spüre ich ihre Zunge an meiner Wange und schaue direkt in ihr vor Speichel triefendes Maul, dessen grässlicher Atem mir fast die Sinne raubt.

»Alia, duck dich!«, Reyvan rennt auf mich zu. Er formt eine Giftwolke, die er direkt auf die Echse schleudert. Woher er das Gift dafür hat, will ich gar nicht erst wissen.

Die Echse wird für den Bruchteil einer Sekunde abgelenkt und schüttelt den Kopf, um die Wolke loszuwerden, die ihr ebenso wenig anhaben kann, wie die anderen Zauber, die die Kampfmagier immer noch auf ihre Artgenossen schleudern. Trotzdem ballt Reyvan bereits die Hände, um eine weitere Wolke zu schaffen.

In diesem Augenblick donnert eine mir inzwischen nur allzu vertraute Stimme quer über das Lager. »Weg da!«, es ist Xenos, der von rechts auf uns zu rennt.

Ohne nachzudenken, renne ich in seine Richtung von der Echse weg, die sich inzwischen von der Wolke befreit und ihren Kopf mir wieder zugewandt hat. Nach ein paar Schritten stolpere ich über eine der Baumwurzeln, die hier überall aus dem Boden hervorstehen, und falle der Länge nach hin.

Meine Hände und Knie durchzuckt ein brennender Schmerz, als ich sie auf dem mit Steinen gespickten Waldboden aufschürfe. Aber ich habe keine Zeit, mir darüber Gedanken zu machen. Hinter mir ertönt ein triumphierendes Gebrüll.

Ich hebe den Kopf, jederzeit darauf gefasst, dass die Echse mich verschlingt.

Das Bild, das sich mir bietet, lässt mich jedoch aus einem anderen Grund den Atem anhalten. Xenos steht breitbeinig inmitten des Lagers und seine imposante, düstere Erscheinung macht sogar auf die Echse, die meine Verfolgung aufgenommen hat, einen Moment lang Eindruck. Sie hält in ihrer Bewegung inne und starrt ihn an. Es scheint fast, als sei der Zirkelleiter von einer dunklen Aura umgeben, sein Amulett blitzt schwarz auf.

Ich habe Xenos schon ein paar Mal zaubern gesehen, jetzt aber begreife ich erst, dass er bisher nur einen Bruchteil seiner Kräfte gezeigt hat, denn was er jetzt macht, übersteigt all meine Vorstellungskräfte.

Er murmelt ein paar Worte und direkt über der Echse bildet sich eine schwarze Wolke. Bevor diese sich über die plötzliche Dunkelheit wundern kann, stürzen flammende Gesteinsbrocken auf sie herunter und erschlagen sie auf der Stelle. Dasselbe geschieht mit den beiden anderen Echsen, gegen die einige der Magier im Lager kämpfen. Die Luft ist auf einmal vom ekelhaften Geruch verbrannten Fleisches erfüllt und ich würge.

Ohne sich weiter um die brennende Echse unter den Steinen zu kümmern, kommt Xenos mit großen Schritten zu mir. Ich versuche, mich aufzurappeln und begutachte meine Knie und Hände, die leicht bluten und brennen.

»Alles in Ordnung?«, fragt er.

Bevor ich ihm bedeuten kann, dass ich in Ordnung bin, ist Reyvan bei mir, kniet neben mich und legt eine Hand auf meine Schulter.

»Cíara, geht es dir gut?«, seine Augen suchen meinen Körper besorgt nach weiteren Verletzungen ab.

Aufgrund meiner Stummheit kann ich nur mit dem Kopf nicken, aber das scheint beiden zu reichen.

Xenos schaut Reyvan finster an. »Verzieh dich!«, seine Stimme ist eiskalt und seine Augen bohren sich in das Gesicht des Elfen.

Reyvan richtet sich langsam auf und erwidert seinen Blick ebenso kalt. »Wenn du ihr ein Haar krümmst, werde ich …«

»Was wirst du?«, unterbricht ihn Xenos. »Mich umbringen? Dass ich nicht lache. Du hast keine Ahnung, worauf du dich einlässt.« Dann nimmt er demonstrativ meinen Arm und zieht mich hoch.

Reyvan knirscht mit den Zähnen und gibt einen Laut von sich, der an das Knurren eines tollwütigen Hundes erinnert. Aber Xenos beachtet ihn nicht weiter, dreht ihm den Rücken zu und führt mich zurück zu meiner Schlafstelle.

Offenbar haben die anderen Magier sich gegen die zwei verbleibenden Echsen durchsetzen können, denn sie kehren zurück zum Lager und beginnen, die drei verbrannten Kadaver beiseite zu schaffen.

»Setzt dich hin!«, weist Xenos mich an.

Ich befolge seinen Befehl augenblicklich. Zu sehr sitzt mir noch der Schrecken in den Gliedern. Um ein Haar wäre ich von dieser Echse verschlungen worden.

Neben mir sehe ich Tascha, die immer noch seelenruhig da sitzt und von allem nichts mitbekommen hat.

»Zeig mir deine Hände«, fordert mich Xenos auf und ich hebe automatisch meine Handflächen an.

Er kniet sich neben mich. Gerade als ich mich wundere, warum er mir so viel Aufmerksamkeit schenkt, macht er, ohne hinzuschauen, eine Handbewegung in die Richtung von Reyvan. Ich höre einen Schrei und wende erschrocken den Kopf. Ich kann gerade noch sehen, wie Reyvan, der im Begriff war, sich auf Xenos zu stürzen, zu Boden fällt. Neben ihm stehen drei Kampfmagier, die jetzt seine Hände und Beine fesseln. Ich schnappe bestürzt nach Luft und versuche aufzustehen, um ihm zu Hilfe zu eilen.

»Du bleibst hier sitzen!«, Xenos hält meine Hände fest. »Er ist nur betäubt und wenn er seine rebellische Art nicht in den Griff bekommt, wird er das ebenso bleiben, wie deine kleine Freundin hier«, er deutet auf Tascha.

Ich starre ihn wütend an, kann ihm aber leider nicht ins Gesicht schleudern, was ich von ihm halte.

»Willst du mir etwas sagen?«, ein bösartiges Lächeln breitet sich auf seinen Zügen aus.

Ich erwidere seinen Blick und lege allen Zorn hinein, den ich empfinde. Aber er hebt nur eine Augenbraue und sein Grinsen wird breiter. Dann wendet er sich ab und schickt einen Heiler zu mir, der sich um meine Wunden kümmern soll. Ich versuche, meine Wut auf Xenos zu unterdrücken, während ich die heilende Wärme in meinen Händen und Knien spüre.

Reyvan wollte mir doch nur zu Hilfe kommen. Selbst jetzt, nachdem wir von diesen Monstern angegriffen wurden, denkt dieser arrogante Zirkelleiter nur daran, andere zu schikanieren.

Trotzdem muss ich eingestehen, dass ich von Xenos' Macht beeindruckt bin. Als er meine Handflächen untersuchte, war weder ein Zittern noch Kälte von seinen Händen ausgegangen. Der Zauber, mit dem er drei Echsen gleichzeitig getötet hat, hat ihm weniger abverlangt, als ein Fingerschnippen. Seine Macht ist wirklich gewaltig – und damit ist er sehr gefährlich.

Vielleicht ist es besser, dass Reyvan jetzt betäubt ist, ehe er eine Dummheit begehen konnte. Seinen wütenden Augen nach zu schließen, hätte er Xenos tatsächlich angegriffen, hätte dieser ihn nicht mit dem Betäubungszauber belegt.

Der Rest des Abends verläuft glücklicherweise ohne weitere Angriffe. Falls es noch andere Echsen in der Nähe hat, haben sie das Weite gesucht. Trotzdem verdoppelt Xenos die Wachen für die Nacht.

Zwei Magier wurden bei dem Angriff getötet. Ich atme auf, als ich sehe, dass Duhr nicht darunter war. Irgendwie ist mir der Heiler mit seiner schwarzweißen Ratte ans Herz gewachsen.

Xenos nimmt den Betäubungszauber nach etwa drei Stunden von Reyvan. Dieser ist sichtlich benommen, aber genügend wach, um Xenos mit feindlichen Blicken zu taxieren. Der Zirkelleiter lächelt herablassend und geht zurück zu den anderen Kampfmagiern, die um das Feuer herum sitzen.

Sobald er sich unbeobachtet fühlt, dreht Reyvan mir den Kopf zu und schaut mich an.

›*Hat er dir etwas getan?*‹

›*Nein*‹, erwidere ich und versuche, mich so unauffällig wie möglich zu verhalten.

Inzwischen werden Tascha und ich wieder von Kalindra und Milena bewacht, die mir jedoch den Rücken zugekehrt haben. Um Reyvan herum sitzen drei Kampfmagier. Da er immer noch gefesselt ist, scheint Xenos diese Bewachung zu genügen.

›*Ich hätte ihn umbringen sollen, als ich die Gelegenheit dazu hatte*‹, Reyvans Wut ist selbst in meinen Gedanken spürbar.

›*Du hättest keine Chance gegen ihn gehabt*‹, entgegne ich möglichst sanft, um ihn zu beruhigen. ›*Hast du nicht gesehen, was er mit den drei Echsen angestellt hat? Er ist einfach zu mächtig.*‹

›*Trotzdem …*‹, zwischen seinen Augenbrauen erscheint eine zornige Falte.

›*Reyvan, bitte, versuch dich zusammenzureißen. Deine Aktion hat nur dazu geführt, dass du jetzt gefesselt bist.*‹

Er zieht an seinen Fesseln, was die Kampfmagier aufhorchen lässt. Sie schauen ihn prüfend an, ehe sie sich wieder ihrem Gespräch widmen.

›*Siehst du, es bringt nichts!*‹, sage ich in seinen Gedanken.

›*Ich schwöre dir, sobald wir im Zirkel sind, werde ich einen Weg finden, wie wir fliehen können.*‹

›*Ja, aber bis dahin musst du ruhig bleiben. Du bringst uns mit solchen Aktionen nur in Schwierigkeiten.*‹

Seine Augen glitzern gefährlich. ›*Gefällt es dir etwa, wenn er dich anfasst?*‹

›*Reyvan, sei nicht albern*‹, schelte ich ihn. ›*Natürlich nicht. Ich verabscheue ihn und würde ihn lieber heute als morgen tot sehen. Trotzdem … im Moment bleibt uns nichts anderes übrig, als mitzuspielen.*‹

›*Gut. Ich werde versuchen, mich zu beherrschen – dir zuliebe. Aber wenn er mich nochmals so provoziert, oder dich anfasst …*‹

›*Dann denk daran, dass ich zu dir gehöre*‹, unterbreche ich ihn und forme mit den Lippen einen Kuss.

Er lächelt mich etwas beschwichtigt an. ›*In Ordnung, ich werde es versuchen. Schlaf jetzt, Cíara. Es war ein anstrengender Tag.*‹

Ich sehe, wie er versucht, mit seinen Fesseln eine einigermaßen angenehme Position zum Schlafen zu finden und mein Herz wird schwer. Irgendwann werde ich Xenos all seine Grausamkeiten heimzahlen.

Kapitel 30

Wir haben noch etwas mehr als zwanzig Tage Reise vor uns und befinden uns nun tief in den Wäldern von Zakatas. Glücklicherweise hat Xenos angeordnet, dass Reyvan seine Fesseln nicht mehr tragen muss. Ich bin froh über diese Geste, bei einem weiteren Angriff wäre er ansonsten ebenso verwundbar wie Tascha. Wenigstens das hat der Zirkelleiter eingesehen. Trotzdem lässt er Reyvan noch stärker bewachen als zuvor.

Seit dem Angriff der Echsen ist jetzt schon über eine Woche vergangen. Zum Glück haben wir seither keine weiteren Monster gesehen. Trotzdem sind alle noch wachsamer und bei dem kleinsten Geräusch halten wir an, um eine Vorhut auskundschaften zu lassen, womit wir es zu tun haben. Meist ist es jedoch nur ein unachtsamer Hase oder Fuchs, der uns über den Weg gelaufen ist.

Wir reiten zügig weiter, immer tiefer in den Wald hinein. Woher Xenos und Arian wissen, wo wir uns befinden, ist mir schleierhaft. Für mich sieht jeder Baum gleich aus wie der vorherige und ich erkenne trotz genauem Hinschauen weder einen Trampelpfad noch einen anderen Anhaltspunkt für einen Weg durch das Unterholz. Im Gegensatz dazu zeigt jedoch eine breite Schneise in der Farnlandschaft, wo wir durchgeritten sind. Den Weg zurück werden wir also bestimmt wiederfinden.

Schließlich wird das Unterholz so dicht, dass wir absteigen und die Pferde führen müssen. Das ist vor allem für Tascha ein großes Problem, da sie nur ein Bein hat. Kurzerhand lässt Xenos sie auf den Rücken ihres Pferdes wie ein Paket festbinden.

Ab jetzt kommen wir nur noch langsam voran. Selbst die Tatsache, dass die Magier mit Zaubersprüchen das Unterholz vor uns roden, bringt keine Erleichterung für die Pferde, die mit ihren Hufen immer häufiger in den Brombeerranken und anderem Gestrüpp hängen bleiben. Zudem kommen auch die Magier bald an ihre körperlichen Grenzen und die Gefahr, dass sie sich bei einem Angriff nicht mehr richtig verteidigen können, steigt mit jeder Stunde.

Schlussendlich ordnet Xenos an, dass wir die Pferde stehen lassen und zu Fuß weitergehen. Zur Bewachung der Tiere ordnet er fünf Magier ab.

Für Tascha wird eine Art Trage gebaut, auf der sie sitzen kann und die abwechselnd von je zwei Magiern getragen wird.

Unser Proviant wird gleichmäßig auf Rucksäcke verteilt, die wir uns auf den Rücken schnallen. Ab jetzt werden wir mit weniger Essen auskommen müssen, außer die Magier erlegen ein Tier, von denen es hier, in der Mitte des Waldes, jedoch immer weniger gibt.

Eine Gruppe von drei Magiern geht voraus, um uns vor Gefahren zu warnen. Dann folgen Arian und Xenos und dahinter Reyvan und ich, die von sechs Magiern flankiert werden. Hinter uns wird Tascha getragen und den Abschluss bilden zwei weitere Magier. So bahnen wir uns einen Weg durch das Unterholz.

Es ist anstrengend und mühselig und schon bald schmerzen mir alle Muskeln. Von dem tagelangen Reiten bin ich es nicht mehr gewohnt, so lange auf den Beinen zu sein. Reyvan, der vor mir geht, scheint damit jedoch kein Problem zu haben – wieder einmal. Ich verfluche meine schwachen Beine. Seit dem Vorbereitungstraining für das Turnier vor einem Jahr hatte ich keine Gelegenheit mehr, meinen Körper und meine Ausdauer zu trainieren. Das rächt sich nun. Meine Schenkel und Füße schmerzen bei jedem Schritt und ich muss mich anstrengen, um mit den anderen mithalten zu können.

Als wir nach vier Stunden eine Pause einlegen, lasse ich mich ermattet zu Boden fallen. Ich habe gerade noch genug Kraft, um den Becher Gemüsebrühe zu halten, der mir von Kalindra gereicht wird. Milena ist bei den Pferden geblieben, was ich bedaure. Ich mochte sie irgendwie, obwohl sie mich bewacht hat. Sie hatte immer ein Lächeln für mich übrig. Kalindra, ist dagegen distanziert und lässt mir nur die nötigste Aufmerksamkeit zukommen.

Ich stöhne vor Schmerzen, als ich meine Beine strecke. Meine Füße weisen ekelhafte Blasen auf, die von Duhr, dem Heiler, behandelt werden. Trotzdem bleibt ein Restschmerz in meinen geschundenen Beinen zurück.

Nach einer Stunde Pause gehen wir weiter. Obwohl ich dachte, dass ich keinen Schritt mehr machen kann, setze ich einen Fuß vor den anderen. Zu meinem Vorteil ist das Tempo aufgrund des dichten Unterholzes langsam, sodass ich jetzt gut mitkomme.

Trotzdem bin ich froh, als Xenos nach vier weiteren Stunden das Zeichen zur Rast gibt. Wir schlagen unser Nachtlager auf und Reyvan und ich werden so weit wie möglich voneinander getrennt. Inzwischen bleibt mir nur ein müdes Kopfschütteln über Xenos' Vorsicht. Er könnte uns mühelos mit einer Handbewegung töten, daher finde ich es lächerlich, dass er auf dieser Maßnahme besteht. Aber ich hüte mich, ihn zu verärgern und nehme brav meinen Platz bei dem mir zugewiesenen Baum ein.

Um uns wuchert ein Brombeergestrüpp, das uns zusätzlich vor möglichen Angriffen schützt. Die Luft riecht hier modrig und der Boden ist feucht, aber das stört mich nicht, da ich auf meiner Decke sitze. Als Abendessen gibt es ein paar getrocknete Streifen Fleisch und hartes Brot.

Dann lege ich mich neben Tascha hin und schlinge die Decke um mich. Der Wald ist erfüllt von den nächtlichen Geräuschen.

Ich fühle mich komischerweise trotz der Anwesenheit der Magier nicht wirklich sicher und wälze mich hin und her. Etwas liegt in der Luft, das all meine Nerven aufs Äußerste anspannt und jede Zelle meines Körpers alarmiert. Ich kann es jedoch weder benennen noch begreifen. Sorgfältig versuche ich, durch das Unterholz Reyvan zu erkennen. Tatsächlich liegt er einige Schritte entfernt mit dem Kopf mir zugewandt und sieht mich an.

›*Spürst du es auch?*‹, fragt er.

›*Ja, was ist das?*‹, meine Haut kribbelt.

›*Das sind die Zauber, die die gläserne Stadt verbergen.*‹

›*Die gläserne Stadt?*‹

›*Die Hauptstadt der Elfen von Zakatas, unser Ziel. Wir sind meinem Volk schon ganz nahe*‹, antwortet er. ›*Wir sind besser vorangekommen, als Xenos denkt. In etwa einer Woche werden wir dort sein.*‹

›*Dann hätten wir ja weniger lange gebraucht, als wir dachten*‹, sage ich verblüfft.

›*Ja, haben wir auch*‹, entgegnet er lächelnd.

›*Spürt Xenos das auch? Diese Zauber?*‹

›*Ganz bestimmt. Sie sind für jedes lebende Wesen spürbar.*‹

Ich schließe die Augen und versuche, das Gefühl zu erfassen. Aber das Kribbeln hört auf, sobald ich mich darauf konzentriere. Es ist eher eine Ahnung, als eine richtige Empfindung. Bei der Vorstellung, dass dies nun in den nächsten Tagen noch stärker wird, überläuft mich ein Schauer. Kein Wunder, dass diese Gegend von den meisten Tieren gemieden wird. Und gegen Feinde dient der Zauber wohl als Warnung. Ich rechne jedenfalls nicht damit, dass wir in den nächsten sieben Tagen noch weiteren Monstern begegnen werden.

Und ich sollte glücklicherweise recht behalten.

Das Gefühl der Bedrohung wird von Tag zu Tag stärker. Auch die Magier sind unruhig und halten noch aufmerksamer nach Gefahren Ausschau. Aber wir sehen nichts, außer ein paar Vögeln, die wir aus dem Unterholz aufscheuchen. Ansonsten begegnen wir keiner Menschenseele.

Gerade als wir eine Lichtung überqueren wollen und ich denke, dass wir wahrscheinlich gefahrlos zu dieser gläsernen Stadt durchdringen können, springen plötzlich zwei Gestalten vor uns auf den Boden. Xenos und Arian bleiben ruckartig stehen und bilden magische Schutzschilde. Ich recke meinen Kopf, um etwas sehen zu können und schnappe unwillkürlich nach Luft.

Vor uns stehen zwei Elfen, ein Mann und eine Frau. Sie stehen der Schönheit von Reyvan in nichts nach. Ihre Körper sind so perfekt, dass ein Bildhauer sie nicht besser modellieren könnte. Beide tragen ein grünes, kunstvoll verziertes Obergewand und dunkelbraune, enge Hosen, die ihre körperlichen Vorzüge betonen.

Ihr langes, pechschwarzes Haar hat die Frau in Hunderte von Zöpfen geflochten, während der Mann sein blondes Haar, das im schwachen Licht, welches durch die Äste bricht, fast weiß erscheint, streng nach hinten gebunden trägt. Ich komme zum Schluss, dass alle Elfen eine spezielle Augenfarbe haben. Die Augen der Frau haben die Farbe von Amethysten, während diejenigen des Mannes von einem goldenen Braun sind. Beide Elfen sind mit Pfeil und Bogen ausgerüstet und tragen gefährlich aussehende Wurfdolche an ihren Gürteln.

Xenos und Arian lassen ihre Schutzschilder fallen und deuten eine Verbeugung an. Die beiden Elfen gehen jedoch ohne sie zu beachten an ihnen vorbei, direkt auf Reyvan zu, der vor mir steht.

Zu meiner Überraschung beugen sie die Knie vor ihm und senken den Kopf.

»Willkommen zurück, Prinz Reyvan Caltayó«, sagen sie im Chor.

Mir fällt die Kinnlade herunter. Wie bitte? Prinz Reyvan? Prinz? Warum hat er mir nichts davon gesagt? Ich hatte gedacht, er gehöre eher zu den randständigen Elfen, da die Menschen den Elfen ja auch nur jene als Pfand schicken, die sie nicht mehr gebrauchen können. Nie im Leben hätte ich damit gerechnet, dass die Elfen stattdessen einen Prinzen als Pfand hergeben.

Aber dann wird mir der Grund dafür schlagartig bewusst: Für Reyvan bedeutet die Zeit im Zirkel nur ein Bruchteil seiner Lebensjahre, daher ist es für ihn ein geringes Opfer, im Gegensatz zu den Menschen, die bis an ihr Lebensende bei den Elfen bleiben müssen. Zudem gibt es ihm die Möglichkeit, die Menschen, oder besser, die Magier zu studieren.

Kein Wunder, dass Xenos so schlecht auf ihn zu sprechen ist. Er weiß genau, dass er ihm nichts anhaben darf und schon gar nicht seine Gedanken löschen kann, in denen alles gespeichert ist, was er über die Magier in Erfahrung bringen konnte. Das würde den Zorn der Elfen beschwören und einen Krieg auslösen, sobald sie erfahren, dass dem Thronfolger etwas passiert ist. Reyvan in den Zirkel zu schicken, war wirklich ein geschickter Schachzug des Herrschers der Elfen – seinem Vater.

Immer noch sprachlos beobachte ich, wie Reyvan kurz mit dem Kopf nickt und den beiden Elfen bedeutet, sich zu erheben. Er wendet sich jedoch nicht zu mir um, offenbar ist es ihm unangenehm, dass er diese ›Kleinigkeit‹ vor mir verheimlicht hat.

Die Elfen wenden sich nun an Xenos und Arian, welche sie ebenfalls höflich begrüßen. Auf Xenos' Zügen sehe ich jedoch neben seiner üblichen Arroganz auch eine Spur von Beleidigung. Es passt ihm nicht, dass sie zuerst seinen Gefangenen begrüßt haben. Die Elfen lässt das sichtlich kalt, sie wechseln ein paar Worte mit dem Zirkelleiter und dem Anführer der Kampfmagier, die ich nicht verstehen kann, da ich zu weit entfernt von ihnen stehe. Ich begreife nur, dass sie uns nun für den Rest des Weges begleiten werden.

Trotzdem warten wir gut eine halbe Stunde, bis wir aufbrechen. Den Grund dafür erfahre ich erst, als zwei weitere Elfen auf der Lichtung erscheinen. Sie sind beide ebenso schön und anmutig. Der eine trägt sein schwarzes Haar offen und es fällt ihm bis zur Hüfte. Der andere hat dunkelbraunes Haar, das er in vier Zöpfen geflochten hat. Beide tragen ähnliche Kleidung wie die anderen Elfen und sind mit Pfeil und Bogen ausgerüstet. Sie lösen die beiden Magier ab, die Tascha auf der Bahre tragen.

Als wir uns endlich wieder in Bewegung setzen, bin ich erstaunt, dass neben Reyvan, Tascha und mir nur Xenos mitkommt. Die restlichen zwölf Magier bleiben zurück. Anscheinend ist es ihnen nicht gestattet, die gläserne Stadt zu betreten. Das bedeutet aber auch, dass Reyvan und ich jetzt nicht mehr bewacht werden – wenn man von Xenos mal absieht.

Diese Tatsache lässt mich meine müden Beine rasch vergessen, denn ab sofort können Reyvan und ich jederzeit miteinander in Gedanken kommunizieren. Zumindest, wenn Xenos uns nicht beobachtet.

In dem Augenblick dreht sich der Zirkelleiter zu uns um und winkt mich zu sich nach vorne. Er geht direkt hinter den beiden Elfen, sodass er nun zwischen Reyvan und mir ist. Ich fluche innerlich. Er hat wirklich an alles gedacht, dieser Kontrollfanatiker.

Aus den Gesprächen zwischen den Elfen und Xenos erfahre ich, dass wir noch eineinhalb Tage von der gläsernen Stadt entfernt sind. Wir sind wirklich schneller vorangekommen, als gedacht. Ich bin froh, denn das bedeutet, dass die Wahrscheinlichkeit, dass wir vor dem starken Wintereinbruch zurück sind, gestiegen ist.

Den größten Teil des Weges gehen wir schweigsam. Die Elfen bleiben immer wieder stehen und berühren mit ihren Händen unsichtbare Barrieren, die darunter verschwinden. Als ich eine Fliege beobachte, die uns fröhlich überholt, zucke ich zusammen, als sie gegen eine dieser Barrieren knallt und sofort in einer kleinen Rauchwolke aufgeht. Diese Schutzzauber haben es tatsächlich in sich. Ich bin froh, dass die Elfen uns abgefangen haben, niemals hätten wir ohne ihre Hilfe zu der Hauptstadt gelangen können.

Zu meinem Erstaunen beginnt sich der Wald nach einiger Zeit wieder zu lichten. Bald schon durchqueren wir immer häufiger kleinere und größere Lichtungen, die von warmen Sonnenstrahlen beschienen werden, und auf denen herrlich duftende weiße Blumen wachsen. Zu gerne würde ich den Namen dieser Blüten erfahren, getraue aber nicht, mich nach Reyvan umzudrehen und zu fragen.

Schmetterlinge tanzen munter über die Lichtungen und geben der ganzen Szenerie den Anschein von purem Frieden. Jetzt kann ich auch das Plätschern von kleinen Bächen hören, die sich einen Weg durch das Unterholz bahnen. Ein paar Mal müssen wir einen davon überqueren und ich erhasche einen Blick auf das klare Wasser, das mich bis auf den Grund sehen lässt. Je näher wir der gläsernen Stadt kommen, desto schöner empfinde ich die Umgebung.

Wir übernachten auf einer kleinen Lichtung, deren Rand von roten Pilzen umgeben ist. Diese kenne ich, ihr Pulver hat eine hypnotische Eigenschaft, die denjenigen, die es einnehmen, Illusionen vorgaukelt. Also halte ich wohlweislich Abstand dazu, als ich meine Decke für die Nacht ausbreite. Die Elfen bereiten uns ein Mahl aus Pflanzen, das unglaublich gut schmeckt. Seit Tagen habe ich nichts so gutes gegessen. Ich freue mich jetzt schon auf die Zeit, die wir in der gläsernen Stadt verbringen und hoffe, dass wir dort genauso feine Speisen erhalten werden.

Als es Zeit zum Schlafen wird, legt sich Reyvan demonstrativ neben mich, was von Xenos mit einem bösen Funkeln quittiert wird. Aber jetzt, wo wir dem Elfenvolk so nahe sind, wagt selbst er nicht, ihn zu verscheuchen. Trotzdem legt auch er sich nahe genug neben uns, dass er jedes Wort des Elfen mitbekäme, sollte dieser mir irgendetwas zuflüstern.

Ich verdrehe die Augen über diese Geste und wende mein Gesicht Reyvan zu. Er sieht mich an wie ein geschlagener Hund und ich weiß genau, was der Grund dafür ist.

›*Bevor du mich tadelst, lass mich bitte erklären*‹, sagt er in meinen Gedanken, ehe ich ihm meine unterwegs ausgedachte Schimpfarie entgegenschleudern kann.

›*Gut, aber das wird nicht einfach für dich*‹, entgegne ich stattdessen und schaue ihn herausfordernd an.

›*Danke. Ich weiß, ich hätte dir vielleicht etwas sagen sollen über meine Herkunft*‹, beginnt er zaghaft. ›*Aber ich hätte nicht gedacht, dass es überhaupt eine Rolle spielen … jemals zur Sprache kommen wird.*‹

Jetzt bin ich vollends wütend. ›*Nicht zur Sprache kommen?! Hast du gedacht, ich sterbe ja sowieso, bevor du zu deinem Volk zurück kehrst?*‹

Er hat immerhin den Anstand, unter diesen Worten zusammenzuzucken.

›*Ich …*‹, fährt er kleinlaut fort. ›*Hör zu, ich weiß, ich habe einen Fehler gemacht. Selbst wenn es nie dazu gekommen wäre, dass wir zusammen mein Volk besuchen … ich hätte es dir sagen sollen.*‹

›*Oh ja, das hättest du! Ich war immer ehrlich zu dir, habe dir alles über mich und meine Familie erzählt. Da hättest du erwähnen können, dass dein Vater nicht einfach nur ein Jäger ist, sondern der König der Elfen. Nur in einem Nebensatz, das hätte gereicht!*‹

Er sieht mich beschämt an und unter diesem Blick beginnt mein Herz gegen meinen Willen zu erweichen. Aber nein, ich will noch eine Weile wütend auf ihn sein, schließlich habe ich alle meine Vorbehalte überwunden und ihm vertraut, da hätte ich meiner Meinung nach schon die ganze Wahrheit verdient.

›*Es tut mir wirklich leid, Cíara. Kannst du mir bitte noch einmal verzeihen?*‹

›*Oh nein, nicht so! Hör auf, mich mit diesem Blick anzuschauen! Du weißt genau, dass das nicht gerecht ist!*‹

Ich merke, wie meine Vorsätze dahin schmelzen wie frischer Schnee unter der Frühlingssonne. Auch er bemerkt es und lächelt mich auf eine Weise an, dass selbst mein letzter Zorn auf ihn verpufft. Ich kann ihm einfach nicht böse sein, wenn er mich so ansieht – und er nutzt das schamlos zu seinen Gunsten aus.

›*Also gut*‹, seufze ich und verdrehe die Augen theatralisch. ›*Ich verzeihe dir nochmals. Aber ab jetzt will ich von dir nur noch die Wahrheit hören, verstanden?*‹

›*Versprochen.*‹

Er grinst über das ganze Gesicht und hebt eine Hand, um meine Wange zu streicheln. Bei dieser kleinen Bewegung höre ich hinter mir Xenos sich warnend räuspern und der Elf unterbricht die Geste, was mir einen Stich versetzt.

›*Alia, sobald wir zurück sind, will ich mit dir weit weg von diesem Monster*‹, sagt Reyvan und nickt mit dem Kinn in Xenos' Richtung.

›*Und ich werde alles daran setzen, dass unsere Flucht gelingt*‹, verspreche ich.

›*Gut, ich bin froh, dass du zu mir gehörst*‹, seine Stimme ist süßer als Honig in meinen Gedanken und ich schließe meine Augen voller Wohlbehagen.

Kapitel 31

Noch ehe der Morgen graut, brechen wir auf, um die Hauptstadt des Volkes der Elfen zu erreichen. Ich bin so gespannt darauf, dass ich mich kaum auf den Weg konzentrieren kann. Nicht einmal Vater war hier gewesen, denn er hat mir nichts von einer gläsernen Stadt erzählt und ich weiß, dass die Hauptstadt der Elfen bisher nur die wenigsten Menschen zu Gesicht bekommen haben – außer Xenos natürlich, der scheint hier regelmäßig zu Gast zu sein, da er immer wieder ein neues Pfand bringen muss, um den Friedensvertrag einzuhalten.

Auch wenn ich es mir nicht vorstellen konnte, aber der Wald um uns herum wird mit jedem Schritt noch schöner und immer mehr kleine Tiere zeigen sich auf den Lichtungen, die keine Angst vor uns haben. Hasen spielen miteinander Verstecken und Eichhörnchen flitzen über die Wiesen, deren Blumen einen lieblichen Duft versprühen. Es fühlt sich komisch an, mitten im Herbst, der hier in Lormir immer in dieser Jahreszeit einzieht, noch blühende Wiesen zu sehen.

Wir gehen über das dichte Gras, das unsere Schritte abfedert. Ich fühle mich, als würde ich mich in einer anderen Welt bewegen. Ich kann nicht verstehen, warum Reyvan vor Sehnsucht nach dieser Schönheit nicht durchdreht im Zirkel. Kein Wunder, war sein liebster Ort die Gärten der Erdgilde, aber selbst diese können der Schönheit der Natur hier in den Wäldern von Zakatas nicht das Wasser reichen.

Nach einigen Stunden erscheint vor uns eine Art Blättertor. Die Elfen bleiben ehrfürchtig davor stehen und gehen in die Knie. Sie murmeln einige Worte und das Tor öffnet sich auf einmal. Anmutig erheben sie sich und gehen auf die Öffnung zu.

Ich halte den Atem an, als ich ihnen folge. Was wird mich dahinter erwarten? Welche Wunder der Elfen werde ich sehen? Ich bin nun so nervös, dass ich kaum gerade gehen kann und meine Beine zucken vor Aufregung.

Als ich hindurch trete, halte ich vor Staunen den Atem an. Bei dem Begriff ›gläserne Stadt‹ hatte ich zwar schon vermutet, dass die Stadt größtenteils aus Glas gebaut sein wird, aber was ich jetzt sehe, hätte ich mir nicht im Traum vorstellen können.

Wir befinden uns auf einer Erhebung, von der aus wir die ganze Stadt überblicken können. Sie scheint sich bis an den Horizont zu erstrecken und ist nur am Rand von Wald umgeben. Aber auch zwischen den einzelnen Häusern erkenne ich kleine Gärten und Baumkronen. In der Mitte der Stadt steht ein riesiger Tempel, der pyramidenförmig gebaut ist. Auf jeder der vier Seiten führen breite Treppen nach oben, die ebenfalls aus Glas und Marmor bestehen.

Direkt vor uns führt eine Treppe hinunter auf eine Straße, die sich zwischen hunderten von Gebäuden verliert. Das Glas, das für den Bau der Häuser verwendet wurde, reflektiert das Sonnenlicht in allen Farben, ist jedoch nicht durchsichtig, sodass die Bewohner darin vor neugierigen Blicken geschützt sind. Die Eingänge der Häuser sind von schmalen Säulen eingerahmt, während die Türen mit Gold verziert sind. Jedes der Gebäude ist von einem Zaun umgeben, der einen kleinen Vorgarten mit einfasst. Die Straßen selbst sind aus Marmor.

Alles sieht so wunderschön aus, dass ich es kaum begreifen kann.

»Willkommen in meiner Heimat, Kleine«, murmelt eine Stimme nahe an meinem Ohr.

Reyvan hat sich entgegen Xenos' Anweisung zu mir vor geschlichen und steht direkt hinter mir. Ich lasse vor Entzücken meinen Hinterkopf an seine Schulter sinken und bin für einen Moment gefangen in dem Bild, das sich mir bietet.

Aber schon nach ein paar Sekunden reißt mich Xenos' Stimme aus dem Bann.

»Los, vorwärts!«, befiehlt er und stößt mich unsanft von Reyvan weg, der zwar ein empörtes Knurren von sich gibt, sich ansonsten aber glücklicherweise zurückhält.

Wir gehen die lange Marmortreppe herunter. Je näher wir dem Boden kommen, umso mehr Einzelheiten erkenne ich. Beispielsweise sind alle Häuser mit einem eleganten, goldenen Schild beschriftet. Die Zeichen kann ich nicht entziffern, aber ich nehme an, dass sie für die einzelnen Stämme oder die Berufe stehen, die es im Elfenvolk bestimmt ebenso gibt, wie bei den Menschen.

Wie gerne wäre ich jetzt alleine mit Reyvan hier, um mir von ihm alles erklären lassen und all meine Fragen zu stellen. Aber das wird warten müssen, bis wir aus dem Zirkel geflohen sind.

Ich sehe, dass aus einigen Häusern elegant gekleidete Elfen treten. Sie sind herrliche Erscheinungen, tragen reich verzierte Gewänder und ich komme aus dem Staunen kaum heraus. Alle schauen sie uns mit einer kühlen Neugierde an. Sobald Reyvan jedoch in ihr Blickfeld kommt, beugen sie eilig die Knie und zollen ihm Respekt.

Ich bin nicht verwundert, dass wir direkt auf die Pyramide zusteuern.

Bis wir jedoch dort ankommen brauchen wir fast eine Stunde und meine Beine schreien vor Müdigkeit und Schmerzen. Die marmornen Stufen hinauf auf das Dach des Gebäudes schaffe ich nur mit größter Anstrengung. Nach zweihundert Stufen höre ich auf mitzuzählen.

Endlich kommen wir oben auf einer überdachten Terrasse an. Die Säulen dieser Terrasse glänzen golden, während der Boden, wie die Treppe, aus weißem Stein besteht. Hier oben weht ein erstaunlich kühler Wind.

Die Elfen gehen voran zu einer Plattform in der Mitte der Terrasse, die von einem feinen Zaun eingefasst ist. Sie bedeuten uns, dass wir uns darauf stellen sollen. Bevor ich mich über diese Plattform wundern kann, setzt sie sich auch schon langsam in Bewegung – und zwar nach unten. Es ist eine Art Hebebühne, die mit einem raffinierten Mechanismus in Gang gesetzt wird. Wie genau dieser funktioniert, finde ich nicht heraus. Da ich auch niemanden fragen kann, nehme ich es schlussendlich einfach hin. Vielleicht ist es Elfenmagie, die hier gewirkt wird.

Minutenlang fahren wir in die Tiefe. So langsam frage ich mich, warum wir vorhin überhaupt so weit nach oben klettern mussten, wenn es jetzt umso weiter hinunter geht.

Unten finden wir uns in einem hell erleuchteten Gang wieder. Alles ist in Weiß gehalten und die Wände sind mit Spiegeln versehen, die das Licht der Fackeln, die links und rechts leuchten, vervielfachen. Ehrfürchtig gehe ich hinter Xenos her, der voranschreitet, als würde diese Pyramide ihm gehören.

Am Ende des Ganges gibt es eine Verzweigung, die in fünf Richtungen weist. Wir nehmen den Weg in der Mitte und gehen weiter geradeaus, auf eine vergoldete Tür zu, in welche ein Ornament in Form eines Baumes geschmiedet ist.

Sie öffnet sich, ohne dass wir sie berühren. Wir treten in einen Saal, der selbst den Speisesaal im Zirkel in den Schatten stellt. Alles hier drin ist aus Gold, Glas und Marmor und die Wände sind kunstvoll mit Mosaiken verziert, die Jagdszenen darstellen. Der Boden ist ausgelegt mit kleinen Platten, die ebenfalls Szenen aus dem Leben der Elfen darstellen. Was genau, erkenne ich nicht, da die Bilder zu groß sind.

An den Wänden bemerke ich mehrere Elfen, die eindeutig Dienerkleidung tragen. In der Mitte des Raumes erkenne ich einen imposanten Thron. Seine Rückenlehne sieht aus, wie ein goldener Baum, dessen Äste sich über die Person beugen, die darin sitzt.

Als wir näher treten, erkenne ich einen Elf, der nur Reyvans Vater sein kann. Dieselben edlen Züge beherrschen sein Gesicht und das Alter hat seiner charismatischen Erscheinung nichts anhaben können. Er scheint kaum älter als vierzig Jahre zu sein, sein Haar ist von demselben Goldblond wie dasjenige seines Sohnes und in seinen dunkelblauen Augen liegt eine Kraft, die die größten Könige dieser Welt auf der Stelle niederknien ließe. Mit diesen Augen mustert er uns nun eindringlich.

Reyvan tritt als Erster vor und verbeugt sich. Die anderen Elfen und auch ich tun es ihm gleich. Sogar Xenos sieht sich zu einer knappen Verbeugung genötigt.

»Willkommen zurück, Sohn«, begrüßt der Elfenkönig Reyvan. Seine Stimme ist tief und sanft wie das Donnergrollen eines nahenden Gewitters. Gegen ihn wirkt Reyvan wirklich wie ein Kind.

»Guten Tag, Vater«, erwidert dieser die Begrüßung. »Ich hätte nicht gedacht, dass wir uns so rasch wiedersehen.« Ein schiefes Lächeln liegt auf seinen Zügen und seine Augen funkeln. Natürlich, für ihn sind zwanzig Jahre nicht wirklich lange.

Aber der König übergeht diese Bemerkung und bohrt nun seinen Blick in jenen von Xenos. »Willkommen, Zirkelleiter Xenos vom Magierzirkel von Lormir«, spricht er in einem Ton, der erahnen lässt, dass er normalerweise angenehmere Gäste bewirtet.

Xenos begrüßt ihn mit einem knappen Nicken. »König Saryon Caltayó, ich bringe Euch das neue Pfand«, sagt er reserviert. »Wie Ihr sehen könnt, ist Eurem Sohn in meinem Zirkel kein Leid geschehen.«

Ich beobachte, wie Saryon seinem Sohn einen forschenden Blick zuwirft, den Reyvan jedoch mit einer Lässigkeit pariert, die mich staunen lässt. Wie kann er so ruhig bleiben, wo ihm doch so übel mitgespielt wurde? Offenbar funktioniert Xenos' Strategie, mich als Druckmittel gegen ihn zu benutzen besser, als ich gedacht hätte.

»Zieh dich aus«, befiehlt Saryon seinem Sohn jetzt und ich halte den Atem an.

Wenn er die Striemen auf seinem Rücken sieht, wird es um den Frieden zwischen Magiern und Elfen geschehen sein. Aber weder Xenos noch Reyvan scheinen beunruhigt. Im Gegenteil, Reyvan legt seinen Umhang und den Brustpanzer ab und hebt in aller Seelenruhe das Hemd an, um seinem Vater den trainierten Oberkörper zu zeigen. Meine Augen weiten sich. Auf seinem Rücken ist nicht eine einzige Narbe zu erkennen. Die Heiler haben ganze Arbeit geleistet und alle verräterischen Striemen beseitigt, ehe wir aufgebrochen sind.

Der König nickt zufrieden und Reyvan zieht sein Hemd wieder herunter.

»Gut, wer ist das Pfand?«, Saryon schaut zwischen Tascha und mir hin und her.

»Das ist die Dienerin, die auf der Bahre sitzt«, Xenos geht zu ihr hin. Seine Hand ruht auf Taschas Schulter, sie zuckt jedoch nicht mal mit der Wimper bei dieser Berührung.

»Wie ich sehe, habt Ihr Euer Pfand wieder einmal betäubt«, bemerkt Saryon stirnrunzelnd. »Wann lernt Ihr endlich, dass wir weder vorhaben, Eure Geheimnisse zu stehlen noch einen weiteren Krieg mit Euch Magiern zu führen?«

»Bei dem Verschleiß, den Ihr Elfen mit unseren Pfändern habt, könnte man denken, dass Ihr Euch nicht ernsthaft darum bemüht, den Frieden zu wahren«, entgegnet Xenos kühl. »Daher lasse ich lieber Vorsicht walten. Wollt Ihr sie nun?«

»Wer ist das andere Mädchen?«, Saryon mustert mich von oben bis unten mit seinen Augen, die in mein Innerstes zu sehen scheinen.

»Das ist meine persönliche Dienerin«, erklärt Xenos und tritt einen Schritt vor, sodass seine hohe Gestalt mich halb verdeckt. »Sie steht nicht für einen Tausch zur Verfügung.«

Saryon scheint zwar leicht irritiert von Xenos Reaktion zu sein, aber er kommentiert dies nicht weiter. »Gut, wie dem auch sei, Ihr könnt das Mädchen hier lassen. Meine Diener werden sich um sie kümmern und sie kann in den Räumen wohnen, die das vorherige Pfand benutzt hat.«

Er gibt einigen Dienern, die an der Wand hinter dem Thron stehen, einen Wink und sie führen Tascha weg. Das alles geht so schnell, dass ich mich nicht einmal richtig von ihr verabschieden kann. So bleibt mir nichts anders übrig, als rasch ihre Hand zu drücken, als sie an mir vorbei getragen wird. Ich werde sie wahrscheinlich nie wieder sehen.

Bei dem Gedanken muss ich gegen meine aufsteigenden Tränen kämpfen. Ich erinnere mich, wie ich sie an meinem ersten Tag im Zirkel im Speisesaal kennengelernt hatte. Ihr fröhliches Gesicht und ihr ansteckendes Lachen hallen in meinem Gedächtnis nach. Ihre Blicke, die sie Reyvan zugeworfen hat und ihre Freude, wenn sie ihn bedienen durfte. Ihre ängstlichen Augen beim Turnier.

Wir haben so viel miteinander durchgemacht und jetzt wird sie bis an ihr Lebensende in dieser Betäubung gefangen sein, als Pfand hier bei den Elfen gelassen. Es bricht mir fast das Herz, als ich sehe, wie sie durch die Tür verschwindet.

»Die Regeln der Gastfreundschaft sehen vor, dass Ihr fünf Tage hier bleiben dürft«, fährt Saryon nun an Xenos gewandt fort. »Möchtet Ihr dies in Anspruch nehmen?« Fast vermeine ich aus seiner Stimme einen Spur Hoffnung heraus zu hören, dass der Zirkelleiter verneinen möge.

Dieser macht ihm jedoch einen Strich durch die Rechnung, als er ein kühles Lächeln auflegt, das seine Augen nicht erreicht. »Natürlich werden wir Eure Regeln nicht brechen und bleiben fünf Tage hier. Danach müssen wir zurück zum Zirkel, ehe der Winter herein bricht.«

»Gut, Ihr werdet Eure Gemächer zugeteilt bekommen. Bitte folgt meinen Dienern«, der König winkt wieder und drei weitere Diener treten vor. Zu Reyvan gewandt sagt er: »Mein Sohn, bitte bleib noch eine Weile hier, damit wir unser Wiedersehen feiern können.« Reyvan nickt und der König fährt fort: »Du kommst gerade rechtzeitig zur Hochzeit deiner Schwester Mayessa.«

Reyvan hebt überrascht eine Augenbraue, entgegnet aber nichts.

König Saryon wendet sich an Xenos: »Wenn Ihr möchtet, dürft Ihr ebenfalls bei den Feierlichkeiten dabei sein. Es sei denn, Eure Pflichten verlangen Euch anderweitig.« Wieder höre ich einen Funken Hoffnung in seiner Stimme, dass er ablehnen wird.

Aber Xenos verbeugt sich steif. »Es wäre mir eine Ehre, bei der Vermählung Eurer Tochter dabei zu sein«, seine Stimme trieft vor falscher Höflichkeit und ich muss mich zusammenreißen, um nicht laut zu lachen.

Als ob Xenos gerne bei einer Hochzeit dabei wäre. Alles, was Liebe und ewige Versprechen angeht, ist doch sowieso eine Fremdsprache für ihn.

Ich hoffe insgeheim, dass ich als seine Dienerin ebenfalls eingeladen bin. Allein die Vorstellung, wie Xenos unter fröhlich tanzenden Gästen sitzt, wäre es wert, dabei zu sein.

In dem Moment flüstert Reyvan seinem Vater etwas zu und dieser schaut mich direkt an. »Auch Ihr, Alia, seid eingeladen, an den Festlichkeiten teilzunehmen.«

Ich lächle ihn freundlich an und mache einen unbeholfenen Knicks, der zu einem belustigten Blick von Reyvan führt.

Dann werden Xenos und ich in unsere Zimmer geführt. Meines liegt direkt neben seinem, da ich ja seine persönliche Dienerin bin und somit jederzeit auf Abruf bereit stehen muss.

Es ist ebenso schön wie der Rest des Palastes, in dem wir uns befinden und etwa dreimal so groß wie mein Zimmer im Zirkel. Die Wände sind zu der Seite, wo das Bett steht, abgeschrägt, was mich vermuten lässt, dass sich mein Zimmer an der Außenseite der Pyramide befindet.

Eigenartigerweise kann man nicht durch die Wände hindurch sehen, obwohl sie aus Glas bestehen. Inmitten der Schräge befindet sich ein Fenster, das sich nur öffnen lässt, wenn man sich auf das Bett stellt. Der Boden ist mit goldweißen Teppichen belegt und das Bett ist aus einem gläsernen Gestell, während die weiche Decke und das dicke Kissen mit einem schneeweißen Stoff bezogen sind.

Die weitere Einrichtung des Zimmers ist ebenso praktisch wie schön. Eine Kommode steht an der linken Wand, während sich an der rechten ein reich verzierter Schrank befindet, in den ich meine Habseligkeiten verstauen kann. In der Mitte des Raumes steht eine gläserne Wanne. Direkt neben der Tür findet sich ein kleiner Schminktisch mit einem golden verzierten Spiegel.

Ich bin fast geblendet von so viel Prunk und getraue kaum, mich auf das Bett mit den filigranen Stützen zu setzen, aus Angst, dass es sofort unter meinem Gewicht einstürzen wird.

Nach einer Weile kommt eine junge Elfin, mit langem, blonden Haar zu mir. Sie ist etwas kleiner als ich, ihre Figur jedoch atemberaubend schön. Ich komme mir neben ihrer zierlichen Gestalt plump und unbeholfen vor. Sie stellt sich als Zaryna vor und bringt mir neue Kleidung, die ich anziehen soll. Es handelt sich um ein weißes, schulterfreies Abendkleid, das mit Goldfäden durchwirkt ist und mir bis zu den Knöcheln reicht. Ein solch schönes Kleidungsstück habe ich noch nie getragen, obwohl ich in der Oberschicht von Lormir aufgewachsen bin.

Zudem füllt sie die Wanne mit heißem Wasser auf und bedeutet mir, dass ich mich waschen soll. Ich lasse mir das natürlich nicht zweimal sagen. Froh, den ganzen Schmutz der Reise endlich abwaschen zu können, steige ich in die Wanne und verbringe eine Stunde in dem warmen Wasser, das sich nicht abzukühlen scheint, gleichgültig wie lange ich darin sitze.

Meine strapazierten Muskeln entspannen sich merklich und ich genieße das Gefühl der Schwerelosigkeit. Schließlich unterbricht jedoch Zaryna mein Badevergnügen, indem sie mir etwas zu Essen bringt. Es duftet so herrlich, dass ich ohne zu Zögern aus der Wanne steige und mir von ihr helfen lasse, das Abendkleid anzulegen.

Es hat ein goldenes Band, das um die Taille festgebunden wird. Der feine Stoff fällt in weichen Wellen zu Boden und bewegt sich anmutig bei jedem Schritt um meine Beine. Dazu trage ich weiße Schuhe mit einem leichten Absatz, die so bequem sind, dass ich sie am liebsten nie mehr ausziehen will.

»Du wirst heute Abend bei dem Festmahl mit dabei sein, das für den Besuch von Reyvan gegeben wird«, erklärt mir Zaryna. »Das ist ein festlicher Anlass, daher werde ich nun auch dein Haar entsprechend herrichten.«

Sie steckt mein Haar kunstvoll hoch, sodass mir einige Strähnen in weichen Wellen über den Rücken fallen, während der größte Teil in Locken am Hinterkopf befestigt ist.

Als ich mich im Spiegel betrachte, erkenne ich mich kaum wieder. Sie hat aus mir eine wahrliche Erscheinung gezaubert.

Zaryna lächelt zufrieden. »Ich werde dich in zwei Stunden abholen, wenn es Zeit für die Festlichkeit wird«, meint sie und verlässt das Zimmer.

Ich nicke und widme mich dem Essen, das sie mir gebracht hat. Es handelt sich um dünn aufgeschnittenes Fleisch, das mit einer köstlich schmeckenden Soße beträufelt wurde. Obenauf ist eine grüne Pflanze verstreut, die mich an Salat erinnert, jedoch eher nach Löwenzahnblättern schmeckt. Die Krönung bildet ein raffinierter Käse, der in dünnen Scheiben über das Gericht verteilt ist. Dazu gibt es zwei Scheiben frisches Brot, das lecker riecht.

Mir knurrt der Magen und ich muss mich zusammen reißen, um das Gericht zu genießen und nicht in mich hinein zu stopfen. Das Essen stillt jedoch nur gerade meinen größten Hunger. Ich nehme an, dass das so beabsichtigt war, denn in zwei Stunden wird es ja bereits wieder etwas zu Essen geben.

Für den Rest der Zeit, bis Zaryna mich wieder abholen kommt, liege ich auf dem Bett, das der Prüfung meines Gewichtes trotz aller Bedenken standhält und versuche, die Eindrücke der letzten Stunden zu verarbeiten.

Nie im Leben hätte ich zu träumen gewagt, dass ich irgendwann einmal die Hauptstadt der Elfen zu sehen bekomme. Die gläserne Stadt.

Kapitel 32

Ich muss eingenickt sein, denn als Zaryna in mein Zimmer kommt, schrecke ich hoch und schaue verwirrt um mich. Dann erinnere ich mich wieder, wo ich mich befinde. Zaryna trägt nun ebenfalls ein wunderschönes Kleid aus blauer Seide, das mit Gold durchwirkt ist und ihre blauen Augen charmant unterstreicht. Sie zupft meine Frisur zurecht und bringt ein paar losgelöste Locken wieder an den richtigen Platz.

»Setz dich vor den Spiegel«, weist sie mich an und beginnt, mein Gesicht mit feinen Farben zu bemalen.

Ich habe so etwas schon bei einigen wohlhabenderen Personen in Lormir gesehen, wenn diese sich für Festlichkeiten zurecht gemacht haben, aber niemals hätte ich mich an diese Gesichtsfarben gewagt, da ich mir nicht zutraue, mich so zu bemalen, dass es nicht aussieht, als sei ich in einen Farbtopf gefallen. Zaryna jedoch beherrscht diese Kunst zur Perfektion. Sie unterstreicht meine dunklen Augen mit einem schwarzen Strich über und unter dem Augenrand und betupft meine Augenlieder mit einem goldenen und braunen Farbton. Dann gibt sie einen Hauch von Rosa auf meine Wangen und bemalt zuletzt meine Lippen mit einem goldroten Stift.

Als ich mich wieder im Spiegel ansehe, bin ich sprachlos – nun gut, ich bin ja sowieso stumm, aber falls ich etwas hätte sagen können, wäre mir nichts eingefallen. Ich sitze einer komplett fremden Person gegenüber. Eigentlich hatte ich schon vorher angenommen, dass Zaryna alles aus mir herausgeholt hatte, aber wie sie meine Vorzüge nun mit ein paar Handgriffen unterstrichen hat, erstaunt mich über alle Massen. Ich muss zum ersten Mal im Leben zugeben, dass diese Person im Spiegel tatsächlich hübsch ist – selbst wenn ich mich kaum darin wiedererkenne.

»Und, zufrieden mit meiner Arbeit?«, fragt Zaryna mit einem Lächeln auf den Lippen.

Ich nicke bloß und starre noch ein paar Sekunden in den Spiegel.

»Gut, dann komm, wir dürfen nicht zu spät zum Fest erscheinen«, damit nimmt sie meine Hand und zieht mich aus dem Zimmer.

Sie führt mich durch mehrere Gänge und Treppen, sodass ich nach ein paar Minuten vollkommen die Orientierung verloren habe. Dieser Pyramidenpalast ist wirklich groß – und schön. Überall stehen auf Marmorsäulen goldene Schalen mit herrlichen Blüten, die Spiegel in den Gängen sind so raffiniert angebracht, dass eine einzelne Kerze ausreicht, um alles hell zu erleuchten. Ich nehme an, dass dies ebenfalls am Tag der Fall ist, wenn das Sonnenlicht durch eines der Fenster scheint.

Schließlich gelangen wir durch zwei Flügeltüren in einen Saal, der von Kronleuchtern ebenso erhellt ist, wie der Rest des Palastes. Mit Blumen geschmückte Tische sind in langen Reihen angeordnet und in der Mitte des Saales steht auf einer Erhebung eine lange Tafel. Sie ist im rechten Winkel zu den anderen Tischen arrangiert, sodass von ihr aus der gesamte Raum überblickt werden kann.

In ihrer Mitte sitzt König Saryon, zu seiner Linken erkenne ich Reyvan und daneben Xenos. Reyvan hat seine Reisekleidung nun ebenfalls gegen eine Elegantere getauscht. Soviel ich erkennen kann, trägt er ein weißes Hemd, das teilweise von einer rotschwarzen Weste mit goldenen Knöpfen verborgen wird und darüber einen schwarzen Umhang. Xenos hat festliche schwarze Kleidung erhalten, die mit goldenen Ornamenten verziert ist.

Zur rechten Seite des Königs sind eine weibliche und zwei männliche Elfen platziert, die unübersehbar zu Reyvans Verwandtschaft gehören. Alle haben sie goldblondes Haar und dieselben dunkelblauen Augen.

Der Elf direkt neben dem König ist etwas älter als die anderen und ich vermute, dass es sich um den Onkel handelt, von dem mir Reyvan erzählt hat. Seine Augen besitzen eine aufmerksame Intelligenz und scheinen jede Kleinigkeit im Saal wahrzunehmen. Sein Haar trägt er kurz, im Gegensatz zu den bisherigen Elfen, die ich kennengelernt habe.

Der andere Elf ist vom Alter her nicht von Reyvan zu unterscheiden, daher nehme ich an, dass es sich um einen Bruder von ihm handeln muss. Er hat das lange Haar straff nach hinten gebunden und trägt eine ähnliche Kleidung wie Reyvan. Ganz links sitzt wahrscheinlich seine Schwester Mayessa, die in dieser Woche heiraten wird. Sie hat ein hübsches Gesicht und ihr Haar ist ebenso kunstvoll hochgesteckt wie meines. Ihr Abendkleid lässt die Schultern frei und betont damit ihren langen Hals.

Als wir den Saal betreten, richtet Reyvan seinen Blick auf uns und hält für einen kurzen Moment inne. Ungläubiges Staunen breitet sich auf seinem Gesicht aus und weicht nach einigen Augenblicken einem sündigen Lächeln. Seine Augen blitzen. Ihm gefällt, was er sieht. Er winkt uns zur Tafel und ich sehe aus dem Augenwinkel, dass Xenos böse auf seinen leeren Teller starrt und offenbar all seine Beherrschung aufbringen muss, um Reyvans Geste vor dem König zu unterbinden.

Zaryna und ich gehen zur Mitte der Tafel und verbeugen uns vor Saryon, der mit einem kurzen Nicken beantwortet. Reyvan lässt seinen Blick genüsslich über meinen Körper wandern, ohne sich die Mühe zu machen, das unverhohlene Verlangen in seinen Augen zu verbergen.

Zaryna nimmt meine Hand und führt mich zur linken Seite der Tafel, wo sie sich neben Reyvans Schwester Mayessa setzt. Sie bedeutet mir, dass ich neben ihr Platz nehmen soll. Erst jetzt erkenne ich in ihren Zügen ebenfalls die Ähnlichkeit mit Reyvan. Er hat mich in die Obhut seiner jüngeren Schwester gegeben, um dafür zu sorgen, dass es mir gut geht. Ich grinse, als mir dies bewusst wird und Zaryna lächelt mir verschwörerisch zu.

Durch die Eingangstür schwärmen immer mehr Elfen in den Saal. Von meinem Platz aus kann ich alles genauestens beobachten. Die Frauen sind in herrliche Abendkleider gehüllt und die Männer tragen kostbare, lange Gewänder und Umhänge.

Ich erkenne unter den Gästen auch Tascha, die von einem Diener zu ihrem Platz am Ende eines langen Tisches getragen wird. Mit Erleichterung stelle ich fest, dass es ihr gut geht. Auch sie wurde gewaschen und neu eingekleidet und ihre blonden Locken wurden zu einer schönen Frisur hoch gesteckt. Als alle Platz genommen haben, erhebt sich Saryon zu meiner Linken und klopft mit einem vergoldeten Messer an sein Kristallglas, das mit einer rötlichen Flüssigkeit – wahrscheinlich Wein – gefüllt ist.

»Mein teures Volk«, beginnt er und die Gespräche verstummen augenblicklich. »Es ist mir eine Freude, Reyvan, meinen Sohn zu begrüßen, auch wenn er nur für kurze Zeit zu uns zurückgekehrt ist; ich bin glücklich, dass er hier ist. Zudem möchte ich Xenos, den Leiter des magischen Zirkels von Lormir willkommen heißen. Außerdem das neue Pfand, Tascha, sowie die persönliche Dienerin von Xenos, Alia. Mögen sie bei uns willkommen sein, für die Dauer ihres Aufenthaltes.«

Applaus erklingt und endet erst, als Saryon die Hand hebt, um weiter zu sprechen. »Wie ihr ja alle wisst, wird meine geliebte Tochter Mayessa in den kommenden Tagen heiraten. Umso erfreuter bin ich, meine gesamte Familie vereint zu wissen. Ab morgen werden die dreitägigen Festlichkeiten beginnen. Ich möchte euch alle nochmals herzlich einladen, daran teil zu haben und ihr Glück zu feiern.«

Dann wendet er sich an einen jungen Elf, der an einem der Tische sitzt und Mayessa mit solcher Liebe anschaut, dass ich gerührt meinen Blick senke. »Kelyan Mértayon, da du ab morgen zu meiner Familie gehörst, möchte ich, dass du heute bereits mit ihr vereint an einem Tisch sitzt. Komm bitte nach vorne und setz dich neben meinen Sohn Reyvan.«

Der junge Elf erhebt sich und sein Gesicht läuft rot an vor Freude und Stolz, dass ihm eine solche Ehre zuteil wird. Da der Platz neben Reyvan jedoch von Xenos besetzt ist, sieht sich dieser genötigt, Kelyan Platz zu machen. Mir entgeht nicht, wie viel Überwindung ihn diese Geste kostet. Am liebsten hätte er wahrscheinlich König Saryon in einer Feuersäule aufgehen lassen, um diese Demütigung zu vergelten. Umso mehr bin ich von seiner Selbstbeherrschung beeindruckt. Saryon lässt wirklich keine Gelegenheit aus, ihn zu provozieren. Jetzt weiß ich, woher Reyvan sein rebellisches Temperament hat. Aber ich kann ihn gut verstehen und gönne es Xenos umso mehr, dass er für einmal nicht den Ton angeben kann.

Das Essen wird aufgetragen. Es besteht aus so vielen Gängen, dass ich beim Zehnten aufhöre mitzuzählen. Alles schmeckt köstlich. Neben gebratenem Fasan in Weinsauce, köstlich gefüllten Bratäpfeln, erlesensten Trauben, die in Honig und Jogurt gemischt sind über saftiges Geflügel bis hin zu hauchdünn geschnittenen Käse, der einen Teig mit Tomaten und Salat bedeckt, gibt es alles, was man sich vorstellen kann. Ich habe noch nie so gut und vielfältig gegessen, befolge aber trotzdem den Rat von Zaryna, die mir empfiehlt, von allem nur einen Löffel voll zu nehmen. Ansonsten hätte ich bereits nach dem zweiten Gang keinen Bissen mehr herunter gebracht.

Zwischen den einzelnen Gängen wird getanzt und ich schaue gebannt zu, wie sich die Elfen anmutig zu den lieblichen Klängen von Harfen- und Flötenspielern bewegen. Gerade als ich denke, dass ich keinen weiteren Bissen mehr herunter bringe, steht Reyvan auf und kommt zu mir. Er streckt mir die Hand entgegen.

Ich verstehe im ersten Moment nicht, was er von mir möchte.

Zaryna stupst mich jedoch an und lacht über mein verwundertes Gesicht. »Los, Alia, tu meinem Bruder den Gefallen und tanz mit ihm.«

Wie, ich soll tanzen? Ich weiß doch gar nicht, wie das geht. Zudem habe ich schreckliche Angst, mich vor den anderen Elfen, die grazil über den marmornen Boden schweben, mit meinen plumpen Bewegungen zu blamieren.

Aber Reyvan nimmt kurzerhand meinen Arm und zieht mich hoch. Ehe ich mich versehe, stehe ich vor ihm auf der Tanzfläche. Immerhin ist er so gnädig, dass er mich an den hinteren Rand der Tanzpaare führt, sodass wir nicht von allen beobachtet werden können.

»Keine Angst«, flüstert er mir ins Ohr, als er mich an sich zieht. »Ich werde dir zeigen, wie es geht.«

Dann beginnt er sich zu bewegen und ich gebe jeglichen Widerstand auf. Er ist ein wunderbarer Tänzer und es fällt mir erstaunlich leicht, mich von ihm führen zu lassen. Leise singt er die Melodie mit und ich bin überrascht, wie schön seine Stimme klingt.

»Cíara«, lächelt er nach einer Weile und schaut mir dabei in die Augen. »Als ich dich vorhin durch die Tür hereinkommen sah, dachte ich, eine Göttin betrete den Saal. Du bist das schönste Mädchen heute Abend und ich muss mich wirklich beherrschen, um dich nicht direkt hier auf der Tanzfläche zu verführen.«

Ich spüre, wie mir die Röte ins Gesicht steigt. Aber er hat mich schon wieder an sich gezogen und vollführt eine gewagte Pirouette, sodass mir schwindelig wird. Nach zwei weiteren Tänzen bin ich außer Atem und lege ihm beide Hände auf die Brust.

›*Reyvan, bitte, ich kann nicht mehr*‹, ich schaue in seine glänzenden Augen.

»Gut, Kleine, du hast dich wacker geschlagen«, er führt mich zum Tisch zurück.

Xenos begrüßt uns mit einem solch zornigen Blick, dass ich zusammen zucke. Das wird bestimmt ein Nachspiel haben, aber im Moment ist es mir gleichgültig. Hier und heute, an der Seite seines Vaters, kann Xenos

Reyvan nichts anhaben und ich hoffe, dass er bis in einer Woche, wenn wir wieder aufbrechen müssen, diese rebellische Geste vergessen hat.

Den Rest des Abends tanzt Reyvan ausgelassen mit seinen beiden Schwestern, die sich ebenso grazil bewegen wie er. Ich werde glücklicherweise von weiteren Tanzlektionen verschont und genieße meine Rolle als Zuschauerin.

Noch ehe sich der Abend dem Ende neigt, erhebt sich Xenos und kommt zu mir. Ich befürchte schon, dass er mich auch noch zum Tanz auffordert, aber er nimmt schroff meinen Arm und zieht mich hoch.

»Genug für heute«, raunt er mir mürrisch ins Ohr. »Du gehst jetzt in dein Zimmer und legst dich schlafen. Ich will heute Abend nichts mehr von dir sehen oder hören.«

»Xenos, lass sie!« Zu meiner Überraschung ist es der Bruder von Reyvan, der gesprochen hat. Er ist aufgestanden und geht einige Schritte auf den Zirkelleiter zu.

Dieser hebt für einen Augenblick überrascht die Augenbrauen und setzt ein höhnisches Gesicht auf. »Tyrian, du kannst mir nichts befehlen«, sagt er ruhig. »Wenn du dich nicht augenblicklich wieder hinsetzt, werde ich bei deinem Vater beantragen, dass du nochmals als Pfand zu mir kommen darfst.«

Er hat dies so leise gesagt, dass nur wir drei etwas von der Unterhaltung mitbekommen haben. König Saryon ist ohnehin gerade in ein Gespräch mit dem Onkel von Reyvan vertieft.

Tyrian lässt sich von dieser Drohung jedoch nicht beeindrucken und funkelt Xenos an. »Wenn du sie nicht loslässt, werde ich Vater zu verstehen geben, dass man als Pfand bei dir vielleicht doch nicht so gut aufgehoben ist, wie du ihn glauben machen willst«, seine Augen leuchten gefährlich.

Das verfehlt seine Wirkung nicht. Xenos lässt meinen Arm widerstrebend los. Er sieht erst Tyrian, dann mich böse an und zieht mich schließlich nahe zu sich. »Sobald wir hier weg sind, werden keine Elfen mehr da sein, die dich beschützen können«, flüstert er mir drohend ins Ohr.

Dann macht er auf dem Absatz kehrt und rauscht aus dem Saal.

Ich bleibe verdattert stehen und schaue Tyrian, an. Er sieht zwar ein bisschen älter als Reyvan aus, aber ich hätte nicht gedacht, dass er selbst hundert Jahre lang im Zirkel als Pfand war. Zudem hat er keine Tätowierung auf seiner Wange.

Er nickt mir kurz zu und setzt sich wieder auf seinen Platz. Ich tue es ihm gleich und starre auf meine Hände, an denen immer noch der Ring von Xenos ist. Werde ich jemals von diesem grausamen, arroganten Zirkelleiter loskommen?

In dem Moment kommen Zaryna, Mayessa und Reyvan lachend von der Tanzfläche zurück. Ihnen scheint die eben noch angespannte Stimmung nicht aufzufallen, denn Reyvan knufft seinen Bruder freundschaftlich in die Seite. »Los, Tyrian, jetzt bist du an der Reihe, unsere beiden Schwestern haben mich fix und fertig gemacht, ich brauche erst mal eine Pause.«

Tyrian lächelt schief und erhebt sich, um mit den beiden Mädchen im Schlepptau zurück zur Tanzfläche zu kehren.

Reyvan lässt sich ächzend auf den Stuhl neben mir fallen und nimmt einen Schluck aus Zarynas Trinkkelch.

›*Ich dachte, du machst dir nicht aus Wein*‹, bemerke ich erstaunt, als er mir in die Augen sieht.

»Nun ja, ich trinke keinen Wein von euch Menschen«, lächelt Reyvan. »Der Alkohol der Elfen ist mit dem bitteren Gebräu aus den Tavernen nicht annähernd zu vergleichen. Nicht umsonst hat er den Namen Tautropfen. Koste selbst.«

Er hält mir den Kelch hin und ich nippe an dem Getränk. Es schmeckt tatsächlich gut und ergießt sich kühl in meine Kehle. Kein Wunder, trinkt er keinen anderen Alkohol mehr.

»Am liebsten würde ich ein Fass davon mit in den Zirkel nehmen«, er trinkt abermals einen großen Schluck. »Leider würde er unterwegs seinen Geschmack verlieren und bis wir im Zirkel sind, wie das normale Gesöff von den Menschen schmecken. Der Tautropfen ist nur hier in der gläsernen Stadt einzigartig.«

Er trinkt den Rest in einem Zug aus und winkt einen Diener herbei, der ihm den Kelch auffüllt. Ich schmunzle, was ihn eine Augenbraue fragend heben lässt. »Was ist denn? Dürfen wir Elfen uns nicht betrinken?«

Ich schüttle den Kopf. ›*Das meinte ich nicht, ich bin nur äußerst erstaunt, dass ich dich anscheinend gar nicht wirklich kenne*‹, ich lächle breiter, als er noch einen Schluck Wein zu sich nimmt.

»Tja, meine Liebe, das müssen wir umgehend ändern«, meint er anzüglich und zieht mich an sich.

›*Reyvan, nicht hier vor all den Leuten*‹, versuche ich ihn abzuwehren.

»Warum nicht?«, er küsst mich auf die Schläfe. »Ach so, du möchtest, dass ich endlich mit dir schlafe? Nun gut, das geht tatsächlich nicht hier vor all den Leuten. Komm, ich zeig dir meine Gemächer«, er zwinkert mir zu und zieht mich hoch. »Das einzig Gute an deiner Stummheit wird sein, dass man dich vor Lust nicht im ganzen Palast schreien hört«, fügt er grinsend hinzu und lacht über seinen Witz, während ich empört die Augen verdrehe.

Trotzdem lasse ich mich von ihm widerstandslos aus dem Saal führen. Wenn ich die Nacht nicht neben Xenos' Zimmer verbringen muss, ist mir das umso lieber. Als ich einen Blick zurück werfe, sehe ich, wie Zaryna uns amüsiert von der Tanzfläche aus nachschaut.

Reyvan führt mich durch ein weiteres Labyrinth bis zu seinem Schlafzimmer. Wenn er mich jetzt einfach stehen lassen würde, hätte ich keine Chance, jemals wieder aus dem Palast hinaus zu finden.

Seine Gemächer bestehen aus einem Vorraum, der in drei verschiedene weitere Zimmer führt. In der Mitte liegt das Schlafzimmer. Ich hatte gedacht, mein zugewiesenes Zimmer sei schon schön, aber das hier übertrifft alles Bisherige – wie oft werde ich das eigentlich in dieser gläsernen Stadt noch denken?

Der Boden ist mit kostbaren Teppichen belegt und zwei Stufen führen zu einer behaglichen Sitzgruppe, oder eher Sitzmulde, hinunter, die mit Dutzenden von Kissen ausgestattet ist. Aber das eigentlich Verblüffende ist, dass sich das ganze Zimmer auf einer Art Terrasse befindet, die von goldenen Säulen und einem Geländer eingefasst wird.

Zwischen den Säulen wehen feine Vorhänge, die zum Teil beiseitegeschoben sind und den Blick auf die abendliche Stadt freigeben. Erstaunlicherweise ist es trotz der offenen Räumlichkeit nicht kühl hier. Direkt vor den Vorhängen steht ein weißes Himmelbett, das auf die Stadt ausgerichtet ist. Von dem aus sind es nur wenige Schritte bis zum Geländer.

Ich durchquere den Raum und stelle mich staunend an die Brüstung. Die Stadt sieht im Sternenlicht atemberaubend aus. Tausende von Lichtern erstrecken sich unter uns, spiegeln sich in den vielen Glaswänden und lassen die Stadt in einem geheimnisvollen Glanz erstrahlen.

»Wunderschön, nicht?«, murmelt Reyvan, der hinter mich getreten ist.

Ich nicke zur Antwort und lasse meinen Blick über die Stadt schweifen. Wie gerne würde ich länger hier bleiben als nur fünf Tage. Die Geheimnisse dieser Stadt entdecken, das Leben der Elfen kennen lernen, und mit Reyvan zusammen die Schönheit der Natur erkunden.

Reyvan umschlingt meine Hand und zieht langsam Xenos' Ring von meinem Finger. »Lass mich deine Gedanken lesen, Cíara«, bittet er mich und ich nicke abermals.

Er legt sanft seine Hand auf meinen Kopf. Sofort merke ich, wie er sich mit mir verbindet. Seine Präsenz fühlt sich warm und vertraut an in meinen Gedanken. Jetzt braucht es keine Worte mehr, er fühlt, was ich fühle, und weiß, was ich denke – wir sind eins.

Ich drehe mich zu ihm um. In seinen Augen liegen so viel Zuneigung und Wärme. Als er seinen Kopf zu mir herunter neigt, streicheln seine Haarsträhnen meine Wangen. Er küsst mich zärtlich.

Ich sehe aus dem Augenwinkel, wie er den Ring auf das Geländer legt.

Seine Küsse bedecken jetzt mein ganzes Gesicht. Seine Hand ruht immer noch auf meinem Kopf und er liest in mir wie in einem offenen Buch, errät jeden meiner Wünsche, ehe ich sie selbst kenne.

Ich gebe mich seiner Leidenschaft hin, schließe die Augen und umschlinge ihn mit meinen Armen.

Geschickt öffnet er mein Abendkleid, das am Rücken von kleinen Haken zusammengehalten wird, und lässt es zu Boden gleiten. Jetzt stehe ich nackt vor ihm auf der Terrasse.

Mit blitzenden Augen hebt er mich hoch und trägt mich zu dem Himmelbett. Zärtlich liebkost er meinen Körper mit Küssen, bis ich mich vor Lust unter ihm winde.

Kapitel 33

Ich wache mit gewaltigen Kopfschmerzen auf. Blinzelnd erkenne ich, dass ich mich in dem weißen Himmelbett von Reyvan befinde. Er liegt neben mir auf dem Bauch und das weiße Leintuch ist um seinen nackten Körper geschlungen. Zärtlich streichle ich seinen nun wieder makellosen Rücken und küsse ihn auf die Schulter.

Mein Kopf droht dabei fast zu explodieren. Warum habe ich solche Schmerzen? Dann kommt mir wieder der Grund dafür in den Sinn. Reyvan hat fast die ganze Nacht eine Gedankenverbindung zu mir hergestellt, was unsere Leidenschaft unvergesslich gemacht hat. Bei der Erinnerung daran, was wir alles angestellt haben, erröte ich. Dafür nehme ich gerne diese Kopfschmerzen in Kauf.

Reyvan bewegt sich neben mir und schlägt nach ein paar Sekunden die Augen auf. Er sieht mich lächelnd an und stöhnt unvermittelt, als er sich auf den Rücken legen will. »Oje, das war nicht so eine gute Idee …«, ächzt er und massiert seine Schläfen.

Wem sagt er das … auch mein Kopf dröhnt, als sei eine Kuhherde darüber getrampelt.

»Wie geht es dir?«, fragt er mich mit schmerzverzerrtem Gesicht und blinzelt zu mir herüber.

Ich zucke mit den Schultern. ›*Nicht besser als dir, aber das war es wert*‹, ich will ihn anzwinkern, zucke aber unter der erneuten Anstrengung des Gedankensprechens zusammen.

Er grinst gequält. »Wo du recht hast … aber glücklicherweise habe ich ein Mittel dagegen. Ich muss nur erst aufstehen können, dann heile ich unsere Kopfschmerzen. Gib mir noch eine Minute«, er massiert seine Schläfen weiter und versucht sich zu entspannen.

Vorsichtig erhebt er sich und geht zu einer Kommode, die sich neben seinem Bett befindet. Er wühlt darin herum und kommt mit zwei kleinen Ampullen zurück.

»Hier, trink das«, er reicht mir eine davon. »Ist ein altes Hausmittel, das mir mein Onkel einmal verraten hat.«

Dieser Onkel … ich bin verblüfft, was der so alles zu wissen scheint. Ich trinke die Ampulle in einem Zug aus. Sofort merke ich, wie sich meine

Kopfschmerzen bessern und nach ein paar Augenblicken gänzlich verschwunden sind.

›*Du scheinst das schon öfters gebraucht zu haben*‹, sage ich mit vieldeutigem Blick.

»Nun ja, ein paar Mal«, murmelt Reyvan und bricht verdächtig schnell den Augenkontakt ab.

Ich wusste ja, dass er vor mir schon mit vielen Frauen zusammen war, trotzdem schmerzt es immer wieder, wenn ich daran erinnert werde. Also lege ich mich wieder auf das Bett und wechsle das Thema, als er mir wieder in die Augen sieht.

›*Wirst du mir deine Stadt heute zeigen?*‹, frage ich erwartungsvoll.

»Ich weiß nicht, ob das so eine gute Idee ist«, weicht er aus. »Ich halte zwar überhaupt nichts von Xenos, aber ich denke, wir sollten ihn nicht noch mehr verärgern. Denn das büßen wir nur umso stärker, wenn wir zurück im Zirkel sind«, er streicht mir gedankenverloren eine Haarsträhne aus dem Gesicht. »Er weiß bestimmt, dass ich dir den Ring gestern ausgezogen habe, damit er nichts von unserer gemeinsamen Nacht mitbekommt. Das wird ihn mit Sicherheit sauer gemacht haben. Daher bringe ich dich nun besser wieder in dein Zimmer.«

›*Was? Nein …*‹, ich bin enttäuscht und kann dies auch nicht vor ihm verbergen. ›*Ich möchte bei dir bleiben, bitte.*‹

»Kleine, ansonsten bin ich es, der unvernünftig ist«, lächelt er und küsst mich auf die Stirn. »Na gut, eine Stunde haben wir bestimmt noch. Aber dann bringe ich dich zurück.«

Dann wirft er mich grinsend auf den Rücken.

Reyvan begleitet mich in mein Zimmer zurück. Als er sich von mir verabschiedet, steckt er mir widerwillig den Ring von Xenos wieder an den Finger und küsst mich demonstrativ.

Nachdem er gegangen ist, fühle ich mich plötzlich einsam. Warum Reyvan nicht den Tag mit mir verbringen will, kann ich nicht wirklich verstehen. Bisher hat er keinen Hehl daraus gemacht, wie sehr er den Zirkelleiter verabscheut und jede Gelegenheit genutzt, ihn zu provozieren.

Ob das etwas mit gestern Abend zu tun hat? Hat er etwas von dem Gespräch von Tyrian, Xenos und mir mitbekommen? Selbst wenn ich das bezweifle, eine winzige Möglichkeit bleibt bestehen. Schließlich sind die Elfen berühmt für ihr gutes Gehör … aber nein, dann hätte er mich doch bestimmt darauf angesprochen – oder?

Auf einmal bin ich mir nicht mehr so sicher, ob er mir auch tatsächlich immer die Wahrheit sagt, oder nicht manchmal Dinge vor mir verheimlicht, in der Meinung, mich damit zu schützen.

Gezwungenermaßen verbringe ich den restlichen Vormittag in meinem Zimmer und hole den Schlaf nach, der mir in der letzten Nacht von Reyvans Leidenschaft verwehrt wurde.

Gegen Mittag kommt Zaryna herein und grinst, als sie mich auf dem Bett liegen sieht.

»Hat dich mein Bruder diese Nacht auf Trab gehalten, wie?«, meint sie lachend und ich erröte.

Es ist mir nicht recht, dass sie zu wissen scheint, was wir in der Nacht gemacht haben.

»Keine Angst, ich werde es keinem verraten«, lächelt Zaryna verschwörerisch. »Du bist das erste Mädchen, das er hier in der gläsernen Stadt zum Tanz aufgefordert hat, außer Mayessa und mir, weißt du das?«

Ich schüttle verdutzt den Kopf. So gut wie Reyvan tanzt, hätte ich gedacht, dass er keine Gelegenheit auslässt, mit den schönen Elfenfrauen das Tanzparkett unsicher zu machen.

»Ihm scheint was an dir zu liegen«, plappert Zaryna weiter und setzt sich neben mich auf das Bett. Sie sieht mich mit ihren dunkelblauen Augen an, die mich so sehr an Reyvan erinnern. »Ich habe gesehen, wie er dich ansieht. Das will viel heißen bei ihm, glaub mir.«

Ich erröte abermals unter ihrem prüfenden Blick.

»Schade, dass du nicht sprechen kannst«, Zaryna seufzt ehrlich enttäuscht. »Ich würde dich so gerne so vieles fragen. Aber es wurde uns leider unter Androhung der schlimmsten Strafen von Xenos verboten, deine oder Taschas Gedanken zu lesen. Gut, bei deiner Freundin würde sich wahrscheinlich auch nicht mehr viel Sinnvolles entdecken lassen, aber ich würde mich gerne mit dir unterhalten.«

Mir geht es genauso, aber ich habe Angst, dass Xenos davon erfahren könnte, wenn ich ihr erlaube, meine Gedanken zu lesen und dann würde er nicht nur mich umbringen … ich hoffe nur, er weiß nichts davon, dass Reyvan fast die ganze Nacht eine Verbindung zu mir hatte.

»Ja, wirklich schade …«, Zaryna drückt meine Hand. »Du scheinst nämlich sehr nett zu sein. Mein Bruder ist zwar ein Schürzenjäger, aber wenn ihm an jemandem wirklich etwas liegt, kann er sich sehr für diesen Menschen einsetzen und ab und an sogar ernst sein.«

Ja, das habe ich schon gemerkt, als er mir beim magischen Turnier geholfen hat … ich nicke zum Zeichen, dass ich weiß, wovon sie spricht.

»Wirst du heute Abend bei der Hochzeit meiner Schwester dabei sein?«, fragt mich Zaryna unvermittelt.

Ich zucke mit den Schultern. König Saryon hat mich zwar eingeladen, aber ich bezweifle, dass mich Xenos nach dieser Nacht mitnehmen wird.

»Ich werde Vater fragen, ob du dabei sein darfst, in Ordnung?«, sie springt auf. »Bleibt hier, ich bin bald zurück.«

Eine unnötige Bemerkung – ich würde mich sowieso im Palast verlaufen, sobald ich einen Fuß vor die Tür setze. Aber ich nicke ihr zu und lächle sie dankbar an, bevor sie mein Zimmer verlässt.

Ich bleibe noch eine Weile auf dem Bett sitzen, als ich schon wieder Schritte auf dem Gang höre. So rasch hätte ich sie nicht zurück erwartet. Ich stehe auf, um ihr die Tür zu öffnen, aber da wird sie bereits schwungvoll aufgestoßen.

Eine Welle der Angst droht mich zu ersticken, als ich Xenos hereintreten sehe. Es ist nicht allein die Tatsache, dass er sich zu mir ins Zimmer bemüht, vielmehr ist es sein Gesichtsausdruck, der in mir die nackte Panik hervorruft. Er schaut mich so zornig an, wie ich es noch nie gesehen habe. Nicht einmal, als er die Taube tötete. Und dieses Mal gilt sein Zorn eindeutig und alleine mir.

Ich weiche zurück.

»Hier hast du dich also verkrochen, du kleine Schlampe«, knurrt er und wirft die Tür hinter sich ins Schloss. Ich weiche noch ein paar Schritte weiter zurück und bringe das Bett schützend zwischen uns.

»Komm auf der Stelle her zu mir!«

Oje, das hat auf keinen Fall etwas Gutes zu bedeuten. Trotzdem mache ich ein paar unsichere Schritte um das Bett herum auf ihn zu, halte aber weiterhin Abstand zu ihm – den er jedoch mit drei raschen Schritten überwindet. Er steht jetzt so nahe vor mir, dass ich meine, seine Wut mit den Händen greifen zu können. Schmerzhaft packt er mich bei den Schultern und schüttelt mich.

»Was hast du dir dabei gedacht, den Ring abzulegen?«, faucht er, außer sich vor Zorn und gibt mir eine schallende Ohrfeige, dass ich fast umkippe. »Du niedrige Dirne, dich werde ich lehren, was es heißt, für seinen Ungehorsam zu büßen!«, er holt aus, um mich ein zweites Mal zu schlagen, hält aber mitten in der Bewegung inne. Stattdessen atmet er tief durch, um sich zu beruhigen und fährt nach ein paar Sekunden fort: »Ab sofort wirst du dein Zimmer nicht mehr ohne meine Erlaubnis verlassen – und glaub mir, da wird auch dein Elfenfreund nichts daran ändern! Weder er noch jemand anders wird dich sehen können!«

Er macht eine schwungvolle Bewegung mit dem Arm und auf einmal bin ich an beiden Füssen mit einer eisernen Kette an den Bettpfosten gefesselt. Dann murmelt er einige Worte.

Als ich meine Hände anschauen will, blicke ich ins Leere. Ich will schreien, aber meine Stimme wurde mir ja genommen. Ich habe keine Möglichkeit, mich zu verständigen, denn als ich am Bettpfosten rütteln will, greife ich mit den Händen ins Nichts. Auch meine Fesseln sind unsichtbar geworden.

Xenos lacht grausam und blickt mir in die Augen. »Keiner außer mir sieht dich jetzt – und das wird bis zu dem Tag, an dem wir diese verdammte Stadt verlassen, so bleiben. Diese Waldbrut hält sich zwar für unglaublich klug, aber nicht einmal sie können diesen Zauber brechen.«

Damit dreht er sich auf dem Absatz um, verlässt das Zimmer und knallt die Tür zu.

Ich sinke verstört zu Boden und bin zu keinem klaren Gedanken fähig. Mir bleibt nichts als zu warten, bis Zaryna kommt und ihr irgendwie zu verstehen zu geben, wo ich bin und was Xenos mit mir angestellt hat.

Nach einer Stunde kehrt sie endlich zurück. Als ich auf ihr Klopfen nicht reagiere, öffnet sie leise die Tür, wahrscheinlich glaubt sie, dass ich schlafe. Ihr Blick schweift prüfend durch den Raum und ich springe hoch. Aber sie sieht durch mich hindurch, als ob es mich nicht gäbe.

Ich versuche, an irgendetwas zu rütteln, etwas umzuwerfen, um ihr zu zeigen, wo ich bin, aber meine Hände greifen wie zuvor ins Leere. Nach ein paar Sekunden dreht sie sich um und ruft in den Gang hinaus meinen Namen. Natürlich antwortet ihr niemand. Also geht sie weg und schließt die Tür hinter sich.

Ich breche weinend zusammen – nur, dass kein Ton und keine Träne meine Verzweiflung ausdrücken. Wie konnte ich nur so dumm sein und glauben, Xenos ließe die Nacht mit Reyvan zu? Warum ließ ich mich von Reyvan dazu hinreißen, den Ring abzulegen? Und warum ist Xenos nur so grausam, so böse?

Ich weine, bis ich keine Kraft mehr habe und versuche dann, mich zu erheben. Meine Knöchel spüren die durchsichtigen Fesseln, auch wenn ich sie nicht sehen kann. Ich probiere, so weit wie möglich zu gehen, komme aber nur gerade um das Bett herum. Ich habe keine Chance zur Tür zu gelangen, geschweige denn, zu fliehen.

Zudem kann ich mich auch nicht auf das Bett setzen, da die Fesseln, der Boden und die Wand die einzigen Möglichkeiten zu sein scheinen, meinem Körper Grenzen zu setzen. Durch alles andere dringe ich hindurch wie Nebel.

Ich warte mindestens zwei Stunden, aber keiner kommt zu mir. Wahrscheinlich hat Xenos den Elfen irgendeine Lügengeschichte über mich erzählt, warum ich nicht zu der Hochzeitsfeier erscheinen kann.

Ich hoffe darauf, dass Reyvan ihm nicht glaubt und mich suchen kommt. Er wird bestimmt eine Möglichkeit finden, mich zu befreien. Also warte ich … und warte.

Anscheinend bewirkt der Zauber, den Xenos über mich gewirkt hat auch, dass jegliche Art von menschlichen Bedürfnissen außer Kraft gesetzt werden. Ich habe weder Hunger noch bin ich müde, noch habe ich den Drang, mich erleichtern zu müssen. Das kann keinesfalls gesund sein, aber ich habe auch keine Möglichkeit, dies zu ändern.

Schließlich sehe ich aus dem Fenster über dem Bett, dass der Abend angebrochen ist. Draußen beginnen die Sterne zu leuchten und ihr Licht wird mit jeder Minute intensiver.

Jetzt beginnt die Hochzeitszeremonie, die danach zwei Tage lang gefeiert wird. Wie gerne wäre ich dabei gewesen, hätte die Hochzeitsrituale miterlebt. Ich male mir aus, wie bunt und schön die Feier ist, alle in ihre edelsten Gewänder gekleidet. Wenn ich mich stark konzentriere, vermeine ich sogar, die Musik zu hören, die beim anschließenden Festmahl gespielt wird.

Ich bin so in Gedanken versunken, dass ich fast nicht bemerkt hätte, wie sich abermals die Tür leise öffnet.

Da es dunkel ist in meinem Zimmer, sehe ich nur eine schwarze Silhouette sich vom beleuchteten Gang abheben. Aber diese Silhouette hätte ich unter tausend anderen erkannt. Zu vertraut sind mir inzwischen diese geschmeidigen Bewegungen, die die Muskeln bei jedem Schritt spielen lassen.

Ich springe abermals auf und gehe so weit wie möglich auf die Gestalt zu.

»Alia?«, raunt Reyvans Stimme und er horcht in den Raum hinein.

Dann dreht er sich um und meine Verzweiflung erdrückt fast mein Herz in der Brust. Aber er holt bloß eine der Fackeln im Gang und kommt wieder herein. Gespenstisch tanzen Schatten über seine Züge und sein goldenes Haar glänzt im Feuerschein.

Er trägt ein wunderschönes, bodenlanges schwarzes Gewand, das mit Tausenden von kleinen Edelsteinen besetzt ist, die mit seinen Augen um die Wette glitzern. Prüfend lässt er den Blick durch den Raum schweifen, geht ein paar Schritte hinein und beleuchtet damit das gesamte Zimmer. Er steht nun so nahe vor mir, dass ich nur eine Hand auszustrecken brauchte, um ihn zu berühren – wenn das denn ginge.

»Da stimmt doch was nicht«, murmelt er und geht um das Bett herum, um den Schrank zu untersuchen.

Ich folge ihm und versuche, mit der Kraft all meiner Gedanken ihm mitzuteilen, wo ich bin und was Xenos mit mir angestellt hat. Aber vergebens. Auch sein Elfenzauber scheint außer Kraft gesetzt zu sein, kein Wunder, er kann mir ja nicht in die Augen sehen.

»Ich weiß, dass du da bist, Cíara.«

Er fährt fort, mein Zimmer zu durchsuchen, geht zur Kommode, wo er jede Schublade öffnet und hinein sieht.

Anscheinend schließt er nicht aus, dass Xenos mich so klein gemacht hat, dass ich dort hinein passe.

Ich folge ihm soweit es meine Fesseln zulassen und werde mit jeder Sekunde verzweifelter. Wie kann ich ihm nur zu verstehen geben, was mit mir passiert ist? Plötzlich wird es gleißend hell im Zimmer und ich blinzle unwillkürlich.

Was hat Reyvan denn jetzt angestellt? Als ich wieder etwas sehen kann, gefriert mir jedoch das Blut in den Adern. Er ist genauso verblüfft wie ich. Dieses Licht stammt nicht von ihm – sondern von Xenos, der jetzt in der Tür steht.

»Ich habe dir ja gesagt, sie ist nicht mehr hier«, er lehnt lässig am Türrahmen. Dabei schaut er mir direkt in die Augen, was mich zusammenzucken lässt, und grinst breit. Sein Blick jedoch ist eiskalt.

»Ich glaube dir nicht«, entgegnet Reyvan ruhig. »Kein einziges Wort. Sag mir, was du mit ihr gemacht hast!«

Xenos grinst jetzt noch unverschämter. »Ich habe dir bereits erklärt, dass sie mit einer dringenden Nachricht zurück zu den Magiern musste, die wir vor der Stadt zurückgelassen haben«, erwidert er, ohne bei dieser Lüge mit der Wimper zu zucken. »Du wirst deine kleine Dienerin also erst in einer Woche wieder sehen.«

»Ich weiß, dass sie noch in der Stadt ist«, er greift sich unwillkürlich an sein Handgelenk. »Du könnt mich nicht täuschen und ich werde sie finden.«

Xenos tritt jetzt drohend näher und baut sich vor ihm auf. Aber weder das noch die Tatsache, dass er fast einen Kopf größer ist, scheinen Reyvan einzuschüchtern.

»Dir wird deine Arroganz schon noch vergehen, Elf. Wenn du nicht auf der Stelle aufhörst nach ihr zu suchen, werde ich dafür sorgen, dass du sie nie wieder zu Gesicht bekommst!«

Reyvan sieht ihn höhnisch an. »Das wagst du nicht. Glaubst du, ich hätte nicht bemerkt, dass dir ebenfalls viel an ihr liegt? Nicht einmal du könntest sie töten!«

»Unterschätz mich nicht, du Ratte! Ich kann sie schneller töten, als dir lieb ist und es wird ganz und gar deine Schuld sein. Meinst du, damit könntest du leben?«

»Wenn du ihr etwas antust …«

»Dann was?«, Xenos' Stimme ist nun kaum mehr, als ein Flüstern. »Wirst du mich töten? Oder gar einen weiteren Krieg herauf beschwören? Hast du schon vergessen, was beim letzten Mal passiert ist?«

Reyvan wirkt nun auf einmal nicht mehr so siegessicher, aber seine Stimme wird gefährlich leise. »Nein, das habe ich nicht und das werde ich auch nie, glaub mir. Nie im Leben … und irgendwann wirst du für alles büßen, was du meiner Familie angetan hast!«, die letzten Worte schleudert er Xenos mit solch einem Hass ins Gesicht, dass ich erschaudere.

Was bei den Göttern hat Xenos mit Reyvans Familie gemacht?

»Das werden wir ja noch sehen! Und denk dran, mit Alia wird genau dasselbe passieren wie damals mit Myerta, wenn du mir in die Quere kommst!« Xenos kann es sich nicht verkneifen, dabei nochmals drohend in meine Richtung zu sehen, aber sein Blick schnellt sofort wieder zurück zum Elf.

Dieser knirscht mit den Zähnen und kann sich nur mit Mühe beherrschen. Seine Lippen verziehen sich, als wolle er Xenos ins Gesicht spucken. »Wag nicht, Mutters Namen in deinen dreckigen Mund zu nehmen!«, presst er zwischen den Zähnen hervor.

»Ich sehe, wir scheinen uns zu verstehen«, Xenos ist von Reyvans Wut keine Spur beeindruckt und sein Grinsen gleicht eher einem Zähnefletschen. »Und jetzt komm, deine Schwester möchte bestimmt ungern auf dich bei ihrer Hochzeit verzichten.«

Er dreht sich um und geht durch die Tür in den Gang. Reyvan folgt ihm, dreht sich jedoch im Türrahmen noch einmal um – und schaut mir direkt in die Augen. Ein wissendes Lächeln umspielt seinen Mund, bevor er die Tür hinter sich schließt.

Kapitel 34

Die nächsten Tage, die ich gefangen in meinem Zimmer verbringe, sind ein Albtraum. Nie im Leben hätte ich gedacht, dass die Zeit so langsam dahinkriechen kann. Die einzige Abwechslung ist Xenos, der ab und zu ins Zimmer kommt, um zu sehen, ob ich noch da bin.

Jedes Mal beantwortet er meine wütenden Blicke mit einem hämischen Grinsen und geht wieder. Meine Hoffnung, dass Reyvan etwas von der Magie gemerkt hat, erlischt mit jeder Minute, die ich in meiner Einsamkeit ausharre. Ich hatte damit gerechnet, dass er mich irgendwie befreien kommt, aber seitdem er von Xenos überrascht wurde, ist er nicht mehr in mein Zimmer gekommen.

Die Hochzeitsfeierlichkeiten sind seit gestern vorbei. Immerhin, morgen brechen wir auf und dann bin ich hoffentlich wieder sichtbar. Ich hatte schon gemeint, nicht sprechen zu können, sei furchtbar schlimm, aber die Tatsache, den eigenen Körper nicht einmal sehen zu können, ist noch viel entmutigender und beunruhigender.

Langsam bricht die Dämmerung herein und eine weitere lange Nacht – die Letzte hier in meinem Zimmer – bricht an. Ich lausche auf die Geräusche im Palast, wie ich es mir in den letzten Tagen zur Gewohnheit gemacht habe. Die Einsamkeit hat mein Gehör äußerst sensibilisiert. Ich höre die Schritte von Menschen, wie Xenos zurück kommt und die Tür hinter sich schließt. Offenbar geht auch er heute früh zu Bett, um für die lange Rückreise bei Kräften zu sein.

Ich freue mich darauf, endlich wieder meinen Körper zurück zu bekommen. Gerade als ich mir ausmale, wie es sein wird, wieder Wind und Wetter auf meiner Haut zu spüren, höre ich, wie sich im Zimmer von Xenos abermals die Tür öffnet und er in den Gang hinaus tritt.

Ein paar Sekunden später betritt er mein Zimmer. Mit einer Handbewegung schafft er eine Lichtkugel, die er mitten im Raum schweben lässt.

»Ich hoffe, die letzten Tage haben dir etwas Vernunft eingebläut«, beginnt er, ohne sich mit Begrüßungsfloskeln aufzuhalten. »Morgen werden wir früh aufbrechen. Ich will, dass du immer direkt neben mir gehst. Und wehe dir, du versuchst, zu entkommen. Ich werde den Zauber erst von dir nehmen, wenn wir die Magier erreicht haben und die Elfen los sind. Falls du irgendeine Dummheit planst, werde ich Reyvan dafür im Zirkel büßen lassen, verstanden?«

Ich nicke, da ich weder den Drang verspüre, für immer auf meinen Körper zu verzichten noch Reyvan zu schaden.

Er sieht mich zufrieden an. »Und kein Wort hiervon«, er deutet dabei auf meinen unsichtbaren Körper. »Keiner soll jemals davon erfahren. Oder ich töte nicht nur dich, sondern auch deine Familie.«

Wieder nicke ich, diesmal heftiger. Aber ich bin mir jetzt schon sicher, dass mir Reyvan kein Wort glauben wird, wenn ich ihm erzähle, dass ich schon viel früher aus der gläsernen Stadt aufgebrochen bin.

»Gut«, nickt Xenos. »Ich hole dich morgen ab, ehe wir aufbrechen.«

Abermals nicke ich und er verlässt zufrieden das Zimmer.

Ich werfe ihm einen zornigen Blick hinterher und sinke zu Boden. Wo bin ich da nur hineingeraten? Ich verfluche aus vollem Herzen den Schwarzmagier, der mich damals nach Lormir gebracht hat. Wenn er nicht gewesen wäre, wäre ich vielleicht irgendwo in einem anderen Bezirk von Altra aufgewachsen – und niemals Xenos begegnet … aber auch nicht Reyvan.

Ich seufze und beginne wieder, mich auf die Geräusche im Palast zu konzentrieren, die immer weniger werden.

Am nächsten Morgen holt mich Xenos in aller Frühe aus dem Zimmer und führt mich zur Plattform, die uns wieder auf das Dach des Palastes bringen wird. Reyvan und die beiden Elfen, die uns in die gläserne Stadt geführt haben, warten bereits auf uns – oder besser, auf Xenos, da sie mich ja nicht sehen können.

Ich bleibe wie geheißen dicht neben dem Zirkelleiter und wage nicht, auch nur einen Schritt von ihm zu weichen. Denn ich weiß, dass es keine leere Drohung war, was er mit Reyvan oder meine Familie anstellen würde, sollte ich versuchen zu fliehen.

Reyvan wirft Xenos zwar einen forschenden Blick zu, aber er scheint mich nicht zu sehen, denn er wendet den Blick wieder zur Plattform, die sich sogleich in Bewegung setzt, als wir sie betreten.

Eine Stunde später stehen wir auf der obersten Stufe der gläsernen Stadt und ich werfe einen letzten Blick zurück. Sie funkelt in der Morgensonne wie aus Edelsteinen erbaut und nur unter Aufbringung aller Kraft kann ich den Blick davon abwenden.

Die Elfen haben in der Zwischenzeit das Tor geöffnet und wir treten einer nach dem anderen hindurch. Jetzt sind wir wieder im Wald von Zakatas, dessen Bäume und Lichtungen vor uns liegen. Wir kommen gut voran, da das Unterholz hier ja kaum vorhanden ist und die wenigen Farngewächse unseren Schritten eilig ausweichen.

Reyvan wirft keinen einzigen Blick zu Xenos oder zu mir, sondern geht zügig hinter den beiden Elfen her. Zu gerne wüsste ich, was in seinem Kopf vorgeht. Leider wird dies bis morgen warten müssen, wenn wir wieder mit den anderen Magiern vereint sind und ich endlich meinen Körper zurück erhalte.

Als es Abend wird, schlagen wir ein Lager auf einer Lichtung auf. Weder die Elfen noch Xenos scheinen eine Gefahr zu erwarten. Hier, so nahe an der gläsernen Stadt ist dies auch unwahrscheinlich. Trotzdem halten die Elfen abwechselnd Wache. Xenos legt sich nur für kurze Zeit hin, darum bemüht, mich nicht aus den Augen zu lassen.

Da ich keinen Schlaf brauche, bleibe ich wach und lausche auf die Umgebung um mich herum. Es ist erstaunlich, welche Geräuschkulisse sich mir bietet. Ich höre Nachtvögel ihre melancholischen Lieder singen, Äste knacken, Laub rascheln, das Rauschen eines Baches in unserer Nähe. Alles zusammen ergibt eine wunderschöne Melodie, vereint sich in einem Orchester der Nacht.

Noch nie zuvor habe ich mich auf dieses ganz eigene Lied geachtet. Umso schöner und lieblicher erscheint mir nun der Klang dieses düsteren Gesanges.

Ich schließe die Augen und gehe ganz darin auf, möchte Teil dieser Melodie werden, mitsingen und bis in alle Ewigkeit mit diesen wunderschönen Klängen vereint sein.

Plötzlich werde ich von einem Geräusch, das ganz und gar nicht in dieses Lied passt, aus meinen Gedanken gerissen. Ich öffne die Augen und blicke direkt in jene von Reyvan, der mich von seinem Nachtlager aus eindringlich fixiert.

›*Alia, pass auf, verlier dich nicht in der Nacht …*‹, höre ich seine Stimme in meinen Gedanken.

Ich starre ihn entgeistert an. Hat er gerade tatsächlich mit mir gesprochen? Ich schaue ängstlich zu Xenos, dessen Augen aber geschlossen sind. Anscheinend hat er davon nichts mitbekommen.

Als ich zurück zu Reyvan schaue, hat dieser seinen Blick wieder von mir abgewandt und schaut in eine andere Richtung, als ob nichts gewesen sei. Dann legt er sich hin und kehrt mir den Rücken zu.

Ich sehe, wie Xenos die Augen öffnet und den Elf prüfend mustert. Skeptisch wirft er mir einen Blick zu, den ich möglichst unschuldig erwidere, ehe er – offenbar beruhigt – die Augen schließt.

Verstört sitze ich neben den beiden und es dauert lange, bis ich mich von Reyvans Offenbarung erholt habe. Wie um alles in der Welt hat er mich sehen können? Und warum hat er mich vor der Nacht gewarnt? Ich muss zugeben, für einen Moment war ich tatsächlich versucht, mich dem Zauber der Nacht vollkommen hinzugeben, ohne Rücksicht auf die Folgen.

Noch lange sitze ich da und starre seinen Rücken an.

Vor dem Morgengrauen brechen wir wieder auf, um die zwölf Magier, die wir bei unserem Treffen mit den Elfen zurück gelassen haben, möglichst rasch zu erreichen. Bald schon erkenne ich Einzelheiten wieder und weiß, dass wir uns der Stelle nähern, wo die beiden Elfen damals so überraschend aufgetaucht sind.

Ein paar Minuten später, kann ich die Kleider der Magier zwischen den Bäumen und Sträuchern erkennen. Sechs Kampfmagier, darunter Arian, kommen uns entgegen. Ich atme auf und auch Xenos beschleunigt seinen Schritt.

Er geht direkt auf Arian zu, den er zur Seite nimmt, bevor ihn dieser richtig begrüßen kann. Er spricht eindringlich auf den Magier ein, dann nickt Arian knapp und gibt ein paar Magiern den Befehl, Reyvan weg zu führen.

Dieser hat gerade noch Zeit, sich von den beiden Elfen zu verabschieden. Danach wird er, flankiert von Arian und den anderen fünf Magiern, zum Lager geführt, welches sich nur zwanzig Schritt von uns entfernt befindet.

Xenos dreht sich zu den Elfen um und nickt ihnen zu. Seine Abschiedsworte fallen kurz aus und auch den Elfen scheint nicht viel daran gelegen zu sein, sich mit Höflichkeiten aufzuhalten. Sie kehren uns den Rücken zu und verschwinden zwischen dem Dickicht.

Jetzt sind Xenos und ich allein. Er dreht sich zu mir um und sieht in meine unsichtbaren Augen. »So sehr mir dein Zustand gefällt, ich werde dich nun wieder sichtbar machen.«

Er murmelt einige Worte und ich kann auf einmal wieder meinen Körper sehen, eine wahre Wohltat. Zu meiner Verblüffung trage ich nicht mehr das weißgoldene Kleid, das ich bei meiner Verwandlung an hatte, sondern meine Reisekleidung. Wie er das angestellt hat, ist mir ein Rätsel.

Er nickt zufrieden. »Du wirst keinem ein Wort hierüber verraten, verstanden? Ich habe Arian angewiesen, in fünf Minuten einen Magier hierher zu schicken, der dich weg führt. Alle sind angehalten, so zu tun, als seist du schon länger im Lager.«

Er steht nun direkt vor mir. Ich nicke, da meine Stimme leider immer noch weg ist – auch wenn ich diese Vorsichtsmaßnahme nun nicht mehr wirklich nachvollziehen kann. Schließlich kann ich den Elfen jetzt nichts mehr verraten. Aber Xenos scheint nicht einmal Arian und seinen Leuten zu vertrauen.

Dann taucht auch schon der Magier, oder besser, die Magierin auf, die mich ins Lager begleiten soll. Zu meiner Erleichterung ist es Kalindra, die rothaarige Kampfmagierin. Sie führt mich ohne ein Wort zu sagen weg.

Ich bin verwundert, wie der Zirkelleiter glauben kann, dass er damit Reyvan täuscht. Allerdings meint er ja immer noch, dass der Elf keine Ahnung hat, wo ich bin.

Kalindra führt mich über einen Trampelpfad um das Lager herum, um von einer anderen Seite hinein zu kommen. Ich staune, was die Kampfmagier in den acht Tagen alles geschaffen haben. Sie haben einen richtigen Stützpunkt errichtet. Ein hüfthoher Zaun verhindert, dass Tiere in das Lager eindringen können. Sie haben niedrige Betten errichtet, auf denen sie mit Planen und Öltuch Unterlagen gespannt haben. Damit halten sie die Kälte, die nun in der Nacht vom Boden Besitz nimmt, fern. Zudem gibt es mehrere Feuerstellen, auf denen kupferne Töpfe hängen, die köstlich duften. Es ist gerade Mittagszeit und es wurde ein Eintopf aufgesetzt.

Als ich das Lager durchquere, fällt mein Blick auf Reyvan, der inzwischen streng bewacht an einem der Feuer sitzt. Er hebt kurz eine Augenbraue etwas an, mehr gesteht er mir zur Begrüßung nicht zu. Aber ich kenne ihn inzwischen so gut, dass mir die Erleichterung, die kurz in seinen Augen aufflackert, nicht entgeht.

Kalindra führt mich an ein Feuer, das am weitesten von seinem Rastplatz entfernt ist. Dort setzt sie sich neben mich und gibt mir eine Schüssel, die sie mit Kanincheneintopf füllt. Er schmeckt ebenso gut wie er riecht und ich verschlinge ihn ohne die Fleischstücke darin großartig zu kauen.

Mein erstes Essen seit sechs Tagen. Ich hatte schon vergessen wie es ist, wenn man etwas Festes zwischen den Zähnen hat, da ich wegen dem Unsichtbarkeitszauber keinen Hunger verspürte.

Kapitel 35

Wir bleiben einen Tag im Lager, um alles für unsere Rückreise vorzubereiten. In etwa einer Woche werden wir die Stelle erreichen, wo wir unsere Pferde zurück gelassen haben. Die Reise dorthin wird anstrengend werden. Wir werden uns durch das dichte Unterholz schlagen und unsere Kräfte einteilen müssen.

Xenos bespricht lange mit Arian, ob es einen alternativen Weg gibt, aber sie kommen schließlich beide zum Schluss, dass es am wenigsten aufwendig ist, den Weg zu wählen, den wir bereits auf dem Hinweg eingeschlagen haben. Außerdem werden wir wahrscheinlich zügiger vorankommen, jetzt da Tascha nicht mehr bei uns ist, die auf der Bahre getragen werden musste.

Ich spüre wieder diese Unruhe, die mich bereits auf der Hinreise, kurz vor der gläsernen Stadt, befallen hat. Es hilft auch nicht, dass Reyvan mir erklärte, dass es mit den Schutzzaubern der Stadt zu tun hat, ich fühle mich unwohl und beobachtet und kann das Gefühl nicht verdrängen.

Daher bin ich froh, als wir nach einer weiteren Nacht endlich das Lager räumen und uns auf den Weg machen. Jeder Schritt, den wir zwischen uns und die Stadt bringen, hilft mir, mich etwas mehr zu beruhigen.

Das Tempo, das Xenos anschlägt, ist unerbittlich und verlangt all meine Kräfte. Wir rennen über Lichtungen, durch Farndickichte und entlang kleiner Flüsse. Es ist, als wolle Xenos ebenfalls so rasch wie möglich eine große Distanz zwischen uns und die Stadt der Elfen bringen.

Ich bin bereits am ersten Abend auf die Hilfe von Duhr angewiesen, der meine geschundenen Füße und Beinmuskeln heilen muss. Von da an bereitet mir der Fußmarsch aber glücklicherweise etwas weniger Mühe. Wahrscheinlich hat Duhr irgendeine heilende Kraft in meine Muskeln gesteckt, die dafür sorgt, dass sie weniger rasch ermüden.

Trotzdem ist der Marsch zermürbend. Ich habe keine Gelegenheit, um mit Reyvan zu sprechen. Oft befindet er sich in einer Gruppe, die noch rascher vorangeht, als Kalindra und ich es tun. Jeden Abend sind wir so weit voneinander getrennt, wie es das dichte Unterholz zulässt.

Bereits nach fünf Tagen erreichen wir die Stelle, an der wir die Pferde zurück gelassen haben. Es handelt sich inzwischen um eine Lichtung, die Magier haben die Bäume hier gerodet. Allerdings ist weit und breit keine Spur der fünf Magier oder der Tiere, die sie bewachsen sollten, zu sehen.

Xenos ordnet an, dass zehn Kampfmagier ausschwärmen, um die Gegend abzusuchen, während drei hier bei ihm bleiben, um uns zu bewachen. Ich bin mir jedoch sicher, dass er auch ganz alleine mit Reyvan und mir fertig würde.

Wir warten fast eine Stunde, bis der erste Kundschafter zurückkehrt. Es ist Duhr, der hastig auf Xenos zurennt.

»Xenos, wir haben die Magier gefunden!«, ruft er, schweißüberströmt und schwer atmend. »Sie wurden gefangen genommen. Von Gorkas!«

Das hat uns gerade noch gefehlt. Xenos flucht auf eine Weise, die ich ihm nie zugetraut hätte und auch Reyvan murmelt einige deftige Sprüche.

»Leben sie?«, fragt Xenos schließlich.

»Nur zwei von ihnen. Milena und Cerasta. Die anderen haben wir nicht gesehen.«

Wieder flucht Xenos, dass er einem Kesselflicker alle Ehre gemacht hätte. »Wo sind sie?«

»Ungefähr eine halbe Wegstunde von hier. Die Gorkas haben dort ein Lager zwischen einem dichten Brombeerdickicht aufgeschlagen und sie haben all unsere Pferde. Es sieht jedoch so aus, als hätten sie uns einen Hinterhalt gelegt. Es ist verblüffend, dass sie so lange hier gewartet haben.«

»Wie viele?«

»Ungefähr fünfzig. Sind alle schwer bewaffnet.« Duhr holt sich einen Becher Wasser und setzt sich, immer noch schwer atmend hin.

»Gut, lass uns warten, bis die anderen Magier zurückkehren. Dann müssen wir uns einen Plan überlegen.«

Wir müssen nur ein paar Minuten warten, bis auch die anderen Späher zurück sind – darunter Arian, der die Nachricht von dem Gorkalager mit stoischer Miene aufnimmt. Er wirft einen Seitenblick zu Reyvan und mir und zieht Xenos beiseite, um sich mit ihm zu beratschlagen. Offenbar kommen sie zu einem Schluss, denn sie kehren nach kurzer Zeit zurück.

»Also, es ist so«, erklärt Xenos in ruhigem Ton. »Wir werden ohne die Pferde keine Möglichkeit haben, vor Wintereinbruch zurück im Zirkel zu sein. Das könnte den Tod bedeuten – zumindest denjenigen von vielen von euch. Daher werden wir das Lager der Gorkas angreifen und uns die Tiere zurückholen. Es darf kein einziger Gorka am Leben bleiben, dann bekämen wir es mit dem ganzen Stamm zu tun – und dafür sind selbst wir zu wenige. Kalindra, du wirst hier bei dem Pfand und meiner Dienerin bleiben und beide mit deinem Leben bewachen. Ihr anderen kommt mit mir mit. Ich werde euch unterwegs erklären, was wir vorhaben.«

Damit brechen die Kampfmagier in die Richtung auf, die Duhr ihnen weist. Ich habe noch nie Gorkas im wahren Leben gesehen, aber gehört, dass sie äußerst zähe Kämpfer sind. Ich kann nur hoffen, dass Xenos und die Kampfmagier genügend Kräfte haben, um gegen sie zu bestehen.

Kalindra fesselt die Hände von Reyvan und mir und bindet uns an einen Baum, um uns besser im Blick halten zu können. Dann beginnt sie, einige Äste vor uns zu einem Schutzwall zu errichten. Dabei fällt mir zu ersten Mal auf, dass ich sie zaubern sehe. Sie macht das ziemlich gut und schon bald sind wir vor neugierigen Augen in einer Blätterhöhle verborgen, die hoffentlich von außen ebenso natürlich aussieht, wie sie es von innen tut. Sie schlüpft zu uns herein und bedeutet uns, uns nicht zu regen, egal was passiert.

Reyvan und ich nicken, in unseren Fesseln gefangen. Da ich auf der gegenüberliegenden Seite des Elfen angebunden bin, habe ich keine Möglichkeit, mit ihm Kontakt aufzunehmen. Aber als ich meine Hände ausstrecke, spüre ich seine Finger an meinen, die mich zärtlich streicheln. Das gibt mir immerhin etwas Trost.

Einige Zeit vergeht, ohne dass die Geräusche des Waldes um uns herum gestört werden. Ich befürchte schon, dass die Magier tatsächlich in einen Hinterhalt geraten und auf der Stelle getötet worden sind. Werden die Gorkas uns hier finden? Werden sie überhaupt nach uns suchen, wenn sie nicht wissen, dass es uns gibt?

Vielleicht können wir mit Kalindra zusammen fliehen. Ich bezweifle jedoch, dass sie uns bei einer Flucht helfen würde – schon aus Furcht vor Xenos' Rache nicht. Und falls doch, wer weiß ob wir nicht ebenfalls von den Gorkas gefangen genommen oder getötet werden? Aber dann erinnere ich mich wieder an Xenos und wie mühelos er mit den Echsen fertig geworden ist. Meine Angst legt sich etwas.

Auf einmal unterbricht ein ohrenbetäubender Lärm die Stille des Waldes. Mehrere Vögel flattern erschrocken von ihren Bäumen auf und auch wir zucken in unserem Versteck heftig zusammen. Es klingt, als schlage ein Meteor mitten im Wald ein und die Erde bebt leicht. Das war bestimmt Xenos' Werk.

Gleich darauf hören wir weit entfernt Schreie und weitere Explosionen. Die Kampfmagier scheinen in ihrem Element zu sein. Ich versuche, mich so ruhig wie möglich zu verhalten. Auch Kalindra ist aufs Äußerste angespannt.

»Lass mich los, ich kann helfen«, raunt ihr Reyvan zu.

Aber die Kampfmagierin beachtet ihn nicht und schaut weiter konzentriert durch das Dickicht.

»Ich spüre, dass jemand sich uns nähert«, flüstert er, jetzt noch etwas leiser. »Los, mach mich los und gib mir eine Waffe, sonst kann es zu spät sein.«

Kalindra dreht sich unwirsch nach ihm um und ich vermeine zu sehen, wie sich etwas in ihren Zügen verändert, als sie ihn ansieht. Sie merkt, dass er es ernst meint. Nach einem kurzen Zögern durchschneidet sie mit einem gezielten Schnitt seine Fesseln und drückt ihm das Messer in die Hand.

»Wehe, ich habe mich in dir getäuscht«, zischt sie, ehe sie sich wieder dem Dickicht zuwendet.

Reyvan bleibt ihr eine Antwort schuldig, denn in dem Moment höre selbst ich, wie Äste knacken, als würde jemand zu der Lichtung schleichen, an dessen Rand wir uns befinden. Ich halte den Atem an und schließe vor Furcht die Augen.

Wenn es mehr als drei Gorkas sind, haben wir keine Chance, lebend davon zu kommen. Ich weiß, dass Kalindra zwar in Kampfmagie ausgebildet ist, aber sie ist eine Anfängerin, erst gerade mit ihrer Ausbildung fertig und ihr fehlt es an Erfahrung. Und Reyvan ist nur mit einem Messer bewaffnet, er wird es nicht gegen drei Gorkas gleichzeitig aufnehmen können. Dass ich mich nicht ins Gefecht stürzen werde, scheint uns allen drei so klar wie Quellwasser zu sein. Ich würde nicht eine Sekunde in einem solchen Kampf bestehen können.

»Schhh, ganz ruhig, vielleicht ziehen sie an uns vorbei«, sagt Reyvan so leise, dass ich ihn nur mit Mühe hören kann.

Ich öffne die Augen einen Schlitz, nur um im nächsten Moment vor Schrecken fast zu schreien, als eine weitere Explosion ertönt – falls ich zum Schreien überhaupt in der Lage gewesen wäre. Reyvan hält mir aus Reflex den offenen Mund zu und drückt mich zurück an den Baumstamm, an dem ich immer noch angebunden bin.

Mit einer geschickten Drehung seiner Waffe durchtrennt er meine Fesseln und nickt mir kurz zu. Kalindra sieht das zwar mit einem gewissen Unmut, aber sie schreitet nicht ein. Sie weiß, dass ich ansonsten, sollte es zu einem Kampf kommen, keine Chance hätte, zu fliehen.

»Du verhältst dich mucksmäuschenstill, ist das klar?«, zischt sie mir zu.

Als ob ich einen Laut von mir geben würde, selbst wenn ich könnte. Ich bin doch nicht lebensmüde ... Reyvan, der mir in die Augen gesehen hat, schmunzelt als er meine Gedanken liest, aber er wird sofort wieder ernst und schaut zwischen den Blättern, die Kalindra um uns in weiser Voraussicht errichtet hat, hindurch, auf die Lichtung. Vor uns tauchen jetzt fünf Gestalten auf.

Als sie näher kommen, bin ich vor Schrecken wie gelähmt. Noch nie habe ich solch hässliche Menschen gesehen. Sie sind grösser als Xenos und auch um einiges breitschultriger. Ihre Haut hat einen braunen Ton und ihre Augen sind gelb, mit schlitzförmigen Pupillen, die mich an eine Katze erinnern. Katzenähnlich sind auch ihre spitzen Fangzähne, die zwischen ihren Lippen hervorblitzen.

Sie alle haben langes, dunkles Haar, das sie zum Teil offen, zum Teil in dünnen Zöpfen tragen. Ihre behaarten Hände sind um ein Vielfaches grösser als meine und ihre massige Gestalt haben sie in lederne Kleidung, die mit Knochen verstärkt ist, gesteckt. Zwei davon sind mit rostigen Schwertern bewaffnet, während die drei anderen grobe Keulen tragen. Zudem sind sie mit Pfeilköchern und Bögen ausgestattet. Ich stöhne innerlich. Wie wollen die beiden es mit diesen Fünf aufnehmen?

Reyvan und Kalindra verständigen sich nun ohne Worte. Sie scheinen jeweils in Gedanken miteinander zu kommunizieren – glücklicherweise ist Kalindra ja eine Luftmagierin – und ein kleiner Stich der Eifersucht durchzuckt mich. Aber mir bleibt keine Zeit, mich länger mit diesen unnötigen Gefühlen aufzuhalten, denn schon strecken die Gorkas ihre menschenähnlichen Nasen witternd in die Luft und kommen direkt auf unser Versteck zu.

Ehe der Erste den Blätterschutz erreicht, stürmen Kalindra und Reyvan gleichzeitig hervor. Beide schleudern Giftwolken und der erste Gorka fällt sofort tot zu Boden. Die anderen vier schauen staunend auf ihren Gefährten hinunter, der leblos zu ihren Füssen liegt. Dann stimmen sie ein Kampfgeheul an und stürzen sich auf die Magierin und den Elf. Mir bleibt nichts anderes übrig, als den Kampf zu beobachten und möglichst reglos im Gebüsch zu bleiben.

Kalindra schießt nun Luftpfeile auf den nächsten Gorka, der diesen nicht ausweichen kann und an der Schulter getroffen wird. Zeitgleich stürzt sich Reyvan mit dem Messer auf den Gorka, der ihm am nächsten steht, springt hoch, da dieser ihn um fast zwei Köpfe überragt und schlitzt ihm so rasch die Kehle auf, dass ich es kaum mitverfolgen kann. Dann rollt er sich ab und steht sofort wieder auf den Füssen, sprungbereit, um sich dem nächsten Feind zu stellen.

Der stürzt sich mit seinem Schwert in die Luft schwingend und brüllend auf ihn. Ich halte vor Anspannung den Atem an, als sich Reyvan geschickt wegdreht und ihm mit einer raschen Bewegung ein Bein stellt, sodass er der Länge nach hinfällt. Ohne zu Zögern stößt er ihm das Messer in den Rücken, worauf dieser reglos liegen bleibt.

Inzwischen hat sich Kalindra mit den beiden verbleibenden Gorkas angelegt und eine Eiswolke um sich gebildet, aus denen sie kleine Eispfeile abschießt, die die Gorkas zwar auf Abstand halten, sie aber nur gering zu verletzen scheinen. Reyvan eilt ihr zu Hilfe und macht eine Geste in der Luft, die ich bereits einmal bei ihm gesehen habe, als er eine Giftwolke auf die Echsen im Lager schleuderte. Nur entweicht seinen Fingern dieses Mal ein Kettenblitz, der beide Gorkas gleichzeitig zu Boden wirft.

Sie sind jedoch nicht direkt tot und versuchen sich nach dem Bruchteil einer Sekunde wieder aufzurappeln. Diese Zeit genügt dem Elf, sich auf einen der beiden zu stürzen und ihm das Messer ins Herz zu rammen, dass es knirscht. Schon ist er wieder aufgesprungen und umkreist den letzten verbleibenden Gorka wie ein Wolf seine Beute. Dieser studiert seinerseits nun jede Bewegung seiner beiden Gegner und hält das rostige Schwert schützend vor sich.

Mit einem lauten Schrei macht Reyvan einen Ausfallschritt, sodass der Gorka ebenfalls in die Richtung vorprescht, um sich zu verteidigen. Es war jedoch nur eine Finte des Elfen, der nun mit einem Lächeln in die andere Richtung hechtet und dem Gorka das Messer in den Hals sticht. Dieser gibt einige gurgelnde Laute von sich und bricht schließlich Blut spuckend und sterbend zusammen.

Das alles hat wenige Sekunden gedauert und ich spüre das Adrenalin in meinen Adern rauschen.

»Halte die Augen nach weiteren Gorkas offen«, befiehlt Reyvan nun Kalindra.

Er kehrt zurück zum Dickicht, in dem ich immer noch sitze und wie gebannt auf die toten Körper auf der Lichtung starre. Als er zu mir kriecht, sehe ich, dass er kleine Blutspritzer im Gesicht hat und wische sie ihm mit meinem Jackenärmel weg.

»Geht es dir gut? Alles in Ordnung?«, er streicht mir liebevoll über den Kopf.

Ich nicke, zu angespannt, um ihm in Gedanken antworten zu können.

»Gut, da bin ich froh. Bleib hier, bis wir wissen, dass die Gegend sauber ist.«

Damit schleicht er wieder auf die Lichtung und hilft Kalindra, die Leichen von dort weg zu schaffen und die Kampfspuren zu verwischen, die weiteren Gorkas unser Versteck verraten würden. Danach kehren sie zurück zu mir und wir kauern uns wieder ins Blätterdickicht.

Von weit her hören wir die durchdringenden Rufe von Kriegshörnern und Schreie. Die Gorkas befinden sich immer noch in einem Kampf. Uns bleibt jedoch nichts weiter übrig, als hier in unserem Versteck zu warten. Die nun immer häufigeren Hornsignale lassen mir das Blut in den Adern gefrieren. Was, wenn die Magier nicht mehr zurückkehren?

Einen Moment lang bin ich versucht, Reyvan vorzuschlagen, dass nun der beste Zeitpunkt wäre, zu fliehen, aber dann denke ich an Rana, die immer noch im Zirkel ist. Nein, wenn wir fliehen, dann mit ihr. Xenos weiß zuviel von unserer Freundschaft und würde sie vor lauter Wut und Rache töten.

Eine lange Zeit warten wir, bis wir endlich das Trampeln von Hufen hören. Ich hoffe inständig, dass es Xenos und die andere Kampfmagier sind, die mit den Pferden zurückkommen.

Als sie tatsächlich die Lichtung betreten, lasse ich die Luft so inbrünstig aus meinen Lungen entweichen, dass Reyvan mich schief ansieht. Aber auch er wirkt erleichtert. »War noch nie so froh, den Zirkelleiter zu sehen«, murmelt er, was ihm einen bösen Blick von Kalindra einbringt.

Ich zähle zwölf Magier, Arian und Xenos mit eingerechnet. Mit Erleichterung erkenne ich Milena unter ihnen. Sie sieht mitgenommen aus und ihre Kleidung ist blutverkrustet. Aber immerhin kann sie sich aufrecht auf einem Pferd halten. Das bedeutet aber, dass insgesamt drei Magier heute gestorben sind. Eine davon war offenbar Cerasta, die andere Gefangene der Gorkas, denn ich kann sie nicht unter den verbliebenen Kampfmagiern ausfindig machen.

Wir kriechen aus unserem Versteck hervor, was uns fast den Kopf gekostet hätte. Ein Feuerball schlägt nur wenige Fuß vor uns ein und lässt uns zurückspringen.

»Verdammt noch mal, macht euch doch bemerkbar, ehe ihr aus dem Nichts auftaucht!«, knurrt Xenos und Kalindra entschuldigt sich eilig.

»Steigt auf«, befiehlt er uns, ohne ihre Entschuldigung zu kommentieren. »Wir müssen so rasch wie möglich weg von hier. Die Gorkas haben Alarm geschlagen und Verstärkung gerufen.«

Damit ist auch klar, warum er so angespannt war, als er auf die Lichtung kam. Jeden Augenblick können weitere Gorkas hier auftauchen und ich bezweifle, dass wir ihnen standhalten könnten. Also schwingen wir uns eilig auf die Pferde und reiten, so rasch es das Unterholz zulässt, den Weg zurück, den wir auf der Hinreise durch das Dickicht geschlagen haben.

Wie vermutet, kommen wir nun rascher vorwärts als auf dem Hinweg. Zudem treibt uns der Gedanke, dass uns die Verstärkung der Gorkameute im Nacken sitzt, zusätzlich an.

Wir reiten den ganzen Tag und machen nur kurz Pausen, um die Pferde zu füttern. Dann steigen wir wieder auf. Hinter uns ertönen jetzt immer mehr Hörner. Die Gorkas haben die Verfolgung aufgenommen. Xenos treibt uns an, bis wir kaum mehr aufrecht im Sattel sitzen können. Die Pferde sind ebenfalls am Ende und schäumen vor Erschöpfung. Ihre Flanken zittern bei jedem Schritt.

Schließlich, als es längst dunkel ist, sieht Xenos ein, dass er uns nicht weiter vorantreiben kann. Er lässt uns absitzen und befiehlt den Magiern, für zwei Stunden Wache zu halten. Die Heiler werden zu den Pferden gerufen, die ihnen die schlimmste Erschöpfung nehmen sollen.

Wir anderen dürfen uns kurz hinlegen, aber in voller Montur, um jederzeit wieder aufbrechen zu können.

Ich sinke erschöpft ins Gras. Zum ersten Mal auf dieser Reise scheine ich nicht bewacht zu werden. Aber warum auch? Ich wäre ja selbst dumm, wenn ich in die Nacht hinaus, direkt in die Arme der Gorkas, fliehen würde. Bevor ich mich richtig hingelegt habe, bin ich auch schon eingeschlafen.

Es kommt mir jedoch vor, als hätte ich nur kurz die Augen geschlossen, als Kalindra mich an der Schulter rüttelt und wir weiterreiten. Die Pferde sind nun frischer, dafür die Heiler umso erschöpfter. Aber Xenos nimmt darauf keine Rücksicht. Er treibt uns an und gestattet uns für den Rest der Nacht keine weiteren Pausen mehr.

Auch am nächsten Tag gibt es nur kurze Unterbrechungen und nur die Heiler dürfen sich für drei Stunden vollständig ausruhen, um frische Energie zu sammeln. Die anderen müssen Wache halten.

Zum Glück sind alle vier Erdmagier noch am Leben. Trotzdem wird es für sie immer schwieriger, die zunehmende Erschöpfung unserer Pferde zu heilen. So langsam fordert unser Tempo seinen Tribut. Auch ich kann mich nur noch mit Mühe auf den Beinen halten, als wir am Nachmittag eine weitere, kurze Rast einlegen.

Das Wetter ist für die anbrechende Herbstzeit erstaunlich mild. Dennoch sind die Nächte nun so kalt, dass ich auf meinem Pferd nicht nur vor Erschöpfung zittere. Ich hoffe, wir schaffen es, vor Wintereinbruch zurück im Zirkel zu sein, ansonsten hätten wir mit noch schlimmeren Gefahren als den Gorkas zu kämpfen.

Kapitel 36

Wir reiten nochmals einen Tag durch, dann ist selbst Reyvan so erschöpft, dass er immer öfter im Sattel einnickt. Wir brauchen dringend eine längere Rast, aber Xenos treibt uns noch zwei weitere Stunden an.

Endlich erlaubt er uns, für ein paar Stunden auszuruhen. Inzwischen hören wir keine Hörner mehr hinter uns. Doch ich wage nicht zu hoffen, dass wir die Gorkas abgehängt haben.

Inzwischen hat es angefangen zu schneien. Jedoch liegen die richtigen Schneestürme noch vor uns. Trotzdem ist die Kälte, die uns in die Knochen dringt, schlimm genug.

Immerhin ist die Bewachung von Reyvan und mir bei Weitem nicht mehr so streng wie auf der Hinreise. Alle sind viel zu beschäftigt damit, den Gorkas zu entkommen. Selbst Xenos scheint im Moment andere Sorgen zu haben, als Reyvan und mich ständig zu beobachten und zu trennen.

Als wir uns erschöpft auf den Boden fallen lassen, auf dem der Schnee inzwischen angesetzt hat und ein paar getrocknete Fleischstücke essen, versuche ich, mit Reyvan Augenkontakt aufzunehmen.

Er merkt sofort meine Bemühungen und schaut mich über das Lagerfeuer hinweg an, welches die Feuermagier kurzerhand errichtet haben, und dessen Rauch und Licht sie möglichst gering halten.

›*Was meinst du, wie lange werden sie uns verfolgen?*‹, frage ich ihn.

›*So lange sie können. Aber ich hoffe, dass sie, sobald wir den Steppenwald erreicht haben, umkehren werden. Sie fühlen sich nur in den dichten Wäldern wohl. Ich bezweifle, dass sie es auf offenerem Gelände mit uns aufnehmen.*‹

›*Und wie lange dauert es noch, bis wir im Steppenwald sind?*‹

›*Hm, schwer zu sagen. Wenn wir dieses halsbrecherische Tempo beibehalten, sollten wir in weniger als sieben Tagen bei dem Dorf sein, bei dem wir das letzte Mal Halt gemacht haben. Aber ich glaube nicht, dass wir dieses Tempo durchhalten werden.*‹

›*Das denke ich auch nicht …*‹, meine Muskeln schmerzen, egal wie ich mich hin setze und ich kann vor Müdigkeit kaum meine Arme heben.

›*Du bist ja vollkommen erschöpft, Cíara*‹, in Reyvans Augen sehe ich Mitgefühl. ›*Ruh dich jetzt aus, das Sprechen strengt dich nur noch mehr an. Ich werde über dich wachen.*‹

›*In Ordnung.*‹

Ich lege mich auf meine Decke und bin binnen Sekunden eingeschlafen.

Als wir wieder aufbrechen, fühle ich mich besser.

Wir reiten weiterhin in einem Tempo, das den Pferden alles abverlangt. Glücklicherweise wird das Unterholz immer besser passierbar und schon bald durchqueren wir breite Farnflächen, die von einer leichten Schneedecke überzogen sind.

Die Abstände zwischen den Bäumen werden grösser und es ist immer häufiger möglich, dass Kalindra und Milena, die wieder zu meiner Bewachung abgeordnet wurden, neben, statt hinter mir reiten können.

Allerdings sind wir nun stärker dem Schneefall ausgeliefert. Immerhin fallen die Flocken nur vereinzelt und es wird noch eine Weile dauern, bis der Boden vollends mit Schnee bedeckt sein wird. Wir schlagen unser Nachtlager regelmäßiger auf und bleiben auch etwas länger, bis wir aufbrechen.

Hinter uns sind seit vier Tagen keine Hörner mehr zu hören. Wir sind nun bereits an der Stelle vorbei, wo wir damals von den Echsen überfallen worden sind. Es kommt mir vor wie vor eine Ewigkeit, seit wir hier übernachtet haben. Trotzdem setzt Xenos alles daran, so rasch wie möglich in den Steppenwald zu gelangen.

Schließlich, nach zwei weiteren Tagen, tauchen die ersten kahlen Laubbäume auf, die auch bald schon Oberhand über die Nadelbäume bekommen. Zudem erkenne ich einzelne Unterschlüpfe der Jäger in den Baumkronen. Ein Zeichen, dass wir den freieren Ebenen und den Dörfern nicht mehr allzu fern sind.

Einen halben Tag später prägen vereinzelt aus dem Schnee ragende Heidelbeergewächse die immer größeren Lichtungen und schon bald rotten sich die Bäume zu kleinen Gruppen zusammen, um die wir herum reiten müssen. Von Weitem können wir jetzt Schaf- und Kuhherden erkennen – wir sind wieder in den bewohnteren Gebieten angekommen.

Wenige Tage später sehen wir endlich die Palisadenzäune des Dorfes vor uns, wo wir auf der Hinreise übernachtet haben. Wir sind alle erschöpft und halten uns mehr schlecht als recht auf unseren Pferden, die ebenfalls am Ende ihrer Kräfte sind.

Müde und ermattet reiten wir zur Mittagszeit durch die Tore des Dorfes und ich habe nicht einmal mehr die Energie, die neugierigen Bewohner zu beachten, die sich zu beiden Seiten der Hauptstraße zusammenfinden und uns mustern.

Wir müssen ein klägliches Bild abgeben. Xenos ist der Einzige, der noch Energie zu haben scheint, woher er die nimmt, ist mir schleierhaft. Er steuert zielstrebig auf die Herberge zu, die sich neben dem Dorfplatz befindet.

Nachdem wir abgestiegen sind, übergeben wir die abgehetzten Pferde den Stallknechten, die sofort herbeieilen. Xenos geht uns voran und öffnet die Tür der Schenke. Uns weht der üble Geruch entgegen, der mich schon bei unserem ersten Aufenthalt die Luft hat anhalten lassen.

Der Wirt eilt sofort hinter dem Tresen hervor auf den Zirkelleiter zu und verbeugt sich überschwänglich. »Es ist mir eine große Ehre, Euch abermals als meine Gäste begrüßen zu dürfen!«, ruft er mit hochrotem Kopf und räumt hastig zwei lange Tische ab, damit wir uns hinsetzen können.

Außer uns sind noch ein paar weitere Gäste in der Schenke, die uns ebenso neugierig mustern wie die Leute vorhin auf der Straße. Da wir nun nur noch fünfzehn Personen sind, haben wir ohne Probleme an den beiden Tischen Platz.

Xenos verzichtet darauf, mich vom Rest der Gruppe zu trennen. Ich freue mich über den Becher Bier, der mir gereicht wird, obwohl ich auch diesem Getränk normalerweise nicht viel abgewinnen kann. Aber jetzt erfrischt es mich, auch wenn es nach ranziger Butter schmeckt. Dann bringt uns der Wirt große Schalen voll Reis mit Fleischstücken und einer kräftigen Sauce. Wir schlingen alles herunter, als hätten wir seit Tagen nichts mehr gegessen.

Nach dem Essen ordnet Xenos an, dass für uns alle Bäder bereitgestellt werden, wo wir uns waschen können. Da die Herberge zu wenige Zimmer mit Waschzubern hat, müssen wir uns jeweils zu dritt einen teilen. Aber es macht mir nichts aus, mit Kalindra und Milena zusammen in einer Wanne zu sein, zumal die beiden mich zuerst waschen lassen, ehe sie nacheinander ins Wasser steigen. Es tut gut, sich den Schmutz der letzten Tage vom Körper zu schrubben.

Wir legen frische Kleidung an und begeben uns dann in das Schlafzimmer, wo wir bereits auf der Hinreise übernachtet haben. Da Cerasta sowie eine weitere Magierin von den Gorkas getötet wurden, sind wir nun nur noch drei Frauen, die in diesem Zimmer schlafen und haben massenhaft Platz. Ich bin froh, endlich eine weiche Unterlage anstelle des harten Waldbodens unter mir zu haben, wenn auch die Strohhalme mich durch die Decke pieken.

Am nächsten Morgen erklärt mir Milena, dass Xenos entschieden hat, einen weiteren Tag im Dorf zu bleiben, bis wir uns alle erholt haben. Wir haben noch knapp einen halben Monat Reise vor uns, daher will er, dass wir möglichst ausgeruht aufbrechen.

Milena sieht zwar immer noch mitgenommen aus von ihrer Gefangenschaft bei den Gorkas, aber die Heiler haben ihre Verletzungen behandelt und nur noch in ihren Augen sind die Spuren der Folter zu lesen, die sie erdulden musste. Ich wage mir gar nicht vorzustellen, was die Gorkas ihr alles angetan haben.

In den letzten Tagen haben Reyvan und ich keine Zeit gehabt, um uns zu unterhalten. Er hat meist einen großen Abstand zu mir gehalten, was mich verblüfft hat. Ich weiß nicht, ob er einfach zu erschöpft war, um mit mir zu sprechen, oder ob er absichtlich die Distanz zu mir wahrte, um Xenos nicht weiter zu verärgern.

Jedenfalls fehlt er mir und ich frage mich, wo er jetzt ist. Wahrscheinlich muss er wie ich im Zimmer bleiben, bis wir wieder aufbrechen. Nur zu den Mahlzeiten darf ich hinunter in die Schenke und selbst dann bekomme ich ihn nicht zu Gesicht, da wir zu anderen Zeiten das Essen bekommen.

Am nächsten Morgen ist es so weit und wir brechen wieder auf. Die Rast hat uns allen neue Kräfte gegeben und Xenos hat frische Pferde kaufen lassen, die tänzelnd darauf warten, dass es endlich losgeht.

Als ich aus der Herberge trete, weht ein kühler Wind. Ich sehe Reyvan, der sich gerade in den Sattel schwingt. Er sieht ebenfalls erholt aus und ich lächle ihn an. Er wirft mir jedoch nur einen rätselhaften Blick zu und gibt seinem Pferd leicht die Sporen, um es in die Gruppe der Magier einzureihen.

Ich betrachte verdutzt seinen Rücken, den er mir zukehrt, habe aber keine Zeit, über diese Geste nachzudenken. Milena bringt soeben mein Pferd und bedeutet mir, aufzusteigen. Der Proviant ist aufgefüllt und eine neue Decke sowie ein neuer Umhang aus Öltuch wurden an meinem Sattel befestigt.

Zusätzlich reicht mir Milena einen dicken Umhang aus gewalktem Stoff, den ich anlegen soll. Das Wetter ist inzwischen noch kälter und nässer geworden. Bald wird der Winter Einzug halten.

Leichter Schneeregen fällt und ich wickle den Umhang fest um mich. Wenn das Wetter weiterhin so regnerisch bleibt, werde ich zusätzlich bald den Umhang aus Öltuch anlegen müssen.

Wir brechen auf, von den Abschiedsrufen der Dorfbewohner begleitet. Als wir aus dem Dorfeingang reiten, sehe ich, dass die Verteidigungsanlagen um das Dorf verstärkt worden sind. Dicke Holzpfähle wurden in den Boden gerammt und das Dorf wird von einem zusätzlichen Graben umgeben. Offenbar hat Xenos die Bewohner vor der Gorkameute, die uns bis vor Kurzem verfolgt hat, gewarnt. Ich hoffe, wir haben sie tatsächlich abgehängt und die Vorsichtsmaßnahmen des Dorfes werden nicht benötigt.

Wir reiten eine Weile in scharfem Galopp, bis wir das Dorf nicht mehr sehen können. Dann verfallen unsere Pferde in einen langsameren Schritt und wir gewähren ihnen dieses Tempo. Im Gegensatz zu unserer Flucht vor den Gorkas sind wir nun fast schon gemütlich unterwegs.

Ich bin froh, dass wir durch offeneres Gelände reiten, das besser überschaubar ist. Trotz der Baumgruppen können wir so weit sehen, dass die Vorhut, die Xenos ausgeschickt hat, nicht weiter als eine halbe Stunde vorausreiten muss.

Zur Mittagszeit machen wir an einem Teich halt, essen ein ausgiebiges Mahl und tränken die Pferde. Ich versuche, mit Reyvan Kontakt aufzunehmen, aber er weicht meinem Blick aus. Ich bin verwirrt über sein Verhalten, aber wir werden wieder stärker bewacht, was mich meine Bemühungen nach kurzer Zeit aufgeben lässt.

Also begnüge ich mich damit, an dem saftigen Kaninchenschenkel zu nagen und ins Feuer zu starren. Ich frage mich, warum der Elf plötzlich so reserviert ist. Ob er befürchtet, dass uns Xenos auf die Schliche kommen könnte?

Bald schon brechen wir wieder auf. Glücklicherweise verfallen wir auch jetzt nicht in das halsbrecherische Tempo, das wir noch vor ein paar Tagen hatten. Trotzdem merke ich, dass Xenos uns antreibt. Wenn wir Pech haben, geraten wir in die ersten Schneestürme, die zu dieser Jahreszeit keine Seltenheit sind. Dies möchte der Zirkelleiter vermeiden, aus gutem Grund – der tiefe Winter hier auf der Ebene würde für uns eine tödliche Falle bedeuten. Der Schnee fällt in den ersten Wintertagen oft so dicht, dass wir bald Mühe hätten, voran zu kommen und auf der offenen Steppe würde uns der Wind so eisig ins Gesicht blasen, dass wir erfrieren könnten. Der leichte Schnee, der jetzt auf der Ebene liegt, ist noch gar nichts gegen das, was uns bevorsteht. Daher tun wir gut daran, möglichst rasch zurück in den Zirkel zu kommen, wo warme Kamine auf uns warten.

Auch in den nächsten Tagen beachtet mich Reyvan kaum und wenn, dann sieht er mich emotionslos an, ohne mit mir zu sprechen. Ich bin langsam beunruhigt über sein Verhalten, versuche mir aber meine Verunsicherung nicht anmerken zu lassen.

Bald haben wir das Ende des Steppenwaldes erreicht und gelangen zu der Höhle, in der wir damals auf der Hinreise übernachtet haben. Sie ist immer noch leer, wahrscheinlich hat es sich unter den Höhlenbären herum gesprochen, dass das Leben darin von äußerst kurzer Dauer sein kann.

Die Magier errichten an denselben Stellen wie auf der Hinreise ihre Lagerfeuer. Sie haben sogar ein Fass mit Wein bei sich, das sie zur Feier des Tages öffnen. Eine lange und anstrengende Reise neigt sich dem Ende zu. In einer Woche werden wir zurück im Zirkel sein.

Ich trinke ebenfalls einen Becher Wein und versuche, nicht an den köstlichen Geschmack des Tautropfengetränks in der gläsernen Stadt zu denken. Dieser hier kann es tatsächlich nicht annähernd damit aufnehmen. Trotzdem wärmt er meinen Körper.

Früher als die anderen lege ich mich schlafen.

Letztes Mal, als ich hier im hinteren Teil der Höhle übernachtet habe, war Tascha noch neben mir. Ich fühle mich einsam in meiner Ecke. Aber ich hoffe, endlich unbeobachtet mit Reyvan sprechen zu können, der sich auf der gegenüberliegenden Seite bereits für die Nacht eingerichtet hat.

Uns trennen wie damals knapp fünfzehn Schritt, eine kleine Strecke, aber doch kommt sie mir unüberwindbar vor. Milena sitzt neben mir, um mich zu bewachen, während fünf Magier in der Nähe von Reyvan Stellung bezogen haben. Ich versuche, seine Augen in der Dunkelheit zu erkennen, scheitere aber. Auch als ich mich konzentriere, um ihm etwas sagen zu können, dringe ich nicht zu ihm durch.

Was soll das? Warum ist er auf einmal so abweisend? Wir wollten doch noch unsere Fluchtpläne besprechen. Wenn wir erst einmal im Zirkel sind, werden wir keine Gelegenheit mehr haben, einander zu sehen. Das muss ihm doch klar sein – oder will er etwa gar nicht mehr mit mir fliehen? Vielleicht hat er gemerkt, dass ich nicht die Richtige für ihn bin und ihm ist es die ganze Mühe und den Ärger mit Xenos nicht wert? Ich hatte mich ja immer schon gefragt, was er sich überhaupt aus mir macht. Wahrscheinlich fragt er sich das jetzt auch.

Enttäuscht und voller Selbstzweifel drehe ich mich auf den Rücken und versuche, einzuschlafen. Lange Zeit starre ich an die Höhlendecke und kann keinen Schlaf finden. Als ich endlich doch eindöse, werde ich von einem zischenden Geräusch geweckt, das mich zusammenfahren lässt.

Ich bin einen Moment lang orientierungslos und schaue verwirrt um mich. Milena neben mir ist aufgesprungen und kampfbereit. Auch auf der Seite, auf der Reyvan sich befunden hat, erkenne ich Bewegung im Dunkeln. Rufe werden laut und auf einmal höre ich das Klirren von Stahl und lauten Kampflärm.

Was hat das zu bedeuten? Ich springe ebenfalls hoch, werde von Milena aber sofort wieder zu Boden gedrückt.

»Bleib unten«, weist sie mich leise an und zückt ihr Kurzschwert, das sie an ihrer Hüfte trägt.

Ich tue wie geheißen und versuche, mich so still wie möglich zu verhalten. Jetzt flammt auf einmal eine Kugel über uns auf, die die gesamte Höhle in helles Licht taucht. Xenos.

Die Szene, die sich mir bietet, lässt mich erstarren.

Mindestens zwanzig Gorkas sind in wüste Kämpfe mit den Magiern verwickelt. Ich sehe Blitze aufleuchten, Feuerpfeile, die sich in die brennenden Leiber der Feinde bohren, Gift, das geschleudert wird und Eisbrocken, die durch die Luft fliegen. Reyvan ist mitten unter den Kämpfenden, was mich aufkeuchen lässt.

Er hat von irgendwoher ein Schwert in die Finger bekommen und bewegt sich nun so schnell und flink, dass ich ihm kaum mit meinen Augen folgen kann. Er tötet mit einer Präzision und Schnelligkeit, wie ich sie noch nie gesehen habe.

Gerade als ich denke, dass die Magier Überhand gewinnen, tauchen zu meinem Entsetzen weitere Gorkas im Höhleneingang auf. Ich kann ihre Anzahl in der Dunkelheit nicht erkennen, aber es müssen Dutzende sein. Der Strom scheint nicht abzubrechen, so sehr sich die Magier auch bemühen, ihre Zahl zu dezimieren.

Wie konnten sie uns nur finden? Ich war überzeugt, dass wir sie vor dem Dorf abgehängt hätten. Offenbar war auch Xenos dieser Meinung gewesen, sonst hätte er nicht ein langsameres Tempo angeschlagen und die Sicherheitsmaßnahmen verringert. Wie konnte er sich nur so täuschen? Und Reyvan, hat der nichts von den Verfolgern mitbekommen? Bisher hatte ich immer geglaubt, der Elf sei allen anderen bei Weitem überlegen. Aber anscheinend ist dem nicht so. Oder vielleicht hat seine Distanziertheit in der letzten Woche etwas damit zu tun?

Noch während ich überlege, saust ein Pfeil in meine Richtung und ich werfe mich der Länge nach zu Boden. Milena hat sich nun ebenfalls in das Getümmel gestürzt und kämpft mit den anderen Magiern zusammen.

Aber ich sehe, dass sie langsam ihre Kräfte verlieren. Die Zauber werden immer kürzer und immer weniger Gorkas werden davon getötet. Trotzdem türmen sich die Leichenberge bereits am Höhleneingang und ein hässlicher Gestank nach Blut und Innereien erfüllt den Raum.

Ich würge, bleibe aber möglichst reglos am Boden liegen. Zum Glück befinde ich mich in der hinteren Ecke der Höhle, wo der Schein der Lichtkugel nicht ganz hinkommt. Trotzdem bin ich für jeden gut sichtbar und wäre ein leichtes Opfer. Ich bin froh, dass die Gorkas von den Magiern abgelenkt werden.

Als ich den Blick hebe, sehe ich zu meiner Bestürzung, dass Reyvan stark aus einem Schnitt an seinem Bauch blutet. Trotzdem kämpft er verbissen weiter, schlägt einem Gorka den Kopf ab, um einem weiteren direkt danach das Schwert durch das Herz zu bohren.

Xenos ist ebenfalls mitten im Kampfgetümmel und wirft mit Feuerbällen und Feuerblitzen um sich. Anscheinend fehlt ihm die Zeit, eine Wolke mit flammenden Steinen zu erschaffen. Ich bin sicher, sonst hätte er es schon längst getan. Aber auch die Feuerzauber, die er den Gegnern entgegenschleudert, lassen viele Gorkas in Flammen aufgehen.

Erst jetzt bemerke ich den Lärm, der rund um mich herrscht. Schreie, Klirren und Explosionen erfüllen die Luft, dass ich mir die Ohren zuhalten möchte. Auf einmal ertönen Hörner und ich sehe mit Erleichterung, dass sich die Gorkas zurückziehen. Sie rennen aus der Höhle in die Nacht hinaus und verschwinden im Dunkeln.

Einige Magier nehmen die Verfolgung auf, nur um ein paar Sekunden später wieder zurück zu kommen. Es wäre glatter Selbstmord, die Gorkas in der Dunkelheit zu verfolgen. Wer weiß, ob sie nicht direkt in die Arme der Verstärkung rennen würden.

Als der letzte Gorka niedergestreckt ist, kehrt eine gespenstische Stille ein. Einige Magier liegen stöhnend auf dem Boden, andere sind leblos unter den toten Leibern von Gorkas begraben. Reyvan sitzt schwer atmend an einer Höhlenwand und wird gerade von einem Heiler versorgt. Ich zähle noch fünf Magier, die aufrecht gehen können, darunter auch Xenos und Arian.

Insgesamt haben wir sechs Tote zu beklagen. Außerdem sind weitere vier Magier in einem kritischen Zustand und können nur gerade so notdürftig geheilt werden, dass sie auf einem Pferd sitzen können. Sie werden einen anstrengenden Ritt kaum überleben. Milena und Kalindra sind beide unter den Schwerverletzten und werden gerade von Duhr, der ebenfalls aus einer Wunde am Kopf blutet, versorgt. Neben ihm hat noch ein weiterer Heiler überlebt, der sich um die anderen Verwundeten kümmert. Xenos gibt einigen Magiern Befehl, so rasch wie möglich alles zusammen zu räumen.

Ich bete zu den Göttern, dass die Gorkas nicht so bald zurückkehren, denn wir brauchen mindestens fünf Minuten, bis wir zum Aufbruch bereit sind. Glücklicherweise werden meine Gebete diesmal erhört. Wir reiten los, noch ehe sich die Gorkas neu formiert haben. Trotzdem ertönen ihre Hörner hinter uns, als wir so rasch wie möglich durch die Nacht davongaloppieren.

Ich bin immer noch viel zu überrumpelt, um mich zu wundern, warum die Gorkas uns bis hierher verfolgt haben. Reyvan hatte ja vermutet, dass sie sich nicht in die Steppenwälder vorwagen. Hoffentlich sind wir auf der offenen Steppe, die uns in ein paar Stunden erwartet, sicherer. Immerhin werden wir auf der Ebene unsere Verfolger leichter ausmachen können. Das ist wahrscheinlich auch der Gedanke, den Xenos und Arian hatten, sie preschen so rasch es die Pferde zulassen, auf die Steppe zu.

Hinter uns ertönen die Schlachthörner und ich bilde mir ein, sogar das Kriegsgeheul der Gorkas zu hören.

Kapitel 37

Wir galoppieren eine Stunde lang und verfallen dann in einen raschen Trab. Endlich haben wir die Steppe erreicht. Um die Pferde nicht vollständig zu erschöpfen, werden wir noch etwas langsamer, halten aber nicht an. Als ich mich im Sattel umdrehe, vermeine ich, das Licht von Fackeln hinter uns zu sehen.

Wir reiten tief in die schneebedeckte Ebene hinein, bis ich mich ein weiteres Mal umdrehe. Jetzt sind die Fackeln etwas weiter entfernt, die Gorkas haben angehalten – oder zumindest überlegen sie, ob es sich lohnt, uns in die Steppe zu folgen. Ich hoffe, sie entscheiden sich dagegen.

Wir reiten ein paar weitere Stunden mit nur ganz kurzen Pausen. Langsam bricht die Morgendämmerung an. In ihrem Licht sind wir – aber auch die Gorkas, besser sichtbar. Zu meiner Erleichterung höre ich keine Hörner mehr, und als ich mich abermals umdrehe, kann ich auch keine Verfolger mehr ausmachen. Trotzdem treibt Xenos uns weiter über die Ebene, bis die Pferde vor Erschöpfung zusammenzubrechen drohen. Dann dürfen wir absteigen.

Ich bin inzwischen so müde, dass ich beinah im Sattel einschlafe. Die Pferde sind ebenfalls entkräftet und Duhr und der andere Magier haben alle Hände voll zu tun, die größte Erschöpfung von ihnen zu nehmen. Danach kümmern sie sich um die Verwundeten. Zu meinem Entsetzen sehe ich, dass Milena im Sterben liegt. Auch Kalindra geht es nicht gut und sie liegt bleich auf ihrer Decke.

Xenos ordnet an, dass wir für vier Stunden Rast machen. Dank der flachen Steppe werden wir frühzeitig Bescheid wissen, wenn die Gorkas am Horizont auftauchen.

Die Luft ist kalt und ein eisiger Wind bläst. Ich ziehe den Umhang eng um mich und suche mir einen Platz zum Schlafen, wo es nicht so viel Schnee hat.

Ich habe mich gerade hingelegt, als ich sehe, wie Reyvan ein paar Schritte entfernt zu Xenos tritt. Ich bin so müde, dass ich kaum die Augen offen halten kann, trotzdem treibt mich die Neugier zu wissen, was die beiden zu besprechen haben. Daher strenge ich mein Gehör, das immer noch von der Unsichtbarkeit her äußerst gut ist, an, um sie zu belauschen.

Sie befinden sich nur etwa sieben Schritt neben mir und scheinen nicht zu merken, dass ich noch wach bin, oder zumindest beachten sie mich nicht. Aber sowohl Reyvan als auch Xenos sind mit mir mit dem Armband und dem Ring verbunden und ich bin mir sicher, dass sie wissen, wann ich schlafe und wann ich wach bin.

»Wie um alles in der Welt konntest du so leichtsinnig sein und uns in eine solche Gefahr begeben?«, fährt Reyvan Xenos gerade an.

Ich kann das Gesicht des Zirkelleiters zwar nicht sehen, da er mit dem Rücken zu mir steht, stelle mir aber vor, dass er von der barschen Anrede des Elfen alles andere als erfreut ist.

Das spiegelt sich auch in seiner Stimme wieder, die nun eiskalt und drohend klingt. »Du hast auch gedacht, wir hätten sie abgehängt, Elf«, knurrt er.

»Nein, das habe ich nicht gedacht«, entgegnet Reyvan energisch. »Und ich habe ja auch versucht, dich zu warnen, als wir in diesem Dorf gerastet haben.«

»Erklär du mir nicht, wie ich meine Truppe zu führen habe!«, Xenos spricht so laut, dass ich mich nicht mehr anstrengen muss, um ihn zu hören. »Wenn ich noch ein Widerwort von dir höre, werde ich deine kleine Freundin auf der Stelle töten.«

Reyvan tritt nun näher an den Zirkelleiter heran und seine Augen sind noch fast kälter als die von Xenos als er mit ruhiger Stimme sagt: »Das ist wohl das Einzige, womit du mir drohen kannst, wie? Warum hast du sie bisher überhaupt am Leben gelassen?«

Diese Verwegenheit zieht augenblicklich eine schallende Ohrfeige nach sich.

Aber Reyvan zuckt kaum mit der Wimper, als er ihm das Gesicht erneut zukehrt. »Weißt du was?«, seine Stimme klingt fester als ich erwartet hätte. »Du hast gewonnen. Behalte sie meinetwegen. Ich hatte mein Vergnügen mit ihr und ich kann im Zirkel jede haben, die ich will. Ich brauche sie nicht, um meinen Spaß zu haben. Und wenn das der Preis ist, damit du mich nicht mehr erpressen kannst, dann bezahle ich ihn gerne.«

Ich schaue ihn fassungslos an. Meint er das ernst?

Reyvans Miene bleibt kühl, selbst als er kurz zu mir herab sieht und sich unsere Blicke treffen. Mein Herz scheint in dem Moment in tausend Stücke zu zerbersten und ich spüre, wie mir Tränen in die Augen steigen.

Ich hatte es ja immer vermutet und nun habe ich es von ihm höchstpersönlich gehört: Ich war nur ein belangloses Abenteuer für ihn. Warum hätte er sich auch mehr aus mir machen sollen? Schließlich ist er ein Elf, ein Prinz und er kann wirklich jede Frau auf dieser Welt haben, die er will. Bessere Frauen als mich, Schönere. Warum sollte er ausgerechnet mich wählen? Wo ich ihm doch bisher nur Ärger beschert habe. Wegen mir konnte Xenos ihn erpressen.

Ich fühle mich auf einmal leer und unendlich traurig. Langsam rinnen Tränen meine Wangen herunter und Reyvan wendet den Blick angeekelt von mir ab, als sei ich eine Aussätzige.

»Du gibst sie auf?«, fragt Xenos, nicht minder verwundert als ich.

Reyvan nickt knapp zur Bestätigung.

»Gut, dass wir das geklärt haben«, Xenos klingt selbstgefällig. »Trotzdem weiß ich, dass dir an dieser kleinen Schlampe etwas liegt, da kannst selbst du mich nicht täuschen. Daher werde ich sie in meiner Nähe behalten und falls du dir einen Fehltritt erlaubst, wird sie dafür büßen.«

Damit dreht er sich von Reyvan ab und geht zu seinem Pferd. Reyvan bleibt eine Weile stehen, ohne mich eines weiteren Blickes zu würdigen, dann geht auch er ein paar Schritte weg und lässt sich zum Schlafen auf seine Decke nieder. Er vermeidet jeglichen Blickkontakt mit mir.

Ich bin von seinen Worten immer noch gelähmt und mein Herz schmerzt bei jedem Atemzug. Wie konnte ich mich nur so in ihm täuschen? Er hatte es wirklich nur auf sein Vergnügen abgesehen und es war nie sein Plan, für immer mit mir zusammen zu sein. Dabei hat er sogar einmal gesagt, dass er mich liebt. Aber selbst das war wahrscheinlich gelogen.

Den Rest des kurzen Aufenthaltes verbringe ich damit, mich hin und her zu wälzen. An Schlaf ist nun nicht mehr zu denken. Meine Gedanken überschlagen sich und die Gorkas sind immer noch so nahe, dass sie jederzeit am Horizont auftauchen können.

Als wir nach vier Stunden wieder aufbrechen, fühle ich mich kraftlos und muss mich dazu zwingen, nicht einfach vom Pferd zu fallen und mich meinem Schicksal zu überlassen.

Es hat nun alles keinen Sinn mehr. Ich werde nicht aus dem Zirkel fliehen können, nicht ohne Reyvans Hilfe. Und was würde das auch bringen? Wohin sollte ich? Bei meiner Familie fände mich Xenos sofort und dann würde er wahrscheinlich keine Minute zögern und mich töten, damit ich keine Geheimnisse verraten kann. Und alleine in die Wildnis zu laufen, wäre Selbstmord.

Ich bin verzweifelt und lasse mich mutlos von meinem Pferd über die Steppe tragen, die von einem steten Schneefall und kaltem Wind gepeinigt wird.

Als wir in den nächsten Tagen nichts mehr von den Gorkas sehen, werden die Pausen wieder etwas länger. Ich fühle mich taub und schwach, zwinge meinen Körper zu essen und zu reiten.

In zwei Tagen werden wir den Zirkel erreichen. Dann wird der Alltag wieder einkehren – der Alltag, den ich bis zu meinem Lebensende erdulden muss. Ein Alltag ohne meine Familie, ohne Reyvan, ohne Rana und ohne Tascha. Nur an der Seite von Xenos, der der grausamste Mensch ist, den ich kenne – abgesehen von Moero.

Reyvan hat seit dem Morgen, als er mich frei gegeben hat, jeglichen Kontakt zu oder mit mir vermieden. Die wenigen Male, wenn er mich ansieht, vermeine ich eine Mischung aus Abscheu und Ärger in seinem Blick zu erkennen.

Ich habe keine Möglichkeit mehr, mich mit ihm in Verbindung zu setzen, so sehr ich mich auch bemühe, mit ihm in Gedanken zu sprechen. Wahrscheinlich hat er das Armband ausgezogen und irgendwo in der Steppe liegen lassen. Es tut mir im Herzen weh, dass ich es nicht einmal zurückbekommen habe, denn es war ja das Abschiedsgeschenk meiner Schwester. Jetzt bleibt mir nur noch der Ring von Sen, den ich im Zirkelzimmer in der Kommode aufbewahre und das Kästchen, das mir Rana hoffentlich zurückgibt, ehe ich achtzehn werde.

Nur der Gedanke, dass ich in knapp sechs Monaten etwas über meine leiblichen Eltern erfahre, hält mich davon ab, mein Leben vollständig aufzugeben. Vielleicht hilft mir das Kästchen, doch noch zu fliehen. Vielleicht kann ich meine leiblichen Eltern finden, von denen Xenos zum Glück nichts weiß, und bin bei ihnen in Sicherheit.

Am nächsten Tag beginnt es, immer heftiger zu schneien – der Winter ist endgültig da. Wir reiten so lange wir können, um möglichst weit zu kommen, ehe der Schnee uns den Weg zusätzlich erschwert. Die letzte Nacht, die wir außerhalb des Zirkels verbringen, ist eiskalt. Wir wickeln uns in mehrere Decken und setzen uns dicht ans Feuer, trotzdem dringt die Kälte bis in unsere Knochen.

Am Morgen sind wir alle steif, selbst Xenos und Reyvan zeigen Anzeichen von Unterkühlung. Rasch brechen wir auf, um zum Zirkel zu gelangen. Der Schnee fällt nun in dichten Flocken und unsere Pferde kommen immer langsamer voran.

Als der Mittag anbricht, sind wir noch ein gutes Stück vom Zirkel entfernt und können die Stadtmauern von Lormir zu unserer Rechten erkennen. Trotzdem gewährt uns Xenos nur eine kurze Rast.

Wir meiden die Stadt und reiten direkt weiter zum Magierzirkel. Erst gegen Abend kommen wir dort an. Vor Kälte zitternd, reiten wir durch das Tor auf den Innenhof. Dort werden wir von einigen Dienern und dem stellvertretenden Zirkelleiter Telon empfangen.

Sie haben warme Decken und Getränke für uns bereitgemacht und führen uns rasch in die Gebäude. Xenos und ich werden direkt in seine Gemächer geleitet.

Ich habe keine Möglichkeit mehr, Reyvan zum Abschied einen Blick zuzuwerfen. Das hätte auch wahrscheinlich nicht viel gebracht, denn er hat mit mir ja bereits abgeschlossen.

Ich werde von einer Dienerin, die ich nicht kenne, in mein Zimmer gebracht. Sie hilft mir, meine Reisekleidung abzulegen und lässt mir ein heißes Bad in einem Nebenzimmer ein.

Ich sinke entkräftet in das warme Wasser und lasse meine erschöpften Muskeln und kalten Knochen aufwärmen. Erst jetzt merke ich, dass ich am ganzen Körper zittere.

Als ich in mein Zimmer zurückgeführt werde, bin ich zumindest aufgewärmt und trage wieder meine weiße Dienstkleidung, die mich als persönliche Dienerin des Zirkelleiters auszeichnet. Ein leckeres Abendessen steht für mich bereit, über das ich mich jedoch nur mit gemäßigtem Appetit hermache.

Gerade als ich mich entkleiden will, um schlafen zu gehen, öffnet sich die Tür, ohne dass jemand angeklopft hat. Ich drehe mich um und sehe mich Xenos gegenüber. Er steht im Türrahmen und betrachtet mich stirnrunzelnd. Dann kommt er zu mir und bleibt eine Armlänge vor mir stehen.

»Ich bin gekommen, um mein Versprechen einzulösen«, er zieht mich an sich.

Mir bleibt die Luft weg, als ich seine Lippen auf meinen spüre und versuche, mich aus seiner Umarmung zu entwinden. Er küsst mich jedoch umso härter und hält mich unnachgiebig fest. Als er mich endlich frei gibt, muss ich erst zu Atem kommen. Ich spüre, wie sich etwas in meinem Hals langsam löst.

Xenos hält mich immer noch in seinen Armen und sieht mich mit seinen eisigen Augen an. »Ab sofort kannst du wieder sprechen.«

Ich räuspere mich und habe Mühe, meine Stimme wiederzufinden. Nach all den Monaten scheinen meine Stimmbänder eingerostet zu sein wie unbenutzte Schwerter. Ich räuspere mich abermals, weiß aber nicht, was ich ihm sagen soll.

Xenos lächelt mich von oben herab kalt an. »Du gehörst jetzt mir, du hast den Elf gehört«, in seiner Stimme schwingt eine Spur jener Selbstgefälligkeit mit, die ich bei der letzten Unterhaltung zwischen Reyvan und ihm mitbekommen habe. »Du wirst meine ergebene Dienerin sein und mir uneingeschränkt gehorchen.«

»Und wenn nicht?«, entfährt es mir und ich beiße mir sogleich auf die Zunge. Ich habe vergessen, dass ich wieder sprechen kann.

Xenos hebt amüsiert eine Augenbraue. »Du hast keine andere Wahl, meine Liebe. Es wird einen Tag geben, an dem du mir mit Leib und Seele gehören wirst. Aber zuvor wirst du Zeit haben, dich meiner als würdig zu erweisen. Gib mir den Ring«, er hält seine offene Hand hin.

Ich lege den Ring nur zu gern in seine Handfläche. Je eher ich ihn los bin, desto besser.

Er dreht ihn zwischen den Fingern und betrachtet ihn eine Weile. Dann steckt er ihn in seinen Umhang. »Sieh es als Zeichen meines Vertrauens in dich. Du hast dich auf der Reise einige Male äußerst unangemessen verhalten, aber ich werde darüber hinweg sehen, wenn du mir ab sofort treu ergeben bist. Und falls nicht … nun, das kennst du ja. Es gibt genügend andere Diener, die gerne deinen Platz einnehmen. Und bilde dir nicht ein, dass ich mir so viel aus dir mache, dass ich dich nicht aus deinem Dienst … entlasse!«

Damit verlässt er mein Zimmer und schließt die Tür hinter sich ab. Ich bleibe wie angewurzelt mitten im Zimmer stehen. Womit habe ich das verdient? Zuerst verlässt mich Reyvan und jetzt setzt mich Xenos auch noch unter Druck.

Verzweifelt lege ich mich ins Bett und kann nicht einmal die weiche Matratze und die warme Decke richtig genießen, auf die ich mich wochenlang gefreut hatte.

In den nächsten Tagen bekomme ich Xenos so gut wie nie zu Gesicht. Er scheint vollends damit beschäftigt zu sein, seine Arbeit als Zirkelleiter wieder aufzunehmen und ich werde mit unzähligen Aufgaben beauftragt.

Mit großer Erleichterung habe ich das silberne Kästchen in meiner Kommode gefunden. Rana muss es in meiner Abwesenheit dort hinein getan haben. Ich bin verblüfft, dass sie es unbemerkt in mein Zimmer bringen konnte. Immerhin eine Person, der noch etwas an mir zu liegen scheint.

Nach ein paar Tagen fühle ich mich trotz der anstrengenden Arbeit erholter. Dennoch füllt eine Leere mein Inneres. Reyvan fehlt mir bei jedem Atemzug und ich kann immer noch nicht verstehen, warum er mich einfach fallen gelassen hat.

Ich befolge mechanisch Xenos' Befehle und mein Körper erledigt alle Arbeiten. Aber in Gedanken bin ich weit weg. Die einzige Kraft, jeden Morgen aufzustehen, schöpfe ich aus der Hoffnung, dass das Kästchen mir etwas über meine Herkunft verraten kann.

Ich kann es kaum erwarten, bis mein Geburtstag endlich kommt und ich es werde öffnen können.

Kapitel 38

Der Winter bricht mit einer Härte herein, wie schon lange nicht mehr und verwandelt die Landschaft in eine weiße Wüste. Seine Kälte kriecht in die hintersten Winkel des Zirkels.

Ich stehe am Fenster und schaue den Schneeflocken zu, die auf den Innenhof fallen und dort wie von Geisterhand verschwinden. Am Glas haben sich vor Kälte Eisblumen gebildet. Ich zeichne die filigranen Figuren mit dem Finger nach. Die Dämmerung ist herein gebrochen und umfängt die Landschaft mit ihren kalten, grauen Fingern.

Ich habe bereits mein Abendessen gegessen, nachdem ich Xenos seine Lieblingsspeise gekocht hatte. Inzwischen scheint er mir mehr zu vertrauen als zu Beginn unserer Rückkehr in den Zirkel. Er lässt mich zumindest nicht mehr andauernd im Zimmer einsperren. Ich habe für meinen Teil kein Bedürfnis, von mir aus im Zirkel herum zu wandern, zumal ich genau weiß, dass Xenos mir sofort meine wenigen Freiheiten wieder nimmt, würde er davon erfahren. Und das will ich nicht riskieren. Es war schon schlimm genug, während der langen Reise zur Stadt der Elfen stumm zu sein. Wenn er mich nochmals mit diesem Unsichtbarkeitszauber belegt, weiß ich nicht, ob ich das überstehen werde.

In den vergangenen Monaten habe ich mich langsam von Reyvans plötzlichem Bruch mit mir erholen können. Trotzdem schmerzt es immer noch, wenn ich an unsere gemeinsame Zeit zurück denke – so kurz sie auch war. Ich hatte ihn in mein Herz gelassen, auch wenn ich ihm nie meine tatsächlichen Gefühle mitteilen konnte. Ich hatte immer einen Restzweifel, ob er auch mit mir zusammen sein will. Und diese Zweifel haben sich umso schmerzhafter als berechtigt erwiesen.

Aber vielleicht ist es besser so. Wir hätten sowieso nie eine gemeinsame Zukunft haben können, selbst wenn uns die Flucht gelungen wäre. Dadurch, dass ich ein Mensch bin und er ein Elf, hätte die Zeit gegen uns gearbeitet. Ich wäre alt und runzelig geworden und er immer noch jung und stark geblieben. Er hätte niemals mit mir weiter zusammen sein wollen, wenn ich eine alte, nutzlose Frau ohne jegliche Elementbegabung gewesen wäre.

Daher hat er vielleicht genau das Richtige getan, als er sich von mir los sagte. So bleiben ihm sorglose, restliche Jahre als Pfand im Zirkel, ehe er in die gläserne Stadt zu seinem Volk zurückkehren und eine schöne Elfin heiraten kann. So sehr ich auch über seine Entscheidung enttäuscht und verletzt bin, ich gönne ihm trotzdem eine glückliche Zukunft.

Fast empfinde ich absurderweise so etwas wie Frieden, als ich jetzt den dicken Schneeflocken zuschaue, die ihren ganz eigenen Tanz vor meinem Fenster aufführen. Zum ersten Mal in meinem Leben weiß ich, wie es weitergehen und wie es enden wird. Ich werde Dienerin von Xenos bleiben, bis er mich nicht mehr gebrauchen kann. Dann werde ich sterben.

Es bringt nichts, wenn ich weiterhin versuche, gegen Xenos oder mein Schicksal anzukämpfen. Es war an dem Tag besiegelt, als ich sechzehn Jahre alt wurde, keine Elementbegabung hatte und hierher kam. Selbst wenn ich dem silbernen Kästchen etwas über meine Herkunft entlocken könnte, es würde nichts an meiner Situation ändern. Ich hätte niemals die Kraft oder Möglichkeit, den Zirkel zu verlassen.

In einem Monat sollte die schlimmste Kälte vorbei sein. Mit Anbruch des Frühlings kommen auch bald schon die neuen Magierlehrlinge aus Lormir. Ich werde von all dem nicht viel mitbekommen, da ich hier in den Gemächern von Xenos dienen werde. Und dann werde ich endlich achtzehn und kann das Kästchen öffnen.

Ich starre in die Nacht hinaus. Der Himmel ist sternenklar und ich lausche dem Knistern des Feuers, das im Kamin meines Zimmers brennt. Bis morgen bleiben mir noch neun Stunden. Das heißt, ich kann jetzt noch mindestens eine Stunde lang auf meinem Bett etwas lesen und die Wärme unter der Bettdecke genießen.

Ich will mich gerade vom Fenster weg drehen, als ich eine Bewegung unten auf dem Innenhof erkenne. Oder nein, ich glaube, ich habe mich getäuscht. Es kann sich auch nur um ein paar Schneeflocken gehandelt haben, die ein seltsameres Muster tanzten als üblich.

Ich wende mich wieder ab und gehe zum Bett.

Auf dem kleinen Nachttisch liegt das Buch über die Geschichte von Lormir, das ich gerade lese. Eine Dienerin hat es mir gebracht. Es handelt von dem Krieg zwischen den Elfen und den Magiern. Ob König Saryon damals schon lebte? Und seine Kinder? Die Geschichten erwähnen keine Namen. Wahrscheinlich, um jeglichen Wahrheitsgehalt verleugnen zu können, sollte es nötig sein.

Trotzdem stelle ich mir im Geiste vor, wie Saryon damals über die Steppe von Lormir geritten ist, gegen die Magier kämpfte und schließlich mit ihnen ein Bündnis einging, das den Frieden wahren sollte. Von einem Pfand steht hier auch nichts, nur, dass die Magier und Elfen übereingekommen sind. Dafür sind die Kämpfe umso detaillierter beschrieben, natürlich immer zugunsten der Magier.

Ich muss daran denken, wie Reyvan damals gegen fünf Gorkas gekämpft hat, wie er sich elegant bewegte, als er seinen tödlichen Tanz vollführte und einer nach dem anderen seinem Dolch zum Opfer fiel.

Wieder spüre ich diesen Stich in meinem Herzen, als ich an ihn denke. Wie lange wird es wohl dauern, bis ich mich von dieser Enttäuschung erholt habe? Bis ich an seine dunkelblauen Augen und sein sinnliches Lächeln denken kann, ohne fast in Tränen auszubrechen?

Ich lege das Buch weg und kuschle mich unter die Decke. Die Kerze neben dem Bett puste ich aus und schaue dem Feuer im Kamin zu, das nun die einzige Lichtquelle ist. Es strahlt Wärme und Geborgenheit aus und wirft tanzende Schatten auf die Wände und den Boden.

Langsam fallen meine Augen zu und ich döse ein. Ich träume davon, wie ich über die Steppe reite, auf einem schwarzen Pferd, dessen wunderschöne Mähne im Wind flattert. Ich bin alleine, galoppiere über das Gras. Mein Haar ist offen und ich werfe die Hände in die Luft, um die ganze Kraft der Freiheit in mich aufzusaugen. Plötzlich dreht der Wind, wird kühler. Ich beginne zu frieren, habe aber keinen Umhang, den ich anlegen könnte. Mein Atem wirft durchsichtige Wolken und ich zittere. Dann falle ich, falle vom Pferd, der Boden verschwindet und ich falle in eine bodenlose Dunkelheit, immer tiefer.

Mit einem Schrei wache ich auf und merke, dass ich tatsächlich friere. Das Feuer ist ausgegangen und das Fenster steht offen. Wie um alles in der Welt ist es aufgegangen? Ich bin mir sicher, dass es geschlossen war, als ich auf den Innenhof geschaut habe. Zitternd wühle ich mich aus der Decke und setze einen Fuß auf den kalten Boden. Nur der Mond erleuchtet die Umgebung und weist den Schneeflocken den Weg in mein Zimmer. Ich taste im Halbdunkel um mich, um einen Umhang zu suchen.

Hastig ziehe ich ihn an, um mich nicht zu erkälten und gehe zum Fenster hinüber. Dabei bemerke ich zu meiner Linken eine Bewegung in der Dunkelheit. Ich bleibe stehen. War es Einbildung? Plötzlich habe ich das beklemmende Gefühl, dass jemand im Raum ist.

Ich schließe rasch das Fenster und gehe zum Bett zurück. Dabei lasse ich die dunkle Ecke nicht aus den Augen. Aber dort regt sich jetzt nichts mehr. Ich krieche unter die Decke, um meine zitternden Glieder zu beruhigen. Dann zünde ich eine Kerze an, die auf meinem Nachttisch steht.

Ich brauche einige Minuten, um die Feuersteine zum Brennen zu bringen. Mein Bruder Sen hätte das viel rascher gekonnt, schießt es mir durch den Kopf. Als die kleine Flamme endlich brennt, stelle ich die Kerze wieder auf den Nachttisch. Jetzt wird mein Zimmer immerhin etwas erleuchtet.

Trotzdem habe ich keine Möglichkeit, die dunkle Ecke zu sehen und mir fehlt der Mut, nochmals aufzustehen und nachzuschauen, ob dort wirklich etwas ist. Also bleibe ich möglichst ruhig liegen und starre gebannt in die Richtung, wo ich die Bewegung vermutet hatte. Aber ich bin leider viel zu müde und meine Augen fallen mir immer wieder zu. Schließlich schlafe ich ein und träume immerhin nicht mehr von einem Reitunfall.

Am nächsten Morgen stehe ich früh auf, um für Xenos das Frühstück vorzubereiten. Mein erster Blick fällt in die Zimmerecke. Wie zu erwarten ist natürlich niemand dort. Auch das Fenster ist geschlossen. Also war das alles wahrscheinlich doch nur Einbildung – oder vielleicht habe ich gar geträumt, denn die Kerze neben meinem Bett scheint nicht viel stärker heruntergebrannt zu sein, als ich in Erinnerung habe. Wenn sie die ganze Nacht gebrannt hätte, wäre sie jetzt aufgebraucht.

Ich lege meine Dienerkleidung an und mache mich auf, in die Gemächer von Xenos, wo ich mich in die kleine Küche begebe. Inzwischen weiß ich auswendig, was er morgens gerne isst. Dazu schneide ich ein paar Scheiben frisches Brot, das von einer der Dienerinnen bereits früh in seine Gemächer gebracht wurde. Das Ganze wird durch einen Becher Milch vervollständigt.

Ich staple alles auf ein Tablett und bringe es in Xenos' Arbeitszimmer, wo der Zirkelleiter bereits an seinem Schreibtisch sitzt, in Arbeit versunken. Er hebt kurz den Blick, als ich hereinkomme, nur um mir dann mit einem Wink zu verstehen zu geben, ich solle alles auf den Tisch stellen und wieder gehen. Ich bin froh, je weniger ich mit ihm zu tun habe, desto besser.

Rasch verschwinde ich in der Küche, die ich fein säuberlich aufräume. Dann beginne ich, sein Bett zu machen. Jedes Mal läuft es mir eiskalt den Rücken runter wenn ich daran denken muss, dass er einmal sagte, er hole mich in sein Bett, sobald ich etwas älter sei. Wie viel älter? Wenn ich achtzehn bin?

Ich will nicht sein Bett mit ihm teilen, will nicht von ihm angefasst werden. Aber es bringt nichts, wenn ich mich gegen ihn wehre. Er ist viel zu stark und zu mächtig und würde mich entweder zwingen oder töten – je nachdem, wonach ihm gerade an dem Tag der Sinn steht.

Ich beeile mich mit meiner Arbeit und gehe zurück in sein Arbeitszimmer.

»Braucht Ihr mich noch für etwas?«, frage ich wie üblich.

Er schaut kurz hoch und schüttelt den Kopf. Dann hält er inne. »Warte, komm mal her«, ich tue wie geheißen. »Du musst etwas gegen dein widerspenstiges Haar unternehmen.«

Ich schaue ihn verdutzt an. Seit wann interessiert ihn mein Haar? Reflexartig greife ich nach ein paar Strähnen, die sich unter meiner Haube gelöst haben.

»Ja, genau, die meine ich«, er schaut mich tadelnd an. »Das lenkt mich von meiner Arbeit ab. Bitte sorge dafür, dass sie dir nicht mehr ins Gesicht fallen.«

»Entschuldigt bitte«, stammle ich, unsicher, wie ich mich verhalten soll. »Ich werde in Zukunft darauf achten.«

Er nickt zufrieden. »Und noch etwas. In einem Monat werde ich für einige Tage unterwegs sein. Ich muss in mehrere Dörfer in der Nähe, um dort für Ordnung zu sorgen. Ich will, dass mein Laboratorium tadellos aufgeräumt ist, wenn ich zurückkomme. Und ich will auch, dass du ansonsten nirgendwo im Zirkel deinen Fuß hinsetzt. Falls doch, werde ich es wissen, verstanden?«

Ich nicke nochmals. Ich werde mich hüten, ohne Erlaubnis im Zirkel herum zu wandeln. »Soll ich etwas für Eure Reise vorbereiten?«

»Ja, hier hast du eine Liste mit den Dingen, die bis dahin erledigt werden müssen«, er gibt mir einen Zettel mit einer endlos langen Aufzählung. Oje … hätte ich doch bloß nicht gefragt. »Ach ja, falls es dich interessiert: dein Elf hat bereits zwei neue Freundinnen«, er mustert mein Gesicht, um die Reaktion auf diese Nachricht zu prüfen.

Ich sehe ihn schockiert an. Ganz offensichtlich hat Reyvan keine Zeit verloren, sein leeres Bett zu wärmen. Ich schlage die Augen nieder, damit Xenos meinen Schmerz darin nicht sieht.

»Immerhin weißt du jetzt, dass du nicht mehr als ein flüchtiges Abenteuer für ihn warst«, fährt er in einem Ton fort, als wäre es die unwichtigste Nebensache der Welt.

Ich unterdrücke ein Schluchzen. Ich hatte eben noch gedacht, ich wäre über den Elf hinweg und jetzt dies. Ich zweifle keine Sekunde daran, dass Xenos die Wahrheit sagt. Es wäre unter seiner Würde, mich wegen so etwas anzulügen.

Die Wunden in meinem Herzen klaffen von Neuem auf und ich spüre einen stechenden Schmerz in meiner Brust.

»Darf ich gehen … bitte?«, ich kann ihn nicht anzuschauen.

»Ja, du darfst. Aber hüte dich davor, an einen anderen Ort zu gehen, als in dein Zimmer.«

»Werde ich nicht«, ich verlasse den Raum so rasch es geht.

»Und komm um die Mittagszeit wieder zu mir!«, ruft mir Xenos nach.

Ich renne durch den Gang, die Treppe herunter in mein Zimmer und werfe mich auf mein Bett. Wie konnte ich mich nur derart in Reyvan täuschen und warum hat er es so sehr darauf abgesehen, mich zu verletzen? Reicht es nicht, dass er sich von mir los gesagt hat? Muss er auch noch gleich mit zwei Magierinnen etwas anfangen, sobald er wieder zurück im Zirkel ist?

In meine Trauer mischt sich Wut und Ärger darüber, dass der Elf so gemein mit mir gespielt, mich benutzt hat. Ich weine, bis ich keine Tränen mehr habe und fühle mich elend.

Als ich am Mittag das Essen für Xenos koche, sind meine Augen geschwollen und mehrere Tränen vermischen sich ungewollt mit der Suppe, die ich zubereite. Ich serviere sie Xenos wortlos in seinem Arbeitszimmer und warte, bis er damit fertig ist. In der Zwischenzeit räume ich die Küche auf.

Gerade als ich gehen will, ruft mich Xenos abermals in sein Zimmer. Ich stelle mich neben seinen Schreibtisch.

»Ich sehe, die Nachricht hat dich härter getroffen, als ich gedacht habe. Was empfindest du für den Elf?«, will er wissen.

Ich stutze. Seit wann will er über Gefühle sprechen? Und vor allem, was gehen ihn die meinen an? Trotzdem wage ich nicht, ihm keine Antwort zu geben.

Nach kurzem Überlegen entscheide ich, dass ich ihm einfach nur die Wahrheit sagen werde. Alles andere würde er ohnehin sofort durchschauen. »Ich habe einmal gedacht, er bedeute alles für mich. Aber nun fühle ich mich einfach nur noch leer. Und ich hasse ihn … dafür, was er mir angetan hat.«

Xenos sieht mich stirnrunzelnd an. »Gut«, entgegnet er nur und fährt nach einer Pause fort: »Ich hoffe, du hast deine Lektion daraus gelernt. Ab sofort befehle ich dir, jeglichen Gedanken an den Elf aus deinem Kopf zu verbannen. Er ist es nicht wert und ich will, dass du nur für mich da bist.« Er steht auf und nimmt meine Hand.

Ich muss den Kopf in den Nacken legen, um ihn ansehen zu können.

»Alia«, seine Stimme ist rau und er legt meine Hand auf seine Brust, hält sie mit beiden Händen dort fest. »Du wirst lernen, mir allein zu gehören und glaub mir, du wirst es nicht bereuen.«

Dann streicht er mir überraschend leicht über die Wange, ehe er meinen Kopf in beide Hände nimmt.

Ich lasse es widerstandslos zu. Ich habe ja ohnehin keine Wahl.

Als er seinen Kopf zu mir herunter senkt, schließe ich reflexartig die Augen.

Ich bin erstaunt von der Sanftheit, mit der er mich küsst. Zum ersten Mal fühle ich seine Lippen weich und warm auf meinen und versinke in der Empfindung.

Nach mehreren Sekunden gibt er mich wieder frei und schaut mir in die Augen. Ich vermeine fast, so etwas wie Wärme darin zu erkennen, wären sie nicht von Natur aus eisig blau und kalt.

Er schaut mich lange an und küsst mich noch einmal. Ich bin verwirrt und erstaunt zugleich darüber, was ich empfinde. Wenn ich die Augen schließe, kann ich mir fast Reyvan vorstellen, wie er mein Gesicht liebkost.

Ich gebe jeglichen Widerstand auf und lasse Xenos meinen Mund erkunden, lasse mich an seine Brust drücken und spüre seine Erregung, sein Verlangen nach meinem Körper. In mir beginnt sich ebenfalls eine Sehnsucht zu regen.

Auf einmal stößt er mich mit einer Bestimmtheit weg, dass ich für einen Augenblick fast das Gleichgewicht verliere.

»Genug!«, keucht er. »Das wird nicht wieder passieren. Geh jetzt!«

Verwirrt von den Gefühlen, die er in mir herauf beschworen hat, verlasse ich fluchtartig das Zimmer und kehre in mein eigenes zurück. Ich kann keinen klaren Gedanken fassen, ich bin viel zu durcheinander. Für einen Moment habe ich mich in seinen Armen so gefühlt wie damals bei Reyvan – und es hat mir gefallen, hat all meine Gefühle wieder hervorgerufen, die ich seit Monaten erfolgreich unterdrückt habe.

Falls dies die einzige Möglichkeit ist, jemals wieder dasselbe empfinden zu können wie für den Elf, werde ich keine Sekunde zögern, um sie zu ergreifen. Ich bin selbst erstaunt und erschreckt von meiner Begierde. Sie gilt nicht einmal dem Verlangen nach körperlicher Befriedigung, sondern vielmehr dem Gefühl, begehrt – und beschützt zu werden. Geborgenheit. Ich hatte aufgegeben, so etwas je wieder zu fühlen.

Den Rest des Tages beginne ich, die lange Liste, die Xenos mir gegeben hat, abzuarbeiten, um mich abzulenken. Als es Abend wird, muss ich wieder in die Gemächer des Zirkelleiters zurückkehren, um das Abendessen für ihn zu kochen. Es kostet mich einiges an Überwindung, da ich keine Ahnung habe, wie ich ihm gegenübertreten soll.

Umso erleichterter bin ich, als ich seine Gemächer leer vorfinde. Offenbar isst er heute nicht im Zimmer. Das heißt für mich, dass ich früher Feierabend habe. Ich kehre in mein Schlafzimmer zurück und warte auf die Dienerin, die mir mein Abendessen bringt. Inzwischen bin ich daran gewöhnt, nicht mit den Dienern zu sprechen und sie meiden ihrerseits jeglichen Kontakt mit mir. Wahrscheinlich haben sie Angst, von Xenos hart bestraft zu werden, falls sie auch nur ein Wort mit mir wechseln.

Nachdem ich gegessen habe, gehe ich früh zu Bett. Morgen und in den kommenden Wochen werden anstrengende Tage auf mich zukommen. Ich muss noch einiges erledigen, bevor Xenos aufbricht und habe kaum Zeit dafür.

Beispielsweise müssen all seine Kleider ausgebessert werden, die er mitnimmt, denn wenn er zurückkommt, wird der Frühling anbrechen. Also muss er sowohl die dickste Winterkleidung, wie auch leichtere Kleider auf die Reise mitnehmen. Und von der vergangenen Reise sind alle seine Kleider zerrissen und abgenutzt. Daher werde ich Stunden damit verbringen müssen, die Löcher zu stopfen und die Lederverstärkungen neu einzusetzen. Zudem müssen weitere Vorkehrungen getroffen werden, wie beispielsweise eine genaue Proviantplanung, Reiseplanung und so weiter. All das hat er mir aufgetragen.

Den nächsten Monat bin ich so beschäftigt mit den Reisevorbereitungen, dass ich kaum merke, wie der Schnee schmilzt und die Tage etwas weniger kalt sind. Trotzdem bleibt immer noch eine feine Schneeschicht übrig. Erst in einem Monat, wenn die Sommersonnenwende stattfindet, wird der Schnee gänzlich verschwunden sein und die Sonne sogar Lormir etwas Wärme schenken. Aber bis dahin bleibt es hier im Norden von Altra noch kühl.

Seit dem letzten Kuss hat sich Xenos von mir fern gehalten. Das ist mir nur recht, denn ich kann immer noch nichts mit den Gefühlen anfangen, die ich dabei empfunden hatte. Ich bin mir inzwischen ziemlich sicher, dass ich mich nicht zu ihm als Person hingezogen fühle, dafür ist er viel zu grausam. Trotzdem vermisse ich körperliche Nähe und Geborgenheit.

Aber glücklicherweise wird Xenos nun erst mal einige Zeit weg sein und ich kann mir darüber klar werden, was ich eigentlich will – oder was ich gewillt bin, Xenos zu geben.

Kapitel 39

Am Tag seiner Abreise fällt unser Abschied kurz und distanziert aus. Er reitet in Begleitung mehrerer Kampfmagier. Ich erkenne darunter auch Arian und Duhr, während ich sie vom Zimmer aus beobachte, wie sie das Tor passieren.

Als Xenos verschwunden ist, atme ich erleichtert aus. Er wird erst in einigen Tagen wieder zurückkehren und bis dahin habe ich endlich etwas mehr Zeit für mich. Abgesehen davon, dass ich natürlich sein Laboratorium putzen soll und auch ansonsten einige aufwendige Arbeiten erhalten habe. Je früher ich damit anfange, umso besser.

Also gehe ich unverzüglich in das Laboratorium. Xenos hat mir den Schlüssel dafür hier gelassen. Er scheint mir in der Zwischenzeit tatsächlich zu vertrauen und ich will ihn auch keinesfalls enttäuschen. Sorgfältig beginne ich, die Bücher alphabetisch in die Regale zu räumen. Dabei staube ich alle gründlich ab und achte darauf, sie mit äußerster Behutsamkeit zu behandeln. Diese Arbeit zieht sich bis spät in den Abend hinein. Als ich endlich fertig bin damit, schließe ich das Zimmer ab und lege die Kette um meinen Hals. Morgen werde ich mich daran machen, die losen Papiere zu ordnen.

Nachdem ich in mein Zimmer zurückgekehrt bin, sehe ich, dass jemand bereits mein Abendessen hingestellt hat. Ein paar Stücke Brot und Käse. Nach dem Essen feure ich den Kamin nochmals stärker an, lösche das Licht und schlüpfe unter die Decke. Der Tag war anstrengend und morgen wird es ebenso weitergehen. Bisher hatte ich immer mehrere Tage, bis ich das Laboratorium fertig aufgeräumt und alles sauber gemacht hatte, das wird auch dieses Mal wieder so sein.

Ich döse langsam ein – und schrecke von einem Geräusch am Fenster hoch. Ich bin mir nicht sicher, ob ich das gerade geträumt habe, oder nicht, aber es hat sich wie ein Kratzen angehört. Vielleicht war es auch nur Einbildung. Ich liege mit offenen Augen wach und lausche.

Da! Da war es wieder. Eindeutig ein Kratzen.

Ich richte mich im Bett auf und starre wie gebannt in die Dunkelheit, zum Fenster, das sich mir direkt gegenüber befindet. Die Nacht ist so schwarz, dass ich nichts erkennen kann draußen. Meine Augen tränen fast vor Anstrengung, als ich das Fenster fixiere.

Plötzlich springt es ohne Vorwarnung auf und mir entfährt ein leiser Schrei. Eine schwarze Gestalt schlüpft herein.

Mein Herz schlägt jetzt so laut, dass es im gesamten Zirkel zu hören sein muss. Ich weiß nicht, was ich tun soll … wer ist das? Wer bricht in mein Zimmer ein, mitten in der Nacht? Ich wage kaum zu atmen, als er – oder sie? – nun direkt auf mein Bett zukommt.

Vor dem Kamin bleibt die Gestalt stehen. Ihre Silhouette hebt sich schwarz vor der Glut ab.

Ich weiche in den äußersten Winkel des Bettes zurück, als sie sich über mich beugen will.

»Schhh, ich bin's.«

Die Stimme kenn ich doch … aber nein, das ist nicht möglich. Warum sollte Reyvan hierher kommen? Will er mich etwa weiter quälen? Hat er mir nicht schon genug angetan? Plötzliche Wut und Hass flammen in mir auf wie die Glut im Kamin, als gerade ein kleines Scheit zerbricht.

»Verlass mein Zimmer! Auf der Stelle!«, fahre ich ihn an.

Ich sehe, wie sein Kopf, dessen Gesicht ich immer noch nicht erkennen kann, zurückschnellt, als hätte ich ihm eine Ohrfeige verpasst. Gut so.

Trotzdem setzt er sich auf die Bettkante und ich kann sein Profil gegen die kleinen Flammen, die nun wieder im Kamin züngeln und das Zimmer etwas heller erleuchten, erkennen.

Er ist so attraktiv wie ich ihn in Erinnerung hatte. Ich ziehe die Decke über meinen nackten Körper, als ob ich mich vor seiner Schönheit schützen wollte.

»Du hast hier nichts verloren! Geh!«, meine Stimme überschlägt sich fast.

Er wendet mir sein Gesicht wieder zu und ich kann seine Augen erkennen. »Du hast recht, das habe ich verdient«, murmelt er und seine Stimme klingt kleinlaut. »Aber bitte, lass mich erklären.«

»Es gibt nichts mehr zu sagen und deine Lügen können mir gestohlen bleiben! Ich weiß, was ich wissen muss! Auch von deinen neuen … Gefährtinnen.«

»Bitte …«, er macht sich nicht einmal die Mühe, meinen Vorwurf abzustreiten. »Hör mir bitte zu. Ich muss es zumindest versuchen zu erklären.

Dann werde ich dich nie mehr belästigen und dich für alle Zeit in Ruhe lassen, wenn du das möchtest.« Seine Stimme klingt so flehentlich und verzweifelt, dass ich merke, wie ich trotz meinem Zorn weich werde.

»Also gut, du hast eine Minute. Und dann will ich dich nicht mehr sehen!«

Er atmet hörbar auf. »Danke, das ist mehr als ich verdient habe …«

Er steht auf und zündet ein paar Kerzen an, damit es im Zimmer heller ist. Ich verfolge jede seiner anmutigen Bewegungen, die Decke immer noch umklammert wie eine Ertrinkende.

Ein Kloss bildet sich in meinem Hals, als ich seinen Körper sich elegant durch den Raum bewegen sehe. Warum zieht er mich immer noch in seinen Bann? Ich schüttle den Kopf, um die verwirrenden Gefühle los zu werden, die er tief in mir beschwört. Jedoch ohne Erfolg.

»Ich will, dass du mich dabei ansehen kannst, damit du merkst, wie ernst es mir ist«, er setzt sich wieder auf die Bettkante.

»Warum hast du dich von mir losgesagt?«, fauche ich, ohne darauf einzugehen.

»Ich habe mich nicht von dir losgesagt. Niemals. Das könnte ich nicht. Du bedeutest mir … alles.«

»Lüg mich nicht an! Ich habe es doch gehört!«, ich bin versucht, auszuspucken, beherrsche mich aber und starre ihn stattdessen böse an.

»Nein, das ist die Wahrheit. Ich liebe dich, mehr als alles andere auf der Welt.«

»Und warum hast du dann schon wieder zwei neue Freundinnen, kaum dass wir zurückgekehrt sind?!«

»Das sind keine richtigen Freundinnen. Ich habe nicht einmal eine davon geküsst. Ich habe sie nur dazu überredet, sich mit mir in der Öffentlichkeit zu zeigen, damit Xenos meint, dass ich mir nichts aus dir mache und auch nie gemacht habe. Das alles soll dich schützen und ihn in Sicherheit wiegen.«

»Weshalb hast du nicht versucht, mir das alles zu erklären, ehe wir in den Zirkel zurückgekehrt sind?!«, meine Wut auf ihn ist ungebändigt.

Reyvan sieht mich an. »Alia, deine Bestürzung musste echt aussehen, verstehst du das?«

Ich schüttle den Kopf und starre ihn weiterhin wütend an.

Er holt tief Luft. »Xenos musste dir vollständig vertrauen, damit er uns nicht mehr so streng überwachen lässt. Das hätte er nicht, hätte ich dich nicht frei gegeben. Er hätte immer vermutet, dass ich dich befreie – oder zumindest versuche, dir nahe zu sein. Glaub mir, es ist mir schwerer gefallen als alles, was ich in meinem bisherigen Leben machen musste, ihm all diese schändlichen Dinge ins Gesicht zu sagen … vor dir. Aber nur so warst du sicher … waren wir sicher.« Jetzt nimmt er meine Hand in seine und ich wehre mich nicht. »Alia, ich habe nie aufgehört, dich zu lieben. Die letzten Monate waren ein Albtraum ohne dich. Aber es war die einzige Möglichkeit, damit wir fliehen können. Ich brauche jedoch deine Hilfe dazu.«

Ich bin immer noch nicht gewillt, ihm einfach alles zu verzeihen. Zu stark habe ich gelitten in den letzten Monaten. Das wäre bestimmt alles auch irgendwie anders gegangen … ohne … ohne diesen Schmerz.

Er sieht mich liebevoll an und streicht mir über die Wange. Eine Geste, die ich so vermisst habe, dass mir die Tränen in die Augen treten.

»Warum hast du mir so wehtun müssen?«, flüstere ich mit tränenerstickter Stimme.

»Cíara, ich weiß, wie du gelitten hast, denn ich hatte die ganze Zeit dein Armband«, er trägt es tatsächlich noch an seinem linken Handgelenk, als er nun die Hemdärmel etwas nach oben schiebt. »Es tut mir unendlich leid, aber ich sah keine andere Möglichkeit. Ich will mit dir weg von hier und wenn Xenos dir nicht vertraut hätte, würde er immer noch sowohl mich als auch dich auf Schritt und Tritt überwachen lassen.«

Er wischt mir eine Träne weg, die über meine Wange rollt. Und dann beugt er seinen Kopf zu mir herunter und küsst mich – auf seine leidenschaftliche Art, dass mir das Herz fast stehen bleibt. Das ist zu viel … ich beginne noch während dem Kuss zu schluchzen und kann gar nicht mehr aufhören.

Er nimmt mich in seine Arme und wiegt mich, wie damals, als ich vom magischen Turnier und meiner Assistenz dabei erfahren habe. All meine Sorge, Angst und mein Kummer lösen sich. Es tut so gut, dass er wieder bei mir ist. Dass ich ihn hier bei mir habe, er mir versichert hat, dass er mich liebt, mit mir zusammen sein will.

Nach einer Ewigkeit beruhige ich mich und er sieht mich mit dunklen Augen an. Erst jetzt bemerke ich, dass die Decke von meinem Oberkörper gerutscht ist und meine Brüste entblößt haben. Dazwischen baumelt die Kette mit dem Schlüssel zum Laboratorium.

Er hebt eine Hand und schiebt die Decke wieder nach oben.

»Zieh dir bitte etwas an, so kann ich mich nicht lange beherrschen«, er reicht mir mit einem schiefen Lächeln meinen Umhang. »Und wir haben noch ein paar Dinge zu besprechen.«

Als ich den Stoff übergeworfen habe, setzt er sich wieder und nimmt mich in den Arm. »Cíara, es tut mir so leid, ich hoffe, du kannst mir irgendwann verzeihen.«

Ich schaue ihm in die Augen und weiß, dass ich das längst habe. Aber das soll er noch nicht wissen. Trotzdem spielt ein zuversichtliches Lächeln um seine Mundwinkel. Ich hatte schon wieder vergessen, dass er die Gabe des Gedankenlesens hat.

»Ich liebe dich, Alia«, er küsst mich nochmals leidenschaftlich. Als er sich von mir wieder gelöst hat, räuspert er sich. »So schwer es mir auch fällt, dich nicht auf der Stelle in diesem Bett weiter davon zu überzeugen, dass ich dich vermisst habe, lass uns erst besprechen, wie wir von hier fliehen können. Xenos ist ja glücklicherweise für die nächsten Tage verreist und offenbar lässt er dich weniger stark bewachen als früher«, ein Grinsen erhellt sein Gesicht. »Was auch immer du gemacht hast, es hat bewirkt, dass er dir nun hundertprozentig vertraut.«

Rasch schlage ich die Augen nieder, damit er meine Verlegenheit nicht sieht und starre auf meine Hände. Er hebt mein Kinn sanft an und sieht mir in die Augen. »Egal, was es war, Cíara, ich vertraue dir.«

Ich senke abermals den Blick und versuche nicht an den letzten Kuss zwischen Xenos und mir zu denken. Irgendwie fühle ich mich, als hätte ich Reyvan hintergangen.

Aber selbst wenn er es aus meinen Gedanken gelesen hat, es scheint ihm nicht im geringsten Sorgen zu bereiten. »Also, hast du eine Möglichkeit, in den Gemächern von Xenos nach etwas zu suchen, das uns helfen könnte, von hier zu verschwinden?«

»Ich muss in der nächsten Zeit sein Laboratorium aufräumen«, ich deute auf den Schlüssel um meinen Hals. »Vielleicht findet sich dort etwas? Allerdings bewahrt er seine wichtigsten Unterlagen in einer Vitrine auf, zu der ich den Schlüssel nicht habe.«

Reyvan überlegt einen Moment. »Ich bin mir sicher, ich werde diese Vitrine irgendwie öffnen können. Oder könnte es zumindest probieren. Gibt es eine Sicherheitsvorrichtung, die verhindert, dass jemand anders als du oder er in das Zimmer kann – außer dem Schlüssel?«

Ich zucke mit den Schultern. »Keine Ahnung. Ich glaube nicht.«

Ich finde es komisch, dass ich noch vor wenigen Minuten gedacht hatte, dass ich Reyvan nie wieder sehen werde und mich mit meinem Schicksal als Xenos' Dienerin abgefunden hatte – und nun sitze ich hier mit dem Elf, er hat mir seine Liebe gestanden und wir schmieden Fluchtpläne … das alles ist irgendwie absurd.

Aber Reyvan scheint es nicht im Mindesten zu verstören. Seine Augen glänzen voller Tatendrang und ich muss zugeben, dass er mich damit langsam ansteckt.

»Gut, dann werde ich mir das mal ansehen. Aber nicht heute, ich war schon lange hier und ich weiß nicht, ob er dich tatsächlich nicht überwachen lässt. Nun ja, zumindest habe ich bei meinen früheren Besuchen nichts dergleichen gesehen, aber man weiß ja nie.«

Ich starre ihn entsetzt an. »Frühere Besuche?«

Jetzt lächelt er wieder verschlagen und wirkt sogar ein bisschen verlegen. »Nun … ich habe mich bereits ein paarmal in der Nacht zu dir geschlichen. Ich musste doch wissen, ob dieses Monstrum dich tatsächlich gut behandelt und ich hatte Sehnsucht nach dir. Einmal hättest du mich sogar fast entdeckt – ich war so unvorsichtig und habe das Fenster zu laut geöffnet. Du hast übrigens hinreißend ausgesehen, wie du da nackt im Mondlicht standest …«

Weiter kommt er nicht, denn ich trommle jetzt mit meinen Fäusten gegen seine Brust. »Du Schuft, wie kannst du wie ein Dieb in mein Zimmer schleichen, ohne mich wissen zulassen, dass du da bist! Du hättest mir viele Stunden der Trauer ersparen können!«, ich bin tatsächlich wütend auf ihn und muss mich beherrschen, nicht so laut zu schreien, dass jemand im Zirkel auf uns aufmerksam wird.

Er hält lachend meine Hände fest und wirft mich dann rittlings auf das Bett. Mit dem Gewicht seines Körpers zwingt er mich, liegen zu bleiben und beugt sich über mich.

»Es tut mir leid, Cíara. Lass es mich wieder gut machen.«

Seine Augen funkeln, als er den Umhang zur Seite schiebt, den ich mir übergeworfen habe.

Ich versuche zwar, mich halbherzig zu wehren, aber seine Küsse brennen wie Feuer auf meiner Haut und entlocken mir ein ungewolltes Stöhnen, was einen sündigen Blick von ihm nach sich zieht.

Und dann bleibt er doch länger, als er vorhatte, ehe er wieder in die Nacht hinaus verschwindet.

Am nächsten Tag stehe ich früher auf als üblich. Ich kann es kaum erwarten, Reyvan wieder zu sehen. Wir haben vereinbart, uns um fünf Uhr, wenn die meisten Magier noch schlafen, vor dem Laboratorium zu treffen. Er hat dabei den schwierigeren Teil zu meistern. Es ist den Magiern unter der Höchststrafe verboten, ohne Erlaubnis zu den Gemächern der Räte oder gar des Zirkelleiters hoch zu gehen. Falls ihn jemand sieht, wie er die Treppe zu Xenos' Räumen hinauf geht, wird er wahrscheinlich abermals ausgepeitscht und in den Kerker geworfen. Und wir können unsere Flucht vergessen.

Angespannt warte ich vor dem Laboratorium und hoffe, dass niemand außer Reyvan den Gang entlang kommt. Ich befürchte, er hat verschlafen, oder es sich doch noch anders überlegt, als er um fünf Uhr immer noch nicht da ist. Schon bin ich versucht, den Schlüssel ins Schlüsselloch zu stecken, damit ich rasch im Laboratorium verschwinden könnte, sollte jemand anderes im Gang auftauchen.

Zu meiner Erleichterung entdecke ich in dem Augenblick den Elf, der so lautlos wie ein Schatten den Gang entlangkommt. Er grinst über das ganze Gesicht.

»Ich hoffe, du hast gut geschlafen, Cíara?«, sagt er leise, als er mich zur Begrüßung in die Arme nimmt und einen dicken Kuss gibt.

Seine Augen blitzen vergnügt. Natürlich hatte ich nicht so viel Schlaf, wie ich gebraucht hätte – und er ist nicht ganz unschuldig daran. Ich verzichte aber auf eine Antwort und öffne die Tür.

Zum ersten Mal komme ich mir wie ein Eindringling vor, als ich nun das Laboratorium betrete, obwohl ich schon ein paar Mal hier war, um aufzuräumen. So leise wie möglich schließe ich die Tür hinter uns wieder ab.

Reyvan lässt seinen Blick durch den Raum schweifen und pfeift anerkennend. »Alle Achtung, der Mann ist ja tatsächlich ein Tüftler.« Er geht zu dem Labortisch, den er vorsichtig begutachtet. Dann fällt sein Blick auf den Visor und er atmet hörbar ein. »Ein Visor«, flüstert er ehrfürchtig und geht ein paar Schritte darauf zu, hütet sich aber davor, ihn zu berühren.

Offenbar kennt er dieses Instrument, das einem sofort das Leben aussaugen kann, wenn man nicht stark genug für seine Magie ist.

»Ich habe mal von so etwas gehört, aber noch nie einen leibhaftig gesehen«, er umkreist das runde Gerät, um es von allen Seiten zu begutachten.

»Xenos hat mir damit meine Familie gezeigt«, ich trete neben ihn.

»Ach ja?«, er hebt eine Augenbraue. »Wie … ›nett‹ von ihm …«, seine Stimme trieft vor Sarkasmus.

Dann geht er zu der Vitrine, in der mehrere Bücher stehen, die uralt aussehen. »Und das hier ist die Vitrine?«, er streicht mit den Fingern sachte über das Schloss.

Ich nicke.

»Hm, ist nicht durch einen Zauber gesichert«, er untersucht den Mechanismus weiter. »Erstaunlich, ich hätte gedacht, er würde jeden tödlichen Zauber darauf anwenden, den er kennt. Aber er scheint sich in Sicherheit zu wiegen. Bist du die Einzige, die hier Zutritt hat?« Wieder nicke ich. »Dann vertraut er dir noch mehr als ich gedacht habe …«

Er holt einen Bund Dietriche aus seiner Tasche und beginnt, damit zu hantieren.

»Glaubst du tatsächlich, damit kannst du das Schloss öffnen?«, ich schaue ihm skeptisch zu.

»Ein Versuch ist es wert, oder? Ich habe auch noch andere Methoden auf Lager, aber meist sind die simpelsten diejenigen, die zum Erfolg führen.«

Er probiert einen anderen Dietrich aus, der länger und schlanker ist. Ich habe noch nie dabei zugesehen, wie jemand ein Schloss knackt und bin nun umso faszinierter, wie er geschickt beide Dietriche bis zur Hälfte hinein schiebt und ganz sachte zu drehen beginnt.

Nach ein paar Sekunden höre ich ein leises Knacken und die Tür der Vitrine springt auf.

»Siehst du, was hab ich gesagt! Ich bin einfach gut«, Reyvan sieht mich triumphierend an.

»Hast du das etwa auch von deinem Onkel gelernt?«

Er grinst und verstaut seine Dietriche wieder in der Tasche.

Kapitel 40

Selbst wenn ich bezweifle, dass wir etwas Nützliches für unsere Flucht finden, ich bin trotzdem neugierig, was Xenos in den Büchern, die er so akribisch wegschließt, aufgeschrieben hat.

Ich nehme vorsichtig eines aus der Vitrine und trage es zum Labortisch. Es ist erstaunlich schwer. Auch Reyvan hat eines ausgewählt und blättert darin herum.

»Hm, das kann ich nicht lesen«, er greift nach einem anderen.

Ich schlage das Buch auf, das ich ausgewählt habe und staune nicht schlecht. Es handelt sich um Tausende von Formeln, die untereinander aufgeschrieben sind. Mystische Zeichen komplettieren die Kritzeleien. Was hat das nur zu bedeuten?

Ich blättere weiter und sehe mir die Formeln etwas genauer an. Wahrscheinlich handelt es sich um ein Notizbuch seiner Experimente. Oben rechts steht immer ein Datum. Ich bin verblüfft, dass das Buch bereits über zweihundert Jahre alt zu sein scheint. Kein Wunder, sind seine Seiten vergilbt und drohen auseinanderzufallen.

Da jedoch nichts darin steht, mit dem wir etwas anfangen können, lege ich es schlussendlich zurück in die Vitrine, sorgfältig darauf bedacht, es an denselben Platz zurück zu stellen, wo es vorhin war. Ich hoffe nur, Xenos findet nie heraus, dass wir sein Heiligtum geöffnet haben.

Dann nehme ich ein anderes Buch. Immerhin handelt es sich hier um einen Text. Ich beginne zu lesen – und lasse das Buch vor Schrecken fast fallen. Es handelt sich um Zaubersprüche. Aber nicht um solche, wie ich sie bei meiner Vorbereitung auf das Turnier bereits gelesen habe … diese hier beinhalten schwarze Magie. Sind darauf abgezielt, die Wärme von anderen Wesen abzuziehen und für den Zauber zu verwenden.

Reyvan ist hinter mich getreten und sieht mir über die Schulter. »Ich sagte ja, das kann man nicht lesen«, murmelt er.

Verwirrt drehe ich mich zu ihm um. Warum kann er das nicht lesen? Es stehen doch klar lesbar die Worte vor mir, die man verwenden muss, um sein Gegenüber mit seiner eigenen Energie zu töten.

»Du kannst das nicht lesen?«, frage ich ihn langsam.

»Nein … du etwa?«

»Ja.«

Der Elf sieht mich erstaunt an. »Wirklich? Vielleicht steckt mehr in dir, als wir vermutet haben«, er runzelt nachdenklich die Stirn. »Was steht denn da?«

»Das ist schwarze Magie.« Er scheint nicht sonderlich überrascht zu sein. »Meinst du, es hat etwas damit zu tun, dass ich mit einem Schwarzmagier hierher kam als ich klein war, dass ich das lesen kann?«, frage ich.

Reyvan schüttelt den Kopf. »Ich weiß nicht. Habe wirklich noch nie davon gehört, dass schwarze Magie in einem Buch aufgeschrieben wurde, das ist unter der Todesstrafe verboten. Und warum du das lesen kannst … wir haben jetzt keine Zeit, um das zu hinterfragen.« Dann zuckt er mit den Schultern. »Nun ja, jetzt sind wir schon mal hier und du hast dieses Buch gefunden. Lass uns zumindest sehen, warum Xenos es wegschließt. Es muss ihm ja irgendetwas bedeuten, sonst hätte er es bestimmt längst vernichtet.«

Ich nicke und blättere weiter in dem Buch. Reyvan steht immer noch neben mir und schaut zu, auch wenn er aus den Zeichen, die das Buch enthält, nicht schlau wird.

Auf einer Seite, die ein schwarzes Amulett zeigt, halte ich an.

Das Amulett kenn ich doch … das ist das, welches Xenos immer trägt. Ich hatte mich noch nie gefragt, warum, hatte einfach gedacht, das gehöre dazu, wenn man ein Zirkelleiter ist. Zumal auch die anderen Zirkelleiter, die zum Turnier gekommen waren, solche Amulette trugen. Nie hätte ich sie in den Zusammenhang mit schwarzer Magie gebracht. Aber anscheinend besteht da irgendeine Verbindung.

Ich beginne zu lesen – und stoße einen entsetzten Laut aus.

»Was denn? Was hat es mit den Amuletten auf sich?«, Reyvan scheint zumindest die Zeichnung erkannt zu haben.

»Das … das sind Gefäße«, stottere ich. »Xenos ist ein Schwarzmagier. Er kann damit die Energie anderer Wesen sammeln und für seine Zauber gebrauchen. Darum ist er so mächtig.«

Reyvan hebt die Augenbrauen, sagt sonst aber nichts.

»Du scheinst nicht gerade erstaunt zu sein«, bemerke ich als ich mich zu ihm umdrehe.

Er runzelt die Stirn. »Ich hatte das schon vermutet, als er dir diesen Unsichtbarkeitszauber auferlegte«, sagt er nun. »Der ist nämlich nur zu wirken, wenn man die Energie eines anderen Wesens verwendet. Daher warst du auch so stark versucht, dich der Nacht anzuschließen. Die schwarze Magie und die Nacht gehen einher wie Bruder und Schwester. Und beide rufen sich. Vielleicht ...«, er sieht mich eindringlich an. »Vielleicht kannst du deswegen dieses Buch lesen – weil du von der schwarzen Magie eines menschlichen Magiers berührt worden bist ...«

Ich senke den Blick und starre die Zeichnung nochmals an.

Darum hat Xenos also derart darauf bestanden, dass ich keinem etwas von dieser Unsichtbarkeit verrate. Er hat schwarze Magie gewirkt, nur, um mich von Reyvan fernzuhalten. Ich spüre Ekel in mir aufsteigen.

Aber da ist noch mehr ... ich erinnere mich, dass das Amulett beim Aufnahmeritual der Jungmagier in den Zirkel geleuchtet hat. Er wird doch nicht ... die Magier mussten damals einen Zauber wirken, der ihre Kräfte bei Weitem überstieg. Vielleicht konnte er so ihre Energie aufsaugen, bis sie starben – und danach von ihm und den anderen Räten wiedererweckt wurden. Ich schaudere bei dem Gedanken. Einige wurden nicht wieder erweckt ... deren Energie hat Xenos wahrscheinlich behalten ... genau wie ... wie bei der Aufnahmezeremonie in Lormir, als der eine Junge der Prüfung von Xenos nicht standhalten konnte. Auf einmal weiß ich mit unbestimmter Gewissheit, dass Xenos auch damals die Energie des Jungen absorbierte und in seinem Amulett speicherte.

Mir wird übel und Reyvan sieht mich prüfend an. »Was hast du, Ciara.«

»Ich ... ich muss hier raus ... bitte, lass uns gehen.«

Nach einem zweiten, forschenden Blick nickt er, nimmt mir das Buch aus den zitternden Händen und legt es wieder in die Vitrine zurück, die er sorgfältig verschleißt.

Wir verlassen eilig das Laboratorium und kehren in mein Zimmer zurück. Glücklicherweise begegnen wir unterwegs niemandem.

Als ich auf meinem Bett sitze merke ich erst, dass ich die ganze Zeit kaum zu atmen gewagt habe. Wenn Xenos erfährt, dass ich sein dunkelstes Geheimnis kenne, wird er mich auf der Stelle töten. Und er *wird* es erfahren, ich bin eine zu schlechte Lügnerin, um vor ihm mein Entsetzen zu verbergen. Mein Entsetzen darüber, dass er die Jungmagier nur aus dem Grund tötet, um ihre Energie in seinem Amulett zu speichern. Um seine Macht zu mehren.

»Kleine, du bist ja ganz bleich und zitterst«, Reyvan setzt sich neben mich und nimmt meine Hände in seine. »Da ist doch noch mehr, sag es mir.«

Ich schüttle den Kopf. Ich kann es ihm nicht sagen, er wäre ebenso in Gefahr wie ich. Vielleicht ist er das schon, da ich ihm bereits zu viel über das Amulett erzählt habe.

»Ich muss es wissen«, murmelt er jetzt eindringlich. »Sonst kann ich dir nicht helfen.«

»Ich würde dich in Gefahr bringen«, meine Stimme klingt schrill vor Angst. »Bitte, zwing mich nicht, es dir zu erzählen.«

»Cíara, hat er dir etwas angetan?« Ich schüttle den Kopf. »Was ist es dann?«

Ich schaue ihn an und sehe ehrliche Sorge in seinen dunkelblauen Augen. »Wir müssen hier weg. Wir dürfen nicht länger hier sein. Wenn er zurückkommt und erfährt, dass ich etwas von dem Amulett weiß, wird er mich töten – und dich ebenfalls.«

Reyvan küsst mich auf das Haar. »Gut, wir werden so rasch wie möglich fliehen. Aber wir können dies weder heute noch morgen riskieren. Ich muss einiges dafür vorbereiten.«

»Und wir müssen Rana mitnehmen«, sage ich unvermittelt. »Wir können sie nicht hier lassen. Xenos weiß, dass sie mir viel bedeutet und würde sie foltern, um heraus zu finden, wohin wir geflohen sind«, ich halte inne. »Wohin wollen wir überhaupt fliehen? Nach Lormir zu meiner Familie können wir nicht. Zu deinem Volk?«

Reyvan schüttelt den Kopf. »Nein, das wäre zu offensichtlich und würde nur unnötigen Ärger mit meiner Familie zur Folge haben. Ich müsste ja noch ein paar Jährchen hier bleiben … sie werden schon sauer genug auf mich sein, wenn sie erfahren, dass ich mit dir geflohen bin und meine Zeit im Zirkel nicht abgesessen habe – und sie ein neues Pfand schicken müssen.«

»Wen werden sie schicken?«

Reyvan hebt die Schultern und lässt sie wieder sinken. »Wahrscheinlich jemanden aus dem Volk. Denn mein Bruder und ich waren ja bereits hier und ein zweites Mal dürfen wir nicht als Pfand ausgewählt werden. Und meine Schwestern wird Vater niemals hierher schicken.«

»Was … was passiert mit deiner Tätowierung?«, ich streiche über seine rechte Wange.

Er zuckt abermals mit den Schultern. »Normalerweise entfernen die Magier diese, wenn man seine Zeit abgesessen hat, doch ich denke nicht, dass sie das machen, wenn wir fliehen. Nun ja, sie steht mir doch gut, oder?«, er lächelt mich entwaffnend an. »Dann behalte ich sie eben.«

»Aber jeder wird dich als Pfand des Zirkels erkennen.«

»Nur die Magier. Die anderen Einwohner von Altra wissen nichts von dem Bündnis. Ich muss einfach aufpassen, dass ich keinem Magier über den Weg laufe.«

»Hm, mir ist trotzdem nicht wohl dabei. Vielleicht finden wir ja jemanden, der sie wegzaubern kann.«

»Das bezweifle ich. Es müsste jemand vom Zirkel von Lormir sein und dann auch noch ein Heiler. Und ich glaube nicht, dass jemand vom Zirkel das macht und somit freiwillig den Zorn von Xenos auf sich zieht …«

»Hm …«, ich schaue nachdenklich zum Fenster hinaus. »Also zu meiner und zu deiner Familie können wir nicht fliehen. Wohin aber dann?«

Er schweigt lange und als ich mich wieder zu ihm umdrehe, sehe ich in seinem Gesicht einen kurzen Kampf, als ob er sich selbst überzeugen müsste, mir etwas zu sagen. Schließlich atmet er tief durch. »Du hast doch einmal gesagt, dass du wissen möchtest, wo dieser Schwarzmagier ist, da er dir vielleicht helfen könnte, etwas über deine Vergangenheit zu erfahren«, beginnt er vorsichtig.

»Ja, aber wir wissen ja nicht, wohin er verbannt wurde.«

Er sieht mich vielsagend an.

»Du weißt es?!«, rufe ich entgeistert. »Warum hast du mir denn nichts gesagt?«

Er legt beruhigend eine Hand auf meinen Arm. »Weil das damals nicht von Bedeutung war. Du musstest dich auf das Turnier vorbereiten und überleben. Es hätte nichts gebracht, wenn ich es dir gesagt hätte, wo wir doch alles daran setzen mussten, deinen hübschen Hintern zu retten.«

Ich schnaube entrüstet. Aber eigentlich hat er ja recht; es hätte damals wirklich nichts an meiner Situation geändert. »Und wo lebt er?«, presse ich zwischen den Zähnen hervor.

»In den Eiswäldern«, kommt prompt seine Antwort.

»Was?!«, rufe ich entsetzt.

»In – den – Eiswäldern«, wiederholt er, nun etwas lauter und langsamer, als wäre ich schwer von Begriff. Seine Augen blitzen vergnügt.

»Ich hab verstanden, wo er lebt!«, fahre ich ihn an. Wie kann er jetzt die Nerven haben, Witze zu reißen? »Aber wie um alles in der Welt sollen wir dorthin gelangen?!«

Ich bin verzweifelt. Die Eiswälder befinden sich hoch im Norden von Lormir. Der tiefste Winter ist zwar vorüber, aber ohne richtige Ausrüstung haben wir keine Möglichkeit, der tödlichen Kälte zu trotzen. Wir werden starke Pferde und dicke Mäntel brauchen und so viel Proviant wie wir tragen können. Wie wollen wir das alles unbemerkt aus dem Zirkel schaffen? Reyvan scheint meine Gedanken erraten zu haben.

»Das lass meine Sorge sein«, grinst er. »Ich werde mich darum kümmern, dass wir alles Nötige dabei haben. Und Rana kann ich ebenfalls über unseren Plan verständigen. Ich sehe sie oft genug im Speisesaal. Die Frage ist eher, wie *du* von hier verschwinden kannst.« Er nimmt meine Hand in seine. »Immerhin trägst du den Ring nicht mehr. Das ist schon einmal ein Vorteil, den Rana, du und ich teilen. Aber du wirst nicht unbemerkt aus den oberen Stockwerken nach unten gelangen können – die Treppen werden bewacht, dafür hat Xenos gesorgt. So sehr scheint er dir auch wieder nicht zu vertrauen. Selbst ich hatte Mühe, an den Kampfmagiern vorbei zu schleichen. Hinzu kommt, dass Moero seine Gemächer ebenfalls hier oben hat.«

Das wusste ich nicht … ich hatte mich nicht gefragt, wohin mich Rana an meinem ersten Tag hier im Zirkel geführt hat, als wir in das Arbeitszimmer des Eunuchen gehen mussten. Auf dem Hinweg hatte ich jegliche Orientierung verloren und auf dem Rückweg war ich viel zu wütend auf Moero gewesen, als dass ich mir den Weg gemerkt hätte.

Das heißt, er war die ganze Zeit in meiner Nähe … wie unheimlich.

»Können wir uns nicht einfach an seinen Gemächern und den Wachen vorbei schleichen?«, frage ich hoffnungsvoll.

»Ich schon, du nicht«, entgegnet er nüchtern. »Du würdest viel zu viel Lärm machen, da du nicht schleichen kannst. Und der Eunuch hört unglaublich gut, er kann eine Maus atmen hören, wenn er will.«

»Und wenn du es mir beibringst? Zu Schleichen, meine ich?«

Er sieht mich abwägend an, wie man ein Pferd auf seinen Preis schätzt.

»Hm, eine interessante Idee. Aber wir haben leider zu wenig Zeit. Xenos wird in ein paar Tagen zurück sein. Lass mich überlegen ...«

Er denkt eine Weile nach und steht auf, um an das Fenster zu gehen.

»Ja, das könnte funktionieren«, er dreht sich so rasch zu mir um, dass ich zusammen zucke. »Wir könnten dich aus dem Fenster abseilen. Es besteht jedoch eine kleine Gefahr. Du wirst nirgendwo, außer auf Moeros Balkon, Halt finden. Und den darfst du natürlich nicht berühren, sonst schlägt der Eunuch Alarm. Aber es könnte klappen.« Wieder fährt sein Blick prüfend über meinen Körper. »Und ich werde dir anständige Kleidung besorgen. Mit diesen Dienstkleidern würden ja alle unter dein Röckchen sehen, wenn du dich abseilst«, er zwinkert mir zu.

»Was wird denn sein, wenn wir unten sind?«, frage ich, bemüht, seinen anzüglichen Spruch zu überhören. »Wie kommen wir aus dem Tor?«

»Da werden wir improvisieren müssen. Aber vertrau mir, darin bin ich ein Meister, wie du ja auch schon am eigenen Leib erfahren durftest«, er grinst frech und stützt sich auf dem Fenstersims ab.

»Wie konntest du damals den Zirkel verlassen, als du mich in der Arena besucht hast?«, diese Frage hat mich schon ein paarmal beschäftigt.

Reyvan verschränkt die Arme und wirft mir einen verschlagenen Blick zu. »Ich hatte damals eine der Wächterinnen ... sagen wir ... davon überzeugt, dass ich dringend noch einmal in die Arena musste. Aber das spielt nun keine Rolle. Selbst wenn du genauso gut schleichen könntest wie ich, würden wir einen Plan brauchen, um das Tor irgendwie zu öffnen.«

Er stößt sich vom Fenstersims ab und schlendert zu mir. Wieder einmal schaue ich fasziniert seinen Muskeln zu, die sich unter seiner Kleidung abzeichnen. Als er bei mir ankommt, streicht er mir sanft mit einem Finger über die Wange und lächelt mich aufmunternd an. »Vertrau mir, ich werde alles in die Wege leiten – ich hab da schon so eine Idee, wie wir die Wächter dazu bringen können, das Tor für uns zu öffnen. Du wirst hier bleiben und weiterhin so tun, als wärst du die treuste Dienerin in ganz Altra und deine Aufgaben erledigen. Warte, bis ich dich wieder in deinem Zimmer besuchen komme. Es kann ein bisschen dauern, aber halte dich bereit. Und pack schon einmal alles ein, was du mitnehmen willst«, er schaut sich in meinem Zimmer um. »Nun ja, viel wird es wahrscheinlich nicht sein.«

Ich muss ihm recht geben. Viel habe ich tatsächlich nicht, das meiste ist in meinem alten Zimmer geblieben.

»Ich muss jetzt los«, er küsst mich noch einmal und huscht so leise wie eine Katze aus dem Zimmer.

Ich bleibe eine Weile sitzen. Er stellt sich das alles so einfach vor … aber ich glaube nicht, dass es das werden wird. Vielleicht werden wir gefasst, ehe wir den Innenhof überqueren können. Oder gar getötet. Und was, wenn Xenos früher zurückkehrt, als geplant? Eigentlich sollte er mindestens sechs Tage lang unterwegs sein, aber er könnte es sich auch anders überlegen, oder etwas vergessen haben. Oder aus sonst einem Grund früher wieder hier sein. Und dann wird er sofort wissen, dass ich sein Geheimnis herausgefunden habe und mich qualvoll töten. Ich zittere wieder bei dem Gedanken. Aber ich muss jetzt so tun, als würde ich wie immer meine Aufgaben erledigen.

Ich zucke zusammen, als es an der Tür klopft und erwarte schon fast, dass Xenos eintritt. Aber es ist nur die Dienerin, die mir das Frühstück bringt. Mir ist jedoch jeglicher Appetit vergangen. Trotzdem würge ich ein paar Bissen herunter, um sie nicht misstrauisch zu machen und kehre dann in das Laboratorium zurück, um aufzuräumen. Beim Blick auf die Vitrine fröstle ich.

Ich muss wirklich schnellstmöglich weg von hier.

Kapitel 41

Leider vergehen die nächsten zwei Tage, ohne dass Reyvan wieder auftaucht. Ich bin inzwischen so nervös, dass ich kaum schlafen oder essen kann und habe das Gefühl, die Zeit rennt mir davon. Xenos wird bald wieder hier sein – und dann ist es zu spät, um zu fliehen.

Ich habe zudem Bedenken bezüglich unseres Ziels. Wir haben keine Ahnung, wo genau dieser Schwarzmagier sich aufhält. Wir könnten Monate in den Eiswäldern umherirren, bis wir ihn finden. Und wer weiß, ob er überhaupt noch lebt? Und falls doch, ob er uns nicht einfach umbringt? Nur weil er mich damals als Kleinkind verschonte, heißt das ja nicht, dass er es jetzt immer noch genauso handhabt.

Je mehr Zeit verstreicht, desto unsicherer werde ich. Zumal ich keine Ahnung habe, wie wir unbemerkt das Tor passieren wollen, das Tag und Nacht bewacht wird und zudem die meiste Zeit geschlossen ist. Denn über dem Tor befindet sich ein Wehrgang, von dem aus der gesamte Bereich vor und hinter den Zirkelmauern überblickt werden kann. Selbst wenn wir es hindurch schaffen, könnten die Kampfmagier, die das Tor bewachen, uns noch lange sehen – und uns mit einem gezielten Zauber zur Strecke bringen. Es ist alles so unsicher und gewagt, dass ich mir schon fast überlege, nicht zu fliehen.

Gerade als meine Zweifel mich zu überwältigen drohen, klopft es eines Abends an meine Tür. Ich nehme an, es ist mein Abendessen, das heute ziemlich lange auf sich warten ließ. Tatsächlich kommt die Dienerin mit einem Tablett herein, auf dem ein bescheidenes Essen steht.

Ich bin so in Gedanken versunken, dass ich sie erst erkenne, als sie direkt vor mir steht.

»Rana!«, ich springe auf.

Sie umarmt mich zur Begrüßung. »Alia, ich hab dich so vermisst!«, eine Träne rinnt über ihre Wange.

»Was machst du denn hier? Darfst du überhaupt hier sein?«

Rana sieht verlegen zu Boden. »Eigentlich nicht, aber ich habe die Dienerin, die dir sonst das Abendessen bringt, dazu überredet. Oder besser, Reyvan hat mir dabei geholfen, und sie … abgelenkt.«

Ich hebe eine Augenbraue – abgelenkt? Das kann nur bedeuten, er hat sie mit seinem Charme umgarnt.

Rana ahnt, was ich denke. »Keine Angst, er hat nur Augen für dich und deswegen bin ich auch hierhergekommen. Ich soll dir ausrichten, dass wir heute Nacht noch fliehen.«

Mein Puls beschleunigt sich bei diesen Worten. Zwei Tage hatte ich es kaum ausgehalten, noch in meinem Zimmer zu sein und jetzt soll ich es innert weniger Stunden bereits für immer verlassen – aus dem Zirkel fliehen, mit Reyvan und Rana.

Mir wird ganz schwindelig bei dem Gedanken, dass wir es endlich wagen.

»Du kommst also mit?«, frage ich.

Rana nickt. »Ja, ich werde mit euch kommen. Ihr braucht mich für die Flucht und ich bin ebenfalls froh, wenn ich den Zirkel verlassen kann und nicht bis an mein Lebensende eine Dienerin sein muss. Zudem trage ich ja keinen Ring – das heißt, Xenos kann mich ebenfalls nicht finden.« Sie zwinkert mir verschwörerisch zu.

Ich bin erleichtert über ihre Entscheidung. Xenos hätte sie ansonsten wahrscheinlich zu Tode gefoltert. »Und wie sieht der Plan aus?«

»Kurz nach Mitternacht geht es los. Ich habe unter meinem Gewand ein Seil versteckt«, sie kramt es hervor.

Es ist schwarz und so dünn, dass ich starke Zweifel hege, dass es mein Gewicht halten wird.

»Hier, es ist Elfenarbeit. Reyvan hat es mir gegeben. Zudem hat es die Eigenschaft, dass es nicht irgendwo befestigt werden muss. Es hält, sobald man es ihm befiehlt. Oder so ähnlich … genau habe ich den Zauber nicht verstanden, als Reyvan es mir zu erklären versuchte. Vielleicht probierst du es erst mal aus, ehe du dich damit abseilst.«

Ich nehme das Seil entgegen. »Danke. Und wie komme ich an Moeros Balkon vorbei?«

»Ich werde ihn in der Zwischenzeit ablenken, indem ich ihn mit einer dringenden Frage besuche«, sie klingt zwar zuversichtlich, aber in ihren Augen erkenne ich Angst.

Kein Wunder, keiner geht gerne zu dem Eunuchen.

»Und wenn er trotzdem etwas merkt?«

»Dann werden du und Reyvan alleine fliehen«, sagt sie tapfer und sieht mir fest in die Augen.

»Nein, das kann ich nicht. Nicht, wenn du in den Händen des Eunuchen bist.«

»Doch, du musst. Besser, eine Person wird erwischt als alle drei.«

»Aber Rana, er wird dich auspeitschen lassen!«

»Ich kann schon auf mich aufpassen, vertrau mir. Es wird nichts schief gehen.« Sie legt einen Arm um meine Schulter und zieht mich an sich. »Wir werden schon in ein paar Stunden weg sein. Ich kann es kaum erwarten«, flüstert sie an meinem Ohr.

Ich nicke. Der Plan hat viele Lücken, aber wahrscheinlich ist er besser als alles, was ich mir hätte ausdenken können.

»Und was ist mit der Ausrüstung?«, frage ich.

»Reyvan hat alles in die Wege geleitet. Er hat einen Rucksack mit dem Nötigsten besorgt und genügend Gold, damit wir uns im nächsten Dorf Pferde und Kleider kaufen können. Es standen wohl noch einige Magier in seiner Schuld«, sie kichert etwas bei dem Gedanken und fährt dann eilig fort. »Zudem habe ich hier, in diesem Bündel, Reisekleider für dich – und ein Messer.«

Sie nimmt ein Bündel, das ich erst jetzt entdecke, von ihrem Rücken und gibt es mir. Es ist klein, die Kleidung darin entsprechend leicht und dünn. Aber da es längst nicht mehr so kalt in der Nacht ist, wird es für ein, zwei Tage genügen. Das Messer ist handlich und scharf, ähnlich denen, die wir für das Turnier erhalten hatten. Ich wiege es in der Hand und stecke es dann in seine Scheide zurück.

»Rana, ich habe Angst«, gestehe ich ihr.

»Brauchst du nicht. Reyvan weiß, was er tut und zusammen werden wir es schaffen.« Sie umarmt mich noch einmal. »Warte auf das Signal, wenn es losgeht. Reyvan wird den Schrei einer Eule nachahmen, wenn er unten im Innenhof steht. Dann musst du das Seil herunter lassen, dich abseilen und so rasch wie möglich an Moeros Balkon vorbeiklettern. Ich werde ein paar Minuten später zu euch stoßen.«

Ich nicke und kann vor Aufregung kein Wort sagen. Nach einer letzten Umarmung verlässt sie mein Zimmer, ich ziehe mich um und prüfe nochmals mein Gepäck. Ich habe nur etwas Unterwäsche, ein zweites

Paar Schuhe und das silberne Kästchen eingepackt. Den Ring meines Bruders habe ich an meinen Finger gesteckt.

Dann warte ich, bis es endlich Mitternacht wird.

Die Zeit scheint dahin zu schleichen und ich werde immer nervöser. Ein paar Mal öffne ich das Fenster und schaue hinunter in den Innenhof. Aber natürlich sehe ich niemanden dort unten. Die meisten Magier sind bereits in ihren Betten. Immerhin ist die Nacht perfekt gewählt. Dunkle Wolken verbergen den Mond sowie die Sterne und werden uns Deckung geben. Reyvan hat wirklich an alles gedacht.

Ich schlage mir die Zeit tot, indem ich das Seil ausprobiere, das Reyvan mir gegeben hat. Es ist dünn und ich knüpfe in einem regelmäßigen Abstand Knoten hinein, an denen ich mich festhalten kann. Es ist mindestens zweihundert Schritt lang, genügt also, um sich von meinem Zimmer aus abzuseilen. Dann versuche ich, es irgendwo zu befestigen. Rana hatte gesagt, man müsse ihm dies befehlen. Also stelle ich mich an das Fenster und lege es auf das Sims.

»Halt dich hier fest!«, sage ich und komme mir gleichzeitig albern vor.

Dann ziehe ich etwas daran und tatsächlich – es bewegt sich keinen Fingerbreit mehr, obwohl es weiterhin harmlos auf dem Sims liegt.

Wie bringe ich es jetzt wieder weg? Ich probier's mit »löse dich!« Und wirklich, es lässt sich ohne Weiteres wieder von dem Fenstersims wegnehmen.

Das ist wirklich nützlich, so ein Seil zu haben. Ich wickle es auf, um bereit zu sein, wenn es losgeht.

Endlich ist es Mitternacht. Ich gehe zum Fenster und lausche. Aber erst eine halbe Stunde später höre ich den Eulenschrei. Er ist nicht von dem einer echten Eule zu unterscheiden und wenn ich nicht wüsste, dass er von Reyvan stammt, hätte ich mir nichts dabei gedacht. So aber spüre ich, wie auf einmal das Adrenalin durch meine Adern schießt und meinen ganzen Körper anspannt.

Ich packe mein Bündel, das ich mir über die Schultern werfe, befestige das Seil am Fenstersims und lasse es an der Mauer hinuntergleiten. Unter mir erkenne ich den Balkon, wo Moeros Gemächer sind. Das Seil fällt links daran vorbei und verschwindet in der Dunkelheit. Die Nacht ist so düster, dass ich Reyvan unten auf dem Innenhof nicht erkennen kann.

Ich muss einfach darauf vertrauen, dass er dort ist und ich nicht auf den Schrei einer echten Eule herein gefallen bin, oder in eine Falle tappe.

Ich setze mich auf den Sims und unterdrücke einen kurzen Schwindelanfall. Es ist wirklich hoch, zumal ich den Boden unter mir nicht sehe. Ich hoffe, ich schaffe es hinunterzuklettern.

Dann schwinge ich ein Bein über den Sims in die ungewisse Leere. Für einen kurzen Augenblick bin ich versucht, umzukehren und die Treppen zu nehmen. Aber ich kann wirklich nicht schleichen, da wird es besser sein, wenn ich mich mit dem Klettern abmühe.

Langsam beginne ich mit dem Abstieg. Ich klopfe mir insgeheim stolz auf die Schultern, dass ich daran gedacht habe, kleine Knoten in das Seil zu knüpfen. So habe ich alle paar Fuß Halt und rutsche nicht. Nach wenigen Sekunden baumle ich frei in der Luft und versuche, nicht zu stark hin und her zu schwingen. Noch ein paar Schritt, dann bin ich beim Balkon angekommen. Das wird der schwierigste Teil.

Ich halte den Atem an, als ich das Geländer streife. Die Balkontür ist nur angelehnt, was mein Unterfangen noch erschwert. Wenn ich jetzt ein Geräusch von mir gebe, wird Moero mich sofort entdecken. Ich atme ganz flach und klettere weiter, langsam daran vorbei.

Plötzlich höre ich aus Moeros Zimmer einen Schrei und stelle meine Kletterbemühungen sofort ein. Es hat sich angehört wie Ranas Stimme. Was ist mit ihr? Hat Moero sie durchschaut?

Da höre ich einen zweiten Schrei, diesmal kläglicher. Er fährt mir durch Mark und Bein. Meine Hände beginnen zu zittern. Die ungewohnte Kraftanstrengung fordert langsam ihren Tribut.

Rana hat mir zwar gesagt, ich soll einfach weiter klettern, aber wenn Moero sie nun foltert? Ich kann meine Freundin doch nicht in den Händen des Eunuchen lassen und ohne sie fliehen! Sie hat für mich so viel riskiert, ich kann sie jetzt nicht einfach im Stich lassen. Das würde ich mir nie verzeihen.

Unten höre ich einen weiteren Eulenruf. Reyvan drängt zur Eile.

Aber ich bin wie festgefroren auf meiner Position, unschlüssig, ob ich auf den Balkon klettern und Rana helfen, oder meine eigene Haut retten soll.

In dem Moment erklingt ein dritter Schrei aus den Gemächern von Moero, diesmal voller Schmerzen. Das nimmt mir jegliche Entscheidung ab.

Ich muss ihr helfen. Vorsichtig klettere ich ein paar Handbreit höher und angle mit einer Hand nach dem Geländer. Unter mir vermeine ich Reyvan leise fluchen zu hören. Aber ich muss zu Rana, koste es, was es wolle.

Ich halte mich am Balkongeländer, das aus geschliffenem Marmor besteht, fest und ziehe mich über die Brüstung. Das Ganze versuche ich so leise wie möglich zu machen.

Trotzdem höre ich drinnen Schritte und dann wird plötzlich die Balkontür aufgerissen.

Es bleibt keine Zeit, mich vor der Helligkeit, die auf den Balkon fällt, zu verbergen und ich werde von Kopf bis Fuß in Kerzenlicht getaucht. Mein Herz setzt einen Schlag aus vor Furcht, als ich in die wütenden Augen von Moero starre.

»Was tust du hier, auf meinem Balkon?«, fragt er zornig mit seiner hohen Stimme, die sich dabei fast überschlägt.

Ich versuche, an seiner massigen Gestalt vorbei nach drinnen zu schauen. Mein Herz hat seinen Rhythmus wieder aufgenommen und klopft jetzt so stark, dass es weh tut. Mein Mund ist trocken, sodass ich Moero keine Antwort geben kann.

In dem Moment packt er mich mit erstaunlicher Kraft und schubst mich so stark in sein Zimmer, dass ich fast zu Boden falle.

Ich werfe einen kurzen Blick um mich und keuche vor Schrecken. Am Boden, vor dem Marmorschreibtisch, liegt Rana. Der Stoff ihrer Kleidung ist am Rücken aufgerissen und blutverschmiert und sie bewegt sich nicht.

Jetzt sehe ich erst, dass Moero eine Peitsche mit kleinen Eisenhaken in der Hand hält. Er ist ihr auf die Schliche gekommen – oder war einfach wütend darüber, dass sie ihn zu solch später Stunde gestört hat. Warum auch immer, er hat sie ausgepeitscht.

Ich taste nach dem Messer, das Rana mir gegeben hat, ziehe es aus der Scheide und halte es schützend vor mich. »Lasst sie gehen!«, fordere ich mit zittriger Stimme.

»Du wagst es, mir zu drohen und Befehle zu erteilen, du dreckige Nehil?«

Moero ist außer sich vor Wut und holt mit der Peitsche aus, um auch mich zu schlagen.

Dann geht alles rasend schnell. Ich sehe, wie sich ein schwarzer Schatten hinter Moero über die Brüstung schwingt, im nächsten Moment schlingt sich die Peitsche um seinen fetten Hals und schneidet ihm ins Fleisch.

Er stöhnt vor Überraschung und Schmerz. In seinen Augen lese ich blankes Entsetzen. Aber Reyvan lässt nicht los. Selbst als der fette Eunuch röchelnd zu Boden sinkt, würgt er ihn weiter.

In den Augen des Elfen steht ein solch abgrundtiefer Hass, dass ich zwei Schritte zurück weiche – und direkt mit einer Person zusammenstoße, die zuvor noch nicht da stand.

Schon haben mich kräftige Hände gepackt und zu Boden geworfen. Ich liege auf dem Bauch und erkenne nur am Rande, dass einer der beiden Diener von Moero ins Zimmer gekommen ist, die Situation erkannt und blitzschnell gehandelt hat. Wahrscheinlich hat er den Kampflärm gehört. Mein Messer ist mir aus der Hand gefallen und befindet sich nun direkt neben Ranas Kopf.

In dem Moment blinzelt sie und sieht mich mit weit aufgerissenen Augen an. In ihren braunen Augen lese ich erst Verwunderung und dann Entsetzen, als sie mich erkennt.

Der Diener ist in der Zwischenzeit nicht untätig geblieben und beginnt, mich zu fesseln. Dabei dreht er Rana den Rücken zu.

Ich sehe aus dem Augenwinkel, wie sie nach dem Messer tastet und leise aufsteht, um es ihm in den Rücken zu rammen. Gerade als sie die Hand zum Stoß erhebt, wird der Diener von Blutspritzern getroffen, woraufhin er erschrocken herumfährt.

Hinter ihm steht Rana, die Augen vor Ungläubigkeit geweitet. Das Messer entgleitet ihren Händen, welche stattdessen nach dem Schwert tasten, das ihr aus dem Bauch ragt. Wie in Zeitlupe sinkt sie zu Boden – und gibt den Blick frei auf den zweiten Diener, der hinter ihr steht und jetzt das Schwert mit einer kräftigen Bewegung aus ihrem Rücken zieht.

Ich will schreien, aber kein Ton entweicht meiner Kehle. Ich sehe zu, wie meine Freundin zu Boden fällt und dort reglos auf dem Bauch liegen bleibt. Ihre braunen Augen starren ins Leere.

Nein, das kann nicht sein – nicht so!

Aus ihrem Rücken rinnt ein Rinnsal von Blut, das sich zu einer Blutlache unter ihrem Körper vermischt.

Die Zeit scheint stillzustehen. Ein schier unerträglicher Schmerz nimmt von meinem Inneren Besitz, ich kann kaum atmen. Lautlose Tränen rinnen über meine Wangen. Ich versuche, mich zu erheben, kann mich aber nicht bewegen, da ich gefesselt auf dem Boden liege.

Rana … ich schreie ihren Namen in Gedanken, als ob sie das zurück bringt.

Wie im Traum bekomme ich mit, dass Reyvan von Moero, dessen lebloser Körper am Boden liegt, ablässt und gegen die beiden Diener kämpft. Er hat von irgendwo her ein Schwert, das er gekonnt gegen die beiden einsetzt. Erst fällt der eine, dann der andere. Lautlos – wie Rana.

Dann kniet sich der Elf neben mich und durchtrennt meine Fesseln. Ich bleibe jedoch am Boden liegen, kann mich nicht bewegen – die Augen habe ich immer noch starr auf Rana gerichtet, deren blondes Haar wie ein Totenschleier über ihr Gesicht fällt.

Die Fesseln, die mich hier halten sind stärker als diejenigen, die der Diener um meine Handgelenke geschlungen hatte. Sie reichen bis in mein Herz.

Reyvan hebt mich sachte vom Boden hoch und trägt mich zum Balkon. Ich sehe, wie Moero, blau und mit weit aufgerissenen Augen am Boden liegt. Er ist ebenfalls tot. Wie Rana.

Jetzt beginne ich zu weinen, schluchze und heule wie ein verwundetes Tier. Reyvan setzt mich auf dem Balkon ab und hält mir sanft den Mund zu.

»Schhh, Cíara. Sie dürfen uns nicht hören, sonst ist Rana umsonst gestorben.«

Trotzdem rinnen weiterhin Tränen über meine Wangen. Reyvan sitzt neben mir, hält mich und auch in seinen Augen lese ich Trauer.

So bleiben wir für kurze Zeit Arm in Arm und trauern um Rana – um unsere Freundin. Sie ist für mich und Reyvan gestorben, damit wir fliehen können.

Nach einigen Sekunden erhebt sich Reyvan und hält mir die Hand hin.

»Alia, wir müssen weiter. Wir können von Glück sagen, dass die Wachen keinen Alarm schlagen konnten. Aber vielleicht hat jemand den Lärm gehört und wenn sie die Leichen finden, werden wir keine Möglichkeit mehr haben, zu fliehen.«

Mein Körper fühlt sich taub an, als ich mir von ihm auf die Beine helfen lasse. Er geht zum Geländer und wartet, bis ich das Seil genommen habe, und über die Brüstung gleite.

Taub vor Trauer seile ich mich ab und merke erst, als ich unten ankomme, dass ich geklettert bin. Reyvan holt das Seil ein und wickelt es sich um die Brust. Dann schultert er mein Bündel und einen ledernen Rucksack, den ich erst jetzt sehe, nimmt meine Hand und führt mich im Schatten der Gebäude am Rande des Innenhofs vorbei.

Ich folge ihm wie in Trance. Als wir beim Eingang des Wasserzirkels ankommen, hält Reyvan kurz an und prüft, ob keine Wachen dort stehen. Wie es scheint, ist alles menschenleer, denn er winkt mir, weiterzugehen. Wir passieren den schmalen Spalt zwischen den Gebäuden des Wasser- und des Feuerzirkels und gelangen zum Eingang des Letzteren. Auch hier stehen keine Wachen und wir können unbemerkt daran vorbeischleichen.

Jetzt kommt der schwierigste Teil. Wir sind nun beim Tor angelangt.

Oben auf dem Wehrgang kann ich die Wachen erkennen. Das Tor steht glücklicherweise offen und das Gitter ist nicht herunter gelassen. Anscheinend erwarten die Wachen jemanden.

Halt – jemanden? Kann es sein, dass Xenos bereits zurück kommt? Dieser Gedanke bringt Leben in meinen tauben Körper. Ich spüre mein Herz wieder rascher schlagen und bleibe so unvermittelt stehen, dass sich Reyvan mit einem fragendem Blick zu mir herum dreht.

»Warum ist das Tor offen?«, frage ich, so leise ich kann.

»Das habe ich so in die Wege geleitet«, ein schelmisches Lächeln gleitet über sein Gesicht. »Ich erklär's dir später, komm jetzt.«

Er nimmt wieder meine Hand und zieht mich in den Schatten eines Busches, der neben dem Tor wächst. Wir kauern nebeneinander und beobachten die Wachen oben auf der Mauer.

Langsam erkenne ich ein Muster. Sie gehen immer bis zur Mitte des Torbereichs und drehen dann wieder um. Offenbar nehmen sie ihren Dienst sehr genau, denn die Schritte, die sie machen, stimmen auf den Punkt. Fünfzehn nach links, dann umdrehen und fünfzehn nach rechts.

Reyvan stupst mich sanft an. »Siehst du die Wachen dort oben? Wenn sie sich das nächste Mal umdrehen, rennen wir los und bleiben unter dem Tor stehen. Du bleibst dicht hinter mir, verstanden?«

Ich nicke. Zehn, elf, zwölf, dreizehn, vierzehn, fünfzehn …

»Jetzt«, zischt Reyvan und wir rennen um den Busch herum zum Tor.

Die Fackeln darin sind glücklicherweise nicht angezündet – ob wir das auch Reyvan zu verdanken haben? Jedenfalls können wir uns für ein paar Sekunden unter dem Tor verbergen. In Gedanken zähle ich die Schritte der Wache mit und bin gerade bei dreißig angelangt, als Reyvan mich weiter zieht. Wir flitzen um die rechte Ecke des Tors und drücken uns so flach wie möglich an die Zirkelmauer.

Wir sind draußen!

Reyvan wirft mir einen triumphierenden Blick zu und bedeutet mir, ihm zu folgen. Weiterhin an die Mauer gedrückt, tasten wir uns langsam vorwärts. Mir ist nicht ganz klar, wohin er will, aber als wir um die erste Ecke biegen, erkenne ich seinen Plan. Wir steuern direkt auf die Klippe zu, die hinter dem Zirkel zum Wald hin abfällt.

Nach wenigen Minuten erreichen wir den Klippenrand. Ich keuche, als ich sehe, wie weit es hinunter geht. Die Baumspitzen erkenne ich nur schwach in der Dunkelheit unter mir.

»Jetzt werden wir wieder klettern müssen.«

Reyvan rollt das Seil ab und wirft es über den Felsen. Es verschwindet im Nichts unter uns und nur das eine Ende hält an einem Stein fest.

»Hier, nimm die«, er reicht mir lederne Handschuhe. »Damit deine Hände nicht verbrennen.«

»Verbrennen?«

»Trag sie einfach. Ich werde zuerst gehen, da ich besser in der Dunkelheit sehen kann als du und Gefahren, die unten lauern, früher erkenne.«

Damit schwingt er sich elegant über den Rand und verschwindet in der Tiefe.

Ich schaue unsicher zurück. Hinter mir erhebt sich die hohe, weiße Zirkelmauer gegen den schwarzen Abendhimmel, vor mir starre ich in den Abgrund. Die Wahl fällt mir erstaunlich schwer, da ich nicht weiß, was mich unten erwartet, aber schlussendlich gewinnt doch der Drang nach Freiheit.

Rasch setze ich mich an den Klippenrand und versuche, nicht nach unten zu sehen, als ich das Seil fasse, mich daran festhalte und meine Beine über den Abgrund schwinge. Ich klettere vorsichtig und bin abermals froh über die Knoten, an denen ich zumindest etwas Halt finden kann.

Der Abstieg kommt mir ewig lang vor, länger als derjenige aus meinem Zimmer.

Zoll für Zoll arbeite ich mich vor. Meine Hände beginnen tatsächlich zu brennen und ich beiße mir auf die Lippen.

Schon bald fühle ich meine Finger nicht mehr und schmerzhafte Krämpfe plagen meine Arme.

Endlich kann ich den Boden unter mir erkennen.

Reyvan erwartet mich bereits und legt seine Hände um meine Taille, als ich den letzten Abstand zwischen uns überwinde. Dann zieht er mich einen kurzen Moment an sich und küsst mich.

»Cíara, wir sind frei«, sagt er leise.

»Aber zu welchem Preis?«, meine Stimme bricht.

»Ja, ich mochte Rana auch sehr«, er zieht meinen Kopf an seine Brust. »Es ist schrecklich, dass wir sie im Zirkel lassen mussten. Aber wenn wir geblieben wären, wäre ihr Tod noch sinnloser gewesen.«

Ich lasse mich ein paar Sekunden von seinen starken Armen trösten, ehe ich mich von ihm löse. »Was jetzt?«, ich schaue ihn fragend an.

»Jetzt werden wir zu diesem Schwarzmagier aufbrechen – in die Eiswälder. Aber zuerst müssen wir Proviant, Pferde und Ausrüstung kaufen. Ich hab da auch schon eine Idee, wo wir das alles her bekommen können.«

Seine Augen funkeln, wie sie es immer tun, wenn er seiner Meinung nach eine tolle Idee hat.

Epilog

Xenos stemmt sich auf dem Arbeitstisch ab. Sein langes, dunkelbraunes Haar fällt ihm ungebändigt ins Gesicht. In seinen eisblauen Augen steht eine Wut, die nichts Menschliches mehr an sich hat.

Wieder schlägt er mit der Faust auf den Tisch, sodass Telon zusammenzuckt. »Wie konntest du sie entkommen lassen?«, seine Stimme ist heiser vor Zorn.

»Ich …«, der stellvertretende Zirkelleiter hat keine Ahnung, was er darauf antworten soll.

Er war an dem besagten Abend zu einem dringenden Termin in die Erdgilde nach Lormir gerufen worden. Oder zumindest hatte ihm seine Dienerin dies so ausgerichtet. Als er nämlich dort ankam, stand er vor verschlossenen Türen. Er hatte erst gedacht, dass ihn seine Dienerin falsch informiert hatte und war unverrichteter Dinge spät in der Nacht zurück zur Magiergilde geritten.

Inzwischen ist ihm klar, dass es ein Schachzug des verfluchten Elfen gewesen ist. Seine Dienerin hat unter Folter gestanden, dass er sie dazu überredet hatte, Telon ein Papier auszuhändigen. Was genau darauf stand, wusste sie nicht, da sie nie Lesen gelernt hatte. Aber sie tat es, ohne nachzudenken, da der vermaledeite Elf sie mit seinem Charme umgarnt hatte.

Als er zu später Stunde in den Zirkel zurückgekehrt war, waren alle in heller Aufregung gewesen. Moero war kurz vor Morgengrauen erdrosselt in seinen Gemächern gefunden worden. Bei ihm lagen seine beiden Diener, von denen einem die Kehle durchgeschnitten und der andere mit einem Stich ins Herz getötet worden war, sowie eine Dienerin, in deren Körper nur noch ein Hauch von Leben war.

Telon hatte sie bei den Heilern aufgesucht, um von ihr zu erfahren, was passiert war. Leider war sie jedoch in solch einem kritischen Zustand, dass er sie erst gestern verhören konnte.

Sie berichtete ihm nur, dass Reyvan und Alia geflohen waren. Eine unangenehme Tatsache, die er zu dem Zeitpunkt bereits wusste. Wohin, konnte sie ihm nicht sagen. Auch die Suchtrupps, die er sofort aussandte, fanden die zwei nicht.

Selbst als Xenos gestern zurückkam und die Dienerin stundenlang verhörte, brachte dies kein Ergebnis. Sie schwor, dass der Elf ihr nicht gesagt hätte, wohin sie wollten. Nur, dass sie vorhatten, Pferde und Kleidung zu kaufen. Dies bestätigte auch Opherto, der Lehrer der Luftgilde, als er ihre Gedanken las. Offenbar hat der verfluchte Elf an alles gedacht und keiner Menschenseele verraten, wohin sie fliehen wollten.

Seit drei Tagen sind Xenos' Dienerin und der Elf jetzt verschwunden. Als die Nachricht von ihrer Flucht Xenos erreichte, ließ er den unglücklichen Überbringer auf der Stelle auspeitschen.

Noch nie hat ihn jemand so wütend erlebt. Sein Arbeitszimmer gleicht einem Schlachtfeld und die ganze Nacht waren Schimpftiraden und Fluchworte aus seinen Gemächern zu hören.

Jetzt steht er wutschnaubend vor Telon, der sich in dem Moment nichts sehnlicher wünscht, als im Erdboden versinken zu können.

»Du wirst sie zurück holen!«, bellt Xenos. »Und wehe, du kommst ohne sie zurück. Mir ist ganz egal, ob Alia tot oder lebendig ist, aber dem Elf wirst du kein Haar krümmen, verstanden? Wenn ihm etwas passiert, wird ein Krieg ausbrechen, der alle bisherigen Schlachten in den Schatten stellt!«

Er geht um den Tisch herum und kommt auf Telon zu, der alle vier Götter anfleht, sein Körper möge aufhören, so jämmerlich zu zittern.

Xenos baut sich vor ihm auf – eine Geste, die eigentlich nicht nötig wäre, denn er überragt Telon schon so bereits um eineinhalb Köpfe. »Die Gruppe Kampfmagier, die mit mir zurückgekehrt ist, sollte reichen, um den Elf außer Gefecht zu setzen. Hier, nimm diesen Anhänger. Damit werde ich jederzeit mit dir kommunizieren können und weiß, wo du bist«, er reicht Telon einen silbernen Anhänger, der an einem ledernen Band befestigt ist und an die Form einer Blüte erinnert.

Als Telon seine Hand ausstreckt, hält Xenos den Anhänger einen Augenblick lang fest, in seinen Augen blitzt blanker Hass. »Lass sie langsam und qualvoll sterben. Sie hat es nicht anders verdient. Und falls du es nicht kannst, bring sie her zu mir und ich werde sie lehren, dass man mich nur ein einziges Mal hintergeht.«

Damit dreht er sich auf dem Absatz um, und sein Umhang weht hinter ihm her, als er zum Fenster tritt.

»Du bist ja immer noch da!«, donnert er. »Los, verschwinde. Und hol zurück, was mein ist!«

Das muss man Telon nicht zweimal sagen, er rennt förmlich aus dem Zimmer und wagt erst im Gang wieder zu atmen.

»Das ist wirklich zu viel für meine alten Tage«, keucht er, als er die Tür hinter sich schließt und den Gang entlang geht.

Warum musste diese blöde, kleine Dienerin auch fliehen – und dann ausgerechnet mit dem Pfand der Elfen! Viel schlimmer konnte es ja gar nicht kommen. Wenn er die beiden in die Finger bekommt, wird er sie für all das büßen lassen, was Xenos ihm angetan hat.

Er reibt sich unvermittelt seinen geschundenen Rücken, auf dem er die zwanzig Stockhiebe immer noch spürt, die ihm Xenos in seiner Wut auferlegte.

Rasch geht er die Treppen hinunter und ruft unterwegs einen Diener zu sich. »Los, geh zu den Kampfmagiern, die im Speisesaal sind und befiehl ihnen, sich in einer halben Stunde in meinen Gemächern einzufinden«, weist er ihn an, ehe er das Gebäude verlässt und auf den Innenhof tritt.

Der Tag könnte so schön sein, die Sonne scheint warm auf sein Haupt herunter und die ersten Vögel künden vom Sommer. Einen Moment gestattet sich Telon, die Augen zu schließen und tief durchzuatmen. Er wird noch heute Abend zusammen mit den Kampfmagiern aufbrechen. Wohin, weiß er nicht. Vielleicht finden sie im Umkreis des Zirkels eine Spur. Obwohl er dies stark bezweifelt. Er kennt die Elfen zwar nicht so gut wie Xenos, aber er weiß, dass sie Meister im Verwischen von Spuren und Legen von falschen Fährten sind. Wenn das Pfand und die abtrünnige Dienerin nicht gefunden werden wollen, wird es äußerst schwierig, sie aufzuspüren. Trotzdem wird er es versuchen müssen. Falls nicht, wird Xenos ihn eigenhändig zur Strecke bringen.

Telon überquert den Innenhof des Zirkels und steuert auf den Erdzirkel zu. Dort hat er sich bisher immer wohl und zu Hause gefühlt, aber jetzt wünschte er sich, er wäre nie im Zirkel geblieben. Hätte sich nie als Rat wählen lassen. Denn dieses Amt trägt man auf Lebenszeit und hat keine Möglichkeit, es abzulegen – außer man stirbt. Und dazu fühlt sich Telon mit seinen fünfzig Jahren nun doch noch nicht bereit.

Also bleibt ihm jetzt nichts übrig, als den beiden Flüchtigen hinterher zu reiten und zu Tellos, dem Erdgott zu beten, dass er sie finden möge.

Wenn er zurückkäme, wird er zu allem Überdruss auch noch einen Ersatz für Moero suchen müssen. Xenos hat ihm diese undankbare Aufgabe ebenfalls übertragen.

Leider gib es nicht viele Eunuche, die auch noch so bestechlich und damit leicht zu handhaben sind, wie Moero es war. Dieser hatte für Geld und Macht alles getan. Auch wenn Telon ihn nie leiden konnte, er hätte sich keinen besseren Aufseher für die Diener denken können. Und jetzt muss er aus dem Nichts einen anderen auftreiben. Nun gut, vielleicht fände sich unterwegs jemand, der geeignet ist.

Als er in seinen Gemächern ist, fühlt er sich zum ersten Mal etwas sicherer. Sein braunes Haar mit den grauen Strähnen ist ebenso zerzaust wie das von Xenos. Er hat seit Tagen nicht mehr richtig geschlafen und gegessen – seit drei Tagen, um genau zu sein. Wieder wünscht er der Nehildienerin alles Unglück dieser Welt. Sie hat ihn überhaupt erst in diesen Schlammassel gebracht, ohne sie wäre er immer noch Rat der Erdgilde und stellvertretender Zirkelleiter und müsste auf seine alten Tage nicht noch einem Gör und ihrem Liebhaber nachhetzten.

»Herein«, entgegnet er unwirsch, als es an der Tür klopft.

»Ihr wolltet, dass wir zu Euch kommen?«, es ist Duhr, sein ehemaliger Schüler.

Telon betrachtet ihn lange. Es scheint ihm schon Ewigkeiten her zu sein, seit der junge Magier die Ausbildung abgeschlossen hat. Aus dem einst schüchternen Jungen, der eine Schwäche für Nagetiere hatte, ist ein stattlicher Mann mit ernstem Gesicht geworden.

Er mag jetzt ungefähr zweiundzwanzig Jahre alt sein, im besten Alter, um zu heiraten und sesshaft zu werden. Seine heilenden Fähigkeiten hätten es ihm leicht gemacht, überall Arbeit zu finden. Aber Duhr hatte sich für die Ausbildung zum Kampfmagier entschieden und dafür, sein Leben dem Zirkel zu widmen.

Er hat sich tatsächlich verändert, seit Telon ihn zum letzten Mal gesehen hatte. Nur seine Schwäche für Nagetiere scheint er nicht verloren zu haben, denn in diesem Moment linsen zwei kleine, schwarze Knopfaugen unter seinem braunen Haar hervor, die zu einer schwarz-weißen Ratte gehören.

Telon lächelt unvermittelt und winkt seinen ehemaligen Schüler herein. »Kommt herein, wir haben viel zu besprechen. Heute Abend noch werden wir aufbrechen – und den Elf zurückholen.«

Glossar

Altra – Land, das von den fünf magischen Zirkeln sowie dem Herrscher Lesath im Süden des Landes regiert wird.

Ardras – Vogel, der mit dem besser bekannten Phoenix verwandt ist. Wie dieser wird er aus Asche geboren und ist damit unsterblich. Jedoch unterscheidet er sich von seinem kleineren Artgenossen durch seiner Größe und Angriffslust. Sein ganzer Körper besteht aus Feuer und er ein äußerst aggressiver Zeitgenosse, dem man besser aus dem Weg geht.

Arganta – Region südöstlich von Lormir mit der gleichnamigen Hauptstadt Arganta. Der Leiter des magischen Zirkels ist Rangan.

Aufnahmezeremonie in Gilden – Mit dreizehn Jahren können sich die Kinder in Altra, die eine Element- oder gar Magiebegabung entwickelt haben, für eine der vier Elementgilden oder die Magiergilde bewerben. Die Aufnahmezeremonie findet alljährlich zur Sommersonnenwende statt.

Aufnahmezeremonie in Magierzirkel – Die Lehrlinge werden nach drei Jahren Unterricht vollständig in den Magierzirkel aufgenommen. Dieses Ritual ist ein Geheimnis, das von allen Magiern streng gehütet wird. Von dem Zeitpunkt an sind sie Jungmagier und erhalten weitere drei Jahre lang Unterricht, bis sie fertig ausgebildet sind. Als Jungmagier dürfen sie den Zirkel an ihren freien Tagen verlassen – ein Privileg, das die Lehrlinge noch nicht haben.

Chakas – Region südwestlich von Lormir mit der gleichnamigen Hauptstadt Chakas. Der Leiter des magischen Zirkels von Chakas ist Roís.

Chark – Die treuen Weggefährten eines Golem. Sie sind äußerst hässlich anzusehen, ihr ganzer Körper ist mit Platten besetzt und anstelle eines Mauls haben sie ein großes Loch im Kopf, das mit spitzen Fangzähnen bestückt ist. Mit ihren drei Zungen, die an dünne Schlangen erinnern, können sie jede Witterung aufnehmen. Wenn man einem Chark begegnet, ist sein Meister nicht weit und man tut gut daran, so rasch wie möglich davon zu rennen.

Drachen – Auch wenn sie nur selten vor die Augen der Menschen treten, es gibt sie. Sie sind kluge, uralte Wesen, leben verborgen in den Bergen und bevorzugen meist die Einsamkeit. Drachen bedienen sich einer eigenen Sprache, können jedoch über Gedanken auch mit Zwergen, Menschen und Elfen kommunizieren. Sie können anhand der vier Elemente unterschieden werden: es gibt Luft-, Feuer-, Wasser-, und Erddrachen.

Eiswälder – Wälder, die sich im hohen Norden Altras befinden. Sie werden von gefährlichen Wesen bewohnt, die fast noch tödlicher sind, als die immerwährende Kälte, die dieses Gebiet heimsucht.

Elemente – Sie wurden von den vier Göttern, an die die Menschen glauben, allen menschlichen Bewohnern Altras geschenkt. Jeder Mensch trägt ein anderes Element in sich. Die Elementbegabungen manifestieren sich vor dem dreizehnten Lebensjahr.

Elementare – Oder Auch die ›Diener der Götter‹ genannt. Aus jedem Element kann ein Elementar mit Magie beschworen werden. Diese gehorchen ihrem Erschaffer, solange der Zauber anhält, haben aber meist auch einen eigenen Willen und können ab und zu sogar einfach spontan irgendwo auftauchen.

Element Feuer – Menschen mit der Begabung Feuer sind gute Schmiede und Kämpfer. In Zusammenhang mit Magie kann das Feuer beherrscht werden. Zudem sind diese Magier besonders geschickt in der Kampfmagie. Beispiele für Kampfmagie-Elemente: Inferno, Meteorregen, Feuerpfeil, Feuerball, Feuerwelle, Feuer-Dämon beschwören. Angehörige dieses Elements verehren den Gott Ignas.

Element Wasser – Menschen mit der Begabung Wasser sind gute Fischer, Seefahrer und können tagelang ohne Trinkwasser auskommen. Im Zusammenhang mit Magie kann das Wasser beherrscht werden, diese Magier sind in der Lage, Wasser zu finden und können zudem Regen entstehen lassen. Beispiele für Kampfmagie-Elemente: Wasserwelle, Eispfeil, Eisregen, Eis-Dämon beschwören. Angehörige dieses Elements verehren den Gott Aquor.

Element Luft – Menschen mit der Begabung Luft sind gute Jäger und können Gedanken von anderen erahnen. Im Zusammenhang mit Magie können das Wetter sowie die Gedanken anderer beeinflusst werden. Beispiele für Kampfmagie-Elemente: Sturm, Illusionen, Panik hervorrufen, Luft-Dämon beschwören. Angehörige dieses Elements verehren den Gott Aurel.

Element Erde – Menschen mit der Begabung Erde sind hervorragende Farmer und können sich sowohl um Menschen als auch Tiere gleichermaßen kümmern. Sie sind daher dazu bestimmt, sowohl versorgende Berufe als auch heilende Berufe zu erlernen. Im Zusammenhang mit Magie können Erdbeben erzeugt, aber auch Lebewesen vollständig geheilt werden. Beispiele für Kampfmagie-Elemente: Erdbeben, Giftpfeil, Giftwolke, Golem beschwören. Angehörige dieses Elements verehren den Gott Tellos.

Elfen – Ihr Körperbau ist athletisch und ihre Schönheit legendär. Angehörige dieses Volkes können tausende von Jahren alt werden und sind damit beinahe unsterblich. Elfen sind hervorragende Jäger, beherrschen Magie und haben noch viele andere verborgene Talente, die jedoch den wenigsten Menschen bekannt sind. Denn sie hüten ihre Geheimnisse und bleiben meist unter sich in den Wäldern.

Fayl – Region im Osten von Altra mit der gleichnamigen Hauptstadt Fayl. Der Leiter des magischen Zirkels von Fayl ist Venero.

Ferys – Gott der Elfen.

Golem – Erdwesen, die meist mehrere Schritt groß sein können. Ihr Körper ist aus Stein und Wurzeln geformt und sie können sich aufgrund ihres massiven Gewichts nur langsam fortbewegen. Ein Schlag mit einem ihrer Fäuste zermalmt alles, das sich aus Versehen gerade darunter befindet. Normalerweise sind sie friedfertig, außer sie fühlen sich bedroht. Dann schicken sie mit Vorliebe ihre treuen Begleiter, die Charks aus, um ihren Feinden den Garaus zu machen.

Gorkas – Volk das nach eigenen Aussagen mit dem Volk der Elfen verwandt ist. Ihr Körperbau gleicht dem des Menschen, sie sind jedoch größer und muskulöser. Wenn überhaupt, würde man sie wohl am ehesten dem Element Feuer zuordnen, da sie gute Kämpfer sind und tödliche Waffen herstellen können. Sie leben zurückgezogen in Wäldern.

Greife – Diese Wesen können sehr alt (meist mehrere hundert Jahre) werden. Ihr Körper ähnelt dem eines Löwen, ihr Kopf sowie die Flügel denen eines Adlers. Ihre Länge kann bis fünf Schritt betragen und ihre Flügelspannweite gar fünfzehn Schritt. Sie leben in den Bergen. Falls sie sich bedroht fühlen, greifen sie auch Menschen an, leben sonst aber friedlich außerhalb von menschlichen Siedlungen.

Ilfaren – Diese gemütlichen, großen, grauen Tiere kommen vor allem im Süden von Altra vor. Ihre Beine sind stämmig und behaart, während der Rücken mit Knochenplatten besetzt ist. Durch ihre Stärke werden sie von den Menschen gerne als Lasttiere eingesetzt, da sie mit ihren langen Nasen und ihren Stoßzähnen mühelos schwere Dinge transportieren können. Sie sind aber ebenfalls für den Krieg geeignet, da sie mit der knöchernen Keule, die sie am Ende ihres langen Schwanzes haben, todbringende Schläge austeilen können.

Kampfmagie – Diese Art von Magie wird nur von einem Teil der Magier tatsächlich gelernt und ausgeübt. Sie ist verbunden mit mächtigen Verteidigungs- und Angriffszaubern, die meist mehrere Magier zusammen wirken müssen.

Kelmen – Tiere, die vor allem in der Wüste anzutreffen sind. Sie können tagelang ohne Wasser auskommen, da sie in ihren vier Höckern, zwischen denen man gemütlich sitzen kann, massenweise Wasser speichern können. Sie gleichen in ihrem Aussehen – abgesehen von den vier Höckern und den Klauen – weißen Pferden.

Lormir – nördlichstes Gebiet von Altra mit der gleichnamigen Hauptstadt Lormir. Der Leiter des magischen Zirkels von Lormir ist Xenos.

Magie – Ein kleiner Teil der altrischen Bevölkerung hat zusätzlich zu der Elementbegabung eine Magiebegabung. Solchen Kindern wird in den magischen Zirkeln beigebracht, wie sie ihre Magie beherrschen können. Allgemein wird Magie durch die Eigenwärme des Körpers gewirkt. Es braucht jedoch viel Übung, bis ein Magier sein Element vollständig beherrschen kann.

Magierzirkel – Es existieren fünf Magierzirkel in Altra, die jeweils von einem Zirkelleiter geführt werden. Alle fünf Zirkel unterstehen jedoch dem Herrscher Lesath, der in Merita regiert.

Masse – In Altra herrscht ein eigenes Maßsystem, das sich wie folgt aufbaut: 1 Fingerbreit = Breite eines Fingers; 1 Handbreit = 4 Fingerbreit; 1 Fuß = 16 Fingerbreit; 1 Elle = 1.5 Fuß; 1 Schritt = 2.5 Fuß

Menschen – Die Lebenserwartung der Menschen in Altra beträgt etwa sechzig Jahre. Die meisten Menschen haben bis zum dreizehnten Lebensjahr eine Begabung in einem der vier Elemente entwickelt. Einige davon haben sogar eine Magie-Begabung und können für die Aufnahme in einen der fünf Magierzirkel in Altra kandidieren. Menschen leben in Dörfern und Städten.

Nanos – Gott der Zwerge

Merita – Region im Süden von Altra mit der gleichnamigen Hauptstadt Merita. Hier herrscht der Tyrann Lesath, der ganz Altra über die Magierzirkel kontrolliert.

Nehil – Bezeichnung eines Menschen, der keine Elementbegabung bis zu seinem sechzehnten Lebensjahr entwickelt hat. Nehile kommen in Altra höchst selten vor und falls doch, werden sie als Diener in die Magiergilde geschickt.

Oshema – Region im Südosten von Altra mit der gleichnamigen Hauptstadt Oshema. Der Leiter des magischen Zirkels von Oshema ist Waris.

Riesenechsen – Obwohl ursprünglich mit den Drachen verwandt, unterscheiden sich die Riesenechsen von ihnen in vielen Punkten und werden als eigenständige Lebewesen kategorisiert. Echsen leben vorwiegend in Wäldern und Sümpfen, jedoch werden auch Sichtungen in Wüsten und sogar in Eislandschaften berichtet. Allen gemeinsam ist, dass ausgewachsene Exemplare etwa zehn Schritt lang sind und sich von Aas ernähren. Sie verschmähen jedoch auch keine frischen Mahlzeiten und sind bei Jägern vor allem aufgrund ihrer ausgefeilten Schleichtalente gefürchtet. Es kann vorkommen, dass unachtsame Lebewesen schneller zur Beute dieser schuppigen Tiere werden als ihnen lieb ist. Wenn Echsen jagen, dann meist in größeren Gruppen.

Schwarze Magie – Wenn die Wärme eines anderen Wesens zur Magiewirkung verwendet wird, wird dies als schwarze Magie bezeichnet. Diese Form der Magie ist streng verboten und wird mit dem Tode bestraft.

Trolle – Gorkas und Trolle haben einen gemeinsamen Ursprung. Trolle entwickelten sich jedoch im Laufe der Jahrtausende zu böswilligen Killern, die nicht davor zurück schrecken, Menschen sowie auch alle anderen Lebewesen von Altra zu jagen. Sie sind stark und mindestens drei Schritt groß, was sie fast unbezwingbar macht. Es sind vier Trollarten zu unterscheiden: Bergtrolle, Waldtrolle, Eistrolle und Wüstentrolle. Sie unterscheiden sich hauptsächlich in der Größe und haben sich der jeweiligen Umgebung sowohl durch ihr Äußeres als auch durch ihre Fähigkeiten angepasst. Trolle leben in kleinen Gruppen und jagen meist einzeln.

Warfts – Diese Tiere sind nachtaktiv und gehen auf zwei Beinen wie Menschen. Ihr Körper gleicht dem eines Wolfes und sie haben gelbe Augen, die sehr gut im Dunkeln sehen können. Durch ihre tödlichen Krallen und Gewandtheit sind sie gefährliche Gegner, denen man besser aus dem Weg geht.

Zwerge – Diese Rasse, deren Lebenserwartung etwa zweihundert bis dreihundert Jahre beträgt, lebt vorwiegend in den Bergen. Ihr Körperbau ist stämmig und sie sind etwa eineinhalb Schritt groß und kräftig. Sie beherrschen Zwergenmagie. Zwerge verstehen es wie keine andere Rasse, Waffen zu schmieden.

Dank

Mein Dank geht an diejenigen Menschen, die dazu beigetragen haben, dass diese Geschichte erzählt werden konnte: Mein Mann Andi, der mein erster Leser und Fan wurde sowie meine Freundinnen Jenny und Claudia, die mich stets ermutigt und inspiriert haben.
Dank Euch und Eurer bedingungslosen Unterstützung liegt dieses Buch nun vor einem Leser, der soeben dabei ist, Altra kennenzulernen.